# 다산
# 증언첩

한평생 읽고 새긴
스승 다산의 가르침

# 다산 증언첩

정민 지음

# 서설

다산 정약용은 어디서든 최악의 상황에서 최선의 결과를 이끌어낸 조선 최고의 지식경영자다. 서양의 기술 서적인 《기기도설(奇器圖說)》을 받아들고 어디서도 본 적이 없는 기중가(起重架)를 만들었을 때 그랬고, 한강에 배다리를 연결하는 장관을 연출했을 때도 그랬다. 거의 될 수 없는 일을 되게 만들었고, 할 수 없으리라 생각한 일을 아무렇지도 않게 해치웠다. 화성 건설의 총책임자가 되어서는 건축과 토목의 전문가로 훨훨 날았고, 《마과회통(麻科會通)》을 정리하면서는 최고의 의사로 역량을 발휘했다. 《목민심서(牧民心書)》는 그의 풍부한 행정 경험과 효율적 편집 역량이 극점에서 만나 이룬 성과였다.

강진에서 18년의 유배 생활을 하면서 다방면에 걸쳐 이룩한 500권이 넘는 학술성과는 한마디로 불가사의에 가깝다. 그는 최상의 편집자였고 난마로 얽힌 문제를 해결하는 종결자였다. 좀체 끝이 보이지 않던 문제도 그의 손을 한번 거치면 명료하게 정리되어 마무리되었다. 그전에 다른 사람이 손댔던 일도 그에게 오면 전혀 다른 차원으로 변했다. 한마디로 그는 능력자였다. 그 능력은 어디서 나왔고 그 끝은 어디인가?

나는 지난 10여 년간 다산의 꽁무니를 따라다니면서 늘 이 같은 의문을 품어왔다. 그 의문을 풀어보려는 시작점에서 《다산선생 지식경영법》을 집필했다. 그 뒤로 수많은 자료를 발굴하고 수십 편의 논문을 더 썼어도 의문은 해소되지 않고 증폭되었다. 754쪽에 달하는 《다산의 재발견》과 592쪽 분량의 《삶을 바꾼 만남》은 그 과정의 중간 점검쯤에 해당한다. 아직도 다산의 자료는 도처에서 계속 나온다. 내 앞에는 해결해야 할 그와 관련된 주제들이 산더미처럼 쌓여 있다. 한 번도 연구자의 손을 타지 않은 것들이다. 그는 학자로 치면 국가대표급인데 어째서 이 같은 일이 일어날 수 있을까?

그는 끝없이 메모하고 쉬지 않고 글을 썼다. 이 가운데 그가 그때그때 자식과 제자, 그리고 가까운 벗에게 써준 증언(贈言)이 있다. 이 증언은 다산의 제자 양성법 중에서 가장 막강하고 위력적인 교육방법이다. 증언이란 일반적으로 윗사람이 아랫사람에게 가르침의 목적으로 내려주는 훈계를 말한다. 학습에 동기를 부여하기 위한 맞춤형 교육의 일환이다. 다산은 제자의 신분과 성향, 자질 및 상황에 따라 그가 명심해 새겨야 할 가르침을 정문일침 격으로 내려주었다. 다산은 종이나 천을 오려서 그 위에 특유의 경쾌하고 아름다운 필체로 직접 써서 서첩(書帖)으로 꾸며 주는 것을 즐겼다. 그 자체가 하나의 훌륭한 예술작품이다. 이 같은 스승의 정성스런 가르침을 받은 제자들은 종이와 천이 낡아 나달나달해지도록 읽고 또 읽어 그 가르침을 평생 가슴에 새겼다. 증언첩은 자신이 다산과의 학연에 속해 있다는 뿌듯한 소속감과 연대의식을 키워주었다. 아끼는 제자라면 차별 없이 써주었고, 그렇다고 아무에게나 써주지는 않았다.

증언은 보통 한 단락씩으로 이루어진 짧은 글모음이다. 문집에 이미 17종의 증언이 수록되었을 만큼 다산은 이 같은 교육방법을 중시했다. 이후 필자가 각처의 소장자를 통해 찾아 정리한 것만도 문집에 실린 것의 거의 몇 배 분량에 달한다. 이 자료들은 어째서 문집에서 빠졌을까? 그때그때 써서 선물한 내용인 데다 다산 본인이 본격적 저술로 여기지 않아 갈무리해두지 않았던 까닭이다. 이것을 받은 제자들은 집안의 보물로 여겨 대대로 소중하게 간직해왔다. 최근 이 자료들이 여러 경로로 공개되면서 증언 방식의 제자 교육법은 다산 강학의 중요한 방법으로 새삼 주목받고 있다.

이제 이 책을 통해 다산이 제자들에게 준 증언을 한자리에 모아 소개하겠다. 증언첩에서는 제자를 바라보는 스승의 시선이 분명하게 느껴진다. 교육의 목적으로 써준 글이라 무엇보다 거울로 삼을 만한 내용이 많고, 제자의 눈높이에서 그 시점에 도움이 될 만한 가르침을 맞춤하게 지적해준 내용이어서 오늘날 교육 현장에 시사하는 점도 크다. 제자 한 사람 한 사람이 놓인 상황에 따라 꼭 필요한 말을 콕 집어 전해준 가르침 속에 다산의 인간 사랑과 학문 정신이 맥맥이 되살아난다. 또한 글 한 편 한 편이 모두 주옥같고 공부하는 사람들에게 일깨움을 주는 말씀이어서 허투루 넘길 것이 하나도 없다. 공부의 자세, 독서의 방법, 원포(園圃) 경영의 요령, 승려에게 주는 가르침, 관리와 아전의 마음가짐, 경제생활의 지침, 우언(寓言)을 활용한 권면 등 다양한 내용이 담겨 있다. 다산의 제자 강학법과 그가 생각했던 웰빙 또는 슬로 라이프의 구체적 지침까지 제시되어 현대의 우리가 새겨야 할 가르침이 적지 않다.

다산의 증언은 그 사람에 맞게 제시된 맞춤형 교육의 결과여서 다산과 해당 제자와의 인연을 먼저 소개한 후 원문과 역문을 싣고, 이에 대한 해설을 수록하겠다. 해설은 교육법에 초점을 두겠고, 실물 자료가 있을 경우 사진으로 소개하겠다. 독자의 편의를 위해 매 꼭지마다 별도의 소제목을 붙였다.

이제 이 글을 통해 다산 정약용의 위대한 교육 정신과 지침 및 원리를 이해하고, 오늘날의 교육 현장에 적용할 수 있는 많은 후속 연구가 이어질 수 있기를 기대한다. 이 많은 자료를 공유해준 강진군 등 소장기관과 소장자들에게 깊은 감사를 드리고, 자료 수집을 위해 자기 일처럼 발 벗고 나서 도와준 여러 분께도 고마운 뜻을 전한다.

2017년 매미 소리 속 행당동산에서
정민 쓰다.

# 다산의 증언 목록

현재까지 수습된 다산의 증언은 문집에 실린 17종과 친필 또는 필사로 전하는 것을 합쳐 50종을 훨씬 웃돈다. 이제껏 필자가 확인한 다산의 증언 목록은 다음과 같다. 앞으로 이 목록은 더욱 늘어날 것이다. 편의상 읍중 제자군, 초당 제자군, 승려 제자군, 집안 제자군, 기타로 구분하여 묶었다.

## 1. 읍중 제자군

1. 〈증산석(贈山石)〉(〈삼근계(三勤戒)〉), 《송치원시첩(送巵園詩帖)》 수록, 정학연 글씨, 윤영상 소장.
2. 〈절학가(截瘧歌)〉외, 《다산여황상서간첩(茶山與黃裳書簡帖)》 수록 증언 9칙, 다산 친필, 윤영상 소장.
3. 〈제황상유인첩(題黃裳幽人帖)〉, 《다산시문집(茶山詩文集)》 수록.
4. 〈다산옹서이황상증언(茶山翁書貽黃裳贈言)〉 11칙, 다산 친필, 원본 소재 불명.

## 2. 초당 제자군

5. 〈순암호설(淳庵號說)〉, 《다산사경첩(茶山四景帖)》 수록, 다산 친필, 윤영상 소장.
   〈독서법증례(讀書法贈禮)〉, 《다산사경첩》 수록, 다산 친필, 윤영상 소장.
   〈증원례(贈元禮)〉, 《다산사경첩》 수록, 다산 친필, 윤영상 소장.
   〈서증기숙금계이군(書贈旗叔琴季二君)〉, 《다산사경첩》 수록, 다산 친필, 윤영상 소장.

6.《다산선생서첩(茶山先生書帖)》9칙, 다산 친필, 조남학 소장.

7.《귤림문원(橘林文苑)》수록 증언 6칙, 윤재찬 필사, 윤대현 소장.

8.〈윤종심을 위해 써준 글(爲尹鍾心贈言)〉3칙,《다산시문집》수록.(원본 필사본〈다산선생부환설(茶山先生富幻說)〉,《귤림문원》수록, 윤재찬 전사(轉寫), 윤대현 소장.)

9.〈윤혜관을 위해서 준 증언(爲尹惠冠贈言)〉2칙,《다산시문집》수록.
〈또 윤혜관을 위해서 준 증언(又爲尹惠冠贈言)〉,《다산시문집》수록.

10.〈해남 천경문을 위해 써준 증언(爲海南千敬文贈言)〉7칙,《가장잡록(家藏雜錄)》수록, 원본 소재 불명.

11.〈윤윤경을 위해 써준 증언(爲尹輪卿贈言)〉8칙,《다산시문집》수록.

12.〈증혜관겸시회중포숙(贈惠冠兼示檜仲蒲叔)〉2칙, 다산 친필, 강진군 소장.(문집 수록본〈윤종문, 윤종직, 윤종민을 위해 준 증언(爲尹鍾文鍾直鍾敏贈言)〉,《다산시문집》수록.)
〈또 삼윤을 위해 써준 증언(又爲三尹贈言)〉,《다산시문집》수록.
〈다산의 제생을 위한 증언(爲茶山諸生贈言)〉,《다산시문집》수록.
〈윤종익을 위한 증언(爲尹鍾翼贈言)〉,《귤림문원》수록, 윤재찬 전사, 윤대현 소장.

13.《야새첩(埜傺帖)》, 다산 친필, 강진군 소장.

### 3. 승려 제자군

14.〈기어 자홍에게 주는 말(爲騎魚僧慈弘贈言)〉,《다산시문집》수록.
《다산여자굉증언(茶山與慈宏贈言)》(원본 제목《다산유산양세묵보(茶山酉山兩世墨寶)》) 7칙, 다산과 유산의 친필, 개인 소장.

15.《시의순첩(示意洵帖)》8칙, 다산 친필, 윤영상 소장.

16.《기중부서간첩(寄中孚書簡帖)》8칙,《금당기주(琴堂記珠)》수록.

17.《초의호게첩(草衣號偈帖)》2칙,《금당기주》및《다산시집초(茶山詩集抄)》수록.

18.《총지금첩(聰之琴帖)》6칙,《정다산선생행서첩(丁茶山先生行書帖)》수

록, 다산 친필, 이을호 구장, 원본 소재 불명.

19.《당사문수이보궐시첩(唐沙門酬李補闕詩帖)》 17칙, 다산 친필, 이을호 구장, 원본 소재 불명.

20.《조기관원산첩(朝起觀遠山帖)》 11칙,《금당기주》 수록.

21.〈초의 의순에게 주는 말(爲草衣僧意洵贈言)〉 5칙(《금당기주》 수록본 6칙),《다산시문집》 수록.

22.《한산자시첩(寒山子詩帖)》 4칙,《금당기주》 수록.

23.《초의수초(艸衣手鈔)》 수록 증언 5칙, 한국불교유산아카이브 수록, 개인 소장.

24.〈제철경첩(題掣鯨帖)〉 5칙,《탁옹집(籜翁集)》 수록, 전사본, 개인 소장.

〈철경당게(掣鯨堂偈)〉,《백열록(栢悅錄)》 수록, 송광사 성보박물관 소장.

〈수룡당게(袖龍堂偈)〉, 장서각본《열수전서(洌水全書)》 수록.

〈승려 근학을 위해 주는 말(爲沙門謹學贈言)〉,《다산시문집》 수록.

《소산청고첩(疎散淸高帖)》, 다산 친필, 개인 소장.

25, 26.《잡언송철선환(雜言送鐵船還)》 20칙, 다산 친필, 일민미술관 소장.

## 4. 집안 제자군

27.〈교치설(教穉說)〉 6칙,《여유당전서보유》(경인문화사, 1974) 수록, 다산 친필, 원본 소재 불명.

28, 29.〈반산 정수칠을 위해 써준 증언. 자는 내칙이고 장흥 사람이다(爲盤山丁修七贈言. 字乃則, 長興人)〉 23칙,《다산시문집》 수록.

〈또 정수칠을 위해 써준 증언(又爲丁修七贈言)〉,《다산시문집》 수록.

30, 31.〈아우 횡을 위해 써준 증언(爲舍弟鐄贈言)〉 13칙,《다산시문집》 수록.

〈또 아우 횡을 위해 써준 증언(又爲舍弟鐄贈言)〉,《다산시문집》 수록.

32. 정재운에게 써준 다산의 증언, 다산 친필, 정칠수 가 소장.

〈정원필의 일을 쓰다(書鄭源筆事)〉, 다산 친필, 강진군 소장.

〈증원필(贈元弼)〉, 다산 친필, 청관재 소장.

〈청산노인에게 써서 주다(書贈青山老人)〉, 다산 친필, 원본 소재 불명.

5. 기타

33. 〈양덕 사람 변지의를 위해 주는 말(爲陽德人邊知意贈言)〉, 《다산시문집》 수록.

〈이인영을 위해 주는 말(爲李仁榮贈言)〉, 《다산시문집》 수록.

34. 〈영암 군수 이종영을 위해 써준 증언(爲靈巖郡守李鍾英贈言)〉 7칙, 《다산시문집》 수록.

〈부령 도호부사로 부임하는 이종영을 전송하는 서문(送富寧都護李鍾英赴任序)〉, 《다산시문집》 수록.

35. 〈송이성화장귀서(送李聖華將歸序)〉, 《정다산선생행서첩(丁茶山先生行書帖)》 수록, 다산 친필, 원본 소재 불명.

〈우후 이중협과 헤어지며 준 시첩 서문(贈別李重協虞候詩帖序)〉, 《여유당전서》 수록.

〈이우후에게 주는 증언(與李虞侯贈言)〉, 《낙천총서(樂泉叢書)》 수록.

〈옥호산장으로 돌아가는 홍일인을 전송하는 시와 서문(送洪逸人歸玉壺山莊詩幷序)〉, 다산 친필, 개인 소장.

36. 〈고향으로 돌아가는 영천 이감찰을 전송하는 서문(送榮川李監察還山序)〉, 다산 친필, 개인 소장.

《송이익위논남북학설(送李翊衛論南北學說)》 2칙, 다산 친필, 개인 소장.

37. 〈영남의 학술이 고루함에 대하여(嶺學膠固說)〉, 《삼상루이첩(參商樓二帖)》 수록, 다산 친필, 한양 조씨 옥천종택 소장.

《열상필첩(洌上筆帖)》 수록 증언 6칙, 다산 친필, 한양 조씨 옥천종택 소장.

〈증신영로(贈申穎老)〉, 경기도박물관 소장.

## 차례

서설 5

다산의 증언 목록 8

**제1부 읍중 제자에게 준 증언첩**

1. 부지런하고, 부지런하고, 부지런해라 22

—한 사람의 인생을 바꾼 〈삼근계〉의 가르침

저 같은 아이도 공부할 수 있나요? | 네가 내게 배우겠느냐? | 마음에 새기고 뼈에 새기다

2. 훗날의 성취를 말할 필요가 없겠다 32

—황상에게 준 일상의 격려와 따끔한 질책

나보다 한층 더 높아지겠다 | 네 말씨와 외모, 하는 꼴을 보니 | 내 너를 다시는 보지 않겠다

3. 은자의 거처가 갖추어야 할 것들 51

—〈제황상유인첩〉을 통해 본 다산의 이상적 주거 구상

유인(幽人)의 삶이 길하다 | 유거(幽居)의 입지와 내부 배치 | 집 둘레와 주변의 배치

4. 음식은 입만 속이면 된다 61
—자투리 천을 잘라 황상에게 써준 세 차례의 당부
양쪽 언덕 복사꽃이 냇물에 가득 | 지극히 맑고 고상한 일 | 낙천지명(樂天知命)의 삶 | 흥하는 집안과 망하는 집안

## 제2부 초당 제자에게 준 증언첩

5. 체격은 왜소해도 품은 뜻은 거인같이 84
—윤종진에게 준 〈순암호설〉과 독서법
순암이란 호에 담은 뜻 | 너무 큰 소리로 책을 읽지 마라 | 죽은 자가 살아와도 부끄러움이 없어야

6. 벌을 치고 꽃을 기르며 깨달은 사실 97
—초당의 제자에게 준 생활 단상
성쇠의 이치 | 곤충에게 배우다 | 작약의 한살이 | 인심(人心)과 도심(道心)의 엇갈림 | 샘 많은 아내와 어리석은 하인 | 기쁨과 괴로움의 변증법

7. 방 안에서 혼자 하는 생각 125
—윤종민이 외워 전한 스승의 가르침
어려서 외워 기록한 다산의 글 | 인생이란 흰 망아지가 문틈 새로 지나가는 것 | 옛사람과 만나는 즐거움 | 왕희지의 초서와 시에 담긴 뜻 | 하늘은 어질지 않다 | 산림에 사는 즐거움

8. 헛되고 헛되다 140
—가난을 슬퍼하는 제자 윤종심을 위로한 글
수도 없이 주인이 바뀌는 토지 문서 | 가난을 기뻐해라 | 가난한 선비의 1년 궁리

9. 돼지의 즐거움 149

—윤종문에게 준 두 차례의 당부와 명사(名士)의 요건

선비의 생업과 독서 | 짐승으로 살기를 원하는가? | 가난한 선비가 알아두어야 할 일

10. 사람이 천지 사이를 살아간다는 의미 157

—해남 사람 천경문에게 준 증언

학의 등에 올라탄 채 내려오는 기분 | 밤엔 편히 자고 낮엔 한가롭다 | 대장부의 통쾌한 경계

11. 천하에 못난 인간 168

—윤종억에게 준 졸렬한 선비의 경계

지혜로운 선비가 해서는 안 될 일 | 원포의 경영으로 활로를 연다 | 집안을 일으키는 방법과 지침

12. 새, 짐승과는 함께 살 수가 없는 법 181

—윤씨 삼형제와 다산 제생에게 준 가문 보전과 과거 공부의 요령

터전을 지켜 문호를 세워라 | 백년의 체모를 잃지 않으려거든 | 다섯 가지 포학한 형벌 | 과거 공부가 먼저다 | 풍수설에 현혹되면 안 된다

13. 근검으로 도를 지켜 복을 오래 보존하라 199

—이상적 주거의 조건

작은 못을 파서 연꽃을 심고 | 이웃 벗과의 왕래 | 원포의 구성과 배치 | 겸손하게 낮춰 스스로를 기른다

## 제3부 승려 제자에게 준 증언첩


14. 우둔하고 졸렬해야 한다 210

—승려 기어 자홍에게 내린 당부

아암 혜장의 전법 제자 | 마음은 버려두고 몸뚱이만 기르려느냐? | 미망(迷妄)을 버려라, 재주를 버려라 | 상심락사(賞心樂事)의 즐거움 | 시에 마음을 쏟도록 해라

15. 어떤 사람이 되려느냐 230

—승려 초의에게 준 당부와 훈계

다산의 손때 묻은 제자 초의 | 내가 국화를 사랑하는 이유 | 탐욕과 망각에 대하여 | 적막한 네 마음을 만나보라 | 《주역》 공부의 관건 | 대자유를 꿈꾸는가?

16. 그리운 마음을 견디기 어렵다 260

—초의에게 준 짧은 편지 모음

참으로 기쁜 일 | 이런저런 말에 휘둘리면 안 된다 | 이기심을 버려라

17. 깨달음은 어디에 있나 271

—초의의 호에 붙인 게송

유불이 나뉘는 지점 | 청정법신(清淨法身)마저 내던져야 | 비단옷 위에 덧옷을 입는 까닭 | 맛없는 맛의 맛있음을 알아야

18. 배움의 마음가짐 281

—초의에게 준 공부의 바른 자세와 태도

근거 없는 비방에 개의치 말라 | 공부하는 바른 태도

19. 어째서 근심에 빠져 있느냐 292

—초의에게 시로 내린 가르침

시로 선(禪)을 읽는다 | 말보다 실천이 앞서야 | 물병 하나, 지팡이 하나면 충분하다 | 적막히 스님 하나 찾아오누나 | 시의 작법에 대하여

20. 뜻이 있다면 나를 따르라 313

—초의를 일깨우는 경계의 가르침

한번 돌아보게나 | 헛되이 살지 않으려면 | 너는 그렇게 하지 않겠지? | 빈 강 매화 그림자 거꾸로 비칠 때

21. 허깨비 세상에서 허깨비 사람들이 328

—초의에게 깨달음을 촉구하며 써준 글

무덤 앞의 독백 | 시가(詩家)의 대법(大法) | 《주역》 공부의 방법 | 항아리 속에서 앵앵대는 모깃소리

22. 단물이 다 빠지면 쓴 물이 나오는 법 340

—초의와 시로 주고받은 선문답

봄 안개와 가을바람 | 언제나 이렇게 할 순 없겠지 | 초록 곰 방석 | 바람 불자 길 가득 향기가 | 또 하나의 선문답

23. 얼마간의 즐거운 일 352

—초의가 베껴 쓴 또 하나의 증언첩

세상의 판세 | 밥벌레의 삶 | 만족은 어디서 오는가? | 마음의 기쁨

24. 으뜸가는 깨달음의 경지 362

—응언과 수룡, 근학 및 사미승에게 준 다섯 가지 증언

깨달음은 어디서 오는가? | 철경, 고래를 끌어당기는 자 | 용을 붙들어 소매 속에 넣고 다니는 수룡 | 내려놓고 떠나라 | 승려에게 시율(詩律) 공부가 중요한 까닭

25. 승려의 이상적 주거 386

—철선 혜즙에게 준 승려 주거의 입지와 요건

땅 고르기와 터 잡기 | 법려(法侶)와 강학(講學) | 서책과 서화의 구비 | 자락(自樂)과 득의(得意) | 시 창작과 견문 넓히기

26. 지극한 도리가 내 눈앞에 환하다 399

—철선 혜즙에게 시로 건넨 덕담

국화만이 내 벗일세 | 속류가 아님을 사랑하노라 | 음습한 기운 시원스레 뚫고 | 꿈속에서 포식한들 | 청량한 몸을 잘 보전하게나 | 물은 동쪽으로, 해는 서편에

제4부 집안 제자에게 준 증언첩

27. 자녀 교육의 바른 방법 426

—정수칠에게 써준 자녀 교육법, 〈교치설〉

《천자문》을 버려라 | 《사략》은 안 된다 | 《통감절요》는 가짜다 | 글씨를 잘 쓰려면 | 공책의 여백에 남긴 두 항목

28. 군자의 길, 소인의 길 449

—정수칠에게 준 공부법과 독서법 (1)

공부를 하지 않으면 금수와 같다 | 집안에 공부하는 사람이 하나도 없다면 | 과거 공부의 집착과 해독 | 학문의 길과 공자의 가르침

29. 공부의 과정과 절차 464

—정수칠에게 준 공부법과 독서법 (2)

공부를 하는 진짜 이유와 바른 방법 | 어린이 학습법과 독서의 단계 | 사물을 통해 배우는 세상 사는 이치

30. 스스로에게 함부로 대하지 말라 475

—서제 정약횡에게 준 윗사람을 모시는 자세

밥이나 먹고 살면 된다? | 음란함에 대한 경계

31. 베푸는 대로 받는다 485

—서제 정약횡에게 준 당부

비장의 자질과 역량 | 틈만 나면 공부해라 | 모범적 행실로 자취를 남긴 비장들 | 여기서 베풀어 저기서 받는다

32. 같은 뿌리이니 거두어주십시오 498

—청산도 노인과 그의 손자 정원필에게 준 글

석함 속의 옛 족보 | 청산도 자죽암의 기특한 꼬마 주인 | 노인이 주르륵 눈물을 흘렸다

제5부 벗 또는 후학에게 준 증언첩

33. 큰 문장이 되렵니다 526

—문장 공부를 청하는 두 젊은이에게 건넨 충고

글공부는 나무 심기와 같다 | 평생 불우해도 후회가 없습니다 | 귀신의 휘파람과 원한 품은 여인의 흐느낌 같은 글 | 차라리 노름방과 기생집을 가는 것이 낫다 | 사람과 시가 같아야

34. 목민관의 바른 자세 542
—영암 군수 이종영에게 준 목민관이 지녀야 할 마음가짐
여섯 자의 비결 | 위협과 비방에 대처하는 태도 | 형벌을 쓰는 네 가지 단계 | 아전을 통솔하는 방법 | 잘 다스리는 관리란? | 관리가 두려워해야 할 네 가지

35. 물러나 이웃으로 같이 사세나 561
—우후 이중협에게 준 벼슬길의 충고
빚쟁이를 만드는 벼슬길 | 괴로움은 즐거움의 뿌리 | 내가 그를 벗으로 삼는 이유 | 서울 셋방살이를 접고 떠나는구나

36. 남북 학술의 차이와 폐단 574
—이인행에게 써준 영남 학계에 대한 통렬한 비판
파직을 축하하오 | 우쭐대며 얕잡아보고, 선배를 우습게 안다 | 말은 창보다 날카롭고, 마음은 남가새보다 험하다 | 절실한 가르침에 패복(佩服)한다

37. 고루함을 벗어나라 599
—조거남, 조성복과 신영세에게 써준 영남에 대한 생각
육예(六藝)는 쓸데없는 기예가 아니다 | 사해(四海)와 구주(九州)의 안목 | 정사(精舍)란 말에 담긴 뜻 | 자취를 남겨주게

찾아보기 627

# 1부

## 읍중 제자에게 준 증언첩

# 1. 부지런하고, 부지런하고, 부지런해라

—한 사람의 인생을 바꾼 〈삼근계〉의 가르침

## 저 같은 아이도 공부할 수 있나요?

황상(黃裳, 1788~1870)은 다산 정약용에게 눈물겨운 제자다. 다산은 1801년 11월 강진으로 귀양 와서 동문 밖 주막집 뒷방에 어렵게 거처를 마련했다. 이른바 동문매반가(東門賣飯家)로 알려진 곳이다. 이듬해 10월 다산은 주막집 뒷방에 사의재(四宜齋)란 이름을 걸고 서당을 열었다. 자기 앞가림도 하고 절망의 시간을 강학의 열정으로 채워보려는 절박한 심정에서였다.

황상은 다산이 처음 서당을 열었을 때 무릎을 꿇고 배운 이른바 읍내 제자의 한 사람이다. 질박한 그의 사람됨을 다산은 무척이나 아꼈다. 어린 시절 자를 산석(山石)이라 한 것만 봐도 느낌이 온다. 그의 자는 제불(帝黻), 호는 치원(巵園)이었다. 그는 스승 다산에게서 '삼근계(三勤戒)'란 이름으로 더 잘 알려진 〈증산석(贈山石)〉이란 친필 증언을 받았다. 길지 않은 한 편의 글을 스승에게서 받은 그 순간 문득 그의 삶이 변했다. 이 밖에 친필로 준 조각글을 황상은 하나하나 모아 작은 책자로 만들었다. 이 책자 외에 다산의 문집에 실린 글도 있고, 최근 그간 알려지지 않았던 별도의 증언첩도 공개되었다.

그의 부친 황인담(黃仁聃, ?~1807)은 강진의 아전이었다. 황상 자신도 잠깐

다산이 주막집 뒷방에 연 서당 사의재.



이지만 아전 생활을 했다. 그의 아우 황경(黃褧, 1792~1867)도 아전이었다. 그는 스승이 증언으로 내려준 가르침을 평생 그대로 지켜 따랐다. 강진군 백적동에 은거하며 수십 년간 일속산방(一粟山房)을 경영했다. 스승의 분부대로 시학에 힘을 쏟아 훗날 추사 김정희에게서 "지금 세상에 이 같은 작품은 없다."는 칭찬을 들었다. 이제 다산이 황상에게 준 여러 증언을 차례로 읽어 보겠다.

1801년 11월, 강진 동문 밖 주막집 뒷방에 어렵사리 거처를 얻어 시작한 다산의 강진 유배 생활은 신산(辛酸) 그 자체였다. 오가는 술손님들의 주사야 그렇다 쳐도 뜨내기 객들이 만들어내는 소음에 익숙해지기까지는 시간이 좀 걸렸다. 게다가 주막이 동문 밖 마을 우물 옆에 있어 날이면 날마다 빨래하러 나온 아낙들의 방망이질 소리와 그네들이 주고받는 생활의 푸념까지 고스란히 들려왔다. 그 소리와 풍경 들이 네 계절을 돌아 겨우 귀에 익고 눈에 익숙해질 무렵, 다산은 주막집 골방에 서당을 차려 자기 군입이라도 덜어야겠다는 생각을 했다. 끊임없이 못살게 굴던 현감도 갈려 가고 아전들의 경계하는 눈빛이 한결 누그러진 때문이기도 했다.

황상은 이때 다산이 처음 받아 가르친 제자였다. 그는 1802년 10월 10일에 처음 다산에게 제자의 예를 갖춰 절을 올렸다. 그리고 7일이 지난 10월 17일에 스승은 수업을 마친 황상을 따로 불러 앉혀놓고 다음의 글을 내려주었다. 표제에 '증산석(贈山石)', 즉 '산석에게 준다'고 적혀 있었다.

내가 산석(山石)에게 문사 공부할 것을 권했다. 산석은 머뭇머뭇하더니 부끄러운 빛으로 사양하며 이렇게 말했다.

"제가 세 가지 병통이 있습니다. 첫째는 둔한[鈍] 것이요, 둘째는 막힌[滯] 것이며, 셋째는 답답한[戛] 것입니다."

내가 말했다.

"배우는 사람에게 큰 병통이 세 가지 있는데, 네게는 그것이 없구나. 첫째, 외우는 데 민첩하면 그 폐단이 소홀한 데 있다. 둘째로 글짓기에 날래면 그 폐단이 들뜨는 데 있지. 셋째, 깨달음이 재빠르면 그 폐단은 거친 데 있다. 대저 둔한데도 들이파는 사람은 그 구멍이 넓게 된다. 막혔다가 터지게 되면 그 흐름이 성대해지지. 답답한데도 연마하는 사람은 그 빛이 반짝반짝 빛나게 된다. 뚫는 것은 어떻게 해야 할까? 부지런히 해야 한다. 틔우는 것은 어찌하나? 부지런히 해야 한다. 연마하는 것은 어떻게 할까? 부지런히 해야 한다. 네가 어떻게 해야 부지런히 할 수 있을까? 마음을 확고하게 다잡아야 한다."

余勸山石治文史, 山石逡巡有愧色而辭曰: "我有病三. 一曰鈍, 二曰滯, 三曰戛." 余曰: "學者有大病三. 汝無是也. 一敏於記誦, 其敝也忽. 二銳於述作, 其敝也浮. 三捷於悟解, 其敝也荒. 夫鈍而鑿之者, 其孔也濶, 滯而疏之者, 其流也沛, 戛而磨之者, 其光也澤. 曰鑿之奈何, 曰勤. 疏之奈何. 曰勤. 磨之奈何. 曰勤. 曰若之何其勤也. 曰秉心確."

스승은 이제 막 새 배움을 시작하는 제자를 앉혀놓고 "열심히 공부하라." 고 말했다. 제자는 부끄러운 빛을 띤 채, "선생님, 저처럼 아둔하고 꽉 막히고 융통성 없는 사람도 정말 공부할 수 있을까요?"라고 조심스레 되묻는다.

스승의 대답은 이러했다.

"공부는 말이지, 꼭 너 같은 사람이 해야 한단다. 문제는 아둔하고 꽉 막히고 융통성 없는 것이 아니고, 민첩하고 예리하고 재빠른 데 있지. 빨리 잘 외우는 아이는 제 머리를 믿고 대충 하고 만다. 글을 잘 짓는 아이는 제 글 솜씨를 뽐내느라 생각이 자꾸 들뜨게 되지. 이해가 빠른 아이는 끝까지 파고들지 않고 대충 넘겨짚는 버릇이 있다. 이렇게 되면 큰 공부는 못하고 만다. 너는 둔하다고 했지? 너 같은 아이가 성심으로 들이파면 큰 구멍이 어느 순간 뻥 뚫리게 된단다. 앞뒤가 꽉 막혔다고 했니? 막혔다가 툭 터지면 봇물이 터진 것처럼 거침없게 되겠지. 융통성이 없다고? 처음엔 울퉁불퉁해도 부지런히 연마하면 반짝반짝 빛나게 된다. 그렇게 되려면 어찌해야 할까? 부지런하고, 부지런하고, 부지런하면 된다. 어떻게 부지런히 하느냐고 묻는 게냐? 마음을 확고히 다잡으면 된다."

## 네가 내게 배우겠느냐?

다산이 친필로 써준 이 글은 두고두고 긴 이야기를 만들어냈다. 필자가 2011년에 펴낸《삶을 바꾼 만남》은 다산과 황상의 만남을 추적한 592쪽에 달하는 두꺼운 책이다. 출간 이후 우연히 이 책을 보게 된 황상의 후손 황수홍 선생의 연락을 받고 그 집안에서 대대로 소장해온 황상의 친필 문집과 각종 친필 자료를 볼 기회를 얻었다. 이 가운데《치원소고(巵園小稾)》가 있다. 이제껏 어디서도 보지 못한 황상의 산문을 모은 문집이었다. 이 문집은 황상의 친필인 데다 상단에 다산의 아들 정학연(丁學淵)이 붉은 먹으로 손수 쓴 평어까지 달려 있었다. 이 가운데 정학연에게 보낸 편지인 〈유산 선생께 올림(上酉山先生書)〉이란 글에 처음 황상이 스승 다산에게서 증언을 받을 때의 전후 사정이 상세하게 적혀 있다.

옛날 순조 신유년(1801)에 돌아가신 선생님께서 재앙을 만나 강진에 귀양 오시니 사람들과 접촉하는 것조차 허락되지 않았습니다. 임술년(1802) 가을에 제가 부족한 자질로 두세 명의 아이들과 함께 주막집 앞길에서 공놀이를 하고 있었습니다. 선생님께서 사람을 시켜 공놀이하는 아이들을 불러오게 하셨지요. 아이들은 나아갔지만 저는 평소에 부끄러움으로 낯을 많이 가렸던지라 명령을 어겨 따르지 않다가 세 번을 되풀이해 부르신 뒤에 절을 올렸습니다. 선생님께서 말씀하셨습니다. "어른을 뵈었으면 인사를 해야지." 그러고는 성명과 나이, 무슨 일을 하는지를 물으셨지요. 갖추 대답을 올렸는데, 마침 날이 저물어 어두워졌으므로 아이들에게 물러가라 명하시곤 저에게는 남으라고 하시더니 배우러 다니는 서당이 먼지 가까운지를 물으시곤 이렇게 말씀하셨습니다. "네가 이곳에서 내 심부름을 할 수 있겠느냐?" 제가 일어나 대답을 드렸습니다. "부모님이 계시니 부모님께서 시키시는 대로 따르겠습니다." "그게 좋겠다. 내일 다시 오너라."

돌아와 이 분부를 아버님께 아뢰었더니, 이렇게 말씀하셨지요. "이는 바늘과 실이 서로를 필요로 함이다. 너는 가서 따르도록 해라. 다만 스승과 제자는 의리가 중하니 조심하고 삼가서 거역하거나 게을리해서는 안 된다." 제가 아버님의 명을 받들어 다음 날 찾아뵙고 아버님의 분부를 말씀드리자 선생님께선 "그러하냐." 하셨습니다. 마침내 책을 어루만지시더니 제게 경서를 베껴 쓰게 하시고 《예기(禮記)》〈단궁(檀弓)〉 편을 가르쳐주시며 문사 공부를 권하는 글을 지어주셨습니다. 부지런하고, 부지런하고, 부지런하라는 세 글자의 근(勤)을 가지고 '병심확(秉心確)', 즉 마음을 확고히 다잡으라는 글로 말씀을 맺으셨지요. 비록 지극히 어리석은 자라도 스스로 힘써 따르기를 원할 만하였습니다. 이후로는 선생님의 자리 곁에서 지내고 계신 곳 귀퉁이에서 잤지요. 위로는 넓은 바가 있고 아래로는 감출 것이 없어, 이 때문에 은혜와 의리의 무거움이 마치 아비가 아들을 가르치는 것과 같았으니 어찌 자식이 아버지를 섬기는 마음과 같지 않을 수 있었겠습니까?

往在純廟辛酉, 先夫子遘禍謫耽津, 不許人相接. 壬戌秋, 門下以牛馬走而與二三群童, 毬戲於旅舍街前. 先夫子使人招致毬戲群童, 群童進, 門下素抱羞澁, 故違背命令, 三復而後拜. 夫子曰: "見則禮矣." 問其姓名年齡業何, 俱以對. 適日暮逮昏, 命群童退, 令門下在, 問其學舍遠近. 曰: "汝能將命於本處乎?" 起而對曰: "父母在, 父母之所使是從." 曰: "可矣. 明日復來."

歸陳此敎於家嚴, 曰: "此針芥之相投也. 汝往從之. 然師徒義重, 小心畏忌, 勿逆勿怠." 吾當拜命, 明日而進, 告之以父敎. 曰: "然乎." 遂玩之以書帙, 使之鈔錄經籍, 授以檀弓, 贈之以治文史之文, 以勤三字, 秉心確字結語, 雖至愚者, 可以自勉而願從矣. 自玆以往, 藏於座右, 宿於座隅, 上有所博, 下無所隱, 是以恩義交重, 如父誨子. 安得無如子事父之心.

일반적으로 알려진 것과 달리 다산이 주막집 앞 큰길에서 공놀이하는 아이들을 눈여겨보았다가 아이들을 불러서 자기에게 와서 공부하겠느냐고 물었다는 얘기다. 다산으로서는 무료하고 절망적인 시간을 함께 견딜 말동무가 그리웠고, 가르침의 욕망도 마음 한편에서 돋아났던 것이다. 황상은 이렇듯 127자에 불과한 스승의 증언을 받은 일을 계기로 종일 스승의 곁을 지키고 잠까지 한 방에서 자는 내제자의 생활을 시작하게 되었다.

황상은 어린 나이에도 "부모님이 계시니 부모님의 분부를 따르겠다."고 아뢸 정도로 진중한 사람이었다. 다산은 그의 사람됨을 바로 꿰뚫어 알아보고는 그에게 산석(山石)이란 이름을 지어주었다. 산속에 생긴 대로 선 바위 같

十二時中無所可觀反不如參己之非器而虎峯故
長老傳衣於幸雲金巖下尊宿付鉢於大雄莫重衣
鉢虛傳浪受濫溷宗師之列佛海之穢滓莫甚於雲
等故自顧同衣不覺赧然汗出矣下壇釋拂之時換
木袈香之服共陳所懷曰吾輩俱以佛子之徒誦佛
之言行佛之教而佛之正寢若是傾頹莫有修補之
人此非吾輩之過而有誰當之者乎於是與大衆相
議衆皆推吾輩而緣化之不量自己之徒劣猶悶佛
殿之荒凉大雄自東而北幸雲之西而南苦口甘言
若營私利己口裡生膠如擔得百二十斤相似不能
暫時休却幸以如來之蔭祐到處君子隨力願施左
右合齊乘朽取良改棟補椽東西依舊南北如新此
所謂三愚成一智也然財生於施主役勞於徒衆雲
等之功無處可論處士執事云云開特達廣行人所
不能行者寔出於勸勉後塵之意在雲等實是濫觴
之教也無己功而受華名佛家之大忌故敢陳情私
以俟詳覽

上 酉山先生書

門下衆頓首再拜平生所服夢寐懷想三四迴瀉八
九番唯以盡於一紙之上文不能通暢辭或有未盡

情之處金石貞信庶可形矣毋以鄙俚而垂察焉往
在 純廟辛酉 先夫子遘禍謫耽津不許人相接
壬戌秋門下以牛馬走而與二三羣童毬戲於 旅
舍街前 先夫子使人招致毬戲羣童羣童進門下
素抱羞澁故違背 命令三復而後拜 夫子曰見
則禮矣問其姓名年齒業何俱以對適日暮遂昏
命羣童退令門下在問其學舍遠近曰汝能將命於
本處乎起而對曰父母在父母之所使是從 曰可
矣明日復來歸陳此教於家嚴 曰此針芥之相投
也汝往從之然師徒義重小心畏忌勿逆勿怠吾當
拜命明日而進告之受教 曰然乎遂玩之以書帙
使之鈔錄經籍授以檀弓贈之以治文史之文以勸
三字秉心確主字結語雖至愚者可以自勉而願從
矣自茲以往藏於座隅宿於座隅上有所博下無所
隱是以恩義交重如父誨子安得無如子事父之心
於門下伉儷之時曰汝之禮狀非我而誰書遂書之
其後閑居謂門下曰吾不能復見天日老死此土則
二子俱在千里之外斂襲之節惟汝行之衣之垢者
澣之精者仍之一遵我授兒新編斂而殯焉待二子
之到以成返柩之節汝不見夫童子執燭之文乎君

〈유산 선생께 올림〉, 《치원소고》 수록, 황상 친필, 강진군 소장.

은 사람이 그였다.

## 마음에 새기고 뼈에 새기다

한편 그의 문집에 〈임술기(壬戌記)〉란 글이 실려 있다. 1802년 스승에게 삼근의 가르침을 받았던 그가 60년이 지난 그다음 임술년(1862)을 맞아 옛일을 회상하며 쓴 글이다. 그는 이 글에서 스승에게 제자의 예를 갖춘 지 7일째 되던 날 다산이 자신에게 내려준 삼근계의 증언을 소개한 후 다시 글 끝에 이렇게 덧붙였다.

이때 나는 동천여사(東泉旅舍)에서 지내고 있었다. 당시 내 나이가 열다섯이어서 동자라 관례도 치르지 않았으나 마음에 새기고 뼈에 새겨 감히 잃을까 염려하였다. 그때부터 지금까지 61년 동안 독서를 그만두고 쟁기를 잡고 있을 때에도 마음에 늘 품고 있었다. 지금은 손에서 책을 놓지 않고 한묵 속에서 노닐고 있다. 비록 수립한 것은 없다 하나, 구멍을 뚫고 어근버근함을 틔우는 것을 삼가 지켰다고 말할 만하다. 또한 능히 마음을 확고히 다잡으라는 세 글자를 받들어 따랐을 뿐이다. 하지만 지금 나이가 일흔다섯이 넘어 남은 날이 많지 않다. 어찌 제멋대로 내달려 도를 어지럽힐 수 있겠는가? 지금 이후로도 스승께서 주신 가르침을 잃지 않을 것이 분명하고, '얘야! 어겨서는 안 된다'고 하신 말씀을 행할 것이다. 이에 임술기를 적는다.

時住東泉旅舍也. 予時年十五, 童而未冠, 銘心鏤骨, 恐有所敢失. 自彼于今, 六十一年間, 有廢讀把耒之時, 因懷在心. 今也則手不釋卷, 游泳翰墨, 雖無樹立者, 足可謂謹守鑿而疏戛, 亦能奉承秉心確三字耳. 然今年壽七十五, 餘日無多, 安可胡走亂道也. 而今而後, 師授之不失也明矣, 小子之不負也行矣. 夫兹爲壬戌記.

15세 때 처음 절을 올리고 모셨던 스승의 체취를 60년 뒤인 75세 때 돌아보며, 스승이 주신 그 가르침의 말씀을 일생 부끄러움 없이 지켜왔다고 그는 지금 고백하고 있다. 어찌 보면 황상 같은 제자를 만난 것은 다산의 행운이라고 말하고 싶을 정도다. 소년은 스승이 직접 써주신 글을 평생 어루만지며 살아 나중에는 종이가 나달나달해져 누더기가 되었다. 황상에게서 그 이야기를 들은 정학연은 1854년 두릉을 찾아온 황상에게 돌아가신 아버지를 대신해서 누더기 종이 위에 희미하게 남은 부친의 글을 새 종이에 다시 써주었다. 그러고는 그 끝에 이렇게 썼다.

위 글은 열수선생(洌水先生)의 면학문(勉學文)이다. 이때는 임술년 10월 17일이니, 황상의 나이 15세 때였다. 본래의 종이는 찢어져서 이 필첩에 다시 적어 첫머리로 삼는다. 산석(山石)은 황상의 아이 적 이름이다. 학연 발(跋).

右一則, 洌水先生勉學文. 時壬戌十月十七日, 裳年十五時也. 本紙破裂, 重錄此帖爲弁首. 山石卽裳兒時名也. 學淵跋.

아버지가 15세의 제자에게 써준 글을 52년 뒤에 그 아들이 다시 써주었다. 그 갈피갈피에 서린 정과 정성이 눈물겹다. 이렇게 증언을 통한 다산의 가르침은 받는 사람의 삶을 송두리째 바꿀 만큼 파급력이 컸다. 큰 스승이 내게 꼭 맞는 가르침을 주셨다. 나를 이토록 아끼고 사랑하시는구나. 이 생각만으로도 가슴이 그만 벅차올라서 그 뜨거움으로 이전의 삶과 결별할 수 있었다.

贈山石 壬戌十月十七日 洌水先生書贈

余勸山石治文史山石
逡巡有愧色而辭曰我
有病三一曰鈍二曰滯三
曰戛余曰學者有大病
三汝無是也一敏於記誦
其敝也忽二銳於述作
其敝也浮三捷於悟解
其敝也荒夫鈍而鑿之
者其孔也闊滯而疏之者
其流也沛戛而磨之
者其光也澤曰鑿之
奈何曰勤疏之奈何曰
勤磨之奈何曰勤曰
若之何其勤也曰秉
心確

右一則

洌水先生勉學文時壬戌十
月十七日黃裳年十五時也本
紙破裂重錄此帖爲弁首
山石卽黃裳少時名也 學淵跋

〈증산석〉, 《송치원시첩》 수록, 정학연 글씨, 윤영상 소장.

# 2. 훗날의 성취를 말할 필요가 없겠다

—황상에게 준 일상의 격려와 따끔한 질책



## 나보다 한층 더 높아지겠다

스승에게서 삼근계(三勤戒)의 증언을 받고 분발한 제자는 식을 줄 모르는 공부에 대한 열정으로 다산을 놀라게 했다. 다산은 황상에게 그때그때 짤막한 쪽지 편지를 보내 심부름을 시키거나 필요한 당부를 전했다. 잘못을 범하면 눈물이 찔끔 나도록 따끔하게 나무랐다. 황상은 스승이 보내온 쪽지 글 30장을 모아 하나하나 공책에 붙여 작은 책자로 꾸몄다. 이른바 《다산여황상서간첩(茶山與黃裳書簡帖)》이 그것이다. 이 가운데 일상적 메모나 실용적 편지를 빼고 증언의 성격을 띤 글을 몇 가지 모아 읽어본다.

먼저 읽을 글은 1804년 4월, 17세였던 황상이 학질에 걸려 큰 고생을 할 때 써준 시다. 학질에 걸려 한번 한기가 들면 오뉴월에 이가 딱딱 부딪칠 정도로 오한이 나서 솜이불을 뒤집어쓰는 것 외에는 아무 일도 할 수가 없었다. 그런데 황상은 학질을 앓으면서도 공부를 멈추지 않았다. 그 모습을 지켜보던 다산은 제자의 학질이 뚝 떨어지라는 바람을 담아 〈절학가(截瘧歌)〉, 즉 학질 끊는 노래를 지어주었다. 시로 써준 증언인데 다산의 문집에는 빠지고 없다.

화담옹은 종기 째도 찌푸리지 않았고　　割疔不顰花潭翁

가려움 참고 긁지 않음 권공(權公)을 일컫는다. 忍疥不爬稱權公
너는 더욱 어린데도 학질에도 안 누우니 汝更少年瘧不臥
굳센 의지 앞선 분을 뒤쫓기에 충분하다. 執志頗足追前功
내가 처음 귀양 와서 이 병에 걸렸는데 我初南投罹此疾
소리치며 끙끙 앓기 어린아이 같았었지. 叫嚎懊憹如孩童
괴론 비에 찬 바람이 살과 뼈를 파고들고 苦雨凄風逼肌髓
찌는 더위 여름날에 겹이불만 생각했네. 炎天暑月思重被
손톱도 검어지고 입술 점차 파래져서 指爪漸黑脣漸靑
다듬이질하는 소리 이 사이로 들렸었지. 已聞砧杵生牙齒
장사도 제 주먹을 감히 펴지 못 하였고 壯士不敢伸其拳
학자도 무릎 꿇기 능히 지탱 못 했다네. 理學不能支其跪
타고난 네 정신이 오롯이 엉겨 있어 汝乃天然神采凝
다시 능히 붓을 잡고 번거로이 베껴 쓴다. 復能捉筆煩鈔謄
파리 대가리 가는 글자 네댓 쪽을 쓰는데도 蠅頭細字四五葉
점획이 생동하여 덜덜 떨림 하나 없네. 點畫跳動無凌兢
훗날의 성취야 말을 할 게 뭐 있겠나 他年成就且休說
이 일 보면 나보다도 한층 더 높겠구나. 卽事視我高一層
큰 소가 자빠져도 너는 묻지 아니하니 大牛立斃汝不問
성질을 타고나서 배워서 됨 아니로다. 性質有然非由訓
괴론 공부 마땅히 한 말 식초 마심이니 苦工宜從吸斗醋
날랜 뜻 어이해 해진 솜을 부끄리랴. 勇志豈肯羞敝縕
원컨대 너 노력해서 문사를 전공하여 願汝努力攻文史
우주의 만사를 네 것으로 만들려무나. 宇宙萬事皆己分

화담 서경덕 선생은 곪은 종기를 칼로 째도 인상을 찌푸리지 않았다. 권공은 옴이 옮아 견딜 수 없는 가려움을 끝까지 긁지 않고 참자 마침내 옴이 제풀에 물러갔다. 글 속의 권공은 누군지 알 수 없다. 이런 일을 옛사람에게서

〈절학가〉, 《다산여황상서간첩》 수록, 다산 친필, 윤영상 소장.

만 볼 줄 알았더니 뜻밖에 네게서 보게 될 줄 몰랐다. 너는 아직 어린데 학질에 걸리고도 자리에 눕지 않고 공부를 계속하는구나.

내가 귀양을 오자마자 학질에 걸려보아 그 고통을 잘 안다. 아이처럼 끙끙대며 소리를 질러댔었지. 비라도 오면 찬바람이 살과 뼈에 파고드는 것만 같았다. 불볕더위 속에서도 솜이불 생각이 간절할 때면 아랫니와 윗니가 부딪치는 소리가 마치 다듬이질하는 소리 같았다. 이는 힘센 장사가 주먹을 쓸 수 없고, 근엄한 학자가 무릎을 꿇고 책을 읽을 수도 없게 만드는 극심한 고통이다.

그런데 너는 그 극심한 고통을 견디며 다시 붓을 잡고 베껴 쓰기를 계속하는구나. 파리 대가리만 한 작은 글자를 몇 장씩 쓰면서도 필획 하나도 떨림이 없구나. 산석아! 너 참 대단하다. 나도 못 견뎌 소리를 지르며 괴로워한 학질이 네 앞에선 아무 소용이 없구나. 그러니 너는 훗날 나보다 훨씬 훌륭한 사람이 될 것이 틀림없다. 그 같은 성품은 타고난 것이어서 배운다고 될 일이 아니다. 지금처럼 계속 노력해서 문사(文史) 공부에 힘을 쏟으렴. 그렇게 하면 안 될 일이 없다. 못 할 일이 없게 된다. 산석아!

아래 글은 같은 필첩 속에 있는 다른 편지다. 돌림감기에 걸려 황상이 고열로 고생할 때 다산이 보낸 짧은 사연이다.

네 병이 어찌 이다지 극심하냐? 인음증(引飮症)은 어떠하냐? 만약 열의 기세가 대단하다면 마땅히 풀어주어야만 한다. 비록 돌림감기라고는 해도 보통 걱정이 아니다. 혹 상한 음식을 먹었느냐? 혹 한기와 열기가 왔다 갔다 하느냐?

汝病何若是極甚耶. 引飮何如. 若熱勢大段, 則宜有以解散也. 雖是輪感, 爲慮不淺, 食傷或有之耶. 或有寒熱往來耶.

황상이 돌림감기를 앓아 열이 펄펄 끓었던 모양이다. 속에서 나는 번열(煩

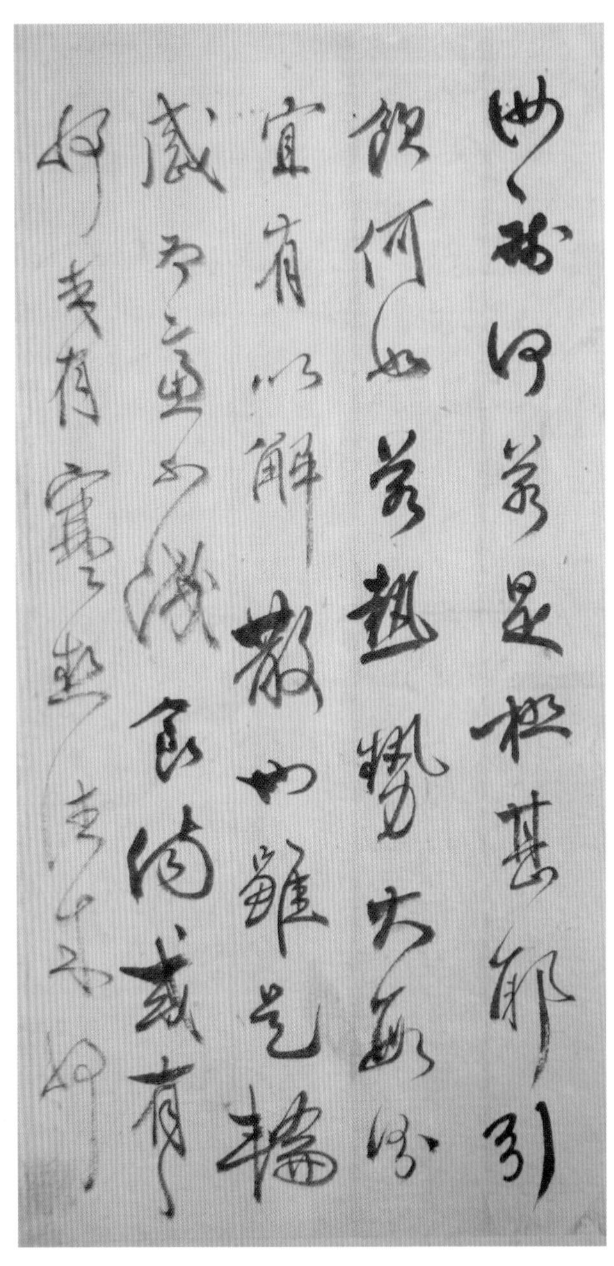

황상의 감기를 염려하는 다산의 편지, 《다산여황상서간첩》 수록, 다산 친필, 윤영상 소장.

熱)을 못 견뎌 찬물을 벌컥벌컥 마시기까지 했다. 의약에 조예가 깊었던 다산도 어쩔 줄 몰라 허둥지둥하는 기색이 역력하다. 열을 어떻게든 잡아야 한다고 당부하고, 혹 상한 음식을 먹어 식중독이 온 것은 아닌지, 그도 아니면 학질에 걸려 한기와 열기가 들락날락하는지를 물었다. 증세를 바르게 알아야 처방을 내릴 수 있겠어서 그랬을 것이다.

이런 편지와 〈절학가〉는 황상에 대한 다산의 애정을 여실히 보여준다. 특별한 가르침을 담은 증언은 아니라 해도 병에서 낫게 된 제자는 스승의 〈절학가〉가 제 학질을 낫게 해주고, 스승의 염려가 제 돌림감기를 치유케 해주었다고 믿었을 것이다. 제자를 성심으로 아끼고 사랑한 스승의 진심이 훗날 그토록 감동적인 제자의 헌신과 충심의 열정을 낳았다.

## 네 말씨와 외모, 하는 꼴을 보니

황상에 대한 다산의 기대와 욕심은 남달랐다. 견디기 힘든 시절을 함께 건너온 동지애 같은 것도 있었다. 황상은 입이 짧은 스승을 위해 비위에 맞는 젓갈도 가져다 드리고, 그때그때 요긴한 심부름도 도맡아 했다. 스승의 지시에 따라 부지런히 초서도 했다. 황상에게 스승이 시키는 일은 동시에 자신의 공부이기도 했다.

다산이 보낸 메모를 보면 그토록 충직했던 황상이 다산의 눈 밖에 난 적이 딱 두 번 있었다. 다산은 결코 호락호락한 스승이 아니었다. 그 꼬장꼬장한 서슬과 높은 기준을 만족시킬 제자가 많지 않았다. 1805년에 장가를 간 황상이 신혼의 재미에 푹 빠져 공부를 게을리했다. 상투를 틀고 난 뒤로는 말투도 달라지고 외모에도 부쩍 신경을 쓰는 눈치였다. 행동에도 건성건성하는 태도가 언뜻언뜻 드러났다. 보다 못한 다산이 붓을 들었다.

네 말씨와 외모와 하는 꼴을 보니 점점 태만해지는구나. 규방 안에서 멋대로 노는 데 빠져서 문학 공부는 어느새 물 건너가고 말았다. 이렇게 할 것 같으면 마침내 하우(下愚)의 인간이 된 뒤에야 그치게 될 것이다. 들뜨고 텅 비어 실지가 없으니 소견이 참으로 염려스럽다. 내가 너를 몹시도 아꼈기에 마음속으로 슬퍼하고 탄식한 것이 오래다. 진실로 능히 마음을 세우고 뜻을 고쳐서 내외가 따로 거처하여, 마음을 쏟아 글공부에 힘쓸 수 없다면 글이 안 될 뿐 아니라 병약해져서 오래 살 수도 없을 것이다.

觀汝言貌動作, 漸漸怠慢, 媟戲墊沒於閨房之中, 而文學之業, 便成楚越. 若此, 終成下愚而後已. 浮虛無實, 所見極可悶. 吾愛汝已甚, 故心中悲歎久矣. 苟不能立心改志, 內外各處, 專心治文, 則不但不文, 抑且病弱, 不能壽耳.

"네 이놈, 고얀 놈! 결국 그 정도밖에 안 되는 깜냥이었더냐. 장가들더니 말투도 건들건들하고 외모에 신경 쓰느라 근실한 몸가짐은 찾아볼 수가 없구나. 글공부할 생각은 아예 없는 듯하니 그간 네게 쏟은 내 사랑이 아깝다. 그래, 잘한다. 계속 그렇게 해보거라. 어리석어 남들의 손가락질을 받는 형편없는 인간이 되고 싶은 게로구나. 싹수가 노랗다. 소견머리가 한심하고 답답하다. 내가 마지막으로 한번 네게 말한다. 마음을 다시 다잡아 뜻을 고쳐먹어라. 그러자면 내외의 잠자리부터 따로 가져야 한다. 떨어져 지내며 글공부에만 마음을 쏟아야지. 네가 지금 하는 양으로 계속 가면 그간의 글공부가 공염불이 될 뿐 아니라 색에 곯아 일찍 병들어 죽고 말 것이다. 그래도 좋으냐? 그래야겠느냐? 못난 놈!"

이것은 깨소금 냄새 솔솔 풍기는 제자의 신혼살림에 찬물을 끼얹은 스승의 증언이다. 신혼의 단꿈에 빠져 있던 황상은 스승의 독한 편지에 정신이 번쩍 들었다. 그길로 스승 앞에 달려가 무릎을 꿇고 빌었다. 황상은 스승의 말씀에 따라 이따금 스승을 모시고 바람 쐬러 가곤 했던 강진 읍내 뒷산의 고성사(高聲寺)로 올라가 다시금 시 공부에 몰두했다. 그의 아내는 다산을

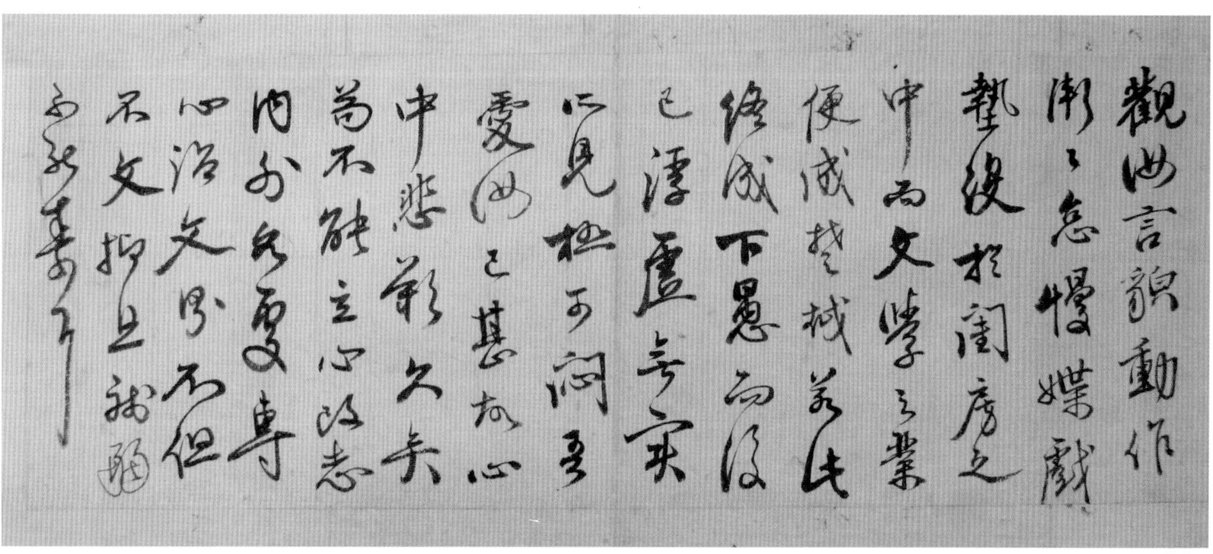

신혼의 재미에 빠져 공부를 게을리한 황상을 꾸짖는 다산의 편지,
《다산여황상서간첩》 수록, 다산 친필, 윤영상 소장.

얼마나 원망했을까?

얼마 뒤 황상이 그간 공부의 중간보고 삼아 시 한 수를 주막집으로 보내왔을 때 다산은 속도 없이 좋아서 좀 전의 노여움은 찾아볼 수가 없었다. 아래는 같은 서간첩에 실린 다산의 차운시다. 제목이 〈차운하여 황상의 보은산방에 부치다(次韻寄黃裳寶恩山房)〉이다. 끝에 황상의 시에 대한 평까지 달았다.

| | |
|---|---|
| 찌는 더위 절에 갈 생각해보나 | 炎歊思走寺 |
| 늙고 지쳐 산마루 오름 겁나네. | 衰疲畏陟嶺 |
| 모기 벼룩 함부로 물어대나니 | 蚊蚤恣侵虐 |
| 여름밤은 괴롭고 길기도 하다. | 夏夜覺苦永 |
| 밤 깊으면 번번이 발광이 나서 | 更深每發狂 |
| 옷을 벗고 촌 우물서 목욕을 한다. | 解衣浴村井 |
| 긴 바람 내 얼굴에 시원히 불고 | 長風吹我面 |
| 성근 숲은 집 울타리 들추는구나. | 疎林觖藩屛 |
| 구름 위에 드높이 드러누워서 | 憶汝雲臥高 |
| 뼛골까지 시원히 쉴 네 생각한다. | 偃息肌骨冷 |

부쳐온 시는 돈좌하고 기굴해서 내 기호에 꼭 맞는다. 기쁨을 형언할 수 없구나. 이에 축하하는 말을 한다. 아울러 나 스스로 축하하기에 족하다. 제자 중에 너를 얻어 다행이다.

來詩頓挫奇崛, 深契我好. 欣喜不可狀. 玆有賀語. 兼足自賀. 弟子中得有汝, 幸矣.

속없는 스승에 뒤끝 없는 제자다. 불같이 화를 내던 것이 엊그제인데 얼음장 같던 다산의 서슬은 제자 황상이 보낸 시 한 수에 그만 봄눈 녹듯 녹아내

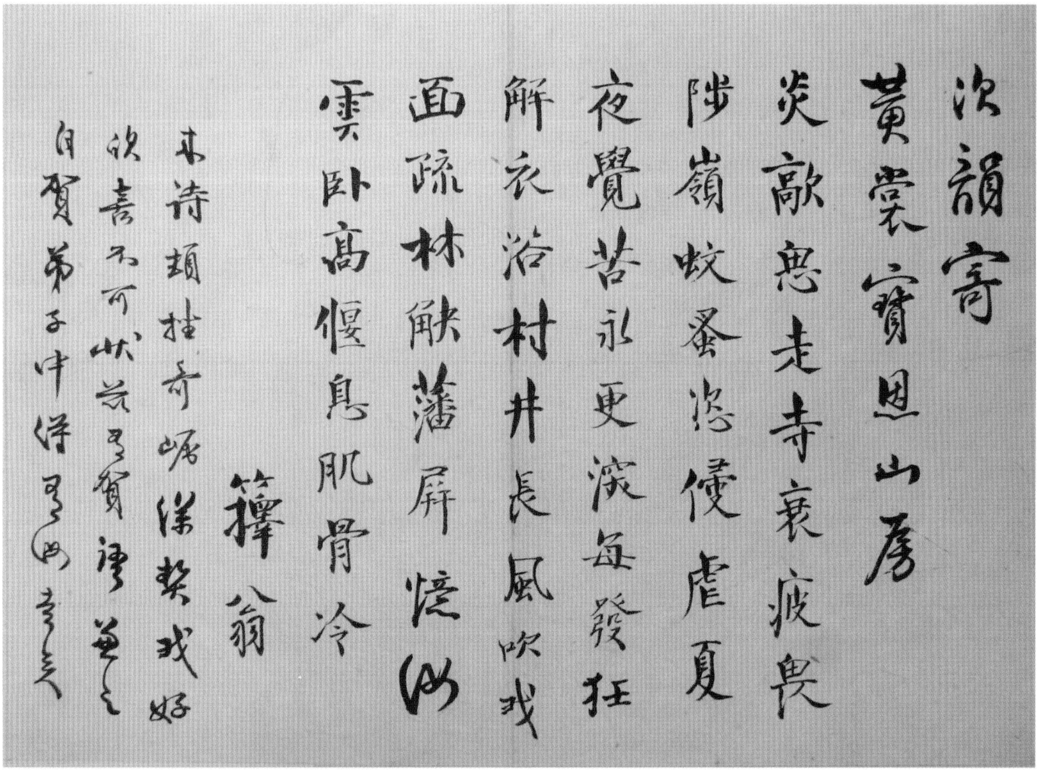

황상의 시에 대한 차운시와 평을 담은 다산의 편지, 《다산여황상서간첩》 수록, 다산 친필, 윤영상 소장.

렸다.

"네 시 보고 한정 없이 기뻤다. 내 당장 달려 올라가 너와 함께 지내고 싶다만 형편이 그렇질 못해 아쉽다. 시도 어쩌면 이렇게 좋을 수가 있단 말이냐! 딱 내 스타일이다. 네 수준이 여기에 이른 것을 축하하고, 너를 이만큼 가르쳐놓은 나 자신에게도 축하한다. 너 같은 제자를 얻다니 믿기지가 않는다."

이것은 제자에게 완전히 삐쳤던 스승이 시 한 수에 완전히 무장해제한 사연이다.

또 후손 집안에서 새로 찾은 《치원소고》에 〈길기론(吉氣論)〉이란 논설문이 실려 있다. 다산이 황상에게 보낸 서간첩 중에 이 글에 대해 다산이 논평한 친필이 보인다.

자법(字法)은 굳세고 구법(句法)은 삼엄하다. 장법(章法)은 시원스럽고 편법(篇法)은 매끄럽다. 조금만 공력을 더할 것 같으면 세상에 이름날 만하다. 가난해서 힘을 쏟을 수 없는 것이 애석하구나. 이는 나의 〈길기론〉에 대한 평이다.

字法勍, 句法嚴. 章法悠揚, 篇法圓轉. 若小加功, 可以名世. 惜乎貧不能肆力也. 此卽予吉氣論評.

황상의 〈길기론〉은 사라진 글로만 알았는데 《치원소고》의 출현으로 원문을 되찾았다. 황상은 이 글 끝에 다산의 평어를 옮겨 적고 "작품 중의 관주(貫珠)와 비점(批點) 또한 선생께서 하신 것이다. 초본에 의거하여 옮겨둔다.(篇中貫批, 亦先生之作也. 依艸本而移之.)"라고 썼다. 다산은 제자가 보내온 시고 위에 특별히 빼어난 대목에는 붉은 먹으로 구슬을 꿰어 엮고, 붓끝으로 비점을 점점이 찍어 평어와 함께 돌려보냈던 것이다. 그러니까 평어는 별지에, 관주와 비점은 시고 위에 직접 찍어 두 가지가 함께 제자의 손에 되돌아갔다.

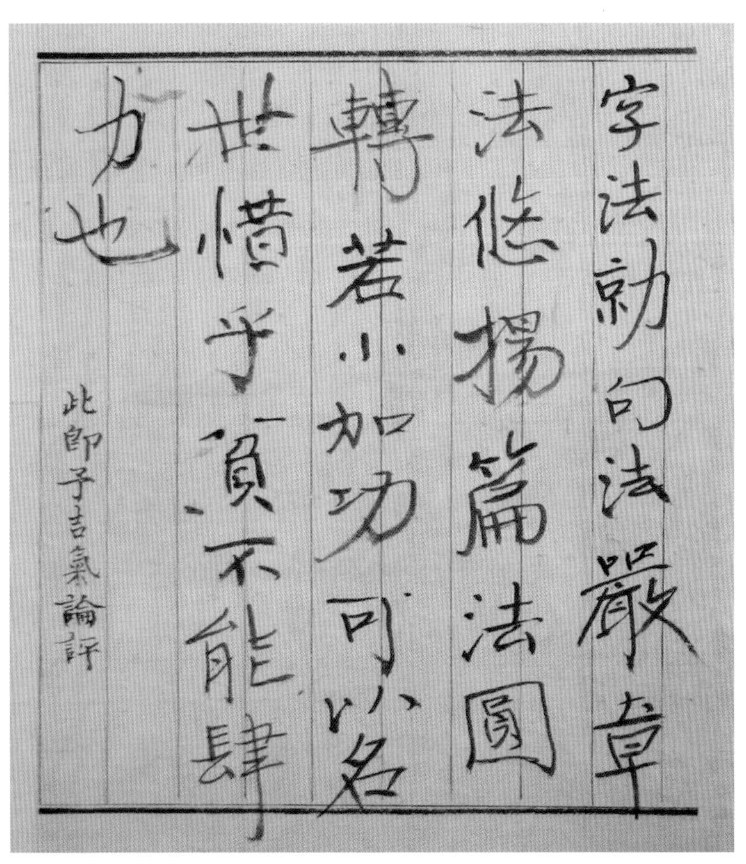

字法勍句法嚴章法悠揚篇法圓轉若小加功可以名世惜乎貧不能肆力也

此卽子吉氣論評

황상의 〈길기론〉에 대한 다산의 평, 《다산여황상서간첩》 수록, 다산 친필, 윤영상 소장.

## 내 너를 다시는 보지 않겠다

황상이 다산의 눈 밖에 났던 두 번째 사건은 아버지 황인담이 1807년 2월에 술병으로 세상을 떴을 때의 일이다. 다산이 황상에게 보낸 30장의 쪽지 편지 중 여덟 통이 이와 관련된 내용이다.

황상의 부친 황인담은 죽으면서 유언으로 삼일장을 치르고 삼우제도 생략할 것을 명했다. 저간의 사정은 알 수 없으나 살아생전 자식들에게 해준 것 없이 살다가 죽어서까지 부담을 주기 싫어 그랬을 것 같지만 추정일 뿐이다. 부친의 유언이 워낙 단호했던지 자식들은 유언에 따라 삼일장으로 장례 절차를 끝냈다.

처음에 다산은 죽은 황상의 부친보다 제자의 건강을 더 걱정했다.

상사(喪事)에 대해서는 다시 무슨 말을 하겠느냐? 네 어른이 큰 병의 끝에도 온갖 걱정을 다 하였으니 특히 이를 위해 슬퍼한다. 죽을 먹는 중에 몰래 고기 국물을 타서 위장의 기운을 북돋워주어야 한다. 그늘진 곳에서 반드시 큰 병이 생기는 법이다.

喪事夫復何言. 汝翁大病之餘, 無慮不到, 尤爲之憫惻. 粥飮之中, 密調肉汁, 以扶胃氣, 可也. 且陰處必生大病矣.

황인담의 유언을 다산도 전해 들었던 모양이다. 죽기 전까지 자잘한 걱정을 놓지 못했던 망자를 위로했다. 하지만 상주에게 죽만 먹지 말고 몰래 고기 국물을 타서 위장의 기운을 살려줄 것을 당부했다. 또 너무 오래 음습한 곳에 머물면 큰 병의 원인이 되니 조심하라고 당부했다.

또 다른 편지에서는 특별히 만사(輓詞)를 지어 보내니 관 옆에 놓아둘 것을 부탁하기까지 했다. 그러고는 다시 위로의 편지를 보낸 후 졸곡제(卒哭祭)까지 마치고 집으로 돌아왔다는 소식에 넌지시 불편한 뜻을 내비쳤다.

이미 곡하고 돌아왔다는 소식을 들었다. 애통함이 어떠하냐. 내 마땅히 장사 지내는 곳에 가보아 너희를 불러 보아야 했으나 부스럼 병이 여태 괴로워 가보지 못했다. 안타깝구나. 비록 임시로 묻은 것이라고는 해도 이미 장례를 치른 것이다. 장례를 하고 삼우제(三虞祭)를 지내지 않는 것은 어떨지 모르겠다. 이만 줄인다.

聞已反哭, 哀痛如何. 吾宜至下處, 招見汝輩, 而瘡疚尙苦, 無以相見, 可歎. 雖曰權窆, 旣已葬矣. 葬而不虞, 未知如何. 不具.

아무리 유언이 그렇다 해도 어찌 자식 된 도리로 삼우제조차 치르지 않느냐는 나무람이 행간에 고여 있다. 난처해진 것은 황상이었다. 아버지의 유언이 워낙 단호했다. 유언을 어기자니 불효가 되겠고, 스승은 그것이야말로 불효가 아니냐고 다그치고 있었다.

사흘 만에 장사 지낸 것이 비록 유언에 따른 것이라고는 하나, 너의 정리에 있어서는 편안하게 집에 있는 것은 절대로 예가 아니다. 내 생각에 안석은 집에 남겨두더라도 너는 무덤 곁에 여막을 짓고서 5월 보름까지는 있어야 한다. 처음부터 들어왔다면 석 달 만에 장사 지낸 것과 그 예가 서로 같다. 집안의 의론이 비록 하나로 귀결되지 않더라도 절대로 흔들려 뜻을 빼앗겨서는 안 된다. 내일 산소 아래로 나가도록 해라. 다만 그믐과 보름에 들어와서 제사에 참여하고, 그 밖에는 늘 산소 아래 있어야 할 것이다. 아침저녁으로 무덤에 곡을 하고 한낮에 또 곡을 해서 5월 보름께까지 해야 한다. 어버이가 돌아가셨는데, 사흘 만에 들어다가 산 속에 맡겨두고, 집안사람이 하나도 가서 모시는 자가 없다면 이는 오랑캐에 거의 가깝지 않겠느냐? 반드시 결단해서 행하도록 해라.

三日而葬, 雖遵遺言, 在汝情理, 恬然在家, 萬萬非禮. 吾意安石則留置家中. 汝則廬于墓側, 至五月望間. 始爲入來, 則與三月而葬者, 其禮相同. 家中議論, 雖不歸一, 萬勿撓奪. 明日出往墓下. 只朔日望日, 入來參奠, 其外則長在墓下, 可也. 朝夕哭于墓, 日中又哭, 以至五月望間, 可也. 親死, 三日擧而委之於山中, 家人無一人往侍者, 則此不幾於夷狄乎. 必斷而行之也.

이러지도 저러지도 못하고 황상이 시일을 끄는 사이에 다산의 노여움이 점차 높아갔다. 처음 만나 상례를 다룬《예기》〈단궁〉 편으로 공부를 시작했던 것도, 그간의 공부를 통해 상례의 세부를 함께 공부했던 것도 아무 소용이 없었다는 사실이 다산을 언짢게 했다.

"너라도 무덤에 가서 여막을 짓고 시묘(侍墓)를 해라. 사흘 만에 아비를 묻고 무덤 곁에 아무도 모시는 이 없이 산속에 시신을 내버려둔단 말이냐? 이것은 오랑캐의 짓이다. 결코 그리해서는 안 된다."

그래도 황상은 결단하지 못했다. 난감한 시간이 흐르고 있었다. 마침내 스승은 마지막 칼을 뽑았다.

네가 날마다 방에서 자는 것이 편안하냐? 네가 하루에 두 끼를 먹으면서도 편안하냐? 윤리에 어긋나고 의리를 벗어나 어버이를 잊고 죽은 이를 저버린 죄는 그 법이 지엄하다. 네가 살아 천지의 사이에 살고 싶으냐? 네 나이가 스무 살이니, 집안일은 네가 마땅히 주장해야 한다. 만약 그럴 수 없다면 너는 마땅히 아침저녁으로 먹지도 말고 한 번 죽기만을 구해야 할 것이다. 이렇게 하지 않고 편안하게 배불리 먹는다면 이 같은 사람을 내가 다시는 대면하지 않겠다. 여기까지만 말한다.

汝日日寢於室安乎? 汝一日再食安乎? 悖倫滅義, 忘親偝死之罪, 其律至嚴. 汝欲生居天地之間乎? 汝年二十, 家事汝當主之. 若不能然, 則汝當朝夕不食以求一死. 不此之爲, 安然飽喫, 如此之人, 吾不欲更爲對面耳. 言畢於此.

"다시 내 얼굴을 보지 않을 생각이라면 지금처럼 해라. 이것은 내가 네게 보내는 마지막 경고다. 윤리를 버리고 의리에 어긋나게 어버이를 잊고 망자를 저버리려면 차라리 빳빳이 굶어 죽어라. 사흘 만에 제 아비를 산 속에 묻어놓고 집에 누워 잠이 오더냐? 밥알에 네 목구멍으로 넘어가더냐? 천하에 고얀 놈!"

황상은 결국 스승의 분부에 따라 두 달간 산속에서 시묘살이를 했다. 부친의 장례 때문에 벌어진 사제간의 소동은 이렇게 겨우 진정되었다.

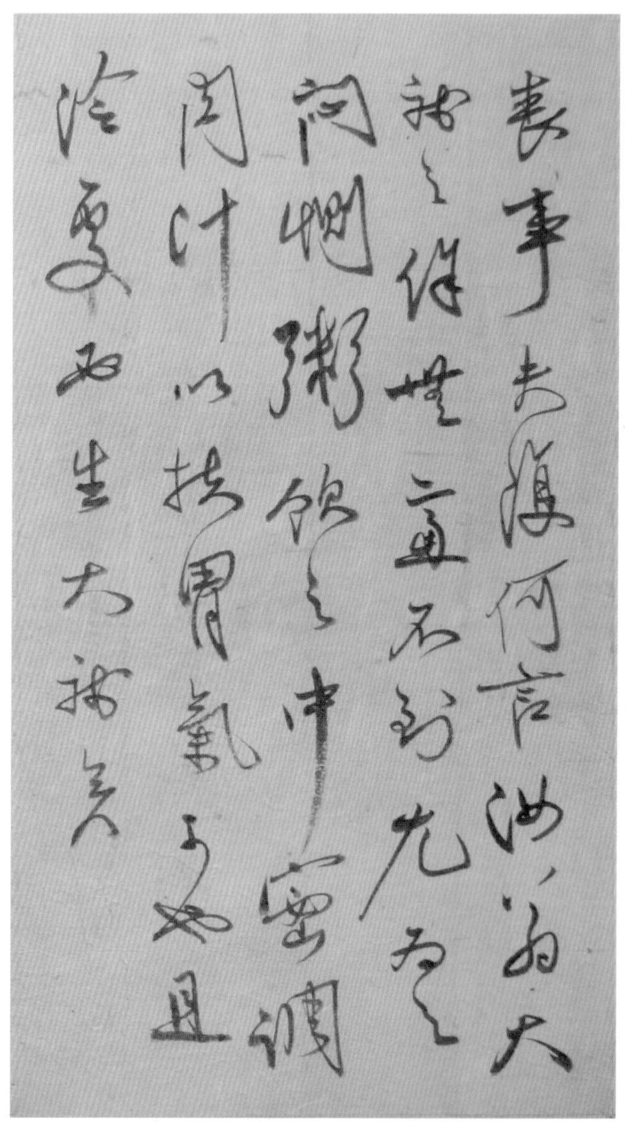

부친상 당한 황상을 염려하는 다산의 편지,
《다산여황상서간첩》 수록, 다산 친필, 윤영상 소장.

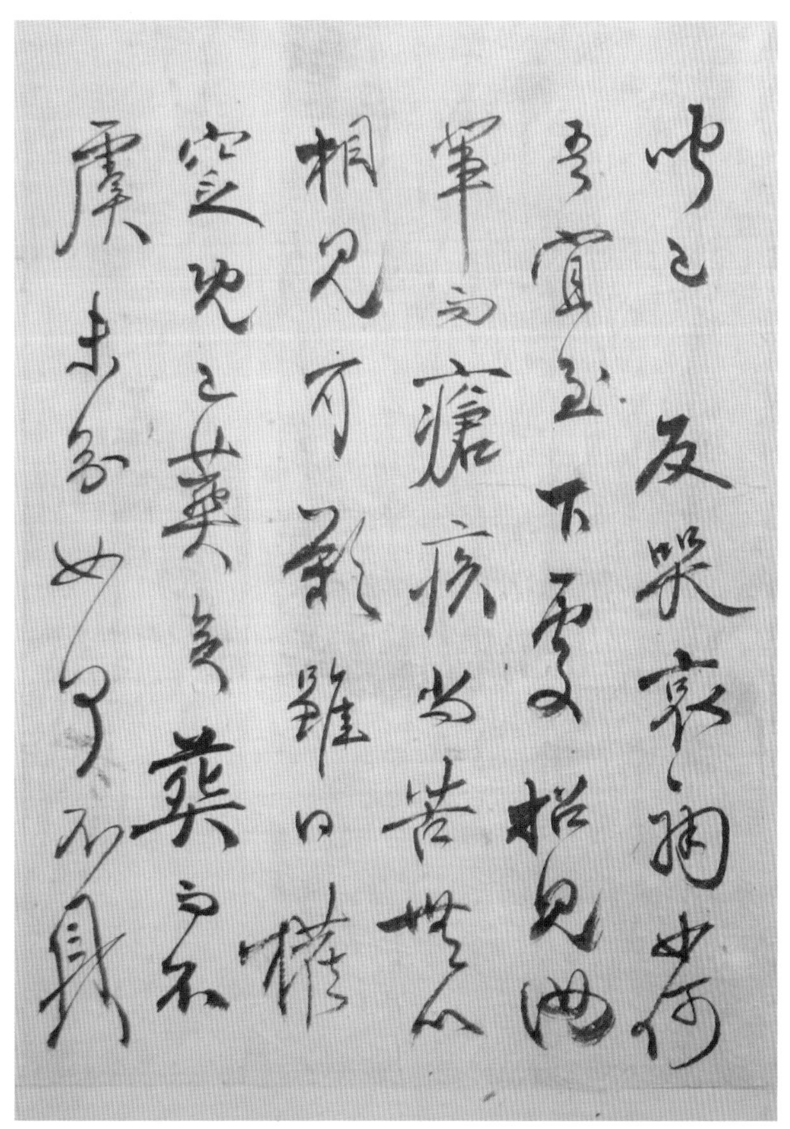

졸곡제를 마치고 집으로 돌아간 황상에게 보낸 다산의 편지,
《다산여황상서간첩》 수록, 다산 친필, 윤영상 소장.

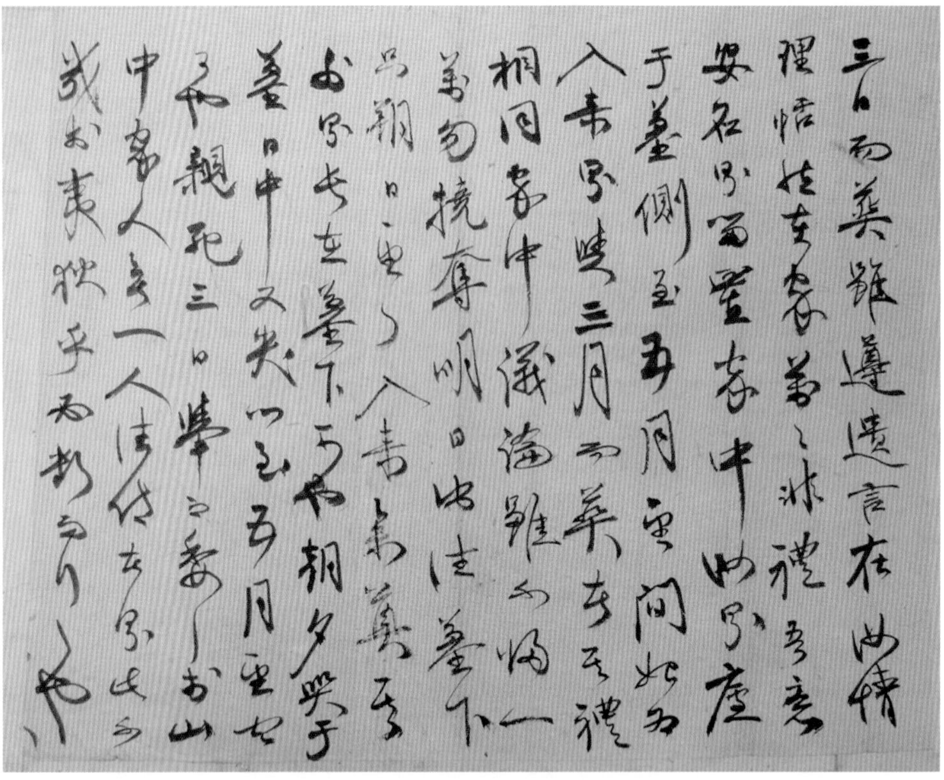

아버지 장례 후 삼우제와 시묘살이를 하지 않는 황상을 꾸짖는 다산의 편지,
《다산여황상서간첩》 수록, 다산 친필, 윤영상 소장.

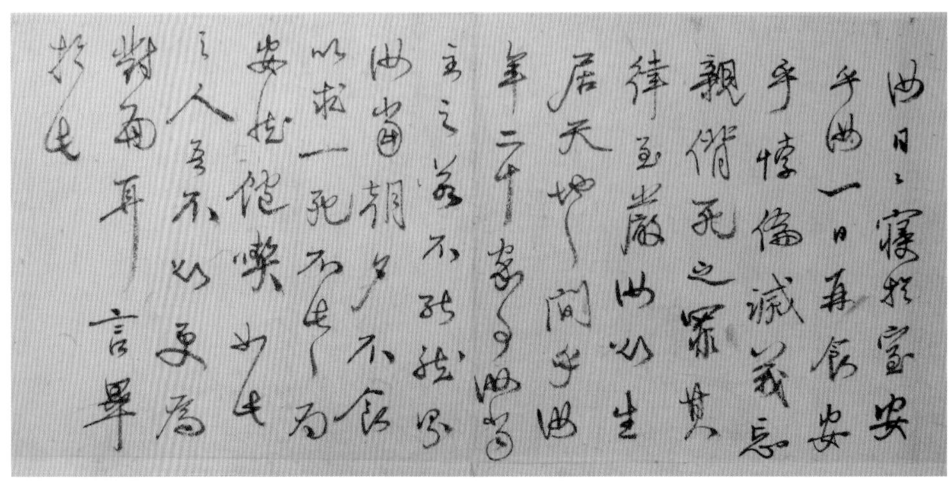

황상의 결단을 촉구하는 다산의 편지, 《다산여황상서간첩》 수록, 다산 친필, 윤영상 소장.

# 3. 은자의 거처가 갖추어야 할 것들

## —〈제황상유인첩〉을 통해 본 다산의 이상적 주거 구상

### 유인(幽人)의 삶이 길하다

다산은 젊어서부터 이상적 주거 공간의 구성에 대한 관심이 각별했다. 도심의 좁은 뜨락에서도 각종 꽃 화분을 늘어놓고 난간을 꾸며 정원을 가꿨다. 고향집은 물론이고 잠시 머문 귀양지의 처소에서도 쉬지 않고 정원과 원포(園圃)의 조성에 힘을 쏟았다.

황상은 스승 다산과 《주역(周易)》 공부를 하다가 유인(幽人), 즉 은자(隱者)의 삶에 대한 언급을 보고는 급격하게 마음이 쏠렸다. 그는 스승에게 어떻게 사는 것이 진정한 은자의 삶이냐고 되물었다. 나아가 은자의 거처는 어떠해야 하고 입지 조건은 어떤 점을 살펴야 하는지, 집의 안팎은 대체 어떻게 꾸며야 하는지 아주 구체적으로 물었다. 스승은 제자의 진지한 물음에 아주 흐뭇한 표정을 짓고는 늘 그랬듯이 증언 형식으로 한 편의 글을 써주었다. 다산이 〈제황상유인첩(題黃裳幽人帖)〉을 짓게 된 연유다. 친필로 전해진 다른 글들과 달리 《다산시문집》 권 14에 수록되었다. 이 글은 황상의 《유인첩(幽人帖)》에 제사(題辭)로 써준 글이다. 황상의 《유인첩》이 따로 있었다는 얘기다. 비교적 긴 글이어서 글 전문을 네 단락으로 나눠서 읽어보겠다. 처음 서두다.

《주역》 중 이괘(履卦)가 무망(无妄)으로 변하는 효사(爻詞)에 "유인(幽人)이라야 정(貞)하고 길(吉)하다."고 했다. 내가 이를 풀이하여 말했다. "간산(艮山)의 아래와 진림(震林) 사이에서 손(巽)으로써 은둔하여, 천명(天命)을 우러러 순응한다. 혹 간산에 과실을 심고, 진림에 채소를 씨 뿌려, 대도(大道)를 밟고서 탄탄히 걷고, 하늘이 내리는 작위를 즐기며 기뻐하는 것이다."

이것이 석인(碩人)의 너그러움이니, 유인의 일이 이미 길하지 아니한가? 돌아보건대 하늘은 청복(淸福)을 몹시도 아낀다. 왕후장상의 존귀함과 도주(陶朱)와 의돈(猗頓)의 부유함은 거름흙처럼 널려 있어도 이괘 구이(九二)의 길함은 세상에 알려진 적이 없다. 옛사람이 〈장취원기(將就園記)〉를 남겼는데, 장차 나아가겠다는 것은 아직 이루지 못한 것임이 분명하다.

在周易履之无妄曰: "幽人貞吉." 余釋之曰: "艮山之下, 震林之間, 巽以隱遯, 仰順天命. 或蒔艮菓, 或種震菜, 履大道而坦坦, 樂天爵以熙熙."

此碩人之寬也. 幽人之事, 不已吉乎? 顧天甚惜淸福, 王侯將相之貴, 陶朱猗頓之富, 散之如糞土, 而履九二之吉, 世無聞焉. 昔人有記將就園者, 將就也者, 明未就也.

스승은《주역》의 이괘(履卦) 가운데 구이(九二)의 양효(陽爻)가 음효(陰爻)로 변하면서 무망괘(无妄卦)가 되는 장면 중 유인(幽人)만이 정(貞)하고 길(吉)하다는 대목에 대한 풀이로 글을 시작했다. 글 풀이는《주역》의 간괘(艮卦)와 진괘(震卦), 손괘(巽卦)와 건괘(乾卦)의 괘상을 두고 한 설명이어서 자세한 풀이로도 이해하기가 쉽지 않다. 간단히 말하면 산에 과실나무를 심고 밭에 채소를 심어 자연의 순리를 거스르지 않고 살아가는 자족의 삶을 말한 내용이다.

도주와 의돈은 고대의 부호로, 부귀와 영화를 한 몸에 누렸던 이들이다. 이들의 복은 열복(熱福)이다. 화끈하지만 오래 못 간다. 누구나 바라고 세상에 널렸지만 덧없다. 하지만 유인만이 누릴 수 있는 소박한 청복은 하늘이 쉽게 허락하는 법이 없다. 명나라 사람 황주성(黃周星, 1611~1680)은 〈장취원기〉를 지어 자신이 꿈꾼 청복의 이상을 그려 보였다. 장취원(將就園)은 장차 성취하고픈 정원이니, 그도 꿈만 꾸었을 뿐 실제로는 얻지 못했음을 알겠다. 누구나 얻고 싶은 열복은 세상에 널렸으나 오래 못 가고, 너무도 쉬워 보이는 청복은 제대로 누려본 사람이 아무도 없다. 그러니 청복을 누리는 유인의 삶이 어찌 고귀하지 않겠는가?

## 유거(幽居)의 입지와 내부 배치

두 번째 단락은 유인의 거처가 갖추어야 할 입지 조건과 주택 내부의 배치에 관한 내용을 담았다. 차례로 살펴보자.

강진의 황상이 그 문목(問目)을 청하므로 내가 이렇게 말해주었다. "땅을 고를 때는 모름지기 산수가 아름다운 곳을 얻어야 한다. 하지만 강을 낀 산은 시내를 두른 산만 못하다. 마을 어귀에는 가파른 절벽으로 기울어진 바위가 있다. 조금 들어가면 눈이 시원하게 확 트인 곳이라야 바로 복지(福地)이다. 그곳의 중앙으로 나아가 국세(局勢)가 맺힌 곳에 초가집 서너 칸을 짓는다.

나침반으로 정남향을 잡아 시설을 지극히 정교하게 한다. 순창(淳昌)의 설화지(雪華紙)로 벽지를 발라 꾸미고, 문미(門楣) 위에는 담묵으로 가로로 길게 그린 산수화를 붙인다. 문 옆에는 마른 나무와 대나무와 바위를 그리거나 혹 짧은 시를 써놓는다.

방 안에는 서가(書架) 두 틀을 놓고 1,300~1,400권의 책을 꽂아둔다. 《주역집해(周易集解)》와 《모시소(毛詩疏)》 및 《삼례원위(三禮源委)》, 고서 명화와 산경(山經) 지지(地志), 그리고 성력(星曆)의 법칙, 의약(醫藥)에 대한 풀이, 진을 쳐서 훈련하는 제도, 군수물자의 법식과 초목(草木) 금어(禽魚)의 계보, 농정(農政) 수리(水利)의 학설과 기보(棊譜)와 금보(琴譜) 등속에 이르기까지 갖추지 않은 것이 없게 한다.

책상 위에는 《논어(論語)》 한 권을 펴둔다. 곁에는 화리목(花梨木)으로 만든 탁자를 두고 도잠(陶潛)과 사영운(謝靈運)의 시와 두보(杜甫)와 한유(韓愈), 소식(蘇軾)과 육유(陸游)의 시 및 《중주악부(中州樂府)》와 《열조시집(列朝詩集)》 등 몇 질을 올려놓는다. 책상 밑에는 오동(烏銅) 향로 하나를 두고 아침저녁으로 옥유향(玉蕤香)을 한 판씩 피운다."

耽津黃裳, 請問其目, 余曰: "擇地須得佳山麗水, 然江山不如溪山, 洞門須有峻壁側石, 稍入開朗悅眼, 方是福地. 就中央結局處, 搆茆屋三四間.

正子午盤針, 匠治須極精巧. 用淳昌雪華紙塗飾, 楣上傳澹墨山水橫圖. 門旁畫槁木竹石, 或題小詩. 室中置書架二部, 挿架書一千三四百卷. 周易集解·毛詩疏·三禮源委及古書名畫·山經地志·星曆之法·醫藥之詮·陳練之制·軍資之式, 及草木禽魚之譜·農政水利之說, 以至棊譜琴譜之等, 無所不具.

案上展論語一卷, 旁有花梨几子, 安陶謝詩·杜韓蘇陸之詩及中州樂府·列朝詩集等數帙, 案底置烏銅香爐一口, 曉暮燒玉蕤香一瓣."

먼저 택지(擇地), 즉 땅 고르기다. 산수가 아름답되 강이 아닌 시내를 끼고 있는 지역이 좋다. 강은 범람의 위험이 있고 물류의 이동이 흔해 숨어 사는 삶과 거리가 멀다. 마을 어귀는 가파른 절벽이나 바위에 막혀 병목처럼 입구가 좁아야 한다. 밖에서 보면 아무것도 없을 것 같은데 막상 입구로 들어서면 국면이 활짝 열린다. 그곳 중앙에 땅의 기운이 맺힌 곳에 초가집 서너 칸을 짓는 것으로 입지를 마련한다.

집은 정남향으로 방향을 잡고 시설은 꼼꼼하게 살펴서 배치한다. 흰 종이로 벽을 바르고 담묵 산수를 문미에 가로로 올려 건다. 문 양옆에는 내리닫이로 그림이나 시를 써서 걸어둔다. 방 안 책장에는 구색을 갖춰

1,300~1,400권가량의 책을 갖춰둔다. 전가 생활에 필요한 백과전서적 정보와 여가를 보내는 오락 정보에 관한 책까지 없는 것이 없다. 책상과 탁자를 갖춰두고 경서와 시집을 늘 가까이에 둔다. 아침저녁으로 향로에 향을 피워 올려 정신을 맑게 하고 운치를 더한다.

뜰 앞에는 울림벽[響墻] 한 줄을 몇 자 높이로 세워둔다. 울림벽 안쪽에 온갖 종류의 화분을 놓아둔다. 석류나 치자, 백목련 등을 각각 품격을 갖추어 놓아둔다. 국화를 가장 잘 갖추어야 하니 모름지기 48가지 명색은 갖추어야 겨우 구비했다 할 것이다.

마당 오른쪽에는 사방 수십 걸음 크기의 작은 못을 판다. 못 속에는 연꽃 수십 줄기를 심고 붕어를 기른다. 따로 대나무를 갈라 홈통을 만들어 산의 샘물을 끌어와 못에다 댄다. 넘치는 물은 담장 틈새를 따라 남새밭으로 흘러들게 한다.

남새밭 정리는 맷돌로 간 것처럼 평평하게 해서 마치 고인 물 같아야 한다. 구획을 갈라 네모지게 두둑을 만들어 아욱과 배추, 파와 마늘 등을 종류별로 구별해서 서로 뒤섞이지 않게 한다. 모름지기 고무래를 써서 씨를 뿌린다. 싹이 터 나올 때 보면 아롱진 비단 무늬 같아야 비로소 남새밭이라 이름 붙일 수 있다.

조금 떨어진 곳에는 외와 고구마를 심는다. 남새밭 둘레에는 매괴화 수천 그루를 심어 울타리로 만든다. 매양 봄여름이 바뀌는 계절이 되면 남새밭을 둘러보는 자가 매운 향기를 코로 맡을 수 있어야 한다.

마당 왼쪽에는 사립문을 세운다. 흰 대를 엮어 사립을 만든다. 사립 밖은 산기슭을 끼고 있는데, 50여 보쯤 가서 바위가 놓인 냇가에 초가지붕을 얹은 누각 한 칸을 세운다. 대나무로 난간을 만드는데, 누각 둘레로는 모두 무성한 숲과 울창한 대나무여서 가지와 줄기가 처마로 든다 해도 꺾어서는 안 된다.

庭前起響墻一帶, 高可數尺. 墻內安百種花盆, 若石榴巵子曼陀之等, 各具品格. 而菊最備, 須有四十八般名色. 方是僅具也.

庭右鑿小池, 方數十武, 便止. 池中植芙蕖數十枋, 養鮒魚. 別刳筀竹作水筒, 引山泉注池. 其溢者從墻穴流于圃.

治圃須碾平, 如渟水然. 割之爲方畦, 蔡菘葱蒜之等, 別其族類, 無相混糅. 須用碌碡下種, 苗生視之, 有斑紬文, 纔名爲圃也.

稍遠, 種瓜種甘藷, 繞圃植玫瑰累千株成籬. 每當春夏之交, 巡圃者得香烈觸鼻也.

庭左立衡門, 編白竹爲扉. 扉外緣山坡, 行五十餘武, 臨石澗, 起草閣一間. 用竹爲檻, 繞閣皆茂林修竹, 枝條入簷, 不須折也.

이제는 마당의 배치를 살필 차례다. 뜰 공간을 앞쪽과 오른쪽, 왼쪽 등 세 구역으로 나누어 설명했다. 뜰 바로 앞쪽에는 향장(響墻), 즉 울림벽을 세운다. 울림벽은 사람 키 높이의 가림벽이다. 외부에서 내부로 향하는 시선을 막고, 그 앞에 화분을 세워 공간을 분할하고 생활에 운치를 더한다. 벽 앞에는 각종 화분을 세워 시선을 머물게 한다. 특히 국화를 중시해 적어도 48종 정도는 길러야 한다고 말한 것은 퍽 운치가 있다. 다산의 국화 사랑은 유난했다.

마당 오른쪽에 작은 못을 파서 연꽃을 심고 붕어를 기른다. 다산초당과 소쇄원에서 볼 수 있는 것처럼 대나무 홈통 물받이로 산의 샘물을 끌어와 물을 댄다. 넘쳐흐른 물은 담장 밑으로 낸 수로를 따라 남새밭으로 흘러든다.

남새밭에서는 네모반듯한 구획에 따라 각종 채소가 자란다. 싹이 올라오면 제가끔 다른 빛깔과 모양이 모자이크 같아 아롱진 비단이 따로 없을 만큼 무늬가 곱고 아름다워야 한다. 거기에 조금 멀찍이 참외와 고구마를 심고, 남새밭 둘레에는 울타리 대신 가시가 있는 매괴화 수천 그루를 심어 채소를 가꾸면서 꽃향기를 맡아볼 수 있게 한다.

산기슭을 따라 천천히 걸어가다 보면 바위가 놓인 냇가에 세운 정자 하나

〈제황상유인첩〉의 묘사대로 조성한 다산초당의 모습, 한국관광문화연구원 제공.



가 나온다. 대나무 난간을 둘렀다. 인생의 운치가 더할 나위가 없다. 흥미롭게도 여기서 묘사한 풍경은 다산초당의 모습 그대로다. 다산은 제자인 황상에게 일러준 내용을 몇 년 뒤 다산초당에서 그대로 실천에 옮겼던 것이다.

## 집 둘레와 주변의 배치

이제 집 둘레와 주변의 배치를 알아볼 차례다.

시내를 따라 100여 보쯤 거리에 좋은 전답 수백 이랑을 장만해둔다. 매년 늦봄 지팡이를 끌고 밭두둑에 가서 못자리의 새싹이 일제히 푸른 것을 보면, 그 푸른빛이 사람을 물들여 티끌세상의 기운이 한 점도 없다. 하지만 직접 농사를 짓지는 않는다.

또 시내를 따라 조금 떨어진 곳에 큰 방죽 하나가 있어 둘레가 5~6리쯤 되는데, 제방 안에는 부용과 토란, 마름과 가시연이 가득하다. 쪽닥배 하나를 만들어 띄워놓고, 달 밝은 밤만 되면 시호(詩豪)와 묵객(墨客)을 데리고 배를 띄워, 퉁소를 불고 소금(小琴)을 뜯으며 방죽을 서너 번 돌다가 술에 취해 돌아온다.

제방에서 몇 리 되는 곳에 작은 절이 한 채 있고, 거기에 이름난 승려 한 사람이 있다. 능히 참선하고 설법도 하며 시를 즐기고 술도 잘 마셔 승가의 계율에 얽매이지 않는다. 이따금 왕래하며 가고 머무는 정을 잊는다면 기뻐하기에 족하다.

집 뒤에는 쭉 뻗은 소나무 몇 그루가 있어, 용이 움켜쥐고 범이 낚아채는 형세를 짓는다. 솔 아래는 백학 한 쌍이 서 있다. 소나무로부터 동쪽으로 가서 작은 채마밭 한 구역을 열고, 인삼과 도라지, 천궁과 당귀 등을 심는다.

소나무 북쪽에는 작은 사립문이 있어 여기로 들어가면 누엣간 세 칸이 나온다. 여기에 누에 채반을 일곱 층으로 앉혀둔다. 매일 낮차를 마신 뒤에 누엣간으로 간다. 아내에게 송엽주 몇 잔을 따르게 하여 이를 마시고 나서, 방서(方書)를 가지고 누에를 목욕시키고 고치실을 뽑는 방법을 가르쳐주며 빙긋이 서로 웃는다.

이윽고 문밖에서 조정에서 부르는 조서가 왔다는 소리가 들려도 웃기만 하고 나아가지 않는다. 이것이 바로 구이(九二)의 길함이다.

沿溪行百餘武, 得良田數百畝. 每晩春, 曳杖至田畔, 見秧針齊綠, 翠色染人, 無一點塵土氣. 雖然勿躬治也.

又沿溪行數弓許, 得大隄一面, 周可五六里, 堤中皆芙蕖菱芡, 造艓子一枚泛之. 每月夜携詩豪墨客, 泛舟, 吹洞簫彈小琴, 繞隄行三四遍, 醉而歸.

自隄行數里, 得小蘭若一區. 中有名僧一個, 能參禪示法, 嗜詩縱酒, 不拘僧律, 時與往還, 忘情去留, 斯足歡也.

堂後有徂徠松數根, 作龍拏虎攫之勢, 松下立白鶴一雙. 自松而東, 開小圃一區, 種人蔘桔梗江蘺山蘄之等.

松北有小扉, 從此入, 得蠶室三間. 安蠶箔七層, 每午茶既歠, 至蠶室中. 命妻行松葉酒數盞, 既飮, 持方書授浴蠶繅絲之法, 嫣然相笑.

既已聞門外有徵書至, 哂之不就, 此卽履九二之吉也.

정자에서 다시 50보를 더 나가면 수백 이랑의 논이 있다. 사람을 두어 경작케 하고 직접 농사일을 하지는 않는다. 근처 방죽에는 부용과 토란, 마름과 가시연이 자라는데, 달밤이면 벗들과 함께 방죽에 배를 띄워놓고 음악을 연주하고 술 마시고 시 짓다가 돌아온다.

다산은 마음 나눌 벗으로 시호묵객(詩豪墨客) 외에 계율에 얽매이지 않는 명승(名僧)을 함께 꼽았다. 다시 집 뒤에는 소나무 몇 그루가 시원한 그늘을 짓고, 그 동쪽에 작은 채마밭을 두어 각종 약초를 재배한다. 또 솔숲 뒤편에는 세 칸 누엣간과 일곱 층 누에 채반을 두어 누에를 쳐서 옷감을 짠다.

이때 마침 조정에서 내게 벼슬을 내린다는 교서가 도착해도 그저 웃기만 하고 나갈 생각이 아예 없다. 어찌 이 기막힌 청복을 마다하고 그 뜨거운 열복 속으로 뛰어들까 보냐.

다산은 제자 황상의 질문에 〈제황상유인첩〉으로 대답했다. 주거의 입지 조건부터 방 안과 뜰, 집 주변과 조금 떨어진 원경까지 하나하나 그림으로 그릴 수 있을 만큼 꼼꼼하고 상세하게 설명해주었다. 요소요소에 필요한 소품만이 아니라 생활의 정취를 함께 나눌 마음 맞는 벗의 존재까지 면밀하게 배치했다.

스승에게서 이 글을 받은 황상은 뛸 듯이 기뻐하며 그길로 유인의 삶 속으로 빠져들었다. 세상을 뜬 선친을 이어 잠시 아전 생활을 하다가 아우에게 살던 집까지 내주고 천개산 구석진 골짜기로 숨어들어 늙어 죽을 때까지

허련의 〈일속산방도〉, 김영호 소장.

추사가 황상을 위해 써준 일속산방 현판 글씨, 김형국 제공.

스승이 그려 보여준 유인의 삶을 그대로 실현해보려고 애썼다. 그 결과가 만년에 그가 조성해낸 일속산방이었다. 일속산방은 화면 중앙 하단의 주거가 아니라 왼쪽 중앙 산비탈에 자리 잡은 한 채의 작은 집을 가리키는 이름이다. 추사 김정희가 그를 위해 써준 현판 글씨가 남아 있다.

# 4. 음식은 입만 속이면 된다

—자투리 천을 잘라 황상에게 써준 세 차례의 당부

## 양쪽 언덕 복사꽃이 냇물에 가득

2014년 2월 7일, 인사동의 고재식 선생에게서 전화를 받았다. 재미있는 필첩이 하나 나왔으니 들러 가라는 전갈이었다. 그길로 바로 달려갔다. 1802년 10월에 처음 황상과 만나 12년이 지난 1814년에 다산이 황상에게 써준 증언첩 하나를 내민다. 다만 원본이 아니라 흑백 복사본이어서 아쉬웠다. 원본이 어딘가 분명히 있겠는데 이미 소재를 알 수 없다고 했다. 얼마 전 옥션에 복사물 상태로 매물이 나온 것을 내게 줄 작정으로 샀다며 불쑥 건넨다. "공부할 분이 가지셔야 물건에 값이 생기죠." 복사본이라도 원본은 사양하고 스캔 받은 사본을 건네받았다. 돌아오는 발길이 조급해졌다.

열다섯 살 더벅머리 소년은 그사이에 스물일곱 살의 어엿한 가장이 되어 있었다. 중간에 신혼의 단꿈에 빠졌다가 넋이 쏙 빠질 정도로 혼이 나고, 아버지의 산소를 지키지 않은 일로 큰 노여움을 입는 소동이 있었다. 하지만 다산의 증언첩은 제자 황상에 대한 사랑에 조금의 흔들림도 없었음을 증언하는 듯한 내용이었다.

첫 장을 열자 소치(小癡) 허련(許鍊, 1809~1892)이 그린 〈백적산장도(白磧山莊圖)〉가 나왔다. 백적산장은 황상이 스승에게 숨어 사는 이의 거처 구성에 대한 가르침을 받은 뒤 작정하고 찾아 가꾼 은거의 공간이었다. 강진군 대

허련의 〈백적산장도〉.



구면에 빈터로 남아 있다. 30여 년 전 저수지가 생겨서 옛 집터 바로 앞까지 물이 차는 바람에 지금은 접근조차 어렵다. 흔히 황상의 거처는 일속산방이라고 알려져 왔는데, 이 그림의 출현으로 일속산방이 만년에 별채로 지어 혼자만 거처하던 공간이고 그의 생활공간은 바로 이 백적산장이었음이 한층 분명해졌다. 앞서 본 소치의 〈일속산방도〉와 이 그림을 합쳐야 황상의 은거 공간이 비로소 하나로 구조화된다.

화제(畵題)에 적힌 소치의 시는 다음과 같다.

| | |
|---|---|
| 시골집은 본래부터 갈천씨의 백성으로 | 郈居本是葛天民 |
| 다만 산이 푸르러 문득 이리 봄날일세. | 但到山青便是春 |
| 양편 언덕 복사꽃이 냇물에 가득하고 | 兩岸桃花一溪水 |

이 가운데 늙어가며 고기 잡는 사람이라.　　　　此中老却打魚人

백적산장은 태곳적 사람 갈천씨(葛天氏)가 사는 집이다. 산은 봄을 맞아 푸른빛이 넘치고, 시내 양편에는 복사꽃이 흐드러져 냇물 위로 꽃잎이 둥둥 떠간다. 이 속에서 생긴 대로 늙어가는 고기잡이 노인이 바로 집주인 황상이다. 무릉도원을 굳이 딴 데 가서 찾을 일이 없다.

다시 한 장을 넘기자 저마다 다른 크기로 28장의 천 조각에 어김없는 다산의 친필이 오롯했다. 원본 천은 색깔도 저마다 달랐던 듯 복사된 천의 배경 농도에 조금씩 차이가 있다. 자투리 천을 모아두었다가 크기도 일정하게 맞추지 않고 조각조각 써서 공책에 붙여 만든 서첩이었다. 생각날 때마다 제자에게 이 말을 해주어야지 하며 한 줄 한 줄 적어나간 스승의 마음자리가 그대로 담긴 글이요 글씨였다.

## 지극히 맑고 고상한 일

처음 여덟 면의 글씨 끝에 '다산노초서(茶山老樵書)'란 서명이 있고, 다시 일곱 면이 지나 마지막 줄에 '자하산인서(紫霞山人書)'라고 썼다. 다시 열세 면을 건너 끝에 "가경(嘉慶) 갑술년(1814) 5월 30일, 다산의 늙은이가 황상에게 써서 주다.(嘉慶甲戌五月小晦, 茶山翁書貽黃裳.)"라는 후기가 적혀 있다. 이는 이 증언첩이 적어도 세 차례에 걸쳐 작성되었음을 말해준다. 각각의 글 사이에 얼마간의 시간 간격이 있었을 법하다. 모두 28면에 걸쳐 11단락의 짧은 글들이 실려 있다.

다산은 아내가 시집올 때 입었던, 이제는 낡아 못 쓰게 된 다홍치마를 가위로 잘라내 아들에게 주는 당부를 적고, 그것으로 《하피첩(霞帔帖)》을 만들어준 일이 있다. 해묵은 천 조각이 다산의 손을 거치면 요술을 부려 멋진 필첩이 되었다. 폐품의 활용인지라 조각천은 저마다 빛깔이 같지 않고 크기도 달랐다. 생각이 한꺼번에 난 것도 아니어서 글씨의 모양과 크기가 조금씩 다르다. 이제부터 하나씩 차례로 읽어보겠다.

첫 번째 세 항목을 한 묶음으로 읽는다. 먼저 첫 번째 증언.

무릇 먹고살기를 꾀하는 일은 모두 낮고 더럽다. 다만 원포에서 초목을 기르는 한 가지 일만큼은 지극히 맑고 고상하다. 비록 다시금 호미 들고 삿갓을 써도 더욱 귀함을 느낀다. 한번 저자 문에 나와서 닭을 묶고 베를 걸어놓고, 살지고 수척한 것을 평하고 올이 거칠고 고운 것을 따진다면 큰일은 어느새 다 끝나버린다.

凡謀食之事, 皆鄙俚. 唯園圃毓草木一事極淸高. 雖復戴耡荷笠, 益覺是貴. 一出市門, 撞雞揭布, 評其肥瘠, 議其麤細, 已大事去矣.



풀이하면 이렇다. "산석아! 내 말을 잘 듣거라. 목구멍에 풀칠하기 위해 하는 일은 모두 낮고 더러운 법이다. 힘들어도 참아야 하고 수틀려도 견뎌야 한다. 하지만 집 주변에 과수원과 채마밭을 마련해 과일나무와 채소를 가꾸는 일만큼은 맑고도 고상하다. 호미 들고 삿갓을 쓴 채 비지땀을 흘려도 그보다 귀한 일은 없다. 그런데 말이다. 저자로 나가 집에서 기른 닭을 묶고 애써 짠 베를 걸어둔 채 닭이 살졌다고 하고 베가 올이 곱다며 호객하는 순간 앞서의 맑고 고상한 운치는 간데없이 되고 만다. 먹고살기 위해 장사할 생각 말고 원포를 경영해서 자급자족의 해맑은 삶을 가꾸도록 해라. 공연히 딴 데 기웃거리지 말고 먼 데 보지 말아야지. 음식은 입만 속이면 된다. 옷은 몸만 가리면 된다."

다산은 이렇듯 원포의 경영을 통해 자급자족의 경제생활을 꾸려가는 일을 무척 중시했다. 자식과 여러 제자에게도 그 구체적 방법과 실천에 대해 반복적으로 얘기하곤 했다.

다시 이어지는 두 번째 글이다.

지위가 높은 서리와 돈 많은 아전이 우뚝 솟은 누각 위에서 색실로 짠 보료에 올라앉아 시중드는 아이를 시켜 큰 부채를 부치게 하고 비싼 술에 살진 갈비를 뜯으며 신분이 낮은 동료들을 흘겨볼 때는 의기가 무지개라도 뚫을 듯하다. 바야흐로 이러한 때에는 진실로 사내답다. 그러다가 시절이 옮겨가고 운이 다한 데다 집까지 덩달아 남의 손에 넘어가고 보면 체납된 빚 문서는 사방에서 밀려들고 비방과 원망이 떼 지어 몰려든다. 저잣거리에서 소반과 술 주전자를 쉴 새 없이 나르고 입은 옷은 점차 온통 남루해진다. 예전 손님들은 문 앞을 지나면서도 들르질 않고, 잘사는 집에서는 편지를 받고서도 답장조차 없다. 집에 밥 짓는 불을 때는 날이 드물고 일 년 넘게 옥사에 불려 다니다 보면 처량하기 짝이 없어 다시는 지난날의 화려함을 찾아볼 수가 없다. 이러한 때에 당해서는 진실로 못난 사내가 따로 없다. 그러니 또한 어찌 덕을 쌓지 않겠는가?

首胥豪掾, 坐快閣上, 據班絲隱囊, 令侍兒搖大扇, 引火酒齧肥脅, 睥睨下僚, 意氣干虹霓. 方其時也, 誠男子也. 及其時移運盡, 室事旁落, 逋籍四興, 謗懟群集. 槃匜盡輸于市闤, 衣衫漸臻于襤褸. 舊客適門而不入, 饒戶受書而不答. 涓日以擧火, 彌年以速獄, 凄凉宛轉, 無復昔日芬華. 當此之時, 誠庸夫哉. 盍亦積悳哉.

당시 황상은 아전 신분이었다. 아전 업무에 임하는 마음가짐을 다잡게 하려고 써준 글이다. 잘나갈 때는 사치와 교만이 하늘을 찌르다가 운이 다해 낙막해지면 더없이 비참한 것이 아전 노릇이다. 기세가 등등할 때는 천하에 그런 쾌남아가 없다. 뜻대로 안 될 일이 없고 마음먹어 못 할 일이 없다. 하지만 일을 그르쳐서 관장에게 밉보여 한직으로 밀려나고 빚까지 져서 갚을 길이 막막하게 되면 전날의 부귀는 일장춘몽이 따로 없다. 하다못해 주막에

나가 술 심부름까지 해보아도 한번 기울어진 형편을 돌이킬 방법은 없다.

예전 내 밑에서 굽실대던 자들이 턱을 쳐들고 지나가고, 내 덕분에 부자가 된 사람은 도움을 요청하는 편지에 답장도 없다. 당장 끼니조차 이을 길이 없어 굴뚝에 밥 짓는 연기가 끊어지고, 휘말린 소송은 끝도 없이 이어져 심신을 피폐케 한다. 그러니 현재 조금 잘나간다고 해서 지위에 도취되거나 재물에 현혹되지 말고 덕을 쌓아 마음 밭을 잘 간수하는 것이 중요하다는 얘기다. 은자의 삶을 꿈꾸던 황상에게 스승의 이 같은 당부는 은거의 결심을 더 앞당기게 하는 계기가 되었을 법하다.

다시 이어지는 세 번째 단락이다.

보슬비가 막 지나가면 채소밭 푸성귀의 흙먼지가 말끔하게 씻겨나가고, 살지고 부드러워 아낄 만하다. 이때 갑자기 귀한 손님이 찾아오면 기쁘게 붙잡아 머물게 하고, 밭 일꾼을 시켜 조금 따와서 손님 찬으로 함께 내온다. 이것이 천하의 해맑은 일이다. 다산 노초가 쓴다.

小雨新過, 畦蔬塵垢盡滌, 肥軟可愛. 忽有佳賓戾止, 欣然執留, 令畦丁小摘以共賓膳, 此天下之淸事也. 茶山老樵書.

보슬비가 채마밭 푸성귀에 묻은 흙먼지를 말끔히 씻어내자 파릇한 빛깔이 이들이들 곱다. 보기만 해도 입맛이 돈다. 때마침 귀한 손님이 불쑥 나를 찾아오면 얼른 맞아 자리에 앉히고 그 채소를 조금 따와 겉절이 무침으로 내온다. 거친 밥에 막걸리 몇 잔, 여기에 싱싱한 채소 반찬이 곁들여질 수 있다면 이야말로 청사(淸事), 즉 해맑은 일이 아니겠는가? 꼭 지글지글 고기를 구워야 손님 대접이 아니다.

다산은 제자 황상에게 이렇게 첫 번째 증언 세 칙을 잇달아 써주었다. 앞뒤 두 항목은 채마밭을 가꾸며 누리는 소소한 청복을 예찬했고, 가운데 한 항목은 아전 생활을 할 때 꼭 지녀야 할 마음가짐에 대해 당부했다. 먹고살기 위해 어쩔 수 없이 생업에 종사해야 하지만, 텃밭에서 푸르게 올라오는 여린 채소 같은 마음을 지닐 것을 주문했다. 뜨겁고 화끈한 삶보다 잔잔하고 해맑게 흘러가는 삶을 기뻐하라고 도닥였다.

## 낙천지명(樂天知命)의 삶

두 번째 증언은 다시 세 항목을 한 단위로 묶었다. 천 크기가 들쭉날쭉 제멋대로다. 네 번째 단락을 읽어본다.

까닭 없이 복을 받는 사람을 보면 반드시 그 사람의 우애가 남보다 특별하였다. 세상에는 가짜 효자도 있다. 비록 그 고장에서 차례로 칭찬한다고 해도 깊이 믿을 만한 것이 못 된다. 다만 우애로운 사람이라야 참된 효자가 됨이 분명하다. 형제가 이웃에 살면서 동쪽 집에서는 밥 짓는 연기가 올라오는데 서쪽 집에서는 우물이 어는 자가 있다. 아!

看無故受福人, 必其人友愛, 與人特別. 世有僞孝, 雖鄕黨交譽, 未足深許. 唯友愛者, 明其爲眞孝也. 兄弟比鄰, 東家烟起, 西家井凍者有之矣. 噫!

형제간의 우애를 강조한 글이다. 황상에게는 역시 아전이었던 아우 황경이 있었다. 그의 호는 양포(襄圃)다. 그 또한 형님을 따라 다산에게서 공부를 했다. 다산의 둘째 아들 정학유(丁學游)가 황상을 위해 써준 〈고시삼십운증황치원(古詩三十韻贈黃巵園)〉이란 장시가 남아 있다. 그 시의 서문에서 정학유는 황상이 강진 시절 가장 먼저 다산에게 배운 제자였지만 아버지의 병구완으로 오래 고생하였고, 그 뒤로는 집이 가난하고 동생은 어려서 공부를 중도에 그만두고 아전 노릇을 하며 가장으로 생계를 꾸려간 사정을 적고 있다. 그러면서도 황상은 틈틈이 스승을 찾아와 공부를 이어갔다. 그러니까 위 글은 다산이 아직 유배에서 풀려나기 전, 황상이 아전 노릇을 하던 와중에 생활에 치어 자주 오지 못하는 제자 황상을 떠올리며 그의 마음을 다잡게 하기 위해 써준 글인 셈이다.

"산석아! 세상에는 진짜 효자가 있고 가짜 효자도 있다. 효자문이 섰다고 다 효자는 아니지. 진짜와 가짜를 구별하는 법을 알려주마. 우애가 있는지 없는지를 살펴보면 된다. 형제간에 우애가 없는 효자는 가짜 효자다. 세상이 효자라 칭찬하고 떠들어도 동기간에 아끼고 나누는 마음이 없다면 그는 불효자다. 제집에는 밥 짓는 연기가 올라오는데 건너편 아우의 집에 우물이 언다면 어찌 형제라 하겠느냐? 그 밥을 먹는 부모가 음식이 목에 넘어가겠느냐? 너는 아버님이 세상을 뜨고 안 계시니 아우를 잘 돌봐야 한다. 우애와 사랑으로 사이좋게 지내야 한다. 그것이 진짜 효도니라."

다산이 1819년 해배되어 두릉 집으로 돌아가게 되자 황상은 읍내에 있던 집과 밭 등 전 재산을 모두 아우에게 넘겨주고, 자신은 처자만 데리고 백적산으로 들어가 이후 수십 년간 백적산장을 일구며 농투성이의 삶을 살았다. 스승이 말씀하시면 그는 그 말을 의심 없이 따랐던 사람이다. 반드시 실천에 옮겼다.

이어지는 다섯 번째 단락을 보자.

궁벽한 고장의 사람은 교만하여 뽐내지 않는 이가 드물다. 이는 본 것이 적기 때문이다. 열 집 모여 사는 고을에도 반드시 퉁소로 떠들썩하게 이름난 사람이 있게 마련이다. 하지만 그가 어찌 참으로 서울 기생방의 묘한 솜씨를 지녔겠는가? 저들은 이원(梨園), 즉 장악원(掌樂院)에서 2일과 6일마다 열리는 모임을 본 적조차 없다. 시는 압운이 조잡한데도 꼭 스스로를 도연명(陶淵明)이나 사령운(謝靈運)에 견주고, 글씨는 결구가 거칠건만 반드시 왕희지와 왕헌지로 자처한다. 그 기예가 참으로 무리보다 뛰어나서가 아니라 본 것이 적었기 때문이니, 살아 있는 동안 발길이 마을 대문 밖으로 나가본 적조차 없다. 본받을 만한 말을 들어본 적이 없거늘 어찌 급작스레 높은 지위에 이를 수 있겠는가? 만약 먼 데 노닐며 널리 배우고 싶지 않거든 차라리 머리를 숙이고서 스스로를 낮추어야 한다.

僻鄕之人, 鮮不驕矜, 所見者少也. 十室之邑, 洞簫必有名噪者, 豈眞秦樓得妙哉. 彼未見梨園二六之會耳. 詩粗押韻, 必自許以陶謝, 書粗成字, 必自處以羲獻, 匪其藝之眞超衆也. 由見者少也. 生年足不出里閭之外耳, 不聞法拂之言, 安得遽達於高地, 如不肯遠游博學, 寧屈首以自卑爾.

황상은 시작(詩作)에서 발군의 역량을 발휘했다. 다산의 여러 제자 중에서 시로는 그를 따를 사람이 없었다. 훗날 추사 김정희가 그의 시를 보고 놀라 "지금 세상에 이 같은 작품은 없다."고 감탄했을 정도다. 하지만 그의 신분은 일개 아전에 불과했다. 스승은 혹여 그가 자신의 얕은 재주를 뽐내 남을 우습게 보거나 거들먹거릴까 봐 염려해서 이 같은 말로 쐐기를 박아두었다.

"시골에서 퉁소 좀 분다고 소문이 나도 서울 기생방의 일급 연주자 앞에 서면 얼굴도 못 들 수준이다. 촌놈들 사이에서 시 좀 짓거나 글씨 좀 쓴다는 소리를 들어도 그만그만한 중에 조금 낫다는 얘기지, 정말 출중하다는 말이 아니다. 교만해선 못 쓴다. 작은 재주로 젠체하지 말거라. 더 열심히 익히고 공부해야지. 늘 낮추어 겸손해야지."

스승의 이 말 속에 이미 제자 황상의 시적 재능에 대한 인정이 느껴진다. 그래도 아직 멀었으니 교만해서는 안 된다고 다짐을 둔 것이다.

여섯 번째 단락에서 다산은 자신의 시 한 구절을 써주었다.

물 불어난 시내는 꽃 흘리는 힘이 있고 溪肥謄有流花力
산 고요해 약 찧는 소리 또렷이 들려온다. 山靜明生擣藥聲

이러한 때에는 낙천지명(樂天知命)의 뜻이 있다. 자하산인이 쓴다.

此時有樂天知命之意. 紫霞山人書

인용된 구절은 다산이 초의에게 써준 증언첩에도 보이는 낯익은 시구다. 이 시를 짓던 순간의 기억이 다산에게는 특별했던 모양이다. 봄날 시내에 물이 불어났다. 복사꽃이 그 물 위로 져서 힘차게 떠내려간다. 그 생동하는 시내의 흐름과 달리 산은 고요하기 짝이 없다. 그 고즈넉함을 사이에 두고 어디선가 약초를 캐서 약절구에 찧는 소리가 들려온다. 내 눈은 냇물 위 꽃잎을 따라가는데 귀에는 약 찧는 소리가 한갓지게 들려온다. 바쁜 듯 한가한 삶 속에서 낙천지명의 뜻이 동심원을 그리며 번져간다.

앞서는 '다산초부(茶山樵夫)', 즉 다산의 나무꾼이라고 쓰고, 이번엔 '자하산인(紫霞山人)'이라고 적었다. 자하산은 다산초당이 자리한 귤동 뒷산의 다른 이름이다.



## 흥하는 집안과 망하는 집안

세 번째 증언은 다섯 항목으로 이루어져 있다. 조각 천에다 세 차례에 걸쳐 황상을 위한 글을 써 모은 뒤, 끝에 날짜까지 적어 제자에게 선물했다. 당시 다산은 지나친 몰두로 풍이 와서 건강이 좋지 않은 상태였다.

이어지는 일곱 번째 단락이다.

스스로 낮추는 사람은 남이 그를 올려주고, 스스로 높이는 사람은 남이 그를 끌어내린다. 이 말은 마땅히 죽을 때까지 외우도록 해라. 내가 일찍이 이익에 밝은 사람을 본 적이 있다. 그는 토지 세금의 많고 적음을 따지는 이치와 물의 혜택을 나누고 온전히 하는 구분을 논함에 있어 털끝까지 나누고 실낱같이 분석하여 정밀한 의리가 입신의 경지에 들었다. 이는 공자께서 말씀하신 하달(下達)의 사람이다. 상달(上達)의 사람은 의리에 밝고 하달의 사람은 이익에 밝다. 이것은 양극단이다.

自下者人上之, 自上者人下之. 此語當終身誦之. 吾嘗見聖於利者. 其論田租贏欠之理, 水澤分專之別, 毫分縷析, 精義入神. 此孔子所謂下達者也. 上達者聖於義, 下達者聖於利, 此兩極也.

하달과 상달의 두 부류로 사람을 나눴다.

"스스로 낮추면 남이 나를 올리고, 스스로 높이면 남이 나를 끌어내린다. 산석아! 너는 어떤 사람이 되려느냐? 낮추겠느냐, 높이겠느냐? 너는 내 이 말을 죽을 때까지 명심하거라. 너는 아전이니 세금 거두는 셈법과 이익을 나누는 분배가 어김없이 정확해야겠지. 하지만 그런 것만 중요한 것이 아니다. 공자께서도 말씀하셨다. 상달의 사람은 의리에 밝고, 하달의 사람은 이익에 환하다고. 너는 이익에 밝은 사람이냐, 아니면 의리에 밝은 사람이냐? 나를 낮추는 겸손과 이익을 멀리하고 의리를 중시하는 태도를 지녀야 한다. 그까짓 재물의 이익은 아무것도 아니다. 세금 많이 거두고 계산 잘하는 것을 능력으로 알아 그 재간을 맘껏 휘두르면 결국 그 칭찬하던 입들이 너를 그 자리에서 끌어내리려 들 것이다. 이익이냐 손해냐를 가늠하기 전에 옳은지 그른지를 따지는 것이 먼저다. 한 번 더 말해주마. 낮출수록 올라가고, 올릴수록 낮아진다. 잊으면 안 된다."

여덟 번째 단락은 다음과 같다.

가경 기사년(1809)에 큰 기근이 들어 그 이듬해 봄에는 굶어 죽은 자가 길을 가득 메웠다. 이를 본 사람들은 하늘이 어질지 않다고 의심했다. 나중에 살펴보니 모두 게으른 자들이었다. 아! 게으름이 악이 됨이 한결같이 이에 이른단 말인가. 덕에 부지런한 사람은 말할 것 없고, 일에 부지런한 자도 오히려 하늘 뜻을 어기고 사람에게 재앙이 되기에 충분하니 게으를 수 있겠는가?

嘉慶己巳, 歲大饑, 厥明年春, 莩者塞路. 觀者疑天之不仁. 旣而察之, 盖皆惰者也. 嗟乎! 惰之爲惡, 一至是哉. 勤於德者尙矣, 勤於業者猶足以違天殃人, 其可惰哉.

1809년의 기근은 참혹했다. 이듬해 봄에는 굶어 죽는 사람이 속출해 길에 시체가 즐비했다. 어찌 이토록 참혹한 재앙을 내릴 수 있느냐고 사람들은 하늘을 원망했다. 나중에 하나하나 살펴보니 그렇게 죽은 사람은 모두 게으른 자들이었다. 평소 부지런한 사람들은 그 혹독한 시련 속에서도 대부분 살아남았다. '어떻게 되겠지.' 하는 마음과 '별일 있겠어?' 하는 타성이 작은 역경 앞에서 그들을 죽음으로 내몰았다. 덕을 닦고 학업에 힘쓰는 사람도 뜻을 세워 부지런히 하지 않으면 하늘의 뜻을 어기고 사람에게 재앙을 안겨준다. 게으름은 역경을 자초한다. 부지런함은 나를 든든히 지켜주는 호신부다.

아홉 번째 단락에서는 노름을 경계했다.

강패(江牌)와 마조(馬弔), 의탄(意攤) 같은 노름은 천하의 못된 일이다. 골육이 굶주리고 추위에 얼어도 한 푼의 돈조차 베풀려 들지 않으면서, 이 일에 이르러서는 하룻저녁에 밭과 집을 탕진하고도 뉘우칠 줄 모르니 또한 어리석지 않은가? 이 일은 모름지기 일찍 깨우치는 것이 좋다. 이로 말미암아 말한다면 능히 어렸을 때 삼가 막아 지켜 엄하게 살펴야 한다. 뼈가 굳고 나면 비록 배운다 해도 깊이 빠져들 지경이 되지는 않는다.

江牌馬弔意攤之戲, 天下之惡業也. 骨肉飢凍, 不肯以一文相施, 至於此事, 一夕而蕩其田宅, 莫知知悔, 不亦惑歟. 此事須早喩者工. 由是言之, 能於童穉時, 謹其防守, 嚴其糾察, 骨之旣硬, 雖學之不至深溺也.

일 없는 아전들이 흔히 노름에 빠져 패가망신하는 일이 많았으므로 특별히 이 점을 경계했다. 노름은 어려서부터 아예 싹을 끊어 손도 대지 말아야 한다. 한번 빠져들면 처자가 굶어도 거들떠보지 않고 제 몸을 망치고 제 집안을 다 말아먹고도 손을 떼지 못한다. 눈에 뵈는 게 없고 귀에 들리지도 않는다. 머리가 다 큰 다음에는 그래도 자기 절제를 기대할 수 있지만, 어려서부터 여기에 재미가 들리면 방법이 없다. 망하려고 작정했다면 노름에 손대도 괜찮다. 그렇지 않다면 근처에 얼씬도 하지 말아야 한다.

다시 열 번째 단락이다.

연꽃을 심는 것은 감상하는 데 지나지 않으나 벼를 심는 것은 먹거리를 제공해줄 수가 있다. 그 쓰임새의 허실이 서로 현격하다. 하지만 논을 넓혀 연을 심는 못을 만드는 사람은 그 집안이 반드시 번창하고, 연 심은 못을 돋워 논으로 만드는 사람은 그 집안이 어김없이 쇠미해진다. 이는 무엇 때문일까? 이를 통해 큰 형세가 쇠하고 일어나는 것이 인품의 빼어나고 잔약함과 연계되어 있음을 알 수 있다. 소소한 송곳이나 칼끝 같은 이해쯤은 깊이 따질 만한 것이 못 된다.

種蓮不過借玩賞, 種稻可以給餽餉. 其用之虛實相懸也. 然廓稻田以爲蓮沼者, 其家必昌, 夷蓮沼以爲稻田者, 其家必衰. 斯何故也. 是知大勢衰旺, 繫乎人品之俊孱, 小小錐刀之利害, 未足深爭也.

다산다운 말씀이다. 일반적 예상을 빗겨 말했다.

"산석아! 너는 논을 넓혀 연 심는 못을 만드는 사람이 되도록 해라. 연 심은 못을 논으로 만드는 사람이 되지는 말거라. 연 밭을 헐어 논으로 일구면 거둘 곡식이야 늘어나겠지만, 잔단 이익에 매이는 사이에 삶의 정취는 사라지고 만다. 그렇게 되면 안 되지. 아등바등 먹고사는 데 목숨을 걸면 늘 그 사이에서 허덕이며 살고, 조금 부족해도 삶의 여유를 가꿔야 인품이 깊어지고 삶의 질이 올라간다. 절대 작은 이익에 목숨 걸지 말고 생활 속에 정서와 무늬를 깃들이도록 해라."

작은 이익과 삶의 정취를 맞바꾸지 말라는 충고는 참으로 귀한 말씀이다. 여유를 돌보지 않으면 넉넉해지려다 도리어 황폐해지는 폐단을 낳는다.

이제 마지막 열한 번째 단락을 읽어보자.

원양(原壤)이 광탕(狂蕩)하여 예의에 어긋났어도 공자께서는 끊어버리지는 않으셨다. 옛 벗이라 하여 원양을 버리지 않은 것이니, 아들을 경계한 가르침에 자세하게 나온다. 남쪽 지방 사람은 사소한 원망만 있어도 가볍게 옛 벗을 버린다. 이것은 오랑캐의 풍습이다. 절대로 경계해야 한다.

가경 갑술년(1814) 5월 30일, 다산의 늙은이가 황상에게 써서 주다.

原壤狂蕩悖禮, 孔子猶不絶之. 爲故舊不棄原, 有周以戒子之訓也. 南方之人, 有睚眥之怨, 輕棄故舊, 此蠻貊之俗也. 切須戒之.

嘉慶甲戌五月小晦, 茶山翁書貽黃裳.

《논어》〈헌문〉에서 공자가 격식을 차릴 줄 모르는 원양을 나무란 일을 적으면서 남쪽 사람들이 기질이 강해 조금만 뜻에 어긋나면 옛 벗을 원수 보듯 하는 태도를 나무랐다.

"사람을 가볍게 버려서는 안 된다. 한번 수틀렸다고 다시 안 볼 것처럼 굴고, 조금 마음에 안 맞는다고 죽일 듯 달려드는 것은 오랑캐나 하는 짓이다. 품어 안고 더 기회를 주어야지. 내가 가만히 보니 너희 남쪽 사람들은 기질이 불같아서 작은 일에 그만 발끈해 큰일을 그르치고 마는 경우가 많더구나. 너는 그래서는 안 된다. 사람이 품이 넓어야 한다. 명심하거라."

스승은 이렇듯 제자의 성정과 기질을 살펴 그가 처한 상황에 꼭 맞는 대증 처방을 내렸다. 아전으로 있던 황상에게 직무에 임하는 태도를 일러준 것과 유인(幽人)의 삶을 추구했던 그에게 원포 경영의 중요성과 물질의 이익에 휘둘리지 말 것을 당부한 일, 자칫 자신의 문예 역량을 드러내놓고 뽐낼까 염려되어 노파심에 한 자락 누른다든지, 옛 벗과 가볍게 절교하는 습속을 경계하라고 당부한 것 등에서 황상을 향한 다산의 변함없는 애정이 진하게 느껴진다.

스승에게서 이 증언첩을 선물로 받은 황상은 이 같은 소소한 당부들을 평생 손때를 묻혀가며 읽고 또 새겼을 것이다. 그간 다산이 귤동 초당으로 거처를 옮긴 이후부터 황상이 해배된 다산을 마재로 찾아온 1836년까지 근 26년간 황상의 행적이 묘연했었다. 이 증언첩의 출현으로 다산이 초당에 머무는 동안에도 두 사람 사이에 지속적인 왕래가 있었음이 확인되었다. 스승은 당시 제자가 처한 상황과 빠지기 쉬운 허물을 미리 짚어 아예 싹을 자를 작정으로 하나하나 짚어가며 다짐을 두었다.

〈다산옹서이황상증언〉, 다산 친필, 원본 소재 불명.

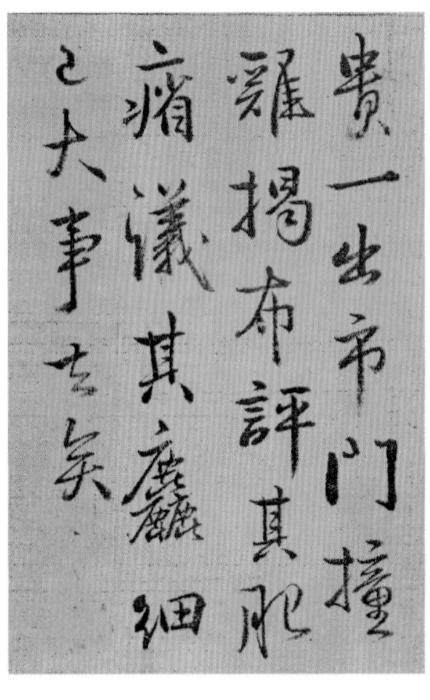

2

1

4

3

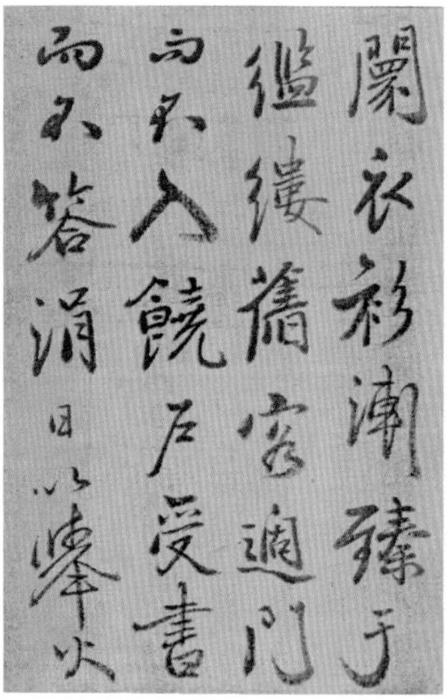

5

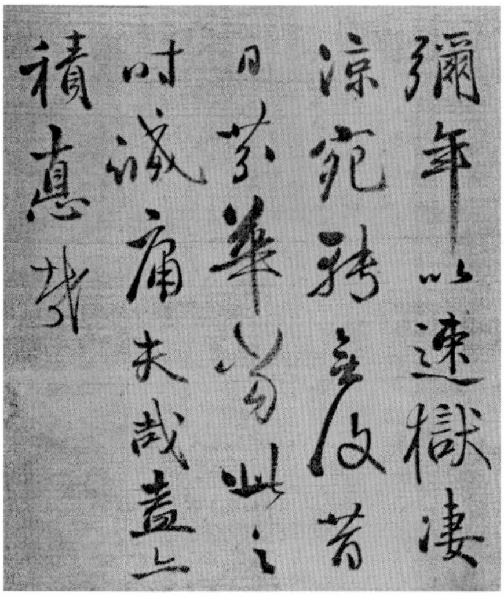

6

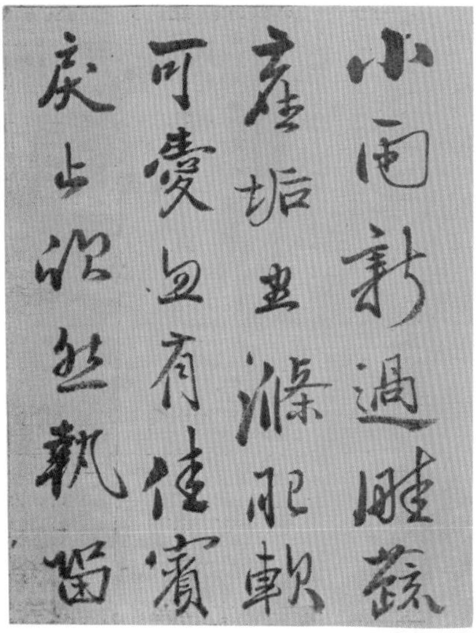

7

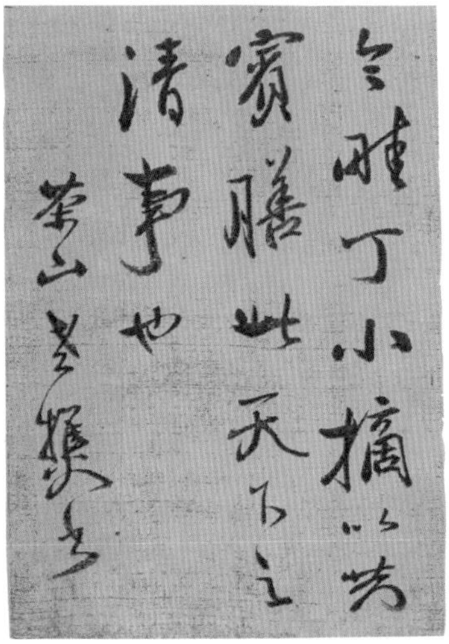

8

有無故受福
人必其人友愛
與人特別之
有偽孝雖鄉

9

并文譽素深許
唯友愛者何足為
真孝也兄弟比鄰
東家姆起西家井凍
者有之矣

10

僻鄉之人鮮不驕
矜所見者少也
十室之邑洞簫
必有名噪者嘗矣

11

秦樓得妙哉彼
未見梁園二六之
會耳詩粗押
韻必自許以閩

12

謝書粗成字必
自憂以羲獻而
至藝之者超衆
也由見者少也生

13

年至不出里閭之外
耳不聞注拂之言
安得遠達於高地
以不肯遠游博學寧
屈首以自卑爾

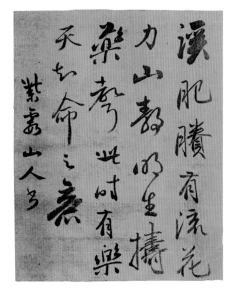

14

溪肥騰有流花
力山鼓水生擣
藥鼓此時有樂
天知命之意
紫霞山人書

15

自下者人上
之自上者人
下之此語當
終身誦之

16

吾嘗見聖於利者
其論田租贏欠之
理水澤分專之別
毫分縷析精義
入神 此孔子所謂

17

下達者也上達
者聖於義下
達者聖於利
此所極也

18

嘉慶己巳歲
大醮廟明年
重摹者塞路
觀者疑天之

19

仁既而察之蓋皆情
者也嗟乎情之不忘
一至是哉勤於德者
尚矣勤於業者猶足

20

以違天殃人至可惜
哉
江牌馬弔意攤之
戲天下之惡業也骨
肉飢凍不肯以一文
相恤至於此事一夕

21

而蕩其田宅莫之
知悔不亦悲歟此事
須早喻者工由是
言之能於童稚時

22

謹其防守嚴正
仔察骨之既硬
雖學之不至深
溺也

23

種蓮不過供玩
賞種稻可以給
餽餉其用之虛實
相懸也然鄙稻

24

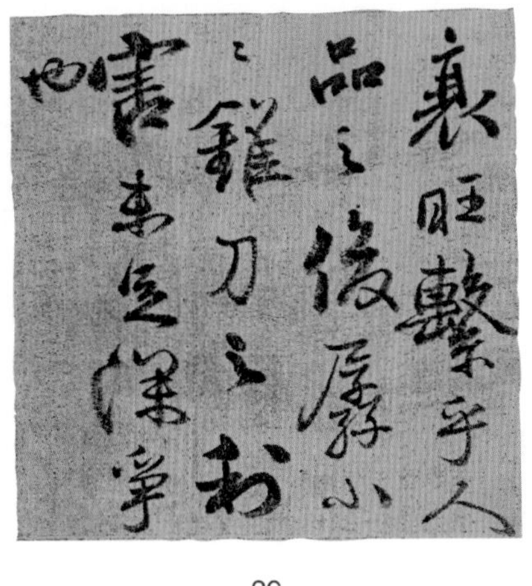

26

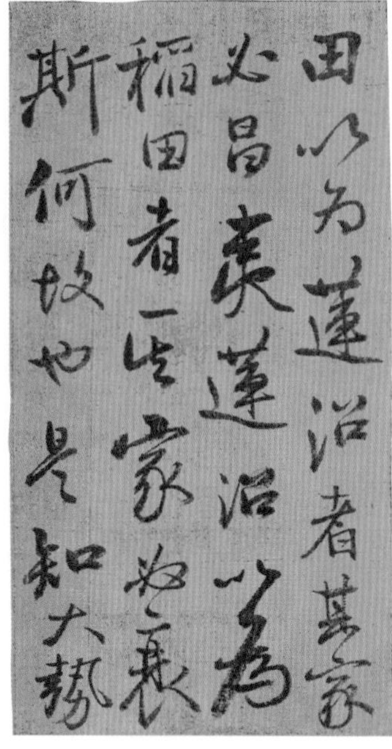

25

28

27

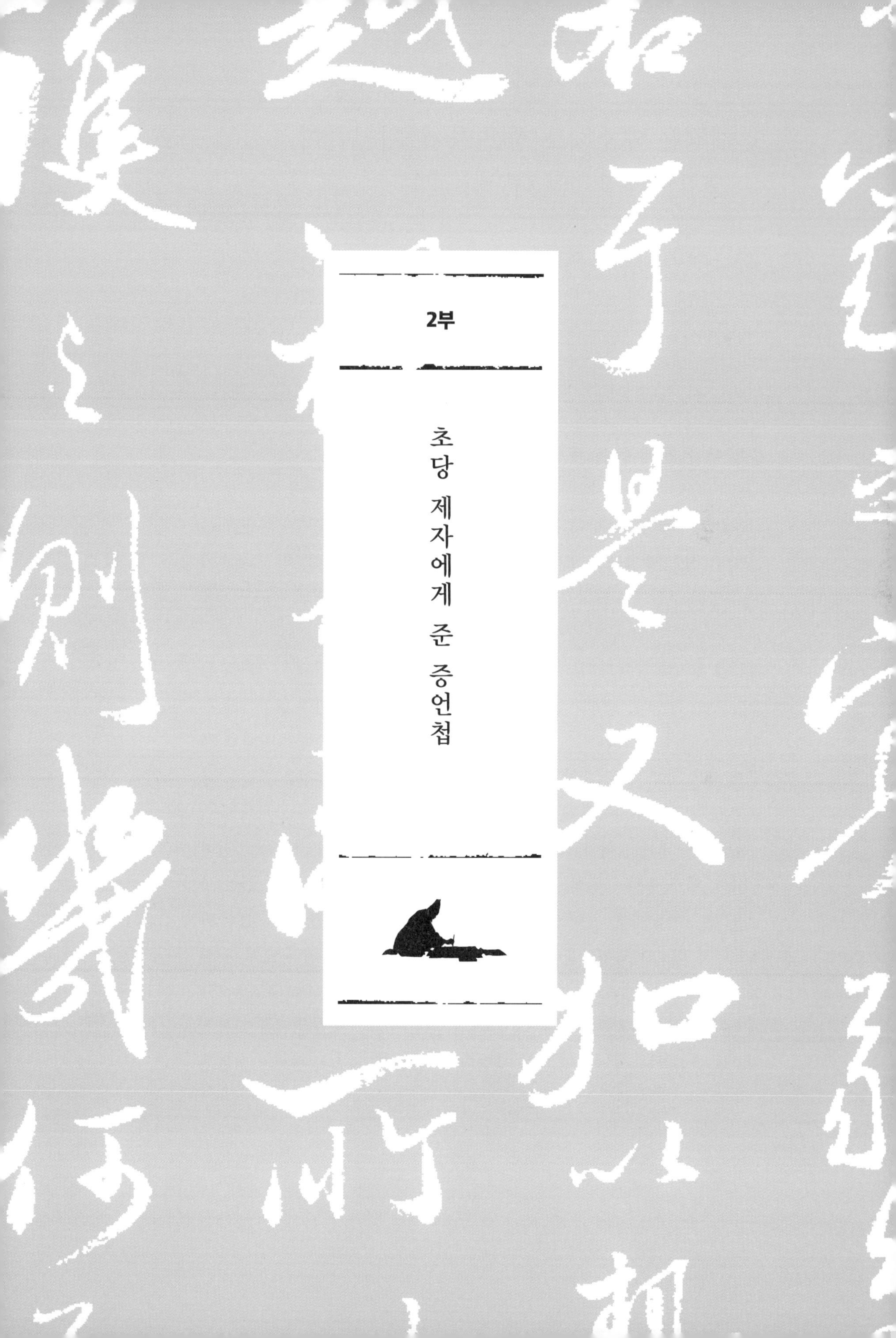

# 2부

# 초당 제자에게 준 증언첩

# 5. 체격은 왜소해도 품은 뜻은 거인같이

—윤종진에게 준 〈순암호설〉과 독서법

## 순암이란 호에 담은 뜻

윤종진(尹鍾軫, 1803~1879)은 자가 금계(琴季)로 호는 순암(淳菴), 아명은 신동(信東) 또는 원례(元禮)였다. 행당(杏堂) 윤복(尹復, 1512~1577)의 10세손이자 초당의 주인인 윤단(尹慱, 1744~1821)의 손자다. 윤단의 장남 윤규노(尹奎魯, 1769~1837)의 막내로 넷째 아들이다. 맏형 윤종기(尹鍾箕, 1786~1841)와는 열일곱 살이나 차이 난다. 다산 정약용은 1808년에 다산초당으로 거처를 옮겼다. 윤종진은 당시 여섯 살 꼬마로 초당 강학의 말석에 끼어 앉아 형들과 함께 글공부를 시작해 다산의 사랑을 듬뿍 받았다. 다산은 몸이 약하고 체구가 작은 그를 위해 〈순암호설(淳菴號說)〉 외에 몇 편의 증언을 친필로 따로 써주어 그를 분발시켰다.

윤종진은 다산이 해배되어 돌아간 뒤에도 두릉을 오가며 스승을 극진히 모셨다. 이후 추사 김정희, 백파(白坡) 신헌구(申獻求)와도 문원(文苑)의 사귐을 맺어 이들이 준 친필 글씨가 여럿 전한다. 1866년 병인양요와 1869년 광양에서 변고가 일어났을 때는 그때마다 의병을 모아 달려가 포장(褒獎)을 받았다. 1867년 사마시에 합격해 진사가 되었다. 《순암수초(淳菴手鈔)》와 《순암총서(淳菴叢書)》가 후손의 집안에 남아 전한다. 오늘날 귤동 다산초당으로 올라가는 길 중간에 있는 무덤의 주인이 바로 그다. 현재의 비문은

윤종진 묘 앞 석인상과 묘비.

1914년 성균관 박사 이금(李鍁)이 썼다.

다산이 그에게 준 증언은 윤종진의 6대손인 윤영상 선생이 소장한《다산사경첩(茶山四景帖)》안에 제목 없이 실려 있다. 첫머리에 다산초당의 4경을 노래한 〈다산사경(茶山四景)〉 시가 실려 있고, 이어 몇 편의 증언을 잇달아 수록했다. 모두 다산의 친필이다. 이제 차례로 살펴보겠다.

《다산사경첩》에 수록된 〈순암호설〉을 먼저 읽어본다. 다산이 막내 제자 윤종진에게 순암이란 호를 지어주며 그 이름에 담긴 의미를 설명해준 내용이다.

안영(晏嬰)과 전문(田文)은 모두 몸집이 왜소하고 비루하여 보잘것없었다. 하지만 혹 직간으로 임금을 바로잡고 혹 기절을 숭상하여 세상에 이름났다. 당나라 때 배도(裵度)와 우리나라의 이원익(李元翼, 1547~1634)은 모두 체격이 보잘것없었어도 이름난 신하와 훌륭한 재상이 되기에 손색이 없었다.

어째서 그런가? 몸이 집이라면 정신은 주인과 같다. 주인이 진실로 어질다면 비록 문설주에 이마를 부딪치는 작은 집에 살더라도 오히려 남들이 공경하여 아끼게 되고, 주인이 진실로 용렬하다면 비록 고대광실 너른 집에 산다 해도 사람들이 천히 여겨 업신여기는 바가 된다. 이는 이치가 그러한 것이다.

아, 너 신동(信東)은 부모의 늦은 기운을 받아 체질이 가녀려 나이가 열다섯이 지났는데도 여전히 어린아이와 같다. 비록 그렇지만 정신과 마음이 네 몸의 주인인 것만큼은 마땅히 고대의 거인 교여(僑如)나 무패(無霸)와 다르지 않다. 네가 스스로를 작다 여기지 않고 뜻을 세워 힘을 쏟아 대인과 호걸이 되기를 기약한다면 하늘은 네 체격이 작다 하여 네가 덕을 이루는 것을 막지는 않을 것이다. 신체가 털썩 크고 기상이 대단한 사람은 비록 작은 지혜와 잔단 꾀만 있어도 사람들이 오히려 이를 우러러 권모와 책략의 꾀가 있다고 여긴다. 만약 체구가 가녀린 사람이라면 비록 평범한 말을 해도 사람들은 반드시 작은 지혜와 잔단 꾀라고 시끄럽게 떠들면서 간사하다고 지목하고 소인이라고 이름 붙일 것이다.

그런 까닭에 타고난 것이 이와 같은 사람은 마땅히 열 배 더 힘을 쏟아 늘 충후하고 바탕을 실답게 하며 도타우면서도 성실하게 힘쓴 뒤라야 겨우 보통 사람의 대열에 낄 수 있을 것이다. 너는 죽을 때까지 명심해서 말 한마디 행동 하나에도 감히 스스로 작음을 가지고 경박하게 구는 일이 없도록 해라. 그래서 내가 네게 순암이라는 호를 준다.

가경 무인년(1818) 중추에 다수(茶叟)가 쓰다.

晏嬰田文, 皆矮陋不揚, 而或直諫以匡君, 或尙氣以名世. 唐之裵度, 吾東之李完平, 皆身軀羸弱, 不害其爲名臣碩輔.

何爲其然也? 身猶室也, 神猶主人也. 主人苟賢, 雖處打頭之屋, 猶之爲人所敬愛. 主人苟庸, 雖處之以高臺廣廈, 猶之爲人所賤侮. 理則然也.

咨汝信東受父母之晩氣, 體質纖小, 年及成童, 如幼穉然. 雖然神心之主汝體者, 因當與僑如無霸, 無以異矣. 汝其自視無小, 立志用力, 期爲大人豪桀, 天因不以汝體小, 而沮汝之成德也. 身體碩大, 氣象雄偉者, 雖有小智細謀, 人猶仰之爲權數牢籠之術. 若軀殼纖小者, 雖尋常言談, 人必躁之爲小智細謀, 目之曰奸詐, 題之曰小人.

故凡稟得如此者, 宜十倍用力, 每以忠厚質實, 敦朴純慤爲務然後, 僅能備數於平人之列. 汝其終身銘念, 一言一動, 無敢澆薄以自小. 吾故錫汝之號曰淳菴.

嘉慶戊寅, 中秋 茶叟.

내용에 맞춰 제목을 〈순암호설〉로 달았다. 다산은 윤종진이 열여섯 살이 되던 1818년에 이 글을 써주었다. 늦둥이로 태어난 윤종진은 체격이 왜소한 데다 마음마저 여렸다. 아직 어린애 티를 벗지 못한 응석받이 막내였다. 다산은 몸집이 왜소한 그를 위해 순암(淳菴)이란 호를 지어주었다. '순(淳)'은 도탑다, 순박하다는 뜻이다. 다산은 매사에 자신감이 부족한 데다 응석받이라 지기 싫어하는 윤종진에게 춘추전국시대의 안영과 전문, 당나라 때의 배도, 조선의 이원익 등 외모가 보잘것없고 체격이 유난히 작았지만 성실한 노력으로 재상의 지위에 올라 나라를 위해 큰일을 해냈던 작은 거인들을 손꼽으며 격려했다.

"너는 체격이 유난히 왜소하니 행여 주눅 들지 말고 남보다 열 배 더 노력해야 한다. 거기에 천근의 무게를 더 깃들여야지. '순(淳)'이란 한 글자를 잊지 말거라. 도탑고 두텁게 한결같아야 한다. 사람이 진국이란 소리를 들어야지 경박하단 말을 들어서야 쓰겠니? 너와 같은 조건에서도 큰 뜻을 세워 우뚝한 자취를 남긴 선인들을 마음에 새겨두거라. 남이 너를 우러르게 해야지 얕잡아보게 해서는 안 된다. 힘쓰고 또 힘써야 한다. 평생 기억해두렴. 알겠느냐?"

스승에게 생각지 않은 선물을 받은 윤종진은 그 가르침을 마음에 깊이 새겼다. 분발의 기운이 안에서부터 솟아났다.

〈순암호설〉, 《다산사경첩》 수록, 다산 친필, 윤영상 소장.

## 너무 큰 소리로 책을 읽지 마라

〈순암호설〉로 당찬 자세와 성실한 노력을 주문했던 스승은 여전히 가녀려 유약한 그가 미덥지 않았던 모양이다. 이번에는 독서의 바른 태도를 지적하는 증언 한 칙을 더 남겼다.

독서는 큰 소리로 읽는 것을 가장 꺼린다. 든 것 없이 허세를 부리고 들떠 조급한 것은 덕을 망치는 기틀이다. 차분히 가라앉혀 꼼꼼히 읽어야 기억되어 남는 것이 많아지고, 삼가고 묵직하게 해야 자질이 아름다워진단다. 너는 경계하도록 해라. 예(禮)에게 준다.

讀書最忌閎聲. 虛憍浮躁, 敗德之機也. 安靜縝密, 記含乃富, 恭謹重厚, 資質乃美. 戒之哉小子. 贈禮.

이 글은 〈독서법증례(讀書法贈禮)〉로 제목을 붙였다. 예(禮)는 원례(元禮)의 약칭으로 윤종진의 아이 적 이름이다. 윤종진은 어리고 약하지만 지기 싫어하는 성격이었던 모양이다. 책을 읽을 때면 자꾸 목청이 높아졌다. 건성건성 읽어 뜻도 새기지 못하면서 형들에게 안 지려고 자꾸 소리로 기세를 올리려 들었다. 스승은 그의 목소리에서 허교부조(虛憍浮躁), 즉 속이 빈 허세와 들뜬 조급함을 바로 읽어냈다. 그러고는 그 처방으로 안정신밀(安靜縝密)과 공근중후(恭謹重厚)의 가르침을 내려주었다. 안정은 기운을 가라앉혀 고요한 상태이고, 신밀은 대충 읽지 않고 꼼꼼히 하나하나 따져가며 읽는 태도다. 공근은 공손하여 삼가는 자세를, 중후는 묵직한 무게감을 일컫는다.

"책은 네 내면을 충실하게 하려 함이지, 남에게 보여주기 위함이 아니다. 그런데 어째서 자꾸 목청만 높여대는 게냐? 가뜩이나 들뜬 기운이 그 소리를 타고 다 빠져나간다. 차분해야 한다. 꼼꼼히 읽어야 한다. 묵직해야 한다. 삼가는 마음가짐을 잊어서는 안 되지. 그래야 네 안에 쌓이는 것이 있어 바탕을 아름답게 변화시킬 수가 있는 법이다. 명심하거라."

이 같은 가르침의 바탕에는 제자에 대한 깊은 사랑이 담겨 있다. 다산은 그를 위해 같은 취지로 시 두 수를 더 써주었다. 같은 서첩에 나란히 실려 있다. 모두 다산의 문집에는 누락되고 없는 글들이다. 제목을 〈증원례(贈元禮)〉로 붙인다. 먼저 첫 수.

아낄 만하구나, 윤 씨네 아들 　　可愛尹氏子
해맑고 빼어남이 옥순(玉筝)과 같네. 　　淸秀玉筝如
책 읽는 소리 우렁차고 맑기도 하고 　　讀書聲鴻亮
시 지으면 글자가 밝고 예쁘다. 　　作詩字明媚
민요(閩徼) 땅서 주자(朱子)가 태어나는 법 　　閩徼生考亭
화주(華冑)는 양이(楊李)에게 내맡긴다네. 　　華冑任楊李

옥빛의 죽순처럼 깨끗하고 빼어난 아이라고 칭찬했다. 좀 전에는 책을 읽을 때 목소리만 너무 크게 낸다고 나무라놓고, 시에서는 책 읽는 소리가 우렁차고도 해맑은 데다 시를 지으면 그 시상이 밝고도 어여쁘다고 다독거렸다.

민요(閩徼)는 지금의 중국 푸젠 성(福建省)의 옛 이름이다. 중원에서 멀리 떨어진 바닷가다. 고정(考亭)은 송대의 유명한 학자 주희가 살던 푸젠 성의 지명이다. 그래서 주희를 이렇게도 부른다. 6구의 화주(華冑)는 왕족과 귀족을 가리키는 말이고, 양이(楊李)는 수나라 양제와 당나라 태종을 가리킨다. 윤종진이 멀리 바닷가 촌에서 나고 자라 큰 부귀영화나 권세와는 거리가 멀어도 열심히 공부한다면 민요 땅이 주자를 배출해낸 것처럼 이곳 강진에서도 그와 같은 큰 학자가 날 수 있으리라고 덕담한 내용이다.

피곤해 누웠지만 긴 밤 지겹네 　　倦枕厭長夜
작은 창엔 먼동도 아니 트누나. 　　小窗終未明

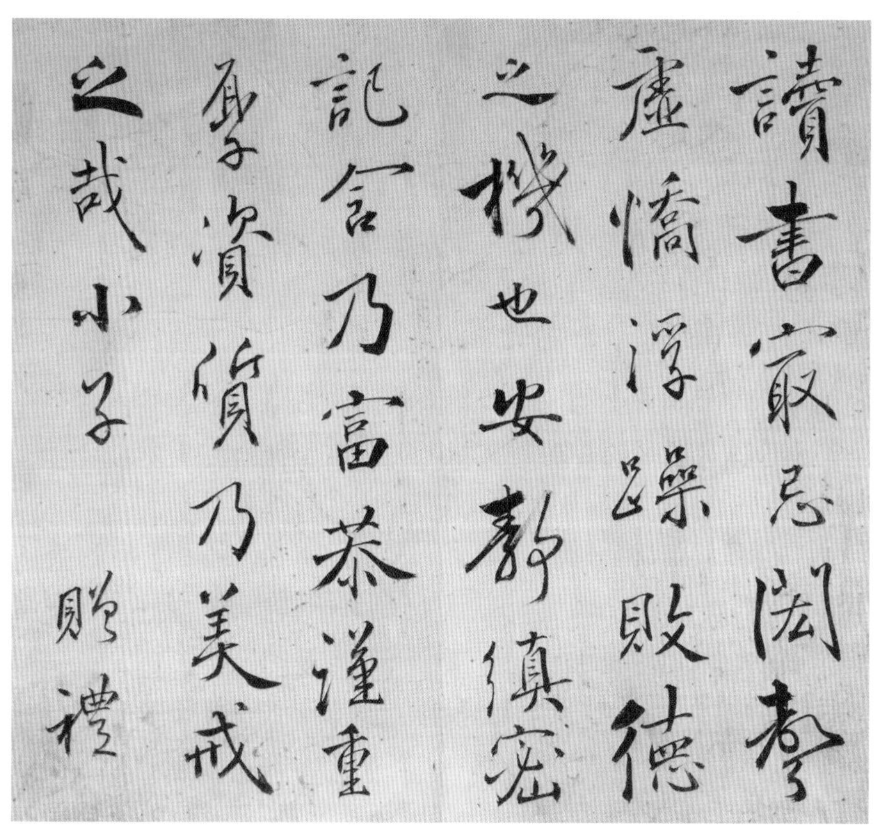

〈독서법증례〉, 《다산사경첩》 수록, 다산 친필, 윤영상 소장.

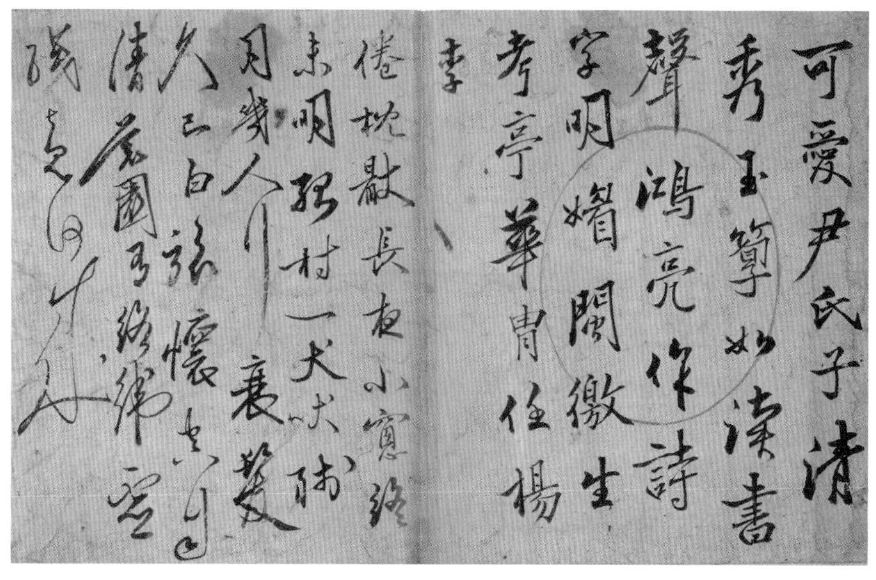

〈증원례〉, 《다산사경첩》 수록, 다산 친필, 윤영상 소장.

외론 마을 개 한 마리 짖어대는 건 孤村一犬吠
잔월에 몇 사람이 지나는 게지. 殘月幾人行
쇠한 터럭 진작 희게 변했다지만 衰髮久已白
나그네 마음은 절로 해맑다. 旅懷空自淸
거친 동산 베짱이는 울어대는데 荒園有絡緯
헛되이 짜기만 해선 무얼 이룰까? 虛織竟何成

이어지는 둘째 수다. 불면으로 지새는 유배객의 심사를 담았다. 낮엔 온종일 공부와 강학으로 시간을 보낸다. 밤들어 피곤한 몸을 베개에 누이지만 밤은 길고 정신은 또랑또랑하다. 창밖은 여전히 깊은 어둠에 잠겨 있다. 먼 마을의 개 짖는 소리, 이 새벽에 누군가 길 위에 있나 보다. 터럭은 희게 센 지 오래다. 오랜 나그네 생활에도 마음만은 투명하게 맑다. 베짱이가 찌익 짝 찌익 짝 베 짜는 소리를 내며 밤을 새워 운다. 얘, 베짱이야! 그저 입으로만 베를 짜서야 무슨 소용이 있겠니? 행동으로 옮기고 실천해야지. 이 마지막 두 구절 때문에 자칫 신세타령에 그치고 말았을 푸념이 제자에게 주는 스승의 가르침으로 변했다.

"입으로만 짜는 베는 입을 수가 없다. 직접 베틀에 앉아 북을 열심히 움직여야 옷감이 되는 법이다. 마찬가지로 소리 내서 책을 읽는다고 능사는 아니란다. 배운 것을 자기 것으로 소화할 수 있어야지. 베짱이가 저렇듯 밤새 입으로 베를 짜도 추운 겨울이 오면 손에 쥔 것이 아무것도 없다. 너는 개미같이 공부하거라. 밤을 새워 읽고 새겨 나날이 발전하고 날마다 성장해야 한다."

그는 스승의 이 같은 가르침에 감격해 평생 마음에 새겨 실천했다. 다산초당 출신 제자 중에는 윤자동(尹玆東)과 그만이 진사시에 급제했다. 다산이 윤종진에게 〈순암호설〉을 써준 이듬해 해배되어 고향 마재로 올라간 뒤에도 그는 서울 길을 오가며 공부를 계속했고, 충직하게 스승의 뒷바라지를 했다.

## 죽은 자가 살아와도 부끄러움이 없어야

마저 읽을 한 편의 글은 다산이 훗날 해배되어 두릉 집으로 올라오고 4년 뒤인 1823년 4월에 자신을 찾아온 강진 시절 제자 윤종삼(尹鍾參, 1798~1878)과 윤종진 형제에게 써준 증언이다. 제목은 〈서증기숙금계이군(書贈旗叔琴季二君)〉이다. 이 글 또한 윤종진의 6대손 윤영상 선생 소장의 《다산사경첩》 안에 들어 있다. 앞서 열여섯 살 소년이었던 윤종진은 어느새 스물한 살의 청년으로 훌쩍 성장해 있었다.

다산의 제생이 열수 가로 나를 찾아왔다. 인사를 마친 후 물었다.

"올해 동암에 이엉은 이었더냐?"

"이었습니다."

"홍도(紅桃)는 모두 말라 죽지 않았고?"

"우거져 곱습니다."

"우물가에 쌓은 돌은 무너지지 않았느냐?"

"무너지지 않았습니다."

"연못의 잉어 두 마리는 많이 컸는가?"

"두 자나 됩니다."

"동쪽 절로 가는 길옆에 심어둔 선춘화(先春花), 즉 동백은 모두 무성하냐?"

"그렇습니다."

"올 적에 이른 차를 따서 말려두었느냐?"

"미처 못 했습니다."

"다사(茶社)의 돈과 곡식은 축나지 않았고?"

"그렇습니다."

옛사람이 이렇게 말했다. 죽은 자가 다시 살아난대도 능히 부끄러운 마음이 없어야 한다고. 내가 다시 다산에 갈 수 없는 것은 또한 죽은 사람이

나 한가지다. 혹시 다시 간다 해도 부끄러운 빛이 없어야 할 것이야.

계미년(1823) 4월, 도광 3년, 열상노인이 금계와 기숙 두 군에게 써서 준다.

茶山諸生訪余于洌上. 敍事畢, 問之曰: "今年茸東菴否?" 曰: "茸." "紅桃並無槁否?" 曰: "蕃鮮." "井甃諸石無崩否?" 曰: "不崩." "池中二鯉, 益大否?" 曰: "二尺." "東寺路側, 種先春花, 並皆榮茂否?" 曰: "然." "來時摘早茶付晒否?" 曰: "未及." "茶社錢穀無逋否?" 曰: "然." 古人有言云, 死者復生, 能無愧心. 吾之不能復至茶山, 亦與死者同然. 倘或復至, 須無愧色焉, 可也.

癸未首夏, 道光三年, 洌上老人書贈旗叔琴季二君.

다산초당을 향한 그리움이 물씬 묻어나는 글이다. 몇 해 만에 올라와 스승을 찾은 두 제자가 큰절을 올린다. 반가운 수인사가 오간 뒤 다산은 쉴 틈 없이 잇달아 질문을 퍼붓는다. 동암에 이엉은 이었느냐? 홍도화와 우물 돌은 무사하냐? 스승은 연못가의 누각 난간에 기대앉아 밥풀을 던져주던 잉어의 안부도 궁금했고, 백련사 가는 길목에 심어둔 동백의 건강 상태도 알고 싶었다. 이른 차는 따서 말려두었는지, 다신계(茶信契)의 전곡(錢穀)은 축나지 않고 잘 관리되고 있는지도 시시콜콜히 물었다. 연거푸 이어지는 스승의 질문에 막혀 제자는 좀체 긴 대답을 건넬 수가 없었다.

스승은 질문으로 다산초당의 그리운 풍경을 하나하나 불러내고 있었다. 눈빛이 아련해지는가 싶더니 눈가가 어느새 촉촉해졌다. 한바탕 초당의 사물들을 불러내 머릿속에 그 풍경이 또렷이 되살아나자 스승은 다짐을 받듯 제자들에게 말한다.

"옛사람이 한 말이 있다. 죽은 사람이 다시 살아 돌아와도 능히 부끄러운 마음이 없어야 한다고. 내가 살아 다시 다산초당에 가볼 날은 없지 싶다. 그러니 그곳에게 나는 죽은 사람과 한가지인 셈이지. 하지만 말이다. 너희가 그곳을 내가 거기서 너희와 함께 공부할 때처럼 지켜주면 참 고맙겠다. 차 마시려 물을 긷던 우물 돌도 무너지지 않게 잘 건사하고, 잉어 밥도 잘 주어

다산이 써준 증언에서 글자를 모아 만든 다산동암 현판.

튼실하게 길러다오. 내가 그곳에 살았을 때처럼 말이다. 그렇게 부탁하마."

글 속에 나오는 옛사람은 조조(曹操)다. 자신에게 큰 도움을 주었던 괴월(蒯越)이 세상을 뜨면서 자신의 집안을 부탁하자 걱정 말라며 다짐 삼아 해준 말이다. 다산은 자신과 제자 사이에 오간 질문과 대답으로만 이루어진 이날의 싱겁다면 싱거울 문답을 그대로 글로 옮겨 두 제자에게 선물로 주었다. 제자는 스승의 친필을 보물처럼 품에 안고 돌아와 이 글을 읽을 때마다 초당을 그리며 촉촉해지던 스승의 눈시울을 떠올렸을 것이다.

다산의 이 친필은 특히나 유려한 필치여서 다산이 남긴 글씨 중에서도 걸작에 속한다. 현재 다산초당 옆 다산동암 현판 글씨가 바로 이 편지 속에서 네 글자를 취해 나무에 새긴 것이다. 오늘날 귤동에서 다산초당으로 올라가는 길 중간쯤에 윤종진의 묘소가 있다. 그는 비록 초당의 막내였지만 그때 그 스승의 당부를 이제껏 잊지 않고 새기며 초당을 지키고 있다.

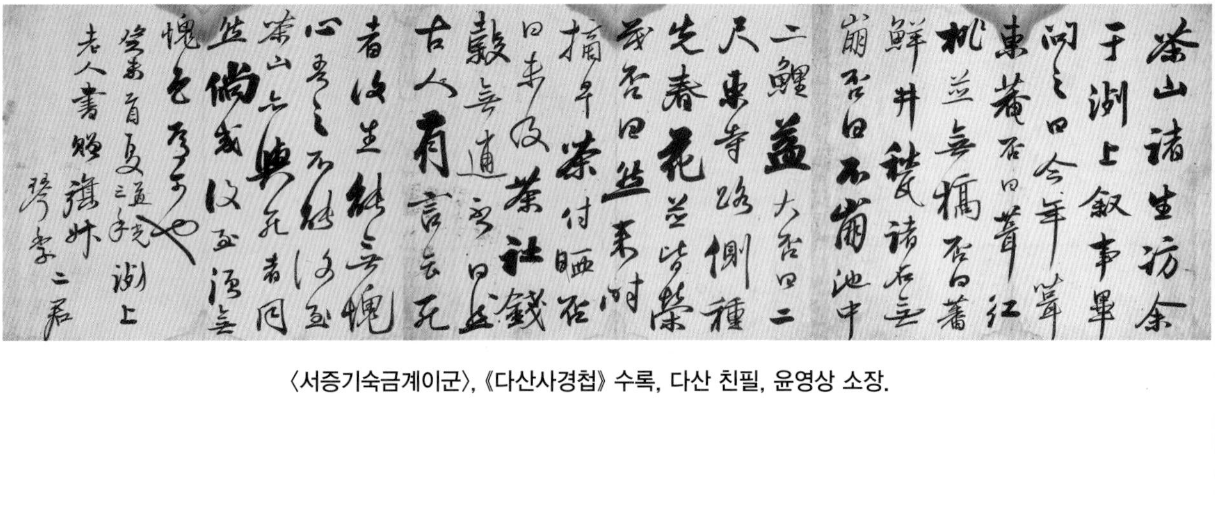

〈서증기숙금계이군〉, 《다산사경첩》 수록, 다산 친필, 윤영상 소장.

# 6. 벌을 치고 꽃을 기르며 깨달은 사실

—초당의 제자에게 준 생활 단상

## 성쇠의 이치

이번에 소개할 증언첩은 심재(心齋) 조국원(趙國元, 1905~1988) 선생이 소장했던 필첩이다. 이 증언첩은 김영호 선생이 《여유당전서보유(與猶堂全書補遺)》(경인문화사, 1974) 제2책 72~95면에 수록하면서 처음 알려졌는데, 원본은 조국원 선생의 아드님인 조남학(趙南鶴) 선생이 이제껏 소중하게 보관해왔다. 당시 선생의 요청에 따라 오세창 선생이 쓴 필첩의 제목은 '다산선생서첩(茶山先生書帖)'이다. 다산의 다른 증언첩처럼 크기와 빛깔이 저마다 다른 천에 아홉 칙의 글을 적어 하나로 묶었다.

제6칙 끝에 "계유년(1813) 8월 5일 큰 비 속에 다산에서 쓰다.(癸酉八月五日大雨, 書于茶山.)"라고 적었고, 제9칙 끝에 "가경 갑술년(1814) 3월 25일 쓰다.(嘉慶甲戌三月卄五日書.)"라는 내용이 있다. 또 제9칙의 끝부분에 "너희는 모름지기 깊이 명심하여 잠시도 잊어서는 안 된다.(汝等切須銘記, 跬步勿諼.)"고 한 것으로 보아, 명시적인 수신자는 밝혀져 있지 않지만 1813년에서 1814년 사이 다산초당의 제자들에게 훈계 삼아 내려준 글임을 알 수 있다. 차례로 읽어본다.

낮은 신분으로 있다가 조정에 벼슬하게 된 사람이, 집에서는 가난할 때

벗을 불러와 대접하고, 거리로 나가서는 하인들이 크게 소리치니 진실로 권세 있는 사람과 다를 것이 없다. 그러다가 군문(君門)에 들고 대성(臺省)에 올라 임금 앞에 들락거리게 되면, 저 권세 있고 총애받는 신하들은 익숙하고도 숙달되어 품위 있는 행동거지가 모두 우아하여, 눈썹을 드날리고 기운을 토해내며 껄껄 웃으며 세상일을 이야기한다. 하지만 나는 모든 것이 어근버근하고 데면데면해서, 마치 아는 이 없는 나그네 신세와도 같다. 동서도 분간 못 하고 걸핏하면 허물을 얻어 호위하던 병사가 눈을 동그랗게 뜬 채 입을 가리며 웃고, 조리(曺吏)들이 전해 듣고는 배를 움켜쥐고 데굴데굴 구른다. 이런 때를 당하면 진실로 천하에 지극히 욕스러우니, 황금 새장과 비단 고삐가 귀하다 한들 저 울창한 숲과 무성한 풀을 그리워하지 않을 이가 어디 있겠는가? 하지만 하루아침에 시국이 변해서 저들은 장차 겨울의 나뭇잎이 서리에 떨어질 듯 위태롭고, 허수아비가 물에 쓸려가듯 아마득하여, 골육은 눈물을 뿌리며 나뉘어 흩어지고, 친한 벗들은 도리어 적이 되어 해코지를 한다. 하지만 이쪽은 변함없이 편히 지내며 그 논난(論難)에 관여하지 않으니, 이러한 때에 당해서는 또 어찌 바로 그 사람이 신선이 아니겠는가?

疏逖而仕於朝者, 其在家引接貧友, 及出街路, 騶從呼唱, 固無以異於當路者. 及夫入君門上臺省, 周還乎人主之前, 則彼當路寵倖之臣, 得親熟練達, 嫵媚都雅, 以之揚眉吐氣, 解頤談世. 而我乃鉏鋙宛轉, 若羈旅之寡親, 東西不辨, 動輒得咎, 衛士瞠視而掩口, 曺吏傳聞而捧腹. 當此之時, 誠天下之至辱, 孰肯以金籠錦紖之貴, 而不戀其長林豐草哉? 然而一朝, 時移局變, 彼且危冬, 葉之隕霜, 漭漂梗之隨水, 骨肉雪涕而分飛, 親朋反兵而相害, 此乃依舊翺翔, 不與其難. 當此之時, 又豈非神仙其人哉.

새로 벼슬길에 오른 사람의 심리를 잘 묘사했다. 과거에 급제해서 벼슬길에 오르면 가문의 영광이 따로 없다. 없는 살림에 빚을 내서 가난할 적 함께 왕래하던 벗들을 불러 큰 잔치를 벌인다. 대로에 나서면 공연히 으쓱해진 하인 녀석들이 큰 소리로 '물럿거라'를 외치며 기세가 등등하다. 하지만 그것도 잠시, 막상 대궐로 들어와 보면 자신의 존재감을 확인할 데가 어디에도 없다. 위계는 층층시하로 아마득하고, 그들의 우아한 거동과 세련된 매너, 거침없는 기세 앞에 나는 자꾸 주눅이 들어 하는 일마다 아랫것들의 웃음밖에 살 일이 없다. 차라리 가난해도 벗들과 왕래하며 흉금을 나누던 초야(草野) 시절의 생각에 눈물겹다.

하지만 저 높은 이들의 권세는 정국이 한번 변하면 자취도 없다. 내쫓겨 낙향하거나 먼 변방으로 귀양 가는 것은 그래도 낫고, 자칫 매질을 당해 감옥에 갇히기라도 하면 그 큰 집은 다른 사람의 차지가 되고 호의호식하던 식솔들은 노비로 끌려가 찾을 길이 없다. 한때 입 속의 혀처럼 굴던 자들이 기세등등하게 칼을 들이대며 멸시하고 해코지한다. 그들의 자리는 새로운 권력들이 차지하고 앉아 앞서 그들이 했던 것과 똑같이 우아하고 거침없이 정국을 좌지우지하며 눈에 뵈는 것 없이 군다. 하지만 이때도 그는 하급의 관료로 있으면서 이 모든 일이 나와는 아무 상관도 없는 일이라 편안히 신선처럼 지낸다. 앞서는 그토록 그들이 부럽더니 이제는 하나도 부럽지가 않다. 더는 웃음 살 일도 없어 그저 앉은 자리에 만족하며 큰 욕심을 내지 않는다. 자족하며 지낸다.

다시 이어지는 제2칙이다.

진일도인이 말했다.

나는 곽경순이 아니요,
나는 소강절도 아니라네.
하지만 사람의 화복(禍福) 점치면,
하나하나 내 말과 틀림이 없지.
다만 말하네, 일등 가는 사람은

모름지기 오래잖아 꺾이게 됨을.
아침이 아니면 저녁이리니,
어이 굳이 애를 써서 점을 치리오.

眞一道人云: "予非郭景純, 予非邵康節. 占人禍與福, 一一如吾說. 但道第一人, 須知不久折. 非朝卽是夕, 蓍策何勞揲."

진일도인(眞一道人)의 시 한 수를 소개했다. 진일도인과 인용한 시의 원출전은 아직 확인하지 못했다. 1, 2구의 곽경순(郭景純)과 소강절(邵康節)은 예전《주역》에 밝았던 학자다. 곽경순은 본명이 곽박(郭璞)이다. 그는 박학다재한 데다 오행(五行), 천문(天文), 복서(卜筮) 등의 술법에까지 통달했던 인물로, 사부(詞賦)로 동진(東晉)에서 첫손 꼽는 문장가이기도 했다. 하지만 상서랑(尙書郎)으로 있다가 왕돈(王敦) 때문에 모함을 받아 죽음을 당하였다. 소강절은 송(宋)나라 학자 소옹(邵雍)이다. 그 또한 역리(易理)에 정통하여《황극경세서(皇極經世書)》를 펴냈다.

시는 진일도인의 자기 술회로 시작된다. 나는 곽박이나 소옹처럼 대단한 학자는 아니다. 하지만《주역》에 통달해 사람의 운수와 화복을 점치면 백발백중 틀림없이 맞출 수가 있다. 하지만 그것이 무슨 의미가 있는가? 내가 오래《주역》을 공부해 얻은 단 하나의 진리는 이렇다. 지금 가장 높은 자리에 있는 사람은 얼마 못 가 그 자리에서 내려올 수밖에 없다는 사실이다. 그때가 언제일지는 아무도 모르지만, 결코 그리 먼 미래가 아니다. 바로 오늘 아침이거나 내일 저녁이 될 수도 있다. 그러니 굳이 나 같은 사람을 찾아와서 내가 이 자리에 얼마나 오래 머물겠는가고 큰돈을 들여가며 점칠 필요가 없다. 정답은 얼마 못 간다는 것일 뿐이니까. 그러니 더 오래 머물 궁리만 하지 말고, 내려설 준비를 하는 것이 맞다. 이 너무도 뻔하고 명확한 진리를 본인만 깨닫지 못하고 천년만년 누릴 것처럼 굴다가 어느 한순간 나락에 떨어지면 임금을 원망하고 세상을 저주하니 딱한 노릇이다.

## 곤충에게 배우다

이제 세 번째와 네 번째 단락을 잇달아 읽어본다. 다산초당에서 관찰한 벌꿀과 나비, 그리고 거미의 이야기다. 관찰 속에 깨달음을 깃들이는 사유의 힘이 느껴진다.

다산에는 꿀벌 한 통이 있다. 내가 벌이란 놈을 관찰해보니, 장수도 있고 병졸도 있다. 방을 만들어 양식을 비축해두는데, 염려하고 근심함이 깊고도 멀었다. 모두 함께 부지런히 일을 하니, 여타 다른 꿈틀대는 벌레에 견줄 바가 아니었다. 두보는 〈영안시(詠雁詩)〉에서 이렇게 말했다.

눈 오려 할 때 오랑캐 땅 떠나와
꽃 피기 전에 초나라와 작별하네.
들 까마귀 아무런 생각도 없이
깍깍대며 날마다 시끄럽구나.

내가 나비란 놈을 보니, 나풀나풀 팔랑팔랑 날아다니며 둥지나 비축해둔 양식도 없는 것이 마치 아무 생각 없는 들 까마귀와 같았다. 내가 시를 지어 이를 풍자하려다가 또 생각해보았다. 벌은 비축해둔 것이 있어서 마침내 큰 재앙을 불러들여 창고와 곳간이 남김없이 약탈자에게로 돌아가고 무리는 살육자들에게 반쯤 죽는다. 그러니 어찌 저 나비가 얻는 대로 먹으면서 일정한 거처도 없이 하늘 밑을 소요하고 드넓은 들판을 떠돌며 노닐다가 재앙 없이 마치는 것만 같겠는가?

석숭(石崇)이 종에게 핍박을 당했던 것은 산호가 빌미가 되었고, 허유(鄦由)가 후세에 맑은 이름을 남겼던 것은 표주박으로 물 마신 덕분이라 하겠다. 공작은 비췻빛의 꽁지를 아끼다가 재앙을 부르고, 사향노루는 향기로운 배꼽을 버려서 재앙을 면한다. 이치에 밝은 자는 선택할 바를 아니, 어찌 벌은 지혜롭고 나비는 어리석다고 말할 수 있겠는가.

茶山有蜜蜂一箭. 余觀蜂之爲物, 有將有卒. 造房庤糧, 憂深而慮遠, 作齊而事勤, 非諸蝡蜎之比. 杜工部詠雁詩曰: "欲雪違胡地, 先花別楚雲. 野鴉無意緒, 鳴噪日紛紛."

余觀蝴蝶爲物, 蘧蘧然詡詡然, 無窠窟糧餉之貯, 若野鴉之無意緒者. 欲作詩譏之, 旣又思之, 蜂以積著之, 故終招大殃, 倉廒悉歸於搶掠, 族類半損於劓殄, 豈若彼蝴蝶隨得隨食, 無家無室, 逍遙乎太淸之下, 浮游乎廣莫之野, 而卒無殃咎者乎?

季倫見逼於奴輩者, 珊瑚爲之祟也. 鄦由流淸於後世者, 瓢飮爲之福也. 孔愛翠而招菑, 麝遺香而免禍, 明理者知所擇矣. 豈得云蜂智而蝶愚哉!

부지런한 벌을 칭찬한 후 계획 없이 사는 나비와 견주었다. 이 둘을 연결하려고 두보의 시 한 수를 끌어왔다. 시 속에는 늦가을 북방 오랑캐 땅을 떠나와 따뜻한 데서 추운 겨울을 난 뒤 꽃이 피기 전에 다시 북녘으로 돌아가는 기러기와, 한곳에 머물러 날마다 깍깍 울면서 썩은 먹이를 찾아다니는 들 까마귀가 나온다. 계획성 있고 부지런한 것은 벌과 기러기이고, 되는대로 그저 하루하루 살아가는 것은 나비와 들 까마귀다.

당연히 벌과 기러기처럼 살아야 된다고 할 줄 알았는데, 다산은 뜻밖에도 정반대로 말해 예상을 빗겨갔다. 벌은 부지런히 애를 써서 꿀을 모아 겨울 양식을 마련했다. 하지만 이 때문에 장수말벌의 공격을 받아 애써 모은 것을 약탈당하고 떼죽음을 당하기까지 한다. 아무 마련 없이 얻는 대로 먹으며 살아가고, 보금자리조차 따로 마련하지 않는 나비는 아무 근심 없이 천지 사방을 거침없이 자유롭게 날아다닌다.

계륜(季倫)은 석숭(石崇, 249~300)의 자다. 그는 중국 서진(西晉)의 전설적인 부자다. 그 귀한 산호가 창고에 쌓여 있고, 거처 사방 몇십 리를 비단으로 두르는 엄청난 부를 자랑했다. 하지만 그것을 노린 하인들의 책략에 걸려 당대의 권력자에게 모함을 받아 살해당했다. 허유(鄦由)는 요순시절의 은사로 허유(許由)라고도 쓴다. 기산(箕山)에 숨어 살며 물을 떠 마실 그릇조차 없었으므로 손으로 물을 움켜 마셨다. 어떤 사람이 딱하게 보아 바가지 하나를 그에게 주었다. 허유는 바가지로 물을 퍼 마시고 가지에 걸어두었다. 바람이 불면 딸그락거리는 소리가 났다. 허유는 그것조차 번거롭게 여겨 바가지를 버리고 다시 손으로 움켜 마셨다.

결국 부는 재앙을 부르고, 가난은 오히려 맑은 명예를 선사한다. 깃털이 화려한 공작은 그로 인해 사람의 손에 붙잡히고, 사향노루는 제 배꼽을 물어뜯어 재앙을 멀리한다. 지혜를 감추고 부귀를 손에서 내려놓을 때 재앙에서 멀어진다.

다음은 네 번째 단락이다.

거미라는 벌레는 거미줄에 매달려 있다. 어린아이가 잡아서 떨구면, 거미는 숨을 딱 멈추고 거짓으로 죽은 체하며 조금도 움직이지 않는다. 조금만 움직이면 밟혀 죽을 것을 알기 때문이다. 사람 중에 경솔하게 행동하면서 재앙을 두려워하지 않는 자들이 부끄러워해야 할 것이다.

蜘蛛之蟲, 挂于其網. 童子摘而下之, 則蜘蛛屛氣絶息, 佯死而不小動. 知小動則轢之也. 人之輕動, 而不畏禍者, 其有愧矣.

거미는 본능적으로 제게 닥친 위기를 알아 죽은 체하며 움직이지 않는다. 미물이지만 얼마나 지혜로운가. 경거망동으로 날뛰면서도 재앙이 코앞에 닥친 줄 모르는 인간은 거미에게서 배워야 한다.

이렇게 다산은 실생활에서 직접 사물을 관찰해서 깨달음으로 이어지는 통로를 연다. 부지런한 벌과 욕심 없는 나비, 지혜로 위기를 넘기는 거미를 보며 저마다에서 하나씩의 깨달음을 이끌어낸다. 따지고 보면 자연은 우리의 큰 스승이다.

## 작약의 한살이

다섯 번째 단락은 다산초당에 심은 100여 그루의 작약을 관찰한 내용을 담았다. 작약의 한살이를 벼슬아치의 일생에 견줘 절묘하게 설명했다.

다산의 집에다가 내가 작약 1백여 그루를 심어두고, 그 피고 지는 것을 즐겨 살피곤 했다. 바야흐로 새싹이 성난 듯 올라올 때는 기세가 대단해서 금석(金石)이라도 뚫을 것 같다. 흙도 이 때문에 갈라지고 자갈돌조차도 이를 위해 비껴준다. 붉기는 마치 떠오르는 해와 같고, 날카롭기는 창끝과 같다. 당당하여 거침이 없으니, 이는 한림(翰林)과 직각(直閣)에 있던 때라고 하겠다. 이윽고 잎을 펴고 가지를 뻗어 기쁜 듯 이들이들하고 아리땁게 여릿여릿하니, 이것은 옥당(玉堂)과 은대(銀臺)의 시절인 셈이다. 그러다가 꽃망울이 부풀어 가지마다 맺히고 꽃받침이 꽃망울을 감싸면 지나던 개미가 그 진액을 빨아먹는 것을 그만두고 들르던 나비도 그 향기를 맡지 않는다. 멀리서 바라보면 갑작스레 독이 있는 것도 같고, 만져보면 억세서 부서뜨리기가 어렵다. 이것은 직제학과 도승지의 시절이다. 마침내 붉은 꽃을 토해내어 불구슬이 빛을 발하고, 첩첩이 엇갈려 쌓인 잎새는 수놓은 비단 같아 짙은 향기가 방 안까지 쏟아져 들어온다. 불타는 듯 환하고 향기는 몹시 짙어서 1천 사람이 지나가다 그 어여쁨을 부러워하고, 온갖 꽃이 이를 살피며 제 모습을 부끄러워한다. 이것은 작약이 가장 절정을 이루는 때이니, 이는 대제학과 이조 판서의 시절이라 하겠다. 이를 지나고부터는 내가 차마 말하지 못하겠다. 쇠락한 형상이 나날이 드러나고 추한 자태가 날로 펼쳐진다. 어깨를 축 늘이고 날개를 움츠린 것은 마치 화살에 맞은 새와 같다. 해진 치마와 찢어진 적삼은 집에서 쫓겨난 여인네 같다. 경포(鏡浦)와 신주(薪洲)에서 앞길이 마침내 막히고 말았으니, 이는 천지의 변함없는 이치인 것이다.

茶山莊余種勺藥百餘本，樂觀其榮悴焉．方其萌芽之怒生也，氣勃勃欲穿金石．土爲之裂，砂礫爲之屛辟．赤若出日，銳若戈矛，堂堂乎莫之夭閼，此翰林直閣時也．旣而舒其葉，敷其條，腴然以悅，嫩然以沃，此玉堂銀臺時也．及其蓓蕾，結於頭頭，跗鄂封於顆顆，行蠧已吮其津瀝，過蝶不聞其芳澤．望之則突然有毒，摸之則悍然難碎．此直提學都承旨時也．遂乃丹霞吐英，火珠放光，疊葉交堆乎錦綉，濃香布寫乎房櫳，赫赫燄燄，穠穠郁郁，千人過之而豔羨，群芳視之而羞澀，此勺藥之極，此大提學吏曹判書時也．過此以往，余不忍言．衰相日著，醜態日宣．垂肩戢翅，若中箭之鳥，敗裙破衫，如去家之婦．鏡浦薪洲，前路遂窮，此天地之常理也．

작약이 싹틀 때, 잎을 펴고 가지를 뻗을 때, 꽃망울이 부풀 때, 꽃이 활짝 피어날 때, 마지막으로 꽃 진 뒤의 다섯 단계를 구분했다. 이것을 다시 한림과 직각 시절, 옥당과 은대 시절, 직제학과 도승지 때, 대제학과 이조 판서 시절, 쫓겨나 귀양살이할 때와 각각 대비시켰다. 하나하나의 비유가 청신하고 절묘하다.

한림과 직각 시절은 예문관 검열의 직책을 말한다. 날카로운 기세는 하늘을 찌르고 자신감이 넘쳐 거칠 것이 없다. 그 기세에 눌려 아무도 부딪치려 들지 않는다. 그러다가 새싹이 터나오고 가지를 뻗어 제자리를 찾아갈 때면 앞서의 날카롭던 기운은 모서리가 깎이고, 될 일과 안 될 일을 구분하면서 보석처럼 반짝반짝 빛나는 옥당 은대의 시절이 시작된다. 그러다가 다시 직제학과 도승지에 오르면 갑자기 독기가 서리면서 기세가 등등해진다. 꽃을 피우려고 잔뜩 움츠러들어 서슬이 파랗다. 그러고는 마침내 이조 판서와 대제학의 자리에 올라 그 화려한 꽃을 활짝 피운다. 향기가 진동하고, 길 가던 사람의 시선이 절로 멎는다. 주변의 다른 꽃들이 그 앞에서 부끄러워 숨기 바쁘다. 마침내 절정의 순간에 이른 것이다.

이제는 처참한 몰락의 시간이 기다린다. 시든 꽃잎은 화살 맞은 새 같고, 진 꽃잎은 덕지덕지 말라붙어 해진 치마나 찢어진 적삼 같다. 집에서 쫓겨난 여인네의 형상이 따로 없다. 경포와 신주는 동쪽 끝과 남쪽 끝이다. 더는 나아갈 곳 없는 끝자락이다. 신주는 전남 완도군의 신지도(薪智島)를 말한다. 형님인 정약전이 이곳에서 귀양살이를 했다. 여기서는 벼슬의 정점에서 죄인으로 몰려 먼 변방으로 귀양 와 급전직하 몰락을 맞은 상황을 비유하는 표현으로 썼다.

다산은 작약의 한살이에서 벼슬아치의 한살이를 보았다. 첫 단락의 글에서도 벼슬길의 허망함과 덧없음을 말하더니, 여기서 한 번 더 앞서보다 훨씬 인상적인 방식으로 이야기를 펼쳤다. 권력은 덧없다. 처음에는 곱고 아름답고 향기롭지만 그 끝은 추레하고 참혹하다. 천년만년 갈 것으로 착각하지 마라. 나는 이렇게 봄마다 작약이 싹터서 마침내 꽃을 피우고 무참하게 시드는 과정을 지켜보며 내 삶의 자세를 가다듬곤 한다.



## 인심(人心)과 도심(道心)의 엇갈림

여섯 번째 단락도 부귀와 안빈낙도의 삶을 대비적으로 그리면서 여기에 인심과 도심이란 키워드를 흘려 각성을 이끄는 내용이다. 일상의 쉬운 예시를 가지고 공부의 주요 개념을 설명했다.

비단으로 수놓은 옷은 저렇듯 곱지만 시인들은 해진 갖옷이나 찢어진 갈옷을 노래한다. 풍성하고 맛난 안주가 저토록 기름져도 시가(詩家)에서는 산야(山野)의 푸성귀를 즐겨 쓴다. 아로새긴 기와나 그림 기둥이 대나무로 세운 누각이나 띠로 얽은 정자만 못하다. 금 안장을 채운 준마도 명아주 지팡이나 절뚝거리는 노새만은 못하다. 사람들은 그렇다고 하면서도 왜 그러한지는 잘 모른다. 무릇 화려하고 아름다운 물건은 모두 인심(人心)이 기뻐하는 바이다. 하지만 도심(道心)이 좋아하는 것은 언제나 한갓지고 담백한 빛깔 속에 있다. 비록 부귀(富貴)의 짙은 향기는 하늘이 실로 이를 무너뜨리지만, 보잘것없는 것은 오히려 없어지지 않는다. 그런 까닭에 기뻐하고 사모하는 것이 저쪽에 있건만, 화가들은 그림을 그릴 때 돌밭의 띳집이나 작은 다리가 있는 교외의 주막을 그리곤 한다. 사람들이 누구나 좋아하는 것이어도 만약 붉은 누각과 비단으로 꾸민 궁전을 그린다면, 5척 동자조차 이를 가리켜 광통교에서 파는 싸구려 그림의 풍격이라 할 것이니, 이것은 어찌된 까닭인가? 이는 모두 인심과 도심에서 연유한 것이다.

계유년(1813) 8월 5일 큰 비 속에 다산에서 쓰다.

錦衣綉裳, 如彼其鮮也, 詩家用敝裘破褐. 豐飴美膳, 如彼其腴也, 詩家用山蔬野蔌. 雕甍畵棟, 不如竹閣茅亭, 金鞍駿馬, 不如藜杖蹇驢. 人曰其然, 而不知其所由然也. 凡華麗富縟之物, 皆人心之所悅, 而道心所享, 每在於蕭閑澹素之色. 雖富貴醲薰, 天良陷溺, 而幾希之存, 猶有未泯. 故其欣慕在彼也, 畵師作畵, 爲石田茅屋, 小橋野店. 人莫不欣然善也, 若作朱樓綵殿, 卽五尺之童, 指之爲廣通橋風格, 斯何故也? 皆人心道心之故也.

癸酉八月五日大雨, 書于茶山.

광통교 풍격이란 말이 재미있다. 서울 종로의 광통교 주변에는 중국에서 들여온 싸구려 장식화를 파는 상점이 여럿 있었다. 요즘 식으로 말해 졸부들의 인테리어를 위한 가게였다고나 할까? 채색은 화려해도 그림의 격은 형편없었다. 싸구려 티가 팍팍 났다.

다산은 말한다. 사람들 누구나 갖고자 하는 것은 멋진 옷과 맛난 음식, 화려한 집과 근사한 장신구다. 그런데 참 이상하다. 벽에 걸어둘 그림에는 굳이 이를 마다하고 그 반대 것만 찾아서 그린다. 그림 속의 사람은 비단옷 대신 다 해진 옷만 입었고, 맛난 음식은 찾지 않고 산나물 푸성귀만 찾는다. 고래 등 같은 기와집은 거들떠도 안 보고 띠로 얽은 초가집에 눈길을 준다. 황금 안장을 얹은 준마 대신 절뚝거리는 나귀를 타거나 그마저도 없이 지팡이를 짚고 걷겠다고 나선다. 누구나 부귀를 원하면서도 그림 속의 풍경은 돌밭 옆의 초가집이나 나무다리 곁의 주막집이다. 앞쪽의 화려함이 인심(人心)의 영역이라면, 뒤쪽의 소박함은 도심(道心)의 모습이기 때문이다. 근사하게 그려진 부귀의 풍경을 보여주면 어린아이도 싸구려 그림 같다며 고개를 젓는다. 여기서 우리는 인심과 도심, 둘 중에 우리의 정신이 가 닿아야 할 지점이 어디인지를 가늠할 수가 있다.

1813년 8월 5일, 늦장마가 주룩주룩 쏟아져서 바깥 활동을 전혀 할 수 없는 날이었다. 다산은 초당에서 공부하는 제자들을 보다가 이 글을 썼다. "자! 보아라. 누구나 갖고 싶지만 막상 가져서 부끄러운 것이 있다. 인심과 도심, 자! 너희는 어디에 마음을 두겠느냐? 어디를 향해 나아가겠느냐!"

## 샘 많은 아내와 어리석은 하인

아녀자의 성품에 대해 논한 일곱 번째 단락을 읽는다.

아녀자로 성품이 편협하고 질투가 많으며 사나운 사람은 능히 안빈하는 경우가 드물다. 남자가 그 움직이는 바를 위해 함께 걱정하다가, 혹 그 평소의 태도를 고쳐 남을 좇아 구해 빌거나, 청탁을 하려고 뇌물 먹이기를 도모하기에 미치면, 몸과 명예는 무너져 꺾이고 가법은 탕진되고 마니, 몹시 걱정할 만하다. 아녀자의 성품이 이미 이와 같다면 비록 날마다 1만 전의 녹봉을 준다 해도 오히려 성에 차지 않음을 근심하여, 눈물 콧물을 닦느라 활짝 갤 날이 없을 것이다. 설령 말을 해서 바로잡으려 해도 발끈하여 말다툼할 때가 많게 된다. 진실로 골짜기를 메우려 해도 물이 끝없이 흘러드는 옥초(沃焦)와 무엇이 다르겠는가? 기름불이 내 마음 속에서 온통 일어나는데, 밖에서 가시덤불을 어찌 벤단 말인가? 깊이 생각해보기를 청한다.

婦人性褊隘妬悍者, 鮮能安貧. 男子爲其所動, 與之戚戚, 或改其素操, 從人求丐, 及爲請囑, 圖食賂物, 身名敗衄, 家法蕩然, 甚可愍也. 此婦人性旣如是, 雖日予之以萬錢之俸, 猶患不足意, 有所拂涕洟, 無開霽之日, 令有所格言譚, 多勃谿之時. 苟要充壑, 何異沃焦? 膏火悉起於自心, 柴棘詎剗於外境? 請熟思之.

성품이 편협하여 속이 좁고, 질투가 많은 데다 사납기까지 한 여자는 집안 살림을 거덜 내고 남자를 끝내 망치고야 만다. 이런 여자는 처지에 맞춰 안빈(安貧)하는 대신, 시샘을 부려 욕심을 절제하지 못한다. 그 남정네가 아내의 요구를 맞춰주지 못할 경우 그 괴로움을 견딜 수가 없다. 하는 수 없이 뜻을 꺾어 남에게 구하거나 뇌물로 청탁해서 부정한 짓을 저지르기에 이르고, 결국은 그로 인해 패가망신하고 만다. 이런 여자는 돈을 아무리 많이 가져다 줘도 끝내 만족을 몰라 늘 인상을 쓰고 있다. 견디다 못한 남정네가 한마디 했다가는 바로 큰 싸움이 일어난다. 꼼짝없이 그 욕심을 다 채워주려 해도 도무지 끝이 없으니 어찌한단 말인가? 원문의 옥초는 동해 남쪽 3만 리 지점에 있다는 물이 쉴 새 없이 흘러드는 언덕의 이름이다. 뭔가 짚이는 것이 있어 한 말이겠는데, 당시 막 결혼한 제자를 경계해 한 얘기인지도 모르겠다.

다음 여덟 번째 단락은 벗인 이기양의 어리석은 하인에 관한 이야기다.

복암 이기양이 하인 하나를 두었는데 굼뜨고 어리석기 짝이 없었다. 가까운 손님이 혹 이에 대해 얘기하자, 복암이 말했다.

“그만두게나. 이 사람이 다행히 굼뜨고 어리석기 때문에 고개를 숙이고 나를 섬기는 것일세. 만약 그가 남보다 뛰어났다면 이미 제 스스로 장사를 하거나 혹은 달아나 부자가 되어 제멋대로 구는 종이 되었을 테니 내게 낭패가 아니겠는가?”

이는 정리에 통달한 말이다. 낮은 벼슬은 능력 있는 사람을 굽히게 하기에 부족하고 박한 녹봉은 능력 있는 이를 붙잡아두기에 충분치 않다. 하물며 하인이나 하는 천한 일을 쌀겨와 보리 싸라기 같은 거친 음식으로 대접하면서, 뛰어난 사업을 하지 못한다고 나무란다면 또한 잘못이 아니겠는가? 이기양의 말은 마땅히 세 번 되풀이해 음미해볼 만하다.

茯菴李基讓, 畜一僕, 蠢愚已甚. 親賓或以爲言, 茯菴曰: "休休. 此人幸玆蠢愚, 以故俛首事我. 若其俊爽時, 已自爲商販, 或走爲豪家, 使氣奴耳, 於我不狼狽乎?" 此達情之言也. 卑官不足以屈賢德, 薄祿不足以縻藝能, 矧以廝養之賤, 待以康覈之粗, 而責之以賢能之業, 不亦拗乎? 茯翁之言, 宜三復玩味.

어리석어 사고만 치는 하인을 두둔한 주인의 이야기다. "사고를 치는 것은 괴롭지만, 똑똑해서 밖으로 나가 장사해서 돈을 벌어 떵떵거리며 주인 앞에 기세를 부리는 종보다는 낫다. 저 녀석은 제가 부족한 줄 알아서 딴마음 안 먹고 내 집에 붙어서 그나마 내 일을 도와준다. 그마저 없다면 내가 더 딱할 것이 아닌가? 나는 그가 조금 모자라 멍청한 것이 오히려 다행이라고 생각한다." 뭐 이런 말씀이다. 대접은 시원찮게 해주면서 높은 역량을 주문하는 것은 잘못된 욕심이다. 세상 사는 일이 다 만족할 수야 있겠는가? 그러려니 하고 참고 살아야지 별 수가 없다. 아랫사람에게 너그럽게 대해야 함을 일깨워준 이야기다.

## 기쁨과 괴로움의 변증법

마지막 아홉 번째 단락을 마저 읽겠다. 앞서보다 작은 크기의 천에다 또박또박 촘촘하게 썼다.

즐거움은 비방의 빌미가 되고 괴로움은 기림의 근원이 된다. 관유안(管幼安)은 책상의 무릎 닿은 곳에 구멍이 났고, 정이천(程伊川)은 진흙으로 빚은 것처럼 앉아서 공부했다. 이는 천하의 괴로운 공부였으므로 천하 사람들이 이를 기린다. 진후주(陳後主)의 임춘루(臨春樓)와 결기각(結綺閣), 당명황(唐明皇)의 침향전(沈香宮)과 연창궁(連昌宮)은 천하의 즐거운 일이었기에 천하 사람들이 이를 헐뜯는다. 이후로도 모든 일이 다 그러했다. 안연(顔淵)은 누추한 골목에서 표주박의 물과 대소쿠리의 밥을 먹으며 지냈고, 문천상(文天祥)은 시시(柴市)에서 참혹하게 죽었으나 사람들은 모두 이를 기린다. 부자 석숭의 산호 장식 및 비단 장막과 풍도(馮道)가 평생 재상으로 지냈던 것은 사람들이 모두 헐뜯는다. 기림이란 나를 괴롭게 함을 통해 생겨나고, 헐뜯음은 나를 즐겁게 함으로 말미암아 생겨나는 것이다. 너희는 모름지기 깊이 명심하여 잠시도 잊어서는 안 된다.

가경 갑술년(1814) 3월 25일 쓰다.

樂者毁之媒, 苦者譽之根. 管幼安榻穿當膝, 程伊川坐如泥塑, 是天下之苦功. 故天下譽之. 陳後主臨春結綺, 唐明皇沈香連昌, 是天下之樂事. 故天下毁之. 推是以往, 萬事悉然. 顔淵簞瓢陋巷, 天祥塗腦柴市, 人皆譽之. 季倫珊瑚錦帳, 馮道都身相府, 人皆毁之. 譽由苦我生, 毁由樂我生. 汝等切須銘記, 跬步勿諼.

嘉慶甲戌三月卄五日書.

전체 글의 주제문은 "즐거움은 비방의 빌미가 되고, 괴로움은 기림의 뿌리가 된다.(樂者毁之媒, 苦者譽之根.)" 또는 "기림은 나를 괴롭게 함에 말미암고, 헐뜯음은 나를 즐겁게 함에 기인한다.(譽由苦我生, 毁由樂我生.)"이다. 세상 일에는 두 종류가 있다. 선고후락(先苦後樂)과 선락후고(先樂後苦)가 그것이다. 지금 즐거워 나중에 괴롭게 되기보다는 지금 비록 힘들지만 나중에 기쁘게 되는 일을 하는 것이 맞다. 공부는 괴롭지만 끝내 나를 들어 올려준다.

도박과 오락은 당장에 즐겁지만 결국 나를 망친다.

후한 사람 관유안은 50여 년간 나무 침상 위에 무릎을 꿇고 앉아 공부했는데 나중에는 무릎 닿은 곳에 모두 구멍이 뚫렸다는 인물이다. 정이천은 공부할 때 곁에서 보면 마치 진흙으로 빚은 사람처럼 미동도 없었다. 이렇게 괴롭고 힘들게 공부한 그들은 후세에 큰 이름을 남겼다. 반면 진후주나 당명황은 침단향목(沈檀香木)으로 얽어 금은 보옥으로 장식한 후 기화요초(奇花瑤草)를 심어 사치를 다한 화려한 궁전을 지었다. 하지만 백성의 살림은 도탄에 빠지고 나라는 망하고 말아, 만인의 손가락질을 지금까지 받고 있다. 검소했던 안연의 학문과 절의를 지켜 죽은 문천상의 기개는 온 세상이 기려도, 부자 석숭과 재상 풍도의 부귀는 사람들에게 욕만 먹는다. 그렇다면 가야 할 길이 분명하지 않은가? 존경받는 삶을 살고 싶은가? 그렇다면 너 자신을 더욱 괴롭혀라. 손가락질받아 모욕을 당하고 싶은가? 마음 내키는 대로 하고, 저 하고 싶은 대로 하면 된다. 공부는 왜 하는가? 이 분간을 잘 세우기 위해서 한다.

끝에는 앞서보다 7개월 뒤인 1814년 3월 25일의 날짜가 적혀 있다. 먼저는 가을에 썼고 이번엔 초여름에 썼다. 그때그때 떠오른 생각을 잘라둔 천에 적어두었다가 이것이 모이면 한 권의 필첩으로 만들어 선물했다. 이 증언첩은 받는 사람의 이름이 적혀 있지 않지만, 끝에 쓴 '여등(汝等)', 즉 너희라는 표현을 통해 당시 다산초당에서 공부하던 제자들에게 준 글임을 알 수 있다.

《다산선생서첩》, 다산 친필, 조남학 소장.

跡遯而仕於朝者其在家
引接貧友及出街路騶從
呼唱固無以異於當路者及
夫入君門上臺省周還乎
人主之前則彼當路寵倖
之臣得親熟練達娬媚都

雅以之揚眉吐氣解頤談世
而我乃鉏鋙宛轉若羈旅
之寡親東西不辨動輒得
咎衛士瞠視而掩口曹吏傳
聞而捧腹當此之時誠天下
之至辱孰肯以金籠錦繡

1

之貴而不戀其長林豐草
哉然而一朝時移局變彼
且危冬葉之隕霜萍漂
梗之隨水骨肉雪涕而分飛
親朋反兵而相害此乃依舊
翺翔不與其難當此之時又

豈非神仙其人哉
真一道人云予非郭景純
予非邵康節占人禍與福
一〻如吾說但道第一人須
知不久折非朝即是夕著
策何勞揲

茶山有蜜蜂一篇余
觀蜂之爲物有將有
卒造房庤糧憂深
而慮遠作齊而事勤
非諸蝡蜎之比杜工部

詠鴈詩曰欲雪違胡
地先花別楚雲野鵶
無意緒鳴噪日紛、
余觀蝴蝶爲物蘧
蘧然栩、然無窠

窟糧餉之貯若野鵐
之無意緒者欲作詩
譏之既又思之蜂以積
著之故終招大殃倉
廒患歸於搶掠族類
半損於劓殄豈若彼
蝴蝶隨得隨食無家
無室逍遙乎太清之
下浮游乎廣莫之野
而卒無殃咎者乎季

倫見逼於奴輩者珊瑚
為之祟也鄭由流清於
後之者鄙飲為之福也
孔雀翠而招菑麝遺
香而免禍明理者知所
擇矣豈得云蜂智而
蝶愚哉
蜘蛛之蟲挂于其網童
子摘而下之則蜘蛛屏氣
絕息佯死而不小動知小
動則轢之也人之輕動而
不畏禍者亦有愧矣

茶山莊余種勺藥百餘本
樂觀其榮悴焉方其萌牙
之始生也氣勃々欲穿金石
土為之裂砂礫為之屛辟
赤芽出日銳芽戈矛堂々
乎芽々天關此翰林直

閣時也既而舒其葉敷其
條映然以悅嫩然以沃此玉
堂銀臺時也及其蓓蕾結
於頭々對鄂封於顆々行蝗已
吃其津涎過蝶不聞其芳
澤望之則突然有毒模之

則悍然難碎此直提學都
尉自矜也遂乃丹霞吐英
火珠放光疊葉交攢手錦
綉濃香布寫手房櫳赫、
饒、穠、郁、千人過之而艷
羨羣芳視之而為澀焉

樂之極此大提學吏曹判
書時也適此以生余不忍言
襄桐日著醜態日宣垂肩戢
翅若中箭之鳥敗帚破衫如
去家之歸鏡浦蕭洲荊路
遂窮此天地之常理也

錦衣綉裳如彼其鮮也
詩家用敝裘破褐豈
散美肥[膗]如彼丕映也詩
亦用山蔬野蔌雕甍
畵棟不如竹閣茅亭金
鞍駿馬不如藜杖蹇驢
人曰其然而不知其所由
然也凡華[illegible]麗富縟之物
皆人心之所悅而道心所
享每在於蕭閑澹素

之色雖富貴醲薰天良
陷溺而幾希之存猶有
未泯故吾欣慕在彼也
畫師作畫為石田茅屋
小橋野店人莫不以為

善也若作朱樓綵殿即
五尺之童指之為廣通
橋風格斯何故也清人
心道遠近之故也
癸酉八月五日大雨書于茶山

婦人性福隘妒悍者鮮能
安貧男子爲其所動與之
感或改其素操從人求丐
及爲請囑圖食賂物身名
敗衂家法蕩然甚可熬也
此婦人性既如是雖日予之

以萬錢之俸猶患不足矣
有所拂涕淒然開霽之日
今猶所格言譚多勃谿之
時苟要充壑何異沃焦膏
火悉起於侈心柴棘詎剗
於外境請熟思之 有

茯菴李基讓畜一僕惷
愚已甚親賓或以爲言茯
菴曰休休此人幸茲惷愚
以役俛首事我莫至俊爽
時已自爲商販或去爲豪
家使氣奴耳於我不粮

損乎古達情之言也卑安
不足以屈賢德薄祿不足
以縻藝能制以厮養之賤
待以庸衆之粗而責之以
賢能之業不亦拗乎茯
菴之言宜三復玩味

樂者毀之媒苦者譽之根
管幼安榻穿當膝程伊
川生如泥塑是天下之苦
功故天下譽之陳後主臨春
結綺唐明皇沈香連昌是
天下之樂事故天下毀之
推是以往萬事悉然顏

淵簞瓢陋巷天祥塗腦
柴市人皆譽之李倫珊
瑚錦帳馮道都身於府
人皆毀之譽由苦我生毀
由樂我生汝等切須銘
記跬步勿讓
嘉慶甲戌三月廿五日書

# 7. 방 안에서 혼자 하는 생각

—윤종민이 외워 전한 스승의 가르침



## 어려서 외워 기록한 다산의 글

2016년 7월 초에 강진을 다녀왔다. 낙천(樂泉) 윤재찬(尹在瓚, 1902~1998)옹! 귤동 다산초당 아래 살면서 다산학을 위해 평생을 바쳤던 그이가 남긴 기록을 살펴보기 위해서였다. 그는 스스로 다산의 마지막 제자로 일생을 살았던 사람이다. 다산의 제자라면 으레 그랬던 것처럼 근 20책에 달하는《낙천총서(樂泉叢書)》를 남겼고, 그 밖에 여러 책의 초서집인《낙천부진(樂泉裒珍)》시리즈도 남겼다. 그중 그의 정성이 한 땀 한 땀 글자마다 스민 책이 바로《낙천총서》제1집인《귤림문원(橘林文苑)》이다. 귤동 윤씨 집안에 전해온 각종 필첩을 하나하나 옮겨 적었다. 이 속에 지금은 사라진 다산의 글 여러 편이 담겨 있다. 〈다신계절목(茶信契節目)〉과 〈윤씨삼대충효록(尹氏三代忠孝錄)〉처럼 보석 같은 글들이 여기에 들어 있다.

이번에 읽을 다산의 증언도 여기에 실려 있다. 원본은 없어지고 그의 사본만 남았다. 그런데 여기에도 사연이 있다. 이 글의 원본 또한 다산의 친필은 아니라는 점이다. 1866년 금양(琴陽) 윤종민(尹鍾敏, 1798~?)이 어린 시절부터 귀에 닳도록 읽고 또 읽어 마침내 암기하게 된 다산의 이 글을 작정하고 옮겨 적어둔 것이었다. 얼마나 되풀이해 읽었으면 스승의 글을 줄줄 외우기까지 했을까? 큰 스승의 가르침은 이렇게 사람의 마음속에 길고 깊은 메아리를 남긴다. 별도의 제목이 없고, 제목이 있을 자리에 적어둔 사연은 이렇다.

다산 정공은 자호가 탁수(籜叟)인데, 또 당호를 '초상조수지가(苕上釣叟之家)'라고도 했다. 그 문장과 글씨는 근고에 드물게 보는 것이다. 일찍이 귤동에서 지내실 적에 만필 몇 장이 있었다. 자획이 아름답고 글에 담긴 이치가 훌륭해서 내가 어렸을 적에 암기해서 외웠다. 지금 이를 적는다.

동치 무진년(1868) 단옷날 빗속에 금양 늙은이가 붓을 끼적여 써둔다.

茶山丁公, 自號籜叟. 又扁堂曰苕上釣叟之家. 其文章筆翰, 近古罕有. 曾在橘洞玦舍時, 有漫筆數紙. 字畫嫩婉, 詞理贍摶. 余齠齡記誦, 今題之.

同治戊辰端陽日雨中, 琴陽老眼漫筆塗雅爾.

윤종민은 다산의 외가인 해남 윤씨다. 다산이 윤종문(尹鍾文, 1787~?), 윤종직(尹鍾直), 윤종민 3형제에게 준 증언이 문집에 실려 있다. 다산의 제자 윤종영 등을 포함해 해남 지역의 유생들과 대둔사에 있던 다산의 승려 제자들이 함께 엮은 시집《가련유사(迦蓮遺詞)》에도 그의 이름이 보인다. 이에 따르면 그는 자가 포숙(蒲叔), 호는 행남(杏南)으로 1798년생이었다. 그는 다산이 귤동 초당 시절에 써준 만필 몇 장을 어릴 때부터 하도 읽어 아예 줄줄 암기하고 있었다. 그러다가 다산이 세상을 뜨고 나서도 32년이 지난 시점인 1868년에 기록해두어야겠다고 생각하고 자신이 기억한 다산의 증언을 옮겨 적었다. 이 글에 이어, 필사자인 윤재찬 옹이 이 글을 다시 옮겨 적으면서 쓴 메모가 소서(小序)란 제목 아래 남아 있다.

소서: 집안 중에 종민(鍾敏)이란 분이 계신데 호가 금양공(琴陽公)이시다. 다산 선생께서 남기신 몇 가지 글을 이 종이에 모아 기록하였다. 신해년(1851) 간에 우리 완당(阮堂) 석우공(石愚公)께서 당악(棠岳) 백포(白浦)에 있

는 집안의 탁사(濯斯)란 호를 쓰시는 승지공의 포상의숙(浦上義塾)에서 스승이 되셨을 때, 여가에 《유서최근(儒胥最近)》을 엮으시고 한 부를 베껴 써두었다. 상사(上舍) 금양공께서 남긴 글씨여서 끌어다 적어둔다.

小序: 族宗有諱鍾敏, 號琴陽公. 輯錄先生之遺題數文於那紙者也. 辛亥間, 惟我阮堂石愚公爲師於棠岳之白浦族承旨號濯斯之浦上義塾, 暇輯儒胥最近, 一部謄在, 上舍琴陽公之遺題, 故引以入錄.

앞뒤 문맥상 완당은 추사 김정희일 리 없고, 석우공과 탁사공 등도 누구인지 잘 모르겠다. 당악은 해남의 옛 이름이다. 윤재찬 옹은 집안의 선대인 윤종민이 필사한 원본을 보고 거기에 적힌 이 글을《귤림문원》에 베껴두었다.

## 인생이란 흰 망아지가 문틈 새로 지나가는 것

이 증언첩은 모두 여섯 칙으로 구성되어 있다. 차례대로 읽어본다. 먼저 제1칙.

비바람에 문을 닫아거니 아무도 찾아와 두드리는 이가 없다. 《수경주(水經注)》를 가져다 몇 차례 뒤적거려보다가 백화주(百花酒) 한 잔을 따라 마시니 마음이 흐뭇한 것이 아주 좋았다. 수놓은 장니(障泥) 위에 올라앉은 벼슬아치가 머리에는 기름 모자를 쓰고, 어린 하인 아이는 장화를 신고 길에서 분주한 것을 보면 한가롭고 바쁘기가 전혀 다르다. 인생이란 흰 망아지가 문틈 새로 지나가는 것과 같은데, 어이하여 홀로 괴롭기가 저와 같단 말인가? 추위가 갑작스레 들이닥쳐 냇물이 모두 꽁꽁 얼었다. 문을 닫아걸고 화로를 끼고 앉아, 앞마을 사는 과부가 집에 불 땔 나뭇가지 하나조차 없어서 밤새도록 춥다고 우는 어린 것을 끌어안고 탄식하는 것을 떠올리다가, 생각을 돌이켜 길가의 거지가 입은 옷이 제 몸조차 가리지 못하는데, 깃들어 자려 해도 받아줄 집이 없고, 하늘을 향해 외쳐보지만 아무 응답이 없는 광경을 떠올리니, 이를 위해 측은한 맘이 들어 기쁘지가 않았다.

風雨杜門, 無人剝啄. 取水經注, 繙閱數回, 酌百花酒一琖, 怡然自適. 視繡障泥上馱着官人, 頭戴油罩, 兒胥穿水鞋子, 奔走道路者, 閒忙逈別也. 人生如白駒過隙. 何乃自苦如彼. 寒事猝甚, 澗溪皆凍, 閉戶擁爐, 想前村嫠婦, 家無一枝, 歎終夜抱孩啼寒, 轉念路傍流丐, 衣不蔽骸, 投宿無門, 呼天無事, 爲之惻然不樂.

비바람 몰아치던 어느 오후의 소묘다. 꽉 닫아건 문은 종일토록 두드리는 사람 하나 없다. 밖에 나갈 수가 없다면 책으로라도 천하를 유람해야지 싶어 북위(北魏) 때 역도원(酈道元)이 지은 지리서인 《수경주》를 꺼내 천하 대강 남북 각처를 머릿속에서 여기도 가보고 저기도 가보고 했다. 하도 다니다 보니 조금 피곤해서 백화주 한 잔을 따라서 홀짝홀짝 마셨다. 좀 전의 쓸쓸하고 우울하던 기분이 맑게 개어 좋아진다.

그러다가 문득 생각이 건너뛰었다. 장니는 말안장 양쪽으로 늘어뜨려 말발굽에서 튀어 오르는 진흙을 막는 장치다. 신분 높은 관인은 안장 위에 수를 놓은 고급스런 장니를 드리우고, 머리에는 기름 먹인 모자를 써서 길에서 비를 만나거나 진창을 지나더라도 옷이 더럽혀지거나 비에 젖을 일이 없다. 하지만 그의 말고삐를 쥐고 가는 어린 하인은 장화를 신고 질퍽거리는 길 위에서 이리 뛰고 저리 뛰며 분주하다. 옷은 진흙이 튀어 온통 엉망이 되었다. 나리님은 날이 아무리 궂어도 태연히 한가롭고, 하인은 비를 홀딱 맞고 진흙탕에 옷을 더럽혀가며 애를 써도 알아주는 이가 하나도 없다. 너무 불공평하지 않은가?

여기서 다산의 생각은 다시 한 번 더 건너뛰었다. 이번엔 겨울이다. 갑작스레 한파가 닥쳐 앞 시내가 꽁꽁 얼어붙었다. 쓸쓸한 산속 집에서 문을 닫아걸고 화로를 끼고 앉아 춥다 소리를 연신 하다가, 문득 앞마을의 과부 생각을 했다. 그녀는 이 추위에 땔감으로 쓸 나뭇가지 하나도 없어 밤새 춥다고 우는 어린 자식을 끌어안고 탄식하고 있을 것이다. 그녀에 비하면 내 처지는 너무나 안락하지 않은가? 생각은 한 번 더 미끄러져, 길가의 거지가 변변한 입성도 없이 잠잘 곳도 없어서 하늘에 대고 살려달라고 외치는 정경을 떠올렸다. 그에 견준다면 과부의 처지는 한결 낫다. 나는 그 거지에 견주면 너무도 안락해서 부끄러워 고개를 들 수가 없을 정도다.

이렇게 두 차례의 생각 속에 앞서《수경주》를 읽고 백화주 한 잔을 마시고는 기분이 흐뭇해졌던 기억은 그만 무색해지고 송곳방석 위에 앉은 것처럼 마음이 불안하고 불편해졌다. 똑같은 목숨을 받고 태어났는데 잠깐 살다가는 인생의 처지가 저마다 이렇듯이 다르다. 좀 전까지 나는 처량한 유배지에서 세상에 잊힌 채 살아가는 처량한 존재였다. 하지만 다시 나보다 못한 이들에게 생각이 미치자 갑자기 지금 내가 누리고 있는 것이 큰 복임을 알아, 나만 못한 이들에 대한 깊은 연민으로 지금의 이 자리가 감사하고 불편하고 안타까웠다.

## 옛사람과 만나는 즐거움

다시 이어지는 제2칙이다. 이 글 또한 중간중간 한 차례씩 논의가 건너뛰어 연결 맥락이 매끄럽지 않다. 윤종민의 기억에 문제가 있었을 수도 있다.

한유는 슬픔이 많았고, 백거이(白居易)는 즐거움이 많았다. 소식은 툭 트인 말이 많았고, 육유는 강개한 말이 많았다. 대개 말에는 정밀함과 거침이 있고, 뜻에는 멀고 가까움이 있다. 이 때문에 문사에 드러난 것이 그러한 것이다. 1천 권의 책을 읽는 것이 도(道) 한 자락을 깨달음만 못하다. 한유가 〈모영전(毛穎傳)〉에서 '서(筮) 점을 쳐서 하늘과 인문의 조(兆)를 얻었다'고 한 것은 무엇인가? 거북이로 치는 점을 복(卜)이라 하고, 시초(蓍草)로 치는 점은 서(筮)라고 한다. 복조(卜兆)와 점서(占筮)로 괘를 점쳤으므로 《주례(周禮)》의 옥조(玉兆)와 와조(瓦兆), 원조(原兆)는 모두 복(卜)이니, 쓰는 바가 바야흐로 절실하다. 뜻이 있는 것 또한 모두 조(兆)의 이름이다. 지금 '서(筮)를 해서 조(兆)를 얻었다'고 말한 것은 잘못이다. 어떤 것을 불에 구워 무늬를 이루는 것을 조(兆)라 하니, 서(筮)에서야 어찌 청조(淸朝)에 향을 사르겠는가? 황보밀(皇甫謐)의 《고사전(高士傳)》을 읽다가 피의(披衣)와 왕예(王倪)의 행실, 선권(善卷)과 양보(壤父)의 뜻, 석호(石戶)와 포의(蒲衣), 경상초(庚桑楚)와 임류(林類)의 의리, 영계기(榮啓期)와 하궤옹(荷蕢翁)의 뜻을 아득히 떠올려보면서 기쁘게 정신으로 만나는 것 또한 한 가지 즐거움이다.

韓退之多悲, 白樂天多樂, 蘇子瞻多廣達語, 陸務觀多慷慨語. 蓋其語有精粗, 志有遠近, 故發之文辭者然. 讀書千卷, 不如悟道一穎. 毛穎傳, 筮之得天與人文之兆者, 何也? 龜曰卜, 蓍曰筮. 卜兆占筮, 以卦占. 故周禮玉兆瓦兆原兆, 皆卜, 所用方切. 義有亦皆兆名. 今云筮之得兆, 謬矣. 燋厥成文曰兆, 於筮奚于淸朝焚香? 讀皇甫謐高士傳, 若披衣王倪之行, 善卷 壤父之意, 石戶蒲衣庚桑楚林類之義, 榮啓期荷蕢翁之志, 緬然遐想, 怡然神會, 亦一樂也.

당나라 때 한유와 백거이, 송나라 때 소식과 육유는 저마다 말의 풍격과 담긴 뜻의 깊이가 달랐다. 글에는 글쓴이의 생각이 그대로 담긴다. 따라서 글을 보면 그 사람이 보인다. 우리는 옛글을 읽으면서 그 작가의 시대와 만나고 인간의 내면을 들여다볼 수가 있다.

이를 이어 다산은 하지만 1천 권의 책을 읽는다 해도 한 번의 깨달음을 갖느니만 못하다고 말하고, 그 실증을 들었다. 한유는 붓을 의인화한 가전(假

傳) 〈모영전〉을 지었다. 다산은 그 글 속에 나오는 한 구절을 인용했는데 앞뒤 내용은 이렇다. 진시황 때 일이다. 장군 몽염(蒙恬)이 남쪽으로 초나라를 치고 잇달아 중산(中山)을 치려 했는데 속으로 초나라가 두려웠다. 그래서 좌우서장(左右庶長)과 군위(軍尉)를 불러 《연산역(連山易)》으로 점을 치게 해, 하늘과 인문의 괘를 얻었다. 점치는 자가 하례하며 말했다.

"오늘 얻은 점괘는 뿔도 없고 어금니도 없는 갈옷 입은 무리로, 입은 없고 수염만 길며, 구멍이 뚫린 채 구부정하게 있으니, 홀로 그 긴 터럭을 취해 편지 쓸 때 쓰면 천하가 그 글을 같이 볼 것입니다. 진나라가 마침내 제후를 겸병할 상입니다."

붓을 설명한 내용이다. 몽염이 점괘를 얻었어도 그 의미를 읽지 못하면 소용이 없다. 점쟁이는 괘의 의미를 시원하게 풀어주어서 몽염의 의심을 걷어냈다. 그저 읽는 것이 중요한 것이 아니라 모종의 깨달음으로 이어져야 한다는 말을 이렇게 했다. 그 뒤로 이어지는 복조(卜兆)와 점서(占筮)의 의미 변정에 관한 내용과 《주례》의 '삼조(三兆)'에 대한 설명 등은 군더더기로 덧붙인 내용일 뿐이다.

다시 다산은 황보밀의 《고사전》에 등장하는 피의, 왕예, 선권, 양보, 석호, 포의자, 경상초, 임류, 영계기, 하궤 등 고사(高士) 열 명의 이름을 나열했다. 이들 중 피의와 왕예는 사제간이고, 선권은 요임금이 스승으로 삼았다던 인물이다. 나머지 인물도 모두 요순시절의 은자요 현인이다. 이들은 모두 욕심을 버리고 자연과 하나 되는 삶을 추구했다. 《고사전》을 읽으면서 이들의 이야기를 되새겨보면 마음속에 잔잔한 기쁨이 차올라온다.

## 왕희지의 초서와 시에 담긴 뜻

이어지는 제3칙과 제4칙은 글씨와 시에 관한 내용이다. 먼저 제3칙.

초성(草聖) 왕희지의 서체는 중고(中古) 시대에 나왔다. 대개 또한 천기가 흘러 움직임은 자연스런 형세이다. 만약 한갓 해서(楷書)로만 써서 세상에 행해졌다면 빳빳한 나뭇가지나 죽은 지렁이일 터이니 또한 어찌 귀하겠는가? 다만 벗과 주고받는 편지나 사돈 사이에 주고받는 문답은 또한 굳이 어지럽게 쓸 필요가 없다.

草聖之體, 出於中古. 蓋亦天氣流動, 自然之理勢也. 若徒用楷字行世, 則僵枝死蚓, 亦何爲貴. 但朋友筆札, 婣姻問答, 亦不必胡亂塗雅爾.

왕희지의 초서에 대해 논했다. 다산은 글씨체를 대단히 중요하게 여겼다. 필체가 좋지 않은 제자에게는 반드시 원교(圓嶠) 이광사(李匡師)의 필첩이나 중국 판본의 글씨를 본으로 삼아 연습하게 했다. 나중에는 다산초당체라 할 만한 독특한 서체가 만들어져, 다산의 제자들은 서체마저 스승을 닮아 비슷해졌다. 윤재찬 옹의 글씨도 전형적인 다산초당체다.

왕희지의 초서는 중고 시대의 글씨다. 그 필세(筆勢)가 물 흐르듯 자연스럽다. 만약 그에게 해서로 또박또박 글씨를 쓰게 했더라면 마치 버썩 마른 나뭇가지나 죽은 지렁이처럼 뻣뻣한 글씨가 되고 말았을 것이다. 왕희지의 초서는 그의 시대가 만든 것이다. 하지만 초서가 비록 멋이 있어도 벗 사이에 오가는 편지나 사돈 간에 주고받는 문답에는 초서로 쓰지 않는 것이 좋다. 휘갈겨 쓴 글씨를 자칫 상대가 못 읽거나 잘못 읽기라도 하면 서로 체모를 상하는 일이나 오해가 생길 수 있기 때문이다.

다시 이어지는 제4칙이다.

시의 도가 비록 없어졌지만, 그래도 풍아(風雅)에서 이를 구해보면 모름지기 찬미하고 풍자하며 권면하고 징계하는 뜻이 그 속에 깃들어 있다. 시절을 근심하고 세상을 상심하는 일과 임금에게 충성하고 어버이를 사랑하는 정성이 가득해서 그 뜻이 시 속에 드러난다. 바야흐로 이것으로 말을 길게 늘여 소리로 화답했던 것이다.

詩道雖喪, 猶求諸風雅, 須有美刺勸懲之意, 寓於其中. 憂時傷世之事, 忠君愛親之誠, 藹然情見于詞. 方是永言而和聲也.

시란 무엇인가? 미자권징(美刺勸懲), 즉 잘하는 것은 찬미하고 못하는 것은 풍자하며, 훌륭한 것은 권면하고 잘못된 것은 징계하는 것이다. 시절을 근심하고 세상일에 마음 아파한다. 임금에게 충성하고 어버이를 사랑한다. 이런 것은 감춰 속일 수 없는 참된 정에서 솟아나는 마음이다. 그런 마음이 안에서부터 피어올라 글 위로 품은 생각이 넘쳐흐른다. 그러면 감정이 격동되어 저도 모르게 소리를 길게 끌어 가락으로 받쳐 얹는다. 그것이 시가 되고 노래가 된다.

미자권징의 뜻이 빠진 것은 시가 아니다. 우시상세(憂時傷世)의 마음과 충군애친(忠君愛親)의 정성이 없으면 시가 아니다. 이 같은 뜻과 이 같은 마음이 나의 감정선에 닿아 언어로 표출되고 나아가 가락을 타고 말을 늘여 길게 노래가 되면, 나와 너, 사람과 사물 사이에 소통의 채널이 열린다. 네가 내가 되고, 내가 네가 되어 경계의 턱이 사라져 무시로 넘나들 수 있게 된다. 이것이 바로 시다.

## 하늘은 어질지 않다

긴 장마철인데 흉년에 역병까지 돌아서 도처에 죽어나가는 사람들이 넘쳐났다. 다산은 이 같은 참상을 지켜보다가 어서 날이 개어서 여러 일이 정상을 되찾게 되기를 바라는 마음에서 다음 다섯 번째 단락을 썼다.

장맛비가 주룩주룩 내린 것이 오늘로 며칠째다. 흉년으로 궁핍한 시절이어서 농부들은 밥 먹기조차 어렵고 나쁜 병마저 번져서 열에 일고여덟이 죽었다. 가난하다 보니 도롱이마저 없어 온종일 황토의 돌피 속에서 비를 맞는다. 저물녘이 되어 툭툭 털고 돌아와서는 아내가 내온 다 식은 보리밥을 억지로 먹는다. 흙방에는 불도 때지 못한 채 다 떨어진 자리를 깔고서 잔다. 날마다 이와 같으니 피와 살을 지닌 인생이 어찌 견딜 수가 있겠는가? 나라에서 거두는 세금이 모두 이 사람들의 손에서 나온다. 그런데 이 사람이 이와 같은 형편이고 보니 하늘 또한 어질지 않은 존재이다. 어찌 때에 맞게 개고 때에 맞춰 비를 내려주지 않는단 말인가. 계절의 차례가 순서에 맞게 되면 이 농사짓는 백성으로 하여금 조금이나마 생기가 돌게 할 수 있지 않겠는가? 마음으로 빌고 또 빈다.

長雨淋漓, 今幾日矣. 凶年窮節, 農人難食. 沴疾染行, 十死七八. 貧無蒻蓑, 鎭日冒濕於黃壤稊之中. 向昏戰掉而歸, 强喫饁婦之冷俊麥飯. 不烟土室, 藉蔽薦而宿之. 逐日如是, 血肉人生, 其可堪乎? 王家正供, 皆出於此人之手, 而此人如此, 天亦不仁者矣. 何不時晴時雨, 順適時令, 俾此潑潁之民, 小得活潑乎. 心祝心祝. (右祈晴.)

글 끝에 '기청(祈晴)', 즉 날이 개기를 기원하는 글이라고 덧붙여놓았다. 유난히 장마가 길어지자 농사일이 뒤죽박죽이 되고, 흉년의 뒤끝이라 먹거리 마련도 수월치가 않다. 여기에 더해 역병까지 돌아 굶고 병들어 열에 일고여덟이 죽어나가는 형편이다. 그나마 산목숨은 도롱이도 없이 진창에서 쏟아지는 비를 맞으며 김을 맨다. 저녁 무렵 빗물을 털고 돌아오면 기다리는 것은 찬 보리밥 덩이 하나뿐이다. 온기 하나 없는 찬 흙바닥에 이부자리도 없이 맨땅에서 널브러져 잔다. 멀쩡히 건강한 사람도 생병이 날 참인데 먹는 것도 없이 어찌 이런 생활을 더 버텨낼 수 있겠는가? 나라를 유지하는 세금이 모두 이 백성에게서 나온다. 이들의 삶이 이러한데 하늘은 어찌 이다지도 무심할 수가 있는가? 이제라도 때에 맞게 날이 개어 백성의 참혹한 삶에 한 줄기 생기를 불어넣어 줄 수 있다면 얼마나 기쁜 일이겠는가?

다산은 백성의 참혹한 삶을 지켜보다가 깊은 연민을 담아 날이 어서 개기를 바라는 글을 이렇게 따로 남겼다.

## 산림에 사는 즐거움

전원생활의 기쁨을 구가한 마지막 여섯 번째 단락이다.

사람들은 늘 조정에서 쓰임을 얻지 못하면 산림에 머문다고 말한다. 멀리서 산림을 바라보면 자못 깃들일 만한 운치가 있다. 이 때문에 시인은 "샘물이 졸졸 흘러가니, 배고파도 즐길 만하네.(泌之洋洋, 可以樂飢.)"라고 노래했다. 굶주림이야 즐길 만한 명목이 아니니, 즐거워서 배고픔조차 잊는다는 의미이다. 그렇다면 무엇을 가지고 잊을까? 집에 들어가면 화훼와 도서의 즐거움이 있고, 문을 나서면 골짜기와 시내와 바위의 아름다움이 있다. 그중에서도 가장 마음을 둘 만한 것은 밭 갈고 씨 뿌리는 일이다. 이미 조정과 저자가 아닐진대 명리의 다툼이야 풀어버려야지, 다시 무엇을 영위한단 말인가? 산의 흙은 기름지든 척박하든 벼와 보리가 잘 자란다. 일상적인 농사 외에도 뽕나무를 심고 대나무를 기르며, 채소를 가꾸고 과실에 거름을 준다. 친한 벗이 갑자기 이르면 집에 잘 익은 술동이가 있으니, 푸른 채소를 데치고 붉은 열매를 따서 한 소반의 안주상을 차리기에 충분하다. 산수를 평론하고 고금을 얘기하되, 세상 정리의 두텁고 각박함이나 관리의 다스림이 훌륭하고 나쁜지에 대해서는 말하지 않는다. 술 한 잔에 시 한 수씩 읊조리다가 석양 무렵 산길에 취한 이를 부축해 송별한다. 돌아와 대나무 상에 누워서는 《초사(楚辭)》를 몇 차례 가락에 얹어 외운다.

인하여 혼자 취해 자다가 일어나서는 다시금 집안일을 정리한다. 이것이야말로 이른바 자신의 몸을 건강하게 건사할 수 있는 사람이라 하겠다.

人必曰不得於朝則山林也. 望山林, 頗有可寓之趣也. 是故風人曰: "泌之洋洋, 可以樂飢." 飢非可樂之名, 而樂而忘飢之義也. 何以忘? 而入室有花卉圖書之娛, 出門有林壑泉石之美, 最可留念者, 耕稼之業, 旣非朝市, 則解爭名利, 復何營爲乎? 山土饒瘠, 膏沃禾麥. 常農之外, 種桑蒔竹, 養蔬培果. 親朋忽至, 家有瓮熟, 瀹靑摘紅, 足餙一盤之肴. 評山論水, 道古談今, 勿言世情厚薄, 官治臧否, 一杯一哦, 夕陽山路, 扶醉送別. 歸臥竹床, 曼誦楚辭數遍, 仍自醉眠而起, 仍復整理家務, 此所謂能康濟自家身者也.

인용한 시는 《시경》의 〈형문(衡門)〉이란 작품이다. 시는 이렇다. "형문의 아래여도 노닐며 쉴 수 있고, 샘물이 졸졸 흘러가니 배고파도 즐길 만하네.(衡門之下, 可以棲遲. 泌之洋洋, 可以樂飢.)" 누추한 집에 살아도 삶의 여유를 잃지 않고, 졸졸 흐르는 샘물로도 굶주림을 참아 즐길 수가 있다. 그러니 조정에 있을 때는 나라와 백성을 위해 직분을 다하고, 자리에서 내려오면 미련을 두지 않고 산림에 머문다. 산림의 삶이야 고단한 것이지만, 그래도 꽃 기르고 책 읽으며, 시내와 바위를 구경하는 즐거움이 있지 않은가? 그뿐인가. 밭 갈고 씨 뿌리며 농사를 지어 갑작스런 손님이 와도 직접 기른 채소와 담근 술로 자리를 봐서 속세를 떠난 운치 있는 대화로 거나하게 취할 수도 있다. 저녁에는 《초사》를 소리 높여 낭랑하게 읽으면서 기운을 돋우고, 마음에 그늘진 것이 풀리면 다시 집안일을 정리한다. 이것이 곧 산림의 삶이다.

이번에 읽은 여섯 단락의 증언은 귤동의 다산초당 시절 윤씨 집안 제자들에게 써준 글이다. 당시 10대 초반이었던 윤종민은 스승의 글을 읽고 또 읽어 아예 통째로 외워버렸다. 그리고 그가 71세가 되었을 때, 어느 날 문득 자신의 기억 속에 담겨 있던 스승의 글을 불러내 종이에 옮겨 적었다. 그가 어릴 때 읽어 외웠던 다산의 친필은 현재 찾을 수 없다. 윤종민이 1868년 5월에 옮겨 쓴 그 친필도 이제는 없다. 낙천 윤재찬 옹이 강진 귤동에 남아 전하던 각종 다산 관련 기록들을 하나하나 모아 한 글자 한 글자 정성을 쏟아 베껴서 《귤림문원》이란 책자로 엮을 때 다시 옮겨 적어 오늘 우리가 이 글을 읽는다.

《귤림문원》 수록 증언, 윤재찬 필사, 윤대현 소장.

《귤림문원》 표지

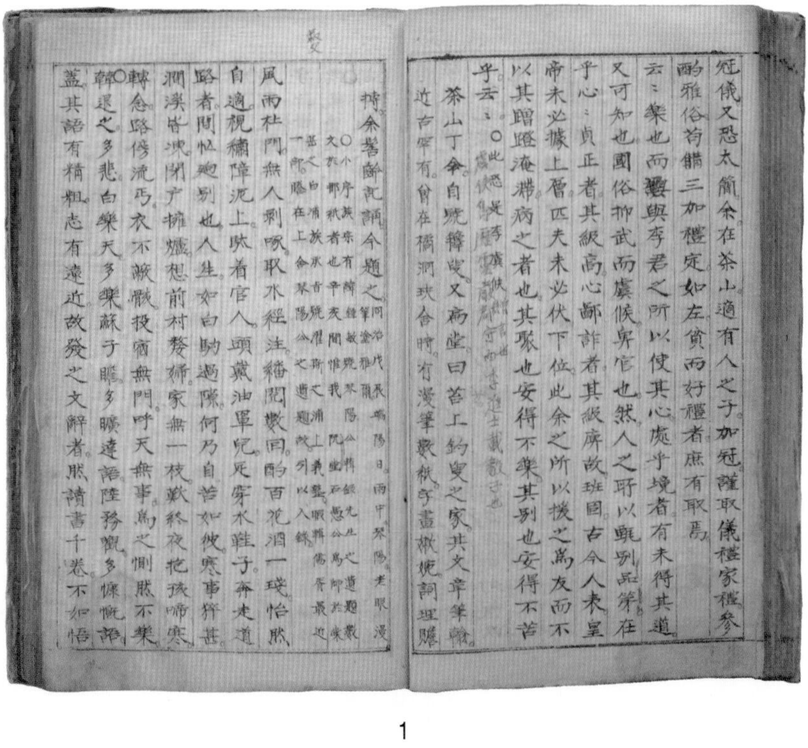

道一類毛穎傳筮之傳天子人文之兆者何也龜曰卜著曰筮
卜兆占筮以卦占故周禮王兆瓦兆原兆皆卜所用方切義有亦
皆兆名今云筮之得兆謬矣爐厥成文曰兆於筮奚于清朝焚
香讀皇甫謐高士傳若披衣王倪之行善卷壤父之意石戶蒲
衣庚桑楚林類之義榮啓期荷蕢蓋之志細然遐想怡然神會
亦一樂也
草聖之體出於中古蓋亦天氣流動自然之理勢也若徒用楷
字行世則僵枝死蚓亦何為貴但朋友筆札姻婭問答亦不必
胡亂塗雅爾
詩道雖衰猶求諸風雅須有美刺勸懲之意寓於其中憂時傷

世之事忠君愛親之誠藹然情見于詞方是永言而和聲也
長雨淋漓今幾日矣凶年窮節衆人艱食沴疾柴行十死七八
貧無窮策饑日冒濕於黃壤桴之中向昏戰捽而歸强喫饐[illegible]
之冷侵麥飯不烟土室稍敞焉而宿之逐日如是血肉人生其
可堪乎王家正供皆出於此人之手而此人如此天亦不仁者
矣何不時晴時雨順適時令俾此殘瘵之民小得活潑乎心[illegible]
：：
人必曰不得於朝則山林也[illegible]林頫有可寄之趣也是故風
人曰泌之洋洋可以樂飢：非可樂之名而樂而忘飢之義也
何以忘而入室有花卉圖書之娛出門有林壑泉石之美最可

2

留念者細稼之業既非朝市則鮮爭名利復何營係乎山土[illegible]
瘠膏沃禾麥菽粟之外種桑蒔竹養蔬培果觀朋忽至家有食
熟淪青摘紅足飾一盤之肴評山論水道古談今勿言世情厚
薄官治臧否一杯一啜夕陽山路扶醉送別歸卧竹床曼誦楚
辭數篇仍自醉眠而起仍復整理家務此所謂能康濟自家身
者也

擊蒙正旨 已見學編序 洌水丁鏞著

今世訓蒙之法厥有三蔽一周興嗣千文二曾先之史略三江
鎔通鑑節要是三蔽者塞聰障慧之巨蔀戕斫害智之齊斧三
蔽不去卒無以養育人才啓蘇天資茲論如左童稚學字最要

推類以旁通故自爾雅說文滂喜凡將急就篇以降凡小學家
皆以物類分彙天文地理人倫人體草木禽獸魚鱉宮室器用
以至物情事情若高低清濁往來升降之等咸以族別各有部
分所以童稚受書因月而喻星因河而曉江枝葉相譬蹄角相
解大者為柱小者為桷規以為圓矩以為方弋短斧形廣狹互
通推挽相反喜惱相對所以聰竇易穿知識漸啓受數千字已
可以屬文成章今周氏千文本係戲集非小學家所取玄黃瞥
見而青赤遂昧日月纔形而星雲未竭既不類聚何以旁通於
是錯玄為離錯黃為壓盈昃同義列辟混旨大節之藏於身遂
昧豈不惜哉我古本學家所用以文受呪則大善不然徐及正

3

# 8. 헛되고 헛되다

—가난을 슬퍼하는 제자 윤종심을 위로한 글

## 수도 없이 주인이 바뀌는 토지 문서

앞서 소개한 윤재찬 옹의 《낙천총서》 제1집 《귤림문원》에는 다산의 글이 여러 편 실려 있다. 그중 하나가 〈다산선생부환설(茶山先生富幻說)〉이다. 제목 아래에 "1813년 8월 4일에 열수(洌水) 정용(丁鏞)이 쓰다.(嘉慶癸酉八月四日, 洌水丁鏞書.)"라고 적혀 있고, 그 아래 필사자인 윤재찬 옹이 쓴 소서(小序) 한 줄이 있다. "선생께서 〈부환설(富幻說)〉을 써서 감천(紺泉) 공에게 주셨다.(先生以富幻說, 書贈紺泉公.)"라고 했다.

그런데 다산의 이 글은《다산시문집》에 〈윤종심을 위해 써준 글(爲尹鍾心贈言)〉이란 제목으로 실려 있다. 글의 부제에 "자는 공목, 호가 감천이니 다산 주인의 아들이다.(字公牧, 號紺泉, 茶山主人之諸子.)"라고 썼다. 윤종심(尹鍾心, 1793~?)은 윤재찬 옹의 고조부로 〈다신계절목〉에 쓴 윤옹의 추기에는 대대로 보암(寶巖) 율포(栗浦)에서 살았다고 했고, "안빈낙업(安貧樂業)하며 해서를 잘 써서 선생의 저서 500여 권을 다산체로 정서했다.(安貧樂業, 善楷書, 先生著書五百餘卷, 正書茶山體也.)"고 적혀 있다.

《귤림문원》에 실린 〈부환설〉이 다산이 써준 원본을 베낀 것이고,《다산시문집》에 수록된 것은 후에 다산이 원래 써주었던 글을 손보아서 고쳐 실은 것이어서 문장에 상당한 출입이 생긴 것이다. 예를 들어 〈부환설〉은 "불교의 말에 이르기를, '산하와 대지는 모두 헛것'이라고 했는데 이는 근본이 있는 말이다.(釋氏之言曰: "山河大地, 都是幻化." 此有本之言也.)"로 글이 시작된다. 반면 〈윤종심을 위해 써준 글〉에서는 "세간의 여러 사물은 대개 헛것일 경우가 많다.(世間諸物, 概多幻化.)"고 여덟 자로 줄여 썼다. 불교의 주장을 끌어온 것이 내심 마땅치 않았던 듯하다. 또 글의 끝부분에서는 "윤종심이 몹시 가난한지라 그를 위해 〈부환설〉을 지어서 준다.(尹○貧甚, 爲作富幻說以遺之.)"가 "네가 비록 가난하다 해도 근심치 말거라.(汝雖貧其勿憂.)"로 바뀌어 있다. 그 밖에 본문 중에도 구절의 가감이 있으나, 의미에는 큰 차이가 없다.

또 한 가지, 〈부환설〉은 한 편의 종결 구성을 갖춘 문장으로 적혀 있는 데 반해, 문집에서는 세 개의 단락으로 구분한 것도 분명히 다른 점이다. 원래 한 편의 문장으로 썼지만, 다산은 글을 문집에 싣기 위해 정리하면서 증언의 형식에 맞춰 단락을 나눴던 것이다. 이 두 글은 한 편의 문장이 증언 형식으로 편집되는 과정을 잘 보여주는 흥미로운 예이다. 이 글에서는 다산이 나중에 고쳐 정리한 문집본에 따라 읽어보겠다. 문장도 한 번 더 다듬은 것이라 이쪽이 더 순하다. 먼저 첫 번째 단락을 읽어본다.

세간의 여러 사물은 대개 헛것인 경우가 많다. 초목 중에 작약은 꽃이 한창 피었을 때는 지극히 참되고 보배롭기 짝이 없다. 하지만 시들어 떨어지고 나면 진실로 허깨비일 뿐이다. 소나무와 잣나무가 비록 오래 산다 해도 수백 년의 사이에 지나지 않는다. 도끼에 찍혀서 땔감이 되지 않으면 또한 바람에 꺾이거나 벌레 먹어서 죽고 만다. 이 같은 종류가 그러한 줄은 모든 선비가 다 안다. 다만 유독 토전(土田)이 허깨비에 지나지 않은 줄은 아는 자가 드물다. 세속에서 밭을 사거나 집을 마련하는 것을 실답고도 든든하다고들 한다. 사람들은 토지란 것이 바람으로 불려버릴 수도 없고 불로 태워버릴 수도 없으며, 도둑이 훔쳐갈 수도 없어서 천년 백년이 지나도 없어지거나 손상되지 않는다고 여기므로 무릇 이것을 마련하는 것을 두고 든든하고 실답다고 말한다. 하지만 내가 사람들의 토지 문서를 살피다가 내력을 조사해보니 매년 1백 년 이내에 주인이 바뀐 것이 문득 대여섯 번에 이르거나 심한 경우에는 일고여덟 번 또는 아홉 번까지 되었다. 그 성질이 가만히 있지 않고 잘 달아나기가 이와 같았다. 어찌 남에게는 가벼우면서 나에게만 오래 충성하기를 바라, 아무리 쳐도 깨지지 않는 물건이 되리라 믿는단 말인가? 창기나 노는 여자는 여러 번 남자를 바꾼다. 그런데도 내게 이르러서는 어찌 홀로 오래도록 나만 지켜주기를 바라겠는가? 토지를 믿는 것은 창기의 정절을 믿는 것일 뿐이다. 부자가 넓은 땅에 밭이 잇대어 있으면 반드시 뜻에 차고 기운이 성해져서 베개를 높이 베고서 자손을 살펴보며 이렇게 말한다. "만세의 터전을 내가 너희에게 준다." 하지만 예전에 진시황(秦始皇)이 호해(胡亥)에게 전한 것이 이 정도에 그치지 않았음은 잘 알지 못한다. 이 일을 어찌 족히 믿겠는가?

世間諸物, 槪多幻化. 草木花藥, 方其榮𣇢之時, 豈不至眞至實, 及其瘁然衰隕, 誠幻物耳. 雖松栢稱壽, 不過數百年之間, 非斫而火之, 亦風隕蠹齮而滅. 此類之然, 通士知之. 獨土田之幻, 鮮有知者. 世俗指買田置庄者, 爲朴實牢固, 人以土田者, 風不能飄之, 火不能燒之, 盜不能攘之, 歷千百年不弊壞損傷. 故凡置此者, 其人爲牢實云耳. 然余觀人土田之劵契, 查其來歷, 每百年之內, 易主輒至五六, 其甚者七八九. 其性之流動善走如此, 獨安冀其輕於人, 而久忠於我, 恃之爲搷撲不破物乎? 娼妓冶游之女, 屢更其夫. 以至於我, 獨安冀其久守我乎? 恃土田, 猶恃妓之貞烈耳. 富者田連阡陌, 必滿志盛氣, 高枕視子孫曰: "萬歲之基, 予以授汝." 不知始皇當年, 其傳之胡亥, 不止於是. 此事豈足恃耶?

다산의 증언을 보면 세상 사람들이 중시하는 것들이 사실은 '환(幻)', 즉 허상에 지나지 않는다는 말을 여러 차례 했다. 재물과 권세가 그렇다. 그 속에 몸담고 있는 사람들은 그것이 마치 천년만년 갈 것처럼 군다. 지금은 너무도 분명하고 확실해도, 얼마 못 가 흔적도 없이 스러지고 만다. 화려한 작약이 흉물스런 모습으로 땅에 떨어지는 데는 그다지 오랜 시간이 걸리지 않는다. 만고에 푸르지 싶던 낙락장송도 목재로 베어지거나 바람에 꺾이고 만다.

이렇듯 꽃과 나무가 오래가지 못한다고 하면 사람들은 으레 그런 줄로 안다. 하지만 땅과 집은 한번 사두기만 하면 천년만년 갈 것을 의심치 않는다. 다산은 예전 곡산 부사 시절에 고을의 토지 문서를 조사하면서 흥미로운 사실을 발견했다. 100년 사이에 최소 대여섯 번에서 심하게는 아홉 차례나 주인이 바뀐 토지 문서들을 보았던 것이다. 고작 100년 사이에도 토지의 주인은 이렇게 활발하게 바뀌고 있었다. 정말로 믿지 못할 것이 바로 땅이요 토지 문서였다. 그런데도 땅을 사는 사람은 마치 든든한 저축이라도 들어둔 듯이 흐뭇해서 자손을 불러놓고 기염을 토한다. "내가 너희에게 만세의 터전을 물려준다. 너희는 아무 걱정 말고 이 땅 위에서 번창하거라." 하지만 그가 세상을 뜨기도 전에 처지가 변하고 환난이 닥쳐오지 않으면, 못난 자식이 여색이나 도박에 빠져 그 땅문서를 잡혀 눈앞에서 거덜을 내고 만다. 진시황은 자신의 이름을 따로 짓지 않고 시황제(始皇帝), 즉 초대 황제로 짓고, 다음부터는 2세 황제, 3세 황제로 붙여 만세까지 이르리라고 기염을 토했다. 하지만 진나라는 고작 2세인 호해 때 망하고 말았다. 재물과 권력을 믿는 일은 이토록 허망하다.



## 가난을 기뻐해라

다시 이어지는 두 번째 단락이다. 원래 한 편의 글로 쓴 것이어서 앞의 내용을 그대로 받아 읽어야 한다.

내가 이제 나이가 적지 않고 보니 겪은 일이 아주 많다. 무릇 재물이 있더라도 자손으로 하여금 이를 누리게 하는 자는 천 명 백 명 중에 한두 사람뿐이다. 형제의 자식을 데려다가 이를 준 사람은 그나마 운이 좋은 경우다. 간신히 집안의 촌수를 헤아려 몸을 굽혀 자리를 깔고서 촌수가 먼 친족에게 가져다 바치기까지 한다. 평소에 하는 짓이 한 끼의 저녁 식사조차 아까워하는 자들도 모두 그러하다. 그러지 않으면 못난 자식을 낳아 애지중지해서 야단도 안 치고 매질도 하지 않는다. 그래서 다 자라고 나면 속으로 부모가 어서 늙기만을 바란다. 삼년상을 겨우 마치고 나서는 마조(馬弔)와 강패(江牌) 같은 노름에 빠져서 몸에 갖은 기예를 갖추니, 이 때문에 잘못 재물을 탕진하는 자가 또 잇달아 나온다. 이로 말미암아 볼진대 이른바 부유한 것을 어찌 족히 부러워할 것이며, 이른바 가난한 것을 어찌 족히 슬퍼하겠는가?

余今齒數不尠, 歷事多矣. 凡有財而令子孫享之者, 千百蓋一二人而已. 取兄弟之子予之者, 其倖者也. 僅計昭穆, 屈躬席藁, 以獻于疏遠之族. 平日所爲之惜一夕之餐者滔滔焉. 不然産不肖孩兒, 愛之重之, 不呵不撻. 及其壯也, 心冀父母之耄, 逮夫三霜甫畢, 馬弔江牌, 身具三蟲之技, 以之悖出者, 又項背相望. 由是觀之, 所謂富者豈足羨, 謂貧者豈足悲哉!

앞에서 재물도 토지도 모두 허깨비 같은 것이라고 해놓고, 좀 더 실감나는 비유를 들어 설득력을 더했다. 많은 재물을 지녔어도 그 재물을 자손이 온전히 누리는 경우란 거의 없다. 형제의 자식을 후사로 세워 그에게라도 줄 수 있다면 그나마 다행이고, 그도 아니면 촌수를 따지기도 힘든 집안의 먼 후손을 양자로 데려다가 애써 모은 재산을 그에게 다 건넨다. 평소 밥 한 끼를 아껴 바들바들 떨던 수전노들도 예외가 없다. 그도 아니면 자식에게 오냐오냐 비위를 맞춰가며 갖은 기대를 건다. 하지만 못난 자식은 부모가 하루빨리 늙어서 재산권을 자신이 행사할 수 있을 때만 손꼽아 기다리다가, 부모의 삼년상을 마치기도 전에 노름에 빠져 물려받은 재산을 모두 날려버린다.

다산은 집안의 가난을 근심해 주눅 들어 있는 제자 윤종심을 위해 이렇게 다독여주었다. "보거라. 그토록 아껴 모은 재물이 손가락 사이로 빠져나가는 시간은 실로 순식간이 아니냐? 그러니 부자를 부러워할 것이 없다. 똑같은 이유로 가난은 슬퍼할 일만도 아니다. 부자는 안 해도 될 근심을 늘 달고 살지만, 가난한 사람은 애초에 지닌 것이 없으므로 그런 근심이 아예 없다. 있어도 베풀 줄 모르고 써보지도 못한 채 바들바들 떨며 땅만 사 모은 부자나, 아예 무엇을 지녀본 적이 없던 가난뱅이가 결국은 아무런 차이가 없는 셈이지. 오히려 가난한 사람은 재물이 귀한 줄을 알아 아껴 쓰고 서로를 위할 줄 안다. 그러니 너의 가난은 슬퍼할 일이 아니라 다행으로 여겨야 할 일이 아니겠느냐?"

## 가난한 선비의 1년 궁리

앞에서 부자의 허망한 결말을 말하고 나서, 이번에는 가난한 살림을 미리 염려할 필요가 없다는 취지의 이야기를 이어갔다.

가난한 선비가 정월 초하루에 가만 앉아서 1년간의 양식을 헤아려보면 진실로 아마득하다. 생각 같아서는 하루도 못 가서 굶어 죽음을 면하지 못할 것만 같다. 하지만 섣달그믐이 되어도 변함없이 여덟 식구가 모두 살아남아 한 사람도 줄어들지 않았다. 돌이켜 생각해봐도 그렇게 된 연유를 알 수가 없다. 네가 능히 이 같은 이치를 깨닫겠느냐? 누에가 알에서 나오면 뽕잎이 움트고, 갓난아이가 어머니의 태에서 나와 울음소리를 한번 내면 어미의 젖이 벌써 뚝뚝 떨어진다. 양식을 또 어찌 족히 근심하겠는가? 너는 비록 가난하다 해도 아무 걱정을 하지 말거라. 계유년(1813) 8월.

貧士於月正元日, 坐算一年糧饟, 誠茫然. 意不日不免乎餓莩. 及至除夕, 依然八口都存, 一個不損. 回頭遡想, 莫知其所以然. 汝能覺此理否? 蠶出殼而桑葉吐, 孩兒出母胎, 啼聲一發, 而母乳已滙然注下. 糧又安足憂哉. 汝雖貧其勿憂. 癸酉八月

살림살이는 수학으로 하는 것이 아니다. 계산으로 따져서 수입과 지출을 헤아려보면 도저히 답이 안 나온다. 정초에는 올해는 꼼짝없이 식구들이 굶어 죽겠구나 싶어 걱정이 태산이었는데, 연말에 보면 한 사람도 축나지 않고 그대로 살아 있다. 암만 생각해도 신기하다 싶을 정도다. 고생스럽기야 하겠지만 부모가 어서 늙어 힘 빠지기만을 기다리다가, 돌아가시기가 무섭게 노름에 빠져 전 재산을 말아먹는 부자의 자식에 견주면 어떠한가? 갓난아이의 울음에 어미젖이 먼저 알아 뚝뚝 떨어진다. 해도 해결 안 되는 걱정에 짓눌려 지내지 말고, 하늘의 마련을 믿고 네 자리를 지키는 것이 먼저다.

다산이 이 글을 써준 1813년에 윤종심은 스물한 살의 청년이었다. 당시 그는 집안의 실질적인 가장 노릇을 해야 할 처지였다. 그래서 이래저래 생각이 많았던 모양이다. 공부에 집중하지 못하고 자꾸 빙빙 겉돌았다. 어느 날 따로 불러 그의 고민을 듣게 된 다산이 제자의 마음을 다잡게 하려고 써준 글이 바로 이 〈부환설〉이다.

다산은 말한다. "재부(財富)란 본래부터 허깨비 같은 것이니라. 천년만년 가는 것이 아니다. 너는 어디에다 네 인생을 걸려느냐? 허깨비 같은 논밭 문서와 오래 못 갈 재물이냐, 인간이 걸어가야 할 떳떳한 도리이냐? 사람이 밥만 구하면 밥도 못 먹고, 밥 이상의 것을 구하면 밥은 저절로 오게 되는 것이니라. 자꾸 셈으로 따져 저울질하기 시작하면 사람이 못 쓰게 된다. 명심하거라."

앞서 윤재찬 옹은 이 〈부환설〉을 옮겨 적으면서 윤종심을 두고 "안빈낙업하며 해서를 잘 써서 선생의 저서 500여 권을 다산체로 정서했다."고 적었다. 다산이 이 글에서 그에게 주문했던 것이 바로 안빈낙업이었다. 그는 다산의 이 가르침을 받들어 다시 공부의 길에 매진할 수 있었다. 다산의 모든 저술이 그의 글씨로 정리되었다. 그는 이른바 다산체의 달인이었다. 다산이 해배되어 두릉으로 돌아간 뒤에는 두릉까지 따라가서 다산의 저술 정리 작업을 직접 도왔다.

다산은 이렇듯 제자들에게 그때그때 상황에 꼭 맞는 가르침을 증언으로 내렸다. 글은 즉각적인 위력을 발휘해서, 마음을 가누지 못하고 갈등 속에 빠져 있던 제자들이 스승의 한마디에 문득 제자리로 돌아오곤 했다.

隆慶元年丁卯十月。以病。辭官歸家。辛未六月十三日。拜禮賓
寺正。八月初六日。又拜宗簿寺正。壬申二月十四日。又拜成均
司成。皆以病不赴。居于白蓮書舍。自號杏堂。與仲氏梅窓
翁。前僉知拙齋行。源源往來。杖屨丘園。共樂閒居之趣。情意
款恰。閏二月初四日。拜通訓大夫弘文館副修撰知製敎兼
經筵撿討官春秋館記事官。年老身病。志在頤養。不樂爲仕。方
欲辭避而又兼 天恩之重。不可不謝。黽勉赴 召。詣闕謝
恩。入城三日。遷司憲府持平。四月二十一日。拜弘文館修撰。五
月二十二日。又拜司憲府掌令兼春秋館編修官。五月二十六
日。拜弘文館校理。嘗於經筵侍讀之時。凡所講論。多合大學衍
義。自 上。渙加奬美曰。尹○之言。渙知其義者也。自此出入玉
堂。態及兩司。不一不二。凡爲校理者三。爲云云。

茶山先生富幻說 純祖嘉慶癸酉八月四日 列水丁鏞書 ○小序 先生以富幻說書贈 尹泉公

釋氏之言曰。山河大地。都是幻化。此有本之言也。草木花藥。方
其榮悅之時。豈不至眞至實哉。及其瘁然衰隕也。誠幻物耳。雖
松栢稱壽。不過數百年之間。非所而火之。亦風隕蠹齡而滅矣。
此類之然也。通士知之。獨土田幻。鮮有知者。世俗云買田置庄
者。爲朴實牢固。漢以土田者。風不能飄之。盜不能懷之。歷千百
年。不弊壞損傷。故凡置此者。其人爲牢實云耳。然余觀人土田
之券契。查其來歷。每百年之內。易主輒至五六。其甚者七八九。
其性之流動善走如此。獨安樂其輕於人而久忠於我。特之爲
損撲不破之物耶。富者田連阡陌。必滿志盛氣。高枕視子孫曰。
萬世之基。予以授汝。不知始皇當年。其傳之胡亥。不止是耳。豈
足恃耶。余今齒數不尠。歷事多矣。凡有財而令子孫享之者。千
百蓋一二人而已。取兄弟之子孫也者。其偉者也。僅討眇權屈
躬席藁。以獻于疎遠之族。平日所爲之惜一夕之餐者。滔滔焉。
不然。雖不肖孩兒。愛之重之。不呵不撻。及其壯也。心與父母之
身後。遠夫三霜雨華馬吊江牌。身具三蟲之技。以之悖出者。又
項背相望耳。由是觀之。所謂富者。豈足羨。所謂貧者。豈足悲哉。
貧士於月正元日。坐算一年糧饟。誠茫然意不日不免於餓莩。
然及至除夕。依然八口都存。一個不損。回頭溯想。豈知其所以
然。汝能覺此理否。蠶出殼而桑葉吐。兒孩出母胎。啼聲一發而
母乳已湩然注下矣。糧又安足憂哉。尹○貧甚。爲作富幻說以
遺之。

與猶堂集冠禮酌儀 純祖嘉慶十五年庚午首春 茶山病大 列水丁鏞述 一八一〇

書○小序 此因公之四禮考定集中引冠儀摘序入錄

祭禮未易正。以國俗難變也。喪禮未易正。以父兄宗族多議也。
昏禮未易正。以兩家好尚不同也。唯冠禮家宜釐正。是在主人。
孰能禦之。但古之冠禮。繁縟備文。今人未易遵用。朱子家禮。雖
比古簡省。然冠服與制。人猶病之。我星湖 李徵士 先生。有刪節

〈다산선생부환설〉, 《귤림문원》 수록, 윤재찬 전사, 윤대현 소장.

# 9. 돼지의 즐거움

## —윤종문에게 준 두 차례의 당부와 명사(名士)의 요건



### 선비의 생업과 독서

이번에 읽을 글은《다산시문집》에 실린〈윤혜관을 위해서 준 증언(爲尹惠冠贈言)〉과〈또 윤혜관을 위해서 준 증언(又爲尹惠冠贈言)〉이다. 혜관(惠冠)은 윤종문의 자인데, 해남 사람이다. 고산(孤山) 윤선도(尹善道)의 후손이자 공재(恭齋) 윤두서(尹斗緖)의 현손(玄孫)이다.〈다신계절목〉에 수록된 18명의 제자 속에도 그의 이름이 있다. 처음 글은 두 단락, 두 번째 글은 한 단락으로 되어 있다. 차례로 읽어본다.

가난한 선비가 생계를 염려해 생업에 종사하는 것은 형세이다. 하지만 밭 가는 일은 힘이 많이 들고, 장사 일을 하면 명예가 어그러진다. 다만 손수 원포(園圃)에서 진귀한 과실과 좋은 채소를 가꾸는 일은 비록 왕융(王戎)이 오얏 열매의 씨앗에 구멍을 내고, 소운경(蘇雲卿)이 참외를 판 일과 같이 하더라도 나쁠 것이 없다. 모름지기 이름난 꽃과 기이한 대나무로 꼼꼼히 꾸미는 것도 지혜로운 꾀이다.

매번 봄비가 갓 개면 작은 가래와 긴 보습을 들고서 자갈밭을 갈아 잡초를 김맨다. 도랑과 두둑을 정돈해 종류별로 구분해서 뿌리고 심는다. 돌아와서는 짧은 시 수십 편을 범석호(范石湖)가 남긴 시운을 본떠서 짓는다. 또

형상(荊桑)과 노상(魯桑)을 심되 모름지기 수천 그루에 이르게 한다. 따로 누엣간 세 칸을 짓고 누에 채반을 일곱 층으로 만들어두고 아내로 하여금 부지런히 이를 기르게 한다. 이렇게 몇 년간 실행하면 쌀과 소금과 장이 마련되어서 마땅히 남편을 번거롭게 하지 않을 수가 있다.

육경 등 여러 성인의 글은 모두 읽을 만하지만, 《논어》만큼은 죽을 때까지 읽어야 한다. 삼례(三禮)를 읽으면 잡복(雜服)의 제도를 알아 명가의 훌륭한 후예가 되기에 충분하다. 《주역》을 읽으면 추이(推移)와 왕래의 자취를 살펴 소장(消長)과 존망의 이치를 징험하여 천지를 가늠하고 우주를 망라하기에 넉넉하다. 여력이 있거든 산경(山經)과 수지(水志)에까지 미쳐서 이목을 확장한다. 간혹 아내가 좋은 술을 담가서 권하거든 기쁘게 한 차례 취한다. 〈이소(離騷)〉와 〈구가(九歌)〉를 읽어 답답한 마음을 편다면 명사라 일컫기에 충분하다.

貧士慮營産業, 勢也. 然耕作力倦, 商販名敗, 唯手治園圃, 種珍果芳蔬, 雖王戎鑽李, 雲卿粥瓜, 無傷也. 須有名花奇竹, 以文其纖嗇, 亦知謀也.

每春雨初霽, 持小鍤長鑱, 斸磽礫, 鋤蒿萊. 整溝畛, 別種類, 播之蒔之. 歸爲小詩數十篇, 倣石湖遺韻, 復種荊桑魯桑, 須至數千株, 別搆蚕室三間, 爲箔七層, 令室妻勤養之. 行之數年, 米鹽醯醢之具, 當不煩夫子也.

六經諸聖書, 皆可讀, 唯論語可以終身. 讀三禮, 知雜服之制, 足爲名家佳胤. 讀周易, 察推移往來之跡, 驗消長存亡之理, 足以範圍天地, 網羅宇宙. 餘力及山經水志, 以廣耳目. 或妻釀佳秫勸之, 欣然一醉. 讀離騷九歌, 以暢幽鬱, 足稱名士也.

첫 번째 글은 내용으로 보아 세 개의 단락 구분이 가능하다. 처음에는 가난한 선비가 생계를 위해 원포를 경영하는 일의 당위를 말하고, 이어 원포 경영의 구체적 방법과 안팎의 역할 분담을 이야기했다. 그리고 다시 마땅히 읽어야 할 성현의 글과 그 밖의 책에 대한 목록을 제시했다.

그런데 이 첫 글은 2011년 해남 쪽에서 나온 필사본《아고수집(雅古搜輯)》이란 책에도 그대로 실려 있다. 인사동 고재식 선생을 통해 사본을 구해 읽었다. 별도의 제목이 없고, 글 끝에 "위는 다산 정약용이 강진에 유배 와 있을 때 써서 청고(青皐) 윤용에게 준 글이다.(右丁茶山鏞配于康津時, 書贈尹青皐㣧.)"라고 적혀 있었다. 수신자를 윤용(尹㣧, 1708~1740)이라 쓴 것은 잘못이다. 그는 윤두서의 손자요 윤덕희(尹德熙)의 아들로, 다산이 태어나기 23년 전에 세상을 뜬 인물이기 때문이다. 이 글을 받은 윤종문이 윤용의 손자인데, 이를 착각한 듯하다. 두 글은 서로 전승의 경로가 달랐던 듯, 문집본과 비교하면 글자에 상당한 출입이 발견된다. 이 전사본이 다산이 준 원본을 베껴 적었고, 문집본은 다산이 나중에 매만져 다듬었을 것이다. 문집본에 따라 읽는다.

첫 단락에서 왕융이 오얏 열매의 씨앗에 구멍을 뚫었다는 것은 진(晉)나라 때 죽림칠현(竹林七賢) 중의 한 사람인 왕융이 자기 집에서 나는 오얏 열매를 팔면서 남들이 그 종자를 못 받게 하려고 씨에 송곳으로 구멍을 낸 다음에 팔았다는 고사다. 또 소운경의 이야기는 남송 때 세상이 어지럽게 되자 소운경은 세상을 피해 숨어 살았는데, 그는 농사를 지으면서도 틈만 나면 온종일 문을 닫고 눕거나 무릎을 꿇고 지냈다. 젊은 시절의 벗 장준(張浚)이 재상이 되어 그를 부르자 마침내 어디론가 떠나버려 종적을 알 수 없었다고 한다. 직접 기른 참외를 내다 팔아 생계를 꾸려나간 것은 소평(邵平)인데, 글 속에서 두 인물의 이야기가 뒤섞여 있다. 또 범석호는 송나라 때 시인 범성대(范成大)를 말한다. 그의 시집에 전원의 삶이 주는 기쁨을 노래한 상심락사(賞心樂事) 시 연작이 실려 있다. 원포와 누엣간의 경영은 다산이 황상에게 준 증언을 비롯해 앞서 읽은 여러 글에서 반복해서 말한 내용이라 다시 설명을 보태지 않는다.

이어지는 내용은 독서에 대한 지침이다.《논어》를 평생 곁에 두고 읽고,《삼례》로 예법을 익히며,《주역》으로 삶의 이치를 깨닫는다. 나아가 산경(山經)과 수지(水志)로 견문을 넓히되, 굴원(屈原)의 〈이소〉와 〈구가〉를 읽어 세상과 만나지 못한 울적한 회포를 풀 줄 안다면 그야말로 명사가 되기에 부족함이 없으리라고 말했다.

## 짐승으로 살기를 원하는가?

다시 이어지는 두 번째 단락을 읽는다.

곱고 아름다운 의복은 번쩍번쩍 빛나고, 겨울에는 갖옷 입고 여름에는 고운 베옷을 입어 평생 군색하지 않게 지낸다면 어떻겠는가? 이는 비취나 공작, 여우와 살쾡이, 담비나 오소리 따위도 모두 이렇게 할 수가 있다. 진수성찬이 온통 향기롭고, 풍부한 고기와 넉넉한 음식을 죽을 때까지 댈 수 있다면 어떻겠는가? 범과 표범, 여우와 늑대, 매나 독수리 따위도 모두 이렇게 할 수가 있다. 붉게 연지분을 바르고 푸르게 눈썹을 그린 미인이 굽이굽이 넓은 방에서 노래하고 춤추는 것을 즐기면서 한세상을 마친다면 어떻겠는가? 모장(毛嬙)과 여희(麗姬) 같은 미인도 물고기가 이를 보면 깊이 들어가 숨는다. 그럴진대 돼지의 즐거움이 금곡(金谷)과 소제(蘇堤)의 놀이만 못하지 않다.

오직 독서 한 가지 일만은 위로는 성현을 뒤쫓아 짝하기에 족하고, 아래로는 백성을 길이 일깨울 수가 있다. 음으로는 귀신의 정상(情狀)에 통달하고, 양으로는 왕도와 패도의 계책을 도울 수가 있어, 짐승과 벌레의 부류를 초월하여 우주의 큼을 지탱할 수가 있다. 이것이 바야흐로 사람의 본분이다. 맹자는 '대체(大體)를 기르는 사람은 대인(大人)이 되고, 소체(小體)를 기르는 사람은 소인(小人)이 되어 금수와의 거리가 멀지 않다.'고 했다. 따뜻이 입고 배불리 먹는 데만 뜻을 두어 편안히 즐기다가 세상을 마쳐, 몸뚱이가 식기도 전에 이름이 먼저 사라지는 자는 짐승일 뿐이다. 짐승으로 사는 것을 원한단 말인가?

鮮衣美服, 燁然光耀, 冬裘夏絺, 終身不窘, 何如哉. 翡翠孔雀狐狸鼦貉之等, 皆足以爲是也. 珍羞妙㲠, 雜然芬芳, 豐牢厚饌, 終身不匱, 何如哉. 虎豹豺狼鷹鸇鴞鶻之屬, 皆足以爲是也. 粉黛紅綠, 曲房回室, 歌舞以畢世, 何如哉. 毛嬙麗姬, 魚見之深入, 則豕之樂, 未嘗有遜於金谷蘇堤之遊冶也.

唯有讀書一事, 上足以追配聖賢, 下足以永詔烝黎, 幽達鬼神之情狀, 明贊王霸之謨猷, 超越禽蟲之類, 撑柱宇宙之大. 此方是吾人本分. 孟子曰養其大體者爲大人, 養其小體者爲小人, 去禽獸不遠. 若志在溫飽, 逸樂以沒世, 體未及冷而名先泯者, 獸而已矣, 獸而可願哉.

어떤 삶을 살기 원하는가? 화려한 비단옷을 입고 산다. 추운 겨울에는 갖옷을 입고, 더운 여름에는 잠자리 날개 같은 고운 베로 옷을 지어 입는다. 이렇게 살면 흡족할까? 비취새와 공작새도 비단옷을 입고, 여우와 살쾡이, 담비와 오소리도 모두 갖옷을 입는다. 그게 무슨 대수인가? 그렇다면 맛난 음식은 어떤가. 끼니마다 산해진미가 밥상에 오르고, 기름진 고기 요리가 빠지지 않는다. 평생 배고픈 줄 모르고 먹고 싶은 것은 무엇이나 마음껏 먹을 수 있다면 얼마나 좋을까? 고기를 배불리 먹는 것은 범이나 표범, 매나 독수리 같은 짐승들이 늘 하는 일이다. 대단할 것이 하나도 없다. 어여쁜 미인의 가무 속에 늘 잔치하며 근심을 모르고 산다면 어떨까? 그것도 허망하다. 미인의 고운 자태는 얼마 못 가 주름이 지고, 흥겹던 음악과 즐겁던 자리는 자취도 없다. 절세의 미녀도 물고기가 보면 놀라 달아나기 바쁘다. 평생 먹이만 보면 주둥이를 박아대는 돼지의 삶이 그토록 부러운가? 그 옛날 부자 석숭의 별장이 있던 금곡에서의 흥겨운 잔치와 소제에서의 즐거운 자리에 지금 무엇이 남아 있는가?

우리가 믿을 것은 독서뿐이다. 책 속에는 없는 것이 없고 할 수 없는 일이 없다. 성현과 어깨를 나란히 할 수도 있고, 백성을 교화할 수도 있다. 귀신의 일을 알 수가 있고, 나라를 위해 큰일을 할 수도 있다. 책을 통해 우리를 들어 올리면 무엇이든 다 할 수가 있다. 그저 배부르고 등 따스운 돼지의 삶에 더는 눈길을 주지 않게 만든다.

나는 네가 독서를 통해 마음을 기르는 대인이 되면 좋겠다. 의복과 음식을 탐하고 여색에 마음을 빼앗기는 소인배가 되지 않기를 희망한다. 배불뚝이 부자로 살다가 죽자마자 이름이 사라져버리는 것은 짐승일 뿐이다. 그런 짐승의 길을 자랑스러워하지 않고 부끄러워하게 되기를 바란다.

## 가난한 선비가 알아두어야 할 일

이제 두 번째 글인 〈또 윤혜관을 위해서 준 증언〉을 읽어보겠다. 앞서 잠깐 말한 원포 경영의 구체적 방법과 그것이 가져다주는 혜택에 대해 더 소상히 얘기했다.

조정에서 벼슬하는 사람을 사(士)라 하고, 들에서 밭 가는 사람을 농(農)이라 한다. 귀족의 후예로 먼 지방에 유락(流落)하면 몇 대 이후에는 벼슬이 마침내 끊기고 만다. 오로지 농사일로 노인을 봉양하고 어린것들을 기를 수밖에 없다. 하지만 농사란 것은 천하에 이익이 얼마 안 되는 일이다. 게다가 근세에는 토지에 대한 세금이 날로 무거워져서 넓은 땅에 농사를 지을수록 더욱 어그러지게 만들므로 모름지기 원포(園圃)로 보충해야만 겨우 견딜 수가 있다. 진귀한 과실을 심는 것을 원(園)이라 하고, 좋은 채소를 심는 것을 포(圃)라고 한다. 단지 집에서 먹으려고만 하는 것이 아니라 장차 내다 팔아서 돈으로 만들려는 것이다. 큰 고을과 도회지 곁에 진귀한 과일나무 열 그루면 1년에 엽전 50꿰미를 얻을 수가 있고, 좋은 채소 몇 두둑이면 1년에 20꿰미를 거둘 수가 있다. 만약 뽕나무를 40~50그루 심어 누에를 대여섯 칸 기른다면 또한 30꿰미의 물건이 된다. 매년 이렇게 100꿰미를 얻는다면 주림과 추위를 구하기에 충분하다. 이는 가난한 선비가 마땅히 알아두어야 할 바다.

仕於朝者謂之士, 耕於野者謂之農. 貴族遺裔, 流落遐遠, 數世以後, 簪組遂絕, 唯有農事, 足以養老慈幼. 然農者天下之拙利也. 兼之近世田役日重, 廣作彌令凋敗. 須補之以園圃, 庶幾焉. 樹之珍果謂之園, 藝之佳蔬謂之圃. 不唯家食是圖, 將粥之爲貨. 通邑大都之側, 珍果十株, 歲可得五十串. 佳蔬數畦, 歲可收二十串. 若兼種桑四五十株, 養蠶五六間, 亦三十串之物也. 得每年百串, 足以救飢寒, 此貧士所宜知也.

선비는 입신하여 벼슬을 하고, 농부는 땅을 갈아 농사를 짓는다. 아무리 귀족의 후예라 해도 몇 대 계속 벼슬이 끊기면 농부의 삶을 살아갈 수밖에 없다. 하지만 단순한 농사만으로는 가정의 경제를 꾸려갈 방법이 없다. 넓은 땅에 많은 농사를 지을수록 세금을 내고 나면 손에 쥘 수 있는 것이 얼마 안 된다. 그러니 농사를 짓되 원포(園圃)의 경영에 힘을 쏟지 않으면 안 된다. 과실을 심는 원(園)은 과수원이다. 채소를 심는 포(圃)는 채마밭이다. 원포에서 나는 것들은 집에서 먹고 밖에 내다 판다. 근교에서 과실나무 열 그루를 기르면 50꿰미의 소득이 생기고, 채소 몇 두둑을 잘 가꾸면 20꿰미를 얻는다. 이때 1꿰미는 동전 백 닢을 꿰어 묶은 단위이니 화폐 가치로 1냥에 해당한다. 여기에 뽕나무 40~50그루를 심어 누에를 치면 다시 30꿰미의 이익이 난다. 이렇게 1년에 100꿰미, 즉 100냥의 소득을 더 마련한다면 가족이 주리고 추위에 떨 일이 없어진다. 그저 열심히 산다고 되는 것이 아니다. 요령이 있어야 한다. 가난할수록 이 점을 잘 알아 기억해두지 않으면 안 된다.

이렇게 다산이 윤종문에게 준 두 편의 증언을 엮어서 읽었다. 생활은 어려웠고 공부는 힘들었다. 공부를 놓자니 과거 보는 길이 막히겠고, 공부만 하자니 집안 경제를 책임져야 하는 어깨가 한없이 무거웠다. 정말 공부만 하면 과거에도 급제하고, 지금보다 훨씬 멋진 삶이 열릴 수 있을까? 자꾸 의구심을 갖고 멈칫대는 제자에게 다산은 명쾌하고 단호하게 일러준다. "잘 먹고 잘 사는 것을 인생의 목표로 삼는다면 그것은 짐승과 다를 게 없다. 굶고 살 수는 없으니 원포 경영을 통해 기본적 생계의 문제를 해결해라. 그 방법은 그다지 어려울 것도 없다. 생계는 안 돌보고 공부만 하겠다는 것은 무모하고 무책임하다. 그렇지만 생계를 위해 공부를 놓겠다는 것은 배부른 돼지가 되겠다는 것과 같다. 너를 구원해줄 것은 오직 독서뿐이다. 책을 읽겠느냐? 짐승의 길을 가겠느냐?"

# 10. 사람이 천지 사이를 살아간다는 의미
## —해남 사람 천경문에게 준 증언

### 학의 등에 올라탄 채 내려오는 기분

앞서도 여럿 보았지만 다산의 증언 중에는 문집에 실린 것과 친필로 전해지는 것 외에 다른 사람이 다산의 글을 다시 베껴 적어 전하는 증언이 적지 않다. 그만큼 다산의 글이 귀하게 읽혔다는 방증이면서 하나하나의 글이 늘 곁에 두고 경계로 삼기에 알맞은 교훈을 담고 있었다는 뜻이기도 하다.

여기서 소개할 글은 6년 전 인사동 한상봉 선생이 복사물로 제공해준 자료다. 한 선생께 감사의 뜻을 표한다. 표제는《가장잡록(家藏雜錄)》이다. 난필(亂筆)의 초서로 다산의 짧은 편지글과 증언을 옮겨 적은 것이다. 원본의 소재는 알 수가 없고 흑백의 흐린 복사여서 원문 판독이 몹시 어렵다. 처음 읽었을 때는 한 30퍼센트 정도 판독이 되더니, 4~5년간 틈날 때마다 계속 집요하게 들여다본 결과 마침내는 모두 읽을 수 읽게 되었다.

함께 적힌 문서의 내용을 보니 해남 사람 천경문(千敬文) 집안에 전해온 글들을 모아서 베껴둔 것이다. 이 중에 1810년에 다산이 동암(東庵)에서 쓴 일곱 칙의 증언이 포함되어 있다. 이때는 다산이 초당에 정착한 초기여서 다산의 여러 증언 중에서도 비교적 앞선 시기의 글이다. 이 증언을 천경문에게 준다는 명시적 언급은 없다. 다만 앞쪽에 다산이 쓴 짧은 편지 22통이 들어 있고, '가장잡록'이라 한 것으로 미루어 그에게 또는 그의 집안에 준 글로 추정해본다. 이에 제목을 정리의 편의상 〈해남 천경문을 위해 써준 증언(爲海南千敬文贈言)〉으로 달았다. 천경문이 어떤 사람인지는 알려진 것이 없다.

먼저 제1칙.

동산을 개간해서 무를 두 이랑 심고, 배추를 두 이랑 심는다. 상추 세 이랑과 쑥갓 한 이랑, 토란 서너 이랑, 파와 마늘, 아욱과 부추, 가지와 매운 가지 등도 어느 것 하나 빠뜨려서는 안 된다.

墾園種萊菔二畦, 菘二畦, 裙子萵苣三畦, 茼蒿一畦, 蹲鴟三四畦, 葱蒜葵韭落蘇辣茄之屬, 不宜闕一也.

다산은 원포의 경영에 유독 집착했다. 그의 시 속에서도 채마밭을 가꾸는 정황을 섬세하게 묘사한 글이 있다. 무, 배추, 상추, 쑥갓, 토란, 파, 마늘, 아욱, 부추, 가지 등 갖은 종류의 채소를 길러야 한다고 주문했다. 작물에 따라 길러야 할 땅의 면적까지 특정해서 일러주었다. 채소 중 낙소(落蘇)는 가지의 별칭이다. 날가(辣茄) 역시 가지인데 낙소와 종류가 다른지는 잘 모르겠다. 또 준치(蹲鴟)는 올빼미가 웅크린 것 같다 하여 붙여진 토란의 별칭이다. 다산은 처음 다산초당으로 거처를 옮긴 후 이곳을 리모델링할 당시의 정황을 장편의 한시로 노래한 것이 있다. 〈어느 날 매화나무 아래를 산책하다가 잡초와 잡목이 우거져 있기에 손에 칼과 삽을 들고 얽혀 있는 것들을 모두 잘라버리고 돌을 쌓아 단(壇)을 만들었다. 단을 따라 그 아래위로 차츰차츰 섬돌을 쌓아 아홉 계단을 만들어 거기에 채마밭을 만들었다.(一日散步梅下, 隱其榛蕪, 手持刀臿, 斫其纏糾, 砌石爲壇. 因緣浸染於其上下, 爲砌九級, 以爲菜圃.)〉라는 긴 제목의 시에서 채마밭을 묘사한 대목만 간추려 읽어본다.

갖가지 온갖 씨앗 갖추 뿌리되　　播種具瑣細
밭두둑을 저마다 나눠두었지.　　畦畛各牉剖

무는 씨앗이 자줏빛이고　　紫粒武候菁
부추는 이파리가 녹색이라네.　　綠髮周顒韭
늦파는 용뿔처럼 싹이 움트고　　晩葱龍角茁
올숭채는 소 양처럼 두툼하구나.　　早菘牛肚厚
쑥갓은 꽃이 흡사 국화와 같고　　茼蒿花似鞠
가지 열매 하늘타리와 비슷도 하다.　　落蘇蓏如蕡
아욱은 폐 적심에 효능이 좋고　　魯葵工潤肺
겨자는 구토를 멈추게 하네.　　蜀芥能止嘔
상추 비록 자꾸만 졸리긴 해도　　萵苣雖多眠
식보(食譜)에선 이것을 꼭 취한다네.　　食譜斯有取
토란을 특별히 많이 심음은　　蹲鴟特連畦
옥삼죽이 먹기가 좋아서라네.　　玉糝頗可口

좀 전의 증언 속에 등장하는 각종 채소의 이름이 그대로 다 나온다. 또 앞서 읽은 황상에게 준 증언에서도 채마밭에 구획별로 구분해서 채소를 길러, 싹이 올라오게 되면 빛깔과 모양이 다 달라 아롱진 비단 무늬를 이루게 하라고 말한 적도 있다. 여기 나오는 여러 채소의 이름은 한국고전번역원 DB로 검색해보면 다산 외에는 용례가 없는 경우가 많다. 이것만 보더라도 이 증언이 다산의 글임을 확증할 수 있다. 이렇게 기른 채소는 우선 집에서 먹고, 남는 것은 시장에 내다 팔아 가계에 큰 보탬을 얻을 수가 있다.

다시 제2칙.

4월에 죽순과 차와 완두와 앵두가 새로 나고, 초록이 그늘진 귀퉁이에선 꾀꼬리 소리가 자주 들린다. 날씨는 잠깐 개었다가 잠깐 비가 오거나, 춥지도 따뜻하지도 않다. 늙은이는 고아하지도 않고 속된 것도 아닌데, 반쯤은 취하고 반쯤은 깨어 있다. 이러한 때는 마치 학의 등에 올라타고 날아서 내려앉는 것만 같다.

四月新笋新茶新宛豆新含桃, 綠陰一片, 黃鳥數聲, 乍晴乍雨, 不寒不暖. 老夫非雅非俗, 半醉半醒. 爾時如從鶴背飛下.

이번엔 4월 초여름 무렵의 정경이다. 대숲에선 죽순이 한나절이 다르게 쑥쑥 올라온다. 죽순을 잘라 데쳐서 이것으로 장아찌도 만들고 무침도 해먹는다. 입맛이 대번에 돌아온다. 햇차의 소식도 있다. 일창일기(一槍一旗)의 뾰족한 작설(雀舌)이 차 시절이 돌아왔음을 일깨워준다. 저걸 따서 솥에 덖어 떡차로 만들어내서 차맷돌에 갈아서 마실 생각을 하니 벌써부터 혀뿌리에 침이 고인다. 완두는 파릇한 잎이 앞다퉈 올라오고, 앵두도 꽃을 달았다. 머잖아 빨간 앵두가 소반에 올라올 생각을 하니 군침이 먼저 돈다.

대지는 이제 왕성한 생명력을 뽐내며 한창 바쁘다. 초록 그늘 한구석에서는 황금빛 꾀꼬리가 이리저리 왔다갔다 실타래를 감으면서 짝짓기 노래가 한창이다. 날씨는 개지도 흐리지도 않아 비가 오나 싶어 보면 해가 쨍 나고, 잠깐 만에 다시 보슬비를 뿌린다. 여우가 시집가는 날 같다. 춥지도 덥지도 않은 날씨 속에 아까부터 노인은 흥에 겨워 술잔을 홀짝이고 있다. 술에 아주 취한 것도 아니고 말짱한 것도 아닌 얼큰한 상태다. 거동이 특별히 우아하지도 않지만, 그렇다고 속된 것은 더더구나 아니다.

4월의 느낌은 늘 이렇다. 그런 것도 없고 그렇지 않은 것도 없다. 이것도 아니고 저것이랄 수도 없다. 알큰달큰 달떠서 엉덩이를 들썩이게 만든다. 다산은 이 기분을 마치 학의 등에 올라타서 저 높은 하늘을 빙 선회해서 땅 위로 사뿐 내려앉는 느낌이라고 표현했다. 절묘한 포착이다.

## 밤엔 편히 자고 낮엔 한가롭다

이어지는 제3칙의 내용은 다산의 글이 아니라 중국 시인의 시를 옮겨 적었다. 그냥 적지 않고 앞서 학을 타고 사뿐히 지상으로 내려앉는 기분이라고 썼던 흥취를 잇고 있다.

탁언공(卓彦恭)이 달빛 아래 동정호를 지나는데 고기잡이배가 그 곁에서 노를 젓고 있었다. 고기를 잡았느냐고 묻자 그가 대답했다. "고기는 못 낚고 시만 낚았다오." 그러더니 뱃전을 두드리며 이렇게 노래했다.

| | |
|---|---|
| 여든 살 푸른 물결 한 사람의 늙은이 | 八十滄浪一老翁 |
| 갈대꽃 강물 위에 푸른 안개 자옥하다. | 蘆花江水碧烟空 |
| 세간의 이런저런 좋고 나쁜 일들일랑 | 世間多少乘除事 |
| 이 좋은 밤 달 밝은데 낚시 통이나 챙기리. | 良夜月明理釣筒 |

그 성명을 물었지만 웃기만 하고 대답하지 않았다.

卓彦恭過洞庭月下, 有漁舟棹其傍. 問有魚否, 答曰: "無魚有詩." 乃扣榧歌曰: "八十滄浪一老翁, 蘆花江水碧烟空. 世間多少乘除事, 良夜月明理釣筒." 聞其姓名, 笑而不答.

글의 출전을 검색해보니 명말 장대(張岱, 1597~1676)가 쓴 《쾌원도고(快園道古)》란 책 속에 나오는 글이다. '퇴은(退隱)'의 항목 중 하나다. 탁언공이 달밤에 배를 띄운 채 동정호를 지나는데, 그 밤에 고깃배 한 척이 옆을 지나친다.

"영감, 그래 고기는 좀 잡으셨소?"

뱃전의 늙은 어부가 심드렁하게 툭 받는다.

"고기는 한 마리도 못 낚고 시만 낚았소그려."

그러고는 청하지도 않았는데 뱃전을 두드리며 달빛이 일러준 그 시 한 수를 낭랑하게 노래한다. 시가 일러주는 사연은 이렇다.

"내 나이 여든이오. 창랑의 물결 속에 평생을 보냈소. 푸른 물결 위에 배 띄우고 갈대꽃 우거진 강가를 쏘다녔지. 달밤 푸른 안개가 자옥할 때 호수 위에 배를 띄우면 세상 사람들이 손익을 따지면서 목숨을 걸며 아웅대는 일들이 참말이지 하찮기 그지없구려. 이 좋은 밤, 고기를 낚고 못 낚고가 무슨 대수요. 그저 낚시 통을 챙겨 자옥한 안개에 푸른 달빛 사이를 떠다니면 그뿐이지."

정신이 번쩍 든 탁언공이 자세를 바로 하고 노인에게 이름을 묻는다. 그는 혼자 빙그레 웃고 아무 대답을 않은 채 푸른 달빛 속으로 미끄러져 내려간다. 그는 이 짧은 대화의 장면을 재구성해서 하나의 영상으로 보여준다. 노인의 시 한 수가 그를 정화시키고 독자의 마음을 맑게 씻어준다. 다산은 왜 이 대목을 천경문에게 적어주었을까? 자연 속에서 욕심 없이 건너가는 삶의 천진한 기쁨을 막상 그 속에 있는 이들은 잘 알지 못한다.

이어지는 세 항목은 쓰다 달다 말없이 시 세 수를 그저 적었다. 앞선 다른 증언에서도 이 같은 예가 있었다. 다음은 제4칙이다.

| | |
|---|---|
| 강가 황량한 성 잔나비와 새 울음 구슬픈데 | 江上荒城猿鳥悲 |
| 강 너머는 어디던가 굴원의 사당일세. | 隔江便是屈原祠 |
| 일천하고 오백 년 사이의 일들일랑 | 一千五百年間事 |
| 다만 여울 소리만이 그 옛날과 비슷하네. | 只有灘聲似舊時 |

남송 때 육유가 쓴 〈초성(楚城)〉이란 작품이다. 다산은 학시(學詩)의 과정에서 육유의 시를 대단히 높게 평가했다. 그의 온유돈후한 시격을 몹시 좋아했다. 제자 황상은 스승의 가르침에 따라 육유의 그 많은 시를 통째로 베껴 쓰기까지 했을 정도다. 그런데 이 시는 조금 가라앉았다. 유현(幽玄)한 분위기다. 석양의 남쪽 땅 초나라 물가에는 끽끽 우는 원숭이 울음소리가 슬프다. 새 울음도 덩달아 애조를 띠었다. 왜 그런가 생각해보니 바로 그 강 건너편에 자리한 굴원의 사당 때문이다. 더구나 당시 굴원이 초췌한 행색으로

강가를 배회하다가 충언이 받아들여지지 않는 현실에 절망해서 돌을 안고 뛰어들어 생을 하직했다는 상수(湘水)의 그 강물이 아닌가. 그러니까 잔나비와 새들의 울음소리가 슬프게 들리는 것은 그 이유가 충분하다.

그로부터 벌써 1천 년하고도 5백 년의 세월이 더 지났다. 모든 것이 다 변했지만 저 흘러가는 여울물의 흐느끼는 소리는 지금도 그대로다. 새도 목이 메고 원숭이도 슬프고, 여울물도 신음을 낸다. 이것은 변치 않는 정신의 힘이 아닌가? 지금 눈앞의 삶이 비록 고달프고 고단해도 1천 5백 년이 지나도 변치 않는 그 정신의 힘이 있어서 세상이 지탱되어온 것이 아닌가?

다시 제5칙을 읽는다.

| | |
|---|---|
| 진작에 금릉에선 신나게 놀았더니 | 曾作金陵爛熳遊 |
| 북으로 와 진토에선 갖옷 입은 신세 됐네. | 北歸塵土變衣裘 |
| 연잎 마름 소리 속에 외론 배에 비 내릴 제 | 芰荷聲裏孤舟雨 |
| 누워서 강남 땅 으뜸가는 곳에 들리. | 臥入江南第一洲 |

시는 북송 장뢰(張耒, 1054~1114)의 〈금릉을 그리며(懷金陵)〉 세 수 중 제3수다. 금릉은 남경의 옛 이름이다. 예전 불우하던 시절, 금릉 땅에 들러 모처럼 유쾌한 시간을 가졌다. 그 뒤 북쪽으로 올라와 과거에 급제하고 신분이 높아져서 이제는 갖옷을 입고 거들먹거릴 수 있게 되었다. 하지만 나는 지금의 이 생활이 하나도 기쁘지 않다. 내 마음 속에는 금릉 땅 불우했던 시절 외롭게 배 위에서 듣던 그 빗소리가 늘 떠돈다. 물가를 지날 때 연과 마름의 잎 위로 후드득 떨어지던 그 밤의 그 빗소리. 현실의 삶이 답답하고 안타까울수록 나는 가만히 자리에 누워 눈을 감고, 강남 땅 으뜸가는 고장에서 한밤중에 씁쓸함을 곱씹으며 혼자 듣던 그 밤 빗소리를 생각한다.

다산은 이 시를 옮겨 적을 때, 오히려 지금에 안도하며 예전 서울 시절 아우성처럼 복닥대던 그때를 떠올렸을 것이다.

이어지는 제6칙.

난간 밖은 긴 시내요 시내 밖은 산이라 軒外長溪溪外山
발을 걷자 물과 구름 그 사이에 아득하다. 捲簾空曠水雲間
높은 집서 물어본들 무슨 보탬 있으리오 高齋有問人何益
맑은 밤엔 편히 자고 대낮에는 한가롭네. 淸夜安眠白晝閒

송나라 무명씨의 시다. 판본에 따라 글자의 출입이 상당하다. 1구는 '야외장강계외산(野外長江溪外山)'이라 했고, 3구는 '고재유문여하답(高齋有問如何答)'으로 나오기도 한다. 난간에 앉아 밖을 내다보니 긴 시내가 흘러간다. 시내 건너편엔 무엇이 있나 하고 눈길을 계속 주자 이번엔 산 하나가 막아선다. 좀 더 자세히 보려고 드리워진 발을 걷는다. 있기는 뭐가 있나? 강물과 구름 사이로 드넓게 펼쳐진 허공뿐이다. 3구의 '고재(高齋)', 즉 높은 집은 임금의 자리다. 임금께서 내게 이곳에서의 삶이 대체 무엇이 좋으냐고 물어본다 해도 정작 나와는 아무 상관이 없다는 뜻이다. 아니, 그보다 대체 딱히 말할 게 없다. 굳이 물으신다면, "밤중에는 꿈 없이 잠자고, 낮에는 특별히 하는 일 없이 한가하게 지냅니다."라고 대답할밖에.

다산은 인용한 네 수의 시에서 모두 티끌세상을 벗어나 은자의 삶을 예찬하고 있는 송대 시인의 시만을 가려 뽑았다. 지금 이곳에서의 삶을 조금도 불행하게 여기지 않고 오히려 깊이 다행스럽게 생각한다는 말이 하고 싶었을 것이다.

## 대장부의 통쾌한 경계

마지막 제7칙은 다시 다산 자신의 말로 마무리했다. 글이 조금 길다.

사람이 천지 사이를 살아가는 것은 문득 먼 길을 가는 나그네가 여관 가운데서 지내면서 꼼꼼하게 갖추어진 집을 구하는 것과 같아서, 그 어리석음을 비웃지 않을 사람이 없다. 돌아보건대 아등바등 애를 써서 오직 입고 먹는 것만을 위해 애쓴다면 또한 슬프지 않겠는가?

성실한 뜻과 바른 마음으로 그 몸을 닦고, 집에 들어와서는 부모님께 효도하고 나가서는 형제간에 우애롭게 지내며 그 덕을 이룬다. 그러고도 남는 힘으로는 구경(九經)과 사자(四子)의 온축을 찾아 음미하고, 구류(九流)와 백가(百家)의 물결 위로 넘놀아, 예악과 형정(刑政)이 가슴 속에 환하고, 경륜(經綸)과 나라를 위한 방책이 눈앞에 빼곡히 늘어선다. 때를 얻으면 임금을 보필하고 백성에게 혜택을 드리우며, 때를 얻지 못하면 숨어 살면서 제하고 싶은 말을 한다. 기쁘고도 시원스럽게 서사(書史)의 사이를 소요하는 것, 이것이야말로 대장부의 통쾌한 경계이다.

그래서 공자께서는 "배우면 복록이 그 속에 있고, 밭 갈면 굶주림이 그 가운데 있다."고 하셨다. 지금 진흙과 모래를 손톱으로 파고 가시나무에다 살을 찔려가면서, 농부를 도적처럼 여기고 떠돌아다니는 거지를 범이나 이리처럼 두려워한다. 부지런히 애를 쓰면서 그 입과 몸뚱이의 욕망만을 섬긴다.

가래 끓는 소리가 목구멍까지 차서, 눈빛이 천장만 쳐다보게 될 때 돌이켜 평생 한 가지 말할 만한 사업조차 없고, 죽은 뒤에는 온갖 처량하고 괴로운 일들뿐임을 생각하다가, 몸이 차게 식기도 전에 이름이 이미 스러져버리는 자는 대체 어떠한 사람이란 말인가? 배우는 사람은 문 앞의 몇 이랑 밭을 살펴 학교에 보내기 위한 공부 식량으로 삼아야 한다. 소박한 끼니조차 없는 것은 괜찮다.

가경 15년 경오년(1810) 9월, 다산의 병부(病夫)가 동암에서 쓴다.

人生天地間, 忽如遠行客處旅寓之中. 謀細墾之齋, 未有不笑其愚者也. 顧乃營營錄錄, 唯衣食是謀, 不亦悲乎.

誠意正心, 以修其身. 入孝出悌, 以成其德. 以其餘力, 探玩乎九經四子之蘊. 泛濫乎九流百家之波, 禮樂刑政, 粲然於胸次. 經綸籌策, 森列於眼前. 得時則致君而澤民, 不得時隱居而放言, 愉愉然恢恢然, 逍遙乎書史之間, 此大丈夫之快境也.

故孔子曰: '學也祿在其中, 畊也餒在其中.' 今夫鑽指爪於泥沙, 觸肥膚於茨棘, 備田夫如盜賊, 畏流丐如虎狼. 孳孳勤勤, 以事其口軆之慾.

及其痰響在喉, 眼光着椽, 撫念平生無一可道籌計, 身後有萬凄酸, 身未冷而名已泯者, 顧其人爲何如人哉. 學者視門前數頃田, 爲庠舍之學粮, 無素餐斯可也.

嘉慶十五年庚午菊秋, 茶山病夫書于東庵.

나그네가 길 가다 들른 여관방에서 제 집 안방에나 있을 온갖 것을 찾아 대면 남의 비웃음을 산다. 사람이 한세상을 사는 일은 여관방에 잠시 묵었다 가는 나그네 신세와 다를 게 없다. 잠시 묵어가는 나그네가 집을 치장하고 창고를 채우려 든다면 웃지 않을 사람이 없다. 이 평범한 진리를 저만 모른다. 천년만년 갈 것 같고 영원히 내 것일 줄로만 여긴다. 그래서 좋은 옷 맛난 음식에 모든 것을 걸고 남을 못살게 굴며 남의 것을 빼앗는다. 이 얼마나 어리석은 일인가?

그렇다면 어찌 살아야 할까? 비록 잠시 부치어 사는 삶이라 해도 성의정심(誠意正心)과 입효출제(入孝出悌)의 기본을 잊어서는 안 된다. 성현의 경전을 깊이 음미하고, 제자백가를 널리 섭렵한다. 예악형정의 온갖 제도가 내 가슴 속에 깃들고, 세상을 읽는 경륜의 안목이 그 사이에 활짝 열린다. 세상이 나를 알아주면 나가서 모두에게 보탬이 되고, 세상이 나를 몰라주면 원망하지 않고 글로 남긴다. 아무 걸림이 없고 군더더기가 없다. 이것이야말로 대장부가 누릴 수 있는 가장 통쾌한 경계가 아니겠는가?

그런데 사람들은 입의 욕망과 몸뚱이의 탐욕만을 전부로 알아 그에 대한 집착을 끝내 놓지 않는다. 한 뙈기의 땅이라도 더 갖겠다고 간척을 하고 화전을 일군다. 이웃의 농부는 모두 내 물건을 노리는 도적처럼 보이고, 지나는 거지가 해코지라도 할까 봐 전전긍긍한다. 공부는 제 일이 아니고 입과 몸뚱이의 욕망만을 섬기기 바쁘다.

그렇게 밥벌레의 삶을 살다가 가래가 끓어 목숨이 가빠지고, 퀭한 눈빛은 초점을 잃고 천장을 맴돈다. 무엇을 위해 살았나 생각해보면 먹고사느라 아등바등한 일밖에 떠오르는 게 없다. 여기에 자신이 죽은 뒤 자식들 사이에 벌어질 재산 다툼이나, 남겨두고 가는 이런저런 근심까지 보태고 나면 그토록 바빴던 일생이 참으로 허망하기 짝이 없다. 그리하여 숨이 떨어져 땅에 묻히자마자 세상에는 아무도 그의 존재에 대해 아는 이가 없다. 묻는다. 그대는 이 같은 삶을 살고 싶은 겐가. 그렇지 않다면 문전옥답 중 일부는 떼어 자식들 공부시키는 마련으로 남겨두는 것이 옳다. 가난해 배 주리는 것은 그다지 큰 문제가 아니다. 밥벌레로 살며 돼지의 즐거움을 누리려면 그렇게 해도 괜찮다.

지난 몇 년간 틈날 때마다 고심해서 한 글자 한 글자 읽어낸 보람이 있다. 다산은 천경문에게 이 글을 주면서 시골 선비가 제대로 살려면 어찌해야 하는지를 일러주었다. 물러나 사는 삶 속에도 얼마나 큰 즐거움이 깃들 수 있는지를 보여주었다. 지금 여기서 자꾸만 저기를 꿈꿀 때, 저쪽에서는 이쪽을 오히려 깊이 동경한다는 평범한 진실을 일깨워주었다. 배를 위하고 몸뚱이를 위해 사는 삶이 얼마나 하잘것없는지를 알려주었다.

# 11. 천하에 못난 인간

—윤종억에게 준 졸렬한 선비의 경계

## 지혜로운 선비가 해서는 안 될 일

이번에 읽을 글은 《다산시문집》에 수록된 〈윤윤경을 위해 써준 증언(爲尹輪卿贈言)〉 여덟 칙이다. 앞서 수도 없이 되풀이해서 읽었던 선비의 원포 경영에 관한 내용을 한 번 더 썼다. 접근하는 방식이 새롭고, 피부에 와 닿는 내용이 많다. 한편으로 매 사람마다 비슷비슷한 이야기를 그때그때 사정이나 그 사람에 맞춰서 지치지도 않고 계속 써주는 모습을 보면 다산도 어지간하다는 생각이 들고, 그만그만한 제자들과 똑같은 주제로 반복해서 실랑이를 하는 일이 꽤나 피곤했겠다는 딱한 생각도 든다. 문집에는 여덟 개의 항목으로 구분했지만, 글의 내용을 보면 원래 한 편의 글로 써주었던 것을 증언의 형식으로 갈라 편집한 것임을 알 수 있다.

윤경(輪卿)은 윤종억(尹鍾億, 1788~1837)의 자다. 초명은 종벽(鍾璧)이었고, 호는 취록당(醉綠堂)이다. 다산초당의 주인인 귤림처사(橘林處士) 윤단의 손자요, 윤규노의 둘째 아들이다. 〈다신계절목〉의 명단에 오른 18제자 중 한 사람이다. 제1칙부터 읽는다.

태사공(太史公)이 말했다.

"늘 빈천 속에 있으면서 인의(仁義)를 말하기 좋아하는 것은 또한 부끄러워하기에 족하다."

공자의 문하에서는 재물의 이익에 대해 말하는 것을 부끄러워했다. 그렇지만 자공(子贛)은 재산을 늘렸다. 오늘날 소부(巢父)나 허유(許由)의 절개는 없으면서 몸을 허름한 오막살이 가운데 파묻고 명아주와 비름 따위로 배를 채운다. 부모와 처자식을 추위에 떨고 굶주리게 하면서, 벗이 찾아와도 능히 술 한잔 권할 수가 없다. 명절 때 처마 끝에 매달아둔 고기는 보이지 않고, 다만 공사(公私) 간에 빚 독촉하는 사람만 문을 두드리며 사납게 고함을 친다. 이는 천하에 지극히 졸렬한 일이라 지혜로운 선비는 피한다.

太史公曰: "長貧賤好語仁義, 亦足羞也." 聖門恥言財利. 然子贛貨殖. 今無巢父許由之節, 而薶身蓬藋之中, 圍腸藜莧之外, 凍餒其爺娘妻孥, 友來不能勸一杯, 歲時檐角, 不見有懸肉, 唯公私徵欠者, 打門叱喝. 此天下之至拙也, 智士避焉.

인의를 말하려면 빈천에서 벗어나는 것이 먼저다. 선비가 재물의 이익을 말하는 것이 부끄럽지만, 그렇다고 빈천을 자랑스러워해서는 안 된다. 제 앞가림도 못 하면서 세상의 의리와 어짊에 대해 함부로 입에 올려서는 못 쓴다. 옛날 허유와 소부는 곧은 절개가 있었고, 가난의 길을 기쁘게 걸어갔다. 하지만 다 쓰러져가는 움막 같은 집에서 차마 입에 넣을 수 없는 거친 음식으로 온 식구의 배를 곯게 하면서 친구가 멀리서 찾아와도 술 한잔 내올 여유조차 없다. 부모가 겨울에도 여름옷을 입은 채 떨고, 처자식이 늘 굶주려 얼굴이 누렇게 떠 있는데도 저는 방 안에 들어앉아 성현의 말씀을 읽고 과거를 준비한다며 혼자 고상한 체하는 것이 당키나 한 일인가? 그것은 고상한 일이 아니라 고약하고 가증스러운 일일 뿐이다. 고작 할 수 있는 일이 남에게 빚이나 얻어 임시변통이나 하다가 그나마 빚도 못 갚아 온갖 모욕과 멸시를 견딘다. 그러면서도 입으로는 안빈낙도를 말하고 안연의 단사표음(簞食瓢飮)을 떠든다면 나는 그를 천하에 가장 못난 인간이라고 말하겠다.

그러니 윤경아! 나는 네가 인의를 말하기 전에 가장으로서 네 기본적인 도리에 대해 먼저 생각하는 것이 옳다고 본다. 입에 번드르르한 인의로는 가족의 굶주림과 헐벗음을 해결해줄 수가 없다. 가장 기본적인 문제조차 해결하지 못하면서 세상을 걱정하고 나라를 근심할 수 있겠느냐? 가당키나 하겠느냐?

이어지는 제2칙은 글의 서두가 '수연(雖然)'이다. '비록 그러나'로 위 단락의 말을 그대로 이어받았다.

비록 그러나 맨다리로 흙탕물 속에 들어가서 이가 여덟 개 달린 써레를 잡고 소를 몰아 멍에를 밀면, 거머리가 온몸을 빨아대서 온몸이 상처투성이가 된다. 이것은 남자의 곤경스러운 일이다. 하물며 열 손가락이 파처럼 가녀린 자라면 비록 제 힘으로 하려 한들 할 수가 있겠는가?

그러지 않으면 돈궤를 가지고 나가 포구에 앉아서 먼 섬에서 오는 배를 기다려 무지렁이 어부들과 입이 괴롭게 힘껏 다툰다. 몇 푼의 자투리 이득을 바라 남의 것을 깎아 제게 보태려고 거짓말을 하거나 속임수로 소리치며 눈을 부라려 마치 너무 억울해서 성이 난 것처럼 군다. 이 또한 천하에 지극히 졸렬한 일이다.

그러지 않으면 이잣돈을 놓아 사방 이웃의 고혈을 빨아, 간혹 약속한 날짜를 조금 어기기라도 하면 약하고 불쌍한 백성을 붙들어와서 말뚝에 매달아 수염을 뽑거나 종아리에 매질을 해댄다. 온 고을이 범과 이리같이 여기고, 친척들마저 원수처럼 미워한다. 이와 같은 자는 비록 재물을 언덕처럼 얻는다 해도 한 세대조차 능히 보전할 수가 없다. 반드시 그 자식에게 미치광이 증세가 있거나 술에 빠지고 여색을 좋아하는 자가 나와서 이를 엎어버리는 일이 있게 된다. 하늘의 그물은 그물코가 넓어서 성근 것 같지만 빠뜨리지 않으니 몹시 두려워할 만하다.

雖然赤脛入泥水中, 執八齒耙叱牛推軛, 蜞針徧體, 創痍無完. 此男子困境.

矧十指柔輭如葱者, 雖欲自力得乎?

不然持錢櫃坐浦口, 伺遠島船來, 與魚蠻子苦口力爭, 冀錐刀之末得, 刻人以傅己, 撒謊哄騙, 眸子突露, 如鬱壘怒瞋, 斯亦天下之至拙.

不然放子母錢, 取四隣膏血, 或期程有差, 捉取厖羸罷匃, 懸之馬枊, 拔其鬢毛, 擊其脛踝, 一鄕號爲虎狼, 六親疾如仇敵. 如是者雖得貨如丘陵, 不能保一世. 必其子姓有瘋邪癲狂甘酒嗜色者, 出而覆之. 天網恢恢, 疏而弗漏, 甚可懼也.

그렇다고 돈독이 올라 수단방법을 가리지 않고 재물의 이익을 얻느라 힘을 쏟으란 얘기는 아니다. 가족 입에 거미줄을 치지 않게 하려면 먼저 농사라도 지어야 한다. 하지만 한 번도 농사일을 해보지 않은 사람이 의욕만 가지고 직접 써레질을 하겠다며 논에 뛰어들면 그 의욕이야 비록 장해도 몸이 받쳐주지 않아 결국 일은 일대로 망치고 몸은 끙끙 앓아 드러눕게 되고 말 것이다.

그러면 어찌해야 할까? 장사를 생각해볼 수 있겠구나. 있는 돈을 탈탈 털어 갯가에 나가서 먼 데 나갔다 돌아온 고기잡이배를 붙잡고 그들이 잡아온 생선을 싸게 사서 비싼 값에 되판다면 생활에 도움이 될 수 있겠지. 하지만 그 이익이 강팍한 어부들과 몇 푼 안 되는 이끗을 두고 거짓말하고 성을 내며 펄펄 뛰는 시늉까지 해야 얻을 수 있는 것이라면 차라리 아무것도 안 하고 빳빳이 굶는 것이 더 나을지도 모르겠다.

또 한 가지 생각해볼 방법이 있다. 종잣돈을 마련해 고리대금으로 이자를 받아 재산을 늘리는 방법이다. 다급한 사람에게 돈을 빌려주고 높은 이자를 받아내려면 가뜩이나 없는 살림에 그들이 무슨 수로 그 이자를 갚을 수 있겠는가? 어쩔 수 없이 수단방법을 가리지 않고 온갖 못된 짓을 서슴지 않아야만 가능할 일이다. 이것이야말로 정말 천벌 받을 짓이 아닐 수 없다. 그렇게 해서 큰 부자가 된다 해도 그의 파멸은 바로 눈앞의 일이다. 자식이 미치광이가 되어 날뛰거나 주색과 도박에 빠져 온갖 저주를 받으며 모은 재물을 한 입에 털어 넣고 말 것이다.

그저 손 놓고 있을 수도 없고, 농사도 안 되고, 장사도 안 되며, 고리대금업도 안 된다면 대체 어찌해야 할까? 방법이 없을까? 그냥 하늘의 섭리만 기다려야 하는 걸까? 아니다. 방법이 있다. 선비의 격을 잃지 않으면서 가족을 굶주림과 헐벗음에서 벗어나게 할 수 있는 방법, 그 방법을 이제 네게 알려주마.

이렇게 해서 다시 제3칙으로 이야기가 넘어간다.

## 원포의 경영으로 활로를 연다

위 제2칙이 아무리 궁해도 해서는 안 되거나 할 수 없는 일들 세 가지를 제시했다면, 이번에는 할 수 있고 해야 하는 대안을 제시했다.

그러므로 생계를 꾸리는 꾀로는 원포와 목축만 한 것이 없다. 또 방죽이나 못을 파서 물고기를 기른다. 문 앞의 가장 좋은 비옥한 밭을 10여 두둑으로 구획을 갈라 아주 반듯하고 쪽 고르게 한 뒤 사계절의 채소를 차례로 심어서 집의 먹거리로 대야 한다. 집 뒤편의 빈 땅에는 진귀한 과일나무와 기이한 맛난 것을 많이 심는다. 가운데 작은 정자를 세워 겉으로는 해맑은 운치를 보이고, 아울러 도둑을 지키는 구실도 한다. 자기가 먹고도 남으면 매번 비온 뒤에 바랜 잎은 솎아내고 그중 먼저 익은 것을 따다가 저자에 내다 판다. 혹 특별히 크고 탐스런 것이 있거든 따로 편지를 써서 친한 벗이나 이웃의 노인에게 보내 진귀한 것을 나누는 것, 이것이야말로 두터운 뜻이다.

또 흙을 손질해서 여러 약초를 심되, 제니(薺苨)와 자려(茈藘)·산서여(山薯蕷) 따위를 적당하게 구역을 나눠 심는다. 다만 인삼은 특별히 많이 심어야 한다. 방법을 지켜서 기르면 비록 여러 이랑을 심어도 문제 되지 않는다. 보리를 심는 것은 천하에 가장 계산이 나오지 않는 일이다. 나라의 입장에서 본다면 이를 권할 수 있지만, 필부가 편히 살 수 있는 방법으로는 할 만한 것이 못 된다. 이 때문에 《예기》 〈월령편(月令篇)〉에서 이를 권하였지만 권한 것은 이익이 없기 때문이다. 동백 열매로 기름을 짜면 부인네들의 머리카락에 윤기를 더해준다. 치자는 약재로도 넣고 염료로도 쓰여서 비록 많다 해도 팔지 못할 염려가 없다. 만약 저자 가까이에 사는 사람이라면 복숭아·오얏·매실·살구·능금 등은 모두 재화가 될 수 있는 것들이다. 보리밭에 이 같은 것을 심는다면 그 이익이 열 배는 된다. 마땅히 자세히 살펴야 한다.

故治生之術, 莫如園圃畜牧. 及鑿爲陂池渟沼, 以養魚鰤. 門前一等肥田, 區爲十餘畦, 須極方正平均, 挨次種四時蔬菜, 以供家食. 屋後閒地, 多植珍果奇味. 中起小亭, 外張淸韻, 兼以守盜. 已食之有餘, 每雨後摘其褪葉, 取其先熟, 赴城市粥之. 或有肥碩超等者, 別作尺牘, 以遺親朋隣老, 以分珍異, 斯厚意也.

又治壤種諸藥艸, 如薺苨茈莀山薯蘋之屬, 隨宜區種, 而唯人蔘特多, 案方遵法, 雖至數頃不嫌也. 種麥天下之拙算也, 在王政則勸之可也. 在匹夫康濟之術, 不可爲也. 故月令勸之, 勸之爲無所利也. 山茶取油, 治婦人髮膩, 巵子入藥染彩, 雖多不患不售. 若近城市者, 則桃李梅杏林禽之等, 皆可爲貨也. 取麥田種如是等, 其利十倍, 宜詳計之.

이것도 안 되고 저것은 더 안 된다니 혼란스럽겠구나. 이제부터 내가 그 대안을 알려주마. 명심해서 기억해두었다가 바로 실행에 옮겨보도록 해라. 먹고살 마련은 안 하던 일을 팔을 걷어붙여 하는 데 있지 않다. 게다가 해서는 안 될 고리대금까지 손을 댄다면 집안을 망치려고 작정한 것과 같다. 내가 다른 자리에서도 누누이 얘기했다만, 원포의 경영만 제대로 해도 굶주림을 면할 수 있다. 누에만 잘 쳐도 의복을 갖출 수가 있게 된다. 연못이나 방죽을 만들어 물고기를 기르는 것은 어떠냐? 저대로 놓아두어도 금세 씨가 굵어져서 요긴한 먹거리를 제공해줄 수가 있다. 사계절 채소를 때에 맞게 기르고, 집 뒤편에 빈 땅이 있거든 과수원을 꾸미도록 해라. 중간에 원두막을 지어 휴식의 장소로 쓰고, 도둑을 막는 감시소로도 활용할 수가 있다. 먹고도 남은 것은 시장에 내다 팔아 경제에 보탬이 된다. 비록 그렇게 하더라도 아주 크게 열린 열매가 있으면 운치 있는 편지와 함께 가까운 벗이나 이웃 노인에게 선물로 보낸다면 네가 돈독이 올라서 장사나 하는 사람이라는 비방을 막을 수 있을 게다.

약초 재배도 훌륭한 수입원이 된다. 모싯대나 자초, 산마 같은 것은 약재로도 좋고 먹거리로도 훌륭하다. 인삼은 많이 심어도 괜찮다. 특별히 어려울 것이 없다. 이미 알려진 방법에 따라 지켜야 할 것만 잘 지키면 큰 이익을 가져다줄 것이다. 보리농사는 하지 말거라. 공연히 고생만 하고 거두는 이익은 거의 없다. 농한기에 놀리는 땅에 곡식을 심어 소출을 거둔다는 취지야 훌륭해도, 애만 쓰고 남는 것이 거의 없다. 효율성이 너무 떨어진다는 얘기다. 차라리 동백기름을 짜고, 치자 열매를 거두며, 각종 과수를 심어 열매를 시장에 내다 팔면 보리농사의 10배쯤 되는 이득을 거둘 수 있다.

하던 대로 하면 변화가 없다. 남들처럼 하면 나아질 수가 없다. 그렇다고 해서는 안 될 짓을 하면 패가망신의 지름길일 뿐이다. 대안이 없으면 몰라도, 이처럼 훌륭한 대안이 있는데도 안 할 것이냐? 연못에 어린 물고기를 풀어놓고, 집 뒤 빈 땅에 과실수를 심으며, 텃밭은 채마밭으로 일궈라. 그때그때 계절에 따라 나는 소출을 그저 무심히 여기지 말고 요령 있게 가꿔라. 동백기름을 짜고, 치자 열매를 받으며, 인삼을 기르고, 유실수를 길러라. 작은 것이 모여서 크게 된다. 하나하나는 별 것이 아니지만 이것들이 모이면 가계에 큰 힘이 된다. 온 가족이 합심해서 부지런히 애를 써서 배곯지 않고 헐벗지 않게 된다면 이보다 더 좋을 일이 있겠느냐? 글의 첫 줄에서 원포와 목축을 꼽았는데, 목축에 대해서는 연못에 물고기를 기르는 것 외에는 따로

강진 무위사의 채마밭.



설명을 더하지 않았다.

제4칙은 가정에서 아내의 역할과 본분에 관한 내용을 담았다. 원포를 경영하고 생계의 마련을 갖추려면 집안 안주인의 역할이 무엇보다 중요하다. 가장이 일일이 나서서 할 수 없는 일이 있고, 특별히 누에를 치는 일은 아녀자의 일이어서 안주인의 일사불란한 진두지휘가 꼭 필요했다.

아내가 게으른 것은 집안을 망칠 근본이다. 사경(四更)이 되기 전에 불을 끄거나, 창문이 훤해졌는데도 이불을 개지 않는 것은 모두 게으른 사람이다. 주의를 주어도 고쳐지지 않거든 비록 이를 버려도 괜찮다. 뽕나무 400~500그루를 심어 2년이 되었을 때 곁가지를 쳐주고 얽힌 덩굴을 정리해주며, 옹이 져서 맺힌 것을 잘라내 주면 몇 해가 되지 않아 키가 담장을 넘기게 된다. 따로 잠실 네댓 칸을 지어서, 매 칸마다 사방으로 통하는 길을 내고 잠박을 7층으로 만든다. 평소에 소똥을 태워주고, 서북쪽은 막고 동남쪽만 볕이 들게 하는 것이 좋다.

목화는 많이 기를 것이 없다. 하루갈이 정도면 된다. 별도로 삼과 모시를 심어서 아내로 하여금 봄여름에는 누에실로 명주를 짜고 가을과 겨울에는 베를 짜도록 한다. 부지런하기만 하면 명주와 베가 넘쳐난다. 이렇게 되면 의욕과 기쁜 마음이 생겨나서 게으른 사람도 절로 부지런하게 된다.

妻懶者敗家之本. 未四更滅燭, 牕紅而衾未捲者, 皆懶公也. 戒之不悛, 雖去之可也. 種桑四五百株, 及二歲劉其附枝, 摞其縈蔓, 斲其擁腫, 不數歲過牆矣. 別構蠶室四五間, 每間爲街四達, 爲箔七層. 常以牛糞燒之, 西北全塞之, 唯東南納陽可也.

吉貝不須多, 唯一日耕便止. 別種紵苧, 令妻春夏治絲, 秋冬績布. 勤則絲布充溢, 旣然貪欣在心, 懶者自勤也.



안주인이 게으르면 이 모든 계획이 허사가 된다. 늦게 자고 일찍 일어나 집안의 대소사를 직접 관장해야 한다. 일찍 자고 늦게 일어나서는 할 수 있는 일이 아무것도 없다. 게으른 성품을 어찌해볼 수 없이 도저히 안 되겠거든 내쳐도 괜찮다. 뽕나무를 몇백 그루 길러, 때에 맞춰 잘 관리해주면 몇 해 안에 누에를 칠 수 있는 기본적인 마련이 갖추어진다. 잠실과 잠박을 법도에 맞춰 갖춰둔다. 소똥을 태워 그 연기를 쐬어주면 누에가 병에 들지 않는다. 동남쪽으로 창을 내서 볕이 풍부하게 들도록 하면 누에가 토실토실 살이 오른다. 그러면 그 고치실을 얻어 실로 자아 명주를 짠다. 이것으로 식구들이 입을 옷을 장만하고, 시장에 내다 비싼 값에 팔 수도 있다. 명주를 직접 짜지 않더라도 누에고치를 팔아 소득을 얻을 수도 있다.

여기에 목화 재배를 곁들이면 계절에 따라 노동력을 높이는 데 보탬이 된다. 면화는 많이 기를 필요가 없고 하루갈이 정도면 충분하다. 목화를 재배하면 겨울에 솜을 둔 옷을 입을 수가 있다. 봄과 여름에는 누에를 치고, 가을과 겨울에는 면화를 거둔다. 이렇게 명주와 베를 얻어 재산이 조금씩 늘어나면 마음이 기쁘고 신이 나서 더욱 애를 쓰게 된다.

문제를 지적하고, 해서는 안 될 일과 반드시 힘써야 할 일을 단계에 따라 지침으로 내려준 다산의 가르침이 정리되었다. 다산의 증언은 늘 단계와 절차가 차례를 잃지 않는다. 명료하고 명쾌하다. 그리고 일관성이 있다.

## 집안을 일으키는 방법과 지침

본론을 마친 다산은 다시 구체적인 실례를 들어 실천상의 문제들을 점검해준다. 세 가지 예시를 든 뒤 마지막 한 단락에서 결론을 내려 전체 글을 마무리했다.

《안씨가훈(顔氏家訓)》에 말했다.

"일용에 쓰는 온갖 물건 중 채소와 과일, 닭과 돼지 등은 모두 집 안에서 취해 쓸 수 있다. 다만 집에는 소금밭이 없다."

이 말이 몹시 훌륭하다. 경솔하게 상자 속의 돈을 꺼내서 저자로 달려가는 자는 죽을 때까지 집안을 일으킬 수가 없다.

顔氏家訓曰: "日用百物蔬果雞豚之等, 皆取給於室中. 但家無鹽井." 此言極好. 輕拔篋中錢走市者, 畢世不得起家也.

《안씨가훈》은 북제(北齊) 때 사람 안지추(顔之推)가 지은 책이다. 자손에게 주는 훈계를 담았다. 앞서 자신이 말한 여러 가르침이 타당하다는 점을 책 속의 글을 한 단락 인용함으로써 증명하고자 했다. 안지추가 말한 뜻은 이렇다. 소금이야 염전이 없으니 집에서 마련하려 해도 그럴 방법이 없다.

하지만 채소와 과일, 닭고기와 돼지고기 같은 기본적인 먹거리는 모두 내 집에서 나는 것으로 충당해 쓴다. 이 말은 어쩔 수 없는 것을 빼고는 모두 자급자족한다는 뜻이다. 필요한 물건이 생길 때마다 돈을 꺼내 저자에서 사오기로 한다면 결코 집안의 살림을 일으킬 방법이 없다.

부족하면 시스템을 갖출 생각을 해야지, 덮어놓고 시장으로 달려가서는 안 된다. 꼭 필요한 마련은 갖추고, 소금처럼 어쩔 수 없는 것만 산다. 상자 속의 돈은 웬만한 일에는 손대지 않는다. 부득이하고 어쩔 수 없을 때만 열어야 한다. 그래야 모인다. 그래야 쌓인다.

성호(星湖) 이익(李瀷) 선생은 젊은 시절 몹시 가난했다. 가을에도 겨우 12석(石)만 수확했다. 이를 나눠 열두 달로 갈라놓고, 열흘 뒤에 양식이 떨어지면 즉시 다른 물건을 따로 변통해서 바꿔 팔아 곡식을 얻어 죽을 끓이도록 주었다. 새달 초하루가 되어야 비로소 창고 속의 곡식을 꺼내서 먹게 했다. 중년에는 한 해에 24석을 거두어 매달 2석씩 썼다. 만년에는 60석을 거두어 매달 5석을 썼다. 비록 아무리 군색하더라도 그 달 안에는 절대로 다음 달의 양식에 손대지 않았다. 이것은 훌륭한 방법이다.

星湖先生蚤歲貧甚, 秋穫僅十二石. 分之以配十二月, 旬後糧絶, 即別辦他物, 變賣得粟米, 以給饘粥. 至新月初一, 始出庫中粟食之. 中歲收二十四石, 每月用二石. 晩年收六十石, 每月用五石. 雖窘匱百端, 此月之內, 終不犯彼月糧. 此良法也.

이번에는 성호 이익의 경제법을 소개했다. 성호의 셈법은 이렇다. 없으면 안 쓰고, 있어도 손을 대지 않는다. 1년 소득을 열두 달로 등분한다. 한 달에 먹을 수 있는 양식이 정해진다. 그런데 처음부터 워낙 부족해서 한 달 치 양식은 열흘도 못 가서 동이 난다. 창고에 남은 쌀이 있지만 다음 달이 시작될 때까지 절대로 내달 양식에 손을 대지 않는다. 정 없으면 굶고, 도저히 안 되겠으면 다른 것을 내다 팔아서 양식을 장만했다. 초년에는 열흘이면 한 달치 양식이 바닥나더니, 중년에는 20일까지 버틸 수 있었고, 만년에는 그런대로 넉넉해졌다. 힘들어도 손대지 않는다. 이것이 성호식의 경제학원론이었다. 지금 보면 참 딱한 방법이지만, 1년 소출에 조금의 변동이 없는 농경 사회의 셈법은 이럴 수밖에 없었다.

다산이 이를 두고 훌륭한 방법이라고 한 것은 집안 살림에도 계획성이 필요하다는 점을 강조하고 싶어서였다. 계획 없는 소비는 가계의 파산을 부른다. 소득이 워낙 빤한 데다 가뭄이나 흉년 같은 재해까지 닥치면 손 쓸 방법이 없기 때문이었다.

제7칙에서는 심용담(沈龍潭)이란 이의 말을 인용했다.

심용담이 말했다.

"엽전 열 꿰미 이상은 마땅히 가볍게 써야 하고, 엽전 1, 2문(文)은 무겁게 지녀 마구 쓰면 안 된다."

이는 지극한 이치가 담긴 말이다. 큰 것을 아끼는 자는 큰 이익을 도모할 수 없고, 작은 것을 가볍게 여기는 자는 쓸데없는 낭비를 줄일 수가 없다. 이 점을 모름지기 깊이 살펴야 한다.

沈龍潭曰: "十串以上, 宜輕用之. 一文二文, 持重勿放." 此至理之言也. 惜大者不能謀大利, 輕小者不能省冗費. 於此須猛察.

심용담은 심규(沈逵, 1771~?)이다. 큰돈을 아끼고 작은 돈에 인색하면 안 된다고 가르칠 줄 알았는데, 그는 정반대로 말했다. 큰돈을 잘 쓸 수 있어야 큰 이득을 얻을 수 있고, 작은 돈을 아껴야 불필요한 낭비를 막을 수가 있다. 티끌 모아 태산임을 명심하되, 필요할 때는 그 태산을 통 크게 쓸 수 있어야 큰살림을 이뤄낼 수가 있다. 큰 부자는 푼돈에 벌벌 떤다. 쩨쩨해 보여도 아랑곳 않는다. 그러다가 큰돈을 투자해야 할 시점에는 조금의 망설임이 없다.

가난한 사람은 반대로 한다. 푼돈은 대수롭지 않게 쓰고, 큰돈은 발발 떨며 좀체 손에서 놓지 못한다. 낭비를 줄여야 돈이 모인다. 결단이 필요한 시점에 머뭇대면 재물은 결코 모을 수가 없다.

이제 마지막 결론에 도달했다.

집안을 다스리는 요점으로 새겨두어야 할 두 글자가 있다. 첫째가 근(勤), 즉 부지런함이고, 둘째는 검(儉), 곧 검소함이다. 하늘은 게으르고 나태한 것을 싫어해 반드시 복을 주지 않는다. 하늘은 사치스런 것을 싫어해 반드시 복을 내리지 않는다. 유익한 일은 일각도 멈추지 말고, 쓸데없는 꾸밈은 터럭 하나라도 꾀하지 말아야 한다.

治家之要有二字銘, 一曰勤二曰儉. 天厭懶怠, 必不予福. 天厭奢泰, 必不降祐. 有益之事, 一刻無停, 無益之飾, 一毫無營.

다산의 마지막 처방은 근검(勤儉)으로 끝이 났다. 근검의 정신만 있으면 집안을 다스릴 수 있다. 부족해도 넉넉하려면 부지런하고 검소해라. 집안을 망치려면 그 방법이 간단하다. 게으르고 나태하며, 게다가 사치에 힘쓰면 된다. 가난한 것을 근심하지 말고 부지런하지 않은 것을 부끄러워해라. 없어도 계획성 있게 단계를 밟아 하나하나 갖춰나가면 나도 모르는 사이에 부족한 것이 채워져서 주리고 헐벗는 일이 없게 된다. 작은 것을 아끼고, 필요한 것은 스스로 마련하며, 가정에서 안팎의 역할을 잘 구분해서 차근차근 서두르지 말고 갖춰나가면 된다. 이익이 그랬던 것처럼 옛말하고 살게 된다.

초당의 주인 집안도 살림이 녹록지 않았다. 늘 부족해 허덕였다. 다산은 공부 중에도 가계에 대한 근심을 놓지 못하는 제자 윤종억을 위해 한 번 더 붓을 들어 가르침을 내렸다. 여러 번 반복되는 가르침이었지만 받는 사람은 달랐으므로 싫증 내지 않고 친절하게 일깨워주는 일을 되풀이했다. 부족한 것을 탄식만 하던 제자들은 이 같은 가르침에 문득 각성을 얻게 되곤 했다.

# 12. 새, 짐승과는 함께 살 수가 없는 법

## —윤씨 삼형제와 다산 제생에게 준 가문 보전과 과거 공부의 요령

### 터전을 지켜 문호를 세워라

해남 연동(蓮洞)의 윤종문 삼형제에게 준 두 편의 증언과 다산초당의 제생에게 준 증언 및 윤종익에게 준 증언을 엮어서 읽어본다. 앞의 세 편은 문집에 실려 있고, 마지막 하나는 별도의 필사로 전한다. 연동의 윤씨 삼형제에게 준 글은 다산의 친필 원본이 남아 있다. 현재 강진군에 소장되어 있다. 원본 글의 제목은 〈증혜관겸시회중포숙(贈惠冠兼示檜仲蒲叔)〉이다. 문집에는 〈윤종문, 윤종직, 윤종민을 위해 준 증언(爲尹鍾文鍾直鍾敏贈言)〉이다. 문집본에는 "윤종문의 자는 혜관이고, 윤종직은 회중(檜仲), 윤종민은 포숙이다. 가문을 붙들어 일으키는 뜻을 밝혔다.(字曰惠冠檜仲蒲叔, 明扶宗之義.)"라는 부기가 있다. 원문이 두 항목으로 나뉘어 있으니 원본에 따라 읽는다.

서울의 세력 있는 집안은 온 친족이 영화를 누리면서 모든 후손이 벼슬길에서 환한 자취를 드러낸다. 이런 사람들은 각자 집안을 이뤄 서로 도와주지 않아도 오히려 확고하게 자립할 수가 있다. 이는 마치 큰 물고기가 바다로 놓여나 저마다 지느러미를 힘차게 흔들며 내닫는 것과 같아서 호연히 서로를 잊더라도 문제가 없다. 하지만 우리 외가 같은 경우는 궁벽하게 바닷가에 살면서 세상에서 배척받아 영예와 복록이 미치지 않다 보니 후손들이 모두 초췌하여 뜻을 펴지 못한지라 종가가 이 지경으로 보잘것없다. 사정이 이 같은데도 대수롭지 않게 그저 보아서 붙들어 지키기를 도모하지 않는다면 어찌 고꾸라져 엎어지지 않을 수 있겠는가?

사람이 어질지 않은 것은 사사로운 뜻이 끼어들기 때문이다. 사람들은 처자를 사사로이 자기의 소유로 여기지 않음이 없다. 이 밖에는 비록 아버지의 형제나 자신의 형제라도 밀쳐내어 외면한다. 이에 풀 한 포기나 나무 한 그루를 심으면서도 속으로 가만히 이렇게 말한다. "이것이 마침내 내 소유가 될까? 아니면 남이 대대로 전하는 것이 될까?" 그리하여 내 것일 것 같으면 지켜 보호하고, 남의 것일 듯하면 시큰둥하게 본다. 벽돌 하나가 터지면 큰 집이 무너지고 마는데, 이를 그대로 놓아둔 채 이렇게 말한다. "저 집은 내 먼 친척들이 사는 곳일 뿐이다." 자갈 하나가 뽑히면 큰 방죽의 물이 다 새건만, 그대로 버려둔 채로 이렇게 말한다. "저것은 그저 내 먼 친척들이 물을 대어 쓰는 곳이다."

종이 한 장을 얻으면 돌아와 아내의 창문을 바르고, 널빤지 하나를 얻으면 돌아와 자식의 책상부터 만든다. 오만 자질구레한 것까지 세세하게 마음을 쓰면서 그 재산을 모아서 그 터전을 두터이 하기만을 바란다. 그러면서도 수풀이 불에 다 타버리면 여우와 토끼가 어찌 살고, 연못이 말라버리면 물고기가 어디에 깃들지는 알지 못한다. 해남의 연동이 엎어지면 온 집안이 어디에 의지하겠는가?

그대들이 진실로 과거에 급제해서 높은 지위에 올라 문호를 키울 수는 없다고 해도, 모름지기 집안의 사이에서 지극히 잔달고 잡스러운 일에 이르기까지 근심스레 살펴서 공적인 일을 앞세우고 사사로운 일을 뒤로 미뤄 장차 무너져가는 아슬아슬한 우리 외가를 붙들어 세운다면, 어찌 어질고 효성스러워 본분을 다하는 사람이 아니겠는가?

京輦勢力之家, 擧族榮晉, 枝枝葉葉, 簪紱赫奕. 若是者各自爲家, 不相扶護, 猶之確然自立, 若巨魚之縱大壑, 各自奮鬐, 浩然相忘焉可也. 若我外家者, 僻處海堧, 爲世所擯. 榮祿不及, 枝枝葉葉, 憔悴不敷. 而宗家之寡弱至此, 若于是又加以恝然越視, 不圖所以扶護之, 則幾何不蹶而顚矣.

人之所以不仁, 以私意間之也. 人莫不私其妻子, 以爲已有. 自此以往, 雖諸父兄弟, 推而外之. 於是播一草壅一木, 必默自商量曰: "是終爲我有乎? 抑爲彼所傳世者乎?" 我則護之, 彼則睨之. 一瓴缺則大廈將崩, 舍之曰: "彼唯我疏屬之所寢興也." 一礫拔則大陂將竭, 舍之曰: "彼唯我疏屬之所灌漑也." 得一張紙, 歸而補妻之牖, 獲一枏木, 歸而造兒之案. 璅璅屑屑, 用心奸細, 冀以聚其財產, 厚其基業, 不知藪之旣焚, 狐兎焉宅, 池之旣竭, 鯤鰤奚穴. 蓮谷旣顚, 擧族何依?

賢輩苟不能登揚崇顯, 以大門戶, 須從閨闥之間, 極瑣小至猥雜之事, 惕然警省, 先公後私, 以扶我懔懔將顚之外家, 豈非仁孝盡分人耶?

서울의 권문세가는 집안 내부의 도움 없이도 저마다 자립이 가능하다. 큰 물에서 노는 큰 고기는 아무 거칠 것이 없다. 하지만 해남 연동의 윤씨 집안은 벼슬길에서 멀어진 지 오래고, 세상에서도 배척을 받아 후손이 영락하고 종가는 퇴락했다. 그런데도 일족이 서로 힘을 합치지 않고, 제 처자식만 감싸고돌며 제 집안 간수에만 급급하다면 마침내 온 집안이 무너져서 불타버린 숲속의 사슴이요, 물이 말라버린 연못의 물고기 짝이 되고 말 것이다.

과거에 급제해서 높은 벼슬에 오르고 문호를 크게 넓히는 것은 당장에 가능한 일이 아니다. 그렇다고 눈앞의 잔단 이익에 급급해 저 손해나는 짓은 죽어도 하지 않으려 들고 종족의 일을 남의 일 보듯 한다면 장차 아무 희망이 없다. 선공후사(先公後私)의 마음을 너희에게 간곡하게 기대한다. 사소한 일조차 외면하지 말고 힘을 합치는 마음가짐이 중요하다. 이 일이 나와는 무관하다는 생각을 버려야 한다. 내게는 외가이지만 너희에게는 친가가 아니냐? 인효(仁孝)란 먼 데 가서 찾을 것이 아니다. 제 부모 제 자식에게만 해당하는 말이 아니다. 일족으로까지 확산되어야지. 그래야 되는 집안이다. 그래야 후손으로 본분을 다했다고 말할 수가 있다.

해남 연동은 다산의 외가였다. 하루가 다르게 무너져내리는 가문의 영락을 지켜보다가 집안이기도 한 윤씨 제자들에게 안타까운 마음을 담아 당부를 건넸다.

## 백년의 체모를 잃지 않으려거든

다시 한 단락이 더 이어진다. 좀 더 구체적인 방법을 제시했다.

또 조선의 사족(士族)은 저마다 일종의 풍미(風味)가 있어 남과 함께 어울리지 않고 죽을 때까지 그저 본래의 거처만을 굳게 지키고 앉아서 명이 다하기만 기다린다. 살찌고 마른 것을 따져 헤아리고 검소함을 멀리하고 풍성함을 찾느라 사방을 옮겨 다닌다. 혹 어머니의 고향으로 가거나 처가가 있는 곳으로 가기도 하면서 이리저리 떠돌아다니느라 행색이 처량하다. 알량한 이로움을 채 누리지도 못했는데 살을 가르고 도려내는 욕됨이 먼저 닥친다. 나아가고 물러남에 기댈 곳이 없다 보니 낭패라 이러지도 저러지도 못하게 된다. 어그러져 몰락해서 마침내 천한 노예의 신분으로 떨어지는 것은 그저 잠깐 사이일 뿐이다.

내가 너희에게 분명하게 말한다. 그저 연곡(蓮谷) 집의 대들보가 무너지지 않고 전지(田地)를 잃지 않게만 한다면, 너희가 비록 과거를 보지 않고 벼슬을 하지 않더라도 장차 백년의 체모를 얻을 수가 있다. 만약 연곡을 보전하지 못한다면 너희는 모두 숨을 그늘을 잃은 사슴이요, 마른 수레바퀴 자국에 놓인 붕어 신세가 되고 말 것이다. 생각하고 생각해서 잊지 말고 거듭 지켜서 주(周)나라의 공화(共和)처럼 한다면 어찌 훌륭하지 않겠는가?

뽕나무 8백 그루를 심어 규방(閨房)의 쓰임을 넉넉하게 하고, 모란 3백 뿌리를 심어 지묵(紙墨)의 비용에 충당한다. 이에 시(詩)를 배우고 예(禮)를 익혀, 쌓인 것이 두터워지면 영화(英華)가 밖으로 드러난다. 또한 때가 이르고 운수가 통하면 밝은 조정에서 벼슬길에 오를 수가 있다. 그러니 장씨(臧氏)의 아들이 어찌 능히 나를 불우하게 만들겠는가?

가경 갑술년(1814), 죽취일(竹醉日) 다음 날 열수 정용이 쓰다.

且朝鮮士族, 自有一種風味, 不與他渾抵死. 但當堅坐本處, 以待自盡, 量肥較瘠, 辟儉趣稔, 轉徙四方. 或從其母鄕, 或從其妻黨, 流離宛轉, 行色悽懍. 錐刀之利未享, 剜割之辱先及. 進退無據, 狼狽罔措. 蹉跎泆泌, 遂陷甿隷之賤, 特指顧之頃耳. 我明語子, 但使蓮谷之家, 屋梁不壞, 田疇不損. 子雖不科不宦, 且得百年體貌. 若使蓮谷不保, 賢輩皆失蔭之鹿, 涸轍之鮒也. 念念勿諼, 翊之護之, 如周之共和, 豈不善哉. 種桑八百株, 以贍閨房之用, 植牧丹三百本, 以補紙墨之費. 於是學詩焉學禮焉, 蓄積旣厚, 英華發外, 則亦當時至命通. 羽儀明廷, 臧氏之子, 焉能使余不遇哉. 嘉慶甲戌竹醉之翼日, 洌水丁鏞書.

죽어도 남과 어울리지 않는다. 본래 터전을 벗어날 줄 모르고 그것만 꼭 붙들고 있다가 어그러져 몰락한다. 제 터전에서 안 되면 다른 대안을 찾는 대신 외가나 처가로 가서 얹혀살 궁리나 한다. 그쪽이라고 해서 뾰족한 수가 있을 리 없다. 처량한 행색으로 온갖 모욕을 견딜 수밖에 없다. 행세하던 집안이 천한 노예의 신분으로 떨어지는 데까지는 그다지 오랜 시간이 걸리지 않는다.

이처럼 불 보듯 뻔한 일이 어김없이 되풀이된다. 어째서 이런 일이 생기는가? 문중이 무너지면 개별 집안은 연쇄적으로 엎어진다. 종가가 문을 닫고 논밭이 고갈되면 그다음은 방법이 없다. 이 둘만 지켜내면 집안의 체모는 유지할 수가 있다. 이것을 잃으면 불탄 숲의 사슴이요 수레바퀴 자국 속에 든 붕어다. 지금 필요한 것은 선공후사의 합심이다. 서로 맞들어서 함께 위기를 건너가야 한다. 오합지졸로 흩어지면 아무 힘이 없다. 인의의 행실을 지켜 지역에서의 명망을 간직해야 한다. 주나라 때 공화의 일을 기억하면 된다. 그는 제 고장에서 인의를 즐겨 행했으므로 제후들이 그를 높이고 어질게 보았다. 학정을 일삼던 여왕(厲王)이 체(彘)로 달아나자 천자의 일을 섭정하기까지 했다. 너희가 가문의 명예를 지키고 인의의 일을 행한다면 그 같은 일이 똑같이 일어나지 않겠는가?

하지만 기본적인 생계의 마련은 반드시 필요하다. 8백 그루의 뽕나무와 3백 뿌리의 모란을 심어 살림살이의 바탕으로 삼고, 공부의 비용을 마련할 것을 권한다. 그렇게 해서 최소한의 근거가 준비되면 다른 생각 없이 시례(詩禮) 공부에 힘써 과거를 준비할 수가 있다. 때를 만나 벼슬길에 오르게 되면 환한 서광이 비칠 것이다. 글 속 장씨의 아들은 노평공(魯平公)이 맹자를 만나려 할 때 장씨가 방해해서 못 만나게 한 일을 두고 한 말이다. 여기서는 아무도 막을 수가 없다는 뜻으로 썼다.

죽취일은 음력 5월 13일이다. 그러니까 이 글은 1814년 5월 14일에 써준 것이다.



## 다섯 가지 포학한 형벌

이어서 읽을 글은 역시 문집에 수록된 〈또 삼윤을 위해 써준 증언(又爲三尹贈言)〉이다. '포학한 형벌에 대한 경계(虐刑之戒)'란 부제가 적혀 있다. 당시 양반가에서 종이나 백성에게 자행하던 형벌이 나열되었고, 이에 대한 다산의 생각이 담긴 내용이다.

예전 치우(蚩尤)의 묘만(苗蠻)에게는 다섯 가지 잔혹한 형벌이 있었다. 그 독수에 걸려든 자는 다들 천지의 신명에게 죄가 없음을 고하곤 했다. 오늘날 우리나라의 귀족들에게도 다섯 가지 잔혹한 형벌이 있다. 첫째는 고수(箍首)다. 실 같은 대나무 가닥을 사용해 머리를 묶어놓고 매질하는 것이다. 두 번째는 궤릉(跪棱)이다. 혹 수키와를 쓰고, 구리 동이를 쓰기도 한다. 무릎을 그 모서리에 대고서 똑바로 꿇어앉힌다. 세 번째는 지애(趾艾)다. 불붙인 심지를 발가락 사이에 끼워놓고 태운다. 네 번째는 도류(倒柳)다. 노끈으로 발을 묶고 말 매는 기둥에 거꾸로 매단다. 다섯 번째는 고빈(膏鬢)이다. 새끼줄로 팔을 뒤로 해 결박하고, 대나무 집게로 그의 터럭을 뽑아 누런 진물이 흘러나오게 한다.

무릇 이 같은 다섯 가지 포학한 형벌을 쓰면 그 당대에 반드시 재앙이 있고, 후세에는 틀림없이 앙화가 있다. 이는 치우와 묘만의 남은 풍습이니 이를 해서야 되겠는가? 국법에 수령조차 매질은 50번을 넘기지 않고 그만두게 하였거늘 하물며 필부이겠는가? 무릇 내 노비가 아닌 자는 비록 매질만 하더라도 즉시 옥사로 넘겨지는데, 하물며 다섯 가지 포학한 형벌이야 말해 무엇 하겠는가? 경계하고 삼가며, 삼가고 경계하라.

昔蚩尤苗蠻, 有五虐之刑, 罹其毒者, 竝告無辜于上下神示. 今東方貴族, 亦有五虐之刑, 一曰箍首, 用竹若繩, 縛其首而椓之也. 二曰跪棱, 或用牡瓦, 或用銅盆, 令膝當其稜而危坐也. 三曰趾艾, 用火繩揷于足趾之間而燃之也. 四曰倒柳, 用繩縛足, 倒懸于繫馬之柱也. 五曰膏鬢, 用索反接旣縛, 用竹叉拔其髩毛, 令黃液流出也. 凡用五虐之刑, 當世必有殃, 後世必有孼. 此蚩苗之餘習, 而可爲之乎? 國法守令不過笞五十自斷, 矧匹夫哉. 凡非吾奴婢者, 雖笞撻易以速獄, 矧五虐哉. 戒之愼之, 愼之戒之.

묘족(苗族)의 시조(始祖)인 치우는 다섯 가지의 학형(虐刑)으로 백성을 다스렸다. 무고한 이를 살육하고, 귀를 베고 코를 베며, 여자의 음부에 말뚝을 박고, 얼굴에 자자하는 것 등이 그것이다. 이후로도 포학한 형벌은 계속 가짓수를 늘려가며 자행되었다. 다산은 《목민심서》에서 정백맥(定百脈), 돌지후(突地吼), 사저수(死猪愁)나, 학무(鶴舞)·원괘(猿掛)·자란(榨卵)·추뇌(椎腦) 등의 갖가지 학형의 예를 들어 보인 일이 있다.

이 글에서는 양반가에서 부리는 사람들에게 사사로이 자행하던 다섯 가지 학형을 설명했다. 머리를 묶어 매달아놓고 매질하는 고수, 무릎을 수키와나 구리 동이의 모서리에 받쳐놓고 꿇어앉히는 궤릉, 불붙인 심지를 발가락 사이에 끼우고 불을 붙이는 지애, 노끈으로 발을 묶어 거꾸로 매다는 도류, 새끼줄로 팔을 뒤로 묶은 뒤 대나무 집게로 터럭을 뽑은 고빈 등이다.

다산은 이같이 비인간적인 형벌은 당장 당대에 재앙을 부르게 하고, 설령 당대에 그냥 지나가더라도 후대에 더 큰 앙화가 기다린다고 하며, 사사로이 이 같은 형벌을 자행해서는 절대로 안 된다고 주의를 주었다. 향촌의 사족이 이 같은 사형(私刑)으로 민심마저 잃게 되면 그 기반이 맥없이 허물어지는 것은 물론, 앙심을 품은 보복까지 불러 결국은 멸문의 화를 재촉할 수 있다고 말한 것이다.



## 과거 공부가 먼저다

이번에 읽을 글은 문집에 수록된 〈다산의 제생을 위한 증언(爲茶山諸生贈言)〉이다. 역시 짧은 두 도막의 글로 이루어져 있다. 과거에 응시하기 위해 준비하고 있던 초당의 여러 제자에게 과거 공부가 어째서 중요한지를 주지시키고, 그 구체적인 방법을 일깨운 내용이다.

먼저 첫 번째 글을 읽어본다.

노(魯)나라의 공자와 추(鄒)나라의 맹자는 위태롭고 어지러운 세상을 살면서도 오히려 다시금 사방을 돌아다니면서 벼슬을 하기 위해 애를 썼다. 진실로 입신양명(立身揚名)이 효도의 극치이고, 새나 짐승과는 함께 무리 지어 살 수가 없기 때문이었다. 지금 세상에 벼슬에 나아가는 길은 오직 과거 한 길만 있을 뿐이다. 이 때문에 정암 조광조와 퇴계 이황 같은 여러 선생께서도 모두 과거를 통해 자신을 드러냈으니, 진실로 여기에 말미암지 않고는 끝내 임금을 섬길 방법이 없었던 것이다.

근세에 오랜 집안의 후예로 영락하여 먼 지방에 사는 사람은 영달하여 벼슬길에 나아가려는 뜻은 없고 그저 먹고사는 일에만 힘을 쏟는다. 심지어는 높이 날고 멀리 올라가 숨으려고 우복동(牛腹洞)만 찾고 있다. 한번 그 속에 들어가기만 하면 자손이 그만 노루나 토끼가 되고 마는 줄은 전혀 알지 못한다. 비록 편안히 살면서 농사짓고 우물 파며 자식을 많이 낳아 기른다 한들 무슨 유익함이 있겠는가? 제군은 장차 과거에 응시해서 벼슬하는데 마음을 두고, 그 밖의 것을 사모하는 마음은 먹지 말아야 한다.

魯之叟鄒之翁, 當危亂之世, 猶復轍環四方, 汲汲欲仕. 誠以立身揚名, 孝道之極致, 而鳥獸不可與同羣也. 今世仕進之路, 唯有科擧一蹊. 故靜菴退溪諸先生, 皆以科目拔身, 誠知不由是, 卒無以事君也.

近世故家遺裔, 零落遐遠者, 無意榮進, 唯以治生爲務. 甚則欲高翔遠引, 唯牛腹洞是索, 殊不知一入此中, 子孫便成麕兎. 雖復安居耕鑿, 生育蕃茂, 顧何益哉? 諸君且以科宦爲心, 毋生外慕.

과거 공부를 하는 것은 내 한 몸 잘 먹고 잘 살자는 것이 아니라, 이 길이 아니고서는 사회적 존재로서의 자아를 실현할 길이 없기 때문이다. 임금을 섬겨 나라를 위하고 백성을 위하는 길을 걸어갈 수가 없기 때문이다. 입신양명이야말로 효도의 극치다. 사람이 되어서 새나 짐승과 같이 살아갈 수는 없지 않은가?

하지만 사람들은 제 발을 딛고 선 자리를 외면한 채 우복동만 찾아 헤맨다. 우복동은 상주와 청주, 보은의 접경 지역 어딘가에 있다는 유토피아다. 속리산 동쪽에 항아리처럼 깊숙이 들어앉은 산 속에 있다고 한다. 출입구는 송아지가 배를 깔아야 간신히 들어갈 수 있는데, 처음엔 깜깜한 절벽이 막아서다가 조금 더 들어가면 기름진 땅이 나타난다는 전설 속의 공간이다.

실제로 가본 사람은 아무도 없다. 다산은 이 우복동에 대한 전설을 가지고 장편의 〈우복동가(牛腹洞歌)〉를 별도로 지은 적이 있다. 이 시에서도 현실을 등진 채 어디에도 없는 유토피아만을 찾아다니는 어리석은 행동을 나무랐다.

당시 조선에는 전쟁의 화를 피할 수 있다는 10승지(勝地) 설이 널리 퍼져서 세금도 없고 국가의 포학한 통치가 미치지 않는 자급자족의 유토피아를 찾아 가족을 이끌고 떠나는 행렬이 이어지던 상황이었다. 삶이 팍팍하고 탐관오리의 수탈이 그만큼 가혹했다. 다산은 초당에서 과거를 공부하면서도 자꾸 먹고사는 일에 매여 공부의 길을 회의하고 의심하던 제자들에게 과거를 준비하는 일이 선택의 여지없는 당연하고도 유일한 것임을 주지시키려고 이 말을 글로 써주었다.

"우복동 같은 곳은 세상 어디에도 없다. 설령 그런 곳을 찾아 들어간다 해도, 그래서 배 안 곯고 자식 많이 낳고 산다 해도, 그것은 결국 후손을 노루나 토끼로 만드는 일일 뿐이다. 공부 외에 딴생각을 해서는 안 된다. 사람으로 나서 고작 배부른 짐승의 삶에 만족하고 말 것이냐!"

과거 공부의 당위를 이렇게 강조하고 나서, 다산은 이어지는 단락에서 과거 공부의 요령에 대해 썼다.

글에는 많은 종류가 있다. 과문(科文)이 가장 어렵고, 이문(吏文)이 그다음이다. 고문(古文)은 쉽다. 그러나 고문의 지름길을 통해 들어가는 사람은 이문이나 과문은 따로 애쓰지 않아도 파죽지세와 같다. 과문을 통해 들어가는 사람은 벼슬하여 관리가 되어도 공문서 작성에 모두 남의 손을 빌려야 한다. 서문이나 기문, 혹은 비명(碑銘)의 글을 지어달라는 사람이 있으면 몇 글자 쓰지도 않아 이미 추하고 졸렬한 형상이 다 드러나 버린다. 이로 볼 때 과문이 정말 어려운 것은 아니다. 하는 방법이 잘못되었을 뿐이다. 내가 예전에 아들 학연에게 과시를 가르쳤다. 먼저 한위(漢魏)의 고시부터 하나하나 모의하게 하고 나서 점차 소동파나 황산곡의 문로를 알게 했다. 그랬더니 수법이 점점 매끄러워지는 것을 알 수 있었다. 그에게 과시

한 수를 짓게 했더니, 첫 번째 작품에서 이미 여러 선생의 칭찬을 받았다. 그 뒤로 남을 가르칠 때도 이 방법을 썼더니 학연과 같지 않은 경우가 없었다. 가을이 깊으면 열매가 떨어지고, 물이 흐르면 도랑이 이루어짐은 이치가 그러한 것이다. 너희는 모름지기 지름길을 찾아서 가야지, 울퉁불퉁한 돌길이나 덤불이 우거진 속으로 가서는 안 된다.

文有多種, 而科文最難, 吏文次之, 古文其易者也. 然自古文蹊徑入頭者, 卽吏文科文不復用功, 勢如破竹. 自科文入頭者, 仕而爲吏, 判牒皆藉人手. 有求序記碑銘者, 不數字已醜拙畢露. 由是觀之, 非科文之果難, 而爲之失其道爾. 余昔敎子淵科詩, 先從漢魏古詩, 寸寸摸擬, 漸識蘇黃門路, 覺手法稍滑. 令作科詩一首, 初篇已被諸先生奬詡. 後來敎人用此法, 無不如淵也者. 秋熟子落, 水到渠成, 理所然也. 諸生須求捷徑去, 勿向犖确藤蔓中去.

빨리 가는 길이 지름길은 아니다. 언뜻 보아 돌아가는 것처럼 보이는 길이 진짜 지름길이다. 당장에는 빨라 보여도 아무 성취가 없는 것은 지름길이 아니라 돌길이다. 사람은 바른길로 가야지 곁길로 새면 안 된다. 곁길은 빨라 보여도 결국은 뒤얽혀 길을 잃고 헤매게 만든다. 과문은 과거장에서 쓰는 글이다. 실용과는 거리가 있다. 이문은 아전들이 행정 실무에 쓰는 실용문이다. 요령만 있으면 된다. 고문은 삶의 지혜가 담긴 말씀이다. 배우기는 고문이 가장 쉽다. 과거를 준비하는 사람은 과문만 공부한다. 고문을 공부하라고 하면 시험에 안 나오는데 왜 하느냐고 되묻는다. 고문을 열심히 익히면 과문은 저절로 잘 써진다. 과문에만 힘을 쏟으면 고문도 안 되고 과문도 안 된다. 글은 테크닉으로 쓰는 것이 아니라 정신으로 쓴다. 테크닉을 아무리 익혀도 정신의 뒷받침이 없이는 한 줄도 쓸 수가 없다. 과문을 배우는 지름길은 고문을 천천히 익히는 것이다. 좋은 글을 쓰려면 먼저 생각의 힘을 길러라. 글쓰기의 기술과 잔재주를 익히는 것은 별 도움이 안 된다. 기본기를 충실히 닦아라. 나머지는 저절로 따라온다.

앞서 공부를 독려하는 한편, 바탕 공부에는 힘 쏟지 않고 요령만 익히려 드는 제자들에게 진정한 지름길은 기본에 충실한 공부일 뿐임을 훈수했다.

## 풍수설에 현혹되면 안 된다

이번 글은 낙천 윤채찬 옹이 다산의 글을 베껴 써둔《귤림문원》속에 실려 있다. '증익(贈翼)'이라 했으니, 초당 시절의 제자 윤종익(尹鍾翼, 1798~1878)에게 준 글이다. 그는 초명이 종삼(鍾參)이고, 자는 기숙(旗叔)이었다. 다산이 몹시 아꼈던 제자다.

이 〈윤종익을 위한 증언(爲尹鍾翼贈言)〉은 풍수설에 현혹되어 재물을 탐하다가 건강을 해치고 마는 어리석음을 경계한 내용이다. 1823년에 쓴 글이니 두릉에 들른 제자가 새로 집터 잡은 얘기를 했던 모양이다. 앞서 다산이 같은 해에 써준 다산초당의 관리를 당부하는 글을 읽었는데, 당시에 함께 써준 글인 듯하다.



하늘이 세계를 만드니, 사람으로 하여금 그늘을 등지고 밝음을 향하며, 인의(仁義)를 좌우에게 두게 하였다. 이 때문에 산이나 물의 형세는 따지지 않고 자리는 북쪽에 앉고 남쪽으로 창을 내며 북쪽에 담장을 친다. 동쪽에 문을 달고 아랫목에 앉으니, 다른 방법이 없다. 어리석은 자는 혹 풍수가의 잡설에 미혹되어 집을 지을 때 반드시 물이 치흐르고 앞쪽에 산이 놓여야만 재물이 나를 향해 오는 것이 마치 물이 내 앞에 산처럼 쌓이는 것처럼 된다고 말한다. 그러다 보니 서쪽으로 향한 집은 늘 삼복더위로 괴롭고, 북향의 집은 꽉 막혀 추운 것이 문제다. 질병을 끼고 살아 건강하지 못한지라 여자가 임신을 해도 잘 기르지 못하고, 재물도 이르지 않으며, 수명도 늘어나지 않으니 어찌 애석하지 않겠는가? 서둘러 빨리 북쪽에 앉아 남쪽을 향하도록 배치를 고쳐야만 한다.

계미년(1823) 초여름 열옹이 종익에게 써서 준다.

天造世界, 令人偕陰嚮明, 左仁右義. 故不問山形水勢, 坐宜子坐, 鑿南牖, 厚北墉, 東戶而奧坐, 無他道也. 愚者惑於堪輿雜說, 築室必逆水而案山, 謂財帛向我來, 如水脣我前如山也. 於是西嚮者, 常苦伏暑, 北嚮者, 常病錮寒. 夾癃不健, 婦孕不育, 財帛不至, 而壽命不延, 豈不嗟者哉. 亟宜改作子坐午向. 癸未首夏, 洌翁書贈翼.

"새로 집터를 잡았다니 기쁘구나. 새 터전에서 복을 받아 잘 살거라. 하지만 새집을 지을 때 유념해야 할 일이 있으니 내 말을 명심해 듣거라. 집을 지을 때 방향과 배치를 정하는 원리는 지극히 단순하다. 그늘을 등지고 볕을 향해 짓되, 남쪽에는 방문을, 북쪽으로는 담장을 두른다. 대문은 동쪽에 세운다. 이것은 변치 않는 기본 원리다. 이렇게 배치해야 기운이 잘 소통되고 음양이 조화를 이루어 그 안에 사는 사람이 건강하게 오래 살 수가 있다. 그런데 여기에 한번 풍수설이 끼어들고 나면 모든 것이 어그러지고 만다. 역수(逆水)니 안산(案山)이니 해서 물이 치흐르고 앞쪽에 야트막한 산이 가로막아야만 재물이 모인다는 둥, 좌청룡 우백호 중 어느 하나가 빠져도 안 된다는 둥 하는 말을 듣고 나면, 그 조건에 맞추느라 서향이나 북향집도 마다하지 않는다. 서향집은 삼복더위를 견딜 길이 없고, 북향집은 늘 그늘이 져서 건강에 해롭다. 사람이 더위에 지치고 몸이 아픈데 무슨 재물이 모일 것이며 무슨 수로 오래 살 수가 있더란 말이냐. 집은 자좌오향(子坐午向)이라야 한다. 북쪽에서 남향으로 앉혀야지, 다르게 해서는 안 된다. 공연한 말에 휘둘리면 건강을 해치게 될 뿐이다. 아직 늦지 않았거든 즉시 배치를 바로잡아 옳게 지어야 한다."

새집을 짓게 된 것을 자랑하려다 야단을 들은 윤종익은 그만 찔끔해서 입이 쏙 들어가고 말았다.

여기에 짤막한 글 한 편이 더 잇대어 있다.

그저 착하기만 한 것은 좋은 것이 아니다. 일을 쉼 없이 해도 온갖 일이 이뤄지지 않아, 답답하게 막힘을 그러려니 하더라도 남들이 또 업신여겨 마음을 상하게 한다. 비록 처자식에 있어서도 그러하거늘 하물며 보통 사람에 있어서겠는가. 굳세고 씩씩하기에 힘써야 한다.

徒善非善, 優業不斷, 百事不成, 忻然消阻, 人且侮傷. 雖於妻孥亦然, 况於邦人乎? 勉哉剛武. 贈翼.

글을 보면 윤종익은 성품이 유순해서 과단성 없이 착하기만 한 사람이었던 모양이다. 부지런히 노력해도 막상 이룬 일이 없어 점점 기운이 빠졌다. 그런 그를 북돋워주려고 다산이 말했다.



"위엄은 없이 그저 착하기만 해서야 어디다 쓰겠니? 사람은 맺고 끊는 것이 분명해야 한다. 보리죽에 물 탄 것처럼 물러 터져서야 남들의 업신여김밖에는 받을 것이 없다. 처자식조차 너를 우습게 본다면 바깥사람이야 오죽하겠니? 강단을 길러야지. 더 씩씩해져야지. 지금처럼 사람 좋다는 소리나 들어서는 안 된다."

이런 짤막한 가르침 속에 다산의 제자 사랑이 반짝 빛난다. 그때그때 제자의 행동이나 처신에서 문제가 느껴지면 다산은 말로 훈계하지 않고 그 자리에서 붓을 들어 글로 써서 주었다. 그래서 그 글은 두고두고 제자의 다짐이 되고 분발을 불렀다.

〈증혜관겸시회중포숙〉, 다산 친필, 강진군 소장.

1

2

睨之一飯觖則大廈
而崩矣曰彼唯我
疏屬之仁壞與也一
礫拔以大陂而竭矣
曰彼唯我疏屬之所
灌溉也得一壯紙而
而補妻之補獲一析
木歸而造兒之業
璅璅屑屑用心奸細
冀以聚其財産厚
其基業不知數之
既枝柢充其宅池
之飲竭鯤鯢宴穴
蓮谷既頹何峰谿

3

何依憤懼萬不然
登數崇顯以大門戶
須從閭閻之間拯
瑣小玉穰雜之事觴
然警省先以後私
以扶我懍懍而頓之
外家宗族仁孝盡分
人耶且朝鮮士族自
有一種風味不失
他渾抵死但當堅
守本要以待自盡
貧肥較齊辭儉趣
稼穡從事或從丐
毋鄉去從其妻道

4

流離宛轉行乞悽
懍鋒刃之利未享刻
劉之辱先及進退
無據狼狽罔措蹉
跎洪恐遂淊毗隸
之賤特指顧之頃耳
我明語之但使蓮
谷之家屢梁不壞
田疇不損之雖不科
不宦且得百年體
貌莫使蓮谷不保
憤嘩皆失蔭之庇

5

涸轍之鮒也念句
護翊之護之如周之
若和則堂不善封種
桑八百株以贍閨房
之用植牡丹三百本
以補紙墨之費於是
與學詩之學禮之蓄
積既厚英華發外
則必當時至命通相
儀明送臧民之字
之雖使余不遇哉
嘉慶甲戌竹醉之越
翼日冽水丁鏞書

6

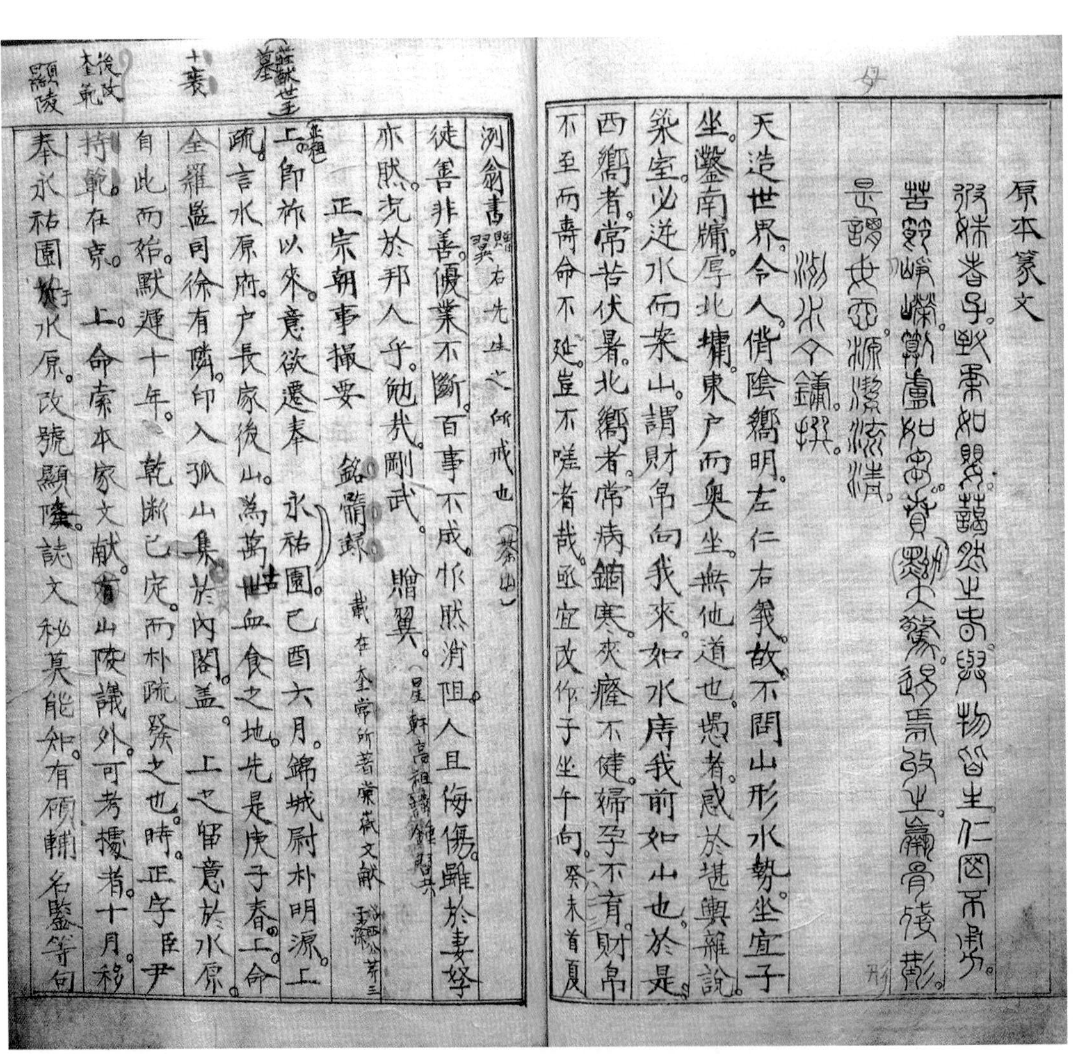

原本篆文

天造世界。令人背陰嚮明。左仁右義。故不問山形水勢。坐宜子坐。鑿南牖。厚北墉。東戶而奧坐。無他道也。愚者惑於堪輿雜說。築室。必逆水而背山。謂財帛向我來。如水庤我前如山也。於是。西嚮者。常苦伏暑。北嚮者。常病餡寒。夾癃不健。婦孕不育。財帛不至而壽命不延。豈不嗟者哉。亟宜改作子坐午向。 癸未首夏

洌翁書贈翼右先生之所戒也 (茶山)

徒善非善。優業不斷。百事不成。作然消阻。人且侮傷。雖於妻孥亦然。況於邦人乎。勉哉剛武。 贈翼。(星軒高祖諱鍾翼)

正宗朝事撮要 銘翁錄

載在李常所著家藏文獻

永祐園。己酉六月。錦城尉朴明源上疏。言水原府。戶長家後山。爲萬世血食之地。先是庚子春。上命全羅監司徐有隣。印入孤山集於內閣。盖 上之留意於水原自此而始。默運十年。乾斷已定。而朴疏發之也。時。正字臣尹持範在京。 上命索本家文獻。有山陵議。外可考據者。十月。移奉永祐園於水原。改號顯隆。誌文。秘莫能知。有碩輔名鑒等句

〈윤종익을 위한 증언〉, 《귤림문원》 수록, 윤재찬 전사, 윤대현 소장.

# 13. 근검으로 도를 지켜 복을 오래 보존하라
## —이상적 주거의 조건

### 작은 못을 파서 연꽃을 심고

다산은 선비의 이상적 거처를 어떻게 배치하고 꾸미며 유지할 것인지에 대한 관심을 증언첩을 통해 여러 차례 피력한 바 있다. 표지에 '야새(埜僿)'라 적혀 있어《야새첩(埜僿帖)》으로 불리는 이 증언첩은 누군가에게 이상적 거처의 배치와 구성, 그 속에서의 생활에 대해 설명한 내용인데, 수신자를 전혀 알 수 없다. 현재 강진군에 소장되어 있다. 총 16면에 걸쳐 천을 오려 만든 공책에다 다산 특유의 정갈한 행서로 썼다.

앞서 읽은 황상에게 준《유인첩》의 발문과도 맥락이 통하는 내용인데, 묘사의 디테일은 또 상당히 달라 이 둘을 합쳐서 읽으면 다산이 꿈꾼 이상 주거의 세부가 더 명확하게 정리된다. 글은 전체 한 편으로 되어 있으나 편의상 네 단락으로 갈라서 읽겠다.

먼저 첫 번째 단락이다.

땅은 모름지기 산이 둘러 있고 물이 감돌아 흐르는 곳을 가려, 남북의 방향을 바로 하여 초가집 너덧 칸을 짓는다. 흙손질은 아주 평평하게 해야 하니, 분지(粉紙)를 써서 겉면에다 이를 발라 담묵(淡墨)으로 그린 산수도를 붙인다. 북쪽 벽은 조금 시원스럽게 해서 서가 두 틀을 앉히고, 고금의 서적 5~6천 권을 보관한다. 법서(法書)와 명화(名畵)는 갖추지 않은 것이 없다. 좋은 거문고 한 장과 바둑판 하나, 박산향로(博山香爐) 하나와 주나라 때의 술그릇과 한나라 때의 솥을 각각 하나씩, 그리고 그 밖에 골동의 기물(奇物) 몇 개를 놓아둔다. 내실에는 매합(梅閤)을 하나 두고, 뜨락 가운데에는 목가산(木假山)을 한 틀 앉혀두는데, 기이하고 빼어난 멧부리가 삐쭉삐쭉 솟고 구불구불 이어진 모양으로 만든다. 거기에다 기이한 화초를 섞어 심는다. 가운데는 작은 못을 파서 연꽃을 심고 잉어를 기른다.

擇地須山回水抱, 正子午之鍼, 搆草屋四五間. 杇鏝要極平, 用粉紙, 傅之外面. 貼淡墨山水圖. 北壁稍寬, 安書架二坐, 藏古今書五六千卷, 法書名畵, 無所不具. 畜名琴一張, 碁一枰, 博山爐一, 周彝漢鼎各一, 及佗古董奇物數枚. 曲房置梅閤一. 庭中安木假一坐. 奇峰秀巒, 作崛崔, 蜿蜒之狀, 雜植奇花怪草, 於中鑿小池, 植芙蕖, 養游鯉.

산으로 둘러싸인 분지 안에 집 앞쪽으로 물이 감돌아 흐르는 곳에 남향으로 초가집 서너 칸을 짓는다. 흙손질을 반듯하게 한 뒤 분지를 깨끗하게 바른다. 앞서 본 다른 글에서는 순창에서 생산된 설화지를 바르라고 했었다. 흰 벽에는 담묵산수를 붙여놓고, 북쪽 벽에는 서가 두 개를 앉혀 각종 서적 5~6천 권을 구비해둔다. 법서와 명화, 명금(名琴)과 바둑판, 박산향로와 주나라 때 청동기, 한나라 때 솥, 그 밖에 여러 골동품을 구해 소품으로 놓아둔다. 내실에는 매합을 꾸며 분매를 감상할 수 있는 공간을 만들고, 뜨락에는 괴목의 뿌리 등으로 목가산을 한 틀 만들어 빈틈에 기화이초를 심어두고 즐긴다. 마당 가운데 못을 파서 연을 심고 물고기를 기르는 것도 은자의 거처에 빠져서는 안 될 요소다. 자못 호화롭다.

## 이웃 벗과의 왕래

숨어 사는 삶이 적막하지 않으려면 가까이에 뜻 맞는 사람이 있어 수시로 왕래할 수 있어야 한다. 둘째 단락에서는 그 구체적 지침을 적었다.

사방 수십 리에 고사(高士)와 운승(韻僧) 대여섯 사람과 맺어 벗으로 삼고, 매번 꽃 필 때면 서로 초대하여 운자를 내어 시를 짓는다. 술과 안주는 미리 갖추어두어 번거롭게 폐를 끼치지 않는다. 앞 시내에 물결이 깊은 곳에 상앗대 하나를 작은 거룻배에 매달고 대여섯 사람을 태운다. 매번 봄물이 막 불어날 때에 함께 배를 띄워 물결을 따라 오르내린다. 여울 위에 이르면 오구를 설치해 고기를 잡고 이를 버들가지에 꿰어 달빛을 안고 걸어서 돌아온다. 집사람이 일에 밝아 저녁밥을 먹으면서 실컷 즐긴다.

四方數十里, 結高士韻僧五六人爲友, 每花時相招, 出韻賦詩. 有酒殽預具, 不煩叮囑. 前溪演漾深者, 一篙繫小刀, 受五六人. 每春水初肥, 與之同泛, 沿洄上下. 至灘上設汕取魚, 串之柳梢, 乘月步歸. 室人曉事, 夕食盡歡.

뜻 높은 선비나 시 잘 짓는 운승 대여섯 사람과 멀지 않은 거리에서 서로 왕래하며 지낸다. 꽃이 피면 서로 초대해 운자를 내어 시를 지으며 풍류를 즐긴다. 술자리의 술과 안주는 미리 갖추어두어 초대받은 벗을 번거롭게 하지 않는다. 흥이 나면 앞 시내에 배를 흘려 띄우고, 함께 뱃놀이를 나간다. 강물을 따라 오르내리며 흥취껏 논다. 여울에는 통발을 설치해 물고기를 잡고, 잡은 물고기는 버들가지에 아가미를 꿰어 달빛 속에 돌아온다. 집에서 기다리던 아내는 미진한 흥취를 마저 즐기라고 잡아온 물고기로 매운탕을 끓여 다시 술상을 봐서 내온다. 저녁밥과 술을 실컷 마시고 즐긴다.

다산은 적막한 유배지의 생활에서도 산 너머 백련사의 아암 혜장이나 대둔사의 초의, 그리고 용혈(龍穴) 너머에 별장이 있던 윤서유, 윤시유 등 멀지 않은 곳에 마음을 나눌 만한 벗과 제자 들을 두고서 이들과 가깝게 왕래하며 위 글에서 말한 삶을 실천에 옮겼다.

## 원포의 구성과 배치

이어 읽을 세 번째 단락은 다산이 은거생활에서 가장 중시했던 원포 경영에 관한 지침이다.

또 비옥한 밭 수십 이랑이 앞쪽에 있다. 늙은 종은 충성을 다해 부지런히 밭 갈고 씨 뿌리며, 때에 맞춰 김매고 수확한다. 어느새 겨울이 오면 쌀을 가지고 와서 바친다. 동산 가운데는 온갖 과실이 다 갖추어져 있고, 말린 매실이 떨어지지 않는다. 뽕나무를 3백 그루 심어 그 잎이 이들이들하다. 안채 곁에는 따로 잠실 일곱 칸을 지어 매 칸마다 일곱 층씩을 설치하여 잠박을 앉힌다. 중간에는 십자로 작은 길을 내어 다닐 수 있게 한다. 매번 누에치는 달이 되면 집사람은 한 달 동안 머리도 빗지 못한 채 누에를 친다. 모름지기 비율에 따라 고치를 헤아려 실의 크고 작음이 차이 나지 않게 해야 한다. 들보 위에는 고리를 달아 고치실이 위로는 고리 구멍에 이르고 아래로는 물레에 이르게 하되, 그 간격을 얻어서 바람이 말려주어 상하지 않게 한다.

復有沃田數十頃在前, 有老奴忠勤畊播, 以時耘穫, 不知及冬, 以米來獻. 園中百果咸備, 乾󠄀穛不絶. 有桑三百株, 其葉沃若, 於內屋之傍, 別搆蠶室七間. 各設七層, 以安簿苗. 中出十字小街, 令可通行. 每當蠶月, 室人一月不梳纚之. 須計繭有率, 令絲大小不差. 梁上著鐶, 令絲上至鐶孔. 下而至紡車, 得以其間. 風乾不壞也.

집 앞에는 비옥한 논밭이 있다. 나이 든 종은 농사일을 부지런히 해서 가을이 지나면 추수한 곡식을 곳간에 들인다. 동산에는 과수원이 있어 철마다 거두는 과일이 다르다. 매실은 잘 말려서 여름철 음료용으로도 쓰고 약재로도 활용한다. 뽕나무는 잠실에서 누에를 치기 위해 반드시 필요하다. 누에치기하는 시절이 오면 여자들은 눈코 뜰 새 없이 바빠진다. 그래서 좋은 고치를 거둔다. 들보 위에 매다는 고리의 높이와 길이, 간격까지 잘 맞춰서 다른 집보다 알찬 성과를 거두어야 한다.

이와 비슷한 언급이 다른 여러 증언첩에도 반복적으로 보인다. 특히 잠실을 설치해서 누에를 치는 일은 다산이 특별히 강조한 일인데, 이 글에서는 다른 글에서보다 훨씬 더 구체적인 설명을 하고 있다.

## 겸손하게 낮춰 스스로를 기른다

마지막 네 번째 단락이다. 이상 주거를 갖춘 뒤 이곳에서 영위하는 삶의 바람직한 자세와 태도를 설명했다.

예전 동평왕(東平王) 창(蒼)은 "선을 행하는 것이 가장 즐겁다."고 했다. 만약 이러한 가운데서 선행을 쌓지 않는다면 덕이 또한 어찌 기쁘겠는가? 거처함에 공손히 하고 일처리를 공경하게 하며, 효성과 우애, 친족간의 화목, 남을 돕는 등 효우목인임휼(孝友睦婣任恤)의 여섯 가지 행실을 빠뜨림 없게 한다. 길흉의 큰 예법은 사방에서 취하여 법으로 삼는다. 궁한 벗과 가난한 친족은 내게 힘입어 도움을 받도록 한다. 혹 한 해 농사가 크게 흉년이 들면 능히 힘을 내어 두루 구휼한다. 내가 살아 있을 때나 내가 죽은 뒤에나 살펴보매 어려운 기색이 없다. 겸손하게 낮추어 스스로를 기르며 윗사람을 능멸하는 뜻이 없다. 근검으로 도를 지켜 자손이 우러르게 한다.

이와 같이 한다면 오래도록 그 복을 보존할 수가 있다. 다산 초부는 쓴다.

昔東平王蒼曰: "爲善寂樂." 若于此中, 不積善行, 德亦何足愉也. 居處恭執事敬, 孝友睦媚任恤之行, 靡有缺闕. 吉凶大禮, 四方取以爲法. 窮交冷族, 賴有沾漬. 或歲事大饑, 能出力周振, 於我乎館. 於我乎殯. 察之無難色, 謙謙自牧, 無陵轢上人之意. 勤儉守道, 以爲子孫瞻. 如是則可以久保其福也. 茶山樵夫書.

동평왕은 한나라 광무제(光武帝)의 아들이다. 형인 명제(明帝)를 도와 예악제도 정비를 주관했다. 번번이 자신의 봉지(封地)로 돌아가려 했지만 명제가 붙들고 놓아주지 않았다. 글에 인용된 '선을 행함이 가장 즐겁다'는 말은 명제가 집에 있을 때 무엇이 가장 즐거우냐고 묻자 그때 했다는 대답이다.

소박하지만 훌륭한 거처에서 온 가족은 역할을 나눠 원포를 경영해 살림을 돕고, 이웃의 멋진 벗들은 이따금 찾아와 시주(詩酒)를 즐기며 무료한 일상에 활기를 불어넣는다. 독서와 서화 감상, 물고기를 기르고 꽃나무를 보살피며, 계절 과일을 즐기면서 한 해를 보낸다. 이 속에서 무슨 생각을 하며 살까? 선행을 하며 이웃 어른을 공경하고, 크고 작은 집안일과 길흉의 예법을 이치에 맞게 행하고, 가난한 친구와 힘든 친족을 도와준다. 흉년이 들면 힘껏 재물을 내어 구휼한다. 베푸는 삶 속에 옹색함이 없다. 그래도 겸손하게 스스로를 낮추며 근검으로 도를 간직해 자손들이 이를 지켜보며 절로 그 덕성을 몸에 배게 한다. 이것이 은자가 복을 오래 보존하는 방법이다.

《야새첩》, 다산 친필, 강진군 소장.

1

2

雜植奇花怪草於
中鑿小池植芙蕖
養游鯉四方好千
里結高士韻侶五
六人為友每花時相
招出韻娃詩有酒
嚴預具以煩叮囑
前溪演瀁深者

3

一篙繫小刀受五六
人每春水初肥與
之同泛沿洄上下至
灘上設汕取魚串
之柳梢乘月步歸
宜人曉事夕食盡
歡須有沃田數十
頃在前有老奴忠

4

勤耕播以時耘耰
不知及冬以米末致
園中百果咸備乾
藤不絕有桑三百
株其葉沃蠶於內
屋之側別構蠶
室七間各設七層以
安箔簿苗中出十字

5

小街之可通行每當
蠶月室人一月不捺
繰之須計繭有率
之絲大小以籰架上
著鐶之絲上互鐶
孔下而至紡車得以
其間風乾不壞也
前東平王蒼曰爲

6

7

8

# 3부

# 승려 제자에게 준 증언첩

# 14. 우둔하고 졸렬해야 한다
## —승려 기어 자홍에게 내린 당부



### 아암 혜장의 전법 제자

다산 정약용은 18년간의 강진 유배를 마치고 상경하면서 초당 제자들과 다신계(茶信契)를 맺었다. 한편 사제간의 약속을 적은 〈다신계절목〉의 뒷부분에 전등계(傳燈契) 이야기가 보인다. 초당 제자들과 맺은 다신계와는 별도로 불가 제자들과 전등계를 맺은 사실이 확인된다. 다산은 강진에 머무는 동안 왕래했던 승려들에게도 증언첩을 여럿 남겼다. 현재 남아 있는《다산시문집》에는 대부분 누락되고 없다. 죄인 신분에 승려와의 지나친 밀착으로 공연한 구설을 만들고 싶지 않았기 때문일 것이다. 이제 승려에게 준 증언첩을 차례로 읽어보겠다.

먼저 읽을 글은 아암(兒菴) 혜장(惠藏, 1772~1811)의 제자였던 기어(騎魚) 자홍(慈弘, ?~?)에게 준 증언이다. 기어 자홍은 구체적으로 알려진 것이 많지 않다. 범해(梵海) 각안(覺岸)이 쓴《동사열전(東師列傳)》에도 그의 전기는 빠지고 없다. 하지만 조각조각 모으니 윤곽이 제법 잡힌다. 자홍은 이름을 뒤에 자굉(慈宏)으로 고쳤다. 청나라 건륭제의 이름인 홍력(弘曆)을 피하느라 그랬다. 굉(宏)과 홍(弘)은 중국 음이 같다. 이하 자홍으로 통일한다.

《아암유집(兒菴遺集)》에 다산이 지은 〈동방제15조연파대사비명(東方第十五祖蓮坡大師碑銘)〉이 있다. 이 글 속에 아암 혜장에게서 득법한 제자 다섯 명의 명단이 나온다. 수룡(袖龍) 색성(賾性, 1777~1806), 기어 자홍, 철경(掣鯨) 응언(應彦, 1782~?), 침교(枕蛟) 법훈(法訓, ?~1813), 일규(逸虬) 요운(擾雲, ?~?)이 그들이다. 항렬의 돌림자로 어룡(魚龍)과 관련 있는 글자를 썼다. 소매 속에 용을 감추고 있는 수룡, 물고기 등에 올라타고 가는 기어, 고래조차 마음대로 부리는 철경, 이무기를 베개 삼고 자는 침교, 빼어난 규룡처럼 날쌘 일규 같은 식이다.

기어 자홍은 아암의 제자 중 서열 2위다. 다산은 〈아암장공탑명(兒菴藏公塔銘)〉에서도 "두 제자가 있으니 수룡 색성과 기어 자홍이다."라고 적었다. 이 둘은 아암의 여러 제자 중에서도 제일 두각을 드러낸 쌍두마차였다. 아암의 제문에서도 다산은 "신미년(1811) 9월 아무 날에 다산 초자(茶山樵者)는 산 과일 한 접시를 따고 마을에서 술 한 사발을 사서 기어 자홍으로 하여금 곡하며 아암의 영전에 올리게 하노라."고 했다. 자홍은 다산이 실제적으로 편집을 진두지휘했던 《대둔지(大芚志)》에 교정자로 이름을 올렸고, 《만덕사지(萬德寺志)》에는 다산의 제자 이청과 나란히 편집자로 이름을 남기기도 했다. 그는 당시 30대 초반쯤이었다. 스승 혜장의 《아암유집》 중 〈종명록(鐘鳴錄)〉에 《주역》을 두고 스승과 문답한 내용이 몇 차례 보인다. 혜장이 자홍에게 훈계로 내려준 〈여기어자홍(與騎魚慈弘)〉이란 글 한 편도 따로 남아 있다.

## 마음은 버려두고 몸뚱이만 기르려느냐?

이제 다산이 자홍에게 준 증언을 차례로 살펴본다. 다산은 두 차례에 걸쳐 그를 위한 증언을 남겼다. 먼저 읽을 글은 《다산시문집》에 실린 〈기어 자홍에게 주는 말(爲騎魚僧慈弘贈言)〉이다.

군자는 도(道)를 근심할 뿐 가난은 걱정하지 않는다고 들었다. 마음을 기르는 것을 도라 하고, 몸뚱이조차 능히 기르지 못하는 것을 가난이라 한다. 맹자는 내 안의 호연한 기상을 잘 길렀던 사람이다. 그는 이 기운이 의(義)와 도(道)를 배합한 것이라고 말했다. 이것이 없으면 굶주리게 된다. 이 기운이 부족한 것이야말로 걱정할 만한 일이다. 이는 실로 육체의 굶주림보다 더 다급하다. 근심하는 바가 마음에 있지, 육체에는 있지 않은 까닭이 실로 이 때문이다.

여기 어떤 사람이 있다고 하자. 그는 평생 동안 고운 옷 입고 좋은 음식을 먹으며 집을 높이 짓고 장막을 성대히 꾸미고 살았다. 하지만 도를 듣지 못한 채 죽는다면, 죽는 날 몸과 이름도 함께 스러지고 말 것이다. 이것은 그 물건 됨이 공작과 물총새, 범과 표범, 황새와 두루미나 거미 따위와 다를 것이 하나도 없다. 하지만 세상 사람들은 닭이 울면 일어나 부지런히 쉬지 않고 애쓰며 노력하는데 모두 몸뚱이를 기르는 일뿐이다. 이른바 호연지기를 기르는 데 있어서는 설렁설렁 마음을 쏟지 않는다. 군자가 볼 때 안타까워하지 않을 수 있겠는가?

불교의 가르침이 비록 황탄하지만, 그들이 말하는 진(眞)과 망(妄), 유(有)와 무(無)의 상(相)은 우리 유가에서 말하는 본연지성과 기질지성의 분별과 같다. 승려 자홍은 수정사(水精寺)에 살고 있는데, 올가을 능주에 먹을 것을 구하러 나왔기에 이를 써서 경계로 삼는다.

吾聞君子憂道不憂貧. 養其大體曰道, 不能養其小體曰貧. 鄒夫子善養吾浩然之氣, 其言曰是氣也, 配義與道, 無是則餒. 是氣之餒, 其可憂誠有甚於是體之饑. 斯其所以所憂在此而不在彼也.

有人於此, 一生鮮衣美食, 高宮室盛帷帳, 令不得聞道而沒, 死之日, 身與名俱泯. 斯其爲物也, 與孔翠虎豹鸛鶴蜘蛛之等, 無以異也. 然而世之人, 方且汲汲營營, 鷄鳴而起, 孳孳然不能已者, 在於小體之養, 而於所謂是氣之養, 泄泄然莫之用心. 自君子觀之, 不可嗟乎.

佛法雖誑誕，其所說眞妄有無之相，則吾儒本然氣質之辨也．沙門慈弘棲于水精蘭若，今年秋就食于綾州，書此以戒之．

자홍은 당시 수정사에 머물고 있었다. 수정사는 다산초당 건너편의 정수사 근처에 있던 절로, 다산이 제자들을 데리고 이따금 찾곤 했던 곳이다. 다산이 강진 인근의 12경을 제시하면서 수정사에서 보는 언 대나무를 꼽았을 만큼 사랑하고 아끼던 공간이다. 위 글을 통해 당시의 정황을 풀어보면 이렇다.

"그간 무고하셨습니까? 소승 문안 올립니다."

"어찌 나왔느냐?"

"양식이 떨어져 능주로 탁발 가는 길입니다."

"쯧쯧. 승려가 도를 닦아 깨달음을 얻지 못한 것을 배고파해야지, 까짓 창자의 주림을 못 이겨 그 먼 데까지 간단 말이냐? 배불리 먹어 얼굴에 개기름이 흐르고, 절집을 높이 짓고 단청을 입히는 것이 중요한 게 아니다. 그런 것들은 고작해야 표범의 가죽이나 공작새의 깃털 같은 것이다. 너의 전전긍긍은 고작 육체의 굶주림과 물질의 가난에 있을 뿐이로구나. 가슴 속에 진망유무(眞妄有無)의 분별을 길러, 무엇이 헛되고 무엇이 참된 것인지를 깨닫게 되면 까짓 창자의 주림은 문제도 안 될 것을. 네 목구멍을 위해 애를 쓰고 화장실에 충성하는 정성으로 깨달음의 공부에 힘을 쏟아야지. 답답하구나. 그런 마음으로 어이 호연지기를 기를꼬?"

탁발 나가는 길에 모처럼 다산에게 들렀던 자홍은 느닷없는 말씀의 몽둥이에 아무 대답도 못하고 식은땀만 흘렸다. 글 끝에서 불가의 가르침이 터무니없다고 운운한 대목은 이 글을 문집에 옮겨 실으면서 구설을 막기 위해 방어용으로 한 말이다.

## 미망(迷妄)을 버려라, 재주를 버려라

자홍에게 준 또 하나의 증언첩은 다산과 아들 정학연 부자의 친필로 전한다. 현재 책의 제목이 '다산유산양세묵보(茶山酉山兩世墨寶)'로 되어 있다. 내용으로 볼 때 '다산여자굉증언(茶山與慈宏贈言)'이 옳은 이름이다. 김민영이 소장했던 이 필첩은 2007년 동국대학교 박물관에서 개최한 '불서를 통해 본 조선시대 스님의 일상' 전시회에 처음 공개되었다. 펼침 면 일곱 장에 일곱 개 항목으로 되어 있다.

필첩 끝에 "가경 20년 을해년(1815) 9월, 다산의 송암에서 써서 자굉화상에게 주다.(嘉慶二十年乙亥秋季, 書于茶山之松菴, 以贈慈宏和尙.)"라고 적혀 있다. 처음 세 항목은 다산이 직접 썼고, 나머지 네 항목은 당시 아버지를 뵈러 강진에 내려와 있던 정학연이 썼다. 글은 모두 다산의 것이다. 다산은 일부러 아들에게 절반 분량을 쓰게 해서 부자 합첩의 모양을 만들어 기념이 되게 해주었다. 차례로 읽어본다.

늙은 스님이 면벽하고 염불하다가 갑자기 세간의 부부가 마주 앉아 밥 먹고 한 이불 덮고 잠자는 것을 생각하니 즐거움이 비할 데가 없을 듯하였다. 석장을 짚고 산을 내려오다가 홀연 우물가에서 누런 머리에 검은 얼굴을 한, 구자마모(九子魔母) 같은 여자가 산발하고 통곡하는 것을 보았다. 연유를 물으니, 남편과 싸웠다는 것이다. 스님은 깜짝 놀라서 도로 산으로 올라왔다.

老頭陀面壁念佛, 忽思世間夫婦, 對飯同被, 歡樂無比. 錫杖下山, 忽見井上有黃頭黑面, 如九子魔母者, 散髮痛哭. 詢之, 與夫鬩也. 頭陀色然駭, 回上山來.

짤막한 이야기다. 다산이 해주고 싶었던 말은 이렇다.

"절집에서 적막하게 지내다 보면 이성이 그립고 세속의 삶이 부럽기도 할 게다. 하지만 실상은 어떠하냐. 겉보기에 좋아 보여도 사실은 악다구니처럼 지지고 볶는 탐욕과 갈등의 도가니가 이 세상이다. 허튼 생각 품어 외물에 마음 뺏기지 말고 네 마음 간수나 잘 하도록 해라. 어여쁜 여인이 구자마모처럼 변하는 것도 잠깐이다. 마음이 미혹되어 실상을 못 보니 외물에 부림을 당하게 되는 것이 아니냐."

본문 중의 구자마모는 고사가 있다. 당나라 때 배담(裵談)이 불법을 깊이 믿었다. 하지만 아내가 너무나 사납고 질투가 심해 아내만 보면 벌벌 떨었다. 그가 자기 아내에 대해 이렇게 말한 적이 있다. "나는 내 아내가 무섭게 보인 것이 세 차례였다. 젊었을 때는 생보살(生菩薩) 같아 무서웠고, 자식들이 앞에 가득했을 때는 구자마모 같아 무서웠다. 나이 들어 분단장이라도 조금 하면 푸르뎅뎅하고 거무튀튀한 것이 악독한 귀신[鳩槃茶]같이 보여 무서웠다." 여기 보이는 구자마모는 '구자모(九子母)' 또는 '귀자모(鬼子母)'로도 불리는 야차의 이름이다. 힌두교에서는 '하리티'라 하고, 불교에서는 1만 명의 자식이 있으면서도 사람의 아이들을 잡아먹는 귀신이었다가 불교에 귀의하는 존재로 나온다. 다산은《본사시(本事詩)》에 실린 이 이야기에서 끌어와 생보살같이 어여뻐 가까이 하기조차 겁나던 아내가 어느덧 구자마모의 난폭하고 흉측한 성품으로 변해버리는 세월과, 그 세월 따라 변하는 마음을 지적했다.

꽃 우거진 봄 절은 고요도 한데 花濃春寺靜
대 여린 들 방죽은 그윽도 하다. 竹細野塘幽

이것은 봄날 참선하는 화두이다.

가을 물 해맑아 가이없어서 秋水淸無底
쓸쓸히 나그네 맘 정화시키네. 蕭然淨客心

《다산여자굉증언(다산유산양세묵보)》, 다산과 유산의 친필, 개인 소장.

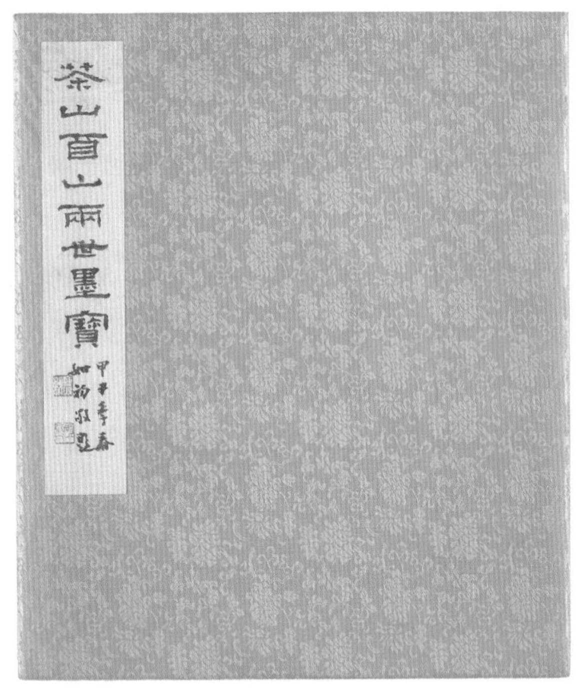


표지

1

花濃春寺靜竹
細野塘幽此事
曰禪家語頭也
秋水清無底蕭
然淨家之此枯
曰竪拂虎語也
常涌此之聽天
去來頭情也

2

道經此立性機
譬紫霞山人曰
慧者鈍之根巧者
拙之本女知之乎神
秀穎悟而槽敵
笨夫先獲而鉢
女知之乎鈍拙者
成真息之基

3

溯上山水清曠騷
人墨客日歎慕于
其中但〻高僧
韻釋並乞騎魚
羊結一菴於石林
水鍾之間與之往
還呈非同山社中
賞心樂事也

4

每到雲吉山房是
禪室間並黄葉堆
窓無一箇頭陀息
憶兒葬舊約為
之愴恨良久余之就
兒會詩口園留瓔珞
穿花逕渚縈絮濃
泛月船益恨之也

5

蕙園詩云來花院
落生紅暈老雨
林園長碧條弓風
流宗相氣味都亦
話々皆感稱々蕙
園即春來多將々
曾擱筆微語如
西禪師碑銘

6

楊根之小雪山有大
古普愚和尚舊基
數楹稍完然後
搆一小菴安新鍍
小菩薩一軀移藏
翁覃谿詩集足
可爲歲面名釋
雲闍之寺

7

이것은 가을날 불자(拂子)를 세우고 들려주는 경계의 말이다. 늘 이 두 연을 외운다면 돈오(頓悟)하지 못함을 걱정하지 않으리라.

"花濃春寺靜, 竹細野塘幽." 此春日禪參話頭也. "秋水淸無底, 蕭然淨客心." 此秋日竪拂戒語也. 常誦此二聯, 不患不頓悟也.

이번에는 시 두 구절을 화두 대신 들려준 내용이다.

"문득 깨닫고 싶으냐? 단박에 깨치고 싶으냐? 그럼 이 두 시구를 써 붙여 놓고 봄가을로 화두로 들고 있거라. 꽃이 활짝 펴 수선스런 봄날에도 절은 적막 속에 고요하다. 여린 대나무가 솟는 들 방죽은 우후죽순의 맹렬한 기세에도 그윽하기만 하다. 이 뜻을 알겠느냐? 가을 물은 바닥없이 해맑다. 그 물을 들여다보는데 스산하던 나그네의 마음이 차분해지는구나. 네 마음은 어떠냐? 놀러나간 마음 빨리 데려와서 딱 지키고 있거라."



도훤(道烜) 비구가 성품이 명민하고 재빨랐다. 자하산인이 말했다. "지혜란 우둔함의 뿌리이고, 교묘한 것은 졸렬한 것의 바탕이다. 네가 이를 아느냐? 신수(神秀) 스님은 똑똑했고 부엌데기 혜능(慧能)은 무식했지만 혜능이 먼저 의발을 받았다. 네가 이것을 아느냐? 우둔하고 졸렬한 것이야말로 덕을 이루는 바탕이니라."

道烜比丘性機警. 紫霞山人曰: "慧者鈍之根, 巧者拙之本. 女知之乎? 神秀穎悟, 而槽廠笨夫, 先獲衣鉢, 女知之乎? 鈍拙者, 成德之基."

도훤 비구에게 들려준 말을 다시 옮겼다.

"도훤아! 내가 보기에 너는 너무 재빠르고 똘똘하다. 하지만 큰 공부는 지혜로 하지 않고 우둔과 졸렬로 하는 것이니라. 약삭빠르고 재빠르게 해선 안 되고, 단순하고 무식하게 해야 한다. 공부는 머리가 아니라 엉덩이로 하는 것이다. 똑똑한 신수가 글도 모르는 혜능에게 무릎을 꿇었다. 의심 없이 정진해라. 따지지 말고 나아가라. 무소의 뿔처럼 홀로 가라."

최근 《갑진갑계안(甲辰甲禊案)》이란 책이 공개되었다. 1819년 12월에 일지암에서 초의에 의해 정리된 승보계안(僧寶禊案)으로, 당시 활동했던 승려들의 이름이 주욱 나열되어 있다. 이 가운데 과연 도휜의 이름이 나온다. 그런데 그 이름 아래 '퇴(退)'란 한 글자가 선명하게 적혀 있다. 결국 그는 다산이 염려했던 대로 자기 재주를 못 이겨 중도에 승려의 길을 포기하고 말았던 모양이다. 다산은 이 말을 다시 자홍에게 들려주었다. 자홍에게서도 이 같은 재기의 일단을 엿보았기 때문일 터였다.

## 상심락사(賞心樂事)의 즐거움

여기서부터는 정학연이 다산에게서 붓을 건네받았다. 다산의 글씨가 동글동글 찰지다면, 정학연의 글씨는 길쭉길쭉 늘씬했다.

열수는 산수가 맑고 툭 터져서 소인묵객(騷人墨客)이 날마다 그 가운데서 노래하고 읊조린다. 다만 고승운석(高僧韻釋)이 없다. 만약 기어 자굉의 무리로 하여금 석림(石林)과 수종(水鍾)의 사이에 암자 하나를 짓게 하여 이와 더불어 왕래한다면 어찌 유산사(酉山社) 가운데 상심락사(賞心樂事)가 아니겠는가?

洌上山水淸曠, 騷人墨客, 日歗詠于其中. 但乏高僧韻釋. 若令騎魚輩, 結一菴於石林水鍾之間, 與之往還, 豈非酉山社中賞心樂事也.

자홍을 향한 다산의 애정이 듬뿍 담긴 말이다.

"나중에 내가 귀양이 풀려 서울로 올라가거든 너도 나를 따라 내 집 근처로 옮겨오는 것이 어떻겠느냐. 석림암과 수종사 사이에 암자를 하나 지어놓고 나와 서로 왕래하며 지내자꾸나. 유산시사(酉山詩社)에 너처럼 시 지을 줄 아는 승려가 어울려 저 옛날 소동파가 승려 혜원(慧遠)과 함께했던 서원아집(西園雅集)의 풍류를 재현해볼 수 있다면 참 근사하겠다. 한번 생각해보지 않겠느냐?"

매번 운길산방(雲吉山房)에 가서 선실(禪室)이 덩그런 것을 보면, 누런 잎은 창에 답쌓이고 한 사람의 스님도 없었다. 문득 아암 혜장과의 지난날 약속을 떠올려 이를 위해 한참 동안 구슬퍼하곤 했다. 내가 아암을 조만(弔輓)한 시에서 이렇게 말했다.

| | |
|---|---|
| 뜨락에는 구슬목걸이 꽃길 뚫고 남아 있고 | 園留瓔珞穿花逕 |
| 물가에는 가사가 달 뜬 배에 매였으리. | 渚繫袈裟泛月船 |

대개 안타까워서 말한 것이다.

每到雲吉山房, 見禪室闃然, 黃葉堆窓, 無一箇頭陀. 忽憶兒菴舊約, 爲之愴悢良久. 余之輓兒菴詩曰: "園留瓔珞穿花逕, 渚繫袈裟泛月船." 盖恨之也.

운길산은 다산의 마재 집에서 멀리 올려다 보이는 산이다. 그 산꼭대기에 수종사가 있다. 다산은 젊은 시절 이곳에서 독서하며 과거를 준비했다. 시문도 여러 편을 따로 남길 만큼 아끼고 사랑한 공간이었다.

"예전 이따금 운길산 수종사에 갈 때마다 이 유서 깊은 가람이 황폐한 채 버려져 지키는 승려 하나 없는 것을 슬퍼하곤 했다. 네 스승 혜장이 살았을 때 훗날 이곳에 와 머물며 동무 삼아 살자고 약속한 일이 있었지. 하지만 그는 약속을 어기고 무엇이 급해 저리 먼저 가버렸구나. 나는 그것이 못내 슬프다. 자홍아! 네가 네 스승을 대신해서 이 약속을 지킬 생각은 없느냐?"

아암 혜장은 강진 유배 기간 중 유일하게 학문적 대화가 가능했던 승려다. 하지만 그는 1811년 40세의 젊은 나이로 세상을 뜨고 말았다. 스승과의 해묵은 약속을 떠올리며 그 이야기를 제자에게 들려준 사연이다.

혜포(蕙圃)의 시에 말했다.

꽃 피기 전 정원에 붉은 기운 생겨나고 　　未花院落生紅暈
비 온 뒤 동산 숲엔 푸른 가지 길어지네. 　　既雨林園長碧條

풍류재상의 기미가 있어 서울의 제공들이 모두 크게 칭찬하였다. 혜포는 바로 도승지 한치응(韓致應) 공이니, 일찍이 화악대사(華嶽大師) 비명과 취여대사(醉如大師) 비명을 지었다.

蕙圃詩云: "未花院落生紅暈, 旣雨林園長碧條." 有風流宰相氣味, 都下諸公, 皆盛稱之. 蕙圃卽都承旨韓公, 曾撰華嶽醉如兩禪師碑銘.

다시 시 한 구절을 끌어와 자홍을 격려한 내용이다.

"이 시를 봐라. 풍류재상의 기상이 오롯하구나. 시는 그 사람과 같은 법이다. 마음속에 품은 기상이 언어 위로 신기하게 떠오르지 않느냐? 한치응은 내 옛적 친구다. 그는 〈화악대사비명〉과 〈취여대사비명〉을 지은 사람이기도 하지. 그 글도 읽어보도록 해라. 그가 이 시를 발표했을 때 풍류재상의 기상이 담겨 있다고 큰 칭찬을 받았지. 너도 이런 시를 쓸 수 있으면 좋겠다. 승려 신분이라 해서 시 공부를 게을리해서는 못쓴다. 나를 드러내는 가장 솔직한 언어가 바로 시니라."

양근(揚根)의 소설산(小雪山)에는 태고 보우화상이 머물던 옛터가 있다.

양근 소설산의 태고 보우 암자 터.



기울어진 주춧돌이 그대로 완연하다. 지금 만약 하나의 조그만 암자를 세워, 새로 만든 작은 보살상 한 좌를 안치하고 옹담계(翁覃溪)의 시집(詩集)을 옮겨와 보관해둔다면 족히 경기도 지역의 이름난 승려가 될 수 있을 것이다. 도모해보겠는가?

楊根之小雪山, 有太古普愚和尙舊基. 欹礎猶宛然. 今若搆一小菴, 安新鍍小菩薩一軀, 移藏翁覃溪詩集, 足可爲畿甸名釋. 其圖之哉.

앞서 석림암과 수종사 사이에 암자를 짓자고 하고, 또 운길산 수종사 산방 선실은 어떠냐고 해놓고, 이번에는 다시 양근 소설산 인근에 있는 고려 때 태고 보우 스님의 암자 터를 권유했다.

"양근의 소설산도 내 집에서 그리 멀지 않은 곳이다. 여기는 고려 때 태고 보우 스님의 암자 터이다. 태고 보우 스님이 누구더냐. 원나라 석옥(石屋) 청공(淸珙)에게서 법맥을 전수받아 해동 선가의 중흥조가 된 어른이 아니더냐. 네가 그곳으로 가서 빈터에 새로 암자 하나를 세워도 좋겠다. 작은 보살상 하나 모셔두고, 예전 추사 김정희를 통해 청나라 대학사 옹방강(翁方綱)이 대둔사로 보내준 시집, 즉《복초재집(復初齋集)》을 가져와 보관해둔다면, 너는 금세 서울 인근의 이름난 중으로 행세할 수 있을 게다. 어떠냐!"

1813년 추사가 자홍과 색성에게 보낸《복초재집》이 그때까지 대둔사 상원암(上院菴)에 보관되어 있었기에 한 말이다. 이 책에 얽힌 사연은 참으로 길어서 여기서는 다 소개하기가 어렵다.

글을 보면 다산이 자홍을 얼마나 아끼고 사랑했는지 드러난다. 일부러 불교 용어와 비유를 써서 그를 깨달음으로 이끌려 애쓴 자취가 역력하다.



## 시에 마음을 쏟도록 해라

앞서 자홍이 강진의 수정사에 머물고 있었다고 했다. 2007년 강진군에서 개최한 제3회 다산선생유물특별전에 공개된 한 통의 편지는 바로 〈수정암 여탑(水精菴旅榻)에 보내는 회신〉이다. 내용으로 보아 역시 다산이 자홍에게 보낸 편지가 틀림없다. 함께 읽어본다.

시든 꽃과 연초록으로 산중의 경색이 그윽하고 곱겠구나. 생각해보니 그대들의 청복이 또한 두텁다 하겠다. 근래 나는 병이 심해 기운을 못 펴고 지낸다. 날마다 예전 이름난 승려와 깨달은 스님의 시구를 가져다가 그 맛을 곱씹어보곤 한다. 이제야 비로소 석가여래의 게어(偈語)나 선가(禪家)의 전법(傳法)이 모두 시사(詩詞)에 기대고 있음을 알게 되었다.

근세의 용렬하고 우둔하며 외람되고 비루한 덜렁쟁이 무리가 단지 시를 짓지 못한다고 사양하는 것만이 아니라, 도리어 큰 소리로 시문을 배척하여 외도(外道)로 지목하기까지 하면서 자신의 비루함을 감추려 든다. 이는 바로 공자께서 말씀하신 '무지하면서도 삼가지 않는다'는 것이니, 그 간사하고 비루한 속셈이 도리어 가증스럽다. 군은 절대로 이 같은 무리에게 흔들리지 말고, 마음을 쏟아 시를 지어 인편에 부쳐 보내도록 해라. 내 생각에 마땅히 한번 연파 혜장을 찾아뵙고 두루 살펴보고 오면 좋겠다. 이만 줄인다. 3월 16일.

殘紅軟翠, 山中景色幽豔. 想君輩淸福亦厚矣. 近日病甚委頓, 日取古名僧悟釋詩句, 咀嚼其味, 始知如來偈語, 禪家傳法, 都靠詩詞. 近世庸鈍猥陋邋遢之徒, 不但謝其不能, 乃反大言排斥, 指爲外道, 欲以自掩其陋. 此正孔夫子所謂侗而不愿者也. 其奸腸陋腹, 反成可憎. 君則切勿爲此輩所動, 專心爲詩, 因便寄來也. 想當一覲烟波, 歷叩幸也. 不具. 三月十六日.



《다산시문집》에 1808년 봄에 다산이 수정사에 놀러 간 이야기가 나온다. 이때 자홍과 처음 만나게 되었던 듯하다. 군배(君輩)라 하고 여탑(旅榻)이라 한 것으로 보아 당시 자홍 등이 공부를 하기 위해 한동안 이곳에 머물렀음을 알 수 있다. 다산이 그에게 편지를 다시 보내, 승려로 참선에 몰두하는 것도 중요하지만 반드시 시문을 익힐 것을 주문했다. 내용상 이 편지는 아직 아암이 세상을 뜨기 전인 1811년 이전에 보낸 편지다.

"보아라. 예전 불경의 게송도, 이후 선승의 전법게도 모두 한시로 이루어져 있다. 그런데 요즘 승려들은 시 공부를 외도(外道)로 몰아세우며 다른 사람조차 익히지 못하게 하니, 이야말로 무지한 자들이 아닐 수 없다. 너는 이런 물이 들면 못쓴다. 지은 시가 있거든 내게 바로 부쳐 보내도록 해라. 내가 보고 잘못된 점을 지적해주마. 또 연파를 한번 찾아뵙도록 해라. 그의 점검도 받을 겸 요즘 건강은 어떤지 꼼꼼히 살펴보고 내게 근황을 알려주기 바란다."

다산은 혜장과 초의에게도 참 부지런히 시를 공부하라고 채근하곤 했는데, 자홍에게도 예외 없이 시 공부의 분발을 촉구하고 있음을 본다. 자홍의 문집은 현재 전하는 것이 따로 없다. 다만 조병현(趙秉鉉, 1791~1849)의《성재집(成齋集)》에 그와 주고받은 시 열다섯 수가 실려 있다. 스승 다산의 분부에 따라 그 또한 분발해서 시학에 힘을 쏟았음을 보여준다. 남은 시 가운데 두 수를 가려 읽는다. 원제는 없고 〈부홍상인원운(附弘上人原韻)〉 열 수 중 제2수와 제7수다.

| | |
|---|---|
| 솔바람 돌길에는 농부 발길 드문데 | 松風石路野人稀 |
| 도리(桃李)는 활짝 피고 버들솜 날리운다. | 桃李分明柳絮飛 |
| 바다 위로 제비 오매 봄빛은 하마 늦고 | 海上燕歸春色晚 |
| 산중에 용 떠나자 빗소리도 희미하다. | 山中龍去雨聲微 |
| 우연히 냇가에서 스님과 얘기하다 | 偶臨澗壑留僧話 |
| 이따금 사립 나서 가는 손님 전송하네. | 時出巖扉送客歸 |
| 명아주 책상 말끔함은 티끌 밖의 정경이요 | 掃洒藜牀塵外境 |
| 시편 또한 기심(機心)을 풀기에 충분하다. | 詩篇亦足解忘機 |

솔바람 부는 돌길, 사람은 없고 복사꽃 오얏꽃만 활짝 폈다. 버들솜 흩날리는 봄날, 강남 갔던 제비가 돌아왔다. 손님이 찾아와 냇가에서 대화를 나누다가 바위 아래 토굴문을 나서 그를 전송한다. 먼지 하나 없이 깨끗한 책상, 이따금 시를 지어 마음속에 수런거리는 분별의 마음을 걷어내곤 한다.

| | |
|---|---|
| 집 앞에 작은 채마밭 열어 | 當軒開小圃 |
| 새 비에 꽃모종 옮겨 심는다. | 新雨欲移花 |
| 대숲엔 세 갈래 길이 나 있고 | 綠竹三丫路 |
| 푸른 산 반 이랑 작은 집일세. | 青山半畝家 |
| 해맑다 시상은 걸림이 없고 | 蕭條詩契闊 |

쇄락타 술 마시는 생애로구나. 洒落酒生涯
맑은 냇가 발 씻기를 마치고 나서 濯足淸溪了
읊조리며 봉차(鳳茶)를 가져오누나. 沈吟取鳳茶

봄비가 오길래 얼른 채마밭 한 귀퉁이에 꽃모종을 옮겨 심는다. 대숲을 건너오는 바람이 청량하다. 해맑은 시상을 건져 올리다 시원스레 곡차도 한잔 마신다. 냇가에 나가서 발을 씻고 들어와 봉단차(鳳團茶)를 끓인다. 마음속에 찌꺼기가 앉을 틈이 없다. 스님의 시답게 청신하고 깔밋하다.

이상 기어 자홍과 관련된 다산의 두 가지 증언을 소개하고, 다산이 그에게 준 편지 한 통을 함께 읽었다. 다른 이의 문집에 수록된 그의 시 두 수도 읽어보았다. 그에 관한 공식 기록은 거의 없었는데, 모아보니 뜻밖에 풍성한 자리가 되었다.

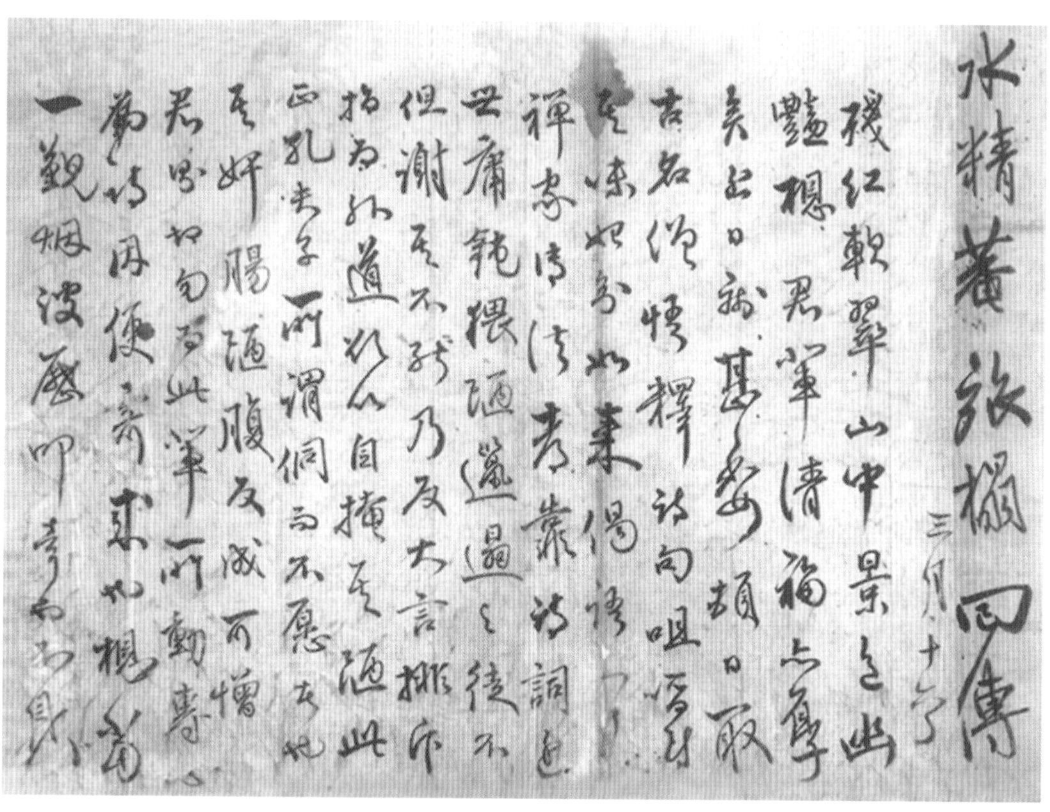

水精菴旅榻 回傳

〈수정암여탑에 보내는 회신〉, 강진군 소장.

# 15. 어떤 사람이 되려느냐

## —승려 초의에게 준 당부와 훈계

### 다산의 손때 묻은 제자 초의

초의(艸衣) 의순(意恂, 1786~1866)은 다산에게는 애틋한 제자였다. 둘이 처음 만난 것은 1809년 봄 초의가 귤동 초당으로 다산을 찾아오면서였다. 다산이 마흔여덟 살, 초의는 스물네 살의 젊은이였다. 초의는 배움에 대한 갈증이 컸다. 열다섯 살 때 출가한 이후 그는 큰 깨달음을 이루려는 열망을 품고 사방을 두루 돌아다니며 대덕(大德)과 석학(碩學)을 찾아다녔다. 명성이 높다 해서 찾아가보면 대부분 성에 차지 않았다. 그때의 심경을 초의는 다산에게 바친 〈봉정탁옹선생(奉呈籜翁先生)〉이란 시에서 "이름난 학자들을 두루 만나도, 마침내는 냄새나는 어물전일 뿐. 남쪽 땅 주유하며 백 고을 누벼, 아홉 차례 청산의 봄 지나갔구나.(歷訪芝蘭室, 竟是鮑魚廛. 南遊窮百城, 九違靑山春.)"라고 술회했다.

그러던 중 초의는 그토록 도도하고 안중에 아무도 없던 학승 아암 혜장이 단 하룻밤 다산과의 토론 후 그 자리에서 무릎을 꿇고 아이처럼 고분고분해졌다는 풍문을 듣고 다산을 찾아갔다. 숱한 가짜의 명성에 속아 9년을 허송세월했던 그는 다산을 처음 만나자 그 높고 깊은 학문과 따뜻한 성품에 깊이 빨려 들어갔다.

위에서 이어지는 시에서 그는 스승 다산을 이렇게 적었다. "덕업은 온 나라에 으뜸 되시고, 문질(文質)이 모두 다 빈빈하시네. 계시는 곳 언제나 의(義)를 붙들어, 경행(經行)에 항상 인(仁)을 놓지 않았지. 가득 차도 넘치지는 아니하시니, 언제나 마음 비워 포용하시네. 군자는 때와 만남 귀하다지만, 못 만나도 찡그림은 전혀 없어라. 도가 크면 용납되지 않는 법이라, 유락(流落)해도 또한 장차 편안하시네.(德業冠邦國, 文質兩彬彬. 燕居恒抱義, 經行必戴仁. 旣滿如不盈, 常以虛受人. 君子貴遇時, 不遇亦不嚬. 道大本不容, 流落且誾誾.)" 시련 속에서도 흔들림 없이 빛나는 인격과 학문의 향기에 감복한 것이다.

다산 또한 매사에 진지하고 열정적인 초의에게 깊이 매료되었다. 강학의 여가에 틈만 나면 초의를 위한 증언을 써주었다. 훗날 초의가 세상을 뜬 뒤 문중 제자들이 스승의 유물 목록을 정리한 《일지암서책목록(一枝菴書冊目錄)》이란 것이 남아 있다. 이 중 〈첩책목록(帖冊目錄)〉은 당시 보관되어 있던 여러 명가의 묵적을 장첩(粧帖)해둔 첩책만 따로 추려 목록화한 것이다. 이 가운데 다산이 초의에게 준 필첩이 무려 11종이나 된다. 평생의 지기였던 추사 김정희가 준 10종보다 더 많다. 그 목록을 제시하면 다음과 같다.

1. 생경교진첩(笙磬交陳帖)
2. 조기관원산첩(朝起觀遠山帖)
3. 당사문수이보궐시첩(唐沙門酬李補闕詩帖)
4. 기중부서간첩(寄中孚書簡帖)
5. 선사당호첩(先師堂號帖)
6. 납월첩(臘月帖)
7. 총지금첩(聰之琴帖)
8. 정유첩(貞蕤帖)
9. 회고첩(懷古帖)
10. 한산자시첩(寒山子詩帖)
11. 다산증완호화상간첩(茶山贈玩虎和尙簡帖)

이 중 4와 11은 간찰첩이고, 나머지는 대부분 다산이 초의에게 준 증언첩들이다. 이 11책은 모두 초의가 다산에게 받았을 당시의 상태 그대로였을 것이다. 나중에 이것들은 하나로 합쳐지거나 반대로 분리되어서 뿔뿔이 흩어졌다. 현재 소재가 불분명한 1, 6, 8, 9를 제외하고는 대부분 실물이 남아 있다. 다산이 개인에게 준 증언은 초의에게 준 것이 압도적으로 가장 많다. 위 11책에 빠진 증언도 상당수 있다.

《다산시문집》에도 〈초의 의순에게 주는 말(爲草衣僧意洵贈言)〉이 실려 있지만 고작 다섯 항목에 불과하다. 문집에 수록할 당시 자기 검열을 거쳐 간추린 것인데, 여기서는 실물 자료를 바탕으로 전체 글을 다 복원해 소개하겠다.

이 같은 복원이 가능한 것은 신헌(申櫶, 1810~1884)이 《금당기주(琴堂記珠)》란 소책자에 초의가 당시 보관 중이던 여러 두루마리와 수창시문첩 등을 온전하게 베껴놓았기 때문이다. 이 책자에 다산이 초의에게 준 증언첩의 상당수가 그대로 전사(轉寫)되어 있다. 이 책자 속의 필사와 위 목록에 있는 제목을 비교함으로써 우리는 필첩의 원래 상태를 복원해낼 수가 있다. 이들 글은 초의에 대한 다산의 각별한 애정을 확인시켜준다. 무엇보다 두 사람 사이에 오간 대화와 관심사가 선명하게 남아 있어 소중하다.

먼저 위 11책에 포함되지 않은 《시의순첩(示意洵帖)》을 읽어보겠다. 의순은 처음에 이름을 '순(洵)'으로 쓰다가 뒤에 '순(恂)'으로 고쳤다. 하지만 다산은 한 번의 예외 없이 '순(洵)'으로만 썼다. 《시의순첩》은 다산의 귤동 제자 윤종진의 6대손인 윤영상 선생이 소장한 필첩이다. 어째서 이것이 초의의 손을 떠나 이 집안의 소유가 되어 여러 대에 걸쳐 전해왔는지는 알 수가 없다. 원래는 제목이 따로 없었으나 끝에 '시의순(示意洵)'이라 쓴 다산의 글에 따랐다. 모두 여덟 항목으로 구성되어 있다. 차례로 읽어본다.

## 내가 국화를 사랑하는 이유

예전 죽란(竹欄)에 있을 적에 내 성품이 국화를 몹시 아꼈다. 해마다 국화 화분 수십 개를 길러, 여름에는 잎새를 보고 가을에는 꽃을 감상했다. 낮에는 자태를 음미하고 밤에는 그림자를 살폈다.

무실선생(務實先生)이란 이가 지나다가 들러 비난하며 말했다.

"심하구려, 그대의 화려함이! 그대는 어찌하여 국화를 기르는가? 복사꽃과 오얏꽃, 매화와 살구꽃 등은 모두 꽃과 열매가 함께 갖추어져 있네. 내가 이 때문에 이것을 심지. 열매가 없는 꽃은 군자가 마땅히 심을 것이 못된다네."

내가 말했다.

"그대는 하나만 알고 둘은 모르는군요. 형체와 정신이 묘하게 합쳐져서 사람이 됩니다. 굳이 형체만 기른다면 정신이 굶주리게 되지요. 열매가 있는 것은 입과 몸뚱이를 길러주고, 열매가 없는 것은 마음과 뜻을 즐겁게 해줍니다. 어느 것 하나 사람을 길러주지 않음이 없습니다. 그래서 맹자는 이렇게 말합니다. '마음을 기르는 자는 대인이 되고, 몸을 기르는 자는 소인이 된다.'구요. 어찌 반드시 입술에 넣어 목구멍으로 넘겨야만 실용이라고 할 수 있겠습니까? 그대의 생각에 따라 장차 농부만을 성인으로 여긴다면, 무릇 시를 외우고 독서하는 것은 모두 실지가 없는 일일 터이니, 어찌 할 수 있겠습니까? 불가의 말에도 색즉시공이요 공즉시색이라고 했습니다. 비록 이단이기는 해도 지극한 이치가 담긴 말입니다. 또 어찌 이른바 실이란 것이 허가 아니며, 허란 것이 실이 아닌 줄을 알겠습니까? 공자께서는 '군자는 의리로 깨우치고, 소인은 이익으로 깨우친다.'고 했습니다. 주자가 육자정(陸子靜)과 더불어 아호(鵝湖)의 연석(宴席)에서 이 뜻을 강론할 때, 사방에 앉았던 이들이 이를 위해 눈물을 흘렸던 것은 무엇 때문입니까? 대부분의 사람은 모두 허(虛)를 실(實)이라고 생각하고, 이(利)를 의(義)라고 여겼는데 실로 명쾌하게 분별해내자 총명한 사람들이 모두 울었던 것입니다."

이날 뜨락의 국화가 처음으로 피어난 것이 있었다.

昔在竹欄, 顧性愛菊. 歲治菊數十盆, 夏而觀其葉, 秋而觀其葩, 晝而觀其姿, 夜而觀其影. 有務實先生, 過而難之曰: "甚矣! 子之華也. 子奚爲是菊也? 桃李梅杏之等, 皆華實兼備. 吾是以業種. 凡無實之花, 君子不宜種也." 余曰: "公知其一, 未知其二. 形神妙合, 乃成爲人, 形固須養, 神其可餒. 有實者, 以養其口體, 其無實者, 以娛其心志, 無非所以養人者. 抑孟子有言曰: '養其大體者爲大人, 養其小體者爲小人.' 豈必入於脣, 踰於咽而後, 迺謂之實用耶. 充子之道, 將唯農夫爲聖人. 凡誦詩讀書者, 皆無實之業也. 惡乎可哉. 浮屠氏之言曰: '色則是空, 空則是色.' 雖異道乎, 至理之言也. 又安知其所謂實者非虛, 而虛者非實乎? 子曰: '君子喩於義, 小人喩於利.' 朱子與陸子靜, 講斯義於鵝湖之席, 四坐爲之流淚, 何以故? 滔滔者, 皆視虛爲實, 喩利爲義. 苟辨之淸快, 凡聽睿者皆泣也."

是日庭下菊花, 始有蓓蕾者.



첫 번째 글은 무실선생이란 가공인물과의 토론을 통해 다산 자신이 국화를 사랑하는 이유에 대해 설명한 내용이다. 가공의 사람을 끌어들여 문제를 제기하게 한 후 그에 답하는 방식으로 자신의 주장을 펼치는 형식을 '답객난(答客難)'이라고 한다. 바로 이 글이 이 방식을 썼다.

죽란은 다산이 서울서 벼슬길에 몸담고 있을 당시 살았던 명례방(明禮坊) 집이다. 지금의 명동이다. 워낙 좁은 집이어서 다산은 마당에 화분을 늘어놓고 화초를 심어 길렀다. 다산이 쓴 〈죽란화목기(竹欄花木記)〉란 글이 문집에 따로 실려 있다. 이 글에 따르면 다산은 그 좁은 마당에 왜석류(倭石榴) 네 그루, 능장류(棱杖榴) 두 그루, 화석류(花石榴) 한 그루, 매화 두 그루, 치자나무 두 그루, 산다(山茶) 한 그루, 금잔은대화(金盞銀臺花), 즉 수선화가 네 그루, 파초 한 그루, 벽오동(碧梧桐)은 한 그루, 만향(蔓香) 한 그루를 길렀다.

국화 사랑은 특별히 유난해서 모두 열여덟 개의 화분에 나누어 심었고, 이 밖에 부용(芙蓉)이 한 그루 더 있었다.

다산은 사람들이 들락거릴 때 꽃을 다치게 할까 봐 화단의 동북쪽을 가로질러 대나무로 난간을 만들었다. 그러고는 그 시끄럽고 복잡한 도심 속 정원에서 꽃이 피고 달이 뜰 때마다 가까운 벗들을 초대해서 술을 마시고 시를 지으며 꽃향기에 취하곤 했다. 이 당시의 모임을 다산은 죽란시사(竹欄詩社)라고 불렀다.

또 다산은 〈국영시서(菊影詩序)〉란 글에서 가을밤 빈 벽 앞에 국화 화분을 세워놓고 등불을 멀고 가깝게 비춰가며 벽 위에 어리는 국화 그림자를 감상하는 몽환적인 모임의 자리를 설명한 글을 따로 남기기도 했다.

이제 위 글을 읽어보자. 다산은 국화를 감상하는 네 가지 포인트를 꼽았다. 여름철에는 싱그러운 잎을 감상하고, 가을이 되면 다른 식물이 시들어갈 때 오히려 꽃을 피우는 그 매운 향기를 아꼈다. 낮에는 국화의 자태를, 밤에는 국화의 그림자를 사랑했다. 그는 밤낮도 계절도 없이, 꽃이 피면 피는 대로, 꽃이 없으면 잎만으로도 국화를 사랑한 사람이었다.

지나가던 무실선생이 다산의 화단을 보고 시비를 걸었다. 무실선생은 글자 그대로 실질에 힘을 쏟는 선생이니, 꾸밈 아닌 실질을 숭상하는 지식인이다. 그는 아마 죽란 시절 다산의 집에 드나들던 사람 중 하나였을 것이다.

"여보게! 나는 이해할 수가 없구려. 복사꽃과 오얏꽃, 매화와 살구꽃은 꽃도 예쁘지만 뒤이어 탐스런 열매가 달리질 않는가? 국화는 어떤가? 열매가 없질 않은가? 군자가 어찌 꽃만 피우고 열매가 없는 것을 사랑한단 말인가? 모름지기 실질에 더 힘을 쏟아야 하지 않겠나?"

다산이 대답한다.

"답답한 말씀이로군요. 선생의 실용은 꽃만으로는 안 되고 반드시 열매가 있어야 한다는 논리입니까? 그것은 너무도 단순합니다. 사람은 무엇으로 삽니까? 정신과 육체가 결합되어 이루어진 존재가 아닙니까? 선생의 논리는 입에 들어가는 것만 실용이고 눈으로 보는 것은 무용이라고 양단으로 가르는 논법입니다그려. 국화는 비록 열매가 없지만 사람의 정신을 기쁘게 해서 뜻을 길러주지 않습니까? 오상고절(傲霜孤節)은 어찌해서 나온 말이며, 도연명이 국화를 아껴 길렀던 뜻은 어디에 있었습니까? 몸뚱이를 길러주는 것만 실용이라 한다면 공부는 왜 하며 시는 왜 짓습니까? 책을 읽으면 밥이 나옵니까, 시를 지어서 쌀이 나옵니까? 그렇다면 우리가 모두 책을 집어던지고 논밭으로 달려가 농부가 되어야만 실용입니까? 입을 기르는 것만 실용이 아니라 정신을 기르는 것도 실용이지요. 색즉시공, 공즉시색이란 불가의 가르침도 있지 않습니까? 애초에 그릇이 다른 게지요. 그리 단순하게 갈라 말할 일이 못 됩니다. 옛날 송나라 때 주자가 신주(信州) 땅 아호사(鵝湖寺)에서 육상산(陸象山)을 만나 사흘 간 서로의 학문을 두고 논쟁할 때를 생각해 보시지요. 주자가 이익과 의리의 엇갈림에 대해 명쾌하게 갈라 논설하자 이를 듣던 이들이 눈물을 흘리며 공감했습니다. 이는 다른 것이 아닙니다. 자신들이 혼동해서 미처 깨닫지 못했던 분별이 주자의 변설을 통해 통쾌하게 풀렸기 때문입니다. 선생의 무실(務實)에 대한 논법은 언뜻 보면 타당하여 맞는 말로 들리지만, 따져서 살펴보면 수많은 폐단의 시작점이 될까 걱정됩니다. 폭력이 될 수 있단 말이지요."



다산은 초당 앞뜰에 심어둔 국화가 첫 꽃망울을 터뜨린 것을 기뻐하며 보다가 문득 서울 시절 어떤 이와 국화를 두고 벌였던 논쟁의 한 자락을 떠올렸던 것이다. 그래서 꽃과 열매의 비유를 들어 우리가 추구해야 할 가치가 반드시 손에 잡히고 입에 넣을 수 있는 실용만이 다가 아님을 말했다.

## 탐욕과 망각에 대하여

자하산인이 손님과 더불어 산에 놀러갔다가 성 밖의 주막에서 묵게 되었다. 손님이 하인을 불러 요강을 씻게 하면서 모래가 섞인 재를 쓰지 말라고 주의를 주었다.

산인이 말했다.

"왜 그러시오?"

손님이 말했다.

"거친 모래가 구리를 손상할까 염려되어서지요."

산인은 대답하지 않고 요강을 내려다보고 손님을 올려다보았다. 한번 내려 보고 한번 올려 보며, 바로 보다 흘겨 보다를 열아홉 번쯤 하니 손님이 말했다.

"어째 그러십니까?"

산인이 말했다.

"나는 그대와 요강 중에 어느 것이 먼저 닳고 어느 것이 나중에 없어질지 모르겠네. 그래서 자꾸 보았네."

손님이 부끄러워하며 승복했다.

紫霞山人, 與客游山, 宿於野店. 客呼僮, 濯其虎子, 戒勿用灰沙. 山人曰: "何哉?" 客曰: "硬物恐損銅也." 山人不答, 俯視虎子, 仰而視客, 一頫一仰, 眼靑眼白, 至於八九. 客曰: "何哉?" 山人曰: "我未知子與虎子, 孰先敝也. 孰後壞也. 是故屢視之." 客愧服.

다시 이어지는 세 단락을 잇대어 읽어본다. 두 번째 이야기는 닳을까 봐 하인에게 모래가 섞인 재로 요강을 씻지 못하게 주의를 주던 손님과 오간 문답이다. 요강 한 번 보고 손님을 한 번 보는 눈길이 반복되자 손님이 궁금증을 못 이겨 묻는다.

"어째 이리 사람을 빤히 보십니까?"

"음, 아닐세. 자네가 요강이 닳을까 봐 걱정해 모래가 섞인 재로 씻지 말라고 하니, 내 생각에 아무리 요강을 빡빡 문질러 닦아도 요강보다는 자네가 먼저 닳아 없어질 것 같아서 그랬네."

손님의 얼굴이 붉어지더니 한참 동안 말이 없다가 겨우 입을 뗐다.

"말씀이 옳습니다. 제가 생각 없는 말을 했습니다그려."

여기서 쓴 자하산인(紫霞山人)은 다산의 별호 중 하나다. 다산초당이 있던 산을 자하산으로도 불렀기 때문에 이 이름도 즐겨 사용했다.

월고만은 든바다의 암초가 많은 나루다. 겨울에 장사꾼이 중류(中流)를 건너가다가 돌개바람을 만나 배가 엎어졌다. 뱃머리에 서 있던 자가 먼저 빠졌다. 뱃고물에 앉아 있던 자가 서둘러 가서 주머니를 낚아챘다. 그 속에 두 꿰미의 돈이 있는 것을 알았기 때문이다. 주머니를 겨우 둘러매자 제 몸도 이미 물결 속에 있었다. 헤엄을 잘 치는 사람이 돌아와서 이를 말해주었다. 아아! 천하에 뱃전으로 달려가서 주머니를 잡아채지 않을 사람이 드물다. 이 세상은 물이 새는 배와 같다. 약한 놈의 고기를 강한 놈이 먹지만, 강한 놈이나 약한 놈이나 함께 죽고 만다. 백성의 재물을 부호들이 강탈해가도 백성이나 부호나 모두 죽고 만다. 죽은 사람의 아내를 취해왔는데 먼젓번 지아비를 뒤따라 죽는 격이니 천하가 온통 이러하다.

月姑灣者, 裨海之礐津也. 冬月商旅, 過涉中流, 遇焚輪舟覆, 立於艫者先溺, 其坐於艄者亟往, 而摘其囊, 知其中有二貫錢也. 囊纔挿而身已隨渰. 有善泅者, 歸而言之. 嗟乎! 天下之不就艫以摘囊者鮮矣. 斯世也, 漏船也. 弱肉强食, 而强與弱俱斃. 甿財豪奪, 而甿與豪並隕. 娶死人之妻而踵先夫以死者, 天下滔滔是矣.

이어지는 세 번째 삽화다. 월고만은 강진만의 다른 이름이다. 비해(裨海)는 내해(內海), 즉 든바다를 뜻한다. 분륜(焚輪)은 갑작스레 방향을 알 수 없게 부는 돌개바람이다. 돛을 달고 월고만을 건너던 배가 돌개바람이 불자 암초에 걸려 엎어졌다. 뱃전에 섰던 사람이 물에 빠지는 것을 보더니 뱃고물에 있던 사람이 달려갔다. 자기를 구해주려는 줄 알고 손을 내밀자 그 손은 뿌리친 채 그의 돈주머니를 낚아챘다. 그러고는 곧이어 저도 그 물에 빠져 같이 죽었다.

겨울 바다에서 돌개바람을 맞아 침몰 중인 배에서도 약육강식의 논리는 엄연하다. 재물의 이익을 위해서라면 목숨과도 기꺼이 맞바꾼다. 세상이라고 다른가? 부호는 백성의 재물을 갈취한다. 백성은 그 착취를 못 이겨 달아나 흩어진다. 착취할 대상이 사라지자 부호도 함께 죽는다. 남편 잃은 여인을 겁박해 취하려 드니 여인은 죽은 남편을 따라 자결해버렸다. 얻은 것 하나 없이 함께 망하고 만다.

다산은 이런 이야기를 어째서 승려인 초의에게 건넸던 걸까? 다시 이어지는 한 단락에서 겨우 실마리가 풀린다.

계습(戒習) 비구가 아침에 일어나 세수했다. 저녁 무렵 미역을 파는 자가 있으므로 이를 샀다. 조금 있다가 "내가 춥다."고 하더니 북쪽 방으로 가서 잤다. 아침밥 먹는 종이 울려도 오지 않으므로 살펴보니 이미 죽어 있었다. 아아! 어찌 다만 습(習)만 그렇겠는가? 신을 삼고 술을 담그며 애쓰고 수고하면서 백 년의 계획을 도모하는 자는 모두 잘 잊어버리는 자들이다. 《주역》에 말했다. "천하가 한곳으로 돌아가나 저마다 길이 다르고, 한 가지를 이루려고 백 가지를 근심한다."

의순에게 보여준다.

戒習比丘, 朝起頮洗, 晩間有賣海菜者, 買之. 少頃曰: "吾寒矣." 就北房寢焉. 飯鍾鳴而不至, 視之已逝矣. 嗟乎! 奚但習也然矣. 捆屨躡麴, 役役勞勞, 以圖百年之計者, 皆善忘者也. 易曰: '天下同歸而殊途, 一致而百慮.

示意洵.

계습 비구가 저녁에 미역을 샀다. 내일 아침에 맛있게 미역국을 끓여 먹을 생각이었다. 갑자기 오한이 난다며 방으로 들어가 누웠던 그는 다음 날 아침 죽은 채 발견되었다. 다음 날 아침의 일도 알지 못하는 것이 인생이다. 그러니 욕심은 얼마나 덧없는가? 짚신 삼는 사람은 장에 나가 이것을 다 팔 생각으로 기대에 부풀 테고, 술 담그는 사람은 이것이 쌀이 되고 돈이 되려니 하는 꿈에 마음이 기쁠 것이다. 하지만 내일 아침 갑자기 죽음이 닥쳐올 줄은 꿈에도 생각하지 못한다. 살아가는 방법은 저마다 달라도 모두 죽는다는 사실만은 똑같다. 한곳을 향해 가면서도 우리는 생각이 너무 많다.

글 끝에 다산은 '시의순(示意洵)'이란 세 글자를 썼다. '의순에게 보여준다.'는 의미다. 이 세 글자로 이 증언첩의 수신인이 초의임을 분명히 알 수 있다. 수행자에게 주는 말로는 조금 동떨어진 듯한 이야기요 삽화다. 뒤에 볼 글에서도 반복해서 나오는 내용으로 보아 다산은 초의가 공부에 비록 열심이지만 너무 이기적인 욕심과 집착에 빠져 있다고 생각했던 것 같다. 눈 앞의 성취에만 급급해 조급한 마음을 품고, 옳고 그름의 이분법적 사고에 매몰되어 있다고 여겼던 듯하다. 실용은 그런 것이 아니다. 욕심을 버려라. 같이 사는 상생의 길을 따라라. 한 치 앞을 못 보는 인생이 아니냐. 지나치게 의욕이 앞서는 제자에게 스승은 이 같은 이야기로 성급한 마음의 한 모서리를 눌러 앉히려 했다.



## 적막한 네 마음을 만나보라

옹상서(翁尙書)가 〈만학분류도(萬壑奔流圖)〉에 적은 시에서 이렇게 말했다.

전부터 삼묘호(三泖湖)가 바다에 드는 곳 얘기 듣고<br>
고깃배를 빌려 타고 거문고를 타려 했지.<br>
산 바위 우뚝 솟고 나무 굽어 휘었는데<br>
어이해 적막히 식은 마음뿐이런가?

운남전(惲南田)의 그림에 쓴 시.

翁尙書題萬壑奔流圖詩曰: "舊聞三泖入海處, 欲借漁舠理素琴. 山石巃嵸木樛曲, 如何只會寂寒心.

惲南田畵題.

남전(南田) 운격(惲格, 1633~1690)은 명말청초의 유명한 화가다. 그의 〈만학분류도〉는 가파른 골짜기에 쏟아져 내리는 거친 물결을 그린 그림이었다. 그 그림에 옹방강(翁方綱, 1733~1818)이 제시(題詩)를 얹었다. 그런데 시의 내용이 자못 묘하다. 이렇게 읽어본다.

"태호(太湖)의 한 물줄기가 삼묘(三泖)로 흘러들어 항주만(杭州灣)과 만나 만드는 거센 물결이 참으로 천하의 장관이란 말을 익히 들어왔다. 평소에 고깃배를 빌려 타고 그 흉흉한 물결 위에 올라앉아 거문고를 타며 노니는 꿈을 꾸곤 했다. 이제 그대의 이 그림을 보는데 문득 그 꿈이 떠올랐다. 하지만 그대여! 그런 장쾌함도 좋지만, 깊은 산 바위 아래 굽은 나무줄기에 걸터앉아 있으려니 그때의 그런 꿈은 간 데 없고 적막히 식은 마음만 남았구나."

이렇게 읽고 보니 역시 초의에게 수행자로서 화려한 현학 취미를 벗어던지고 내면의 깊은 성찰을 권한 충고가 되었다.

영암군에 한 가난한 선비가 있었다. 그 종은 큰 부자였다. 하루는 그가 종에게 말했다.

"네가 내게 돈 1천 꿰미를 준다면 내가 마땅히 너를 속량시켜주마. 네가 비록 죽더라도 맑은 귀신이 될 것이다."

종이 말했다.

"명을 따르겠습니다."

가난한 선비가 말했다.

"네가 귀찮겠지만 내 돈 1천 꿰미를 네 집에 두어두고서 네가 소금을 사면 또한 날 위해 소금을 사주고, 네가 쌀을 사면 또한 날 위해 쌀을 사다오. 네 복에 의지해서 나로 하여금 실패하지 않게 해다오."

종이 말했다.

"그렇게 하시지요."

몇 달 뒤에 종이 말했다.

"소인이 1천 꿰미로 밀을 사서 술을 담그렵니다. 나으리는 어찌하시렵니까?"

가난한 선비가 말했다.

"오직 네가 사는 대로 나도 밀을 사서 술을 담그련다."

종의 집이 돌림병을 앓았는데 몇 달간 낫지 않았다. 종이 들어와 청하였다.

"제 집이 이와 같으니, 청컨대 나으리께서 먼저 담그시지요."

가난한 선비가 이를 허락했다.

이윽고 농사일에 큰 흉년이 들어 밀가루 귀하기가 방아 찧은 쌀과 다름없었다. 게다가 술을 금하는 법이 지엄해서 술 빚는 사람이 없었다. 종의 집은 큰 이익을 네 배나 얻었지만, 가난한 선비는 본전만 겨우 건져 전처럼 도로 가난해졌다. 이에 크게 한숨을 쉬며 말했다.

"이것은 운명이다. 내가 다시는 생계를 위해 애쓰지 않으리라."

靈巖郡有一貧士. 其奴巨富. 一日謂其奴曰: "汝與我錢千緡, 我當贖汝. 汝雖死, 爲淸鬼也." 奴曰: "唯命是聽." 貧士曰: "煩汝以吾錢千緡, 因留汝家, 汝販鹽, 亦爲我販鹽. 汝糴米, 亦爲我糴米. 庶仗汝福, 俾我無敗." 奴曰: "諾." 後數月, 奴曰: "小人以千緡, 販小麥, 將以蹋麴. 大家將何爲?" 貧士曰: "唯汝之所販, 是販將蹋." 奴家患瘟疫, 數月不霽. 奴入請曰: "奴家如此, 請大家先蹋." 貧士許之. 旣已歲事大無, 麩麪之貴, 不異精鑿, 而酒禁至嚴, 又無釀者. 奴家獲大利四倍, 而貧士打其本錢, 依舊貧匱. 於是喟然歎曰: "是命也. 吾不復營生矣."

거부가 된 외거노비(外居奴婢)를 속량해주는 대가로 1천 꿰미의 돈을 받아 종에게 투자까지 맡겼던 선비가 결국 도로 가난해진 사연을 담았다. 다산의 뜻을 이렇게 짐작해본다. "의순아! 이 이야기를 들어보거라. 가난한 선비가 종을 그대로 따라 해서 부자가 되어보려 했지만, 부자는 하늘이 내는 것이지 사람의 힘으로는 안 된다. 너는 공부 욕심이 참 대단하구나. 그런데 말이지, 의욕만 가지고는 큰 공부를 이룰 수가 없다. 똑같이 한다고 누구나 똑같은 결과를 내는 것은 아니다. 종이야 제 주인에게 손해를 끼치지 않으려고 술을 먼저 담게 한 것이지만, 결과적으로 그 후의가 주인에게는 손해가 되고 제게는 큰 이익을 안겨주었다. 이 상황에서 주인이 하인을 탓할 수 있겠느냐? 그저 운명을 탓할 수밖에. 큰 공부는 욕심만으로는 안 되는 법이다. 결과를 먼저 염두에 두면 그만큼 실망과 좌절이 빨라지게 되니 잘 가늠해야지. 의욕을 늦추고 내성(內省)의 힘을 더 기르도록 해라."



## 《주역》 공부의 관건

《주역》이란 책은 우발라화(優鉢羅花)와도 같아 향도 있고 빛깔도 있고, 씨도 있고 뿌리도 있으며, 가지도 있고 잎사귀도 있다. 어느 한 곳 기묘하지 않은 데가 없다. 말학(末學)의 얕은 식견을 지닌 자는 다만 한 가지 맛만 보고는 문득 대의가 이곳에 있다고 말한다. 이에 같은 부류끼리 무리 짓고 다른 부류는 공격하여 저마다 문호를 세우니 몹시 우습다 할 만하다. 이(二)는 기림이 많고, 삼(三)은 흉함이 많으며, 사(四)는 두려움이 많고, 오(五)는 공이 많다고 한 것은 또한 절로 전례(典例)가 있다. 이 같은 예를 가지고 살펴보면 통하지 못할 것이 없다. 효(爻)가 미처 변하지 않았을 때도 본래 이러한 상(象)이 있는지라 효사(爻詞)에 이런 점괘가 있는 것이니, '태태제제(泰泰帝帝)'니 '귀매불부이린(歸妹不富以隣)' 따위가 이것이다. 그런 까닭에 후세에는 마침내 효변(爻變)에 어둡게 되었다. 이제 효변을 주장케 하면 이 괘의 안에 원래 이 상이 있음을 알지 못해 또한 이해하지 못한다. 다옹이 쓴다.

周易爲書, 如優鉢羅花, 有香有色, 有子有根, 有枝有葉, 無一處不奇妙. 末學淺機, 但得其一味, 便謂大義在此. 於是黨同伐異, 各立門戶, 甚可哈也. 二多譽, 三多凶, 四多懼, 五多功, 自亦典例, 以此例而求之, 未嘗不通. 且爻之未變, 本有此象. 故爻詞有此占. 如泰泰帝帝, 歸妹不富以隣之類, 是也. 故後世遂昧爻變. 今若主於爻變, 而不知此卦之內, 原有此象, 亦不通也. 茶翁書.

초의는 초당에서 다산과 함께《주역》공부를 시작했다. 초기 강학 시절 대둔사에서 스승에게 보낸 편지에서도《주역》공부에 참여했던 이야기가 보인다. 다산과 아암 혜장도《주역》을 통해 만났다. 당시 초의는 이미 기본 경전에 대한 공부가 얕지 않았던 터여서《주역》에 대해 나름의 관점을 가지고 스승에게 물었던 모양이다.《주역》에 대한 깊은 이해를 전제로 한 설명이어서 속뜻을 가늠하기가 쉽지 않지만 다산의 말뜻은 이렇다.

"너희 불가에서 말하는 우담발화라는 꽃을 보자. 미묘한 향기에 아름다운 빛깔을 갖추었지. 열매도 있고 뿌리도 있다. 가지와 잎새도 모두 훌륭하다. 하지만 누군가는 이 꽃이 지닌 다른 가치를 못 본 채 제가 본 한 가지만으로 이 꽃을 말하면서 다른 사람이 달리 좋은 점을 말하면 이를 공격한다. 그것이 옳은 일이겠느냐?《주역》은 학설도 복잡하고 내용도 미묘하다. 주장이 저마다 달라 해석을 두고도 이설이 분분하다. 특히 하나의 괘(卦)를 구성하는 여섯 개의 효(爻)가 빚어내는 변화상을 장악하는 것이《주역》공부의 핵심이다. 그 원리는《주역》〈계사전(繫辭傳)〉하(下)에서 설명한 여섯 효의 공능에 대한 설명에 가장 자세하다. 그 설명은 이러하다. '초효(初爻)는 알기가 어렵고, 제6효는 알기가 쉽다. 제2효는 기림이 많고, 제4효는 두려움이 많으며, 제3효는 흉함이 많고, 제5효는 공이 많다.(初難知, 上易知, 二多譽, 四多懼,

三多凶, 五多功.)'라고 했다. 나머지는 이 원리를 각 괘에 적용해 유추해볼 수가 있으니 차차 알 수 있을 게다. 이 효변(爻變)의 원리를 모르고는 그다음에 나오는 '태태제제(泰泰帝帝)'니 '귀매불부이린(歸妹不富以隣)'이니 하는 복잡한 비유가 무슨 말인지 가늠할 수조차 없게 된다. 단정하지 마라. 하나만 고집해서도 안 된다. 이리 보고 저리 살펴 흔들어보고 견주어보아야지. 조급해서도 느긋해서도 안 된다. 원리를 깨달아야지. 현상에 붙들리면 안 된다. 어느 한 가지 학설에 고집스레 집착해서도 안 된다."

## 대자유를 꿈꾸는가?



육방옹의 시에 말했다.

드넓은 억겁에서 뉘라 죽지 않으리
푸른 하늘 벗어나야 비로소 근심 없네.

이 구절이 몹시 좋아, 사람으로 하여금 기운을 펴게 해준다.

陸放翁詩云: "從曠劫來誰不死, 出靑天外始無愁." 此句甚佳, 令人舒氣.

송나라 육유의 〈고태서주소작(沽埭西酒小酌)〉이란 시의 3, 4구를 인용했다. "사람은 누구나 죽는다. 살아가는 동안 지니고 다니는 근심은 경중이 있을 뿐 누구나 예외가 없다. 그러니 한때의 실의에 좌절할 것 없고, 잠시의 득의에 의기양양할 것도 없다. 살다 답답하거나 네 처지가 안쓰럽게 여겨지거든 이 구절을 외워보도록 해라. 한번 기지개를 쭈욱 켠 듯한 느낌이 들게다.

나도 이 유배 생활이 왜 답답하지 않겠니. 그때마다 이런 시를 외우면서 기운을 차리곤 한다. 짧게 지나가는 인생이다. 쓸데없는 생각으로 영혼에 그늘을 지우지 말고 앞만 보며 뚜벅뚜벅 걸어가야지."

| | |
|---|---|
| 저 대봉 부러워라 | 羨彼大鵬 |
| 바람 움켜 깃을 치자, | 搏風振翼 |
| 천지(天池)를 가로질러 | 橫絶天池 |
| 반년에 한 번 쉬네. | 六月一息 |
| 갈대 참새 불쌍하다 | 哀玆葦雀 |
| 어살 곁에 날아든다. | 蜚搶楡枋 |
| 어린 백성 업신여겨 | 下民侮余 |
| 저물녘에 그물 펴네. | 虞羅夕張 |
| | |
| 고래가 제멋대로 | 鯨魚偃蹇 |
| 한바다서 노니누나. | 游戲瀛溟 |
| 물을 뿜자 무지개라 | 歕水成虹 |
| 천정(天庭)까지 뿌리누나. | 上洒天庭 |
| 못에 노는 금붕어야 | 金鯽行池 |
| 헤엄치며 즐겁다만, | 鱗鱗相卽 |
| 연못이 말라지면 | 池之將竭 |
| 달아날 길 없으리. | 思跳不得 |

마지막 한 단락은 4언 16구의 고시 한 수로 마무리했다. 붕새와 참새, 고래와 금붕어를 한 짝으로 앞뒤 대응을 이루는 구성이다. "의순아! 저 푸른 하늘을 차고 나는 대붕(大鵬)을 보아라. 바람 위에 올라타 날개를 펄럭이면 아득한 허공 위로 솟아 끝없이 난다. 반년에 한 번 지상에 내려앉아 잠깐 쉬면 그뿐이다. 갈대에 앉은 저 참새는 어떠냐! 고기 잡으려고 쳐둔 그물 주변

으로 생선 찌꺼기라도 얻어먹을까 싶어 모여드는구나. 그러다가 그물에 걸리면 주림을 구하려다 제 목숨마저 잃고 만다. 저 한바다 위를 굼실대며 노니는 고래는 어떠냐? 물을 뿜으면 무지개가 서고, 물줄기가 하늘 꼭대기에 가서 닿는다. 연못의 금붕어가 부족한 줄 모르고 놀아도, 못물이 마르면 그 자리에서 말라죽고 만다. 너는 고래가 되겠느냐 아니면 참새가 되겠느냐? 붕새의 꿈을 기를 테냐, 금붕어의 삶에 만족할 테냐?"

이렇게 해서《시의순첩》여덟 항목을 차례로 읽었다. 이제 나머지 초의에게 다산이 준 증언첩을 차례로 읽어나가겠다.

《시의순첩》, 다산 친필, 윤영상 소장.

1

2

乃成為人形固
須養神其亦須
有實者以養其
口體至無實者以
娛其思無所
以養人者抑甚乎
有言曰養其大體
者為大人養其小

3

體者為小人嘗以
人於骨踰於咽而
後迺謂之實用耶
光子之道將唯農
夫為聖人凡誦詩
讀書者皆其實
之業也惡乎可哉
浮屠氏之言曰色

4

則是空空則是色
雖異道乎至理
之言也又安知夫
所謂實者非虛焉
虛者非實乎子曰
君子喻於義小人
喻於利朱子與陸
子靜講斯義於

5

鵝湖之席四座為
之流涕何以故須
者皆視虛為實
喻利為義苟辨
之清快凡聽席
者皆泣也
是日庭下菊花
始有蓓蕾者

6

紫霞山人与客游
山宿於野店客
呼僮濯其虎子
戒勿用灰沙山人
曰何哉客曰硬物
恐損銅也山人不
答俯視虎子仰
而視客一俯一仰

7

眼青眼白至於八
九客曰何哉山人
曰我未知子与虎
子孰先敝也孰後
壞也是故屢視
之客愧服
月姑灣看禪海
之器津也冬月商

8

旅過涉中流遇
焚輪舟覆立於
艫者先溺至生
於艄者亟住而摘
其囊知其中有
二貫錢也囊纏插
而身之隨浮有善
泅者歸而言之嗟乎

9

天下之不就艫以摘
囊者鮮矣斯亦
也漏船也弱肉強
食而強與弱俱斃
貽財豪奪而貽與
豪並殞娶死人之
妻而踵先夫以死
者天下滔滔是矣

10

弟習此五朝
起頗佳晚間
有賣海菜者
買之少頃回去
寒矣就北房
寢焉飯鐘鳴
而不至視之之
逝矣嗟乎莫

11

但習也然矣捆
屨躍翅綏々
勞々以圖百年
之計者皆善
忘者也易曰天
下同歸而殊途
一致而百慮
一丙羲洵

12

爲嵩之題寒燈
夜讀圖詩曰座
中三鄉入海雲
將借漁舸裡
素練山名巖龕
嶺本櫻曲如月
只會寂寞心
惲南田畫題

13

靈巖郡有一貧
士其奴亘富一日
謂其奴曰汝與我
錢千緡我當贖汝
汝雖死爲清鬼
也奴曰唯命是
聽貧士曰煩汝
以其錢千緡用留

14

汝家汝販鹽之為
我販鹽汝糴米之
為我糴米庶仗汝
福俾我無販奴曰
從後如月奴曰小人
以千緡販小麥以
以踏麴大家以何
為貧士曰唯汝之

15

所販只販以踏奴
家患瘟疫數月
不齋奴入請曰奴
家如此請大家先
踏貧士許之既之
歲事大熟麩麴
之賣不異精鑿
而酒禁至嚴又無

16

釀者奴家僕大利
四倍，貧士於至
本錢，依雇貧匱
於是謂豐歉因是
命也，未及後營
生矣
周易為書如優鉢
羅花，有香有色有

17

子有根有枝有葉
無一處不奇妙，末
學淺識但得其一
味，便謂大義在是於
是黨同伐異，各立門
戶，甚至怡也，二多譽
三多凶，四多懼，五多功
同占與何以恆相求

18

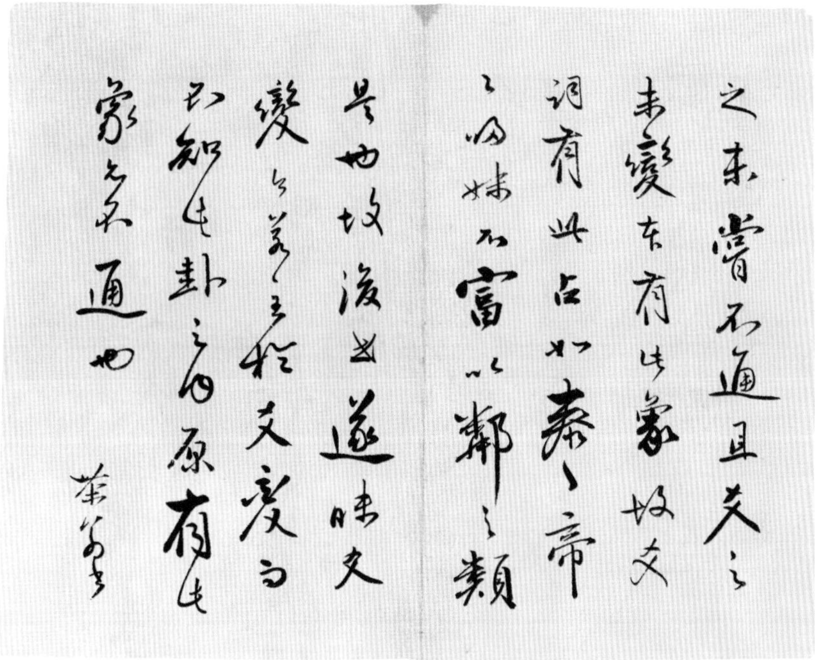

19

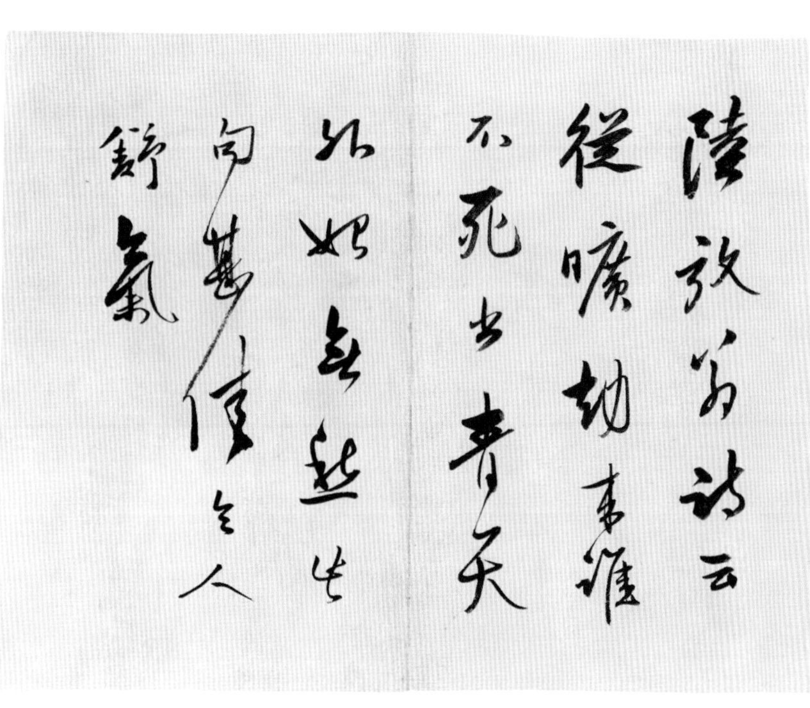

20

21

哀茲草雀
蜚搶榆枋
下民海余
虞羅夕張

22

23

24

# 16. 그리운 마음을 견디기 어렵다
## —초의에게 준 짧은 편지 모음

다산은 초의를 무던히 아꼈다. 강진 유배지에서 유일하게 학문적 대화가 가능했던 아암 혜장이 40세의 나이로 갑작스레 세상을 뜨자 그는 깊은 충격에 빠졌다. 아암 이후로는 초의가 단연 우뚝했다. 게다가 《주역》 외에 시나 문장 공부에 별 흥미가 없었던 아암과는 달리 초의는 시재(詩才)도 뛰어났다. 말귀를 금방 알아들었다.

초의의 유품 목록인 《일지암서책목록》 중에 다산이 초의에게 써준 짧은 편지를 모아 장첩한 《기중부서간첩(寄中孚書簡帖)》이 있다. 중부(中孚)는 다산이 초의에게 지어준 자다. 이 서간첩은 현재 원본의 소재를 알 수 없고, 다만 신헌이 《금당기주》란 책에 베껴 써둔 내용만 전한다. 모두 여덟 통이다. 실제로는 훨씬 더 많았을 것이다. 차례로 읽어본다.

### 참으로 기쁜 일

가을비가 갓 개자 말쑥한 무지개가 나무에 걸리더니 불어난 샘물이 못에 쏟아진다. 나는 동암에 앉아 필묵으로 시간을 보내며 한창 운승(韻僧)을 생각하고 있었다. 때마침 의순이 왔다. 새로 지은 시를 외우니 풍류가 거나하

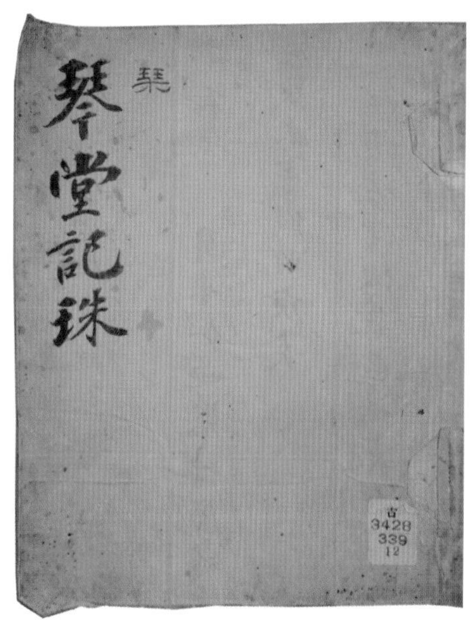


신헌의 《금당기주》 표지, 서울대 규장각 소장.



여 송나라 때 도잠(道潛)이 쓴 〈임평도중(臨平道中)〉 시의 '우화(藕花)'가 나오는 시구만 못지않았다. 참으로 기뻐할 만하였다.

秋雨新收, 晴虹掛樹, 瀑泉瀉池. 余坐東菴中, 筆墨蕭閑, 政憶韻僧時, 意洵適至. 誦其新詩, 風流挑宕, 不減臨平藕花之句, 良足欣也.

첫 번째 편지다. 편지라기보다는 고백에 더 가깝다. 가을비가 개어 나뭇가지에 무지개가 걸리고 불어난 샘물이 대통을 거쳐 못에 쏟아지는 소리가 한층 유쾌하던 오후, 다산은 초당 동암에 우두커니 앉아 초의를 생각하고 있었다. 둘 사이에 텔레파시라도 통했던 걸까?

"스승님! 소승 문안 올립니다."

거짓말처럼 초의가 활짝 웃으며 마당에 서 있다.

"오냐! 네가 왔구나. 그러지 않아도 네 생각을 하고 있었느니라."

초의가 섬돌을 올라와 큰절을 올렸다. 스승은 더 기다리지 못하고 바로 말한다.

"어서 그간 지은 시를 꺼내보아라."

"부끄럽습니다."

스승의 지시에 따라 초의가 소리를 낮춰 제 시를 읊조리고, 다산은 그 가락에 연신 무릎장단을 맞춘다.

"해맑고 상쾌하다. 송나라 때 시승 도잠이 〈임평도중〉 시에서 '5월이라 임평호의 산 아래 길에는, 수도 없는 연꽃이 물가에 가득하다.(五月臨平山下路, 藕花無數滿汀州.)'고 노래한 시가 회자되더라만, 네 시만은 못하다. 그사이에 많이 발전했구나. 내가 무척 기쁘다."

이 짧은 글 한 편이 다산과 초의의 관계를 그림보다 자세히 보여준다. 둘은 이렇듯 마음이 잘 통했다.



오래 소식이 끊겨 마음이 좋지 않았다. 근자에는 무슨 공부를 하고 있느냐? 듣자니 동쪽으로 지리산에 가서 스승을 구해 강(講)을 마치려 한다더구나. 어떤 이름난 중이 있어 수백 리 밖의 이미 잘 아는 승려를 능히 끌어당길 수 있는지 모르겠다. 세월은 황금과 같고, 학업은 하나도 이룬 것이 없다. 이처럼 다른 데 빠져 학업을 놓아두면 안 되지 싶다. 한 번 더 생각해서 후회가 없도록 하거라.

久阻爲悵, 近所業何事? 聞欲東游智異, 求師畢講云. 未知有甚名宿, 能句引數百里外已熟之闍梨耶. 歲月如金, 學業全空, 恐不得躭擱如是也. 更加商量, 勿貽後悔也.

두 번째 편지다. 풍문으로 초의의 소식을 듣고 쓴 내용이다. 다산은 초의가 불교의 교학에 너무 깊이 침잠하는 것을 원치 않았다. "해야 할 공부가 산더미인데 다 아는 네가 무엇을 또 배울 것이 있다고 지리산까지 들어가 불경 공부를 더 하겠다는 것이냐? 대체 너를 가르칠 수 있는 중이 누구더란 말이냐? 이 금쪽같은 시간을 아껴 써도 안타까운데, 너는 거기서 좀체 헤어나지를 못하는구나. 그리 가지 말고 이리 오너라. 한 번 더 생각해보거라. 후회를 남기면 안 된다." 자신을 밀쳐두고 초의가 배움을 청하려고 발길을 옮기게 만든 승려에 대한 은근한 질투의 마음까지 숨기지 않았다.

훗날 1830년 겨울, 두릉으로 스승을 찾은 초의가 다산의 아들 정학연 등과 어울려 눈 속에 수종사 유람을 다녀온 일이 있었다. 그때의 유람을 정리해 엮은《수종시유첩(水鍾詩遊帖)》끝에도 노년의 다산이 초의를 위해 써준 짤막한 발문이 실려 있다.

초의는 진실로 선지식(善知識)이다. 그 지혜와 깨달음은 윤회육도(輪回六道)의 허망함과 개에게 불성이 있느니 없느니 따지거나 뜰 앞의 잣나무 운운하는 이야기의 속임수를 알기에 충분하다. 이러구러 늙어 흰머리가 되도록 기꺼이 바꾸려 들지 않는 것은 이왕 잘못되었으니 차라리 이루고 말겠다는 뜻이다. 또 의탁할 만한 문로도 없는지라 한밤중에 탄식하다가 장난삼아 이같이 말한 것일 뿐이다. 슬프다. 열수 노인은 쓰노라.

洵固善知識. 其慧悟足以知輪回六道之謬妄, 狗子柏樹之誣罔. 栖栖老白首, 不肯變者. 旣誤寧遂. 又無門可託, 中夜纍欷, 聊嬉戲如此耳. 悲夫. 洌水老人書.

만년까지도 다산은 초의가 불문에서 발을 빼지 못하는 것을 안타까워한 줄을 알겠다. 초의에 대한 다산의 애정은 집착에 가까웠다. 초의를 자신 곁에 바짝 묶어두고 경전 공부를 더 시키고자 하는 속내를 조금도 숨기지 않았다.

《수종시유첩》에 수록된 다산의 발문.

너와 헤어져 오래 기다리려니 그리운 마음을 견디기 어렵다. 근황은 어떠하냐? 듣자니 훈(訓)은 근자에 막부로 나아갔다던데 공부를 잃을까 염려스럽다. 술 마시는 것을 절제하고 말을 삼가서, 눈과 코와 귀 등 여섯 창문을 막는다면 어디로 간들 수도하는 도량이 아니겠느냐? 보내온 시편은 아직 비정(批定)하지 못했다. 잠시 다른 날을 기다려보기로 하자.

別汝等久, 思念良苦. 近況如何? 聞訓也近赴幕府, 恐奪工夫. 節飮愼言, 以杜六窓, 安往而非修道之場也. 所來詩篇, 尙未批定. 姑俟他日也.

다시 세 번째 편지다. 두 사람은 만나면 기쁘고, 헤어지면 그리워 안타까웠다. 훈(訓)은 대둔사 승려 법훈을 말하는 듯하다. 자세한 전후 사정은 이 글만으로는 짐작하기 어렵다. 편지의 내용이 법훈을 두고 하는 말이긴 하나, 공부를 잃을까 걱정이다, 술 마시지 말고 말을 아껴라, 수도자의 자세를 잃지 말고 공부에 힘을 쏟아라 등 다산의 잔소리는 끝도 없이 이어진다. 이때 초의는 그사이에 자신이 지은 시를 스승에게 보내 평을 청했다. 초의는 이렇게 예쁜 짓만 골라서 했다. 다산은 지금은 바빠 찬찬히 살피지 못했으니 우선 답장만 보내고 날을 잡아 살펴보겠노라는 대답을 보냈다.

## 이런저런 말에 휘둘리면 안 된다

내가 평생 독서하려는 소원이 있었다. 그래서 귀양을 오게 되자 비로소 크게 힘을 쏟았는데, 쓸 데가 있어서 그런 것은 아니었다. 승려들은 매번 글공부를 해봤자 쓸데가 없다고 하면서, 게으르고 산만한 곳에 몸을 내맡기니 자포자기가 이보다 심한 경우가 없다. 독서하기 편한 것은 비구만 함이 없다. 절대로 이런저런 말에 휘둘리지 말고 힘을 쏟아 나아가야 한다.

법신(法身)이란 유가에서 말하는 대체(大體)다. 색신(色身)은 유가의 소체(小體)에 해당한다. 도심(道心)은 불가에서 말하는 진여(眞如)이고, 인심(人心)을 불가에서는 무명(無明)이라 한다. 존덕성(尊德性)을 너희는 '정(定)'으로 여기고, 도문학(道問學)을 너희는 '혜(慧)'라고 말한다. 피차 서로 맞아떨어지지만 섞어 쓰지는 못한다. 다만 근래 불가에 무풍(巫風)이 크게 일어나니 이것은 참 고약하다.

余平生有讀書之願. 故及遭流落, 始大肆力, 匪爲有用而然也. 僧徒每云, 績文無用處, 任其懶散, 自暴自棄, 孰甚於此. 讀書之便, 莫如比丘. 切勿推三阻四, 着力前進也. 法身者, 吾家所謂大體也, 色身者, 吾家所謂小體也. 道心汝家所謂眞如, 人心汝家謂之無明. 尊德性汝以爲定, 道問學, 汝以爲慧. 彼此相當, 互不相用. 但汝家近日巫風太張, 是可惡也.



네 번째 편지에서는 독서의 중요성을 강조하고 유가와 불가의 가르침을 대비해 설명했다.

"들거라. 벼슬길에 있을 때 나는 일이 바빠 독서할 여가를 갖지 못하는 것이 그렇게 안타까웠다. 귀양을 오게 되자 하늘이 내게 준 기회로 알아 온통 독서에만 전념했다. 써먹을 데가 있어 그런 것이 아니라, 읽지 않고는 견딜 수 없어서였다. 너희는 내가 책을 읽어야 한다면 써먹을 데도 없는데 뭐하러 하느냐며 선불리 자포자기하고 만다. 승려만큼 독서하기 좋은 처지가 어디 있다더냐? 하고 싶은 사람은 할 수 없어 난리인데, 할 수 있는 사람은 뭐하러 하느냐니, 이런 말이 대체 어디에 있단 말이냐? 따지고 보렴. 유가의 가르침과 불가의 가르침이 원리로 보면 하나도 다를 게 없다. 우리는 대체(大體)와 소체(小體)를 말하는데 너희는 법신(法身)과 색신(色身)이라 한다. 유가에서 말하는 도심(道心)과 인심(人心)의 구분은 불가에서 진여(眞如)와 무명(無明)을 갈라 말하는 것과 한가지다. 우리는 존덕성(尊德性) 도문학(道問學)을 나란히 닦아야 한다고 하는데, 너희도 정혜쌍수(定慧雙修)를 말하지 않느냐. 이렇게 보면 유가와 불가의 공부는 서로 통하는 데가 있다. 서로 섞어 쓰지 않을 뿐이지 원리는 조금도 다를 게 없다. 이 이치를 알면 이 공부가 저 공부를 방해하지 않게 된다. 네가 내게 와서 공부하는 것을 두고 이러쿵저러쿵 말들이 많은 모양인데 조금도 개의치 마라. 신경 쓸 것 없다."

당시 초의가 다산초당에 들락거리는 것을 두고 절 안에서 구설이 많았다. 중이 염불에 힘쓰지 않고 유가 경전에 잠심하다 그마저 아암 혜장 짝이 날까 걱정한 탓이었다. 다산은 근래 불교계가 해야 할 공부는 도외시한 채 부처님 전에 복이나 비는 풍조가 만연하니 이것은 무당의 푸닥거리와 무엇이 다르냐고 힐난했다.

《주역》에서는 "아름다운 바탕을 간직하여 곧게 하되 때에 맞춰 발휘한다."고 했다. 산사람이 꽃 심는 일을 하다가 매번 꽃봉오리가 처음 맺힌 것을 보면 꽁꽁 감싸 머금어서 아주 비밀스레 단단히 봉하고 있다. 이것이 바로 함장(含章), 즉 아름다운 바탕을 간직한다는 말이다. 식견이 얕고 공부가 부족한 사람이 겨우 몇 구절의 새로운 뜻을 익히고는 문득 말로 펼치려 드니 어찌 된 것인가?

易曰: "含章可貞, 以時發也." 山人業種花, 每見菩蕾始結, 含之蓄之, 封緘至密. 此之謂含章也. 淺識末學, 纔通數句新義, 便思吐發, 何哉.

다섯 번째 편지다. 함장가정(含章可貞)은《주역》에 나오는 말이다.

"나무는 안으로 꽉 차서 더는 버틸 수 없을 때까지 제 몸을 열지 않는다. 마침내 머금고 머금은 기운이 밖으로 터져 나온 것이 꽃이다. 공부도 이와 다를 게 없다. 뿌리로 양분을 빨아올리고 잎과 가지는 부지런히 비이슬을 받아 마신다. 그 오랜 온축과 축적의 시간이 지나 꽃이 피어나면 사람들이 그것을 보고 문장이라고 하고 학문이라고 기린다. 함장(含章)의 깊은 뜻이 바로 여기에 있다. 알겠느냐? 이제 겨우 몇 글자 알게 되었다고 문득 제 주장을 펼쳐 기세를 돋우려 들면 절대로 안 된다. 얕은 식견으로 경솔하게 뽐내려 들면 천박한 바탕이 그대로 드러나 남의 손가락질만 받고 만다. 명심하거라."

이때 아마 초의가 무언가 자기주장을 세우며 질정을 청했던 듯하다.

재주와 덕 둘 다 없는 것은 세상이 온통 그러한지라 없다고 무시하고 나무라지 않는다. 오직 재주가 있은 뒤라야 덕이 없다는 비방이 있게 된다. 재주와 덕은 서로 떼어놓을 수가 없다. 만약 둘 다 갖추기 어렵다면 아예 둘 다 없는 것만 못하다. 때문에 글쓰기와 필묵의 재주는 절대로 남에게 드러내 보여서는 안 된다. 경계하고 경계하거라.

才德兩亡者, 滔滔皆是, 泯然無訾. 唯有才而後, 乃有無德之謗. 故才之與德, 不可相離. 如難兩備, 莫若兩亡. 故詞翰筆墨之藝, 切不可宣露示人也. 戒之警之.



여섯 번째 편지다.

"재덕을 겸비할 수 없거든 둘 다 없는 편이 더 낫다. 재주가 덕을 뛰어넘는 재승덕(才勝德)은 재앙의 출발점임을 잊으면 안 된다. 네 얕은 재주를 함부로 바깥에 드러내지 마라. 재주는 덕과 같이 갈 때만 빛이 난다. 덕을 갖추지 못한 재주는 비방을 부를 뿐이다. 빛나되 번쩍거리지 마라. 재주를 겸손으로 감춰서 달아나지 않도록 지켜야 한다."

위 두 통의 편지에서는 초의의 재기가 너무 번뜩이는 것을 보고 이를 지수굿이 눌러 가라앉히려는 스승의 마음자리가 느껴진다.

## 이기심을 버려라

흥하여 일어나는 집안은 형제가 발꿈치를 나란히 한 채 잠들고, 동서 간에도 머리에 얹는 가체(가발)를 함께 빗질하는데, 비좁아서 몸 들일 데조차 없다. 쇠하여 망해가는 집안은 툭 터진 드넓은 큰 집에 아녀자와 어린것만 대문을 붙들고 벌벌 떨며 오직 귀신이 들까 무서워한다. 이를 통해 보면 새 절을 짓는 것이 승려를 도와주는 것만 못하다.

興旺之室, 兄弟交趾而宿, 妯娌聯鬘而櫛, 窄然不能容; 衰冷之屋, 廓然廣廈, 婦孺持門惴惴然, 唯鬼是怖. 由是觀之, 刱寺不如度僧也.

일곱 번째 편지다. 편지라기보다는 짤막한 메모에 가깝다.

"잘되는 집안과 망해가는 집안의 차이를 아느냐? 잘되는 집은 형제간에 우애롭고 동서들 사이에도 틈이 없다. 허물없이 함께 지내며 온 집안이 시끌벅적하다. 망해가는 집안은 덩그러니 대궐 같은 집에 남정네들은 죄를 입어 귀양 갔거나 죽어 없고, 하인들은 모두 뿔뿔이 흩어지고, 오직 아녀자와 어린것만 남아 귀신이라도 나올까 봐 두려워 벌벌 떤다. 집 짓는 데 들인 노력은 썰물처럼 빠져나간다. 남는 것은 사람뿐이지. 너희는 걸핏하면 새 절 짓는다고 법석을 떠는데, 그 돈으로 승려를 더 알차게 교육해서 깨달음으로 이끄는 것이 백번 옳다고 생각한다."

힘을 쏟아 진로장(塵勞障)을 제거하고서
쇄탈문(洒脫門)에 마음을 보존하리라.

이 두 구절의 화두를 항상 기억해두고, 수행하는 자리 위에서 온갖 갈등에 얽히지 않도록 해라.

力去塵勞障, 情存洒脫門. 這二句話頭, 常常記取, 愼勿於狻猊座上, 綰取千葛万藤.

여덟 번째 글이다. 점점 짧아진다. 뭔가 어떤 상황 아래서 툭 던지듯 꼬집어서 내려준 가르침인 듯하다.

"진로(塵勞)란 무엇이냐? 티끌세상에서 이루려고 아등바등 애쓰는 일들이다. 이런 것은 모두 허망해 실체가 없는 텅 빈 껍데기다. 붙들려 한들 잡히지 않고 내 마음에 업장(業障)을 만들 뿐이다. 진로의 망집이 만든 업장이 진로장이다. 이것을 그대로 두면 번뇌가 되어 영혼을 잠식한다. 그러니 진로장을 힘써 제거하고, 쇄탈문, 즉 아무 걸림 없는 툭 터져 활짝 열린 문에다 마음을 두도록 해라. 그러지 않으면 가부좌를 틀고 앉아 화두에 들 때마다 오만가지 갈등이 칡넝쿨처럼 너를 칭칭 동여맬 것이다. 이 두 구절은 참으로 훌륭한 화두가 아닐 수 없다. 놓지 말고 들고 있어야 한다."

《금당기주》에는 이 글에 이어 비슷한 짧은 글들이 열두 항목이나 더 보인다. 그런데 이 글들은 고 이을호(李乙浩) 박사가 구장하고 있던 《정다산선생행서첩(丁茶山先生行書帖)》 속에 따로 묶여 있던 것들이어서 여기서는 구분해 따로 읽는다. 다산이 초의에게 보낸 편지는 이보다 훨씬 많았을 것이다. 제법 긴 분량의 편지도 적지 않았을 텐데 따로 실물이 전하지 않아 아쉽다. 여기에서 소개한 《기중부서간첩》은 분량으로 볼 때 원본 편지의 묶음이기보다는 다산이 자신의 편지글 중에 일부만 따로 발췌해서 기념용 증언첩으로 선물한 것이 아닌가 생각한다. 그래서 여기에 함께 묶었다.

# 17. 깨달음은 어디에 있나
## —초의의 호에 붙인 게송

### 유불이 나뉘는 지점

다산은 아끼는 승려 제자에게 즐겨 '호게(號偈)'를 지어주곤 했다. 승려의 별호에 의미를 부여하고 여기에 더해 자신의 당부를 담는 또 다른 형식의 증언인 셈이다. 호의(縞衣)와 초의(草衣)에게 준 호게가 각각 남아 있다. 그 밖에도 여러 승려에게 호게를 지어준 바 있다. 호게는 승려에게 준 글이어서 불교적 비유가 여러 겹으로 얽혀 있다. 내용 파악이 쉽지가 않다.

이번 글에서는 다산이 초의에게 써준《초의호게첩(草衣號偈帖)》을 읽어보기로 한다. 앞서 말한《일지암서책목록》에《선사당호첩(先師堂號帖)》이라 적힌 바로 그 필첩이다. 제목에 선사(先師)란 표현을 넣은 것은 이 목록을 정리한 사람이 초의의 제자 서암(恕庵) 선기(善機, 1817?~1876)였기 때문이다. 이 증언첩은 현재 실물은 전하지 않고 신헌의《금당기주》와 해남 쪽에서 나온《다산시집초(茶山詩集抄)》뒤편에 수록된 필사본〈초의첩(艸衣帖)〉속에 전사(轉寫)되어 남아 있다.

증언첩은 크게〈초의거사게(草衣居士偈)〉와〈제초의선게후(題草衣禪偈後)〉두 편 글로 이루어져 있다. 게송 앞에 1칙의 서언과 병서(幷序)가 있다. 그리고 그 뒤에 발문을 겸한 후기와 이노영(李魯榮, 1781~?) 등의 또 다른 발문이 실려 있다. 이들 글은 모두 다산과 초의의 문집에는 빠지고 없다. 차례로 읽어본다.

내가 불서(佛書)를 보니 '개에게 불성이 없다'라거나 '달마조사가 서쪽에서 온 뜻' 또는 '뜰 앞의 잣나무'나 '서강의 물을 다 마셔버렸다'는 등의 여러 가지 화두가 사람에게 의심을 일으키게 하지 않음이 없었다. 그 궁극의 법칙이란 모두 적멸로 돌아가고 마니 몸과 마음에 무슨 보탬이 되겠는가? 틀림없이 의심이 없는 데서 의심이 생겨나고, 의심이 있던 데서 의심이 없게 된 뒤라야 독서라고 말할 수가 있다. 이것이 유교와 불교가 나누어지는 까닭이다.

余觀佛書, 如狗子無佛性, 祖師西來意, 庭前栢樹子, 吸盡西江水, 多般話頭, 無非要人起疑. 其究竟法則, 都歸於寂滅, 何益於身心哉. 必也自無疑而有疑, 自有疑而無疑然後, 可謂讀書也. 此儒釋之所以分也.



《초의호게첩》의 첫 면에 쓴 글이다. 우선 선종(禪宗)에서 말하는 대표적인 화두 네 가지를 꼽으며 사람을 어지럽게 하는 얘기라 하고, 그들이 추구하는 궁극의 법칙이란 것은 모두 허무와 적멸로 귀결되므로 아무 보탬이 되지 않는다고 지적했다. 그러면서 유교의 가르침을 대비해 기술했다. 의심 없이 믿었던 사실을 공부를 통해 의심하게 되거나, 반대로 긴가민가해서 의심하던 문제를 석연히 깨달아 아무 의심이 없게 되어야 비로소 공부를 했다고 할 수가 있다. 이것은 바로 유교에서 의심과 마주하는 방법이다. 불교는 의심으로 몰아넣어 일체를 부정하게 만들지만, 유교는 피상적으로 알던 것에서 무지를 깨닫게 하거나 아예 모르던 것을 깨달아 알게 하는 점진적이고 가변적인 공부라고 대비했다.

이 같은 생각은 다산의 평소 지론이기도 한데, 유교와 불교 공부에 나란히 힘을 쏟고 있던 초의를 위해 유학의 공부가 더 합리적임을 설득한 내용으로 보인다.

이어 다산은 〈초의거사게〉 바로 앞에 서문 격으로 초의에 대한 다음 언급을 남겼다.

승려 의순은 자가 중부다. 무안현 장씨의 집에서 태어나 운흥사 민성의 방에서 머리를 깎았다. 연담(蓮潭) 유일(有一, 1720~1799)을 사숙하여 불법을 얻었다. 다산에서 직접 배워서 도를 전함을 들었다. 한산(寒山)과 습득(拾得)에게서 깨달음이 있었으므로 시학에 연원이 있다. 석전(石田) 심주(沈周, 1427~1509)와 예찬(倪瓚, 1301~1374)을 숭상하여 그림이 삼매에 들었다. 이를 합쳐 이름하여 초의거사라 부른다. 게에 말한다.

沙門意洵, 字中孚, 託胎於務安縣張氏之家, 薙毛於雲興寺民聖之房. 私淑於蓮潭得佛, 親炙於茶山聞傳道. 冥會於寒山拾得. 故詩有祧. 尙友於石田倪迂, 故畵入三昧, 合而號之曰艸衣居士. 偈曰.

초의의 이름과 자, 출생지와 세속의 성씨를 간략하게 소개했다. 이어서 머리를 깎아준 은사 스님 벽봉 민성과 불법을 사숙한 법사 스님 연담 유일, 그리고 유학을 전수해준 자신을 각각 나란히 스승으로 제시했다. 여기에 시학에서 감화를 준 당대 시승 한산과 습득, 화법에 영향을 끼친 심주와 예찬을 시화 공부의 연원으로 꼽았다. 이렇듯 학문과 시, 그림의 역량을 고루 갖춘 이가 바로 초의거사이다. 간결하고 명쾌하게 초의의 정체성을 제시한 글이다. 그에 대한 깊은 이해가 없이는 결코 쓸 수 있는 글이 아니다. 그러고 나서야 게송으로 들어갔다.

## 청정법신(淸淨法身)마저 내던져야

거짓 재화 많아 괴롭고 참 보배는 끊겼으니　贋貨苦饒眞寶絶
갖은 악을 포장해서 겉만 아주 깨끗하다.　包裹諸惡外鮮潔
치이(鴟夷)의 가죽 부대 구혈(九穴)로 새나오니　鴟夷之革出九穴
눈물 콧물 진해져서 오줌똥과 핏물일세.　涕洟次濃溲糞血
비단 끈과 수놓은 띠로 동심결을 맺었으니　錦纏綉帕同心結
난황(鸞皇) 같은 붉은 꿩은 무엇으로 그려볼꼬.　何以繢之鸞皇鷩
다급히 내달릴 땐 서로 모두 목메이니　犇犇走走胥闐咽
즉묵 땅 소꼬리엔 기름 갈대 불붙였네.　卽墨之尾油葦爇
쥐를 품고 소리치자 목구멍이 찢어질 듯　抱鼠嗥朴喉欲裂
돼지 오줌 말똥 국을 남 마시라 권하누나.　毛糝苓通勸人啜
청산은 돌아보매 아득히 가파르고　靑山回首杳巀嶭
흰 구름은 솜인 양 피어났다 스러진다.　白雲如絮閑起滅
골풀을 캐고 캐어 급히 옷섶 여며두고　釆釆菅蒯薄言袺
칡 줄기 노를 꼬아 터짐을 막는다네.　紉以葛筋防潰決
웃옷과 치마가 아쉬운 것 하나 없어　上衣下裳無攸缺
아리나식(阿梨那識) 근심조차 개의치 아니하니　阿梨那識愁不屑
청정한 법신마저 훌훌 벗어 내던지리.　淸淨法身乃蛻蛻
이것을 이름하여 초의결(草衣訣)로 부르리니,　是則名爲草衣訣
일만 가지 바라밀 나누어 분별 말라.　萬波羅蜜休分別

글이 어려워서 내용을 가늠하기가 쉽지 않다. 뜻이 분명치 않은 부분은 대의로 살피고 나머지는 찬찬히 읽어보겠다.

처음 네 구절의 뜻은 이렇다. 세상에는 가짜가 너무 많아 눈을 씻고 봐도 진짜를 찾기가 힘들다. 겉만 보면 고결하고 깨끗한 군자지만, 속을 들여다보면 온갖 더럽고 추악한 것을 감춰 잘 포장해두었을 뿐이다.

3구의 치이(鴟夷)는 항아리 모양으로 만든 가죽 술병이다. 《전국책(戰國策)》에 보면 오나라 왕 부차(夫差)가 오자서(伍子胥)의 시신을 치이 가죽에 담아 강물에 내던지게 한 이야기가 나온다. 여기서는 사람의 몸뚱이를 가죽 부대에 비유했다. 1, 2구를 받아 겉은 멀끔해 보여도 몸에 뚫린 눈·코·입과 항문 등 아홉 개의 구멍을 통해 흘러나오는 것은 눈물과 콧물, 오줌과 똥물, 그리고 핏물뿐이다. 인간은 결국 겉만 멀쩡하고 속은 온통 더러운 것들로 가득 찬 존재일 따름이다.

5구의 동심결은 실 같은 것으로 두 고를 내어 맞죄어 묶은 매듭이다. 보통은 결혼식 때 납폐(納幣)로 쓰는 실을 묶을 때 쓴다. 두 개의 서로 다른 실이 하나로 맺어져 풀리지 않는 데서 부부로 맺은 인연을 뜻하는 말이 되었다. 난황(鸞皇)은 봉황의 일종인 난새를 말하고, 별(鷩)은 붉은빛 깃털을 지닌 금계(錦鷄)를 가리킨다. 이 5, 6구는 따라서 혼인의 성대한 장면과 가장 득의로운 시절을 묘사하고 있는 듯하다.

그다음 몇 구절은 복잡한 고사가 얽혀 있고, 험벽한 운자를 매 구절마다 구사하느라 의미가 굴절되어 해독이 특히 어렵다. 7구에서 10구까지는 순간의 득의가 지나간 뒤 아비규환의 각축장을 묘사했다. 8구의 '즉묵 땅 소꼬리' 운운한 부분은 전국시대 제(齊)나라 전단(田單)의 고사다. 전단이 고립된 채 즉묵성을 지킬 때 일이다. 그는 패배 직전 마지막 수단으로 1천여 마리의 소에게 붉은 옷을 입히고 뿔에는 칼날을 매단 후 꼬리에 갈대를 묶고 불을 붙여서 성 밖으로 내몰았다. 꼬리에 불이 붙은 소들이 미쳐 날뛰며 내달으니 뿔에 달린 칼날은 닥치는 대로 사람을 찌르고, 꼬리가 닿는 곳마다 불바다가 되었다. 몸에 두른 붉은 천은 자다 깬 연(燕)나라 군대에게는 불덩어리 도깨비 떼가 갑자기 들이닥친 형국과 다름없었다. 이 같은 기습으로 막강하던 연나라 군대는 일시에 궤멸되고 말았다.

9구의 '쥐를 품고 소리치자' 운운한 고사는 아직 찾지 못했다. 10구의 '영통(苓通)'은 돼지 오줌과 말똥을 말하는데, 지극히 비천한 것의 비유로 쓰는 표현이다. 품속에 쥐가 들어가 날뛰니 놀라 소리치는 목소리에 목구멍이 찢어질 듯하고, 돼지 오줌과 말똥을 먹으라 하매 그 괴로운 정황을 이루 말로 할 수 없다는 뜻으로 보인다. 즉 이 네 구절은 인간 세상을 살아가는 일이 이토록 고통스럽고 악다구니 같다는 의미로 읽을 수 있겠다.

다음 11구부터 14구까지는 출세간(出世間)의 구도를 말한 내용이다. 초의(草衣), 즉 비단옷과 대비되는 풀옷의 의미를 끌어와 승려 초의의 모습을 부각했다. 겉만 번드르르하고 속은 더러움으로 가득 찬 인간들, 그들이 빚어내는 화려한 겉모양 속에 숨겨진 아비규환의 욕망을 버리려 속세와 작별했다. 고개 돌려 올려다보는 청산은 아마득하게 높다. 솜 같은 흰 구름은 청산 위에서 일어났다 문득 사라져버린다. 늘 같은 것은 없다. 모든 것은 변화한다. 이 모습은 덧없는 것을 꿈꾸지 말라고 내게 가르쳐주는 것만 같다. 우뚝 선 청산과 변화무쌍한 구름. 이 둘의 대비에서 우리는 수행자의 마음자리를 가다듬지 않을 수 없다.

13구와 14구는 비단옷을 버리고 세간을 떠난 수행자의 입성이다. 입은 옷이라고는 골풀을 엮어 짜서 대충 급한 대로[薄] 옷섶만 묶은 풀옷이다. 터진 부분은 칡 줄기로 노를 꼬아 띠로 삼아 질끈 동여맸다. 비록 거친 풀옷이지만 몸을 가려 추위와 더위를 막을 수 있으니 아쉬울 것이 없다. 아리나식(阿梨那識)은 범어 ālaya의 음역으로, 아뢰야식(阿賴耶識) 또는 아리야식(阿梨耶識)이라고도 한다. 불교의 유식론(唯識論) 중 제8식(識)으로 본성과 망심(妄心)이 뒤섞인 상태, 일체 선악의 종자가 깃들어 있는 지점을 가리킨다. 허름한 풀옷만으로도 일체 선악의 구분에서 자유롭다는 뜻이다. 그리하여 이 지점에서 한 단계 더 나아가 청정한 법신마저 훌훌 벗어던지면 그것이 바로 해탈이다.

다산은 이렇게 쓰고 나서 이것이 바로 '초의결(草衣訣)', 즉 초의란 이름 앞에 자신이 부여하는 의미라 하고, 그 밖에 보살이 피안의 경지에 들기 위한 온갖 수행을 뜻하는 '만바라밀(萬波羅蜜)'의 분별에서조차 떠날 수 있어야 한다고 주문했다. 《금당기주》에는 '차바라밀(茶波羅蜜)'이라 썼는데 《다산시집초》에 수록된 '초의첩'에 따랐다.

다산의 증언은 이렇듯 그 글을 받는 대상의 신분과 처지를 고려해 눈높이에 맞추는 특징이 있다. 초의의 별호가 풀옷의 뜻이기에 풀옷 입은 수행자의 청정법신과 비단옷 입은 세속인의 탐욕 가득한 욕망을 대비해 큰 깨달음 얻기를 축원하는 내용으로 마무리 지어 초의에게 선물했다.

## 비단옷 위에 덧옷을 입는 까닭

위 게송을 이어 다산은 〈제초의선게후〉란 글을 써주었다. 하나의 첩 속에 앞서 게송을 큰 글씨로 써준 뒤, 이를 이어 산문으로 후기를 달아 해설한 내용이다.

《시경》에서 "비단옷 입고는 덧옷을 입고, 비단 치마 입으면 덧치마 입네."라 한 것은 그 무늬가 드러나는 것을 싫어한 것이다. 티끌세상 인간의 내장 안에 들어 있는 것은 아름답지가 않다. 비단옷으로 덮어 가리고 구슬과 비취로 이를 꾸며도, 나는 그 냄새가 향기롭지 않을 것을 안다. 게다가 부싯돌에 불빛이 한 차례 번쩍하는 사이에 북망산천으로 돌아가, 마침내 어질거나 어리석거나, 귀한 이나 천한 이나 모두 풀뿌리로 몸을 덮게 된다. 그럴진대 어느 누구 하나 초의(草衣) 아닌 이가 없을 것이다. 어찌하여 유독 의순(意洵)만이 이를 나무란단 말인가? 부처의 계율에 얽매이지 않고, 유가의 법도에 구애됨 없이 운수에 내맡겨, 제멋대로 만물의 위를 소요하고 온 세상 안을 부침한다면, 사람들은 오직 초의가 바람에 나부끼는 것만 보게 될 것이다. 어찌 영화로운 이름과 이록(利祿)에 능히 얽매이는 사람이겠는가? 가경 갑술년(1814) 다산.

詩云: "衣錦褧衣, 裳錦褧裳." 惡其文之以著也. 塵土腸胃, 所貯不芳. 被之以羅綺, 飾之以珠翠. 吾知所聞非鄭. 且也石火一閃, 歸于北邙, 至竟賢愚貴賤, 都以草根被體. 則無一而非草衣者也. 奚唯意洵是嗔哉. 不縛於佛律, 不拘於儒法, 任運肆志, 逍遙乎萬物之表, 沈浮乎四瀛之內, 人唯見其草衣褊襹, 而豈榮名祿利之所能繫者哉. 嘉慶甲戌茶山.

인용된 시는《시경》〈정풍(鄭風) 봉(丰)〉의 구절에서 따왔다. 비단옷을 입고는 그 위에 덧옷을 겹쳐 입어 비단의 화려한 무늬가 눈부시게 드러나는 것을 막는다는 의미다. 속에 귀한 것을 품고서도 그것이 겉으로 드러날까 봐 가려서 숨겼던 것이 옛 군자의 마음가짐이었다. 그러나 지금 세상은 어떤가? 속에 갖은 추악한 것을 품고 있으면서 그것을 조금이라도 가려보려고 비단옷과 금은주옥으로 치장을 한다. 정반대로 한다.

그뿐인가? 잠깐 사이에 사람이 죽어 땅에 묻히면 살았을 때 입었던 그 화려한 비단옷은 어느새 풀뿌리로 뒤덮이고 만다. 이렇게 본다면 어느 누구 하나 풀옷, 즉 초의를 입지 않을 사람이 없다. 하지만 승려 의순은 자신의 별호를 초의라 짓고는 풀옷 입고 소박한 구도의 길을 가겠노라며 탐욕 가득한 세속의 삶을 지극히 혐오한다. 하지만 따지고 보면 이러나저러나 매한가지다. 불법에 너무 속박당하지도 말고 유학의 가르침에 구애될 것도 없다. 뜻을 자유롭게 해서 만물 위를 소요하고 사해 안을 부침한다면 그것으로 충분하다. 더욱이 영예로운 이름과 이록에 얽매이는 삶을 꿈꾸겠는가?

끝 대목에서는 초의의 기운을 살짝 눌렀다. 제 삶만 고고하고 남을 하찮게 보는 마음을 버려라. 이것만 옳고 저것은 그르다는 분별을 버려라. 불법과 유법의 구분에 너무 얽매여 스스로를 옭죄지 말고 경계를 넘어서는 초월의 정신을 지녀라. 그것이야말로 초의의 삶이 아니겠는가? 다산이 초의에게 건네고자 한 뜻은 아마도 이러했을 것이다.

## 맛없는 맛의 맛있음을 알아야

이 글은 1814년에 다산이 초의에게 써주었다. 첩의 뒤에는 세 편의 발문이 더 실려 있다. 지면 관계로 다 읽지는 못하고 이노영의 글만 읽어보기로 한다.

이 첩은 바로 탁옹 정약용 선생께서 백련사 승려 의순에게 써주신 것이다. 내가 의순이 문사를 능히 좋아하는 것을 훌륭하게 보지만, 그를 아름답게 여기는 것은 오로지 탁옹께서 요순과 주공의 도리를 가지고 그에게 알려준 데 있다. 나는 이제껏 그를 만나보지 못했는데 서로 거리가 멀어서이다. 의순을 만나보지 못했어도 이미 그 눈썹이 빼어나고 눈빛이 형형한 것을 상상해보면 거의 열에 일고여덟은 얻었다 하겠다. 대개 정학연 형제에게서 의순의 일과 모습에 대해 질리도록 많이 들었기 때문이다. 이 첩을 보고 이제 과연 의순을 얻어 알게 되었다. 맛은 맛이 없는 데서 맛이 있음을 음미하고, 맛이 있는 데서 맛이 없음을 음미함이 있다. 짙은 것을 고치려면 반드시 담백해야 하나, 기미를 살피는 자는 이 때문에 얽혀들고 만다. 의순은 능히 초의의 맛을 음미하여 맛이 없는 데서 맛이 있는 그 참맛을 음미해야 하리라. 나는 의순이 불교에 노니는 것으로 자취를 감춘 것일 뿐, 실제로 행하지는 않음을 안다. 이 점을 다만 글로 밝히지는 않을 뿐이다. 두양 이노영 씀.

是帖卽籜翁之書贈白蓮社僧意洵者也. 余嘉洵之能喜文辭, 而美之者, 專在乎籜翁之以堯舜周公之道, 告之也. 余之嚮之未見是局. 洎不見洵也, 已想像其眉稜秀目炯炯然, 於十幾得七八焉. 盖從穉箕曻季, 飫聞洵之事狀. 如是帖, 今而果得洵乎識之. 有味之味無味之有味, 味有味之無味, 醫濃者必淡, 觀機者以繳. 洵乎能味草衣之味, 以其味眞味于無味之有味乎哉. 吾知洵之隱於游屠, 而名非行, 是不獨於文暢云爾. 斗陽李魯榮.

전후 사정을 짐작해볼 때 초의는 스승이 자신을 위해 써준 이 호게첩을 1815년 처음 상경할 때 들고 왔던 듯하다. 이때 정학연 형제와 가깝게 지냈던 이노영이 이 글을 써주었다. 이노영은 1810년 식년시에 급제했고 뒤에 음관으로 벼슬에 오른 것 외에는 특별히 남은 기록이 없다. 그는 거처를 옥경산방(玉磬山房)이라 했고, 1813년 장혼(張混, 1759~1828)이 쓴 시에 〈옥경산방다회(玉磬山房茶會)〉란 것이 있는 것으로 보아 진작부터 차 모임을 이끌던 인물이었다. 그런 그가 초의에 대해 관심을 갖게 된 것은 당연했다.

이노영은 글에서 정학연 형제에게서 초의의 이야기를 귀에 못이 박히도록 들어 만나보지 못했지만 익히 알 것 같다고 친근감을 표시했다. 특별히 그가 불승이면서도 다산을 따라 유학의 가르침에 잠심한 것을 높이 평가하고, 끝에서는 초의가 비록 불문에 자취를 두고 있지만 실은 유학에 뜻을 둔 사람인데 드러내놓고 밝히지 않았을 뿐이라고 적었다. 중간에 맛이 없는 중에 맛이 있고, 맛이 있는 가운데 맛이 없는 그 맛을 깊이 음미할 줄 알아야 한다고 한 대목에 글의 힘이 실렸다.

이《초의호게첩》의 원본이 언젠가 우리 눈앞에 불쑥 나타나기를 기대한다.

# 18. 배움의 마음가짐

—초의에게 준 공부의 바른 자세와 태도

이 글에서는 《일지암서책목록》 중 제7, 《총지금첩(聰之琴帖)》을 읽어보겠다. 이을호 박사 구장본을 당시에 복사한 것으로 현재 원본의 소재는 알 수가 없다. 이들 증언첩은 원래 상태대로가 아니라 《정다산선생행서첩》이란 제목으로 개장되어 이성화(李聖華)에게 준 별도의 증언과 함께 뒤섞여 묶여 있다. 이 글에서는 서책 목록 구분에 따라 가려서 읽겠다.

《총지금첩》은 모두 여섯 칙의 증언을 실었다. 크기와 형태가 제각각이어서 그때그때 스승이 써준 글을 하나씩 모아 한 첩으로 묶은 듯이 보인다. 달래기도 하고 야단을 치기도 하면서 놓인 상황에 따른 가르침을 내린 것인데, 초의에 대한 다산의 각별한 애정을 느낄 수 있다.



## 근거 없는 비방에 개의치 말라

사총(思聰)의 거문고와 참료(參廖)의 시, 회소(懷素)의 글씨와 거연(巨然)의 그림을 아우른 사람은 누구일까? 비록 능하지는 못하더라도 능히 이를 좋아할 줄 아는 사람은 누구일까? 낫 놓고 기역자도 모른 채 아침저녁으로 밥상을 마주하며, 그저 색즉시공 공즉시색의 주문만을 외우면서 일등 가는

《정다산선생행서첩》 복사본, 이을호 구장.



깨달은 스님네를 두고 외객(外客)이 되었다고 나무란다면 옳겠는가?

聽之琴, 廖之詩, 懷素之書, 巨然之畵, 兼之者誰? 雖不能之, 能知其好之者誰? 目不識丁, 朝夕對飯, 但誦色空空色之呪, 而指一等穎悟上人, 嗔之爲外客, 可乎?

먼저 《총지금첩》의 제1칙이다. 증언첩의 제목이 따로 있었던 것이 아니라, 각 첩의 첫 구절을 따서 이름을 붙였던 사정을 짐작하게 한다. 다산은 승려가 불법 탐구나 염불에만 집착해서는 안 되고, 문화적 안목과 예술의 소양을 갖춘 인문인이 되어야 한다는 점을 여러 차례 강조한 바 있다.

다산은 거문고 연주에 능했던 사총과 시로 이름이 높았던 참료, 명필 회소와 화가로 명망이 우뚝했던 거연 등 네 명의 승려 예술가를 열거한 후, 이

넷의 역량을 한 몸에 지녔거나, 혹 그렇지는 못해도 좋아할 줄 아는 사람이 누구겠느냐고 물었다. 그 해당자는 바로 초의다. 초의는 거문고도 연주하고 시도 잘 지으며, 글씨도 잘 쓰고 그림에도 능했다. 이 같은 초의를 두고 당시 대둔사에서는 유학 공부에 빠져서 마침내 외객(外客)이 되고 말았다며 그를 비방하고 헐뜯는 소리가 많았던 모양이다.

다산은 그 소문을 전해 듣고 화가 나서 초의를 달래주려고 이 글을 썼다. 그들이 하는 일이라고는 색즉시공 공즉시색의 《반야심경》을 습관적으로 마치 주문 외듯 독송하는 것뿐이다. 거기에 무슨 깨달음이 있는가? 그런 그들이 이런 일등 가는 깨달음을 깨친 초의를 비난하는 것이 가당키나 한가? 그러니 그따위 비방은 한 귀로 흘려듣고 말라고 한 것이다.

사총의 이야기는 소동파가 쓴 〈시승 도통에게 주다(贈詩僧道通)〉란 작품 속에 보인다. "웅장한데 어여쁘고 말랐으나 살진 것은, 금총(琴聰)과 밀수(蜜殊)가 다만 있을 뿐이라네.(雄豪而妙苦而腴, 只有琴聰與蜜殊.)"란 구절의 풀이에 "전당(錢塘)의 승려 사총은 젊어서 거문고를 잘 탔으나 뒤에 거문고를 버리고 시를 배웠으며, 다시 시를 버리고 도를 배웠다."고 썼다. 이 밖에 시승 참료와 서승 회소, 화승 거연은 모두 저마다의 분야에서 우뚝이 두각을 드러냈던 예술가이기도 하다. 염불만 열심히 외던 그 많은 승려의 자취는 흔적도 없지만, 이들의 이름은 역사가 기억하지 않는가? 초의가 이처럼 시나 그림, 또는 경전 공부에 관심을 두는 것은 수행에 방해가 되는 것이 아니라 오히려 도움이 된다. 당시 초의가 대둔사 승려들의 비난과 만류로 다산에게 와서 공부하는 일이 자꾸 꼬이자 다산은 그에게 기운을 북돋워 주려고 이 같은 말을 건네주었던 듯하다.

다시 이어지는 제2칙이다.

중부(中孚)란 가운데가 비어 있는 허중(虛中)의 괘다. '본시 한 물건도 없거늘, 어찌 티끌 먼지를 털겠는가?'라고 한 것 또한 허중이다. '큰물을 건너서 저편 언덕에 닿으려 힘쓴다' 하였으니, 이를 일러 심공(心空) 급제라

하는 것인가?

中孚者, 虛中之卦也. 本無一物, 何用拂塵, 亦虛中也. 利涉大川, 勖到彼岸, 斯之謂心空及弟耶?

초의의 자인 중부는 《주역》의 괘 이름이다. 초의는 처음 다산을 만나 《주역》 공부부터 시작했다. 그만큼 초의의 공부는 이미 근기가 갖춰진 상태였다.

중부란 자에는 어떤 의미가 담겨 있을까? 중부괘(中孚卦)는 태하손상(兌下巽上)으로 못[兌, ☱] 위에 바람[巽, ☴]이 있는 형국이다. 6효(爻)를 나란히 세우면 양음(兩陰)이 가운데 있고, 사양(四陽)이 아래 위를 감싼 모습이다. 따라서 안에 부드러움을 머금고 있어 바깥의 강함이 중(中)을 얻는 괘요, 믿음이 돼지나 물고기에게까지 미치는 상이다. 위 글에서 허중(虛中)이라 한 것은 육효 중에 가운데 두 개의 효가 음효라는 뜻이다. 《잡괘전(雜卦傳)》에는 '중부는 신의다.(中孚信也)'라 했고, 《주역정의(周易正義)》에서는 '안에서 믿음이 나오는 것을 중부라 한다.(信發于中, 謂之中孚)'고 했다. 뜻이 진실하다는 의미인 의순(意洵)의 법명에 꼭 부합한다. 중부는 아마도 다산이 초의를 위해 지어준 자일 것이다.

본문에 인용된 시의 앞 구절은 육조(六祖) 혜능(慧能)의 "본시 한 물건도 있지 않은데, 어디서 티끌 먼지 일어나리오.(本來無一物, 何處惹塵埃)"의 구절을 줄여 말한 것이다. 속이 텅 비어 아무것도 없는 허중의 의미를 강조하기 위해서다. 뒤의 것은 《주역》 〈중부〉 괘와 〈미제(未濟)〉 괘에서 따온 말로, 중정(中正)의 뜻을 높이는 말로 쓴다. '심공급제'는 당나라 때 방온(龐蘊)이 마조(馬祖) 도일(道一)과 나눈 "한입에 서강의 물을 다 마셔버린다.(一口吸盡西江水)"는 공안과 관련해서 나온 종요(宗要)의 송(頌)에 나온다. 관직에 오르기보다 선불장(選佛場)에 오르는 것이 훨씬 낫다는 의미다. 뒤에서 다시 설명하겠다.

다산은 혜능의 시와 《주역》의 구절을 하나씩 따와서 초의의 《주역》 공부가 심공급제의 큰 공부를 위한 바탕이 될 것이라고 축원해주었다. 인용 구절 하나하나에도 스승의 세심한 배려와 원려(遠慮)가 담겨 있다.

다시 제3칙을 읽는다.

진흙을 뭉쳐 소를 만들고, 돌을 쪼아 원숭이를 만드는 것은 석회를 빚어 보살을 만드는 것과 한가지다. 마조(馬弔)나 호로(呼盧) 같은 노름을 하는 것과 벌레를 조각하고 범을 수놓듯 기이한 문사를 짓는 것과는 그 차이가 그다지 멀지 않다.

摶泥爲牛, 雕石爲猨. 與塑堊做菩薩者, 平等也. 弔馬呼盧者, 與篆蟲綉虎, 作奇異文詞者, 其間亦不甚相遠也.

진흙으로 소를 빚고, 돌을 쪼아 원숭이를 만들며, 석회를 주물러 보살을 만든다. 이 세 가지에 무슨 차이가 있을까? 노름으로 즐기며 노는 것과 아름다운 문사를 짓는 데 골몰하는 즐거움은 확실히 다른가? 다산은 이렇게 개방형의 언사를 툭 던져놓고 글을 맺었다. 무슨 말인가?

"세상 사람들은 소를 만들고 원숭이를 새기는 재주를 천하다 하고 보살을 빚으면 귀하다 한다. 자식이 노름에 빠지면 큰 걱정을 하면서, 글쓰기에 몰입하면 자랑스러워한다. 두 가지 일은 서로 다를 게 없다. 그러니 중요한 것은 만들고 쪼고 빚어내는 그 행위, 무언가에 미친 듯이 몰두하는 그 자체에 있는 것이 아니라 그 대상과 목표가 무엇인가에 달린 것일 뿐이 아니냐? 네가 지금 하는 경전 공부도 이것과 다를 게 없다. 저들은 네가 유학의 경전을 익힌다고 떠들어대지만, 너의 이 공부를 어찌 노름에 빠진 것과 같이 볼 수 있겠느냐? 너의 이 노력을 어찌 원숭이 조각에 견주겠느냐? 의심 없이 따라오너라. 거리낌 없이 따라오너라. 네 눈을 어디에 두느냐에 달린 일일 뿐이니라. 알겠느냐?"

이렇게 해서 난데없는 비방에 휩싸인 초의를 위해 스승 다산은 위로와 함께 용기를 불어넣어 주었다.

## 공부하는 바른 태도

인간 세상은 몹시도 바쁜데, 너는 늘 동작이 느리고 무겁다. 그래서 일 년 내내 서사(書史)의 사이에 있더라도 거둘 보람은 매우 적다. 이제 내가 네게 《논어》를 가르쳐주겠다. 너는 지금부터 시작하도록 하되, 마치 임금의 엄한 분부를 받들듯 날을 아껴 급박하게 독책(督責)하도록 해라. 마치 장수는 뒤편에 있고, 깃발은 앞에서 내몰아 황급한 것처럼 해야 한다. 호랑이나 이무기가 핍박하는 듯이 해서 한순간도 감히 늦추지 말아야 할 것이다. 오직 의리만을 찾아 헤매고, 반드시 마음을 쏟아 정밀하게 연구해야만 참된 맛을 얻을 것이다.

계유년(1813) 10월 19일 다옹.

人世甚忙, 汝每動作遲重. 所以終勢書史之間, 而勳績甚少也. 今授汝魯論, 汝其始自今. 如承王公嚴詔, 刻日督迫, 如有將帥在後, 麾旗前驅, 遑遑汲汲. 如爲虎狼蛟龍所逼迫, 一瞬一息, 無敢徐緩. 唯義理尋索, 必潛心精硏, 乃得眞趣. 癸酉十月十九日, 茶翁.

이 글에는 〈시의순독서법(示意洵讀書法)〉이란 제목을 따로 달았다. 초의와 새롭게 《논어》 공부를 시작하면서 다짐 삼아 써주었다. 글을 쓴 시점은 1813년 10월 19일이다. 다산이 초의에 대해 모든 점에서 흡족해했던 것은 아니다. 초의는 다산에게 독특한 캐릭터였다. 머리는 대단히 총명한데 좀체 적극적으로 달려들려 하지 않고 주춤대고 머뭇거렸다. 주변의 입길도 있고, 승려로서 유가 경전 공부에 매진하는 것이 아무래도 꺼려져서 그랬을 것이다. 그래서 다산이 한마디 했다.

"잘 듣거라. 바쁜 세상에 너처럼 굼뜨고 미적거리기만 해서야 무슨 공부를 할 수가 있겠느냐. 손에 책을 들고 있다고 그게 공부가 아니니다. 그러면 아무 보람이 없지. 이제 우리는《논어》공부를 시작할 것이다. 정신을 바짝 차리고 적극적인 태도로 임하지 않으면 아예 시작조차 안 하느니만 못하다. 임금의 지엄한 분부를 받들어 날을 헤아려가며 독려하고 재촉하듯 해야 한다. 무서운 장수가 뒤에서 눈을 부릅뜨고 앞에서는 깃발을 휘두르며 돌격을 명령해 숨 돌릴 틈도 없는 듯 다급한 마음을 지녀야 한다. 뒤에서 호랑이가 너를 물어뜯으려고 달려들고 이무기가 날카로운 이빨로 너를 삼키려 한다고 생각해보거라. 잠깐만 방심하면 그것으로 끝이다. 오로지 대체 무슨 뜻일까? 무슨 말을 하려고 한 거지? 이렇게 볼 수는 없을까? 이렇듯이 경전의 한 구절 한 구절을 곱씹고 되새겨 온전히 네 것으로 만들어야만 한다. 공부에는 대충과 느긋은 없다. 남들 하는 만큼이란 말도 없다. 목숨 걸고 공부해도 될까 말까다. 지금 같은 자세로는 아예 시작도 하지 마라."



배우는 사람은 반드시 혜(慧)와 근(勤)과 적(寂) 세 가지를 갖추어야만 성취함이 있다. 지혜롭지 않으면 굳센 것을 뚫지 못한다. 부지런하지 않으면 힘을 쌓을 수가 없다. 고요하지 않으면 오로지 정밀하게 하지 못한다. 이 세 가지가 학문을 하는 요체다.

學者必具慧勤寂三者, 乃有成就. 不慧則無以鑽堅; 不勤則無以積力; 不寂則無以顓精. 此三者, 爲學之要也.

이렇게《논어》를 읽는 태도를 일깨운 뒤 마지막 한 단락은 위학삼요(爲學三要), 즉 공부하는 사람이 반드시 지녀야 할 덕목 세 가지를 꼽았다. 혜(慧)·근(勤)·적(寂)이 그것이다. 지혜는 어찌 얻어지는가? 찬견(鑽堅), 즉 굳세고 단단한 것을 마침내 뚫어내는 집중이 필요하다. 여기에 부지런함을 더해야 적력(積力), 곧 힘이 축적된다. 다시 고요한 사색을 통해 전정(顓精), 즉 정밀함을 보태야 한다.

슬기와 노력에 더해 고요한 내면의 성찰이 얹힐 때 공부는 비로소 빛난다. 다산은 다른 글에서 정존(靜存)과 동찰(動察)의 상호작용을 언급한 적이 있는데, 고요한 사색으로 공부한 것을 마음에 간직해두고, 일상의 행동에서 이를 살펴 적용하라는 취지다. 이 글에서는 승려인 초의를 배려해서 일부러 불교에서 즐겨 쓰는 용어를 끌어왔다.

미리 만들어둔 공책에 펼침 면 한 면이 남았던 모양이다. 마무리를 대신해 다산은 한 면에 네 글자씩 여덟 자를 써서 그 여백을 채웠다.

정신을 맑게 하여 육신을 부려, 등급을 엄하게 한다.

清神役形, 以嚴等級.

불경에서 따온 구절인 듯한데 출전을 알 수 없다. 사람은 정신이 맑아야 몸의 주인 노릇을 할 수가 있다. 정신이 육신의 욕망에 끌려다니면 저급한 인간이 되고 만다. 자신의 등급을 올리고 싶거든 몸을 기르지 말고 정신을 길러라. 정신이 앞장서면 몸은 뒤따라가게 되어 있다. 몸이 먼저 나가면 정신은 쩔쩔매며 길을 놓치거나 엉뚱한 데를 헤맨다.

이렇게 여섯 항목으로 이루어진《총지금첩》을 다 읽었다. 앞쪽 세 칙은 자신을 찾아와 공부하게 된 일을 계기로 초의가 동료 승려들에게 외학(外學)에 빠졌다는 비방을 듣게 되자 주눅 들지 않게 북돋워 주는 말로 썼고, 뒤 세 칙은 그럼에도 성에 차지 않는 초의의 미적지근한 공부 자세를 매섭게 나무라는 말로 적었다.

《총지금첩》, 《정다산선생행서첩》 수록, 다산 친필, 이을호 구장, 원본 소재 불명.

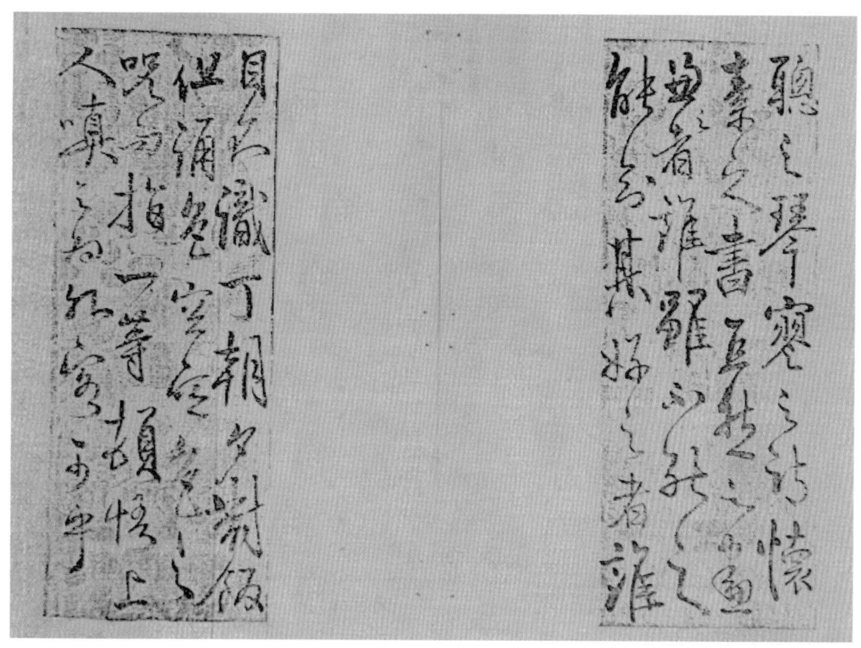

1

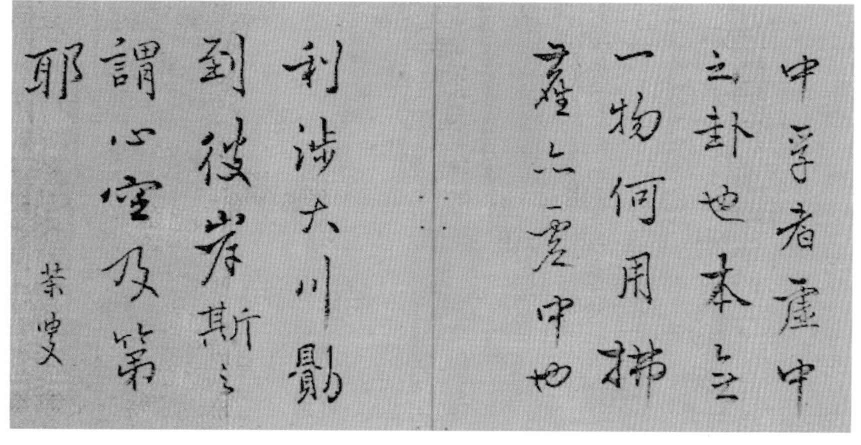

2

摶泥為牛雕
石為猨與塑
聖做菩薩者
平等也弔馬
呼盧者與篆
蟲繡虎以奇
異文詞者至旨
亦不甚相遠也

3

示意洵讀書法
人之甚佳汝每動心
遲重所以視歲書史
之間而勤續甚少也
今擬以魯論從至如
自今以學之數語

刻日精進如有將帥
在後麾旗前驅追汲
汲以為虎狼蛟龍所逼
迫一瞬一息無敢徐緩
唯匯義理尋索必潛心
精研乃得真趣
癸酉十月十九日 [illegible]

4

學者必具慧勤寂三者乃有成就不慧則無以鑽堅不勤則無以積力不寂則無以凝精此三者爲學之要也

5

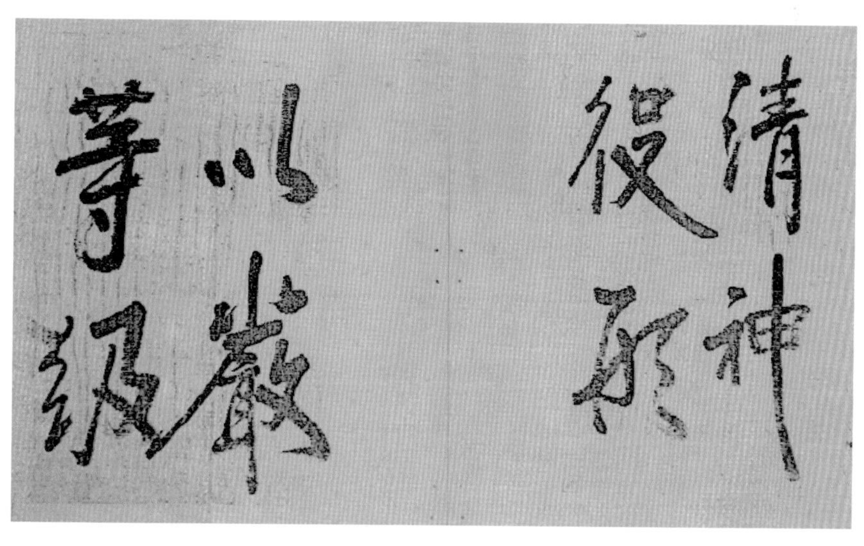


6

# 19. 어째서 근심에 빠져 있느냐
## —초의에게 시로 내린 가르침

### 시로 선(禪)을 읽는다



이번 글에서는 《당사문수이보궐시첩(唐沙門酬李補闕詩帖)》을 읽겠다. 이 또한 다산이 초의에게 준 증언첩인데, 첫 항목 첫 줄을 제목으로 삼았다. 《일지암서책목록》에 보이는 명명을 그대로 따른다. 이 증언첩에는 특별히 앞뒤로 다산의 것으로 보이는 그림이 실려 있다. 괴석과 소철, 괴석과 파초, 괴석과 소나무를 그린 세 폭이 앞쪽에 배치되어 있고, 끝에는 대나무와 국화를 그려놓았다. 필시 화보(畵譜)를 보고 베낀 그림인 듯하나 원본을 확인하지는 못했다.

앞쪽 일곱 항목은 천을 잘라 만든 공책에 썼다. 마지막 항목 끝에 '시의순(示意洵)'이라 적어 이 증언의 수신자가 초의임을 밝혔다. 그 뒤편으로는 다시 시를 옮겨 적은 여섯 칙과 작시법을 논한 네 칙을 실었다. 모두 17칙이다. 차례대로 읽어본다.

당나라 때 승려 교연(皎然)이 보궐(補闕) 이서(李紓)에게 준 시에서 말했다.

동림사에 머물잖고

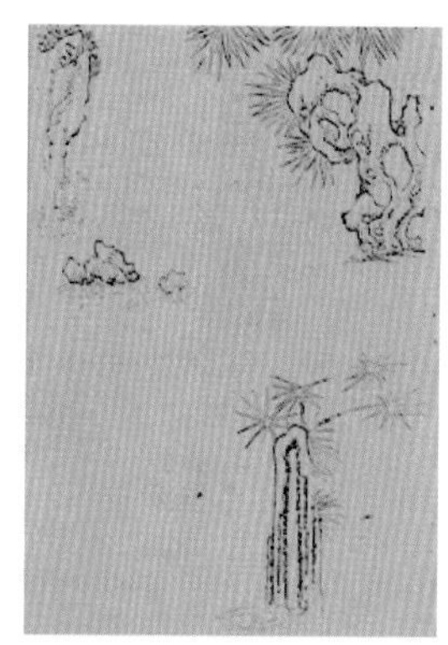
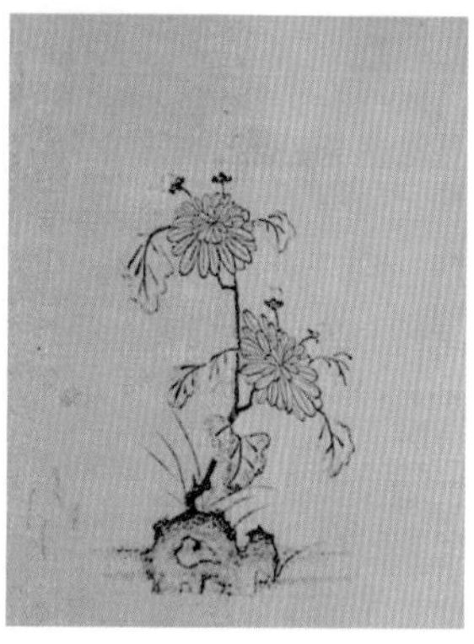

《당사문수이보궐시첩》에 실린 다산의 그림.



운천(雲泉) 곳곳 다닌다네.
근신(近臣)께서 어이 알리
선객(禪客) 본시 이름 없네.

이 시가 가장 좋다.

唐沙門酬李補闕詩曰: "不住東林寺, 雲泉處處行. 近臣那得識, 禪客本無名." 此詩最好.

당나라 승려 시인 교연의 〈수이보궐서(酬李補闕紓)〉란 작품을 인용하고 참 좋다고 칭찬한 내용이 전부다. 무엇을 좋다고 한 것일까? 다산은 '동산사(東山寺)'로 썼는데, 원본 따라 '동림사(東林寺)'로 고친다.

보궐 벼슬을 하는 황제 측근의 신하 이서가 내게 묻는다.

"여보시오, 선사! 동림사에 사시는 게요?"

"아니올시다. 소승은 구름 따라 냇물 따라 발 가고 마음 가는 대로 떠도는 행각승이올시다. 동림사는 지나다 잠깐 들른 게지요."

"법명은 어찌 되시오?"

"선객(禪客)이 어찌 이름을 갖겠습니까? 그저 떠돌이 중이려니 하십시오."

이렇게 해서 높은 벼슬아치가 선객에게 선(禪) 한 방을 맞았다. 다산의 말뜻은 이렇다.

"고관대작 앞에서 승려들이 쩔쩔매며 굽실대는 꼴처럼 보기 싫은 것이 없다. 초의야! 너는 그렇게 하지 마라. 이 시의 풍격을 보아라. 아무 구김살이 없지 않느냐. 그는 그, 나는 나다. 한곳에 정주(定住)하지 마라. 자유로운 정신을 품어야지. 권력 앞에 주눅이 들어서는 안 된다. 나는 네가 당나라 때 시승 교연 같은 사람이 되면 좋겠다."

다시 이어지는 제2칙이다.

청강(淸江)이 지은 바라문생을 전송하는 시는 이렇다.

설령(雪嶺)의 금하(金河)는 홀로 동쪽 향해 가니
오산(吳山)과 초택(楚澤)은 생각만 가이없네.
이제 와 흰머리로 고향 생각 스러져도
만 리라 가는 길은 꿈속에만 있구나.

이 시는 방거사(龐居士)의 그러한 뜻을 깊이 얻어 근심스런 기미에 떨어지지 않았다.

淸江送婆羅門生詩曰："雪嶺金河獨向東，吳山楚澤意無窮．如今白首鄕心盡，萬里歸程在夢中．" 此詩深得龐居士恁麽意思，不落悄然機爾．

청강은 당나라 때 절강성 운문사(雲門寺)에 있던 승려다. 자세한 인적 사항은 알려져 있지 않다. 그의 시 20여 수가 《전당시(全唐詩)》에 실려 전한다. 위 시 〈송바라문(送婆羅門)〉은 그 중 한 수다.

1구의 설령은 히말라야다. 금하는 그곳에서 발원하는 아노장포(雅魯藏布, 야루짱부) 강이다. 이것이 동쪽으로 흘러 흘러 장강의 물줄기를 이룬다. 오산과 초택은 그렇게 수천 리를 흘러온 강물이 바다로 흘러드는 곳이다. 히말라야의 금하는 무슨 일로 동쪽으로 동쪽으로만 흘러가는 걸까? 그곳에 그리운 고향이 있기 때문이다. 내 생각도 저 강물 따라 그 끝에 있는 고향을 향해 간다. 하지만 이제는 다 늙어 흰머리가 되었으니 고향 생각은 뜬금없고 가뭇없다. 그래도 고향이 문득 그리워지면 내 만 리의 고향 길은 자주 꿈속을 헤매 돈다.

시상이 절묘하다. 3구의 '향심진(鄕心盡)'을 다산은 또 '향수진(鄕愁盡)'으로 잘못 옮겨 적었다. 역시 원전에 따라 고쳤다. 4구의 방거사는 당나라 때 재가불자였던 방온이다. 그가 마조(馬祖) 대사를 처음 찾아뵙고 물었다.

"만법(萬法)과 더불어 벗 삼지 않는 이는 어떤 사람입니까?"

도발적인 질문이었다. 대사가 대답한다.

"네가 한입에 서강의 물을 다 마시고 오면 그때 말해주마."

이 한마디에 방온은 통쾌하게 깨달았다. 앞선 글에서 다산이 '서강의 물을 다 마셔버린다(吸盡西江水)'라 한 화두가 여기서 나왔다. 마조는 방온을 위해 게송 하나를 다시 내려주었다.

시방 사람 한자리에 한데 모여서 　十方同聚會
저마다 무위(無爲)의 법을 배우네. 　箇箇學無爲
여기는 바로 선불장(選佛場)이니 　此是選佛場

심공(心空)으로 급제하여 돌아가시게.　　　　心空及第歸

선불장은 부처로 선발되는 마당이다. 따라서 이곳의 시험은 관원을 선발하는 세속의 시험장과는 많이 다르다. 이곳의 급제는 마음을 비워야만 이룰 수 있는 심공급제(心空及第)다. 앞서 《총지금첩》에 나온 심공급제의 의미와 호응을 이룬다.

앞서 본 청강의 시는 나이 든 승려의 향수 타령이 근심스런 기미에 젖지 않고 상쾌한 여운을 남긴다. 시란 정서를 담는 그릇이다. 정에 끌려다니면 문득 제2의로 떨어지고 만다.

## 말보다 실천이 앞서야



이제 초의에게 건네는 직접 화법 형식의 증언 다섯 칙이 이어진다. 다시 제3칙을 보자.

문수사리가 유마힐에게 물었다.
"어떤 보살이라야 불이법문(不二法門)으로 들어갑니까?"
유마힐은 침묵하며 아무 말이 없었다.
문수사리가 탄식하며 말했다.
"훌륭하구나! 말이 없는 곳에 이르는 것이 참된 불이법문이로다."
정이천이 마당에 물 뿌리고 쓸며 어른이 부르면 대답한다고 말한 것도 아무 말 않고 침묵한 지점과 합치된다.

文殊師利問維摩詰: "何等菩薩入不二法門?" 維摩詰默然無言. 文殊師利歎曰: "善哉! 乃至無有語言, 眞不二法門也." 程伊川謂洒掃應對, 與默然處合.

초기 불교 경전인 《유마경(維摩經)》의 한 단락을 옮겼다. 유마힐은 고인도 비야리 성에 살고 있었다. 석가모니가 설법할 때 유마힐이 아프다는 핑계로 오지 않자 석가모니는 문수사리를 그에게 보내 병문안을 하게 했다. 그때 문수사리가 불이법문에 드는 법을 묻자 유마힐은 침묵으로 대답했다. 이후 이 이야기는 불교에서 말하지 않고 말하고, 전하지 않고 전하는 불립문자(不立文字), 교외별전(教外別傳)의 전고로 자주 인용되었다.

송나라의 유학자 정이천도 높고 아득한 철학적 가르침에 앞서 마당에 물 뿌려 빗자루로 쓸고, 어른의 부름에 공손하게 응대하는 것이 더 중요한 공부임을 말한 적이 있다. 유마힐의 침묵 강의와 정이천의 청소 대답이 결국은 한가지 뜻을 담고 있다고 다산은 말했다. 언어로 분별하여 따지려 들면 참된 깨달음은 사라지고 만다. 그러니 머리로 따져 아는 알음알이를 버리고 마음으로 깨달아 침묵으로 머금는 공부를 해야 한다는 주문이다. 따지기 좋아하던 초의의 한 귀퉁이를 이렇게 눌렀다.

다시 제4칙.

평생 자기 일만 하면 모두 남의 것이 되고, 평생 남의 일을 하면 도로 자기에게 보탬이 된다. 의순은 이 같은 이치를 깨닫지 못해 남을 위해서 손가락 하나조차 까딱하지 않으려 한다. 그래서 이제껏 마침내 무엇을 이루었는가?

平生做自己事, 都屬別人. 平生做別人事, 還益自己. 意洵不曉此理, 一指不肯爲他動. 如今竟有何成?

다산이 보기에 초의는 대단히 명민하지만 이기적이었다. 제가 목적하는 것 외에는 눈길도 주지 않았다. 좋게 보아 자기 관리가 철두철미했다. 다산이 그에게 따끔하게 지적한다.

"어째 너는 너만 생각하느냐! 남을 위해서는 손가락 하나 까딱하려 하지 않는구나. 저만 위하면 남 좋은 일이 되고, 남을 위할 때 나도 좋은 일이 생기는 법이다. 이 이치를 생각해보거라. 지금처럼 외곬으로 이것도 안 돼, 저것은 안 해 한다면 끝내 이룰 날이 없을 게다. 내가 너를 가르치는 것이 나 좋자고 하는 일이더냐? 내놓을 생각은 없고 가져갈 생각만 하니 발전이 없고 자기 틀에 콕 갇혀 헤어나지 못하게 되는 게다. 참 딱하다."

이어지는 제5칙을 보자.

시에 능한 사람은 시 때문에 자신을 피곤하게 하고, 그림에 능한 사람은 그림으로 인해 자신을 힘들게 한다. 돈을 지닌 사람은 돈 때문에 자기를 지치게 하고, 쌀이 있는 사람은 쌀로 인해 스스로를 괴롭힌다. 이로 말미암아 본다면 어리석은 비렁뱅이가 되는 것이 가장 좋은 방법일 것이다.

能詩人, 困我以詩; 能畵人, 困我以畵; 有錢人, 困我以錢; 有米人, 困我以米. 由是觀之, 啞羊乞士, 爲無上方便.

"재능도 재물도 사람을 피곤하게 한다. 그렇다고 시도 필요 없다 하고, 그림도 쓸데없다 하면 되겠느냐? 돈도 필요 없고 쌀도 필요 없다고 하면 무엇으로 필요한 물건을 사고, 무엇으로 배를 채운단 말이냐? 그런 논리라면 차라리 저 천한 비렁뱅이로 살아가는 것이 최고라 하겠구나? 그러나 그러냐? 한번 생각해보거라."

초의가 학문 외의 것은 거들떠보지도 않으려 하자 답답해서 한 말로 들린다. 원문의 아양걸사(啞羊乞士)는 불경에서 나온 표현이다. 지극히 어리석고 몽매한 사람을 가리킨다. 금산(金山)의 종앙상인(宗仰上人)이 물러나 칩거하며 지낼 때 젊은 승려들이 글공부는 안 하면서 실상 따지기만 좋아하자 이를 나무라면서 쓴 표현이다.

## 물병 하나, 지팡이 하나면 충분하다

"법희(法喜)를 아내로 삼는 것이 아웅다웅하는 것보다 낫다. 법전(法傳)을 아들로 삼으면 문호가 기우는 것을 걱정하지 않는다." 이는 옛사람이 선사(禪師)를 선망해서 한 말이다. 남들은 너를 부러워하는데 너는 도리어 근심에 빠져 있구나.

法喜爲妻, 勝如閨房勃谿. 法傳爲子, 不憂門戶傾圮. 此古人羨禪語也. 人方羨汝, 汝反悄然.

법희는 불교 용어다. 불법을 듣고 깨달을 때 일어나는 법열을 뜻하는 표현이다. 법희보다 더 큰 기쁨은 없다. 원문의 발계(勃谿)는 소리를 크게 내어 다툰다는 말이니 아내와 지지고 볶고 싸우는 것을 말한다.

"수행자란 어떤 사람인가? 불법에서 느끼는 희열과 결혼한 사람이다. 수행자의 자식은 누구인가? 내게 더없이 큰 기쁨을 주는 불법을 내게서 전해 받은 사람이다. 그토록 어여쁘던 아내는 어느새 구자마모로 변하고, 못난 자식은 하는 짓마다 근심거리를 만든다. 하지만 절집에는 그 같은 근심이 없다. 이 말은 《유마경》 〈불도품(佛道品)〉에 나오는 말이 아니더냐? 사람들은 너를 신선 보듯 부러워하는데 너는 늘 상을 찡기고 있구나!"

다만 물 한 병만 있다면 어딘들 샘이 없으랴. 지팡이 하나만 있다면 어디 간들 길이 없겠는가? 칡넝쿨을 가져다가 두건을 만들고, 솔잎을 찧어서 죽을 끓이니 이것이 바로 운수(雲水)의 한가로운 신세이다. 의순에게 보여 준다.

但有一甁, 何處無泉. 但有一笻, 何往無路. 擩葛爲巾, 擣松爲鬻, 便是雲水閑身. 示意洵.

"운수승(雲水僧)에게 필요한 것은 물 한 병과 지팡이 하나뿐이다. 해를 가리려면 칡넝쿨을 얽어 모자를 만들어 쓰고, 배고프면 솔잎을 빻아 죽을 끓여 마신다. 발길 닿는 대로 가고 마음 가는 데서 머물면 그뿐이다. 그런데 너는 이것을 따지고 저것을 살피느라 한가할 날이 없구나. 저절로 될 것을 두고 분별하지 마라. 안 해도 될 걱정을 미리 짊어지지 마라."

뭐든 완벽해야 움직이는 초의에게 그 강박에서 벗어나라고 주문했다. 이 같은 일련의 가르침을 보면 초의를 바라보는 다산의 시선이 고스란히 느껴진다. 초의는 꼼꼼하고 성실한 완벽주의자였다. 마음에 가늠을 두어 확신이 있어야만 행동에 옮겼다. 과단성이 부족해서 자꾸 주춤대고 머뭇거렸다. 성실했지만 틀에 박혀 그 틀을 벗어나려 하지 않았다. 다산은 이 점이 못내 답답했던 듯하다. 그래서 불교의 여러 비유를 살펴서 그에게 꼭 맞는 가르침을 내리려고 마음을 썼다. 그만큼 다산은 초의를 아꼈다.



## 적막히 스님 하나 찾아오누나

증언첩의 뒷부분은 다산 자신의 시 두 수와 두 구절, 다른 사람의 시 두 구절을 제시했다. 마저 읽는다.

| | |
|---|---|
| 소나무 단 위의 흰 바위 평상 | 松壇白石牀 |
| 바로 내가 거문고를 타는 곳일세. | 是我彈琴處 |
| 산 손님 거문고 걸고 돌아가더니 | 山客挂琴歸 |
| 바람 와서 줄이 절로 소리를 낸다. | 風來絃自語 |

이 시는 다산이 초당의 12경을 노래한 〈다산 12경〉 시의 하나다. 송단(松壇)은 초당 앞마당 소나무 밑에 조금 솟은 곳이다. 그곳에 널찍한 너럭바위

평상이 놓여 있다. 공부를 하다가 무료해지거나 휴식이 필요할 때면 그 위에 앉아 거문고를 연주한다. 그렇게 한참을 놀다가 거문고를 솔 그늘에 세워놓고 떠나면 나 대신 바람이 찾아와서 저 혼자 거문고 줄을 집적거려 가느다란 소리를 낸다.

| | |
|---|---|
| 새삼 넝쿨 드리워진 좁은 바위 길 | 垂蘿細石徑 |
| 구불구불 서대(西臺)에 가까이 있네. | 紆曲近西臺 |
| 이따금 우거진 녹음 속에서 | 時於綠陰裏 |
| 쓸쓸히 스님 하나 찾아오누나. | 寂莫一僧來 |

역시 〈다산 12경〉 중 하나다. 초당으로 올라오는 좁은 길은 울퉁불퉁 돌길이다. 구불구불 돌아서 올라서면 서대가 손님을 맞는다. 하루 종일 아무도 찾지 않는 무심한 여름날, 짙은 녹음을 뚫고 "스승님, 계십니까? 저 왔습니다." 하는 목소리가 들린다. 초의다.

| | |
|---|---|
| 시내 불어 꽃 흘리는 힘이 남았고 | 溪肥賸有流花力 |
| 산 고요해 약 찧는 소리 크게 들린다. | 山靜明生擣藥聲 |

| | |
|---|---|
| 경오년(1810) 봄. | 庚午春 |

1810년 봄에 쓴 한 구절이다. 봄날 물이 불어난 시내 위로 진 꽃잎이 기운차게 떠내려간다. 적막한 산속에 어디선가 절구에 약 찧은 소리가 갑자기 크게 들린다. 이 소리에 적막하던 산중이 출렁거린다.

| | |
|---|---|
| 만 줄기 대를 심어 바다 장기(瘴氣) 차단하고 | 種竹萬竿遮海瘴 |
| 솔 천 그루 남겨두어 바람 소릴 듣노라. | 留松千樹聽天風 |

## 기사년(1809) 여름 己巳夏

1809년 여름에 쓴 작품 중 득의의 두 구절을 옮겼다. 초당 둘레에 1만 그루의 대를 심었다. 대나무의 청신함으로 바닷가의 나쁜 기운을 막기 위해서다. 1천 그루의 소나무는 내게 자연의 음악을 늘 다른 곡조로 들려준다. 그 가락을 타고 둘레에 푸르름이 가득하다.

들판 물 절로 생김 비 때문이 아니요 野水自生非藉雨
봄 산이 더워지자 꽃피는 것 못 막네. 春山旣煖不禁花

## 법천옹 法泉翁

법천옹의 시 두 구절이다.《금당기주》에는 법천옹이 '연담구(蓮潭句)'로 적혀 있어서 연담 유일의 시구인 듯하나 그의 시집에도 이 구절은 보이지 않아 명확하지 않다. 비도 내리지 않은 들판에 물이 흐른다. 산에서 불어난 물이 여기까지 달려왔다. 봄 산이 더워지자 그 기운을 받은 꽃들이 더는 견디지 못하고 일제히 피어난다.

백 길 높은 현등사 골짜기 별 어지럽고 懸燈百丈峽星亂
큰 피리 한 소리에 강달이 높이 떴네. 轟笛一聲江月高

## 겸산옹 兼山翁

겸산옹(兼山翁)의 두 구절을 적었다. 겸산옹은《금당기주》에 '청파구(青坡句)'로 적혀 있다. 사명당의 제자 청파(青坡) 각흠(覺欽)으로 보이나 이 또한 확실치 않다. 현등사(懸燈寺)는 경기도 가평 운악산(雲岳山)에 있는 절이다. 다산은 일찍이 이곳을 찾은 적이 있었다. 1210년(희종 6)에 보조국사(普照國

師) 지눌(知訥)이 주춧돌만 남은 절터 석등에서 불이 꺼지지 않고 있는 것을 보고 절을 중창한 뒤 이렇게 이름을 붙였다. 현등사 아득히 높아 깊은 골에 뭇별이 어지럽다. 어디선가 피리 소리가 하늘에 사무쳐 그 서슬에 먼 강 위로 달이 불쑥 올라왔다.

이 같은 시 구절을 다산은 왜 초의에게 써준 것일까? 초의에게 좋은 시의 예를 보이고 시에 깃들이는 해맑은 정신의 표정을 보여주고 싶어서였다. 특히 끝의 두 시는 초의의 아득한 스승뻘 되는 고승들의 시구다. 네가 이 같은 시승(詩僧)의 전통을 부디 이어다오 하는 심정이었을 것이다.

## 시의 작법에 대하여



시가 주는 위로를 예시로 보여준 다산은 내친김에 초의에게 시의 작법까지 친절하게 일러줄 생각이 났던 모양이다. 모두 네 칙으로 이루어져 있다. 특별히 칠언고시를 지을 때 피하거나 고려해야 할 점들을 집중적으로 다루었다. 아마도 과체시의 형식을 익히게 하는 과정에서 좀 더 친절한 설명이 필요하다고 느꼈던 듯하다.

칠언고시는 자못 격률이 있는데 이를 모르고 짓는 사람이 있다. 운자를 바꾸는 방법은 반드시 평상거입의 네 소리가 서로 뒤섞여 가락을 이루어야 한다. 입성으로 입성을 잇고, 평성으로 평성을 잇는 것은 옛날에는 없었다. 두보의 〈병거행(兵車行)〉은 평성으로 평성을 이었지만 이는 별도의 한 예이니 본받아서는 안 된다.

七言古詩, 頗有格律, 盖有不知而作之者, 其易韻之法, 必令平上去入, 相錯成聲. 以入承入, 以平承平, 古無是也. 少陵兵車行, 以平承平, 別是一例, 不可効也.

칠언고시는 따져야 할 성률의 규칙이 오언고시의 경우보다 한결 까다롭다. 이것을 제대로 알지 못하면 짓기가 어렵고, 짓고 나서도 남의 웃음만 사게 된다. 그 기본 요령은 중간중간 운자를 바꿀 때 평상거입의 소리를 조화롭게 섞는 데 있다. 이것이 가락을 이루어야 전체 시의 리듬이 살아난다. 특별히 입성을 입성으로 받거나 평성을 평성으로 받아 밋밋한 가락이 맥없이 이어지는 것을 금기로 여긴다. 두보의 〈병거행〉처럼 평성으로 잇댄 예가 없는 것은 아니지만 두보니까 가능한 얘기고, 서툰 솜씨로 어설프게 흉내 내서는 안 된다.

또 간혹 하나의 운자만 온전히 써서 작품이 끝날 때까지 바꾸지 않는데, 이것도 한 가지 방법이다.



又或純用一韻者, 終篇不易, 又一法也.

장편의 칠언고시를 일운도저(一韻到底) 격으로 단숨에 밀어붙이는 경우도 있다. 운자를 밋밋하게 바꿔 기맥을 떨어뜨리기보다는 하나의 운자를 힘 있게 끝까지 밀고 가는 것도 한 방법이다.

측성의 운자로 대자(對字)를 놓을 때는 측성으로 시작해도 괜찮다. 다만 평성으로 평성에 대자하는 것은 법으로 금하는 바다.

側韻對字, 亦側仍亦無害. 唯以平對平, 法所禁也.

측운자의 앞 구절 같은 위치에 놓은 글자는 측성으로 시작하는 것은 괜찮아도, 평성운의 글자를 평성운의 글자로 맞받으면 안 된다. 측운자는 그 안에 상성·거성·입성의 변화가 있지만, 평성에 평성이 맞닿으면 가락이 평퍼짐해지기 때문이다.

또 글자마다 성률을 맞춰서 곧장 절구를 지어서 서로 잇대는 경우가 있다. 다만 〈장안고의(長安古意)〉가 성률의 법칙이 가장 엄하니 상세하게 점검하면 본받을 수가 있다.

又有字字協律, 直作絶句以相承, 唯長安古意, 法律最嚴. 詳撿乃可效也.

또 어떤 경우는 아예 칠언절구를 여러 수 포갠 형태로 칠언고시를 짓는 수가 있다. 당나라 노조린(盧照隣)의 작품 〈장안고의〉가 그 같은 예에 해당한다. 무려 17수의 절구를 포개놓은 형태다. 이 방법을 쓰더라도 격률의 삼엄함을 놓쳐서는 안 되니, 이 작품을 숙독해서 그 교합의 원리를 익힌다면 이 또한 사용해볼 만한 방법이다.

한편《금당기주》의 해당 항목 상단에 시론에 관한 한 항목이 덧붙어 있다. 또 달리 전사된 필첩에 적힌 다산의 추기(追記)로 보인다.

칠언고시의 평측은 왕유와 두보, 한유와 소동파 이래로 전해져온 법칙이 있으니 운법(韻法)에 그치지 않는다. 평자로 평자를 잇는 것은 따로 예를 들어 말할 수가 없다. 우리나라 사람들이 이 점에 대해 모두 그 방법을 얻지 못했다. 하지만 과체시는 평측이 자못 바탕으로 삼는 바가 있다. 조선 초기 사가(四佳) 서거정(徐居正) 같은 여러 분이 있어서 이러한 점을 알았기 때문에 짓는 법이 이와 같았던 걸까?

七言古詩平仄, 自有王杜韓蘇以來相傳之法, 不止於韻法而已. 如以平承平, 不可以別例言. 東人於此, 皆未得其法. 然科體詩, 平仄頗有所本. 在國初如四佳諸公, 其知此而如是製式歟.

역시 칠언고시의 작법에 관한 내용인데, 다른 사람의 추기일 가능성도 없지 않지만 다산의 앞선 글과 맥락이 닿아 있어 이 글에서는 다산의 글로 판단한다. 평자로 평자를 받을 수 없다는 원칙을 확인하고, 우리나라 사람들이 이 같은 원리를 잘 모른다고 지적했다. 다만 과체시에서는 이 같은 원칙이 잘 지켜지고 있는데, 조선 초기 과거제도가 정착될 당시 서거정 같은 안목 높은 이들이 있어서 그랬던 것으로 추정했다.

이렇게 해서 다산이 초의에게 준《총지금첩》과《당사문수이보궐시첩》을 완독했다. 글을 꼼꼼히 읽어보면 다산의 눈에 비친 초의의 모습이 선명하게 떠오른다. 다산은 공부의 바른 방법을 일러주고, 시학의 비유를 끌어와 초의의 완벽주의를 무너뜨리려 했다. 시학의 여백을 실천적 예시로 보여주고, 시 작법의 구체적 요령을 일러주기까지 했다.

《당사문수이보궐시첩》, 다산 친필, 이을호 구장, 원본 소재 불명.

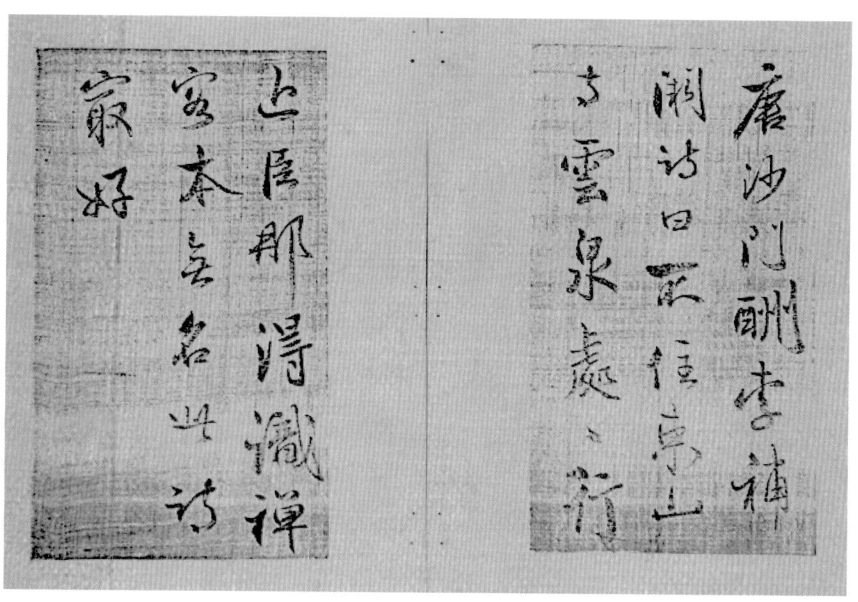

1

2

文殊師利問維摩
詰何等菩薩入不
二法門維摩詰默
然無言文殊師利歎

曰善哉乃至無有文字語
言眞是入不二法門也程
伊川謂洒掃應對
與默然處合

3

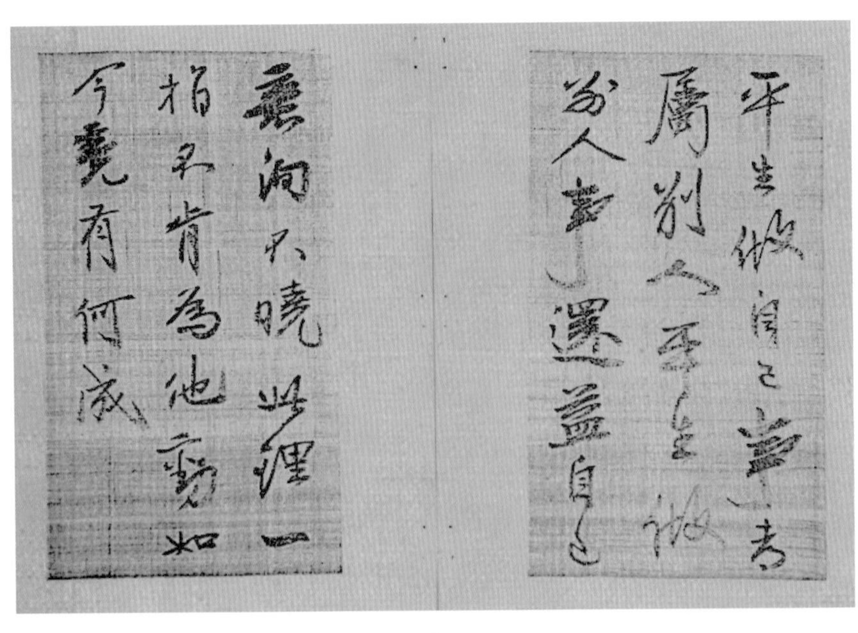

平生做得之事者
屬別人乎生做
爲人事還盡自己

無詢不曉此理一
有不肯爲他說知
今更有何成

4

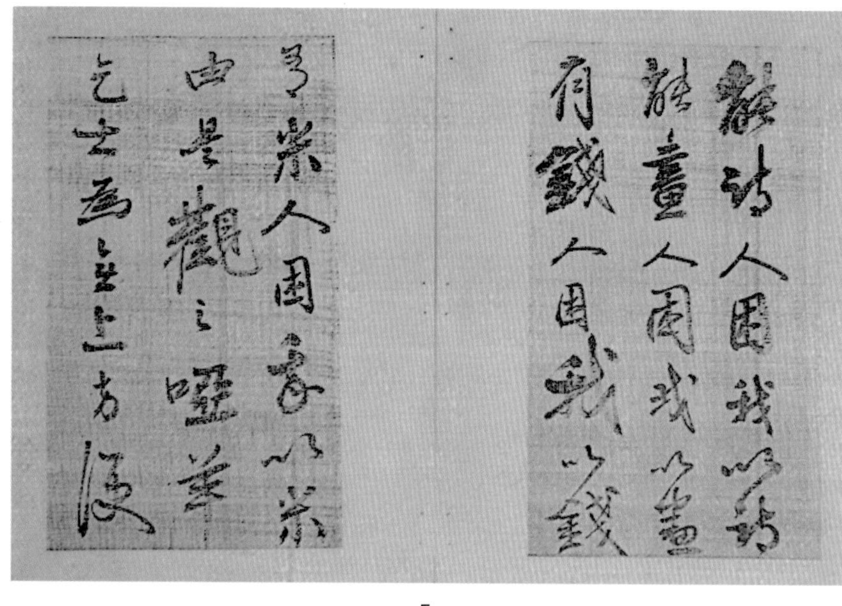

5

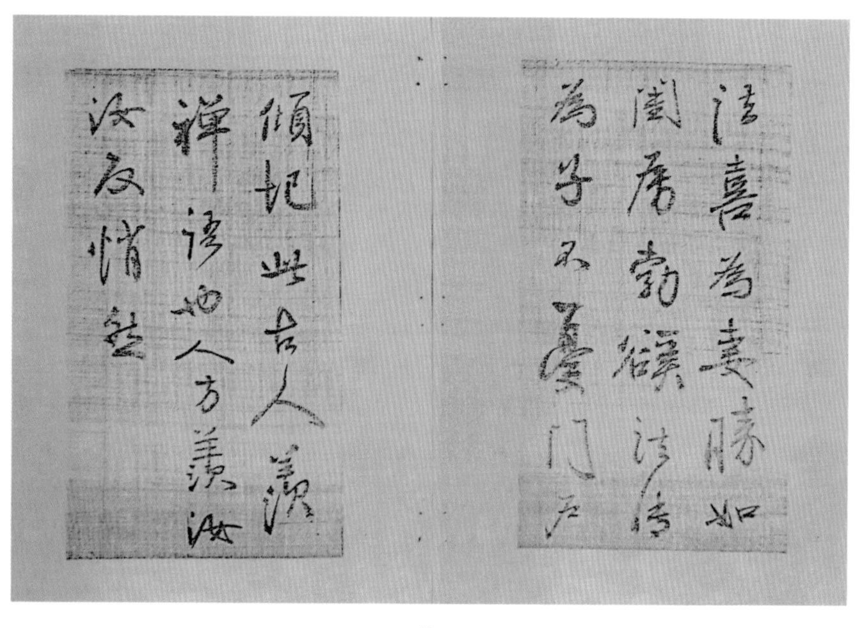

6

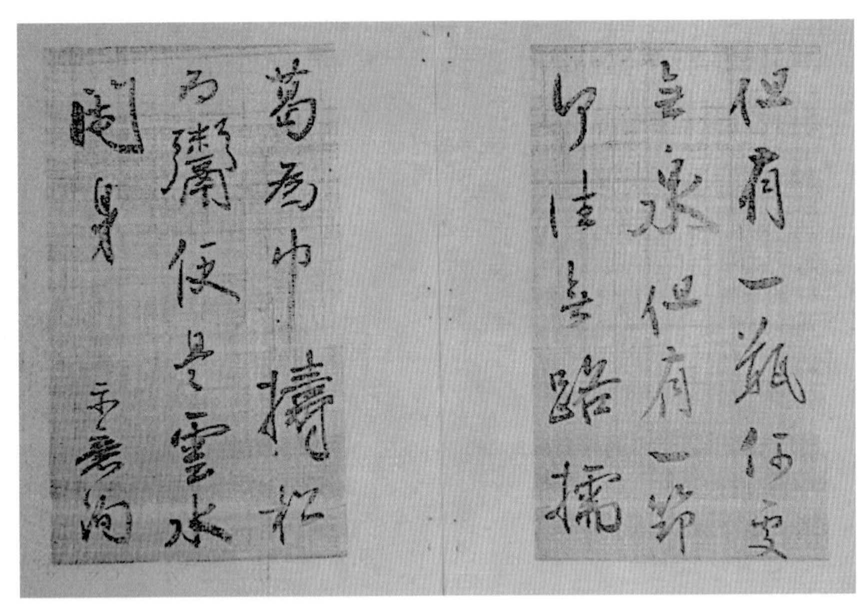

7

8

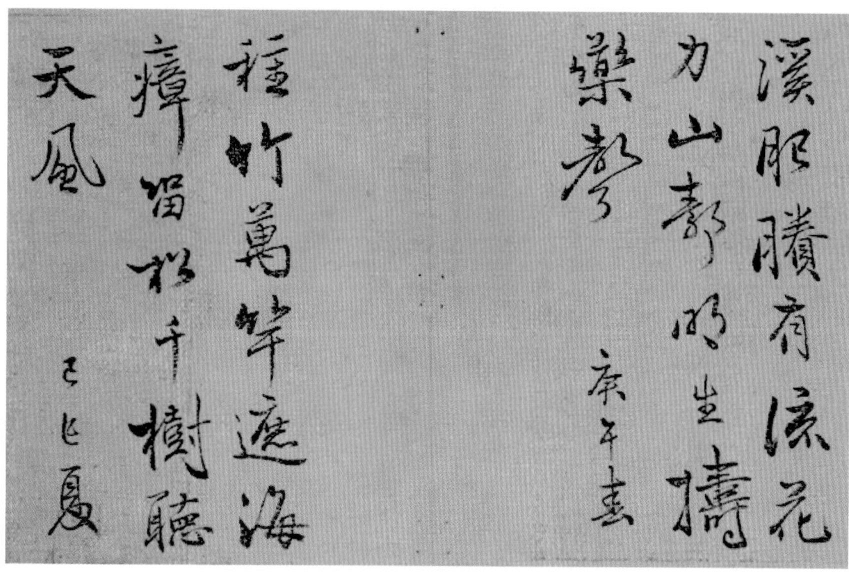

9

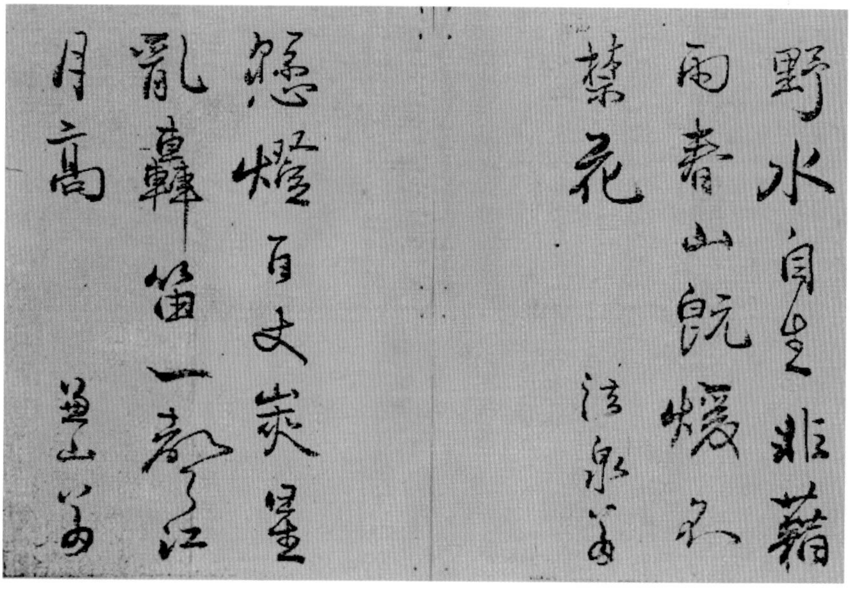

10

七言古詩頗有換韻
篇有不換而叶之者至
易韻之法爲之平上去
入相錯激盪以平入承平入
以平承平去聲是也少
陵無平仄以平承平前
是一個不可毅也
又戒徒用一韻者終篇

11

不易又一法也
側韻對字並側仍之
無害唯以平對平法
所禁也
又有字字協律直化
絶句以韻承唯其安
古意法律最嚴詳
撿乃可毅也

12

# 20. 뜻이 있다면 나를 따르라

—초의를 일깨우는 경계의 가르침

## 한번 돌아보게나

이번에 읽을 글은《일지암서책목록》중 제2첩인《조기관원산첩(朝起觀遠山帖)》이다. 모두 11칙으로 이루어져 있다. 현재 이 글은 실물은 전하지 않고《금당기주》의 전사본(轉寫本)만 남아 있다.《금당기주》에 실린 글은 다른 증언첩과 뒤섞여 있어 따로 구분이 어렵다.《일지암서책목록》으로 원래 증언첩의 상태를 가늠할 수 있게 된 것은 큰 다행이다.

다산은 고집이 세고 융통성이 부족한 초의를 위해 일부러 불가의 문자를 활용해서 증언첩을 구성했다. 다른 승려들에게 준 증언첩에서보다 이 점이 더 두드러진다. 그의 언어를 활용해서 자신의 가르침을 전달하려는 배려가 그대로 느껴진다. 차례로 읽어본다.

먼저 첫 번째 단락.

아침에 일어나 먼 산의 아지랑이를 바라보며 유연히 눈길을 주느라 곁에서 사람이 불러도 대답하지 않는다. 이러한 경계에서 누린 것은 여산의 혜원선사를 만나《수능엄경(首楞嚴經)》의 선(禪)에 대해 한 차례 묻자, 이것은 진(晉)나라 유자들이 부연해서 설명한 것이지 석가세존이 말씀하신 것이 아니라고 말한 것을 생각나게 한다. 알지 못하겠다. 아미타불이 세웠던 48장의 서원(誓願) 외에는 모두 부연한 말일 뿐이거늘, 어찌 반드시 《수능엄경》만 그렇겠는가?

朝起觀遠山晴嵐, 悠然注目, 傍人呼之不應. 是疇所享, 思逢廬山遠禪師, 一問首楞嚴禪者, 謂是晉儒演說, 非世尊所說. 不知四十八章之外, 都是演說, 何必首楞嚴而已.

아침에 일어나 먼 산에 어린 푸른 안개 위로 햇살이 쏟아지는 광경을 바라보고 있었다. 물아(物我)가 완전히 삼투된 황홀한 광경에 몰입해서 곁에서 사람이 부르는 것도 몰랐다. 이 경계를 어찌 언어로 표현할 수 있겠는가? 진정한 깨달음의 순간은 늘 언어를 초월해 있다.

자! 너희가 《금강경》·《원각경》·《대승기신론(大乘起信論)》과 함께 사교과(四敎科)의 핵심 과목으로 익혀 공부하는 《수능엄경》만 해도 그렇다. 예전 동진(東晉)의 혜원선사(慧遠禪師, 334~416)에게 누군가 《수능엄경》에서 말하는 선(禪)의 의미를 묻자 그는 이렇게 대답했다.

"그것은 석가세존께서 친히 하신 말씀이 아니다. 진(晉)나라 유자들이 부연해서 덧붙인 군더더기일 뿐이다."

내 생각에 석가세존이 직접 한 말은 불경 중에 48장의 서원뿐이지 싶다. 나머지는 모두 후인들의 군더더기 말일 터. 그러니 후인이 덧붙인 말을 성인의 말씀으로 받들어 그것에 일생의 심력을 쏟아붓는 일이 과연 온당한가?

이 글로 보아 다산은 끊임없이 초의를 유학의 가르침으로 이끌어보려는 노력을 놓지 않고 있었다. 그것도 직접 대놓고 비판하는 것이 아니라, 혜원선사의 말을 끌어와 내부자의 시선을 빌려 설득력을 강화했다. 다산의 이 같은 태도에 대해 옳고 그름의 논란이 있을 수 있지만, 사랑하고 아끼는 제자를 자신이 옳다고 믿는 가치 쪽으로 마음을 돌리게 하려는 다산의 정성만큼은 높이 사지 않을 수 없다.

이어지는 두 번째 단락이다.

광명등(光明燈)은 산로장(産勞障)과 별개가 아니다. 만약 별개라고 한다면 이는 공(空)이지 등(燈)은 아니다. 선화자(禪和子)여, 한번 생각해보게나. 바람이 물푸레나무[木犀] 위로 불자 나무에서 향기가 난다. 바람이 없을 때는 마침내 이 향기도 없다. 선화자여, 한번 돌아보게나.

光明燈不離産勞障. 若云離得, 是空非燈. 禪和子, 且想一想. 風吹木犀, 犀乃有薌. 若無風時, 遂無是薌. 禪和子且顧一顧.

광명등은 지혜의 환한 등불이고, 산로장은 갖은 수고로움을 빚어내는 업장(業障)이다. 이 두 가지는 과연 별개인가? 인간은 미망(迷妄)을 거쳐 깨달음에 도달하는 존재다. 이 둘이 별개라 한다면 깨달음의 종자와 미혹의 종자가 애초에 다름이 아니겠는가? 그렇다면 수행도 필요 없고 공부도 소용없다. 입으로는 색즉시공, 공즉시색을 말하면서 세상사 얽어지고 가게 마련인 산로장을 어이 버리려만 드는가? 정면으로 부딪쳐서 넘어서야 하는 것이 아닌가?

이어지는 물푸레나무 운운한 것은 '목서무은(木犀無隱)'의 고사에서 끌어왔다. 《나호야록(羅湖野錄)》에 나온다. 송나라 때 황산곡(黃山谷)이 황룡산 회당(晦堂) 스님과 가깝게 지냈다. 한번은 회당 스님이 황산곡에게 한마디를 툭 던졌다.

"공자께서 제자들에게 '내가 감추겠는가? 나는 감춘 것이 없다.'고 하시었지요. 청컨대 공께서 이게 무슨 뜻으로 하신 말씀인지 풀이해주시지요."

황산곡이 설명했지만 회당을 납득시키지 못했다. 황산곡은 화가 나서 입을 꽉 다물었다. 마침 가을바람이 시원하게 불어왔다. 회당이 말했다.

"저 물푸레나무의 꽃향기를 맡았습니까?"

"맡았습니다."

황산곡의 대답이 끝나자마자 회당 스님이 대뜸 무찔러왔다.

"나는 아무 감춘 것이 없습니다."

그 한마디 말에 황산곡은 그 자리에서 한 소식을 얻었다.

다산은 익숙한 불가의 공안(公案) 하나를 꺼내들고 다시 설명한다.

"자! 바람의 인(因)이 있자 물푸레나무의 향기가 드러났다. 바람이 멈추면 꽃향기도 사라진다. 그렇다면 꽃향기는 있는 것인가, 없는 것인가? 산로장이 있어야 광명등이 환하다. 산로장이 없으면 광명등도 빛을 잃는다. 그러니 이 둘을 어찌 따로 떼어놓겠느냐? 고통과 역경을 딛고 광명이 오는 것이지, 그것을 배제하고서 물푸레나무의 향기만 맡는 법이 있겠는가? 바람이 건드려주어야 향기는 일어난다. 그 바람이 어디 있느냐? 생각하고 따져보거라."

다시 세 번째 단락이다.

황효수와 녹효수 사이에 울창한 산이 허공에 불쑥 솟았으니, 이것이 용문이다. 용문의 북쪽은 만학천봉이 소의 처녑 같다. 그 감돌아 안은 것이 빼곡해서 마치 무릉도원처럼 들어갈 수 있는 문조차 없는 것을 미원(迷原) 옛 고을이라 한다. 옛 고을에 산이 있는데, 빼어난 빛이 허공에 서렸으니 이것이 소설봉이다. 소설봉은 태고 보우화상이 일찍이 숨어 살던 곳이다. 옛날에는 절집이 있었지만 지금은 퇴락하였다. 초의거사는 마땅히 수리하여 이엉을 얹고 정갈한 가람 한 구역을 만들어 길이 마칠진저. 소설암에서 시내를 따라 몇 리쯤 내려오면 녹효수와 만난다. 작은 배를 타고 강물을 따라 20여 리 내려오면 두 물줄기가 서로 합쳐지는 곳에 이른다. 이곳이 바로 유산별서(酉山別墅)다. 그 사이의 물빛과 산빛, 삼각주와 모래톱의 자태는 모두 뼈에 저밀 듯 해맑아, 깨끗함이 눈길을 빼앗는다. 매년 3월 복사꽃이 활짝 필 때 강물을 따라 오르내리며 시를 짓고 거문고를 타면서 이 맑고 한가로운 경계에서 노닌다면 이 또한 인간 세상의 지극한 즐거움일 것이다. 선남자(善男子)여! 뜻이 있는가? 만약 뜻이 있다면 나를 따르라. 다산 노초는 쓰노라.

黃驍綠驍之間, 有山萃然揷空, 是爲龍門, 龍門之北, 萬壑千峰, 如牛膍然.

其回抱周密, 無門不入. 如武陵桃源者, 曰迷原古縣. 古縣有山, 秀色蟠空, 是爲小雪. 小雪者太古普愚和尙所嘗棲隱也. 舊有蘭若, 今頗圮廢. 草衣居士, 宜修葺, 爲精藍一區, 以終古焉. 自小雪庵, 沿溪下數里, 卽遇綠驍之水. 乘小航, 順流下二十餘里, 至兩水交衿之處. 是爲酉山別墅. 其間水色山光, 洲渚沙沚之容, 皆淸瀅徹骨, 明晶奪目. 每三月桃花盛開, 從流上下. 賦詩彈琴, 以遊乎蕭閑之域, 斯亦人世之至愉也. 善男子, 豈有意乎? 如其有意, 其從我. 茶山老樵書.

앞서 15장의 기어 자홍에게 준 글에서도 소설봉에 남아 있는 태고 보우의 암자 터에 작은 암자를 새로 짓고 거기서 중노릇 할 생각이 없느냐고 권유한 내용을 읽었는데, 초의에게도 똑같은 말을 건넸다.

황효수와 녹효수는 북한강과 남한강의 별칭이다. 용문산 북쪽 미원촌(迷原村)은 다산이 〈미원은사가(薇源隱士歌)〉란 시에서 유토피아의 모습으로 그려 보인, 세상과 절연된 공간이다. 이곳의 소설봉에 고려 때 태고 보우가 숨어살던 절터가 남아 있다.

"어떠냐! 네가 이곳에 와서 작은 암자 하나 말쑥하게 지어놓고 이따금 배 타고 나 사는 유산별서까지 내려와 복사꽃 떠가는 봄날 왕래하며 노닌다면 얼마나 기쁘고 좋겠느냐? 우리 그렇게 살자. 이웃으로 지내며 마음 나누고 살자. 내 나중에 귀양이 풀려 올라가거든 너도 나 따라서 함께 올라가자. 그렇게만 할 수 있다면 이 아니 근사하겠느냐?"

소설봉의 암자 터는 필자가 몇 해 전 어렵사리 물어물어 찾아갔었다. 절집의 흔적은 어디에도 없고 주인 떠난 농가의 흉한 몰골만 그 위에 서 있었다. 근처에 그 옛날 절집이 있을 당시 쌓았던 우물샘의 석축만 흔적을 남기고 있어 안타까웠다. 이 같은 불교의 성지가 다산의 그때 이후로 이제껏 아무도 모르게 방치되어 있는 것은 참 뜻밖이었다.

글 끝에 '다산노초서(茶山老樵書)'란 서명이 있는 것으로 보아 여기까지 세 단락이 한 호흡에 써준 증언이다. 앞의 두 글에서는 불가의 비유와 가르침을 끌어와서 유학의 길로 이끌려는 욕심을 보였고, 그도 안 된다면 차라리 양근의 소설봉 옛 태고 보우의 암자 터로 거처를 옮겨 죽을 때까지 나와 이웃이 되어 지내자고 얘기한 사제간의 정다운 담화이다.

## 헛되이 살지 않으려면

다시 잇대어 써준 새 증언을 계속해서 읽는다. 먼저 첫 단락이다. 여기서부터는 초의에게 작은 성취에 안주하지 말고 대자유의 정신으로 운유사방(雲遊四方)하며 툭 터진 선지식이 되라고 권유한 내용이 이어진다.

농사꾼의 자식을 붙들어 와서 하루아침에 그 머리털을 깎고 그 팔뚝에 연비 뜨고 부처님 전에 무릎을 꿇려 계율을 듣게 하더라도, 예를 마치고 나오면 여전히 우악스런 텁석부리 사내의 모습 그대로다. 이에 가사를 입혀 《수능엄경》과 《금강경》, 《반야심경》을 가르쳐 욕심 사납게 중얼중얼 진(眞)이니 망(妄)이니, 공(空)이니 색(色)이니 하고, 상(相)이 어떻고 식(識)이 어떻고 하며 광대함을 지극히 하고 정미(精微)함을 다한다. 이것이 옳은지 그른지는 접어두고라도 그렇게 해서 깨달을 수 있겠는가? 이는 다만 제 몸뚱이를 이롭게 하려는 것일 뿐이다. 인생 백 년은 몹시 잠깐이거늘 누군들 이를 즐겨 하려 들겠는가? 질곡에 얽매여서 눈을 내리깔고 손을 공손히 모아 마치 며느리가 엄한 시어머니를 모시는 것처럼 하면서, 무리 지어 가르치며 도도평장(都都平丈)의 생활을 하는 것은 결단코 해서는 안 된다. 대장부는 마땅히 물병 하나와 바리때 하나로 호탕하게 떠다니며 우주 안에서 소요하고 만물의 밖에서 노닐어, 문 틈 사이로 지나가버리는 세월을 보내야 한다. 눈앞에 놓인 강사의 작록이야 어찌 족히 마음에 두겠는가? 스스로의 미혹함도 깨치지 못하면서 하물며 남의 미혹함이야 말해 무엇하랴?

捉農家子來, 一朝薙其毛, 炙其肘. 跽之佛前, 令聽戒律, 禮畢而出, 依然是⿺鬼畏⿺鬼萑邋遢漢子. 於是加之以田衣, 授之以首楞嚴金剛般若, 叨叨嘮嘮, 曰眞曰妄, 曰空曰色, 幾何是相, 幾何是識. 極廣大盡精微. 毋論是邪是正, 其有濟乎? 是唯利其○而爲之耳. 人生百年極匆匆, 誰肯爲此? 桎梏纏縛, 低眉下手, 如婦人之事嚴姑, 以聚以敎作都都平丈生活, 決不可爲也. 大丈夫當一甁一鉢, 浩蕩游泳, 逍遙乎宇內, 徜佯乎物表, 以遣此隙駒光陰. 逼逼講師之祿, 何足戀哉. 自迷未悟, 矧人迷哉?

이 글을 써줄 당시 초의는 이미 대둔사에서 강사로 명성이 높았던 모양이다. 다산은 자신의 직분에 만족해 안주하려는 초의에게 다시 이렇게 다짐을 놓았다.

"짧은 인생이다. 울퉁불퉁한 농사꾼 자식들의 머리를 깎여 염불 외고 예불하고 나와도 그들은 여전히 우락부락 투박스런 사내들일 뿐이다. 이들을 앉혀놓고 불경을 펼쳐 진(眞)과 망(妄)의 분별을 가르치고, 색(色)과 공(空)이 다를 바 없음을 일깨우며, 상(相)이 어떻고 식(識)이 어떻고 하며 각성을 촉구한들 무슨 소용이 있겠는가? 그 핑계로 제 한 입에 보탬이 되려 하는 것일 뿐이다. 예전 어느 무식한 자가 《논어》에 나오는 '욱욱호문(郁郁乎文)'이란 글을 '도도평장(都都平丈)'으로 잘못 읽었더란 말을 못 들었더냐? 저도 깨닫지 못해 미혹 속을 헤매면서 강석에 앉아 엄한 시어미가 새 며느리 잡듯 위엄이나 부리면서 작록이나 탐한다면 그 노릇을 어찌한단 말이냐? 나는 네가 지팡이 하나에 바리때 하나 들고 사방을 떠돌아 노닐며 붙들리지 않는 바람처럼 살면 좋겠다. 절집 훈장 노릇으로 네 인생을 파묻지 않으면 좋겠다."

다시 한 단락이 이어진다.

굴속 개미는 일 년 내내 돌아다녀야 10리 밖을 벗어나지 못한다. 제 사는 굴에 마음이 매여 있기 때문이다. 선비가 되어 거처에 마음을 두는 것은 공자께서도 오히려 옳지 않게 여기셨다. 그러니 승려로서 거처를 마음에 두는 것은 더더욱 우스운 일이 아니겠느냐? 사방을 구름처럼 노닐면서 나라 안의 이름난 산을 두루 다 보고, 나라 안의 이름난 선비를 죄 알아, 거친 음식을 먹으면서, 바람으로 빗질하고 빗물로 머리를 감는다. 만년에는 찬 바위 아래 초가집을 하나 얻어, 죽이나 먹는 승려로 문 닫아걸고 글을 짓는다면 후세에 전해질 것이 틀림없다. 이같이 한다면 헛되이 살지 않았다고 말할 만하다.

穴蟺終年行步, 不出十里之外. 以窠窟繫戀也. 士而懷居, 仲尼猶以爲非. 僧而懷居, 不尤可笑哉. 雲游四方, 盡觀國中名山, 盡識國中名士, 茹辛餐苦, 櫛風沐雨. 晩年得一寒巖草閣, 作粥飯僧, 杜門著書, 可傳無疑. 斯足云不虛生也.

다산은 제 공부만 붙들고 놓지 않는 초의가 못내 답답했던 모양이다.

"개미굴을 벗어나지 못하는 개미가 되려느냐? 틀을 벗어나기가 그렇게 어려우냐? 한번 훌훌 털고 일어서면 새로운 세상이 활짝 열릴 텐데 틀에 갇혀 좀체 벗어나지를 못하는구나. 한자리에 틀어 앉아 문 닫아걸고 공부만 하는 것은 만년에 해도 늦지 않다. 제 목소리를 내자면 식견이 열려야지. 그렇게 꽉 막힌 생각으로 개미굴만 헤집고 다닌다면 무슨 발전이 있겠느냐? 어찌 제소리를 해볼 날이 있겠느냐?"

스승의 이 당부에 따라 초의는 이후 10년을 주유하며 추사 등과 교유를 맺어 서울의 사대부들 사이에 초의 신드롬을 일으켰고, 이후 일지암을 얽어 산속에 깊이 숨어 저술에 힘 쏟았다. 스승이 말한 '헛되이 않은 삶'을 살다 갔다.

## 너는 그렇게 하지 않겠지?

어떤 사람이 네게 “그대가 가는 길에 나를 위해 5리를 더 가서 아무개의 집에 편지를 전해다오.”라고 청한다면 네가 기꺼이 들어주겠느냐? 어떤 사람이 네게 “원컨대 그대의 솜씨를 얻어 내 주변을 꾸미고 싶다.”고 청한다면 너는 흔쾌히 들어주겠느냐? 겨울밤에 여관에서 잘 때 함께 묵는 사람에게 아랫목을 기꺼이 양보하겠느냐? 늙은이가 너와 함께 갈 때 너는 그의 무거운 짐을 기꺼이 직접 질 수 있겠느냐? 모두 그렇게 하지 않을 것이다. 만약 그렇다면 비록 네 시 솜씨가 조식(曹植)과 유정(劉禎)의 담장을 우습게 보고, 네 그림 솜씨가 고개지(顧愷之)와 육탐미(陸探微)의 대문보다 높다 해도 오히려 훌륭하지 못하다.

有爲汝請曰: “子之歸也, 爲我遷五里傳書于某甲之室.” 汝其肯之否? 有爲汝請曰: “願得子之手, 賁我東西.” 汝其肯之否? 冬夜宿于店, 汝肯讓溫于同伴否? 老者與汝行, 汝肯自取其重任否? 苟皆否也, 雖詩短曹劉之墻, 畫升顧陸之門, 猶之未善也.

여러 차례 반복되는 다산의 이 같은 충고를 통해 초의가 자기와 관련된 일 외에는 도무지 관심을 보이지 않는 다소 이기적이고 편향적 성향이 있었던 줄로 짐작이 간다.

“내 보기에 너는 자신을 희생해서 남을 돕는 일에는 조금의 관심도 없구나. 시가 최고의 경지에 올라도, 그림이 으뜸가는 수준이 된다 해도 그것만으로는 안 된다. 저만 좋고 남은 거들떠보지 않는 독선으로는 그 재주와 그 기량이 빛을 잃고 만다. 나눌 때 더 커지고, 다 주어야 더 얻게 된다. 아등바등 제 것만 손에 쥐고 앉아 바들바들 떨고 있으면 그 재주를 어디다 쓸 것이며 누가 알아주겠느냐?”

조식과 유정은 육조 때의 대표적인 시인으로 이름이 높았던 인물이다. 고개지와 육탐미도 당대 최고의 화가로 기림을 받았다. 초의가 시와 그림에서 모두 최고의 경지에 들었음을 다산도 인정했다. 하지만 이것만으로는 부족하다. 함께 나누는 마음이 깃들 때 사람의 온기가 돈다. 그 점에서 초의가 너무 차갑다고 다산은 생각했던 듯하다.

그다음 한 단락도 같은 뜻으로 잇대어 썼다.

나 자신은 아(我)이고 남은 피(彼)다. 하지만 기림은 나를 괴롭히는 데서 나오고, 비방은 나를 즐겁게 하는 데서 생겨난다. 칭찬은 남을 두터이 대하는 데서 생기고, 원망은 상대를 박하게 대하는 데서 생긴다. 나만을 위해 수고로우면 죽도록 애를 써도 조그만 공조차 이루지 못한다. 남을 위해 애쓰지 않는다면 몸을 마치도록 고결하게 지내도 1만 개의 쇠뇌가 동시에 발사될 것이다. 네가 어찌 떠벌려 내 샘물을 마시고 내 쌀로 밥 지어 먹는다고 말할 수 있겠느냐? 너 자신을 속여서는 안 된다. 양주(楊朱)는 일찍이 터럭 하나로도 천하를 이롭게 하려 들지 않았고, 또한 이웃에게서 터럭 하나조차 취하려 들지 않았다. 하지만 악에 대해 말하는 사람들은 양주를 자기에게 두터이 하고 남에게 각박하게 한 사람 중에 으뜸으로 꼽는다. 의순은 성품이 담박해서 남에게 구하는 법이 없다. 또한 만물을 이롭게 할 뜻도 없다. 내가 그래서 이를 경계한다.

身者我也, 人者彼也. 然譽從苦我生, 訾從樂我生. 讚自厚彼生, 詛自薄彼生. 勞由我, 則畢世喘喘, 而寸功不錄. 不爲彼役, 則終身潔潔, 而萬弩俱發. 你胡得云, 囂囂然我飮我泉, 我食我稻. 曾莫之欺女也. 楊朱固未嘗以一毛利天下, 亦未嘗取一毛於隣人. 然凡言惡者, 首楊朱爲欲厚己而薄彼也. 意洵性冲澹, 無求於人, 亦不以澤物爲意. 余是以箴之.

앞의 글과 같은 취지의 내용이다.

"듣거라. 내가 괴로우면 남이 나를 칭찬하고, 나만 즐거우면 남이 나를 헐뜨는다. 남에게 잘해주면 칭찬이 돌아오나, 남에게 박하게 하면 원망이 돌아온다. 나만을 위할 때 아무것도 못 이루고, 남을 위해 애쓰면 이루지 못할 일이 없다. 남에게 피해를 주지 않고 내 삶을 살면 그뿐이라고 말하지 마라. 너는 너대로 살고 나는 나대로 살면 된다지만, 그래서야 삶에 무슨 기쁨이 있겠느냐? 그런 소극적 태도로는 안 된다. 구도자의 마음가짐이 그럴 수는 없다. 그래서는 안 된다."

다시 세 번째 단락이다.

법(法)이 색(色)과 논난하였다.

"너 때문에 내가 괴롭다. 너는 강하고 나는 약하니 내가 장차 어디에 의지할꼬?"

색이 법에게 말했다.

"너 때문에 내가 마음대로 한다. 오직 네가 그저 듣기만 하면 내가 할 수 있는 게 없다. 네 송사이니 네가 결판내라. 집안일을 아주 맡기겠다."

법은 아무 말도 못 했다.

法與色難: "由爾之故, 我則桎梏. 汝强予弱, 我將何支?" 色謂法曰: "由爾之故, 我則機軸. 唯女是聽, 予無所遂. 汝訟汝決, 家事任長." 法休多辯.

마치 불경의 한 단락을 보는 듯한 글이다. 법(法)과 색(色)을 의인화하여 문답의 방식으로 생각을 펼쳤다. 법이 원칙이요 원리라면, 색은 감각이 빚어내는 현상계의 허환(虛幻)이다.

법이 색에게 투덜댄다. "네가 자꾸 내 마음을 흔들어 이리저리 끌고 다니니, 내가 너무 괴롭다. 좀 떠나가 다오."

색이 대답한다. "네가 흔들리니 내가 너를 마음대로 하는 것이지, 네가 꿈쩍도 않고 그저 듣고만 있다면 내가 너를 어찌하겠느냐? 네 문제는 네가 풀어야지, 어째 내게 투덜대는가?"

법의 입이 그 말에 그만 쑥 들어갔다.

현상에 휘둘려 유혹에 빠지는 것은 마음에 줏대가 확고하지 않아서이다. 유혹을 나무라다니 어리석다. 내 마음의 법을 바로 세우는 것이 먼저다. 그래야 이러쿵저러쿵하는 말에 흔들리지 않게 된다.

당파로 인해 죽고 원수 때문에 썩고 마는 일은 벼슬하는 집안에서 이것을 통해 악업을 짓기 때문이다. 하물며 출가한 승려야 말할 게 있겠는가? 비구의 편벽된 정리(情理)가 우이(牛李)의 당쟁보다도 심하니, 뿌리가 자라 만연해지기 전에 제거하는 것이 급하다. 반고(班固)는 고금 사람의 표상으로 그 개략적인 내용만 들어 보였을 뿐이다. 세세하게 그 등급을 가르자면 장차 9천에 이를 것이다. 애초에 몇 등급을 건너고는 땅을 살펴보는 자는 하물며 또한 어리석고 잗달지 않겠는가?

黨枯仇朽, 在仕官家, 由爲惡業. 矧緇染者, 比丘偏情. 甚於牛李, 產根之急先蔓除者也. 班孟堅古今人表, 是擧其槪略耳. 細剖其級, 將至九千. 始涉數級, 頫眡在地者, 矧之不亦愚且小哉.

맥락이 분명치 않다. 뭔가 오자나 빠진 글이 있는 듯한데, 원본을 확인하지 못해 잘 모르겠다. 대강의 의미는 이렇다. 패거리를 지어 남을 죽이고 괴롭히는 것은 악업 중에 큰 것이다. 세속을 떠난 승려들의 패싸움이 예전 당나라 때 그토록 치열했던 우승유(牛僧孺)와 이길보(李吉甫)의 당쟁보다도 심하니 이것이 무슨 해괴한 일인가? 아예 뿌리부터 싹 끊어버리지 않으면 안 된다. 반맹견(班孟堅), 즉 반고(班固)는《한서(漢書)》에서 이 같은 당파 간 다툼의 일단을 개략만 들어 보여준 바 있다. 하지만 그 세세한 등급을 갈라 나눈다면 끝도 없을 것이다. 이제 겨우 몇 등급 건너와서는 어느 만큼 왔나 하고 살피는 것은 어리석음의 소치다.

전후 맥락이 다소 모호하지만, 다산이 당시 절집 내부의 분파로 인한 꼴불

견의 싸움에 대해 한마디 한 것으로 짐작한다.

## 빈 강 매화 그림자 거꾸로 비칠 때

끝에 두 장의 여백이 남았던 모양이다. 다른 증언첩에서도 그랬듯이 시를 적었다. 시 감상과 작법 공부를 겸하려 한 뜻이 읽힌다.

옹담계가 황소송(黃小松)의 〈추경암도(秋景菴圖)〉에 제한 시는 이렇다.

성근 가지 손수 심어 밤낮없이 푸르더니
숲 나무 기러기 등에 산 빛이 참 좋구나.
벗이여 강기(姜夔)의 시를 외우질 마시게나.
가을 소리 만나면 고향 생각 떠오르니.

'고인'과 '고향'은 같은 글자를 반복했지만 문제 될 것 없다.

翁覃谿題黃小松秋景菴圖云: "手植疎柯日夜蒼, 林梢雁背好山光. 故人莫誦姜夔句, 每逢秋聲憶故鄕." 故人故鄕, 不嫌複字.

소송 황역(黃易, 1744~1802)이 그린 〈추경암도〉에 쓴 옹방강의 시를 소개했다. 여린 가지를 심어 정성껏 가꾸었다. 그 나무가 자라 어언간 기러기 등 너머 산 빛을 비추는 숲이 되었다. 강기(姜夔, 1154~1221)는 남송의 시인으로 평생 강호를 떠돌며 아름다운 시사(詩詞)를 많이 남겼다.

"그가 떠돌다 길 위에서 가을을 맞아 고향을 그리며 지은 시를 외우지는 말아다오. 그 때문에 나도 고향 생각으로 견딜 수가 없게 될 테니까."

이것이 시에 담긴 뜻이다.

다산은 이 시의 3, 4구에서 '고인(故人)'과 '고향(故鄉)'이라고 표현하여 '고(故)' 자를 두 차례 반복한 것이 얼핏 흠결로 보일 수 있지만 이 경우에는 문제가 없다는 뜻을 나타냈다. 초의에게 시를 가르치기 위해 적어준 시임을 알 수 있다.

다음 한 항목을 마저 읽는다.

옹담계가 운남전의 그림에 제하였다.

가로 난 창 달 떠올라 이슬은 가지 가득
도인이 일찍 깨도 참새는 늦게 오네.
꿈속에서 한 도막 오가(吳歌)를 불렀으니
빈 강에 그림자가 거꾸로 비칠 때라.

이것은 매화를 읊은 작품이다. '달이 뜬다'고 하고 '일찍 일어났다'고 한 표현이 조금 거슬린다.

翁覃谿題惲南田畫云: "月上横窓露滿枝, 道人起早雀來遲. 夢中一片吳歌發, 正是空江倒影時." 此詠梅之作也. 月上起早, 小妨.

남전 운격이 그린 매화 그림에 옹방강이 제시(題詩)를 썼다. 이슬 가득한 봄밤, 달빛이 창에 걸렸다. 초저녁부터 잠을 실컷 잔 도인은 일찌감치 잠이 깼는데 새는 아직 단꿈에 빠진 모양인지 창밖이 잠잠하다. 꿈속에서도 오나라의 구성진 노랫가락을 한 곡 불렀다. 텅 빈 강에 매화 그림자가 거꾸로 비친 광경을 보면서 불렀다.

이번에는 1구에서 '월상(月上)'이라 해놓고, 2구에서 '기조(起早)', 즉 일찍 일어났다고 한 것이 조금 거슬린다는 평을 남겼다. 달이 막 떴으면 초저녁인데, 새벽에 일찍 일어났다는 표현과 서로 맞지 않는다는 뜻이다.

이 두 편의 제화시를 초의에게 보여준 뜻을 가늠해본다.

"자! 두 편 모두 옹방강이 그림에 얹은 시다. 그 시 속에 담긴 해맑은 뜻을 음미해보기 바란다. 그런데 하나는 같은 글자를 반복해서 썼지만 문제 될 것이 없고, 다른 하나는 호응상 문맥이 턱 걸리니 조금 문제가 된다. 반복이라 안 되는 것이 아니라 맥없는 되풀이는 안 되고, 호응이 중요하지만 이치에 어긋나면 표현이 뛰어나도 제2의로 떨어지고 만다. 시를 지을 때 이 점을 잊으면 안 된다."

이렇게 초의에 대한 다산의 애정은 각별했다. 뜻대로 안 움직이면 화가 나서 듣기 싫은 소리를 직격으로 퍼부었고, 어느새 가까운 이웃이 되어 사는 것은 어떻겠냐며 구슬리기도 했다. 불교적 비유의 언어를 동원해서 초의에 대한 배려를 아끼지 않았다. 그리고 공책의 여백이 남으면 그 한 장이 아까워서 또 시 공부의 예시를 들어 보였다. 이른바 눈높이 교육의 한 정수를 보여주는 증언들이 아닐 수 없다.

# 21. 허깨비 세상에서 허깨비 사람들이
## —초의에게 깨달음을 촉구하며 써준 글



### 무덤 앞의 독백

이제까지 다산이 초의에게 준 여러 증언을 읽어보았다. 이 많은 글이《다산시문집》에는 어찌된 셈인지 단 한 편도 실려 있지 않다. 이번에 읽을 여섯 칙의 증언 중 다섯 칙만〈초의 의순에게 주는 말〉이란 제목으로 문집에 실려 있다.《금당기주》에는 앞서 읽은《조기관원산첩》에 잇대어 이 글이 실려 있다. 문집을 바탕으로 따로 구분해서 소개한다.

먼저 제1칙.

도연명의〈감피백하(感彼柏下)〉시를 보면 평소에 혜원(惠遠)의 현론(玄論)을 들었던 것을 알겠다. 소동파가〈적벽부〉에서 물아부진(物我不盡), 즉 사물과 내가 다함이 없다고 한 말에서도 당시에 승려 참료와 늘 해맑은 대화를 나눈 것을 확인할 수 있다. 매번 봄바람이 불어와 초목에 싹이 트고 나비가 갑자기 방초에 가득해지면, 스님 몇 사람과 함께 술병을 들고서 옛 무덤 사이를 노닌다. 무덤들이 연이어 울멍줄멍 돋아난 것을 보다가 술 한 잔을 따라주며 말한다.

"무덤에 묻힌 이여! 능히 이 술을 마실 수 있겠는가? 그대가 예전 세상에 있을 적에 송곳과 칼끝 같은 이끗을 다투며 티끌과 찰나의 재물을 모으느라 눈썹을 치켜뜨고 눈을 부라리며 수고로이 애쓰면서 오직 이것을 굳게 움켜쥐려고만 했겠지? 또한 비슷한 부류를 사모하고 짝을 찾아, 육정은 불타고 음욕은 솟구쳐 따스하고 나긋나긋한 곳만 찾고, 부드럽고 따뜻한 집에서 지내느라 천지간에 달리 무슨 일이 있는지조차 몰랐겠지? 또한 가세를 빙자하여 오만스레 행동하고 남을 우습게 알며 불쌍한 사람 앞에 으르렁거려 스스로를 높이지는 않았던가? 그대가 세상을 떠날 적에 손에 동전 한 닢이라도 지녀 갔던가? 이제 그대 부부가 한데 묻혔으니 능히 평소처럼 즐겁기는 한가? 내 이제 그대를 이처럼 곤경에 빠뜨려도 그대가 능히 큰 소리로 나를 꾸짖을 수 있겠는가?"

이같이 수작하다 돌아오노라면 해는 뉘엿뉘엿 서산에 걸려 있곤 하였다.

陶元亮感彼柏下之詩, 知平日得聞惠遠玄論. 蘇和仲物我無盡之賦, 驗當時常與參寥雅話. 每春風始動, 草木萌芽, 胡蝶忽然滿芳草. 與法侶數人, 携酒游於古塚之間. 見蓬科馬鬣, 纍纍叢叢, 試酌一醆, 澆之曰: "冥漠君能飮此酒無. 君昔在世, 亦嘗爭錐刀之利, 聚塵刹之貨. 撑眉努目, 役役勞勞, 唯握固是力否. 亦嘗慕類索儷, 肉情火熱, 淫慾水涌, 暱暱於溫柔之鄕, 頷頷於軟煖之窠. 不知天地間, 更有何事否. 亦嘗憑其家勢, 傲物輕人. 咆哮煢獨, 以自尊否. 不知君去時, 能手持一文錢否. 今君夫婦合窆, 能歡樂如平昔否. 我今困君如此, 君能叱我一聲否." 如是酬醋而還, 日冉冉掛西峯矣.

봄나들이의 광경을 포착했다. 새봄이 왔다. 들판에 새싹이 돋고 초록이 넘친다. 어디에 숨어 있었던가 싶은 나비 떼가 일제히 나타나 봄날의 축제를 시작한다. 이때 나는 평소 왕래하던 승려 몇과 더불어 술병을 차고서 옛 무덤 사이로 봄 마중을 나온다.

옛날 진(晉)나라 도연명은 〈여러 사람과 주씨 집안 묘의 잣나무 아래서 노닐다(諸人同遊周家墓柏下)〉란 시에서 "저 잣나무 아래 묻힌 사람 생각하노니, 그를 위해 어이해 즐기잖으랴.(感彼柏下人, 安得不爲歡.)"라고 했다. 덧없이 스러질 인생, 저 무덤 속의 주인공도 한때는 대단한 권세로 한 시대를 떵떵거렸을 텐데, 지금은 흙이 되어 저렇게 누워 있다. 그러니 살아 있을 때 인생을 기뻐하며 즐기는 것이 옳지 않겠는가? 도연명의 이 시를 보면 나는 그가 저 혜원선사의 현론(玄論)을 익히 들어 알고 있었음을 짐작할 수 있다. 또 소동파는 〈적벽부〉에서 덧없는 인생을 탄식하며 슬픔에 잠기는 객에게 달관의 논리를 펼쳐 우주와 함께하는 인생의 유현한 깊이를 말했었다. 그의 이 같은 논의도 결국은 당대 참료 스님과의 대화를 통해 얻어진 것일 터이다.

오늘 이 봄날의 한갓진 나들이에서 나는 스님네와 함께 옛일을 음미하며 옛사람을 흉내 내본다.

"여보게, 주인공! 내 말이 들리는가? 그대도 살았을 땐 대단했겠지? 세상이 온통 내 발아래 있고 눈앞에 보이는 것 없어 기고만장했을 걸세. 그대 이 봄날 내가 따라주는 술 한 잔 받으소. 지나고 나면 다 흙으로 돌아가는 것을 그땐 왜 그랬을까 모르겠네그려. 평생에 살아 못되게 굴고 나쁘게 한 일, 되돌아보면 허망하고 덧없는 것을. 천년만년 갈 줄 알았던 부귀영화도 이렇게 한줌 흙이 되고 말았네그려. 죽을 때 한 닢도 못 가져갈 재물 때문에 아등바등 남을 못살게 굴고, 더 갖고 다 갖자고 으르렁거리던 일들, 이제 와 생각하면 어떠한가? 그토록 곱던 아내와 나란히 누웠으니 행복한가? 내가 그대를 한 잔 술로 이토록 모욕해도 아무 말 못 하는 그 심정은 또 어떠한가?"

춥고 긴 겨울이 지나고 마침내 새봄을 맞을 때면 나는 스님 몇을 동무 삼아 무덤 사이를 오가며 이 무덤에 술 한 잔 부어주고 저 무덤에 희떠운 말 한마디 건네곤 한다. 앞으로 살아갈 내 인생을 생각하며 지녀야 할 마음가짐을 한 번씩 다잡아보곤 했다. 나도 한때는 잘나가던 시절이 있었다. 하지만 이제 이 낯선 남녘땅에 내려와 세상에 잊힌 이름이 되었으니, 무덤 속의 주인공이나 그에게 술잔을 따르는 나나 사실 다를 것이 하나 없다. 그래도 그렇게 한나절을 보내고 돌아오면 마음에 응어리졌던 것이 조금은 풀리고, 품었던 원망이 어느 결에 녹곤 했던 것이다.

이날의 봄나들이에 초의도 동행했을 법하다. 다산이 초의에게 건네는 말이 들리는 것만 같다.

"이제 내가 이렇게 무덤 사이를 오가며 술을 따라주고 실없는 소리나 하는 것이 네게는 이상하게 보이겠지? 사실은 나 듣고 너 들으라고 하는 얘기다. 조금 더 내려놓고 하나 더 덜어내어 마지막에는 다 비우고 가는 것이 인생이 아니더냐. 우리는 그렇게 살자. 맑고 깨끗이 살다가 가자."

## 시가(詩家)의 대법(大法)

제2칙에서는 시를 배우는 바른 경로와 시의 본질에 대해 논했다. 이상하게 이 항목은 문집에 빠졌고, 《금당기주》에만 실려 있다. 다산은 초의에게 시 공부를 열심히 시켰기 때문에 때때로 작시법에 대해 논한 글을 이렇게 남겼다. 다산은 앞서도 초의를 위해 칠언고시의 작법에 대해 설명한 바 있다.

시를 배울 때는 모름지기 《시경》의 풍아송(風雅頌)을 출발점으로 해서 아래로 한위(漢魏)와 육조(六朝)에 미치고, 당나라 때 시에서 가장 정채로운 것을 가려 뽑는다. 오직 두보를 배우되, 마치 십철(十哲)이 공자를 배운 것처럼 해야 한다. 왕유(王維)와 맹호연(孟浩然), 위응물(韋應物)과 유종원(柳宗元), 왕건(王建)과 이상은(李商隱) 등은 모두 마땅히 법으로 본받아야 한다. 송나라에서는 소식과 육유, 진사도(陳師道)와 진여의(陳與義), 그리고 진관(秦觀) 등이 가장 좋다. 원나라에 있어서는 원유산(元遺山)과 살도랄(薩都剌), 게혜사(揭傒斯)와 야율초재(耶律楚材), 양유정(楊維楨) 등을 취한다. 명나라에서는 고계(高啓)와 이동양(李東陽), 왕봉(王逢)과 원굉도(袁宏道), 서위(徐渭)와 전겸익(錢謙益) 등을 취한다. 백가를 망라하여 단점을 버리고 장점을 취해, 환골탈태하여 진부한 것을 변화시켜 새롭게 만들어내야 한다. 이것이 시가(詩家)의 대법(大法)이다.

學詩須從風雅頌溯源, 下逮漢魏六朝. 掇其英華於唐. 唯老杜是學, 學之宜如十哲學聖人. 王維孟浩然韋應物柳子厚王建李商隱, 皆當師法. 於宋唯蘇軾陸游二陳秦少游最好. 於元取元遺山薩天錫揭傒斯耶律楚材楊廉夫之等. 於明取高啓李西涯王逢袁中郎徐文長錢謙益之等, 搜羅百家, 捨短取長, 換骨奪胎, 化腐生新. 此詩家之大法也.

다산의 시관(詩觀)을 명쾌하게 잘 정리해서 보여준 글이다. 다산은《시경》에서부터 명대에 이르기까지 모범으로 삼을 만한 사람들의 이름을 친절하게 하나하나 열거했다.

다산이 제시한 학시의 방법은 "수라백가(搜羅百家), 사단취장(捨短取長), 환골탈태(換骨奪胎), 화부생신(化腐生新)"의 16자로 압축된다. 먼저 수라백가(搜羅百家)는 백가의 시를 수집 망라한다는 뜻이다. 가리지 말고 모두 섭렵해야 한다. 대신 사단취장(捨短取長)은 필수다. 시대에 따라 풍기(風氣)가 다르고 기질은 사람마다 같지가 않으니, 모두 섭렵하되 좋지 않은 것은 버리고 훌륭한 것은 취해서 자기 것으로 만들어야 한다. 자기 것은 어떻게 만들까? 그래서 환골탈태(換骨奪胎)를 제시했다. 시는 워낙에 형식적 제한이 까다로워 온전한 새것이란 있을 수가 없다. 기존에 있던 것에서 정수를 뽑고 원리를 체득해, 이것을 가늠하고 저것을 변용해서 자기만의 시세계를 구축해야 한다. 어떻게? 화부생신(化腐生新)이 그 구체적인 방법이다. 진부한 것을 변화시켜 새로운 표현을 만들어내면 된다. 훌륭한 시인이 되는 가장 바른 방법이 이 16자 속에 모두 들어 있다.

앞서 열거한 제가의 시문을 반복해서 익히되, 단점은 버리고 장점을 취해, 같지만 결코 같지 않고, 익숙하면서도 전혀 새로운 자기만의 목소리를 가져야 한다고 주문했다.

다시 이어지는 제3칙이다.

시는 뜻을 말하는 것이다. 뜻이 본시 낮고 더러우면 비록 억지로 청고(淸高)한 말을 짓는다 해도 이치를 이루지 못한다. 뜻이 원체 하잘것없으면 애써서 통 큰 말을 한다 해도 사정이 꼭 맞지 않는다. 시를 배우면서 그 뜻을 쌓지 않는 것은 똥 덩어리에다가 맑은 샘물을 거르는 것이나, 냄새나는 가죽나무에서 기이한 향기를 구하는 것과 다를 바 없다. 죽을 때까지 해도 얻을 수가 없을 것이다. 그렇다면 어찌해야 할까? 천인성명(天人性命)의 이치를 알고 인심도심(人心道心)의 분별을 살펴, 그 찌꺼기를 깨끗이 하고 청진(淸眞)함을 펼친다면 가능할 것이다.

그렇다면 도연명이나 두보 같은 사람들은 모두 여기에 말미암아 힘을 쏟았던 것일까? 도연명이야 정신과 육체가 서로를 부리는 이치를 알았으니 말할 것도 없다. 두보는 천품이 본시 높고, 충후하고 정성스런 어진 마음을 지닌 데다 호방하고 사나운 기상마저 아울러 갖추었다. 평범한 사람이 평생토록 마음을 다스려도 그 본원의 맑고 투철함은 두보에 미치기가 쉽지 않을 것이다. 그만 못한 제공들도 모두 감당할 수 없는 바탕과 모방할 수 없는 재능이 있다. 하늘에서 타고난 것이니, 또 배우는 자가 능히 도달할 수 있는 바가 아니다.

詩者言志也. 志本卑汚, 雖強作淸高之言, 不成理致. 志本寡陋, 雖強作曠達之言, 不切事情. 學詩而不稽其志, 猶漉淸泉於糞壤, 求奇芬於臭樗, 畢世而不可得也. 然則奈何? 識天人性命之理, 察人心道心之分, 淨其塵滓, 發其淸眞, 斯可矣. 然則陶杜諸公, 皆用力由此否. 曰陶知神形相役之理, 可勝言哉. 杜天品本高, 忠厚惻怛之仁, 兼之以豪邁鷙悍之氣. 凡流平生治心, 其本源淸澈, 未易及杜也. 下此諸公, 亦皆有不可當之氣岸, 不可摹之才思. 得之天賦, 又非學焉者所能跂也.

앞서 말한 16자의 대법이 표현상의 문제라면, 여기서는 본질과 바탕의 문제를 말했다. 시언지(詩言志), 시는 시인의 뜻을 말한 것이다. 시가 좋아지려면 뜻이 훌륭해야 한다. 뜻이 훌륭한 것은 마음이 바르기 때문이다. 똥 덩어리에 맑은 물을 흘리면 모두 똥물로 변한다. 냄새나는 가죽나무에서 어찌 기이한 향기를 얻을 수 있겠는가? 시도 마찬가지다. 먼저 사람이 되어야 한다. 바탕이 올발라야 한다. 그래야 품은 뜻이 맑고 높고 생각이 시원스레 툭 트인다. 머릿속에 온통 천한 생각뿐인데 말만 그럴싸하게 포장해서 꾸미면 역겨움만 준다.

도연명과 두보가 그 구체적인 예시다. 도연명의 시문을 보면 그의 사람됨이 숨김없이 드러난다. 두보의 시를 읽으면 평생 마음에 두었던 정신의 표정이 오롯하다. 이런 것은 배워 되는 것이 아니라 타고나야 한다. 시 짓기에는 감당키 어려운 바탕과 흉내 낼 수 없는 재능이 필요하다. 그러니 점철성금(點鐵成金)도 좋고 환골탈태도 필요하지만 그에 앞서 바탕 공부부터 갖추어야 한다. 먼저 인간이 되어야 한다는 뜻이다. 덜 된 인간이 교묘한 수사로 농간을 부리면 이것은 재앙에 가깝다.

원래 문집에는 이렇게 한 단락을 떼었는데,《금당기주》에는 위 문단의 앞에 '연(然)' 한 글자를 더해서 이 대목이 바로 위의 한 단락과 맞물려 펼친 논의임을 보였다. 여기서는 따로 구분해서 읽었다.



## 《주역》 공부의 방법

당시에 다산은 초의에게《주역》을 가르치고 있었던 모양으로, 문득《주역》 공부에 관한 자신의 생각 한 단락을 증언첩 속에 끼워 넣었다. 함께 읽어보자.

《주역》이란 책은 한 글자 한 구절도 괘상(卦象)에 말미암지 않음이 없다. 만약 성인께서 가상으로 펼친 설법이 마치 선가(禪家)에서 참선하는 화두가

멋대로 아무 물건이나 가리키는 것처럼 한다면 저절로 통하기가 어렵다. 왕보사(王輔嗣)는 설괘(說卦)를 버리고서 《주역》을 풀이하려 들었으니 또한 어리석지 않은가?

易之爲書, 無一字一句不由卦象. 若云聖人懸空說法, 如禪家參禪話頭, 任指一物, 便自難通. 王輔嗣乃欲棄說卦以解易, 不亦愚乎?

《주역》 공부는 괘상의 풀이에서 시작해서 풀이로 끝이 난다. 여기에는 분명한 맥락과 차서가 엄연하다. 불가의 참선 화두에서 야반삼경에 빗장을 보라거나, 도를 묻는데 마(麻) 삼근이니 똥 막대기니 하고 대답하는 난데없고 예측 불가한 언어도단의 표현과는 거리가 멀다. 그 비유는 현공(懸空), 즉 허공에 매달린 듯 모호해 구체적으로 잡히지 않지만 그 입상진의(立象盡意)의 참뜻을 새기면 모를 것이 하나도 없다.

그런데 삼국시대 위(魏)나라 왕필(王弼)은 《주역》에 주석을 내면서 괘상을 풀이하는 상수(象數)를 배제하고 의리(義理)만을 취해 의리역(義理易)을 제창했던 인물이다. 그의 말이 시원스러워 언뜻 보면 통쾌한 느낌을 주지만, 그의 주장은 《주역》의 핵심을 놓친 어긋난 논의이다. 그러니 여기에 현혹되어 가장 중요한 핵심을 잃고 마는 어리석음을 범해서는 안 된다.



## 항아리 속에서 앵앵대는 모깃소리

끝의 두 항목은 고려 때 천책국사의 《호산록(湖山錄)》에서 인용한 글을 실었다. 진정국사(眞靜國師) 천책(天頙)은 공민왕의 스승으로 만덕산 백련사(白蓮社)의 제4대 조사(祖師)였다. 만년에는 강진 도암면의 용혈암(龍穴庵)에 은거했다. 시문에 뛰어나 문집 《호산록》을 남겼고, 이 밖에 《선문보장록

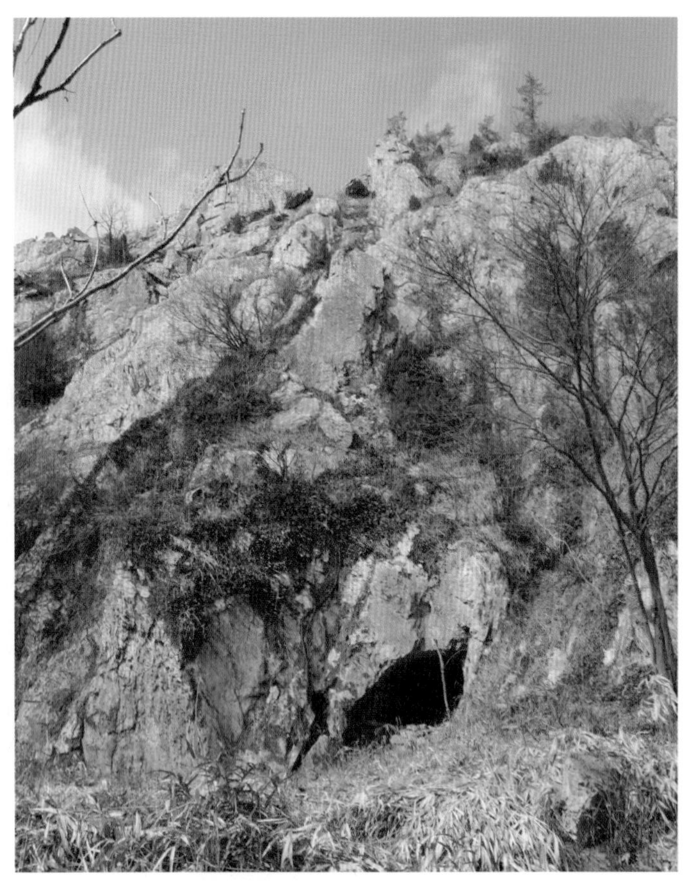

천책국사가 머물던 강진의 용혈암.

(禪門寶藏錄)》과 《해동전홍록(海東傳弘錄)》 등의 저술이 있다.

다산은 천책선사의 《호산록》을 읽고 그에게 깊이 매료되었던 듯하다. 다산은 문집에 실린 〈천책국사의 시권(詩卷)에 제함(題天頙國師詩卷)〉에서 그의 시에 대해 "시정이 진하고 아름다우며 굳세어서 승려의 담박한 병통이 없다.(濃麗蒼勁, 無蔬筍淡泊之病.)"고 칭찬하고, 또 "천책은 본래 만덕산 사람이었는데 용혈로 거처를 옮겼다. 내가 다산에 거처하게 된 이래 해마다 한 차례씩 용혈로 놀러갔다. 천책을 생각하면 언제고 안타깝게 탄식하며 애석해 마지않았다. 이처럼 뛰어나고 호방한 인물이 어찌하여 불교에 빠졌더란 말인가?(天頙本萬德山人, 移棲龍穴. 余自棲茶山以來, 歲一游龍穴. 憶念天頙, 未嘗不嗟傷悼惜. 以若賢豪, 胡乃陷溺於佛敎也.)"라고 말하기까지 했다.

다산은 천책국사의 말을 두 단락으로 나누어 인용했다. 두 단락 모두 《호산록》 권 4에 수록된 〈운대아감 민호(閔昊)에게 보낸 답장(答芸臺亞監閔昊書)〉에 나온다. 문집에 실린 것은 원본의 내용을 일부 줄이거나 뺐다.

천책선사가 말했다.

"간혹 저잣거리를 지나다가 앉아 장사하거나 다니며 물건 파는 행상을 보게 되면 단지 몇 푼 안 되는 돈을 가지고 시끌벅적 떠들면서 시장의 이끗을 독점하려고 다툰다. 백 마리 천 마리의 모기가 항아리 속에 있으면서 어지러이 앵앵대는 것과 무에 다른가?"

그가 비록 선(禪)에 빠지기는 했지만, 말인즉 옳다.

天頙禪師云: "或經過市鄽, 見坐商行賈. 只以半通泉貨, 哆哆譁譁, 罔爭市利. 何異百千蚊蚋在一甕中, 啾啾亂鳴耶." 適其所溺者禪, 言則是也.

세상 사람들이 한 푼이라도 더 벌겠다고 이끗을 다퉈 와글와글 싸우는 소리는 항아리 속에 든 수백 수천 마리의 모기가 바글바글 날면서 앵앵대는 소리나 다를 게 없다. 저잣거리는 항아리 속이요 모기떼는 장사치들이다. 항아리 속에서는 잘 모른다. 그 속에서 결사적으로 다투는 그 모양새가 밖에서 볼 때 얼마나 하찮고 우스운지를. 이 얘기를 읽은 다산이 말한다.

"초의는 들거라. 천책선사의 이 말씀은 얼마나 훌륭하냐! 예전 승려 중에서 이처럼 툭 트인 사람을 만날 수 있다는 것은 큰 기쁨이다. 너는 그의 글을 열심히 읽고 또 새기도록 해라. 그래서 모기떼가 앵앵대는 그 항아리에서 활짝 벗어나야 한다."

이어 다시 한 단락을 인용했다.

천책선사가 말했다.

"부잣집 아이가 평생 한 글자의 책도 읽지 않고, 오직 경박하게 교만을 떨며 건달로 노니는 것을 일삼는다. 한갓 월장(月杖)과 성구(星毬)로 금 안장과 옥 굴레를 씌운 말을 타고 삼삼오오 무리 지어 십자의 거리에서 내달리며 아침저녁 할 것 없이 노상 이리저리 몰려다니는데 구경꾼이 담벼락처럼 둘러선다. 애석하다. 나나 저들이나 모두 허깨비 세상에서 허깨비로 살아가고 있다. 저들이 어찌 허깨비 몸으로 허깨비 말을 타고 허깨비 길을 내달리며 허깨비 기술을 잘 부려 허깨비 사람으로 하여금 허깨비 일을 구경하게 하는 것이 허깨비 위에 허깨비가 다시 허깨비를 더하게 하는 것임을 알겠는가? 이로 말미암아 밖에 나가서 어지러이 떠들썩한 것을 보고 나면 서글픈 생각만 더할 뿐이다."

가경 계유년(1813) 8월 4일.

天頙禪師云: "富兒生年不讀一字書. 唯輕驕游俠是事. 徒以月杖星毬, 金鞍玉勒, 三三五五, 翺翔乎十字街頭, 罔朝昏頷頷. 南來北去, 觀者如堵. 惜也. 吾與彼俱幻生於幻世, 彼焉知將幻身乘幻馬, 馳幻路工幻技, 令幻人觀幻事, 更於幻上幻復幻也. 由是出見紛譁, 增忉怛耳." 嘉慶癸酉八月四日.

특히 위 단락은《호산록》의 원 문장을 줄이거나 건너뛴 부분이 적지 않다. 마지막에 적은 날짜에서 이 글이 1813년 8월 4일에 초의에게 써준 글임이 확인된다. 천책선사의 말은 이렇다.

"허깨비 세상에서 허깨비 인생들이 허깨비 같은 짓을 하며 헛꿈을 꾸다 간다. 저 부귀와 도락에 취해 인생을 탕진하는 무리를 보아라. 사람들은 그것을 부러워해 넋을 놓고 구경한다. 꿈을 깨라. 깨어나라. 인생의 미망에서 활짝 벗어나라."

다산은 자신의 말을 한마디 더 보탬 없이 인용만으로 글을 맺었다. 나머지는 초의더러 따지고 살펴보라고 한 것이다.

이렇게 읽은 여섯 칙의 증언 역시 다산과 초의의 긴밀한 관계를 보여준다. 불가의 비유와 인용으로 글을 구성한 점도 앞서 본 다른 증언과 같다. 봄나들이에서 만난 무덤 주인과의 희떠운 대화와 학시법(學詩法)에 대한 충고, 《주역》 학설에 대한 견해 표명, 천책선사 어록의 인용 등을 통해 초의에게 그때그때 건네고픈 충고를 맞춤형으로 전해주었다.

# 22. 단물이 다 빠지면 쓴 물이 나오는 법

—초의와 시로 주고받은 선문답



## 봄 안개와 가을바람

이제까지 일곱 번에 걸쳐 다산이 초의에게 준 증언첩을 읽어보았다. 이번에 읽을 글은 다산이 초의에게 준 또 다른 형식의 증언첩이다.《일지암서책목록》 중 제목을《한산자시첩(寒山子詩帖)》이라 한 것인데, 한산(寒山)의 시를 초의와 함께 읽으면서 주고받은 문답을 정리했다.

다산 친필의《한산자시첩》은 실물이 전하지 않고, 역시 신헌의《금당기주》에 실려 있다. 생각할수록《금당기주》는 보배로운 기록이다. 초의는 앞서 본 다산의 증언에서도 나오듯 한산의 시집을 아껴 읽고, 여기서 시학의 깊은 뜻과 선학(禪學)의 깨달음을 함께 얻었다. 훗날 초의가 모든 서책을 버리고 일지암을 지어 들어갈 때도 한산의 시집만은 들고 갔을 정도다.

한산은 당나라 때 천태산 국청사(國淸寺)에 살았다는 승려의 이름이다.《한산자시집》은 그가 국청사 둘레의 나무와 바위 등에 써놓은 시를 모아 엮었다는 시집이다. 다산은 초의를 데리고 이 시집을 읽으면서 매 수마다 질문과 대답을 기록으로 남겼다.《한산자시첩》에는 모두 네 수의 오언시와 이에 따른 문답을 수록했다. 차례로 읽어본다.

옥당에 구슬발이 걸려 있는데　　　玉堂掛珠簾

| | |
|---|---|
| 그 속에 어여쁜 사람이 있네. | 中有嬋娟子 |
| 모습은 신선보다 훨씬 더 낫고 | 其貌勝神仙 |
| 얼굴은 도리(桃李)인 양 어여쁘다네. | 容華若桃李 |
| 동쪽 집은 봄 안개에 잠겨 있는데 | 東家春霧合 |
| 서쪽 집엔 가을바람 일어나누나. | 西家秋風起 |
| 다시금 삼십 년이 더 지나가니 | 更過三十年 |
| 마침내 사탕수수 찌꺼기 됐네. | 還成甘蔗滓 |

의순이 말했다. "어떤 것이 봄 안개이고 가을바람입니까?"

스승이 말했다. "동쪽에선 피리 북에 고운 얼굴 아양 떨고, 서쪽에는 거친 음식에 흰 살쩍을 감싸누나."

또 말했다. "어떤 것이 사탕수수의 찌꺼기입니까?"

스승은 말한다. "단물이 다 빠지면 쓴 물이 나온다네."

또 말했다. "어떻게 해야 방편을 냅니까?"

스승은 말한다. "분귀(粉鬼)를 매질하고 홍마(紅魔)를 야단치라."

洵云: "如何是春霧秋風?" 師云: "東邊簫鼓媚紅顔, 西邊藜藿擁白鬢." 又云: "如何是甘蔗滓?" 師云: "甘醬盡頭, 苦汁來頭." 又云: "如何做方便?" 師云: "鞭笞粉鬼, 叱呵紅魔."

위 시는 《한산자시집》의 제13수이다. 《금당기주》에는 '과(過)'를 '우(遇)' 자로 잘못 썼다. 원본에 따라 바로잡는다.

대둔사에는 한산전(寒山殿)이란 전각이 있었고, 초의는 다산에게 특별히 청해 그 시집을 읽었던 듯하다. 그 속에 담긴 깊은 이치와 시적 표현에 반해 이후 초의는 한산에 대해 각별한 마음을 갖게 되었다. 다산은 초의에게 한산의 시를 가르치면서 불교의 선문답 방식을 활용했다. 한산의 시 가운데 한 수를 제시하여 읽게 하고, 초의의 질문을 이끌어내 다시 대답을 시로 대신했다.

먼저 원시의 내용을 읽어보자. 구슬발이 드리워진 화려한 방 안에 희미한 실루엣으로 절세 미녀가 앉아 있다. 가만히 살펴보니 모습은 선녀를 빰치고, 용모는 복사꽃 오얏꽃이 무색할 정도다. 그녀는 세상 모든 사람이 부러워할 자태를 지녔다. 아쉬울 것이 없고 부족한 것이 없다. 하지만 보라. 지금은 짙은 봄 안개의 솜이불 속에 잠겨 있지만, 그 아름다움은 잠깐 만에 스러져 어느새 낙엽이 되어 쓸려간다. 여기서 다시 30년의 세월이 뚝딱 흘러간다면 저 방 안의 꽃다운 미녀는 단물을 씹고 버린 사탕수수의 찌꺼기같이 쭈그렁바가지 할멈이 되어 있을 것이다. 그 많던 재물은 손에 쥔 모래알처럼 흩어져버리고, 떵떵거리며 살던 그 부귀와 권세도 흔적조차 없을 것이다. 이것이 인생이다. 미망에서 깨어나라!

초의가 묻는다.

"선생님! 시에서 봄 안개와 가을바람은 어떤 의미로 한 말인지요?"

다산이 답한다.

"동쪽 집은 흥겨운 가락이 울려 퍼지는 가운데 잔치가 한창이다. 거기에 꽃다운 모습의 여인이 아양을 떤다. 이것이 봄 안개다. 하지만 건너편 서쪽 집은 반찬 하나 없이 거친 명아주 국에 찬밥을 놓고서 어느새 허옇게 센 터럭을 감싸며 지난날을 후회하는 모습이로구나. 이것이 다시 가을바람인 게지. 인생이란 봄 안개로부터 가을바람 속으로 건너가는 과정일 뿐이다. 눈앞의 것이 천년만년 갈 것으로 여겨서는 안 된다. 그게 다인 줄 알아서도 안 되지."

초의가 다시 묻는다.

"마지막 구절에서 사탕수수의 찌꺼기를 말한 것은 무슨 의미입니까?"

스승이 대답한다.

"사탕수수 줄기를 꺾어서 씹으면 입안에 단물이 가득하다. 마냥 씹으면 단맛은 없어지고 외려 쓴맛이 돋아난다. 그 전에 그 밀랍 같은 찌꺼기를 뱉어버려야지. 단맛으로만 이어지는 삶이란 없다. 사람들은 달면 삼키고 쓰니까 뱉지."

제자가 묻는다.

"그렇다면 제가 어찌해야 합니까?"

스승이 말허리를 자른다.

"분칠한 어여쁜 귀신을 매질해서 쫓고, 붉은 단장을 한 마귀를 소리쳐 나무라야지. 귀신과 마귀가 흉측한 형상으로 나타나는 게 아니다. 고운 자태, 어여쁜 미소로 네 영혼을 녹인다. 거기에 넘어가면 안 된다. 봄 안개에 잠겨 단맛만 빨고 있으면 큰일 난다. 알겠느냐?"

## 언제나 이렇게 할 순 없겠지

다시 이어지는 두 번째 시를 읽어본다.《한산자시집》제14수다.

| | |
|---|---|
| 성중의 아리따운 예쁜 아가씨 | 城中蛾眉女 |
| 허리에 찬 옥구슬이 쟁글거린다. | 珠佩珂珊珊 |
| 꽃 앞에선 앵무새가 재롱을 떨고 | 鸚鵡花前弄 |
| 달빛 아래 비파를 연주한다네. | 琵琶月下彈 |
| 긴 노래는 삼월 봄날 울려 퍼지고 | 長歌三月響 |
| 짧은 춤은 일만 사람 구경을 하지. | 短舞萬人看 |
| 언제나 이렇게 할 순 없겠지 | 未必長如此 |
| 부용은 추위를 못 견딘다네. | 芙蓉不耐寒 |

의순이 나서며 말했다. "추위를 못 견딘다는 것은 무슨 말입니까?"

스승은 말한다. "10월이라 바람과 서리 무거웁거니, 흩날려 어디로 돌아갈 건가."

의순이 말했다. "잘 모르겠습니다."
스승은 말한다. "깊고 또 편안히 앉거라."

洵進云: "如何是不耐寒?" 師云: "十月風霜重, 飄零何處歸." 洵云: "未悟." 師云: "深且安坐."

이번에도 어여쁜 아가씨가 등장한다. 그녀는 장안 남정네의 마음을 쥐었다 놓았다 하는 최고의 명기(名妓)다. 그녀가 무대를 향해 걸어 나올 때면 쟁글쟁글 옥구슬 소리가 노랫소리 같다. 앵무새는 꽃가지에 앉아 재롱을 떨고, 그녀는 달빛 아래 그림처럼 앉아서 비파를 연주한다. 흐뭇한 봄날 떨어지는 꽃잎 사이로 그 가락이 울려 퍼지면 좌중은 침을 꼴깍 삼키며 숨을 죽였다. 다시 그녀가 비파를 내려놓고 짧은 소매 사이로 섬섬옥수를 드러내 하늘하늘 춤사위를 선보이자 장안 모든 남자의 애가 그만 다 녹아내렸다. 7, 8구는 잠시의 도취경에 찬물을 끼얹는다. 예쁘고 아름답지만 언제까지나 그럴 수야 없겠지. 그러다 가을이 오면 어여쁜 연꽃도 추위를 못 견뎌 시들고 말 테니까.

초의가 엉덩이를 들고 상체를 내밀며 묻는다.

"선생님! 추위를 못 견딘다 함은 무슨 뜻으로 한 말일까요?"

다산이 대답한다.

"10월이 오면 바람은 매서워지고 서리는 무거워진다. 그때 저 고운 꽃은 진즉에 다 지고 흔적조차 찾을 수 없을 테지."

초의가 다시 말한다.

"무슨 말씀인지 당최 모르겠습니다."

스승의 대답이 이어진다.

"모르는 게 아니라 알고 싶지 않은 것이겠지. 다시 엉덩이를 눌러 깊이 편안하게 앉거라. 그러면 알게 될 것이니라."

"???"

초의는 다시 스승의 한 방을 제대로 맞았다.

## 초록 곰 방석

이번에는 세 번째 시를 읽어보자. 제41수에 해당한다.

| | |
|---|---|
| 어여뻐라, 노씨 집 고운 아가씨 | 璨璨盧家女 |
| 예전의 이름은 막수(莫愁)였다네. | 舊來名莫愁 |
| 욕심스레 적화마에 올라타고는 | 貪乘摘花馬 |
| 즐거이 연밥 따는 배 곁에 섰지. | 樂傍採蓮舟 |
| 무릎은 초록 곰 방석에 앉고 | 膝坐綠熊席 |
| 몸에는 청봉(靑鳳)의 갖옷 걸쳤네. | 身披靑鳳裘 |
| 슬프다 이 모든 것 백 년도 못 돼 | 哀傷百年內 |
| 산언덕에 돌아감을 못 면할 텐데. | 不免歸山丘 |

의순이 말했다. "이렇게 해야만 산언덕으로 돌아가고, 이렇게 하지 않으면 산언덕에 돌아가지 못합니까?"

스승은 말한다. "내 몽둥이를 한 방 먹어라."

洵云: "如是歸山丘, 不如是不歸山丘麽?" 師云: "喫我一棒."

막수는 중국 고대 전설 속에 자주 등장하는 이름이다. 원래 한강(漢江) 나루터 뱃사공의 딸이었던 그녀는 말 타며 놀고, 연밥 따고 노래 부르며 천진하게 자랐다. 그녀의 어여쁜 목소리가 점차 알려져 뒤에 초나라 양왕(襄王)의 궁전에 스카우트되어 전설적인 명가수로 이름을 날렸다. 그녀가 앉는 자리에는 초록 곰의 털로 만든 방석이 놓이고, 그녀가 입은 옷은 푸른 봉황새의 가죽으로 만든 귀한 것이었다. 그러면 뭘 하나. 백 년도 못 되어 모두 흙으로 돌아가고 말 인생이 아닌가?

초의가 짐짓 능치며 묻는다.

"꼭 그렇게 이 아름다운 것들을 거들떠도 보지 않아야만 산언덕으로 돌아갈 수 있다면 저는 안 갈까 싶습니다."

다산이 깔깔 웃고 말한다.

"요놈! 내 꿀밤을 한 방 먹어라."

주고받는 대화가 선문답이 아니라 무슨 천진한 놀이 같다.

《금당기주》의 필사는 이 대목에서 오자를 또 냈다. '찬찬(璨璨)'을 '찬찬(粲粲)'으로, '피(披)'를 엉뚱하게 '안(按)'으로 썼다. 원집에 따라 고쳐 적는다.



## 바람 불자 길 가득 향기가

마지막 네 번째 시다. 《한산자시집》 제61수다.

| | |
|---|---|
| 석양 무렵 여인네들 장난치는데 | 群女戲夕陽 |
| 바람 불자 길에 가득 향기가 인다. | 風來滿路香 |
| 치마엔 금나비 수를 놓았고 | 綴裙金蛺蝶 |
| 머리엔 옥원앙 비녀 꽂았네. | 插髻玉鴛鴦 |
| 계집종도 붉은 비단 옷을 해 입고 | 角婢紅羅縝 |
| 하인조차 자줏빛 비단 치말세. | 閹奴紫錦裳 |
| 보아하니 도를 잃은 사람은 | 爲觀失道者 |
| 터럭 세면 마음마저 허둥댄다네. | 鬢白心惶惶 |

의순이 말했다. "이것은 전생의 선과(善果)가 아닐까요?"

스승은 말한다. "저것은 바로 미래의 악인(惡因)이니라. 덜렁쟁이 수좌(首座)야! 공과(功課)를 만들어서 밤낮으로 목탁을 두드리며 그 의미를 살펴보거라. 민첩한 강주(講主)야! 열심히 지도해서 불자(拂子)를 세워 불경을 담론하며 징험해보아라. 편한 곳을 얻으면 편한 데로 떨어지고, 인연을 잃고 나야 인연이 모이느니."

의순이 말했다. "세간에는 다만 어떻게든 지켜야 할 것이 있지 않을까요?"

스승은 말한다. "횃불 들어 허공을 태우고, 물을 움켜 달을 붙드네."

洵云: "這箇是前生善果否?" 師云: "那箇是未來惡因. 邋遢首座, 要做功課. 晝夜擊鐸數珠, 細察其情飯也. 敏捷講主, 要行指導, 夏臘豎拂譚經, 密驗其飯也. 得便宜處落便宜, 失機緣處湊機緣." 洵云: "世間只有恁麽持守否?" 師云: "擧火焚空, 撈水捉月."

금나비로 수를 놓은 비단 치마를 입고 화려한 옥원앙 비녀를 꽂은 여인들이 석양 무렵 모여 장난치며 놀고 있다. 바람이 한 차례 지나가자 길에 가득 향기가 번진다. 여종과 하인까지 비단옷을 차려입은 것만 봐도 그녀들의 부귀가 어떠한지 짐작하고 남음이 있다. 다시 7, 8구에서 뚝 자른다. "참 좋고 부럽지만 아무리 치장이 화려해도 마음속에 도를 지니고 있지 않으면 백발이 되기가 무섭게 마음이 휑해져서 허둥대며 어쩔 줄을 모른다."

초의는 궁금한 게 참 많다. 다시 어깃장을 놓는다.

"선생님! 그들이 이렇게 부귀하게 잘사는 것은 전생에 선과를 그만큼 많이 쌓았기 때문이 아닐까요? 그들 탓이 아니지 않습니까?"

다산이 말한다.

"쯧쯧! 딱하다. 그것은 전생의 선과가 아니라 미래의 악인이 될 뿐이겠지. 이 텁석부리 수좌 녀석아! 염불하며 생각해보면 모를 게 없다. 저 혼자 똑똑한 체하는 강주야! 불경을 열심히 읽어 징험해보아야지. 편한 것? 그것 좋지. 하지만 그렇게 편한 데에 주저앉아 있으면 그것으로 끝장임을 알아야지. 이런저런 질긴 인연을 딱 끊어내야만 새로운 인연이 시작되는 법이다."

초의가 다시 묻는다.

"다 버리면 무엇이 남죠? 그래도 붙들어 지켜야 할 것이 있지 않을까요?"

다산이 대답한다.

"너는 횃불로 허공을 태우려 드는 사람이다. 강물을 움켜 달을 건지겠다는 격인 게지. 한번 잘 해보거라."

이번 역시 다산의 압승으로 문답이 끝났다.

그런데 이 항목에는 작은 글씨로 다음 시구가 추가로 적혀 있다.

묻노라, 그 얼마나 붉은 얼굴 얻으리오 　問君能得幾時紅
백발로 황하를 돌아보며 가리키네. 　白髮黃河指顧中



앞서 세 수의 대답이 모두 다른 이의 시 인용으로 이뤄진 데 반해, 이 마지막 항목은 논설조로 된 것이 못마땅해 시구 대답 방식으로 고쳐보려 한 흔적이다.

사제간에 오간 이 선문답을 읽고 있노라면, 《한산자시집》을 펼쳐놓고 한 수 한 수 읽어나가며 토론을 벌이던 사제의 정다운 모습이 눈에 선하다. 다산은 제법 선지식의 풍모를 풍기며 제자의 깨달음을 유도하고, 제자는 스승의 가르침에 때로 어깃장을 놓아 웃기도 하면서 공부의 재미가 차츰차츰 깊어갔던 것이다.

## 또 하나의 선문답

근세 송광사의 대강백이었던 금명(錦溟) 보정(寶鼎, 1861~1930)이 남긴 책

중에《백열록(栢悅錄)》이란 것이 있다. 송광사 성보박물관에 소장된 이 책은 젊은 시절 보정 스님이 해남 대흥사에 머물 당시 다산과 추사, 신헌 등이 대둔사에 남긴 불교 관련 글, 초의의《동다송》및 범해와 철경 등의 글을 베껴 적은 것이다. 여기에 다산이 초의와 만순(萬淳), 그리고 법훈에게 써준〈선문답(禪問答)〉이란 글 한 편이 실려 있다. 앞서 본《한산자시첩》속의 선문답과 그 방식이 같다.

만순은 모름지기 진로(塵勞)에 쇄탈(灑脫)하고, 의순은 실지(實地)를 실천하도록 해라. 법훈은 모름지기 깨달음의 관문에 투철해야 한다.
만순이 묻는다. "어찌해야 세상일에 쇄탈합니까?"
사(師)는 말한다. "가을 구름 사이의 한 조각 달빛."
의순이 묻는다. "어찌해야 실지를 실천합니까?"
사(師)가 말한다. "날리는 꽃 제성(帝城)에 가득하도다."
법훈이 묻는다. "어찌해야 깨달음의 관문을 투득합니까?"
사(師)가 말한다. "새 그림자 찬 방죽을 건너가누나."

淳也須灑脫塵勞, 詢也須踐蹋實地, 訓也須超透悟關. 淳問: "如何是灑脫塵勞?" 師曰: "秋雲一片月." 詢問: "如何是踐蹋實地?" 師曰: "飛花滿帝城." 訓問: "如何是超透悟關." 師曰: "鳥影渡寒塘."

등장인물은 만순과 초의, 그리고 법훈 이 세 사람이다. 법훈은 아암 혜장의 법제자인 침교 법훈이다. 만순은 그 존재가 최근에야 파악되었다. 본문에 '순(淳)'이라고만 하는 바람에 다른 글에서 그를 순암(淳菴) 윤종진으로 오해했다. 조사해보니 그는 보림사 승려였던 인허(印虛) 만순(萬淳)이었다. 자세한 생몰이나 행적은 전혀 알려진 바 없고, 보림사의 사승으로 이어진 계보만 확인된다. 만순은 청허(淸虛) 휴정(休靜, 1520~1604)의 11대 손으로, 편양(鞭羊) 언기(彦機, 1581~1644)를 거쳐 보림사의 계맥으로는 상봉(霜峰) 정원

(淨源, 1627~1709)에서 경월(敬月) 민준(敏俊)과 서운(瑞雲) 수희(守禧)의 법을 이은 승려였다.

다산은 세 사람에게 각각 '쇄탈진로(灑脫塵勞)'와 '천답실지(踐踏實地)', '초투오관(超透悟關)'을 주문했다. 각자의 개성에 맞춰 경책(警策)이 될 만한 가르침을 내린 것이다. 만순에게 내린 '쇄탈진로'는 진로(塵勞), 즉 티끌세상에서 마음을 수고롭게 하는 번뇌를 쇄탈, 곧 시원스럽게 벗어던지라는 말이다. 초의에게 준 '천답실지'는 관념의 허위에 매몰되는 대신 곧바로 실천에 옮기기에 힘쓰라는 주문이다. 법훈에게 건넨 '초투오관'은 지지부진한 일상을 차고 나와 깨달음의 관문을 투득(透得)하라는 뜻이다. 이에 세 승려가 차례로 구체적인 방법을 질문한다. 다산은 친절한 설명을 보태는 대신 얄밉게 시 한 구절로 대답해 알 듯 모를 듯한 선문답이 성립되었다.

먼저 만순이 '쇄탈진로'의 방법을 묻는다. 다산이 불쑥 "가을 구름 사이의 한 조각 달빛(秋雲一片月)"의 시구를 내민다. "서늘한 가을밤, 구름 사이로 조각달이 빼꼼 얼굴을 내민다. 자! 구름에 가려 환한 달을 못 보는 삶이지만, 때로 바람이 구름을 걷어내면 흰 달이 얼굴을 내밀지 않느냐? 구름 사이로 비치는 달빛은 얼마나 환하고 고마우냐? 만순, 너는 그 달빛이 되거라."

이번엔 초의의 차례다. "천답실지는 어인 말씀이신지요?" 다산이 대답으로 "날리는 꽃 제성(帝城)에 가득하도다.(飛花滿帝城.)"를 내놓는다. "분분히 지는 꽃잎이 서울 거리에 가득하다. 근사한 구경거리가 아니냐? 너는 생각만 많지 실천에 옮기려는 힘이 부족하다. 꽃구경을 하려거든 직접 네 두 발로 땅을 밟고 다녀야 하는 법이다. 방 안에 가만히 앉아서 무슨 꽃구경을 하겠다는 말인가?" 이미 앞서도 여러 차례 나온 지적이다. 초의가 실행(實行)은 없이 관념의 유희 속에서만 노니는 것을 경계했다.

마지막으로 법훈이 나섰다. "초투오관의 방법도 일러주시지요." 다산이 종이 하나를 내민다. "새 그림자 찬 방죽을 건너가누나.(鳥影渡寒塘.)"가 쓰여 있다. "방죽 위로 새 한 마리가 휙 날아갔다. 너는 물 위 그림자만 보았지? 고개를 들면 새는 이미 날아가고 없다. 물 위 새의 자취도 이미 찾을 수가 없구나. 그렇다면 새는 원래 없었던 걸까? 깨달음도 따지고 보면 이와 같은 것이 아니겠느냐? 형상에 집착하지 마라. 툭 터져야 한다."

이 같은 선문답을 능숙하게 주고받는 다산은 어느새 깊은 산사의 방장 스님의 풍모를 띠었다. 하지만 다산이 이렇게 선문답의 형식에 한시를 끼워 넣은 것은 이들에게 한시를 가르치는 한 방편이기도 했다. 만순에 대해서는 따로 쓸 말이 많지만 여기서는 적지 않는다.

# 23. 얼마간의 즐거운 일

—초의가 베껴 쓴 또 하나의 증언첩

## 세상의 판세

초의는 다산의 제자답게 평생 초서(鈔書), 즉 베껴 쓰기 공부를 게을리하지 않았다. 이렇게 베껴 쓴 책의 표지에 그는《초의수초(艸衣手鈔)》라는 제목을 달아 작은 책자로 묶곤 했다. '초(艸)'를 일부러 '초(屮)'로 쓰고는, 작은 공책에 깨알 같은 글씨로 책 한 권을 통째로 옮겼다. 이렇게 베껴 쓴《초의수초》가 남은 것만 20권이 넘는다. 초서한 책이 있느냐 없느냐로 다산의 제자냐 아니냐를 판별하는 표징으로 삼아도 문제가 없을 만큼 다산의 제자들은 예외 없이 이 초서 공부를 중시했다. 이렇게 베껴 쓴 책에는 흔히 '수초(手鈔)' 또는 '총서(叢書)'란 표제를 달았다.

이들 자료는 대흥사 주지를 지낸 응송(應松) 영희(暎熙)가 1960년대 초 불교 정화운동 당시 대처승으로 절에서 밀려나면서 초의의 영정을 비롯해 모든 유품을 들고나올 때 포함되었던 것으로, 응송의 제자 송백운이 이를 물려받았다. 최근 불교 기록 문화유산 아카이브에 전체 자료가 영인, 소개되면서 비로소 세상에 알려졌다.

흥미를 느껴 이 자료를 한 장 한 장 넘겨가며 살펴보던 중《당사걸집(唐四傑集)》의 마지막 면에 초의가 친필로 베껴 써둔 다른 글이 끼어 있음을 확인했다. 다산이 초당 시절 누군가를 위해 써준 증언이었다. 초의가 공책 끝에

《초의수초》, 개인 소장.



한 면 남은 여백을 활용해 그것을 옮겨 써둔 것이다. 이 우연한 필사가 다산의 증언 네 칙을 더 추가할 수 있도록 해주었다. 메모의 중요성을 다시 한 번 실감한다. 이 글씨의 원본은 이제 와서 찾을 길이 막막하고, 증언의 수신자도 누구인지 알 수가 없지만, 글에 담긴 다산의 생각과 만나는 데는 아무 문제가 없다.

초의는 필사 후기로 "위 네 조목은 탁옹 선생께서 다산에 계실 적에 어떤 사람에게 써준 서첩이다.(右四條, 籜翁先生在茶山時, 書贈人帖者.)"라고 썼다. 내용을 꼼꼼히 살펴보니 처음 글은 둘로 나눠 읽는 것이 더 나을 것 같다. 이 글에서는 초의가 네 칙으로 쓴 것을 다섯 칙으로 나눠 소개하겠다.

다산은 이 필첩의 앞 첫 면에 큰 글씨로 다음 여덟 글자를 적어두었던 모양이다. 초의도 필사 첫머리에 "말을 잊는 것보다 귀한 것을 지기에게 편다.(貴於忘言, 申於知己.)"는 구절을 행을 구분해 따로 써놓았다. 말로 전할 수 없는 귀한 가르침을 지기에게 건넨다는 의미로 읽었다.

먼저 첫 단락을 읽는다.

매화가 처음 피어나면 꽃다운 떨기는 요염하고 아리따운 데다 향기롭기까지 하다. 천하의 뭇 꽃이 이보다 더한 것이 없을 정도다. 얼마 안 있어 떨어진 꽃잎이 땅에 가득하면 나무 전체가 시들해 볼썽사납다. 살구꽃과 배꽃이 잇달아 피어나고, 복사꽃이 갑작스레 붉은 꽃망울을 터뜨리면 요염하기 짝이 없다. 하지만 시들면 또한 늙은 기생이 장사치에게 시집가는 것 같다. 산속 거처가 아무 일이 없다 보니 온갖 꽃이 피었다 시드는 것을 살피면서도 세상의 판세를 깨닫기에 충분하다.

梅花首放, 芳藹夭嬌馥郁, 天下羣芳, 無以逾乎是者. 俄而落英滿地, 全樹衰弊. 杏花梨花, 相續相代, 緋桃驀地紅綻, 妖艶絶倫. 及其衰也, 亦如老妓嫁商人爾. 山居無事, 觀百花盛衰, 足了世局.



매화가 피면 천지가 환해진다. 기품과 향기에서 그 이상의 꽃이 없다. 그런데 오래가지 못한다. 진창에 꽃잎이 지고 나면 아직 새잎이 채 돋지 않은 검고 추레하며 잔가지 많은 나무는 영 볼 품이 없다. 이번엔 제 차례라며 살구꽃이 피더니 배꽃도 덩달아 핀다. 복사꽃까지 피어나면 형형색색 꽃 잔치가 흥성하다. 하지만 잠시뿐, 그것도 바로 진다. 봄꽃의 영화는 열흘을 못 넘긴다. 시든 꽃의 딱한 모습은 다 늙어 찾는 손님 하나 없는 퇴기가 생활 때문에 젊은 시절에는 반눈에도 안 차 하던 장사치의 소실로 들어앉는 몰골과 다를 게 없다. 꽃이 피어 곱더니, 금세 져서 딱하다. 사람이 한세상 살다 가는 일이 봄꽃과 진배없다. 향기를 뽐내고 순결을 자랑하고 요염함을 내세워도 잠깐 만에 스러진다. 한때의 득의는 누구에게나 있는 법. 으스댈 것이 없다. 다 늙어 장사치의 소실로 들어가는 늙은 기생의 꿈은 뭘까?

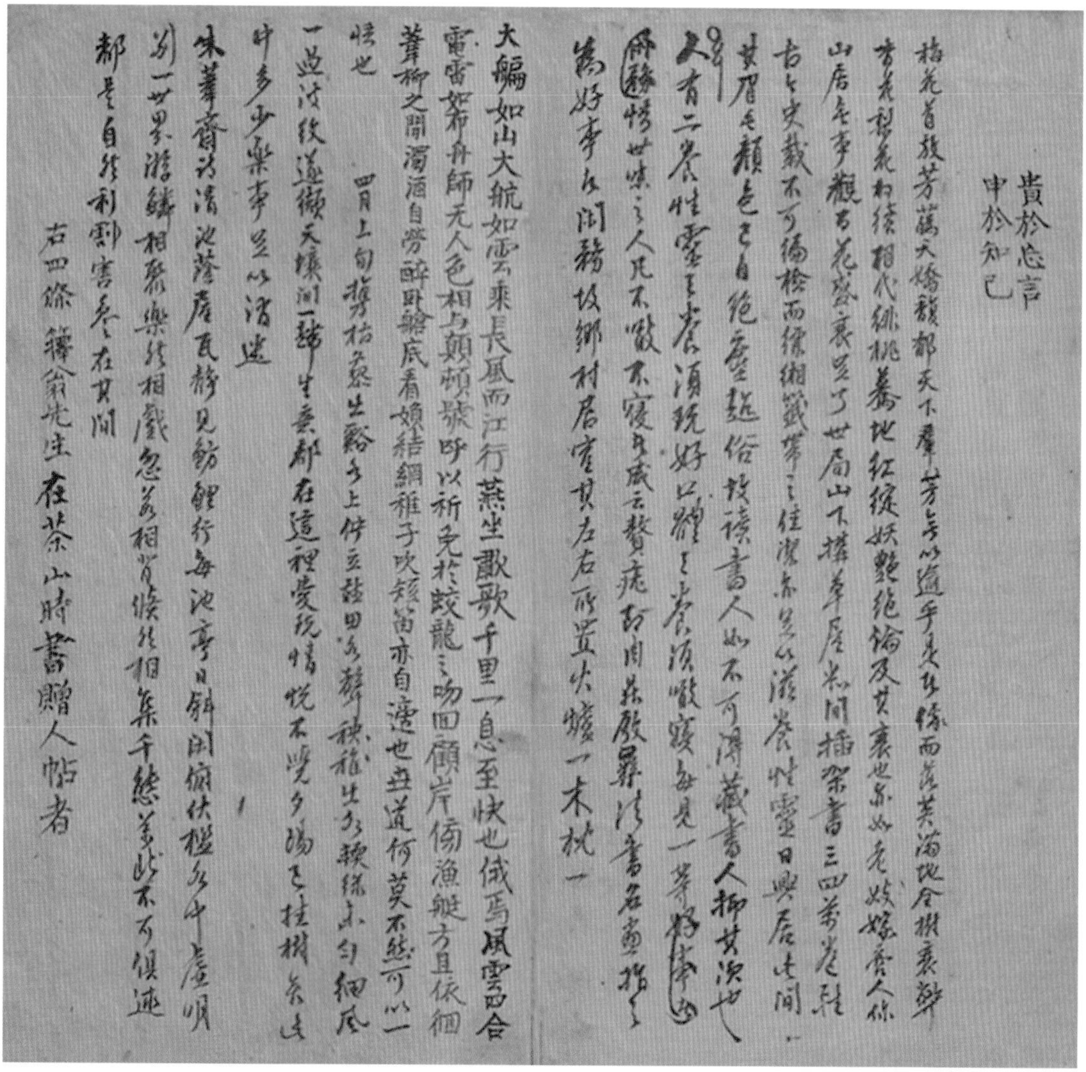

《초의수초》에 수록된 다산의 증언.

## 밥벌레의 삶

아래 글은 본래 위 단락에 이어 쓴 글이다. 편의를 위해 나눠 읽는다.

산 아래에 초가집 몇 칸을 짓고, 서가에는 3~4만 권의 책을 꽂는다. 비록 고금의 역사에 수록된 것을 두루 다 검색할 수는 없다 해도 비단으로 표지를 씌우고 찌를 찔러 장정한 것이 아름답고 깨끗하니 또한 성령(性靈)을 길러주기에 충분하다. 날마다 일어나 이 사이에 지낸다면 그 눈썹과 터럭, 그리고 낯빛이 절로 티끌의 속세를 벗어날 것이다. 이러한 이유로, 만약 독서인이 될 수 없다면 그 다음가는 장서인이라도 되어야 한다. 사람은 두 가지 기름이 있다. 성령(性靈)을 기르는 것은 모름지기 즐기고 좋아하는 것이고, 입과 몸뚱이를 기르는 것은 그저 먹고 자는 것이다. 매번 세상의 맛을 깨달았다는 한 부류의 사람을 보면 먹지도 않고 자지도 않는 것을 죄다 쓸데없는 짓이라 하고, 주나라 때 솥과 은나라 때 제사 그릇, 법첩과 명화 등을 가리켜 호사가들의 한가로운 일이라고 여긴다. 이 때문에 시골의 거처하는 방에 좌우에 놓아둔 것이라고는 달랑 화로 하나와 목침 하나뿐이다.

山下搆草屋數間, 插架書三四萬卷. 雖古今史載, 不可偏檢, 而縹緗籤帶之佳潔, 亦足以滋養性靈. 日興居此間, 其眉毛顔色, 已自絶塵超俗. 故讀書人如不可得, 藏書人抑其次也. 人有二養, 性靈之養須玩好, 口體之養須啗寢. 每見一等悟世味之人, 凡不啗不寢者, 咸云贅疣. 卽周鼎殷彝, 法書名畵, 指之爲好事者閑務. 故鄕村居室, 其左右所置, 火爐一, 木枕一.

봄꽃의 삶을 살지 않으려면 책을 읽어야 한다. 몇 칸의 초라한 초가집이지만 몇만 권의 책을 쌓아두고, 비단으로 장정해 상자를 만들어 찌를 찔러 보관한다. 책은 자칫 들뜨기 쉬운 마음의 기운을 맑게 길러준다. 책과 함께하는 사람의 모습에는 티끌세상의 속된 기운이 스미지 못한다. 독서인이 될 수 없다면 장서인이라도 되어야 한다. 책을 가까이 두면 삶이 결코 잡스러워질 수가 없다. 열심히 읽지 않아도 책의 기운이 내 영혼을 정화해주기 때문이다.

사람은 무엇을 기르느냐에 따라 삶의 질이 달라진다. 성령(性靈)을 기를까? 몸뚱이를 기를까? 성령은 고금의 서책과 골동과 품격 높은 예술품을 가까이 두고 감상하는 사이에 자란다. 몸뚱이는 많이 먹고 푹 자면서 기른다. 세상 사는 맛을 저 혼자 다 깨달은 듯이 구는 이는 밥 먹는 것도 잊고 잠자는 것도 잊은 채 문화(文華)의 취미에 빠져드는 것을 쓸데없다 하고, 골동품과 서화 감상에 심취한 것을 호사가의 한가로운 일거리쯤으로 치부한다. 그러면서 저 사는 시골집 방 안을 들여다보면 책 한 권 없이 추울 때 불 쬐는 화로 하나와 졸릴 때 베고 자는 목침 하나뿐이다. 그저 등 따습고 배부르면 다라는 식이다. 이것은 숫제 밥벌레의 삶이 아닌가? 그래도 입은 살아서 안분지족을 외치니 가증스럽다.



## 만족은 어디서 오는가?

해서로 또박또박 필체를 바꿔 쓴 두 번째 단락이다.

큰 거룻배는 산만 하고 큰 배는 구름 같은데 긴 바람을 타고서 강 위를 간다. 잔치 자리의 음악과 노랫소리가 천 리마다 한 차례씩 멈추니 지극히 통쾌하다. 잠깐 만에 바람과 구름이 사방에서 몰려들고 번개와 우레가 일어나면 뱃사공은 산 사람의 낯빛이 아니다. 서로 더불어 정신없이 소리쳐 부르면서 이무기의 입속에 잡아먹히는 것을 면하기만 기도한다. 이때 물가 언덕 곁의 고깃배를 돌아보면, 바야흐로 갈대와 버드나무 사이에 기대 막걸리를 마시다 지쳐 배 밑창에 취해 눕는다. 지어미는 그물코를 매고 어린

아들이 짧은 피리를 부는 것을 보는 것도 즐겁다. 세상의 도리가 어찌 그렇지 않겠는가? 한 차례 깨달을 만하다.

> 大艑如山, 大航如雲. 乘長風而江行. 燕坐歡歌, 千里一息, 至快也. 俄焉風雲四合, 電雷如布, 舟師无人色, 相與顚頓號呼, 以祈免於蛟龍之吻. 回顧岸傍漁艇, 方且依徊葦柳之間, 濁酒自勞, 醉臥艙底, 看娘結網, 稚子吹短笛, 亦自適也. 世道何莫不然. 可以一悟也.

산만 하고 구름장같이 큰 배에 올라타 큰 바람을 받으며 강 위를 달린다. 배 위에서는 풍악 소리가 낭자하고 기생들의 노랫가락이 허공으로 퍼져나간다. 인간 세상의 장쾌한 맛이 이에서 더하겠는가? 그러다 갑자기 사방에서 비구름이 몰려오고 매서운 바람이 휘몰아친다. 천둥 번개가 섞어 치자 좀 전 느긋하게 여유롭던 뱃사공의 얼굴에 핏기가 싹 가신다. 잔치에 흥겹던 사람들은 흔들리는 배 위에 나동그라지며 나 살려라 하고 소리친다. 술상이 엎어지고 잠깐 만에 술자리는 아수라장으로 변했다. 이대로 물에 떨어지면 물 속 이무기가 입을 딱 벌리고 기다리다가 한 입에 나를 꿀꺽 삼켜버릴 것만 같다.

이때 문득 저 멀리 물가 언덕을 돌아보니 작은 고깃배가 안전한 물가 갈대밭 버들가지 사이에 얌전하게 묶여 있다. 어부는 막걸리에 까무룩 취해서 배 밑창으로 내려가 코를 불며 잠을 잔다. 아내는 뱃전에 앉아 그물코를 꿰매고, 어린 아들은 젓대를 불며 제 신명에 겹다. 좀 전 시원한 바람을 맞으며 큰 배로 강 물살을 가를 때는 저 작은 고깃배가 안중에도 들어오지 않았는데, 이제 강 한복판 무서운 풍파 속에 뒤흔들리다 보니 물가에 매인 작은 고깃배의 안온함이 부럽기 짝이 없다. 그대의 꿈은 무엇인가? 어떤 삶을 원하는가?

## 마음의 기쁨

세 번째 단락도 일상에서 발견하는 삶의 소소한 기쁨과 경이를 담았다.

4월 상순에 버썩 마른 명아주 지팡이를 들고 냇가로 나가 물가에 우두커니 서서 논물 소리를 듣는다. 어린모의 싹이 물 위로 빼꼼 솟았는데 여린 초록빛이 쭉 고르지 않다. 산들바람이 한 차례 지나가면 물결의 파문이 비단 무늬 같다. 하늘과 땅 사이에 일단의 생기로운 뜻이 온통 여기에 담겨 있다. 아껴 희롱하며 마음으로 기뻐하다 보면 어느새 석양이 나무에 걸린 줄도 깨닫지 못한다. 이 가운데 얼마간의 즐거운 일은 답답한 마음을 풀어 주기에 충분하다.

四月上旬, 携枯藜出谿, 水上佇立, 聽田水聲. 稚秧出水, 輭綠未勻. 細風一過, 波紋遂纈. 天壤間一端生意, 都在這裏. 愛玩情悅, 不覺夕陽已挂樹矣. 此中多少樂事, 足以消遣.

4월의 초여름 햇살은 눈이 부시다. 지팡이를 짚고 냇가로 향한다. 물가에 그대로 서서 논물 흐르는 소리를 듣는다. 모심기를 막 끝낸 뒤라 어린 싹이 물 위로 고개를 약간 내밀었고, 아직 연둣빛이거나 조금 초록의 기운이 돌거나 해서 빛깔이 저마다 조금씩 다르다. 산들바람이 한 차례 그 위를 쓸고 지나면 파르르 물결이 인다. 바람은 새싹을 톡 치고, 새싹의 흔들림은 논물 위로 전달되어 도미노로 쓰러지는 물무늬. 내 안에 그 무늬가 물밀 듯 밀려든다. 혼자 보기가 참 아깝다. 한 번 더, 한 번만 더 하다가 문득 고개를 드니 석양볕이 어느새 나무에 걸렸다. 하루가 이렇듯 벅차다. 심심한 줄 모르겠다.

바로 이어지는 네 번째 단락도 같은 맥락의 글이라 한데 잇대어 읽는다.

주위재(朱葦齋)의 시에 이렇게 말했다.

맑은 못에 기와의 그늘이 져서
방어 잉어 노닒을 가만히 본다.

매번 못가 정자에서 저물녘에 한가로이 난간에 엎드려 있노라면 물속이 텅 비고 환해 하나의 별세계이다. 노니는 물고기는 모여 즐겁게 장난을 치다가 갑자기 서로 등을 돌리고, 어느새 다시 모인다. 그 천태만상은 이루 다 묘사할 수가 없다. 모두 다 자연스런 이해관계가 그 사이에 끼어들어 있다.

朱葦齋詩: "淸池蔭屋瓦, 靜見魴鯉行." 每池亭日斜, 閑俯伏檻, 水中虛明, 別一世界. 游鱗相聚, 樂然相戱, 忽若相背, 倏然相集. 千態萬象, 不可俱述. 都是自然利害, 參在其間.



찾아보니 이 시는 원래 송나라 때 홍매(洪邁)가 지은 《야처유고(野處類藁)》 권상에 수록된 〈기제숙부지정(寄題叔父池亭)〉이란 시의 3, 4구다. '청지(淸池)'는 원시에 '방당(方塘)'이라 했고, '정(靜)'은 '정(淨)'이라야 맞다. 주위재는 누구인지 잘 모르겠다. 홍매의 원시를 주위재가 조금 고쳐서 인용했던 것인가? 다산이 보았던 원출전은 이제 와 확인이 어렵다.

이번에는 정자 난간에 엎드려 연못을 내려다본다. 다산초당 난간 가에서 연못 속 물고기를 바라보는 다산의 모습이 그려진다. 해도 뉘엿해진 시간, 빗긴 햇살이 스민 물속은 텅 비고도 환해서 그 투명한 자락이 하나의 별세계를 펼쳐 보인다. 물고기들은 즐겁게 모여 장난치다가 무엇에 삐쳤는지 갑자기 싸늘하게 등을 돌린다. 왜 싸우나 싶어 보면 금세 홱 돌아서서 다시 장난을 친다. 물속에도 저들끼리 통하는 대화의 문법이 있다. 기쁘고 속상한 일이 따로 있는 게 분명하다. 나는 녀석들의 물속 사정을 탐지하느라 바빠, 날이 어둑해질 때까지 시간을 잊은 채 난간에 기대 있곤 한다. 누가 나처럼 하늘 위 난간에 걸터앉아 인간들이 지지고 볶고 다투다 웃고 우는 그 광경을 지켜본다면 꼭 내 마음과 같을까? 아! 개운하다.

이렇게 수신자를 정확히 알 수 없는 증언 다섯 칙을 읽어보았다. 초의가 책의 여백에 적어두지 않았더라면 영영 찾을 수 없었던 기록이다. 살펴본 글은 모두 산거생활에서 느끼는 유현한 기쁨을 예찬하는 동시에, 먹고사는 일에 치어 문화적 안목을 버린 채 하루하루 밥벌레의 삶을 살아가는 세속적 삶에 대한 경계를 담고 있다. 사람은 무엇으로 사는가? 잘 먹고 잘 살면 그것으로 다인가? 내 삶의 근원에서부터 차오르는 기쁨을 어디서 찾을까? 기쁨은 늘 거창하고 멋진 것 속에 있지 않고 사소한 관찰과 미묘한 계절의 변화 속에 숨어 있었다. 내 주변에 있었다.

# 24. 으뜸가는 깨달음의 경지

—응언과 수룡, 근학 및 사미승에게 준 다섯 가지 증언

## 깨달음은 어디서 오는가?

앞에서 다산이 기어와 초의 등에게 준 증언을 읽었다. 여기서는 철경 응언과 근학, 그리고 이름 모를 사미승에게 준 글 도막들을 한자리에 묶어서 마저 소개한다. 먼저 철경 응언에게 준 증언은 〈제철경첩(題掣鯨帖)〉이란 제목 아래 모두 다섯 칙의 글이 수록되어 있다. 이 가운데 3, 4, 5번째 항목은 앞서 읽은 《다산여자굉증언(茶山與慈宏贈言)》의 제1, 2칙 및 제6칙의 내용과 같다. 뒤에서 읽겠지만 다산은 초의와 철선에게 '유수금일명월전신(流水今日明月前身)' 여덟 글자에 차운한 시를 써주었는데, 아암 혜장의 제자인 수룡과 철경에게 각각 증언첩을 주면서 일부 내용을 중복해서 써주었다. 이 책은 2011년 해남에서 나온 필사본 《탁옹집(籜翁集)》 뒤편에 여러 승려에게 준 증언첩 네 종을 함께 모아둔 것 가운데 실려 있다. 다산의 친필은 따로 전하지 않는다.

중복되는 세 칙은 앞서 이미 읽었으니 제외하고, 나머지 두 칙만 읽어본다. 먼저 제1칙.

선기(禪機)는 꼭 면벽하는 데 달려 있지는 않다. 숲과 방죽 곁을 거닐다가 시냇물이 감돌아 흐르고 송사리 떼가 발랄하게 노니는 것을 앉아서 본다.

조용히 멍하니 있다 보니 산속 해가 어느새 진 것도 알지 못했다. 이야말로 으뜸가는 깨달음의 경지다. 어찌 개의 불성을 따지고 잣나무가 어쩌고저쩌고하는 따위에 능히 견줄 수 있겠는가?

禪機不必在面壁. 散步林塘之側, 坐看幽磵渟洄, 游儵潑潑, 蕭然嗒然, 不知山日已匿. 此上乘悟境也. 豈狗子柏樹, 所能方哉.

상승오경(上乘悟境)의 선기(禪機)를 말했다. "선(禪)의 깨달음이란 네가 생각하는 것처럼 도사려 앉아 면벽참선하는 속에서만 구해지는 것이 아니다. 일상의 일거수일투족이 모두 깨달음의 순간으로 연결되어야 한다. 숲속을 산보하다가 고요한 물가에 냇물이 감돌아 흐르는 곳을 만난다. 다리를 쉴 겸해서 그 곁에 앉겠지? 물속에서는 송사리 떼들이 무엇이 바쁜지 저희끼리 이리저리 몰려다니면서 쉴 새 없이 바쁘다. 무심히 앉은 채로 문득 시간을 잊는다. 정신을 차려보면 해가 어느새 어둑해져 있다. 모든 것이 멈춘 듯한 그 순간이 바로 깨달음의 높은 경계인 셈이지. 마음이 개운해지고 해맑아져서 모든 사물이 또렷하게 눈에 마음에 들어오게 된다. 공연히 이치에 닿지도 않는 화두를 들고 앉아 개에게 불성이 있을까 없을까 궁리한다거나, 뜰 앞의 잣나무를 보라 한 것이 무슨 뜻일까 고민하는 것보다 한결 낫지 않겠느냐?"

다산은 승려 제자들이 너무 격식과 계율과 화두에만 얽매이지 않고 자유로운 정신을 지니게 하고 싶었던 듯하다. 불교의 가르침에 대해서도 한 번씩 쿡 찔러 비판하면서 평범한 일상 속에서 깨달음을 얻는 일상득취(日常得趣)의 참선 수행을 강조했다.

다시 이어지는 두 번째 단락이다.

기어자(騎魚子)가 초겨울에 먼 길을 떠나는데 갑자기 솜을 둔 납의(衲衣)를 입고 있었다.

다산이 말한다.

"네가 가난한데 어디서 이 같은 옷을 얻었느냐?"

기어가 말한다.

"도휜 비구가 제게 주었습니다."

다산이 말한다.

"남은 춥게 하고 나만 따뜻해도 되는가?"

기어가 말한다.

"만물은 한 몸이고 나와 타인은 평등합지요."

騎魚子初寒遠遊, 忽着有絮之衲. 茶山曰: "爾貧何從得有此衣?" 魚曰: "道煊比丘贈我." 茶山曰: "寒佗煗自, 可乎?" 魚曰: "萬物一體, 自他平等."

증언이라기보다 사제간에 주고받은 말장난을 선문답을 주고받듯 옮겨 적은 내용이다. 기어 자홍이 갑자기 솜을 넣어 따뜻한 납의를 입고 다산 앞에 나타났다.

"가난한 녀석이 어디서 이런 좋은 옷이 났느냐?"

"도휜 비구가 주었습니다."

다산이 장난스럽게 묻는다.

"그래, 너 따뜻하자고 남의 옷을 뺏어 입는 것이 옳은 일이냐?"

자홍이 다시 장난으로 받는다.

"선생님! 만물이 일체요, 자타가 평등하다는 부처님의 가르침도 모르십니다그려. 이게 바로 보살행인 게지요."

"요놈! 내 꿀밤을 한방 먹어라."

그러고 나서 사제는 깔깔대며 웃는다. 여기 등장하는 도휜 비구는 경제적으로 꽤 여유가 있는 승려였던 모양이다. 그는 앞서 읽은 《다산여자굉증언》에 한 번 등장했던 이름이기도 하다. 다산은 그 글에서 도휜의 성품이 명민하고 재빠른 것을 두고 우둔하고 졸렬해야 덕을 이룰 수 있다는 충고를 전한 바 있다. 스스럼없이 가까운 승속(僧俗)의 사제간이다.

같은 내용이 중복되어 수록하지 않은 것은 면벽하여 염불하던 도중 세간 부부생활의 기쁨을 떠올려 파계를 결심하고 속세로 내려왔다가 우물가에서 구자마모 같은 여자가 통곡하는 것을 보고 정신이 번쩍 들어 산으로 다시 올라온 어느 승려의 이야기와 시 두 구절로 참선의 화두로 삼으라고 제시한 글, 그리고 혜포 한치응이 쓴 풍류재상의 기운이 넘치는 시 구절을 소개한 세 항목이다.

## 철경, 고래를 끌어당기는 자

한편 다산은 철경 응언을 위해 그의 호게도 따로 지어주었다. 범해 각안의 《동사열전》 중 〈철경강사전(掣鯨講師傳)〉과 송광사 승려 금명 보정이 대둔사에서 공부할 당시 불교 관련 주요 글을 베껴 써둔 《백열록》에 그 글이 함께 실려 있다. 이 글에 따르면 철경 응언은 속성이 김씨로 영암 사람이었다. 만덕산에서 출가했다. 어려서부터 강개한 뜻을 품어 연파 혜장을 찾아가자 혜장은 그를 보고 "어찌 서로 만나봄이 이다지도 늦었던가? 오래도록 기다렸노라."라고 하며, 바로 그를 인가하고 제자로 받아들였다. 다산이 철경에 대한 말을 듣고는 장하게 여겨 그에게 게(偈)를 지어주며 칭찬했다. 이제 그 글을 읽어본다. 문집에는 빠지고 없다.

고래란 굳세다(勍)는 뜻이니 그 힘이 굳센 것이다. 고래는 강(彊)한 것이니 그 등뼈가 강하다. 고래가 바다에서 내달릴 때 기운을 내뿜으면 우레가 일고, 물을 뿜으면 무지개가 된다. 큰 배 삼키는 것을 마치 물고기가 먹이를 올려다보는 듯이 하고, 큰 물결을 헤쳐나감은 마치 나는 새가 허공을 차고 오르는 것만 같다. 한 번에 1만 리를 가는데 캄캄한 바다에 바람이 일어난다. 바야흐로 이때에는 비록 용백(龍伯)이 낚시 바늘을 던지고 소열(蘇烈)이 그 낚싯줄을 잡는다 해도 뉘 능히 잡아끌어 돌아오게 하겠는가? 이제 막 새로 훈염(薰染)되어 사물을 보게 되면 육근(六根)이 앞에서 당기고 오탁(五濁)이 뒤에서 밀어, 아등바등 애를 쓰며 먼지가 일어나 천마(天魔)를 가리고 야유를 막아, 좌우에서 내달리며 용맹하게 나아감이 마치 큰 고래가 곧장 내닫는 것만 같다. 아! 진여(眞如)의 미약함을 끌어당겨서 되돌릴 수 있겠는가? 능히 끌어당겨 되돌린다면 이는 고대의 장사 맹분(孟賁)과 하육(夏育)도 능히 겨룰 수 없을 것이다. 사문 응언은 아암 장공의 문도이다. 사납게 그 팔뚝을 부르걷고서 대중에게 외쳐 말했다. "우리 스승께 비결이 있는데 내가 이를 받아서 가졌다. 내가 능히 끌어당길 수 있다." 대중이 좇아서 외쳐 말하길 '철경'이라고 하였다. 자하산인이 그 말을 듣고서 장하게 여겨서 가타(伽陀)의 사(詞)를 그에게 주었다. 그 사는 이렇다.



| | |
|---|---|
| 생물 중에 크기로는 고래만 한 것이 없어 | 生物之大無如鯨 |
| 이빨은 설산(雪山) 같고 지느러민 금성(金城)일세. | 齒若雪山鰭金城 |
| 코 우러러 숨을 쉬면 푸른 바다 뒤집히고 | 仰鼻噓吸倒滄瀛 |
| 붉은 꼬리 펼쳐 치자 벽력 소리 일어난다. | 朱翹翕張霹靂聲 |
| 포뢰(蒲牢)가 벌벌 떨고 해약(海若)이 깜짝 놀라 | 蒲牢震怖海若驚 |
| 산 같은 파도 곧추서서 지축이 기우뚱해. | 濤山直立坤軸傾 |
| 비쩍 마른 한 사내가 모골(毛骨)이 해맑은데 | 有夫癯枯毛骨淸 |
| 언덕 위에 홀로 서서 방황함을 근심했지. | 獨立岸上愁屛營 |
| 터럭 같은 눈썹으로 수레 칭칭 동여매고 | 有絲如髮籰車縈 |
| 바람 타고 불어가니 나는 듯이 경쾌하다. | 因風歙去其飛輕 |
| 고래 꼬리 착 붙어서 매어 묶지 않아도 | 黏鯨之尾無相攖 |
| 순순히 아이처럼 이끌려 따라오네. | 順受提挈如孩嬰 |
| 용호(龍虎)를 재갈 물려 함께해도 부족하고 | 鉗龍絡虎不足并 |
| 호파(瓠巴)가 장경(長庚)과 이름이 나란한 듯. | 瓠巴長庚堪齊名 |

| | |
|---|---|
| 타고나긴 미약해도 쌓은 공력 굳세거니 | 本然微弱五蘊勍 |
| 능히 끌어당기는 자 그가 바로 호걸일세. | 有能掣者斯豪英 |

가경 갑술년(1814) 9월 18일, 자하산초가 다암에서 장난삼아 쓰다.
수룡 색성과 기어 자홍, 철경 응언은 모두 게어가 있으니 각자 간직하라.

鯨者勍也, 其力勍也. 鯨者彊也, 其脊彊也. 鯨之奔於海也, 吼氣成雷, 歕水爲虹. 呑巨艦如游魚之仰餌, 排洪波如飛鳥之凌空. 一擧萬里, 溟渤生風. 方其時也, 雖龍伯投其釣, 蘇烈操其繙, 誰能掣而還之哉. 新薰之見物也, 六根挽乎前, 五濁推乎後, 塵勞堀堁, 以蔽天魔, 障挪瘢, 而左右踸踔勇往, 若長鯨之直走, 嗟眞如之微弱, 掣而還之否. 能掣而還之, 斯賁育弗能耦矣. 沙門應彦, 兒庵藏公之徒也. 悍然攘其捥, 而號於衆曰: "吾師有訣, 吾有所受之, 吾能掣之." 衆從而呼之曰掣鯨. 紫霞山人聞其言而壯之, 授之以伽陀之詞. 其辭曰: "生物之大無如鯨, 齒若雪山鰭金城. 仰鼻噓吸倒滄瀛, 朱翹翕張霹靂聲. 蒲牢震怖海若驚, 濤山直立坤軸傾. 有夫癯枯毛骨淸, 獨立岸上愁屛營. 有絲如髮籰車縈, 因風歙去其飛輕. 黏鯨之尾無相攖, 順受提挈如孩嬰. 鉗龍絡虎不足幷, 瓠巴長庚堪齊名. 本然微弱五蘊勍, 有能掣者斯豪英."

嘉慶甲戌九月十有八日, 紫霞山樵戱于茶菴.

袖龍賾性, 騎魚慈弘, 掣鯨應彦, 咸有偈語, 各懷之.

불가의 비유를 많이 끌어온 데다 각종 고사가 얽혀 있어 의미 파악이 쉽지 않은 글이다. 게다가 《동사열전》에 오자가 많아서 《백열록》과 대조해 여러 글자를 바로잡아야 하는 어려움도 있다.

아암 혜장은 제자의 이름을 모두 어족(魚族)에서 따와 지어주었다. 고래를 끌어당기는 철경(掣鯨), 용을 소매 속에 감춘 수룡(袖龍), 물고기 등에 올라탄 기어(騎魚) 같은 명명이다. 다산은 혜장이 몹시 아꼈던 세 제자 철경 응언과 수룡 색성, 기어 자홍을 위해 모두 호게를 지어주었다. 철경은 몸이 야윈 데다 허약한 체질이었던 듯하다. 그런 그가 세상에서 제일 힘이 센 고래를 제멋대로 끌어당길 수 있다는 의미의 철경이란 호를 갖게 되자, 다산은 철경을 위해 그 뜻풀이를 겸해서 위 글을 지어주었다.

가장 굳세고 강한 고래, 그 고래를 잡아끌고 돌아올 사람은 누구인가? 이제 막 깨달음의 길에 들어선 신훈(新薰)의 종자이지만 구도의 길에 나서는 용맹스런 정진은 마치도 큰 고래가 한바다 위를 거침없이 내닫는 것만 같다. 고래는 진여(眞如)의 다른 이름이다. 철경! 너는 몸도 파리하고 약하지만 그 힘센 고래도 네 손 안에서는 꼼짝도 못하고 아이처럼 고분고분해질 것이다. 예전 훌륭한 거문고 연주자인 호파(瓠巴)가 장경성(長庚星)의 정령을 타고난 이백(李白)과 나란히 섰던 것처럼 빛나는 공력을 쌓아 저 고래를 마음껏 다루는 호걸스런 존재가 되기를 축원한다. 다산이 철경에게 준 호게에서 말한 내용은 이런 것이다.



## 용을 붙들어 소매 속에 넣고 다니는 수룡

다산은 아암 혜장의 문도들과 특별히 가깝게 지냈다. 1806년 처음 아암과 만난 이후 두 사람은 아무 격의 없이 가까워졌다. 아암의 여러 제자는 다산을 함께 스승으로 모셨다. 다산이 초당 생활에 잘 적응할 수 있도록 아예 초당으로 건너와 공부하면서 부엌살림을 도맡기도 했고, 이른바 전등계를 맺어 다산이 해배된 후까지도 끈끈한 사제의 의리를 이어갔다.

여기서 함께 소개할 글은 신조선사에서 펴낸 《여유당전서》에 누락된 글로, 장서각본 《열수전서(洌水全書)》와 규장각본 《여유당집(與猶堂集)》에만 실려 있는 〈수룡당게(袖龍堂偈)〉이다. 글의 주인공인 수룡 색성은 아암 혜장의 문도 중 서열 1위의 맏제자다. 다산이 그에게 준 친필의 증언이 반드시 있을 텐데 이제껏 확인되지 않아 아쉽던 터에, 처음 다산 친필본 문집에 수록되었으나 어떤 연유에선지 신조선사《여유당전서》편집 과정에서 사라졌던 글 한 편을 되찾아 여기에서 소개하겠다.

용의 직분은 영괴(靈怪)를 부려서 구름과 비를 일으켜 하토(下土)를 적셔주는 데 있다. 용이 게을러서 직분을 수행하지 않으면 태백산의 호승(胡僧)이 이를 가두고 붙들어 죄를 준다는데 이는 우스개로 하는 말이다. 하지만 용은 변화가 신묘하고 황홀해서 사람이 능히 부릴 수가 없다. 그런데도 하루아침에 게으름으로 인해 이 같은 욕을 당하게 되니 어찌 게으를 수가 있겠는가? 우스갯말에 담긴 뜻은 게으름을 분발시키려는 것이지 진실로 이 농담대로 하겠다는 것이 아니다. 승려 색성은 새금현(塞琴縣) 사람이다. 젊어서 연파 혜장 대사를 좇았는데, 배우던 무리가 익힌 것이 익숙해지자 장차 호를 주어 그 법을 전하게 하려고 지팡이로 그 탁자를 두드리며 이렇게 고하였다. "색성아! 너는 게으르다. 게으르면 남에게 부림을 받게 되니, 이를 고쳐 소매 속의 용을 부리거라. 네 당호를 수룡당이라 하노니, 너는 이것을 경계로 삼아 게으르지 말거라." 탁피여인(籜皮旅人) 정약용이 그 말을 듣고서 기뻐하여 소게(小偈)를 지어서 준다. 게는 이러하다.

| | |
|---|---|
| 요(飂)나라 후예 용 기르니 | 飂裔其豢 |
| 종이(鬷夷)에서 길들였지. | 鬷夷擾之 |
| 그 누가 뒤 이을까 | 孰紹厥武 |
| 경산(庚山)의 스님일세. | 庚山之緇 |
| 게으르단 소문은 | 胡皐之聲 |
| 책무를 던짐이니, | 怠棄厥司 |
| 아! 선남자 색성아 | 咨善男賾 |
| 이 말을 명심하라. | 尙鑒于玆 |

龍之職, 所以役靈怪興雲雨, 以澤玆下土也. 有龍焉, 懶不職, 太白胡僧, 囚

之褒之罪之, 此諧之言也. 然龍神變恍忽, 人不能物之. 一朝坐於懶而遘此辱, 而可懶哉? 諧之意, 所以策懶, 非苟爲是詼譎也. 浮屠賾性, 塞琴縣人也. 少從煙波藏大士, 學曹習旣熟, 將錫之號, 以傳其法, 以杖叩其卓而告之曰: "賾女懶, 懶爲人所制, 改之將袖龍也. 堂女曰袖龍, 女尙鑒于玆, 毋懶哉!" 蓐皮旅人, 聞其說而悅之, 爲小偈以遺之曰:

"飂裔其豢, 鬷夷擾之. 孰紹厥武, 庚山之緇. 胡皐之聲, 怠棄厥司. 咨善男賾, 尙鑒于玆."

색성은 느긋한 성품의 소유자였던 모양이다. 아암 혜장은 제자들에게 당호를 내려주면서 색성에게 수룡이란 이름을 내렸다. 그 변은 이러하다. 당나라 때 시인 잠삼(岑參)이 〈태백호승가(太白胡僧歌)〉란 시를 지었다. 그 시 중에 "침상 밑의 발우(鉢盂)에다 용 한 마리 담았다네.(床下鉢盂藏一龍.)"의 구절이 있다. 용은 구름을 몰고 와서 비를 내려주는 존재인데, 직분을 잊어버리고 게으름을 부리면 태백호승에게 붙잡혀가서 답답하게 발우 속에 갇혀 지내게 된다. 신물(神物)인 용도 게으름을 부리면 신승(神僧)에게 붙들려 욕을 당하니, 수행자에게 게으름은 결코 용납되지 않는다.

다산이 색성에게 주고 싶었던 말은 이렇다. "색성아! 너는 게으르다. 태백호승에게 붙잡혀가고 싶으냐? 명심하거라. 수행자는 게을러서는 안 된다. 예전 요(飂)라는 나라에 숙안(叔安)이란 임금이 있었다. 그 후예인 동보(董父)는 용을 너무 좋아해 종이(鬷夷)란 곳에서 여러 마리를 길들여 순(舜)임금을 모시게 했다. 순임금은 그에게 환룡(豢龍)이란 성씨를 내렸다. 이제 너도 예전 동보가 종이에서 용을 길렀듯이 불법룡(佛法龍)을 길들이는 훌륭한 승려가 되거라. 그러자면 무엇보다 게으르고 느긋한 성품부터 고쳐야 한다. 명심하고 명심하거라."

이것이 새로 찾아 정리해본 다산의 〈수룡당게〉이다. 스승 아암에게서 이름을 받고, 또 다른 스승 다산에게서는 이름에 대한 풀이를 받았으니, 아암의 제자들은 여기에 고무되어 공부와 수행에 한층 매진해나갈 수 있었다.

## 내려놓고 떠나라

이번에 읽을 짧은 글은《다산시문집》에 실려 있는 〈승려 근학을 위해 주는 말(爲沙門謹學贈言)〉이다. 근학에 대해서는 특별히 자세하게 알려진 내용이 없다.

그간 방 안에서 전단향(栴檀香)에 취미를 붙였으니, 뜰 앞의 잣나무로 화두를 들고 공부하는 것은 그만두도록 하게. 애오라지 장차 바리때 하나를 들고 흰 구름 깊은 곳에 깃들어 밥 먹으면 육수의(六銖衣)를 입은 채 몸을 번드쳐서 푸른 허공으로 날아가, 시비가 이르지 않은 채 문득 현세에서 성불(成佛)하게 될 줄 그 누가 알겠는가? 머리가 희끗한데도 아무 병이 없으니 어찌 굳이 별세상에서 신선 되기를 구할 것인가. 재물을 버리고 덕을 심는 것이 사람을 대접함에 원망이 없는 것만은 못하다. 주문을 외워 재앙을 떨쳐내는 것이 어찌 이치에 따르고 천명에 순종함만 하겠는가?

> 且向室中栴檀香寄趣味, 休從庭前柏樹子做工夫. 聊將一鉢, 託食白雲深處, 誰知六銖翻身碧空去了, 雌黃不到, 便是現世成佛. 斑白無病, 何必別界求仙? 捨財樹德, 不如接人無怨, 念呪禳災, 豈若循理順命?

아마도 근학이 하안거(夏安居)를 마친 후 만행을 떠나면서 다산에게 인사차 들렀던 모양이다. 그는 뜰 앞의 잣나무로 더 잘 알려진 '정전백수자(庭前柏樹子)'의 화두를 들고 용맹정진했던 모양이다. 다산이 그에게 말한다.

"수고가 많았다. 궁둥이를 딱 붙이고 앉아 화두 들고 궁리하는 사이에 방안의 전단향이 뼛속까지 배었겠구나. 이제는 화두를 편안히 내려놓고, 바리때 하나 들고 가볍게 떠나거라. 붙잡을 줄 알았다면 놓을 줄도 알아야 한다. 흰 구름 깊은 곳의 암자에서 편히 쉬며 해제(解除)에 든다면 네 몸이 가벼워져서 훨훨 공중에 날아올라 현세에서 곧장 성불할 수도 있을 게다. 네 나이도 적지 않은데 병도 없으니 어디 딴 데 가서 장생불사의 신선 되기를 구하기라도 하겠느냐? 없는 재물 털어서 덕을 쌓겠다고 애쓸 것 없다. 그저 지금 네 곁에 있는 사람에게 원망 쌓을 일을 하지 않는 것이 가장 큰 보시니라. 공연히 재앙을 물리친다며 주문이나 외워 무엇에 쓴다더냐? 이치에 따라 순명하며 사는 것이 재앙 없이 사는 것이니라. 애썼다. 이제 편히 내려놓거라. 거창한 것 너무 좋아하지 말고 평범함 속에서 진리를 찾아야지."

## 승려에게 시율(詩律) 공부가 중요한 까닭

하나 더 읽을 글은 다산 친필로 전하는《소산청고첩(疎散淸高帖)》인데, 승려가 어째서 시학 공부에 힘을 쏟아야 하는지를 설득한 글이다. 실제 제목은 '위사미증언(爲沙彌贈言)'쯤 되겠는데, 서첩의 표지를 열면 한 면에 한 글자씩 네 면에 걸쳐 '소산청고(疎散淸高)' 네 글자를 써놓았다. 소산(疎散)은 성글게 흩어진 모양으로 검속함 없이 편안하게 느슨해진 상태를 말하고, 청고(淸高)는 마음이 해맑고 뜻이 높다는 의미다. 다산이 서첩 앞쪽에 이 네 글자를 적어둔 것은 전체 글의 주제가 이 네 글자에 농축되어 있어서다. 글 끝에 이 글을 사미승에게 주어서 시율 공부에 힘쓰게 하겠다고 적고 있어 또한 어느 사미승에게 주는 증언이었음을 알 수 있다.

예전 화악대사는 젊어서 글자를 몰라 농기구를 팔면서 생활하였다. 하루아침에 하던 일을 버리고 글공부를 해서 마침내 선종(禪宗)을 이루었다. 예전에 내가 그 탑에 명(銘)을 지은 일이 있다. 도에는 허(虛)와 실(實)이 있지만 호걸스럽고 강개한 기운이 뭇 나약한 자들을 격동케 하여 고무시키기에 충분한 것은 똑같다.

설랑선사(雪浪禪師) 홍은(洪恩)의 말에 "1만 권의 책을 읽지 않고는 불법을 알지 못한다."고 했다. 훌륭하도다. 이 말이여! 그 참됨을 아는 것과 그 망령됨을 아는 것은 모두 1만 권의 독서가 아니고는 할 수가 없다. 그러니 독서를 우습게 볼 수 있겠는가? 수레를 돌리고 고삐를 채는 것은 큰 용기가 아니고는 능히 할 수가 없다. 저 혼탁하고 조악한 정에 이끌려 머리터럭을 날리면서 내달리는 자들을 어찌 훌륭하다 하겠는가?

감산(憨山)과 자백(紫柏) 같은 이들은 모두 불교 경전에 두루 통하고 현담(玄談)을 깊이 이해한 데다, 다시금 유가의 경전에 꿰뚫고 곁가지로 구류(九流)와 칠략(七略)에까지 미쳤다. 또 시율(詩律)과 문장에도 능하였으니, 곧 육조 혜능이 네 구절의 짧은 시편으로 마침내 의발을 전하여 받기에 충분했던 것과 같다. 불문(佛門)의 맑은 일에 시만 한 것이 없다. 성정을 기르고 도리를 부연하여 설명하며 경물에 따라 서로 만나서 신묘함을 깃들이니, 어찌 개의 불성 유무를 생각하고 잣나무를 궁리하느라 총명과 지혜를 스스로 가두어, 못난 선승의 악습을 뒤따른단 말인가. 글로 써서 사미에게 보여주어 그로 하여금 시율에 힘쓰게 한다.

昔華嶽大師, 少不識字, 顧販農器以自資. 一朝棄業受書, 卒成禪宗. 往年余銘其塔矣. 道有虛實, 而豪傑憤悱之氣, 足以激礪衆懦一也.

雪浪禪師洪恩之言曰: "不讀萬卷書, 不知佛法." 誠哉是言也. 知其眞者與知其妄者, 均之非萬卷不可能也. 讀書而可少哉. 旋軫反轡, 非大勇不能. 彼牽情濁惡, 髮而走者, 惡足多乎哉.

憨山紫柏之等, 皆窮通釋典, 妙解玄談, 猶復貫穿儒經, 旁及九流七略. 又工於詩律篇翰, 卽六祖慧能四句短篇, 遂足以傳授衣鉢, 空門淸事, 莫詩若也. 陶寫性情, 敷說道理, 緣境相遻, 神妙是寓, 胡乃念狗想栢, 自錮聰智, 蹈襲陋禪之惡習哉. 書示沙彌, 俾工篇律.

다산은 앞서 본 혜장과 초의에게 준 글을 비롯해 여러 승려에게 시 공부의 중요성을 되풀이해서 강조했다. 이 글에서도 사미승에게 시학 공부가 어째서 필요한지를 설득하려 애썼다. 다산이 구체적 예시로 든 것은 화악(華嶽) 문신(文信) 대사다. 《동사열전》에 그의 일대기를 정리한 〈화악조사전(華岳祖師傳)〉이 실려 있다. 그는 해남 화산(華山) 사람으로 농기구를 팔며 먹고살던 떠돌이 장사꾼이었다. 하루는 너무 지쳐서 절의 다락집 아래서 짐을 내려놓고 쉬고 있는데, 마침 취여(醉如) 삼우(三愚) 스님이 대중을 모아놓고 《화엄경》을 강의하고 있었다. 그는 가만히 강의를 훔쳐 듣다가 문득 깨달음을 얻었다. 그 자리에서 제가 팔던 농기구를 같이 다니던 장사꾼에게 다 주고, 다락집 위로 올라가 무릎을 꿇고 눈물을 뚝뚝 흘리며 공부를 하게 해달라고 청했다. 그로부터 3년 동안 그는 밤이면 솔방울을 모아 불을 사르며 새벽까지 열심히 공부했다. 그래서 마침내 큰 소식을 얻었다. 다산은 화악 문신의 탑명을 지은 적이 있었으므로 이처럼 힘 있게 말할 수 있었다.

첫 단락에서 화악 문신이 장돌뱅이에서 글공부를 통해 큰 스님으로 거듭난 예를 들어 사미승의 공부 욕구를 북돋웠다. 하지만 습관처럼, 도에는 허와 실이 있다면서 불교의 도가 허하고 유가의 도가 실하다는 뜻으로 한 자락을 깔았다. 그러면서도 도의 허실을 떠나 호걸스럽고 강개한 기운은 언제나 나약해서 결단하지 못하는 자들을 격동시키기에 충분하다고 말했다.

이어 명대 승려로 화엄학의 대가이자 시승(詩僧)으로 이름 높았던 설랑(雪浪) 홍은(洪恩, 1545~1607)이 1만 권의 독서가 있은 뒤라야 불법을 알 수 있다고 한 말을 높이 긍정하고, 공부를 하지 않고는 깨달음에 결코 닿을 수 없다고 강조했다. 참된 진리를 깨닫는 것은 물론 헛된 거짓을 간파하는 것도 모두 독서의 힘에서 나온다. 참선을 한다면서 공부를 일부러 멀리하는 것을 자랑처럼 말하는 구두선(口頭禪)의 허망함을 찔러 말했다.

이어 불경에 깊고, 도가의 가르침도 이해하면서 유가 경전과 구류백가의 학문에 통달하며, 시문 창작에도 탁월한 성취를 보였던 또 다른 예로 명말의 승려 감산(憨山) 덕청(德淸, 1546~1623)과 자백(紫柏) 진가(真可, 1543~1603) 두 사람을 꼽았다. 두 사람은 모두 명대 4대 고승으로 꼽히는 대덕(大德)이다. 특별히 감산은 유불도 삼교의 학설에 정통하여 삼교회통의 사상을 주장했고, 선정쌍수(禪淨雙修)의 가르침을 창도했던 인물이다. 다산은 앞서 읽은 초의에게 준 글에서도 두 사람을 승려이면서 시학에 힘을 쏟은 모범적인 사례로 거론한 바 있다.

끝에 가서 '염구상백(念狗想柏)'이라 하여 또 예의 개에게 불성이 있느니와 뜰 앞의 잣나무로 화두를 들고, 오로지 돈오의 한순간을 향해 모든 것을 내던지는 선공부의 방법을 비판했다. 다산은 사미가 이 글을 읽고서 시율 공부에 힘쓰게 되기를 바란다고 끝에 가서 적었다. 시율 공부는 단지 시인이 되기 위해 하는 공부가 아니라 승려로서 자신의 성정을 닦고 깨달음을 글로 펴며, 그때그때의 신묘한 마음 속 작용을 붙들어두기 위해서임을 다시 한 번 강조했다.

이렇듯 다산은 불교를 비판하는 관점을 지녔으면서도 불승 제자들을 위해 끊임없이 공부의 방법을 강조하고 시학 공부의 중요성을 일깨웠다. 선(禪) 수행을 한다는 명목에 빠져 차근차근한 공부는 던져둔 채 저도 모르는 화두를 들고 앉아 시간만 죽이는 헛공부를 안타까워했다. 선에 대한 다산의 편견은 그의 기질 때문에 어쩔 수 없는 점이 있지만, 제자의 향상을 염원하는 스승의 진심만큼은 글의 행간에 언제나 빼곡하다.

장서각본《열수전서》

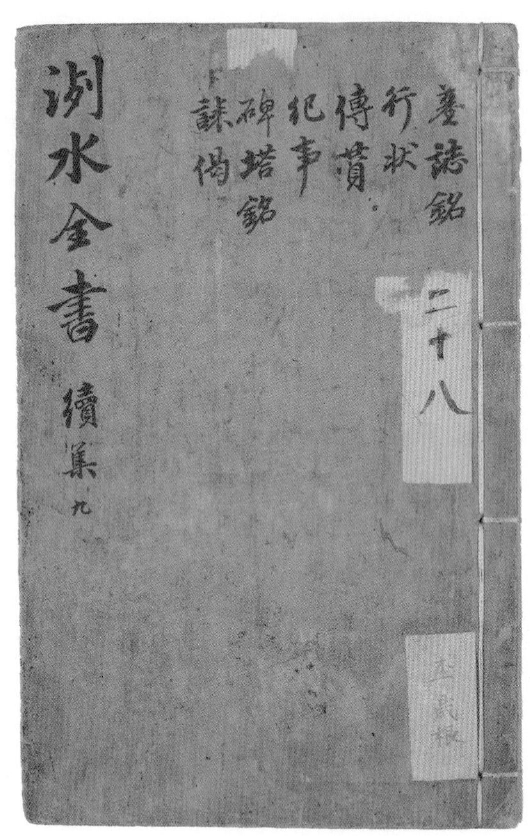


표지

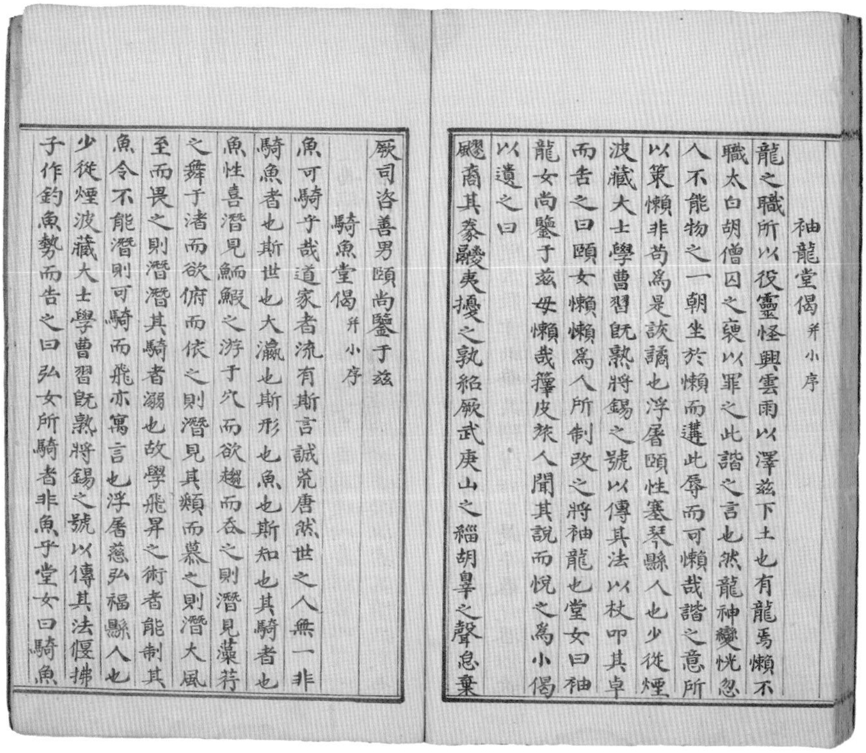

## 袖龍堂偈 并小序

龍之職所以役靈怪興雲雨以澤兹下土也有龍焉懶不
職太白胡僧因之褫以罪之此諧之言也然龍神變恍忽
人不能物之一朝坐於懶而遘此辱而可懶哉諧之意所
以策懶非苟爲是詼譎也浮屠頤性蹇琴縣人也少從煙
波藏大士學曹習既熟將錫之號以傳其法以杖叩其卓
而告之曰頤女懶懶爲人所制改之將袖龍也堂女曰袖
龍女尚鑒于茲毋懶哉籜皮旅人聞其說而悅之爲小偈
以遺之曰

飂啇其豢鬷夷擾之孰紹厥武庚山之緇胡臯之聲息棄
厥司洛善男頤尚鑒于玆

## 騎魚堂偈 并小序

魚可騎乎哉道家者流有斯言誠荒唐然世之人無一非
騎魚者也斯世也大瀛也斯形也魚也斯知也其騎者也
魚性喜潛見鮞鰕之游于穴而欲趨而吞之則潛見藻荇
之舞于渚而欲俯而依之則潛見其類而慕之則潛大風
至而畏之則潛潛其騎者溺也故學飛昇之術者能制其
魚令不能潛則可騎而飛亦寓言也浮屠慈弘福縣人也
少從煙波藏大士學曹習既熟將錫之號以傳其法偃拂
子作釣魚勢而告之曰弘女所騎者非魚乎堂女曰騎魚

1

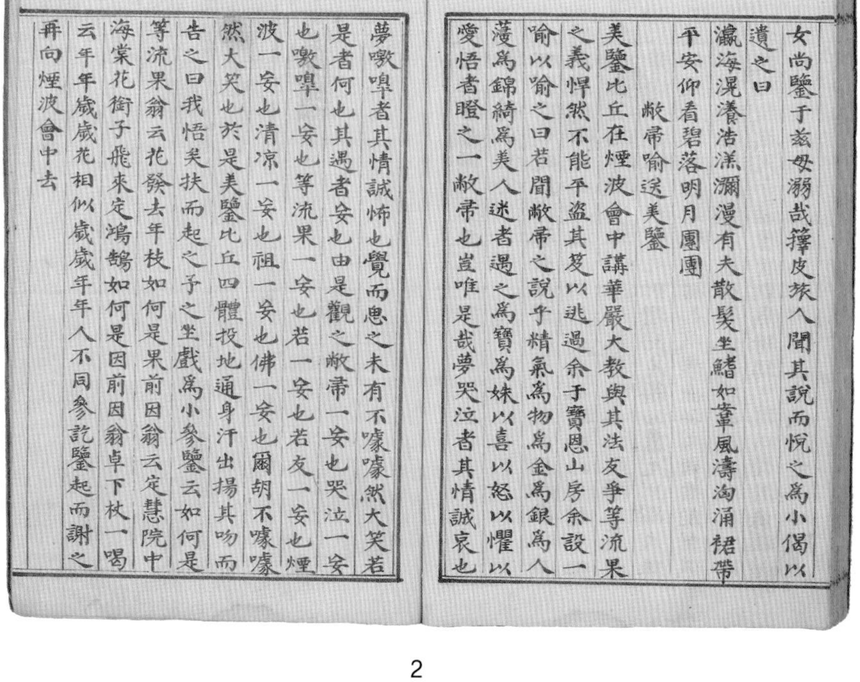

女尚鑒于茲毋溺哉籜皮旅人聞其說而悅之爲小偈以
遺之曰

瀛海滉瀁浩溔瀰漫有夫散髮坐鰭如韋風濤洶涌裙帶
平安仰看碧落明月團團

## 敝帚喻送美鑒

美鑒比丘在煙波會中講華嚴大教與其法友爭等流果
之義悍然不能平盜其笈以逃過余于寶恩山房余設一
喻以喻之曰若聞敝帚之說乎精氣爲物爲金爲銀爲人
蔓爲錦綺爲美人迷者遇之爲寶爲姝以喜以怒以懼以
愛悟者瞪之一敝帚也豈唯是哉夢哭泣者其情誠哀也
夢噭噑者其情誠怖也覺而思之未有不噱噱然大笑若
是者何也其遇者妄也由是觀之敝帚一妄也哭泣一妄
也噭噑一妄也等流果一妄也若一妄也若友一妄也煙
波一妄也清凉一妄也祖一妄也佛一妄也爾胡不噱噱
然大笑也於是美鑒比丘四體投地通身汗出揚其吻而
告之曰我悟矣扶而起之予之坐戲爲小參鑒云如何是
等流果翁云花發去年枝如何是果前因翁云定慧院中
海棠花銜子飛來定鴻鵠如何是因前因翁卓下杖一喝
云年年歲歲花相似歲歲年年人不同參訖鑒起而謝之
再向煙波會中去

2

《소산청고첩》, 다산 친필, 개인 소장.

1

2

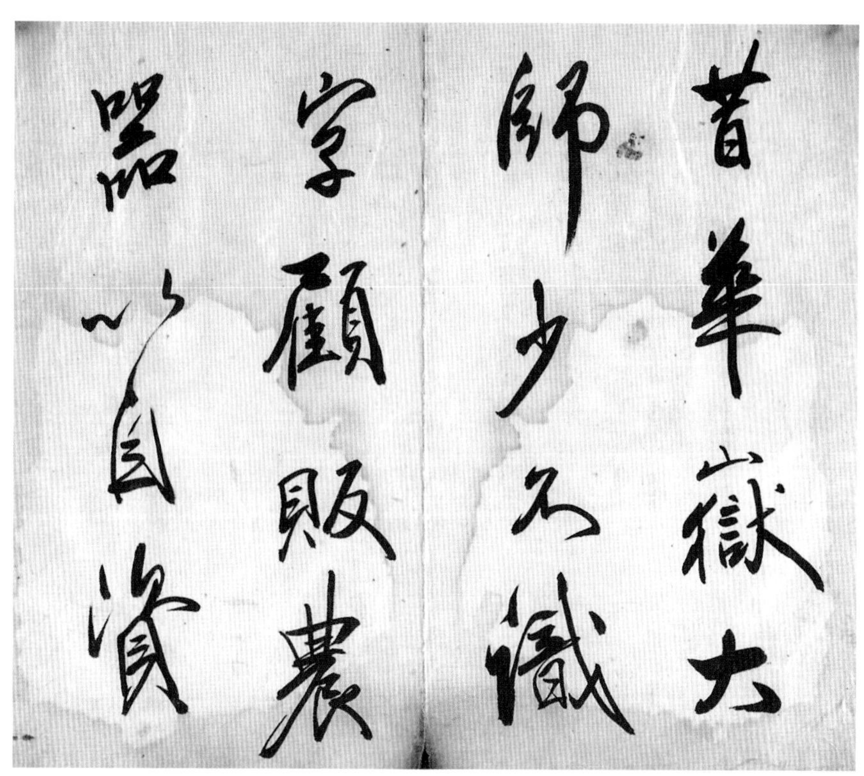

昔華嶽大
師少不識
字顧販農
器以自資


3

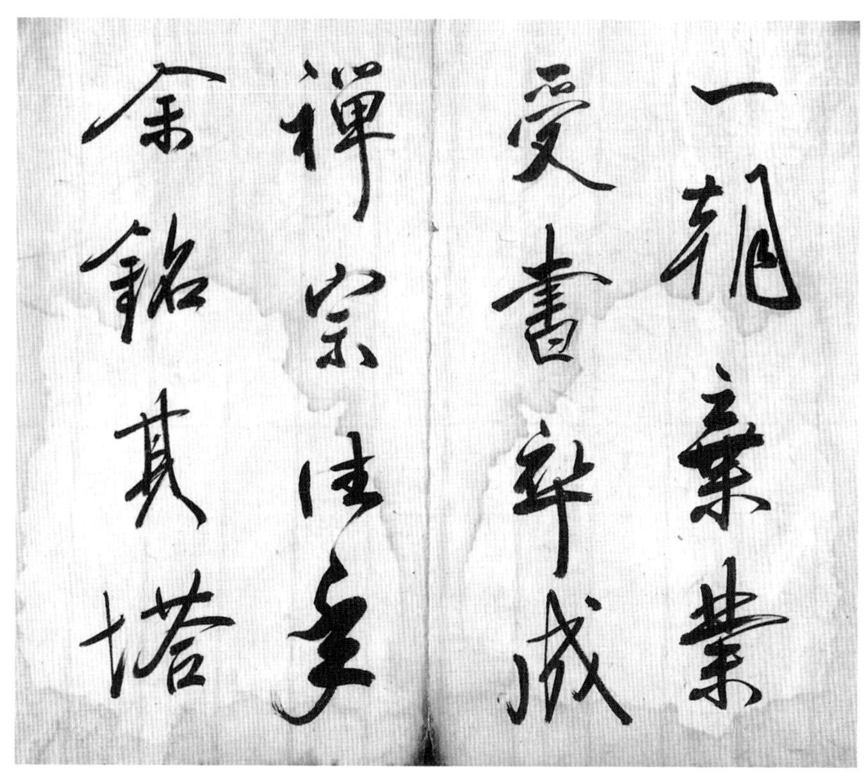


4

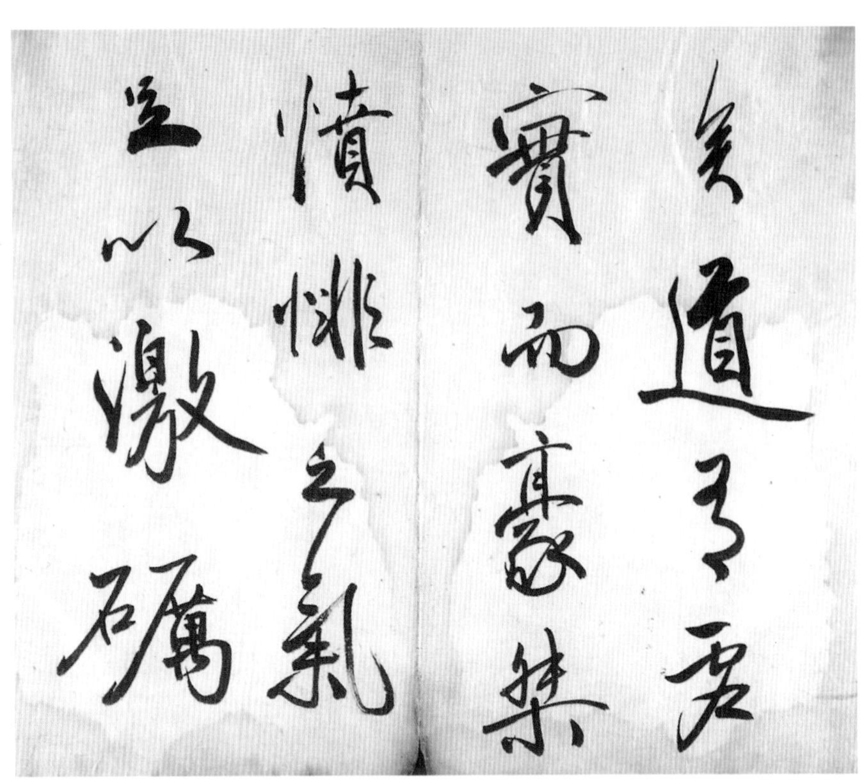

5

6

7

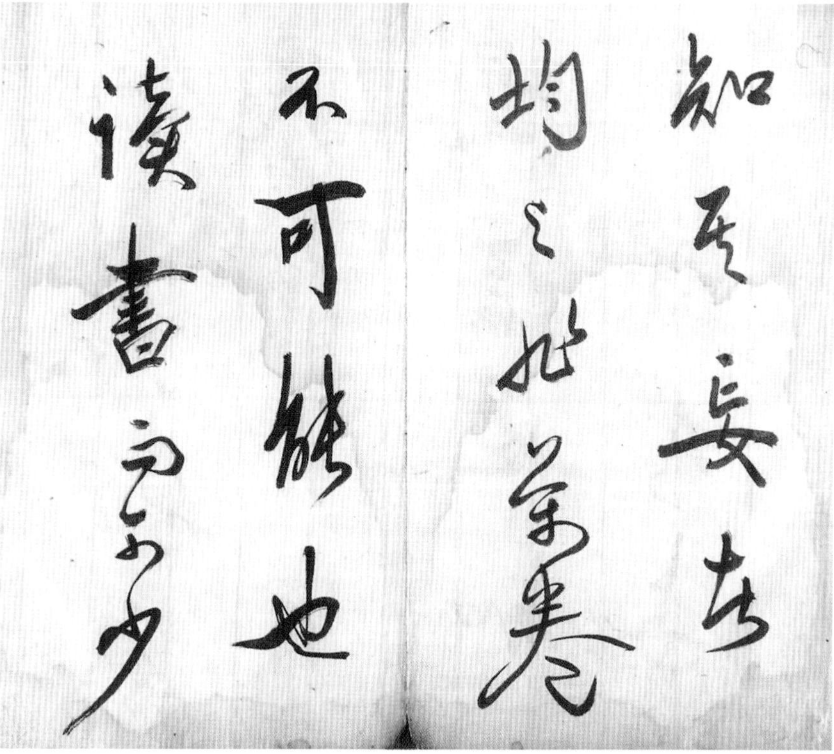

8

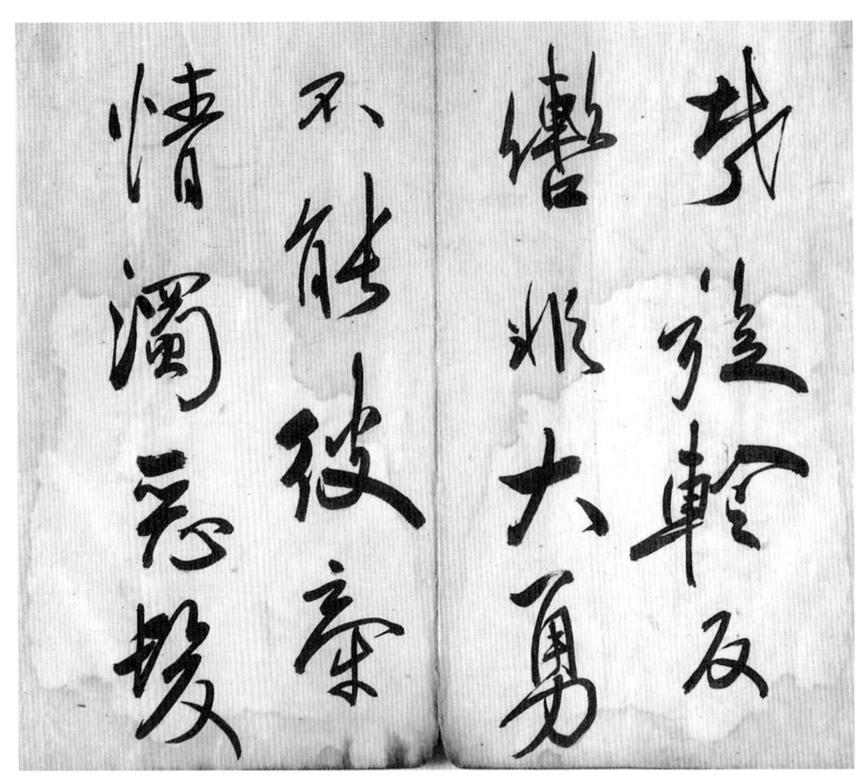

9

10

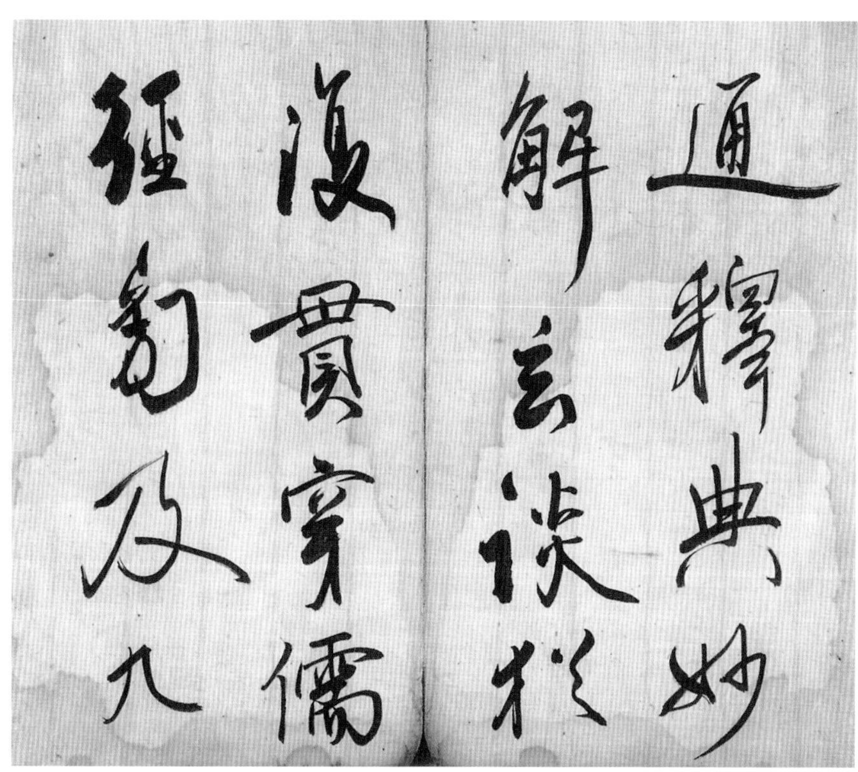

11

12

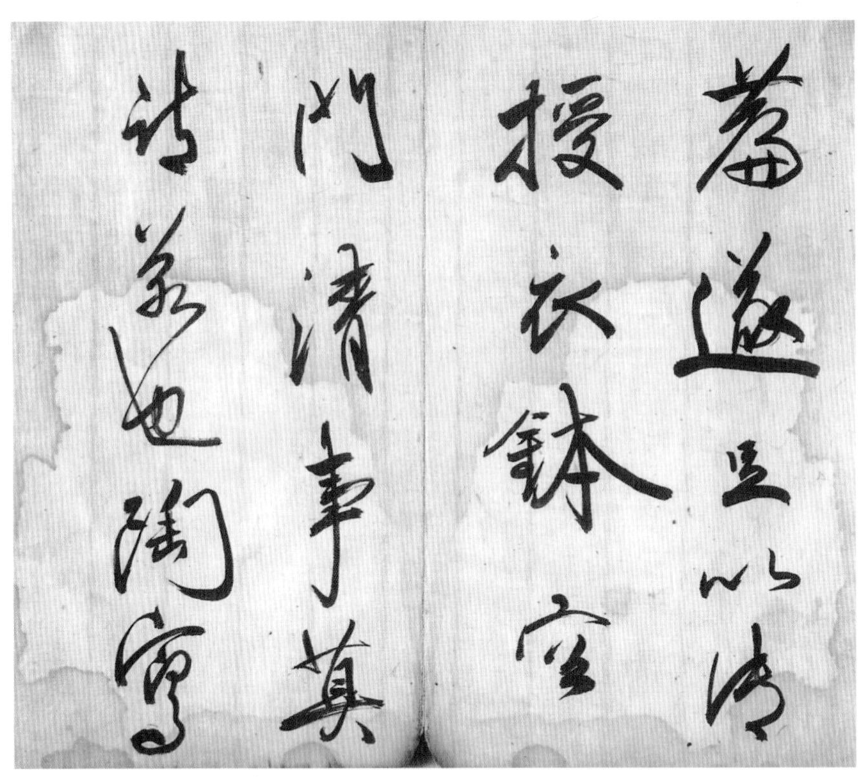

13

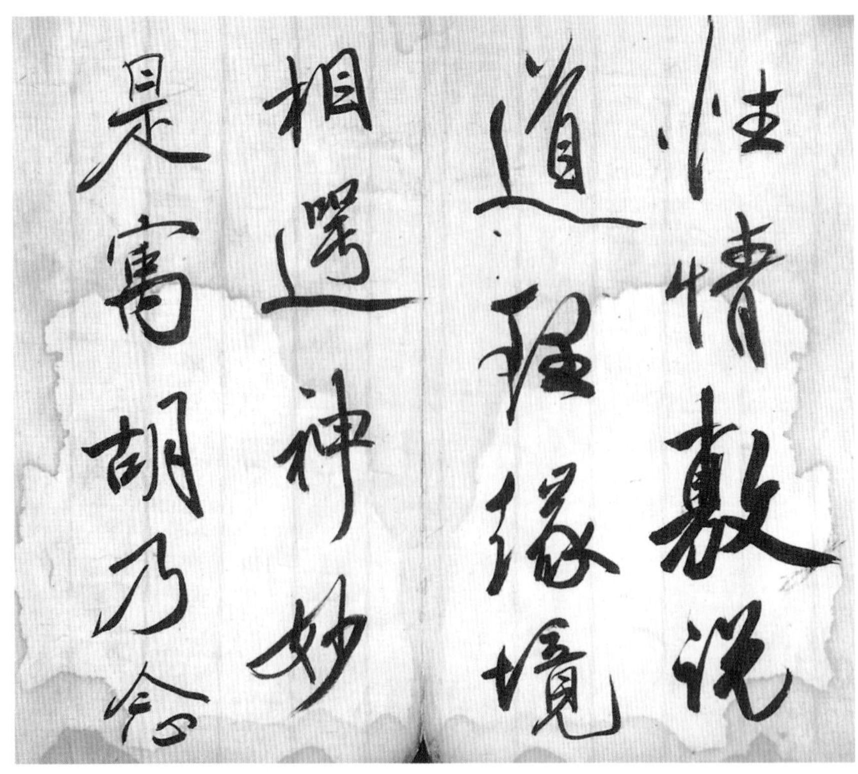

14

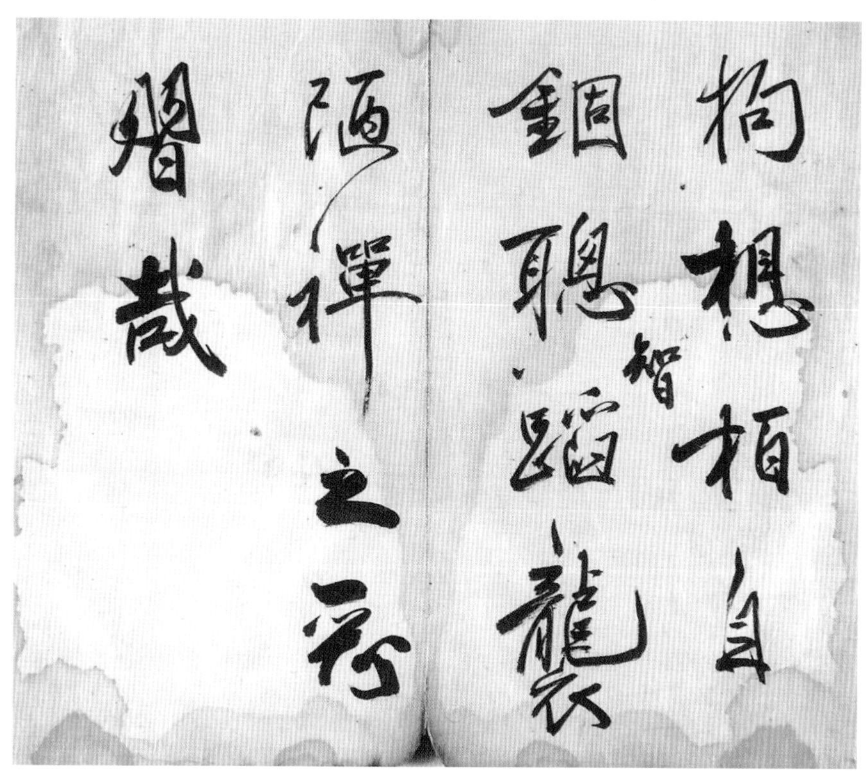

15

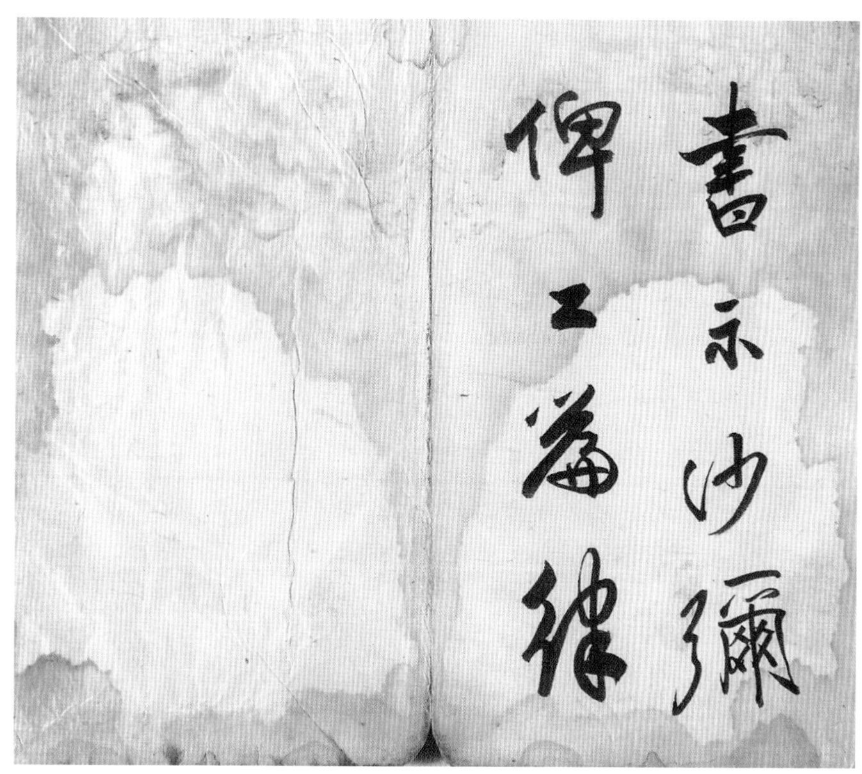

16

# 25. 승려의 이상적 주거

—철선 혜즙에게 준 승려 주거의 입지와 요건



## 땅 고르기와 터 잡기

이 글은 1834년 가을, 73세였던 다산이 대둔사 승려 철선(鐵船) 혜즙(惠楫)을 위해 써준 증언첩이다. 당시 초의와 철선은 추사 김정희의 아우인 산천 김명희(金命喜)와 함께 금강산을 유람하기로 약속하고, 이를 실행하기 위해 큰마음을 먹고 상경했다. 하지만 김명희가 병으로 자리에 눕는 바람에 금강산은 가보지도 못하고 병구완만 하다가 돌아가게 되었다. 내려가기 전 두 승려는 스승 다산에게 작별 인사차 두릉에 들렀다. 다산은 전별 선물로 특별히 철선을 위해 이 서첩을 써주었다. 앞쪽에 다산의 증언 11칙과 송별시 9수가 실려 있고, 이를 이어 다산의 두 아들과 초의, 철선 등이 주고받은 수창시 4수와 정학연의 장시 1수 및 율시 2수를 수록했다. 이 첩은 현재 일민미술관에 소장되어 있다. 펼침 면으로 26면이다. 다산이 철선에게 준 증언의 제목은 '잡언송철선환(雜言送鐵船還)'이다. 돌아가는 철선을 전송하며 써준 잡언이란 의미다.

증언첩은 승려의 거처가 갖추어야 할 여러 입지 요건과 물품, 그리고 그 속에서 누리는 운치 있는 생활에 대한 내용이 담겨 있다. 말하자면 승려의 이상적 거처와 삶에 관한 내용를 담았다. 차례로 읽어본다.

먼저 첫 번째 항목은 땅 고르기다.

산을 고를 때는 모름지기 골짜기가 중첩되고 바위 벼랑이 깎아지른 듯 서 있고, 여기에 더하여 맑은 물결과 솟은 바위, 대숲과 장송이 있어야 한다. 그중 가장 깊은 곳으로 뚫고 가서 산꼭대기 밑의 평평하고 안온하면서도 젖샘이 맺혀 있는 땅을 얻어 초암 네댓 칸을 얽는다.

擇山須洞府重疊, 巖壑峭絶, 復有淸流詭石, 脩竹長松. 穿到最深處, 於絶頂之下, 得平穩結乳之地, 縛艸菴四五間.

다산은 앞서 본 〈제황상유인첩〉에서 "땅을 고를 때는 모름지기 산 좋고 물 맑은 곳을 얻어야 한다. 하지만 강을 낀 산은 시내를 낀 산만 못하다. 마을 어귀에는 가파른 절벽이 있어야 한다. 바위를 끼고 조금 들어가면 시야가 확 트이면서 눈이 시원해져야 비로소 복지라 할 만하다. 그 중앙에 국면이 맺힌 곳을 찾아 나침반이 정남향을 가리키는 방향으로 서너 칸 띳집을 얽는다."고 말한 택지(擇地)의 요건과 비슷하다. 다만 승려의 암자인지라 마을과는 떨어진 산꼭대기 바로 아래 젖샘이 나오는 땅에 너덧 칸짜리 초암을 지으라고 주문했다.

다음은 축지(築址), 즉 집터 닦기와 담장 두르기와 연못 파기 등의 요령을 설명했다.

산돌을 모아 대(臺)와 터를 만들고, 산돌을 가져다가 담장과 섬돌을 만든다. 높이는 몇 장가량 되게 해서 범과 표범을 막는다. 아래위로 자그만 연못 두 개를 판다. 아래쪽에는 연꽃을 심고, 위쪽에는 고기를 길러 헤엄치고 노니는 모양을 본다. 좌우에는 이름난 꽃과 기이한 나무를 섞어 심는다. 문밖에는 소나무에 기대어 단을 만든다. 너덧 사람이 앉을 만하면 충분하다.

取山石爲臺爲址, 取山石爲墻爲砌. 高可數丈, 以防虎豹, 穿小池爲上下二沼, 下者種芙蕖, 上者養魚, 以觀其游戲. 左右雜植名花奇木, 門外因松爲壇,可坐四五人, 斯足矣.

거처를 정했으니 터 잡기의 차례다. 먼저 산돌을 모아 집을 앉힐 대(臺)를 쌓고 터를 다진다. 울타리와 섬돌도 산속 돌을 주워 만든다. 담장은 높이가 몇 장가량 되어야 산짐승의 해를 막을 수가 있다. 작은 못은 아래위로 둘을 판다. 다산은 상하로 이어진 두 개의 연못을 중시했다. 다산초당에도 지금은 하나뿐이지만 예전 초의가 그린 그림에는 분명히 상하 두 개의 연못이 조성된 모습을 볼 수 있다. 초의의 일지암에도 상하 방지가 있었고, 다산 제자 이시헌의 백운동별서에도 상하 방지가 조성되어 있었다. 상지(上池)에는 물고기를 기르고 하지(下池)에는 연꽃을 심는다. 명화(名花)와 기목(奇木)을 구해 심고, 문밖 큰 소나무 둘레에 단을 쌓아 서너 명이 앉아 쉴 공간을 마련한다. 문밖의 송단(松壇)은 백운동별서에도 있다. 이 또한 〈제황상유인첩〉의 내용과 유사하다.



## 법려(法侶)와 강학(講學)

거처를 마련했으니 이제 함께 지낼 동료와 심부름할 사미승, 그리고 문하에 두어 가르칠 제자에 대한 문제로 넘어간다. 다음은 세 번째 항목이다.

승려로 뜻이 같고 도가 합치되는 벗 한 사람을 택해, 승려의 계율에 얽매이지 않고 속세의 이러쿵저러쿵하는 비방에 개의치 않는다. 자비롭고 착한 심성에 더하여 능히 굳세게 우뚝 서서 경솔하게 움직이려 들지도 않고, 자주 이랬다저랬다 하지 않아야 쓸 만하다. 도동(道童) 둘을 데리고 사는데, 힘은 능히 나무할 만하고, 지혜는 능히 글을 배울 만해야 한다. 좋은 법려

(法侶)와 함께 살거나 혹 이와 더불어 이웃을 맺는다면 못할 것이 없다.

擇法侶一友, 志同道合, 不規規於僧之律, 不瞿瞿於俗之訕. 慈和良善之性, 復能毅然壁立, 不輕動, 不數變者, 乃可用也. 帶道童二人, 力能取樵, 慧能學書者, 良法侶或與之同栖, 或與之結鄰, 無所不可.

수행자는 좋은 법려, 즉 도반(道伴)과 만나는 것이 중요하다. 그가 승려의 계율에 지나치게 얽매여서는 곤란하다. 경솔하게 굴어서 이랬다저랬다 해도 못쓴다. 심성이 무던하면서도 강단이 있어야지 물러터져서는 안 된다. 사미승 둘을 두어 나무하고 살림 사는 일을 돕게 하되, 글공부할 정도의 머리는 있어야 한다. 법려의 경우 한 장소에 함께 거처하기가 불편하면 가까운 곳에 따로 암자를 얽어 서로 왕래해도 괜찮다. 혼자 생활하면 아무래도 게을러지고 타성에 젖게 되므로 서로를 향상시켜줄 도반이 필요하다고 본 것이다. 둘이 뜻을 합쳐 시너지가 생기면 수행의 공력이 배가되어 겁날 것이 없다.

다음 네 번째 항목은 암자에서의 강학 활동에 대해 말했다. 글을 써준 철선이 이미 장년의 승려였으므로 비교적 구체적으로 썼다.



불경에서 말하는 도리는 모두 거짓되어 참되지가 않다. 다만 그 문사에 기이하고 환상적인 것이 남아 있어 마치 《당송시초(唐宋詩鈔)》와 같다. 장차 이것으로 남의 이목을 막아 가려 불경의 소초(疏鈔)를 강학하고 가르치는 데 이른다면 이는 마망(魔網)과 업장(業障) 중에서도 가장 큰 것이다. 마땅히 깨끗이 쓸어버려야 할 것은 남의 집의 못난 자제들을 많이 모아놓고서 단단함을 뚫고 둔한 것을 가느라 혀가 닳고 입술이 타도록 하면서 나는 망령되이 말하고 저는 망령되이 듣는 것이다. 이를 이름하여 '지도진량(指導津梁)', 즉 물 건너는 나루로 이끈다고 말하지만 실제로는 함정 안으로 내모는 것이다. 속수(束脩)로 가져오는 쌀 몇 말에 군침을 흘리는 것은 천한 장부의 행실이다. 심한 경우 감떡을 팔고 여뀌 산자를 볶아 그들로 하여금 돌아가 부모에게 바치게 해서 아첨하고 친밀함을 맺기까지 하면서, 다만 돌이켜 달아나 그 노고를 비웃을까 염려한다. 일체 사절하여 보내고, 오직 지혜롭고 굳센 사람 몇만 남겨 도동의 선발에 충당하는 것이 마땅하다.

內典道理, 皆矯僞不眞, 唯其文詞, 奇幻留之. 如唐宋詩鈔, 且以遮攔人目, 至於疏鈔講授之工, 是魔網業障之首. 當淸掃者, 多聚人家不肖子弟, 穿堅磨鈍, 舌敝脣焦, 我以妄說, 渠以妄聽, 名之曰指導津梁, 實則爲驅內陷阱. 所涎在束脩米數斗, 賤丈夫之行也. 甚則販柹餠, 熬蓼饊, 令歸獻其爺娘, 以媚以締, 唯恐其反走嘻其勞哉. 一切謝遣, 唯留其慧且强者數人, 以充道童之選, 抑所宜也.

불경에 대한 다산의 비판적 태도가 다시 한 번 드러난다. 불경의 내용은 《당송시초》처럼 구름 잡는 내용이 많다. 무슨 얘긴지도 모를 불경의 소초를 가르치는 것이야말로 마망과 업장 중 으뜸가는 것이라고 극언했다. 스승은 저도 모를 소리를 하고, 제자는 뜻도 모르면서 알아듣는 시늉만 한다. 이런 것은 공부라 할 수가 없다. 나루터를 알려주겠다고 해놓고 함정을 놓아 그 속으로 몰아넣는 것과 다름없는 행동이다. 더욱이 학생들이 폐백으로 가져오는 쌀 몇 말에 욕심이 나서 그들에게 잘 보이려 드는 짓을 해서는 절대로 안 된다고 다짐을 두었다. 제자를 많이 둘 생각을 하지 말고, 지혜롭고 의지가 강한 몇만 남겨 그중 한둘을 뽑아 도동(道童)으로 쓸 것을 주문했다.

승려에게 불경의 풀이를 가르치지 말라고 한 것은 일견 지나쳐 보인다. 다만 다산이 지적하려 한 것은 가르치는 사람이 깊은 이해 없이 피상적으로 떠들고, 배우는 사람은 무슨 말인지 이해하지 못했으면서도 마치 잘 아는 것처럼 구는 위선적 행동이다.

## 서책과 서화의 구비

이제 다섯 번째 항목이다. 하드웨어의 정돈이 끝났으니 소프트웨어를 채울 차례다. 우선 반드시 갖춰야 할 책은《주역》이다.

책 고르는 것은 다만《주역》한 부뿐으로, 이정조(李鼎祚)의《집해(集解)》와 주한상(朱漢上)의《역설(易說)》, 오초려(吳草廬)의《역찬언(易纂言)》과 도혈(都絜)의《역변체(易變體)》는 모두 가까이 둘 만하다. 다만 왕보사와 한강백(韓康伯)이 남긴 뜻은 공경하되 멀리하는 것이 옳다.

擇書惟周易一部, 李鼎祚集解, 朱漢上易說, 吳草廬易纂言, 都絜易變體, 皆可置. 唯王輔嗣韓康伯遺義, 敬而遠之, 可也.

철선 혜즙은 아암 혜장의 문하인 수룡 색성의 직계 제자다. 수룡은 처음 초당 정착 시절 다산초당에 머물며 부엌일도 도와주고, 차를 만들어 다산에게 올리기도 했다. 철선은 말하자면 제자의 제자였다.《주역》에 심취했던 아암의 학맥을 이었으니 다산이 특별히《주역》공부의 중요성을 강조한 것이 자연스럽다. 제목으로 거론된 책만 이정조의《집해》와 주한상의《역설》, 오초려가 쓴《역찬언》과 도혈(都絜)의《역변체》등 네 종에 달한다. 평소에 듣기 힘든 전문서다. 한편 왕보사와 한강백의 설은 멀리하라고 지적하여,《주역》공부의 지침을 구체적으로 제시했다. 다산은 앞서 읽은 다른 증언에서도 왕보사의 역학 공부 방식에 대해 부정적 인식을 보여준 적이 있다.

그 밖의 책들은 여섯 번째 항목을 따로 두어 책 이름을 나열했다.

《도덕경》상하편과《장자》47편,《상주서(商周書)》20여 편,《시경》대아와 소아 및 모씨와 정씨의 풀이,《노론(魯論)》21편,《맹자사륙(孟子四六)》7편,《초사(楚詞)》와 한위(漢魏)와 육조시(六朝詩), 당송원명시초 등은 갖추어

두지 않을 수 없다. 모름지기 깨끗하게 포갑해서 가지런하게 책장에 꽂아 두면 볼 만하다.

道德經上下篇, 莊子四七篇, 商周書二十餘篇, 大小雅幷毛鄭之釋, 魯論廿一篇, 孟子四六七篇, 楚詞漢魏六朝詩, 唐宋元明詩鈔, 不可不備. 須縹緗鮮潔, 揷架齊整, 乃可觀也.

그 밖에 책꽂이에 꽂혀 있어야 할 책들에는 어떤 것들이 있나? 다산은 경전으로는《도덕경》,《장자》,《서경》과《시경》,《논어》와《맹자》를 꼽고, 시는《초사》와 한위육조시, 당송원명시초 등을 꼽았다.《도덕경》과《장자》 등 노장서를 유가 경전보다 앞세운 것이 인상적이고, 중국의 역대시를 두루 갖추어두라고 말한 것도 주목할 만하다. 다산은 승려 제자들에게 시학 공부의 중요성을 부단히 강조해왔다.

이어지는 일곱 번째 항목에는 갖춰두어야 할 서화의 품목들이 나온다.



또 법첩(法帖)과 명화(名畵)도 첩(帖)이건 축(軸)이건 할 것 없이, 비록 크게 갖추어둘 수는 없다 해도 아예 없을 수는 없다. 벽 위에는 중국 사람이 쓴 주련(柱聯) 네댓 짝을 걸고, 추사 김정희와 자하(紫霞) 신위(申緯)의 글씨, 현재(玄齋) 심사정(沈師正)과 단원(檀園) 김홍도(金弘道)의 그림, 초정(草亭) 박제가(朴齊家)와 영재(泠齋) 유득공(柳得恭)의 시 등 무릇 세상에 이름난 작품이 적어서는 안 된다.

又法書名畵, 或帖或軸, 雖不能大備, 不可全缺. 壁上揭中華人柱聯書四五對, 秋史紫霞之筆, 玄齋檀園之畵, 草亭泠齋之詩, 凡名世之作, 不可少也.

법서(法書)와 명화 또한 어느 정도는 갖추고 있어야 문화의 안목이 열린다. 중국 사람의 글씨를 주련으로 네댓 세트쯤 벽에다 건다. 이런 것을 갖추려면 평소에 그들과의 연결 채널이 열려 있어야 한다. 이미 추사를 매개로 해서 옹방강의 글씨와 책이 오간 일이 있었기에 나온 말이다. 그다음이 흥미로운데, 추사 김정희와 자하 신위의 글씨, 현재 심사정과 단원 김홍도의 그림, 초정 박제가와 영재 유득공의 시를 구비할 것을 주문했다. 추사와 신위는 다산에게는 한참 후배인데도 당대의 명성을 살펴, 굳이 나이에 얽매이지 않았다. 속화(俗畵)로 이름 높은 현재와 단원의 그림도 높이 평가했다. 특히 자신과는 문로가 전혀 다를 뿐 아니라 서얼이었던 박제가와 유득공의 시를 대단히 높게 본 점은 틀에 얽매이지 않는 다산의 성품을 가늠케 한다. 이렇게 해서 방 안의 소품이 비로소 만족할 만큼 갖추어졌다.

## 자락(自樂)과 득의(得意)



이제부터는 새롭게 마련한 거처에서의 일상에 대한 설명이 이어진다. 먼저 여덟 번째 항목은 자락(自樂)의 삶을 위한 요건을 꼽았다. 음악을 사랑하는 생활과 꿀벌을 기르는 일상, 그리고 비록 승려 신분이라 해도 건강을 위해 굳이 육류의 섭취를 마다해서는 안 된다는 취지의 충고를 남겼다.

벽 위에는 단금(短琴) 하나를 걸어둔다. 7현은 11휘(暉)이고, 5현은 9휘로 하며, 기러기발은 있지만 괘(卦)는 없어야 한다. 괘란 것은 현금(玄琴)의 비루한 제도이니, 기러기발을 고정시켜놓고 연주하려는 것이다. 매양 소나무에 달빛이 환히 비치고, 옷에 이슬이 정결하고 고요할 때 비록 음절은 이해하지 못한다 해도 손으로 어루만지며 혼자 즐긴다면 괜찮을 것이다. 담장 머리에는 꿀벌 서너 통을 기른다. 때로 고기가 생기면 살생을 경계하는 헛된 나무람에 구애되지 말아야 한다. 밀수(蜜殊)와 금총(琴聰)이 어찌 대문마다 찾아다니며 쌀이나 구걸하는 늙은 두타지식(頭陀知識)만 못하겠는가?

壁上掛短琴一張，七絃則十一暉，五絃則九暉，有柱而無卦，卦者玄琴之陋制，所期膠柱而鼓之也．每松月舒輝，衣露潔靜，雖不解音節，手拊以自樂，可矣．墻頭養蜜蜂三四箭．時至割脾，無拘戒殺之虛喝也．蜜殊琴聰，豈不若沿門乞米之老頭陀知識耶．

벽 위에 걸어둔 단금은 7현이든 5현이든 상관없지만 주(柱)만 두고 괘(卦)는 두면 안 된다. 기러기발을 아예 아교로 붙여놓고 슬을 연주하는 교주고슬(膠柱鼓瑟)의 융통성 없음을 경계했다. 연주를 못하더라도 달 밝은 밤에 손으로 뚱기며 즐긴다면 생활에 아취(雅趣)를 더하는 일로 보았다. 또 꿀벌 서너 통을 담장 아래 길러 꿀을 따서 영양을 보충하고, 더러 고기가 생기면 살생의 계율에 얽매이지 말고 먹으라고 했다. 승려도 기본적인 영양을 섭취해야 건강을 유지할 수 있다는 취지로 한 말이다.

원문의 할비(割脾)는 소의 양을 가른다는 뜻이다. 소철(蘇轍)이 〈밀주가(蜜酒歌)〉에서, "산중에서 취해 배부름 그 누가 알겠는가. 양 가르고 꿀 나누어 일찍이 남김 없네.(山中醉飽誰得知, 割脾分蜜曾無遺.)"라 한 데서 따왔다. 밀수와 금총도 소식(蘇軾)이 〈증시승도통(贈詩僧道通)〉에서 "웅호하고 묘하고 쓰면서도 기름짐은, 다만 금총과 밀수가 있다네.(雄豪而妙苦而腴, 祇有琴聰與蜜殊.)"라 한 데서 끌어온 표현이다. 승려 중수(仲殊)는 벽곡을 하면서도 늘 꿀을 먹었고, 승려 총(聰)은 항상 거문고를 연주하였다. 집집 문전마다 찾아다니며 쌀이나 구걸하러 다니는 노두타가 되느니 계율에 지나치게 얽매임 없이 자급의 마련을 갖추는 것이 중요함을 강조했다. 자질구레한 계율보다 큰 틀의 올바른 수행을 중시한 것이다.

아홉 번째는 시 짓기와 차 만들기에 대한 내용이다.

생각이 떠오르면 고시 몇 장과 근체시 서너 수를 짓는다. 매년 봄 곡우 시절이 되면 아차(芽茶)를 따서 찌고 말리기를 법대로 하여, 시고(詩稿)와 함께 봉하여 싸서 열상노인에게 부친다면 또한 좋은 일이다.

意到作古詩數章，近體詩三四首，每春至谷雨時，取芽茶蒸晒如法，幷詩稿封裹，以寄洌上老人，亦善事也.

시흥(詩興)이 일면 고시나 근체시를 몇 수 지어 굳은 마음을 풀어준다. 평소 앞서 제시한 역대 시를 섭렵해두면 이때 큰 도움이 된다. 곡우 때는 찻잎을 따서 찌고 말리는 것을 법대로 한다. 이를 지은 시와 함께 봉해 두릉에 선물로 보낸다면 얼마나 좋은 일이냐고 했다. 시로 회포를 풀고 차를 만들어 한 해의 차 양식을 마련한다. 차를 찌고 말리는 것을 법대로 하라는 것은 다산이 제다법으로 제시한 구증구포(九蒸九曝) 또는 삼증삼쇄(三蒸三曬)의 떡차 만드는 법을 가리킨다. 수행자의 삶에도 긴장만 있어서는 안 되고 이완이 필요함을 강조했다. 시로 정서를 이완시키고, 찻잎을 따서 찌고 말리는 노동을 통해 정신의 긴장을 완화시킨다. 또 만든 차는 멀리 있는 다산 자신에게도 보내고 철선 본인도 수행의 여가에 이를 마셔 맑고 시원한 기운을 깃들이라고 했다.

이렇게 아홉 번째 항목을 다 마친 다산은 끝에 "갑오년(1834) 상강 지난 다음 날 열상(洌上)의 73세 늙은이가 멋대로 쓰다.(當宁甲午霜降之越翼日，洌上七十三歲翁漫書.)"라고 하여 글을 맺었다.



## 시 창작과 견문 넓히기

다산은 서명까지 마쳐놓고 이튿날 빠뜨린 내용이 떠올랐던 모양이다. 다시 두 항목을 덧붙였다. 다음은 열 번째 항목이다.

승려의 시와 기생의 시는 세상에 이름나기가 쉽다. 첫째, 시인들이 밑천으로 삼는 것은 오직 산림의 기운이요, 규방의 정일 뿐이다. 승복과 붉은 저고리는 모두 본래의 몸이 이러한 가운데 놓여 있기에 말을 펴면 사람을 감동시키기가 쉽다. 둘째, 시인들은 기이한 것을 좋아한다. 술 마시고 시를 읊는 질탕한 자리에서 색목인(色目人)이 좌중에 있게 되면 기이함이 평소보다 곱절이나 된다. 이 때문에 칭찬함이 늘 지나치다. 셋째, 시인들은 이기기를 좋아한다. 같은 무리에 저보다 나은 사람이 있으면 마음으로 이를 괴롭게 여긴다. 하지만 방외에서 이름을 날린다 해도 자기를 누를 걱정이 없다. 게다가 그 온축한 바는 매양 깨달음이 부족해도 깊이 허물하지 않는다. 하지만 내가 네게 바라는 바는 여기에 그치지 않는다. 혜원(惠遠)과 지둔(支遁)의 현미(玄微)함과 관휴(貫休)와 영철(靈徹)의 청경(淸警)함, 참료(參廖)와 석옥(石屋)의 영수(靈秀)함과 감산(憨山)과 자백(紫柏)의 웅준(雄俊)함은 비록 그들이 승려가 아니라 해도 반드시 마땅히 사문(斯文)에 참여함을 얻을 만하다. 또 고려 때 진정국사 천책의 시는 곧장 우산(虞山) 전겸익(錢謙益)이나 서당(西堂) 우동(尤侗)과 더불어 어깨를 나란히 하고 머리를 맞댈 만하다. 쓸모 있는 것이 또한 이와 같다.

僧詩與妓詩, 易於名世. 一, 凡詩家所資, 唯山林之氣, 閨房之情耳. 緇衣紅袖, 皆其本身坐在這裏, 所以發言易以動人. 二, 詩家好奇, 觴詠跌宕之場, 有色目人在座, 奇異倍常. 所以推獎每過也. 三, 詩家好勝, 同隊有勝己者, 心實病之. 方外擅場, 不患壓己. 且其所蘊, 每寡恕之, 不深咎也. 若余所望於若者, 不止是也. 惠遠支遁之玄微, 貫休靈徹之淸警, 參廖石屋之靈秀, 憨山紫柏之雄俊, 雖非叢林, 必當得與於斯文, 又如高麗眞靜國師天頙之詩, 直可與錢虞山尤西堂, 比肩對頭, 有爲者亦若是矣.

승려와 기녀의 시가 세상에서 쉽게 이름나는 이유를 세 가지로 꼽고, 철선에게 역대의 훌륭한 시승(詩僧)의 예를 들어 이들과 비견될 만한 훌륭한 시인이 될 것을 희망했다. 승려들은 본래 산림 속에 살아 산림의 기운을 띠고 있고, 승려 중에 시 잘 쓰는 이가 없으니 조금만 능해도 금세 주목받는다. 또 시인들의 못 말리는 승부욕도 승려를 향해서는 발휘되지 않는다. 이런 이점이 있지만, 예전 송나라 때 승려 혜원과 지둔, 관휴와 영철, 원대의 참료와 석옥, 감산과 자백 같은 시승의 높은 명성은 이들이 승려이기 때문에 얻은 것이 아니라 그 시적 성취가 높아서라고 했다. 고려 때 진정국사 천책의 시가 중국의 전겸익과 우동에 견주어도 조금도 부족하지 않듯이, 철선도 그처럼 시 자체로 훌륭한 시인이 되어줄 것을 주문했다.

다산이 여러 중국 승려 외에 우리나라 승려로 고려 때 진정국사 천책을 꼽은 것은 흥미롭다. 그의《호산록》이 전해지고 있고, 앞서 본 초의에게 주는 증언에서도 천책의 글 몇 단락을 직접 인용해서 일깨움을 준 바 있다. 《대둔지》와《만덕사지》를 편찬하는 과정에서 천책의 시문집을 익히 접했던 듯하다. 한편 다산은 제자의 특성과 자질을 살펴 시학(詩學)과 경학(經學)으로 구분해 전공을 두곤 했다. 윗글로 보아 철선에게는 시학 쪽의 성취를 기대했음을 알 수 있다. 실제로도 철선은 학문보다는 시학 방면에서 우뚝한 성취를 보인 시승이었다.

마지막 열한 번째 항목은 서책의 수집을 통해 견문을 넓히는 일에 대해 적었다.

궁벽한 고장에서 서책이 없어 널리 보지 못하는 것을 염려한다.《선문염송집(禪門拈頌集)》과《전등록(傳燈錄)》에 인용된 시구에는 절창이 아주 많다. 진정국사의 시 또한 모범에 꼭 맞는다. 이따금 서울로 놀러 와서 수집해 돌아간다면 어찌 견문이 넓지 않음을 근심하겠는가? 이튿날 또 쓰다.

僻鄉患無書冊, 無以博覽. 即拈頌傳燈錄所引詩句, 多是絶唱. 眞靜詩亦合摸楷. 時游北方, 蒐而歸之, 何患乎聞見之不博也. 翌日又書.

궁벽한 산골에 처박혀 지내다 보면 서책이 없어 안목을 넓힐 기회가 없다. 그럴 때 아쉬운 대로《선문염송집》이나《전등록》에 인용된 시구라도 읽고 외우면 도움이 된다. 또 진정국사 천책의 《호산록》 같은 책도 법도에 꼭 맞으니 참고할 만하다. 그래도 부족한 것은 이따금 서울로 와서 갖추 수집해서 돌아가 식견을 넓혀야 한다.

이렇듯 다산은 철선에게 모두 11항목으로 된 글을 송별 선물로 직접 써주었다. 땅을 정하고 집을 지으며 벗을 고르고 제자를 가르치는 일부터, 책 읽고 서화를 감상하며 시 짓고 지내는 일상의 운치에 이르기까지 세세한 지침을 담았다. 철선에게는 시학 공부를 유난히 강조했고, 승려의 계율이나 불경의 가르침에 지나치게 얽매이지 않는 툭 트인 자세를 갖출 것을 주문했다. 불경을 비판하고 육류의 섭취도 굳이 피해서는 안 된다고 말한 대목이 인상적이다.

다산은 이것만으로는 미진하다고 여겼던지 다시 아홉 수의 시를 더 써서 철선에게 주었다. 다음 글에서 마저 읽어보겠다.

# 26. 지극한 도리가 내 눈앞에 환하다

—철선 혜즙에게 시로 건넨 덕담

## 국화만이 내 벗일세

철선 혜즙을 위해 11항목에 걸친 증언으로 승려의 이상적 거처와 생활에 대한 지침을 선물한 다산은 증언이 끝나고 나서도 그저 붓을 놓지 못했다. 다산은 다시 초의와 철선의 상경에 동행하지 못한 대둔사의 호의 시오와 수룡 색성을 그리며 그들을 위한 시를 먼저 지었다. 오래 만나지 못한 두 사람에 대한 그리움이 시 속에 뭉클하다. 제목은 〈두 승려가 돌아감을 인하여 대둔산 산중의 호의와 수룡 두 장로에게 부쳐 보이다.(因二衲之歸, 寄示大芚山中縞衣袖龍二長老)〉이다. 철선에게 준 것은 아니지만 여기서 함께 읽겠다. 《다산시문집》에는 빠진 일시(佚詩)다.

두륜산 제일봉에 올랐던 일 생각하노니 憶上頭輪第一峯
맑은 가을 옷과 띠를 장송에 걸었었지. 淸秋衣帶掛長松
연파(烟波)의 암자 낡아 검은 장막 가리었고 烟波屋老緇帷掩
화악(華嶽) 비명(碑銘) 황량하여 이끼에 덮였으리. 華嶽碑荒碧蘚封

내가 일찍이 화악대사의 비명을 찬한 일이 있다.(余曾撰華嶽碑銘.)

명차(名茶)를 번거롭게 먼 데까지 부쳐오니 猶有名茶煩遠寄
이제껏 찬 국화만 쇠한 나의 벗이라네. 秖今寒菊伴衰容

창주에서 학 돌아옴 다시금 더뎌지니 滄洲定復遲歸鶴

비구름 마침내 게으른 용 일으키소. 雲雨終須起懶龍

호의는 성이 정씨(丁氏)인지라 학이라고 했다. 내가 호의에게 답장한 편지에 금강산 유람을 권하면서, "수룡 또한 두 스님을 위해 부끄러움을 씻어줌이 옳으리라."라고 썼다.(縞衣姓丁, 是鶴也. 余答縞衣書, 勸游金剛, 袖龍亦爲二衲雪恥可.)

다산은 철선을 떠나보내면서 예전 강진 유배 시절 두륜산 대둔사를 찾았다가 정상까지 올랐던 때의 기억을 떠올렸다. 때는 가을이었고, 땀이 흠씬 밴 옷을 벗고 허리띠를 풀어 낙락장송에 걸어놓고 산 아래 계곡에서 불어 올라오는 시원한 바람을 맞았다. 그때는 아암 혜장이 곁에 있으면서 살뜰하게 챙겨, 그의 암자에 하룻밤을 묵어갔었다. 하지만 그는 불귀의 객이 된 지 오래다. 그의 거처는 이미 퇴락해서 검은 장막을 드리워 바람이나 겨우 막는 형편이었던 듯하다. 또 당시에 자신이 글을 써주어 세웠던 화악대사의 비명에는 이미 이끼가 푸르게 돋았으리라.

다산은 옛 추억에 잠겼다가 문득 그리운 이름들을 다시 불러낸다. 호의와 수룡이 그들이다. "내가 두릉으로 돌아온 뒤로도 변함없이 그대의 맛난 떡차를 보내주니 고맙네. 그 더운 정을 어이 잊을 수 있겠나. 이 서리 가을에 찾는 이 아무도 없고 찬 국화만 내 벗일세그려. 이제 초의와 철선마저 그토록 꿈꾸던 금강산 구경의 소망을 못 이룬 채 남쪽으로 돌아간다니 이 가을이 더욱 쓸쓸하겠군. 호의 자네도 한번 올라오게나. 예전 요동의 정령위(丁令威)는 학이 되어 옛 살던 곳으로 돌아왔다던데, 자네 속성(俗姓)이 같은 정씨(丁氏)가 아니던가? 학이 되어 오지 못하겠거든, 그 옆에 있는 게으른 용(龍)인 수룡을 부추겨서 그 용의 등에 올라타고라도 한번 꼭 오게나. 이번에 큰마음 먹고 올라왔다가 그저 내려가는 두 사람의 부끄러움을 설욕해주어야 하지 않겠는가?"

두 사람의 상경을 청한 시인데, 구절마다 그리움이 빼곡해서 시를 받아든 호의는 시를 읽다 말고 눈물을 흘렸을 것만 같다.

## 속류가 아님을 사랑하노라

이어 다산은 〈학연과 학유 두 아들이 두 스님과 함께 운자를 나눠 지은 시 여덟 수가 있길래, 내가 함께 여덟 운을 차운해서 초의와 철선을 전송한다.(淵游二子, 與二衲, 有分韻詩八首, 余並次八韻, 以送艸衣鐵船)〉라는 긴 제목의 시 여덟 수를 친필로 써서 노잣돈 대신 초의와 철선에게 선물했다. 1834년 8월 24일에 지은 시다. 사공도(司空圖)의 《이십사시품(二十四詩品)》 가운데 일곱 번째인 〈세련(洗煉)〉에 나오는 '유수금일명월전신(流水今日明月前身)'이란 여덟 자를 운자 삼아 지은 시다. 그러니까 각 수의 마지막 글자를 합치면 이 여덟 자가 만들어진다. 이 여덟 수 또한 시문집에는 빠지고 없다. 신헌의 《금당기주》에도 이 시가 실려 있다. 서문이 따로 남은 것으로 보아 당시 다산 부자는 초의와 철선을 위해 각각 기념으로 별도의 시첩을 남겨주었던 듯하다. 하필 운자로 택한 '오늘은 흐르는 물이요, 전신은 밝은 달빛'이란 말이 풍기는 여운이 자못 길다. 물은 흘러 흘러 떠나가도 달빛은 물 위에 그대로다. 서로를 그리는 우리의 마음도 이와 같을 것이다. 멀리 헤어졌지만 늘 함께 있다. 다정하고 애틋하다.

정학연과 정학유도 같은 운자로 네 수씩 지었고, 여기에 초의와 철선의 답시도 실려 있다. 앞쪽은 다산의 글씨고 뒤쪽은 정학연의 친필이다. 초의에게 준 다른 필첩에 실린 시는 내용에 조금 차이가 있다. 이 두 서첩에 대해서는 별도의 검토가 필요하다. 다른 사람의 시는 별도의 지면에서 일부 소개한 바 있으므로 여기서는 생략하고 다산이 철선과 초의에게 준 여덟 수만 읽어 보겠다.

먼저 《금당기주》에 같은 시를 초의에게 써주면서 앞에 붙인 서문이 있어 여기에 함께 소개한다.

갑오년(1834) 국추(菊秋), 해남의 선사 초의와 철선, 도리(闍梨) 향훈과 자흔이 초계어사(苕谿漁舍)로 와서 인사하므로 천릿길을 송별하였다. 앞날의 기약이 아마득하여 강가에서 옷소매를 나누매 어찌 서글픔을 견딜 수 있으랴. 이에 사공도(司空圖)의 《시품(詩品)》에서 '유수금일명월전신(流水今日明月前身)'이란 여덟 자로 운자를 나눠 각각 한 수씩 지어 두 사문과 두 비구에게 노자로 주고, 또한 수창하여 화답케 하여 남겨서 주었다.

> 甲午菊秋, 海南禪師草衣鐵船, 闍梨尙薰自欣, 來辭於苕谿漁舍, 千里送別, 前期邈邈, 臨流判襟, 豈勝凄斷. 乃拈司空圖詩品, "流水今日, 明月前身" 八字分韻, 各賦以爲贐. 兩沙門二苾蒭, 亦倡而和之, 以留贈.

그러고 나서 다시 한 줄을 보태 "아버님께서 여덟 운으로 합작하여 두루마리 앞에 얹을 것을 명하셨다.(家大人以八韻合作, 命弁軸首.)"고 한 정학연의 추기(追記)가 적혀 있는 것을 보면, 초의에게 준 시첩 또한 앞쪽은 다산의 글씨, 뒤쪽은 정학연의 글씨로 구성되어 있었음을 알 수 있다. 초의에게 준 별도의 이 시첩은 현재 전하지 않는다.

이제 다산이 철선에게 준 여덟 수의 시를 차례로 읽어본다. 먼저 제1수다.

| | |
|---|---|
| 매운바람 시든 잎을 떨어뜨리고 | 凄飈隕凋葉 |
| 기러기 날아가는 차가운 가을. | 逝雁凉淸秋 |
| 돌아갈 맘 번개처럼 다급하건만 | 歸心疾如電 |
| 머뭇대다 다시금 붙들렸다네. | 荏染爲復留 |
| 너 또한 하릴없이 그저 떠나도 | 憐汝亦枉離 |
| 그래도 속류 아님 사랑하노라. | 猶然非俗流 |

가을바람에 시든 잎이 진다. 겨울을 나러 남쪽으로 날아가는 기러기 날개 위로 가을 하늘이 차다. 돌아가고 싶은 마음이야 굴뚝같았겠지만, 그래도 차마 아픈 사람을 그저 두고 떠날 수가 없어 머뭇대다가 삼추의 가을을 다 보내고 말았던 셈. 이제 금강산 만물상 부처님께 예불하리라던 평생의 소망도

이루지 못한 채 그저 빈손으로 돌아가는 너의 마음을 내가 다 잘 안다. 하지만 매정스레 제 실속만 차리겠다고 길 떠나지 않고 아픈 사람 병구완만 하다가 돌아가니, 여기서 나는 또 너희가 세속의 무리와는 확연히 다른 줄을 알겠다. 그래서 내가 참 기쁘다.

초의에게 준 같은 시에는 제3구의 '전(電)'이 '전(箭)'으로 되어 있고, 제4구의 '임염(荏染)'도 '임염(荏苒)'으로 바뀌어 있다.

다음은 제2수.

| | |
|---|---|
| 숭숭 뚫린 야자열매 구멍 사이로 | 窄窄椰子孔 |
| 구물구물 내닫는 개미를 보네. | 驤驤見犇蟻 |
| 떠돌이 삶 훌훌 벗어 내던지고는 | 脫略謝羈帬 |
| 푸른 산 안에서 누워 쉬겠지. | 偃息靑山裏 |
| 이 일이 어이해 좋지 않으리 | 此事豈不好 |
| 미운 건 조계(曹溪)의 냇물이라네. | 所惡曹溪水 |

야자열매에 구멍을 뚫어 단물이 새 나오자 그 맛을 따라 개미떼가 줄지어 나타난다. 속된 무리가 이익을 따라 우왕좌왕하는 모습과 다를 게 없다. 하지만 그대들은 그런 것에 애초부터 초연해서, 이제 고단한 나그네 생활을 청산하고 푸른 산 속 거처로 돌아가 쉬게 될 테니 나는 그것이 부럽다. 너희에겐 더없이 기쁜 일이겠지만, 나는 조계(曹溪)의 물이 너희가 있는 산속과 나 있는 속세를 가로막아 서로 넘나들지 못하게 하는 것이 원망스럽다.

한편 초의에게 써준 시에는 5, 6구가 "어여뻐라 장춘동 깊은 골짝엔, 굽이굽이 그윽한 샘물 흐르리.(窈窕長春洞, 曲曲幽泉水.)"로 전혀 다르게 대체되었다.

## 음습한 기운 시원스레 뚫고

다시 제3, 4수를 따져 읽는다. 제3수부터는 작별의 아쉬움 토로에서 훈계의 당부로 넘어간다.

| | |
|---|---|
| 수미산은 어느 곳에 있는 산인가 | 須彌何處山 |
| 해와 달도 그 그늘에 깃들인다지. | 日月栖其陰 |
| 땅덩어리 조금씩 어두워지니 | 地毬且茫昧 |
| 어이 능히 본성과 마음을 보랴. | 奚能見性心 |
| 도 무너짐 네 잘못이 아니긴 하나 | 道汚匪汝咎 |
| 서로 빠져 지금까지 이르렀나니. | 胥溺到如今 |

불가의 비유를 끌어왔다. 수미산은 세계의 중심에 우뚝 솟아 있다는 상상의 산이다. 산꼭대기에 33천의 궁전이 있는데, 제석천(帝釋天)이 주재한다. 해와 달이 고작 그 허리를 맴돈다는 산이다. 그 아래 지구는 캄캄한 어둠 속에 잠겼다. 인간의 본성과 본마음은 아무 데서도 찾을 길이 없다. 세상의 도리가 이토록 무너진 것이 어찌 너의 잘못이겠느냐? 하지만 수미산 같은 허망한 비유에 속아 온 세상이 어둠 속에 빠져든 것만큼은 내가 너를 안쓰러워한다. 이렇듯 다산은 틈만 나면 불가 제자들에게 미망에서 벗어나 진정한 도의 길로 건너오라고 말하곤 했다.

다시 제4수를 읽어본다.

| | |
|---|---|
| 바퀴를 굴림은 하승(下乘)이지만 | 輪轉雖下乘 |
| 상승(上乘)도 다시 거친 속임수일 뿐. | 上乘復荒譎 |
| 안타깝다 본연은 감춰져 있고 | 嗟哉本然藏 |
| 참된 근원 아득히 이미 잃었네. | 眞源杳已失 |
| 뉘 능히 좋지 않은 기운을 틔워 | 疇能廓氛翳 |

환히 녹여 하늘 해를 보게 하려나. 昭融睹天日

몸으로 고행하는 하승선(下乘禪)이야 말할 것도 없고, 상승의 선(禪) 수행이라 해도 깨달음과는 거리가 먼 흉내요 말장난일 때가 많다. 본연지성은 가려져서 찾을 길 없고, 참된 근원은 꽉 막혀 더는 찬 샘물이 저 원두(源頭)로부터 솟지 않는다. 어떤가? 자네가 이 답답하고 음습한 기운을 시원스레 뚫어버려 구름 위에서 본래 빛나던 해를 세상 모든 사람이 다 볼 수 있도록 해주지 않겠는가? 역시 은연중에 불교를 비판하는 기미가 담겨 있다.

## 꿈속에서 포식한들

앞의 두 수가 슬며시 불교를 비판하는 내용을 담았다면, 이어지는 제5, 6수는 승려로서 지녀야 할 마음가짐에 대한 내용이 들어 있다.

진 꽃잎 흐르는 물 따라 떠가니 落英隨流水
잠깐 손가락 튕기는 소리 사일세. 倐忽彈指聲
풍간(豊干)은 참으로 부귀하였고 豊干實富貴
습득(拾得)은 진실로 광영스럽네. 拾得眞光榮
다만 본령을 좋게 해야만 但教本領好
이 뜻이 진실로 홀로 밝으리. 此意良獨明

어렵게 핀 고운 꽃이 냇물에 떨어져 자취 없이 떠내려가는 것은 손가락 튕기는 사이에 지나지 않는다. 화려하고 고운 자태도 덧없다. 3, 4구의 풍간과 습득은 고사가 있다. 풍간은 당나라 때의 은자다. 낮에는 쌀을 찧어 스님께 공양하고, 밤에는 방 안에서 시를 읊조렸다. 한번은 서울에서 구윤(丘胤)

의 병을 치료해준 적이 있었다. 구윤이 태주 군수가 되어 떠나면서 풍간에게 한마디 가르침을 청했다. 풍간이 말했다. "부임하거든 문수보살과 보현보살을 찾아뵈시오. 국청사에서 부엌 허드렛일을 하는 한산과 습득이 그들이라오." 구윤이 찾아가서 연유를 말하자 두 사람이 웃으면서 말했다. "풍간이 요설을 늘어놓았군." 그러고는 달아나 모습을 나타내지 않았다.

가난한 은자였던 풍간은 실로 부귀로웠고, 부엌데기 습득은 참으로 영예로웠다. 인간이 꿈꾸는 재물과 권세란 물 위로 떠내려간 봄꽃이다. 사람은 본령(本領)을 잘 지키는 것이 중요하다. 그러니 먼 곳 딴 데에 마음 두지 말고 본디 마음을 잘 간수해 늘 성성하게 깨어 있으란 주문을 이렇게 했다. 1구의 '유수(流水)'가《금당기주》에는 '서수(逝水)'로 바뀌어 있다.

다시 이어지는 제6수다.

| | |
|---|---|
| 사마(駟馬)를 채찍질해 거리 떠들썩 | 策駟喧紫陌 |
| 갖옷 입고 대궐 향해 내달리누나. | 揷貂趨金闕 |
| 이 일 마치 꿈속에서 포식함 같아 | 此事如夢飽 |
| 마침내 모두 다 썩은 뼈 되네. | 至竟皆朽骨 |
| 소금(素琴)을 두드리며 저리 앉아서 | 何如拊素琴 |
| 솔 사이 달빛 구경 어떻겠는가? | 坐弄松間月 |

네 마리 말이 끄는 수레에 채찍질을 하며 모니, 온 거리에 왁자지껄 큰 구경이 났다. 수레에 탄 관리는 귀한 갖옷을 차려 입고 임금 계신 대궐로 향해 간다. 아쉬울 것이 없고 부러울 것이 없다. 하지만 다산은 말한다. "그런 것은 배고픈 사람이 포식하는 꿈을 꾼 것과 다를 바가 없네. 꿈속에서 배가 터지게 먹어도, 깨고 나면 여전히 뱃가죽이 등짝에 붙은 그대로가 아니던가. 저 수레에 탄 사람도 얼마 안 있어 땅에 묻혀 뼈마저 썩어 없어질 것이다. 그러니 그런 것에 마음이 팔려 애간장을 녹이느니, 차라리 소금을 연주하며 솔숲 사이로 비치는 달빛을 구경하는 것이 훨씬 낫지 않겠는가?"

두 수 모두 한산 시의 풍격이 진하게 느껴진다. 다산은 앞서 보았듯 한산의 시를 제자 초의와 읽으면서 선문답을 주고받은 적이 있는데, 이때의 느낌이 난다.

## 청량한 몸을 잘 보전하게나

이제 제7수와 제8수를 마저 묶어서 읽는다. 역시 철선과 초의에 대한 당부를 담았다. 먼저 제7수.

제 몸 위함 진실로 잘못 아니나　　謀身良非誤
도 꾀함에 허물이 많게 된다네.　　謀道殊多愆
나와 함께 나란히 이를 마시며　　與我共飮此
잔을 멈춰 하늘에 물어보세나.　　停盃一問天
지극한 도리는 가려짐 없이　　至道無隱奧
환하게 눈앞에 펼쳐져 있네.　　瀝瀝在眼前

1구의 '모신(謀身)'은 제 몸을 위해 무언가를 꾀하는 것을 말한다. 그것을 굳이 나쁘다 할 수는 없겠지만, 크게 보면 '모도(謀道)', 즉 도를 향해 나아가는 길에는 허물이 되기가 쉽다. 그러니 구도의 길을 걷는 그대들은 제 몸을 위하는 대신 도를 향한 일념으로 정진해야 마땅하다. 자! 이제 나와 함께 한 잔 술을 마시며 하늘에 물어보기로 하자. 지극한 도리는 감춰져 숨김이 없다. 명명백백하다. 명명백백한 길이 눈앞에 환하니, 그 길을 걷지 않고 어느 길을 가겠는가? 2구의 '건(愆)' 자를《금당기주》에는 '건(諐)' 자로 썼다. 또 6구의 '역력(瀝瀝)'이 '역력(歷歷)'으로 되어 있다.

이제 마지막 제8수를 읽는다.

| | |
|---|---|
| 너 가면서 홀연 홀로 깨달은 것은 | 汝往忽自悟 |
| 다시금 새 세상의 사람됨일세. | 再作新世人 |
| 징관(澄觀)의 소(疏) 시렁 위에 묶어두고서 | 束閣澄觀疏 |
| 질박함 품고서 천진(天眞) 찾게나. | 抱朴回天眞 |
| 바라건대 화택(火宅)을 훌쩍 벗어나 | 庶幾拔火宅 |
| 청량한 몸 부디 잘 보전해야지. | 好保淸凉身 |

이튿날인 24일, 열옹이 또 쓰다.

厥翼卽卄四日, 洌翁又書

이제 네가 떠난다고 하니 문득 드는 생각이 있다. 이곳을 떠나 원래 있던 곳으로 돌아가면 그 세상은 이전의 그곳과 다를 것이다. 3구의 징관은 당(唐)나라 승려 청량법사(淸凉法師)를 가리킨다. 화엄종(華嚴宗)의 제4조(祖)다. 이제껏 공부의 기준으로 삼았던 그의 불경 풀이는 이제 묶어 시렁 위에 얹어두기 바란다. 그 대신 질박함을 품고 천진을 회복하는 것이 먼저다. 화택은 말 그대로 불타는 집이니, 삼독오욕(三毒五慾)에 불타는 중생의 사바세계를 가리킨다. 또한 나는 그대들이 이 욕망에 불타는 속세를 훌쩍 벗어나 청정한 육신을 잘 지켜나갈 것을 진심으로 축원한다. 5구의 '발(拔)' 자가 《금당기주》에는 '초(超)' 자로 적혀 있다. 또 7구의 '호(好)'는 '여(如)'로 썼다.

이상 살펴본 여덟 수의 시는 맨 마지막 글자를 모으면 앞서 말했듯 '유수금일명월전신(流水今日明月前身)' 여덟 글자가 된다. 다산은 너희는 흐르는 물처럼 오늘 내게서 멀어져가지만, 밝은 달빛 같은 우리의 마음만은 변함없이 그 자리에 머물러 있으리라는 축원을 담아 먼 길을 떠나는 두 사람을 축원했다. 당시 다산은 73세의 고령이었으므로 이번의 작별이 이승에서의 마지막 작별일 수도 있겠다는 생각을 했던 것 같다. 실제로도 두 해 뒤인 1836년에 다산이 세상을 뜨면서 두 사람과의 만남은 이것이 마지막이 되었다.

철선과 초의는 각자에게 따로 써준 서첩을 읽을 때마다 흘러가 버린 강물 위에 스승의 전신(前身)처럼 또렷이 찍힌 밝은 달빛을 보며 예전의 당부를 다시 한 번 되새겨 사념에 빠져들곤 했을 것이다.

## 물은 동쪽으로, 해는 서편에

이제 마지막으로 증언첩의 끝에 실린 철선의 화답시 한 수를 읽어보겠다. 스승의 정 담긴 증언과 시를 받고 다산의 두 아들과 초의와 철선이 각각 한 수씩 화답한 것 가운데 하나다.

노 저어 섬계를 찾아왔는데 一櫂訪剡谿
강 하늘에 처정처정 비만 내린다. 江天雨乙乙
산수에 몸 감춘 지 오래이건만 山水藏身久
문장은 세가(世家)를 기필한다네. 文章世家必
갈림길의 서글픔 얼마나 될까 臨岐悵何許
물은 동쪽 흘러가고 해는 서편에. 東流與西日

1구에서 섬계 운운한 것은 눈 오는 밤 왕헌지(王獻之)가 대안도(戴安道)를 찾아 밤새 배를 타고 섬계를 거슬러 올라갔다가, 막상 도착해서는 흥이 다했다 하여 찾지 않고 그저 돌아온 고사를 환기한 내용이다. 작별인사 차 두릉을 찾아왔지만 서글픈 내 마음을 알기라도 한다는 듯 가을비만 두 사람을 맞는다. 몸은 비록 산수에 숨어 살아도 문장만은 세가(世家)를 꿈꾼다 하여 작지 않은 포부를 드러냈다. 5, 6구에 정서를 묻었다. "선생님! 이리 떠나려니 발길이 떨어지질 않습니다. 강물은 동쪽으로 흘러가고 해는 서편에 떨어지겠지요. 흘러 흘러 가 닿는 곳은 정반대여도 두 마음이야 헤어져 본 적 없으니, 가르침 깊이 새겨 어긋남 없는 삶을 살겠습니다. 건강하십시오, 선생님!"

초의에게 준 다른 필첩을 옮겨 적은《금당기주》에는 다산의 두 아들과 초의와 철선이 차운한 시 네 수 외에 나머지 네 수도 실려 있다. 석계(錫谿)와 견향(見香), 만휴(卍休)와 정대림(丁大林)이 각각 한 수씩 지었다. 철선의 증언첩 속에는 이것이 빠지고 없다.

《잡언송철선환》, 다산 친필, 일민미술관 소장.

1

2

3

4

又法書名畫或帖或軸雖
不然大備尔多金鉄壁上
揭中華人在聯青四五對
秋冬紫霞之華亭齋檀
園之畫華亭冷泉之詩
凡名並之以為少也
壁上掛短琴一張七絃則
十一暉五絃則九暉有絃之
無卦卦者云琴之随制以抱
膝在而鼓之也每松月舒
輝衣露濕靜雖不解言者
手撫以自樂可矣墻頭養

5

蜜蜂三四箱时至割脾
多枸杞薇之蘆鳴也蜜蛛
琴聽豈不爲滔门之米之
者头陀知識耶
然到以古詩牧章正體詩
三四首每春至秋雨时取茅
茶煎啜以法并詩稿封裹
以寄冽上老人亦善事也
當守甲午霜降之越冀日
冽上七十三歲翁漫書

道光十四年

6

僧詩如妓詩易於名世一凡
詩家所資唯山林之氣閑
居之情耳細衣紅袖皆為本
身出在這裏所以發言易
以動人二詩家好齊隨詠跋
宕之場有色目人者之庭齊
則倍常所以推獎每過之
三詩家好賭同源有勝之
者心實愛之方外擅場不必
譬之其在所蘊每寡則之
不深者也茲余所見於前者
不止是也惠遠支遁之玄徹

7

貫休靈徹之清警齊己
石屋之靈秀雲山紫柏之
雄俊難於叢林亦有深慚
於形文又如高麗真靜國
師天頭之詩直王勃鐵虞
山九西堂比肩對頭有為
者亦一簇是矣 錢
僻鄉志無書冊無傳覽
以拈頌傳燈錄所引詩句
多是絕唱其處詩亦合模
楷時游於方萬而略之何患
乎此見之不博也 翌日又書

8

因二衲之歸寄五
大花山中
緇衣衲龍二老
懷上頭輪第一峯清
秋衣帶掛老松烟波
屋老緇帷擁華嶽
碑荒碧蘚封 余曾拓華嶽碑跡
有名茶煩遠寄紙今
寒菊伴衰容滄洲
空(文遲似鶴雲雨

9

終須起懶龍
緇衣姓丁老樗也余曾語石之游金剛衲龍上為二衲雪耶也
淵游二子遺二衲草八韻
詩八首余並以八韻以送
中衣識船
凄飈隕凋葉逝鴈哀
清秋歸心疾如雷落
梁為復留憐此亦枉
離猶然非俗流
窂、椰子孔、驤、見犇

10

蟻脫蹤謝羈鼻偃
息青山裏此事豈只
好所惡曹溪水
須彌何處山日月棲
共陰地球且莖昧矣
然見性心道流遙此
咎香溺到如今
輪轉難下乘上乘淺
莊瀟嗟此本如藏
真源者已失疇然鄭

11

氣翳昭融睹天日
落英隨流水倏忽彈
指聲豐千實富貴
指清真光榮但教木
領好此意已獨行
策驅喧鬧陌插貂
趨金闕此事如夢幻
至竟皆朽骨何如樹
素琴古松間月
謀身謀求誤謀道殊

12

多愆貽我共飲此停杯
一問天否道無恆奧
瀝、在眼前
以生息自悟再心新也
人來閱澄觀蹤抱朴
迴天真無幾拔火宅
好保清涼身
厥翼以廿四日測翁又書

13

東嶽渺難即金馬
紅樹秋行矣蓮社
人命酒鷗江樓坐
禪皆邱壑僧中禽
尚流　　酉山
不成東嶽遊重納
斗陵屐揚論展舊
遊夜闌情未已窓

14

外来寒月门前明

秋水 艸衣

相對怡我顏相送

悵我心況復亭皐

望颯然秋已深共

澄寥江月印跡無

古今 耘逋

一櫂訪剡谿江天

15

雨乙乙山水藏身久

文章世家必悟歧

悵何許東流興

西日 鐵船

16

二禪師与山泉約遊
金剛譚次指佛燈窩
證及千里赴約山泉
有疾遂已之但聽病
居士說經數句其歸
甚悵悵趂山教官有
謝茶古詩又有再用
前韻送師之作仍
次其韻走成長句



金剛万二千峯峯皓
白如積雪有似鉢龢之
國銀山嵒崒根古無銷
滅巨靈揮斧劈開万丈
青琅玕瀉出素練百衜
飛來清且潔霞蔚雲
興玉碎珠跳猿嘯鶴
叫真愁絕頭輪老釋

老於海堧渺茫間此奇秀神魂結千里同遊共一瓶天台孫綽息攜挈佛燈指證本虛空維摩示疾肌膚切忽聞方丈室中卓杖一喝聲三江淼漫而九巙巀嶭石怪松

19

瘦何足觀禮堂古彝離婁屈曲可相埒波斯珠散商芝攢不顧華嵩恒岱見此煩拾攬觀棋倏爛柯莫憑樵人說小蓬萊閣一瓣香馬韓之夢通漢洌後日名山續清緣

20

誰信豐干舊饒舌嗟
我尚有慧眼存不喜師
来亦不憂師别何時煌
霞窟中飲渌瀀餐膏
獨逢獵者終爲大饕餮
酉山獻者

21

甲午菊秋余將歸于
苕谿永明都尉送
余至牧馬橋携尚
方妓磨墨侑詩携
上酒舍共賦長律
細馬輕馱秋柳
中葳蕤野店動

22

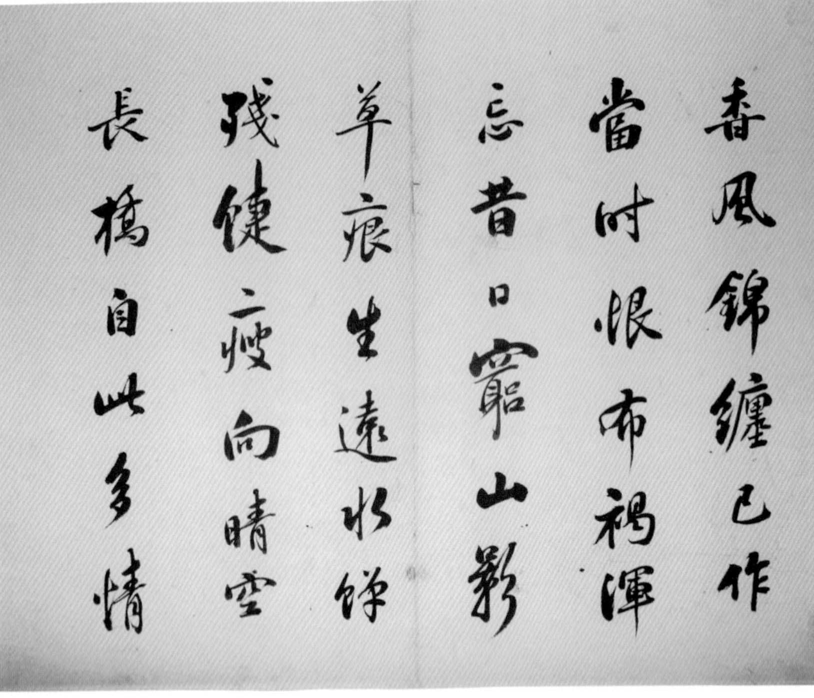
香風錦纏已作
當時恨布褐渾
忘昔日窮山影
華痕生遠水餘
殘健瘦向晴雲
長橋自此多情

23

緒庭渡回眠雁
齒紅
癸華陽亭与
海居都尉東樊布
衣叙別
蘆花如雪畫將
還勾引金釵玉
軸間豔調參留

24

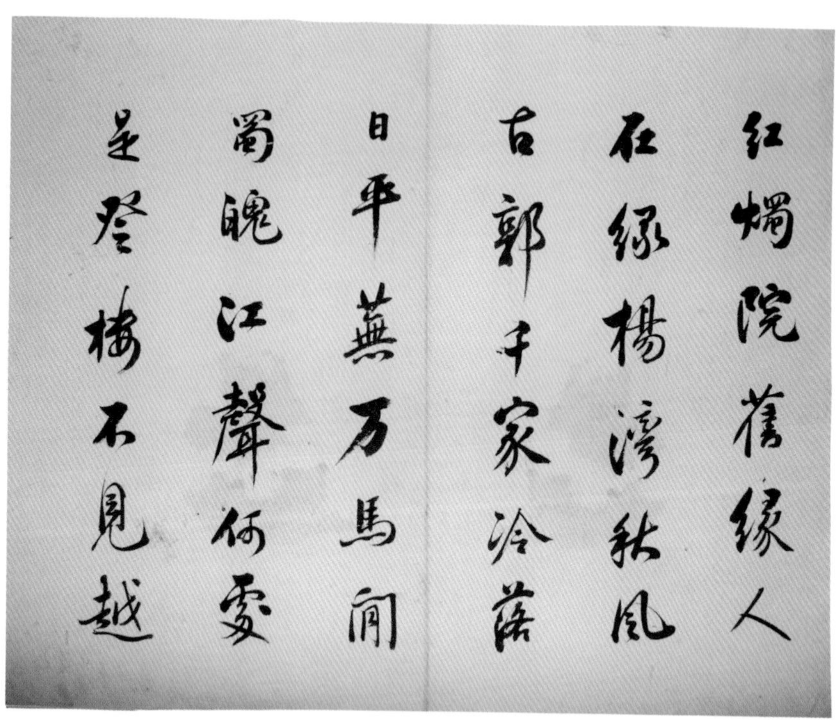
紅燭院舊緣人
在綠楊灣秋風
古郭千家冷落
日平蕪万馬間
蜀魄江聲何處
是登樓不見越

25

州山
端廟遜位向寧越時与
羣臣餞於此亭

26

# 4부

## 집안 제자에게 준 증언첩

# 27. 자녀 교육의 바른 방법

## —정수칠에게 써준 자녀 교육법, 〈교치설〉

다산 정약용은 어린이 교육에 유독 관심이 많았다. 어린이는 무엇을 어떻게 가르쳐야 할까? 어린이 교육의 목표는 어떤 점에 비중을 두어야 하나?

정수칠(丁修七, 1768~?)은 장흥 반산(盤山)에 터를 잡고 살던 먼 집안사람이었다. 다산보다 여섯 살 아래였다. 1818년 8월 30일에 작성된 〈다신계절목〉을 보면 다산초당 제자 18명 가운데 그의 이름이 올라 있다. 이 절목은 다산이 강진을 떠나기 전 제자들과 차를 매개로 계를 맺으면서 그 취지와 계원 명단을 적은 뒤 약조 내용을 명시한 문건이다. 다산학단의 구성원을 이해하는 데 더없이 귀중한 글이다. 정수칠은 명단에 적힌 18명 가운데 1818년 당시 51세로 가장 나이가 많았다. 그의 자는 내칙(來則 또는 內則)이고 영광 사람인데, 호가 연암(烟菴)이었다. 다산이 직접 지어준 호였다.

1812년 3월, 초당을 찾은 정수칠이 다산에게 물었다. "아들놈이 이제 15세가 되었습니다. 공부를 시켜야겠는데 무엇부터 읽히고 어떻게 공부를 시켜야 할지 모르겠습니다. 제게 일러주시겠습니까?" 그의 표정을 물끄러미 바라보던 다산이 대답 대신 벼루를 끌어당기더니 곁에 마련해둔 공책 한 권을 편다. "자네가 그리 물으니 내가 일러주겠네. 말로만 하면 금세 잊고 말겠지? 아예 글로 적어줌세. 생각날 때마다 펴보며 점검해보시게나."

이렇게 해서 이번에 읽을 〈교치설(敎穉說)〉이 나왔다. '치(穉)'는 유치원(幼稚園)이라 할 때 쓰는 '어릴 치(稚)' 자의 본래 글자로, '어린이를 가르치는 방법'에 대한 글이다. 다산은 시문집 22권에 실린 〈천문평(千文評)〉, 〈사략평(史略評)〉, 〈통감절요평(通鑑節要評)〉 등의 글을 통해 당시 우리나라의 대표적인 어린이용 학습 교재였던 《천자문》, 《사략》, 《통감절요》의 체재와 내용을 비판하고, 아이들에게 읽혀서는 안 될 이유를 꼽아 말했다. 필사본 중에는 같은 내용이 〈천자불가독설(千者不可讀說)〉, 〈사략불가독설(史略不可讀說)〉, 〈통감절요불가독설(通鑑節要不可讀說)〉로 제목이 바뀌어 전하는 경우도 있다. 〈교치설〉은 이 여러 글에서 피력했던 자신의 생각을 요약해서 제시한 내용이다. 문집에는 빠지고 없다. 이 글씨의 원본 소재는 알 수가 없다. 1974년 김영호 교수가 엮어 펴낸 《여유당전서보유》에 영인되어 실려 있다. 어지럽게 편집된 것을 이번 참에 정돈해서 소개한다. 인쇄 상태가 원래 흐리다.

글은 본문 네 칙과 보론 두 칙 등 모두 여섯 칙으로 이루어져 있다. 차례로 읽어본다.

## 《천자문》을 버려라

주흥사(周興嗣)의 《천자문(千字文)》은 서거정의 《유합(類合)》만 못하다. 대개 서거정이 지은 것에는 그래도 《이아(爾雅)》와 《급취편(急就篇)》의 남은 뜻이 있다. 《천자문》은 한때 장난으로 지은 것이요, 글자의 갈래에 따라 분류해서 모은 것이 아니어서 어린이에게 가르쳐서는 안 된다.

周興嗣千文, 不如徐居正類合. 盖徐所作猶有爾雅急就之遺意, 千文卽一時戱作, 非以族聚, 不可訓蒙者也.

첫 단락은 《천자문》에 대한 비판이다. 《천자문》은 글자를 처음 배우는 학동이 공부를 시작하는 입문서로 전 국민의 사랑을 받은 책이다. 지금도 한

자 공부 하면 바로 떠올리는 책이《천자문》이다. 귀한 자녀를 얻으면 돌상에 이 책을 올렸다. 할아버지는 손자가 영특한 자질을 타고나 훌륭한 학자가 되라고 천인천자문(千人千字文)을 어렵사리 마련하기까지 했다. 천인천자문이란 한 사람당 한 글자씩 1천 명에게 쓰게 하고, 그 옆이나 아래에 서명 날인까지 받은 책이다. 이렇게 하면 그 1천 명의 지혜와 식견이 그 책을 통해 공부하는 자손에게 그대로 옮겨올 것으로 믿었다.

다산의 첫 단락은 이《천자문》의 권위를 해체하는 것으로 시작된다.《천자문》을 한때 장난으로 지은 책이라고 한마디로 잘랐다. 또 어린이용 교재로 절대 써서 안 되는 이유를 글자가 계통별로 정돈되지 않고 뒤죽박죽인 점에서 찾았다.《천자문》을 쓸 바에는 차라리 서거정(徐居正, 1420~1488)이 엮은《유합》이 훨씬 훌륭한 교재라고 보았다.《유합》은 제목 그대로 종류별로 묶어서 합쳐둔 책이다. 보통은《천자문》을 익힌 뒤에 배우는 어린이용 교재다. 모두 1,515자를 수록해 의미에 따라 수목(數目)·천문(天文)·중색(衆色) 등으로 구분하고 네 글자씩 짝을 맞춰 한글 새김과 독음을 달았다. 다산은 이 책이 고대 중국의 학습서인《이아》와《급취편》의 정신을 계승했다고 보았다.

다산의《천자문》에 대한 비판적 관점은 문집에 실린 〈천문평〉에 자세한 설명이 있다. 중간의 한 단락만 소개한다.

우리나라 사람들은 이른바 주흥사의《천자문》을 얻어 어린아이들을 가르친다. 그러나《천자문》은 자학(字學)에 관한 책이 아니다. 천지(天地)란 두 글자를 배워놓고, 일월(日月)·성신(星辰)·산천(山川)·구릉(丘陵) 같은 연결되는 글자를 다 배우지 않았는데 갑자기 내버려두고, "잠시 네가 배우던 것을 그만두고 오색을 배워라."고 한다. 그래서 현황(玄黃)이란 글자를 배운다. 그러면 청적(靑赤)·흑백(黑白)·홍자(紅紫)·치록(緇綠)의 차이를 구별하기도 전에 느닷없이 그치게 하고, "잠시 네가 배우던 것을 접고 우주(宇宙)를 배워라."고 한다. 도대체 이것이 무슨 방법이란 말인가. '운등치우(雲騰

致雨)'라 하여 '운우(雲雨)'의 사이에 '등치(騰致)'를 끼워 넣으니, 그 종류를 능히 다할 수 있겠는가? '노결위상(露結爲霜)'이라 하여 '노상(露霜)'의 사이에 '결위(結爲)'를 집어넣으니, 그 차이를 능히 구별할 수 있겠는가?

我邦之人, 得所謂周興嗣千文, 以授童幼. 而千文非小學家流也. 學天地字, 乃日月星辰山川丘陵, 未竭其族, 而遽舍之曰姑舍汝所學, 而學五色. 學玄黃字, 乃青赤黑白紅紫緇綠, 未別其異, 而遽舍之曰姑舍汝所學, 而學宇宙, 斯何法也? 雲雨之間騰致介之, 能竭其族乎? 霜露之間, 結爲梗之, 能別其異乎?

《천자문》은 양(梁)나라 무제(武帝)가 죄수로 옥에 갇힌 주흥사에게 하루만에 1천 개의 글자로 책을 지어 바치면 사면해주겠다 해서 하룻밤 사이에 지었다는 글이다. 노심초사 끝에 책을 완성하고는 머리가 온통 백발이 되었다 하여 백수문(白首文)이라고도 한다.

처음 이 책은 왕희지의 글씨를 광적으로 좋아했던 양 무제가 왕희지의 초서 글씨를 1천 자 넘게 모았는데, 초서 학습의 한 방편으로 이 글자들을 효과적으로 기억하기 위해 가락을 얹어 네 글자씩 겹치지 않게 엮은 것이었다. 중고등학교 시절 원소주기율표를 외울 때 '나마알 규인황염' 하던 것과 비슷하다. 오늘날 남아 있는 《천자문》 책자 중 초서로 쓴 것이 유난히 많은 이유가 여기에 있다. 그러니까 《천자문》은 애써 모은 왕희지의 글씨를 가락에 맞춰 퍼즐 맞추기를 한 것이지, 여기에 무슨 대단한 철학의 이념이나 우주의 이치를 담아 지은 책이 아니었다.

아이들은 개념을 종류별로 배우고 익혀서 지식을 넓혀나가야 하는데 "천지현황(天地玄黃), 우주홍황(宇宙洪荒)"으로 시작하는 《천자문》은 하늘과 땅을 가르쳐놓고는 연이어 해와 달이나 별을 가르치지 않고 대뜸 현황(玄黃)의 색채어를 가르치고, 다시 다른 색채어를 익히기도 전에 우주로 넘어가서는 어느새 크기를 말하고 있다는 것이다. 이렇게 해서는 어린이들에게 구성적이고 계통적인 사고를 길러줄 수가 없다. 이런 책으로 첫 공부를 시작하게 하면 절대 안 되니 《천자문》을 어린이 학습 교재의 출발점으로 삼을 수 없다고 단언했다.

항상 대안 없이 문제를 제기할 다산이 아니다. 다산은 그래서 스스로 《아학편(兒學編)》을 지어 대안 교과서로 제시했다. 그는 한자어를 명사어로 구성한 유형천자(有形千字)와 동사·형용사로 이루어진 무형천자(無形千字)로 정리해 2천자문 교재를 새로 만들어 제자들을 가르쳤다. 그 핵심 원리는 낱 글자가 아닌 비슷한 종류와 반대어를 엮어 가르쳐 계통적 지식을 습득하게 하는 것이었다.

그러지 않고 "하늘 천 따 지, 감을 현 누르 황" 하고 가르치니, 아이들이 "하늘은 칭칭 감고, 땅은 꽉꽉 누른다"는 뜻으로 흔히 오해하곤 한다. '남을 여'라고 하면 이것이 나물[菜]인지 남는다[餘]는 뜻인지 헷갈리고, '가지'도 먹는 가지[茄]인지 나무의 가지[枝]인지 혼동하기 쉽다. 갈래를 묶어 가르치면 하나를 배워 열을 아는 응용력이 자라나 슬기 구멍이 활짝 열린다.



## 《사략》은 안 된다

증선지(曾先之)의 《사략(史略)》은 주고정(朱考亭)의 《소학(小學)》만 못하다. 《사략》은 첫 장부터 이미 이치에 닿지 않는 이야기가 나오니, 일상으로 살펴 속임이 없어야 한다는 뜻과 거리가 멀다. 《소학》은 고례(古禮)와 명언을 수집한 것이라, 참으로 예전 어린이들을 가르치던 옛 경전과 관계가 깊다. 가벼이 여겨 어겨서는 안 된다.

曾先之史略, 不如朱考亭小學. 史略首一章, 已屬誕罔, 非常視毋誑之義. 小學鳩輯古禮名言, 眞係古昔敎授蒙穉之舊典, 不可輕違者也.

두 번째 단락은 흔히《십팔사략(十八史略)》으로 알려진 책을 교재에 포함시키는 대신 주자가 지은《소학》으로 가르칠 것을 주문했다.《사략》또한 어린이가 중국 역사를 배우는 기초 교재로 가장 각광받았던 책이다. 어쩌자고 다산은 당시 배움을 시작하는 어린이들에게 가장 기초적이었던 교재를 부정하는 것으로 자녀 교육의 훈수를 시작했을까?

증선지의《사략》은 원나라 때 나왔다. 상고 시대부터 남송에 이르는 18대의 역사를 상하 두 책에 담았다. 내용이 간명하면서도 문장이 정채로워 오랜 세월 사랑을 받았다. 후대로 오면서 주석가들의 풀이가 붙어 명나라 때 더욱 성행했고, 일본에서도 역사 교재로 오랜 세월에 걸쳐 각광을 받았다.

다산이 이 책에서 문제 삼은 것은 첫머리의 천황씨니 지황씨니 인황씨니 하는 상고의 제왕 이야기부터 황당하기 짝이 없고, 원회운세(元會運世)와 같은 개념조차 종잡을 수 없는 내용을 말하고 있어 조직적인 사고와 합리적인 이성을 길러줄 수 없다는 점이었다. 역시 문집에 수록된 다산의 〈사략평〉을 잠깐 들어본다.

어린이를 가르치는 방법은 그 지식을 개발하는 데 달려 있다. 지식이 미치면 한 글자 한 구절도 모두 문심혜두(文心慧竇)를 열어주는 열쇠가 되기에 충분하나, 지식이 미치지 못하면 비록 다섯 수레를 기울여 1만 권의 책을 독파하더라도 한 권도 안 읽은 것과 마찬가지다. 나는 잘 모르겠다. 저 이른바 천황씨(天皇氏)는 임금인가 목민관인가? 귀신인가 사람인가? 나무에 무슨 덕이 있다고 그로 하여금 왕이 되게 하고, 섭제(攝提)가 무슨 물건이길래 한 해의 차례가 여기서부터 시작되었단 말인가? (중략) 저것을 들어 여기에 두어 일찍이 전혀 알지 못하니 문심혜두가 어찌 열릴 수 있겠는가? 또 자제를 가르치는 것은 그 처음이 가장 중요하다.《예기》에서 "어린이를 언제나 속이지 말라."고 한 것은 미약할 때를 삼가게 하려 해서다. 이제 막 공부를 시작하는 시점에 허황하고 괴이해서 이치에 닿지 않는 주장을 가르치면서 어찌 능히 알아듣기를 바라겠는가?

牖蒙之法, 在乎啓發其知識. 知識之所及, 卽一字一句, 皆足以爲文心慧竇之鑰. 知識之所不及, 雖傾五車而破萬卷, 猶無讀也. 吾不知所謂天皇氏者, 君乎牧乎? 鬼神乎人類乎? 木有何德, 令此氏王, 攝提何物, 歲由此起? (중략) 擧彼措斯, 曾莫之或知, 文心慧竇, 其有啓乎? 且敎訓子弟, 罔不在厥初生, 禮曰幼子常視毋誑, 以謹微也. 今發軔之初, 則授之以虛荒怪誕無理之說, 望其能訒得乎?

어린이의 교육은 문심혜두를 열어주는 데 그 목표를 두어야 한다고 했다. 문심은 글 속에 아로새겨진 지혜를, 혜두는 슬기 구멍을 뜻한다. 글을 하나 하나 배워 익힐 때마다 지혜의 곳간에 차곡차곡 보화가 쌓여서 슬기 구멍이 활짝 열린다. 그 귀한 보석들이 햇빛을 받아 일제히 반짝반짝 빛나면 얼마나 눈부실까? 인용문에서 말한 지식이란 '알음알이'의 뜻이다. 공부는 하나를 배워 열을 아는 파급력이 있어야지, 열을 익혀 한둘을 건지는 방식은 안 된다.

그러자면 요령과 체계를 갖춰 합리적 이성으로 미루어 확장하는 공부를 시켜야 마땅하다. 하지만 증선지의 《사략》은 상고 시대를 논한 첫 장부터 황당하기 짝이 없는 전설을 역사로 가르치려 드니 어린이들이 그 앞뒤 없는 얘기에 어리둥절해져서 식견이 열릴 리 없다는 것이다.

## 《통감절요》는 가짜다

강용의 《통감절요》는 《시경》의 국풍(國風) · 소아(小雅)나 《논어》·《맹자》·《대학》 등만 못하다. 강씨는 학문이 없고, 세상에서는 의원으로 이름났을 뿐이다. 그가 엮은 《통감절요》란 책은 거짓으로 주자의 《통감강목》의 의례(義例)를 끌어왔으나, 실제로는 온공(溫公)의 《통감》의 필법을 그대로 따랐기에 식자들이 병통으로 여긴 지가 오래다. 장차 맛난 고기가 비록 훌륭해도 두 번만 먹으면 물려버리고, 고운 노래가 듣기 좋아도 자주 들으면 하품이 나게 되는 법이다. 열다섯 권, 1천여 쪽 분량의 책을 읽는 데 5~6년의 세월을 흘려보내고 나면, 비록 의지가 굳센 자라 해도 지치지 않을 수가 없다. 아이들이 글과 원수지간이 되고 마는 것은 대부분 이 책이 그렇게 만든 것이다. 옛사람 중에 어려서부터 지혜로운 자는 4~5세 때 이미 《논어》와 《모시(毛詩)》를 읽는다. 아이가 비록 노둔하다 해도 나이가 열 살이 넘었다면 어찌 이를 읽을 수 없겠는가? 몇 달을 읽고 나서는 새로운 맛으로 바꿔주는 것, 이것이 슬기로움을 일깨우는 방법이다. 항우와 패공의 일을 출제해놓고 그들에게 운자를 갖추지 않은 시를 짓게 하는 것은, 오언고시를 짓게 하되 삼가 옛 법도를 지키게 하는 것만 못하다. 대저 유방과 항우의 일은 세상 교화와는 아무 상관이 없는데 아이들이 글쓰기로 경쟁하면서 눈썹을 뻗치고 팔뚝을 부르걷으며 미친 듯 취한 듯 일생토록 이같이 찬양하는 글만 짓게 하니, 어찌 견식이 생겨나겠는가? 소동파와 이백, 도연명과 사령운, 포조와 심약의 작품이 방책(方冊)에 실려 있으니, 그 법도를 따라서 헤아린다면 도가 멀지 않음을 알 수가 있다. 어찌 괴롭게 진흙탕에서 골몰하게 한단 말인가.

江鎔通鑑節要, 不如國風小雅論語孟子大學之等. 江氏無學, 世以醫名而已. 所撰節要之書, 僞冒朱子綱目之義例, 實沿溫公通鑑之筆法, 識者病之久矣. 且珍鬻雖美, 再食未有不厭. 豔歌雖歡, 屢聽未有不欠申. 十五卷千數百葉, 消了五六年光陰, 雖剛靭者不能不倦. 童穉與文爲讐, 未必非此書所爲也. 古人夙慧者, 四五歲已讀論語毛詩. 兒子雖鹵鈍, 年過十齡, 豈不能讀之? 讀之數月, 易以新味, 此喚惺惺法也. 以項羽沛公事出題, 令作不韻之詩, 不如作五言古詩, 謹蹈古轍. 大抵劉項之事, 不關世教, 童習白紛, 撑眉扼捥, 如狂如醉, 一生爲此贊述, 抑何見識. 蘇李陶謝鮑沈之作, 布在方冊, 循矩絜矱, 知不遠道, 何苦汨沒於泥淖哉.

세 번째 타깃은 《통감절요》였다. 사마광이 지은 방대한 편년체 역사서인 《자치통감》을 송나라 때 강지(江贄)가 간추려 엮었다. 조선시대 선비치고 이 책을 읽고 외우지 않은 이가 없었을 만큼 중시되던 역사책이다. 실제로 사서삼경도 이보다 널리 읽히지는 않았다. 그런데 다산은 이 책의 가치도 싸늘하게 부정했다. 그 주장 또한 문집 속 〈통감절요평〉에 더욱 자세하다.

어린이가 글을 읽는 기간은 대개 9년이니, 8세부터 16세까지다. 하지만 8세에서 11세까지는 지식이 부족해 책을 읽어도 맛을 알지 못한다. 15세와 16세 때는 이미 음양에 대한 기호가 생겨나서 여러 가지 물욕에 마음이 나뉜다. 그러니 실은 12세와 13세, 14세에 해당하는 3년 동안이 책을 읽을 수 있는 시간이다. 하지만 이 3년 중에 여름은 더위로 괴롭고, 봄가을에는 좋은 날이 많다. 아이들은 장난치며 놀기를 좋아해 모두 책을 잘 읽지 못한다. 오직 9월부터 2월까지 180일간이 책을 읽을 수 있는 날짜다. 3년을 합산하면 540일이다. 여기에 다시 명절의 놀이와 질병이나 우환으로 방해받는 날을 빼고 나면 실제로 요행히 책을 읽을 수 있는 것은 대략 300일쯤이다. 이 300일이야말로 하나하나가 진주 같고 낱낱이 금옥 같다. 하지만 조선의 어린이는 모두 소미 선생의 《통감절요》 15책을 가지고 이 300일간의 양식으로 충당하고 말아 평생의 독서란 것이 이 한 질의 책에 그치고 만다. 그 밖에 비록 다른 책을 읽는다 해도 모두 아득해서 전념하지 못하니 꼽을 것도 못 된다. 소미 선생은 도학과 문장으로 일컬어지지도 않았고, 석 집사는 마을의 그만그만한 선생에 지나지 않는다. 그런데도 200년 동안 이 책을 마치 육경인 양 받들고 오전(五典)처럼 높이니 이게 무슨 뜻이란 말인가? 일찍이 박제가의 말을 들은 적이 있다. 그가 연경(燕京)에 들어가 서점 사이를 온통 다니면서 증선지의 《사략》과 강씨의 《통감절요》를 보려 했지만 볼 수가 없었다는 것이다. 대단한 학자로 세상에 이름이 높은 사람들도 모두 그것이 무슨 책인지조차 모르더라고 했다. 대개 중국에서는 없어진 지가 오래이나, 알 수는 없지만 어느 시대엔가 이 책이 우연히 우리나라로 떨어져서 육경을 업신여기고 백가를 어지럽혀 온 것을 마침내 어리석음 속에 몸을 마치도록 하게 한단 말인가?

童穉讀書, 概用九年. 自八歲至十六歲是也. 然八歲至十一歲, 知識大抵蒙騃, 讀書不知味. 十五十六, 已有陰陽嗜好諸物慾分心, 其實十二十三十四此三年, 爲讀書日月. 然此三年之中, 夏苦熱, 春秋多佳日, 童穉好嬉游, 皆不能讀書. 唯自九月至二月一百八十日, 爲讀書日字. 通計三年, 爲五百四十日, 又除歲時娛戲及疾病憂患之害, 其實幸而讀書者, 大約三百日也. 此三百日顆顆珍珠, 箇箇金玉. 而朝鮮之童, 皆以少微先生通鑑節要十五冊, 充此三百日之糧, 卽平生讀書, 止此一帙. 其餘雖讀他書, 皆汗漫不能專, 不足數也. 少微先生不以道學文章稱, 不過三家村裏都都平丈也. 二百年來, 奉之如六經, 尊之如五典, 何意哉. 曾聞朴次修之言, 曰入燕京, 徧行書肆間, 求見曾先之史略, 江氏通鑑節要不可見. 卽鴻儒碩士名噪海內者, 皆茫然不知爲何書, 蓋中國絶種久矣. 不知何代, 此書偶落東土, 使弁髦六經, 塵批百家, 遂以鹵莽終身哉.

강지의《통감절요》는 사마광의《자치통감》을 간추려 요약한 책이다. 원래 내용을 5분의 1가량만 남기는 바람에 앞뒤 맥락이 다 빠지고 문장도 버성기다. 게다가 역사의 관점도 사마광의 기준이 아니라 주자의《통감강목》에 따르는 통에 원전과 동떨어진 부분이 생겨났다.

아무리 줄였다지만 1천 페이지가 넘는 이 방대한 책을 읽는 데에 조선의 똑똑한 어린이들이 황금 같은 5~6년의 시간을 다 허비한다. 책만 보면 이를 갈게 되는 원흉이 바로 이 책이다. 앞뒤 맥락도 모르는 글을 마냥 읽게 하니 그만 진력이 나서 다른 공부를 거들떠보지 않게 된다고 지적했다. 말하자면《통감절요》가 어린이들에게 공부에 흥미를 붙이게 하기는커녕 정을 떼게 만드는 원흉이라고 본 것이다. 차라리 중간중간 지루하지 않도록《논어》나《시경》으로 갈아타 새로운 내용으로 바꿔가며 익히게 하는 편이 훨씬 더 효율적이라고 보았다. 또 소설 같은 옛일을 가지고 운도 안 맞는 시를 짓게 하느니, 옛 시를 법도에 맞게 익히는 것이 더 중요하다고 보았다.

다산은 어린이들이 공부에 몰입할 수 있는 시기를 8세부터 16세까지로 꼽았다. 그중에서도 아직 어려 뭘 모르는 8세부터 11세까지와 사춘기에 접어드는 15~16세를 뺀 12세부터 14세까지의 3년간이 공부의 바탕을 이루는 금쪽같은 시간임을 논한 대목이 정채롭다. 오늘로 치면 초등학교 5학년부터 중학교 1학년까지의 시간이다.

이렇게 해서 다산은 당시 조선이 어린이용 기본 학습서로 중시하던《천자문》과《사략》, 그리고《통감절요》의 가치를 하나하나 차례로 부정했다.《천자문》은 계통적 지식을 알려주지 못하고,《사략》은 내용이 너무 황당하며,《통감절요》는 요령부득의 책이라는 것이다. 다산은 이 글에서 미처 상세히 펼치지 못한 논거를 자신의 문집에서는 상세한 예시와 근거를 대며 분석적으로 비판해서 어린이 교육의 패턴을 근원부터 바꿔야 함을 역설했다.



## 글씨를 잘 쓰려면

빛나는 종이에 먹으로 큰 붓을 붙들어 목판에 새긴《필진도(筆陣圖)》를 임모(臨摹)하는 것은 얇은 백지를 잘라 만든 작은 공책에 중국에서 간행된 정밀한 해서로 적힌 책을 가져다가 글자판을 만들어 세심하게 베껴 써서 꼼꼼하게 공부하는 것만 못하다. 우리나라에서 새긴 법서(法書)는 대저 참됨을 잃어 모양이 주판알과 같아서 절로 경계를 범하였으니 이 같은 이치가 있겠는가? 노력해서 글씨 잘 쓰는 사람이 되려 한다면 마땅히 중국의 옛 판각을 구해야 한다. 그러지 않으면 경사(經史)를 임서(臨書)한다 해도 이른바 고니를 새기는 것이 범 그리는 것보다 낫다는 격이 된다.

光紙炭墨, 搦大筆, 摹木刻筆陣圖, 不如將薄白紙, 裁爲小冊, 取唐刻精楷,作影格細鈔，爲縝密喫緊功夫也．鄕刻法書，大抵失眞，狀如算子，自犯其戒，有是理乎？如欲用力筆家，宜求中國古刻，不然，臨書經史，所謂刻鵠勝於畫虎也．

이어지는 본문의 네 번째 단락에서는 어린이에게 글씨 쓰기를 가르치는 방법에 대해 말했다. 다산은 단정한 글씨체를 대단히 중시했다. 그 자신 또한 명필이었다. 그의 글씨는 원교 이광사의 서체에서 많이 배웠고, 표암 강세황의 글씨와도 많이 닮았다. 제자들에게도 서체의 중요성을 거듭 강조해서 글공부와 함께 글씨 공부도 하게 했다. 그 결과 다산학단에 속한 제자들의 글씨는 거의 평준화된 모습을 보여준다. 이들의 글씨체가 저마다의 개성을 지녔으되 거의 비슷한 서풍을 보이는 것은 그만큼 다산의 글씨 훈련 과정이 매서웠다는 뜻이기도 하다.

다른 글에서는 다산의 글씨 쓰기 훈련에 대해 언급된 것을 찾기 힘든데, 〈교치설〉의 한 단락을 통해 그 상세한 방법을 확인할 수 있다. 보통 서당에서 이루어지는 글씨 연습은 조잡하게 인쇄된 《필진도》의 글씨를 큰 붓으로 베껴 쓰게 하는 방식이었다. 하지만 다산은 중국에서 간행한 해서체로 된 책자를 교본 삼아 작은 공책 안쪽에 칸을 친 종이를 끼워 넣어 비치게 한 뒤 칸 안에 줄을 맞춰서 또박또박 베껴 쓰게 하는 방법이 훨씬 낫다고 보았다. 우리나라에서 간행한 법첩은 이미 원본의 생기를 잃은 상태여서 그것을 베끼는 것으로는 좋은 글씨를 쓸 수 없다고 여겼다.

끝에서 각곡(刻鵠)과 화호(畵虎)를 비교해 말한 것은 고사가 있다. 후한의 명장 마원(馬援)이 조카를 훈계한 말에 "고니를 새기려다 안 되어도 오리와는 비슷하다(刻鵠類鶩). 하지만 범이라고 그렸는데 안 되고 보니 도리어 개와 비슷하게 되고 만다(畵虎成狗)."라 한 것이 그것이다. 조선에서 펴낸 엉터리 법첩을 큰 붓으로 베껴 쓰는 대신 중국에서 간행된 인쇄체의 단정한 글씨를 공책에 그대로 베껴 쓰는 것이 훨씬 낫다는 말이다.

그리고 그 끝에 다음의 구절로 증언첩을 끝맺었다.

반산의 종인인 내칙(內則)의 맏아들이 15세가 되었는데, 내게 가르치는 방법을 물었다. 내가 마음속에 품었던 것을 글로 써서 일러주니 분명하게 깨우치기를 바란다.

임신년(1812) 3월 다산노초는 쓴다.

盤山宗人內則之胤子, 年及成童, 問余以教授之法. 余以存諸中者, 書以告之, 冀其了悟.

壬申(1812) 暮春, 茶山老樵書.

그러니까 이 글은 한 집안사람인 정수칠이 이제 갓 15세가 된 아들을 어떻게 가르쳐야 하는지 묻자 다산이 답변으로 써준 글이다. 글 읽기와 글씨 익히기의 방법을 네 단락에 걸쳐 설명했다. 앞의 세 단락은 세 권의 책을 품평하면서 그것이 각각 어린이용 교재로 부적절한 이유를 설명했는데, 이를 통해 어린이를 가르치는 기본 방향과 원리에 대한 다산의 생각을 이해하기에 충분하다.

## 공책의 여백에 남긴 두 항목

내가 보기에 다산의 이 증언첩은 이미 만들어진 공책에다 쓴 글이다. 마지막 발문까지 적었지만 뒤편에 두 장의 여백이 남았던 모양이다. 그 빈칸을 다산이 채우지 않을 까닭이 없다. 그는 다시 붓을 들었다.

잡술(雜術)을 절대로 익히게 해서는 안 된다. 특히나 운명을 말하거나 묏자리 잡는 따위 같은 것은 더더욱 가까이 하면 안 된다. 점치는 것은 몸과 이름을 더럽힐 뿐 아니라, 크게는 재앙이 닥치기까지 하니 몹시 두려워할 만하다. 하물며 부적이나 비기(秘記) 같은 것들은 바로 제 몸을 죽게 만드는 풀무와 같다. 입으로 잠시라도 외워서도 안 되고, 마음으로 어쩌다가 기억해서도 안 된다. 이는 집안에서 특히나 크게 경계해야 할 것이다.

雜術最不可習, 如談命看山之類, 尤不可近. 小則身名汚穢, 大則禍患嬰觸, 甚可畏也. 況如符讖秘記之等, 卽誅戮之橐籥也. 口頭不可蹔誦, 心頭不可偶記. 此尤人家之大戒也.

덧붙인 당부는 잡술에 대한 경계다. 풍수지리나 점쟁이의 말에 빠지면 패가망신의 지름길이라고 했다. 또《정감록(鄭鑑錄)》같은 예언서나 비기를 가까이 하면 재앙을 부를 뿐이니 절대로 근처에 두면 안 된다고 신신당부했다.

여기까지 쓰고 나니 마지막 반 페이지의 여백이 조금 남았다. 다산은 동떨어져 보이는 짧은 한 문장을 끝까지 채워 썼다.

백화사(白花蛇)는 능히 풍비(風痹)를 낫게 하는데, 모름지기 포로 만들어 술을 담그면 좋다.

白花蛇能治風痺, 須腊以醞之, 乃佳.

다산은 의학에 조예가 깊었다. 중풍으로 인한 마비 증세에 백화사로 담근 술이 특효가 있으니 예방책으로 술을 담가둘 것을 권했다. 이 시기에 다산은 고단하게 이어진 저술 작업 때문에 왼쪽에 마비 증세가 와서 고생을 하고 있었다.

이렇게 해서 다산의 어린이 교육에 대한 관점이 드러난 〈교치설〉을 소개하고 함께 읽었다. 다산은 이와 별도로 한 집안사람인 정수칠을 위해 두 차례에 걸쳐 무려 24칙의 증언을 내려주었다. 이어서 살펴보겠다.

〈교치설〉, 《여유당전서보유》 수록, 다산 친필, 원본 소재 불명.

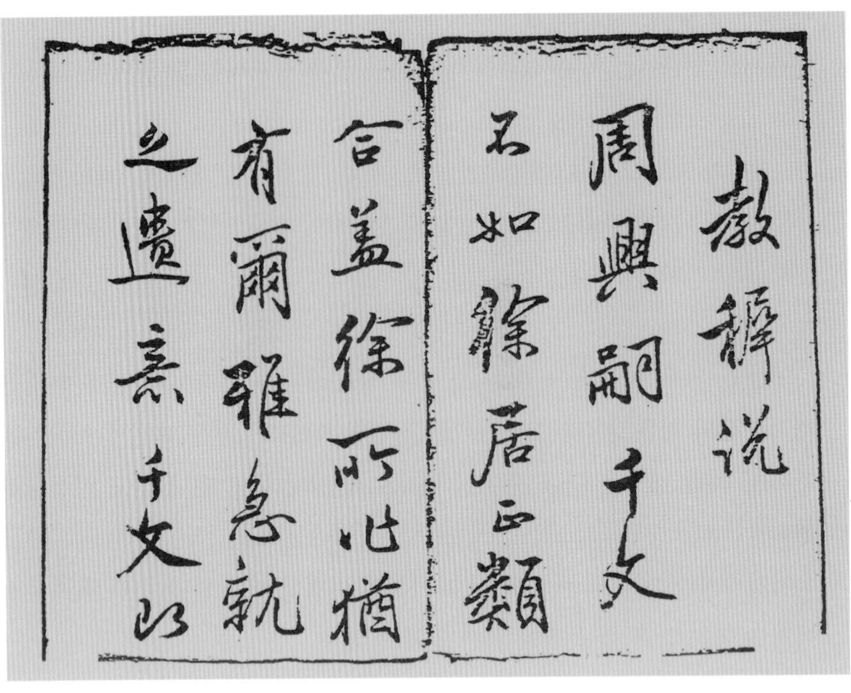

教穉說
周興嗣千文
不如徐居正類
合蓋徐所比猶
有爾雅急就
之遺意千文以

1

一時戲作比以
族聚不可訓
蒙者也
曾先之史略
不如朱考亭
小學史略冒

2

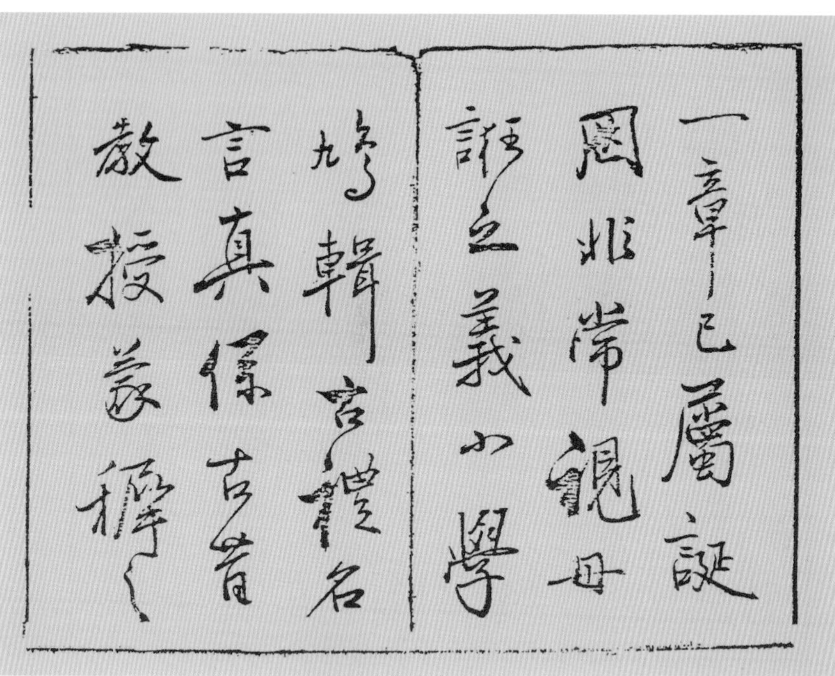
一章已屬誕
罔非常規也
誕之義小學
鳩輯古禮名
言真傳古昔
教授蒙穉

3

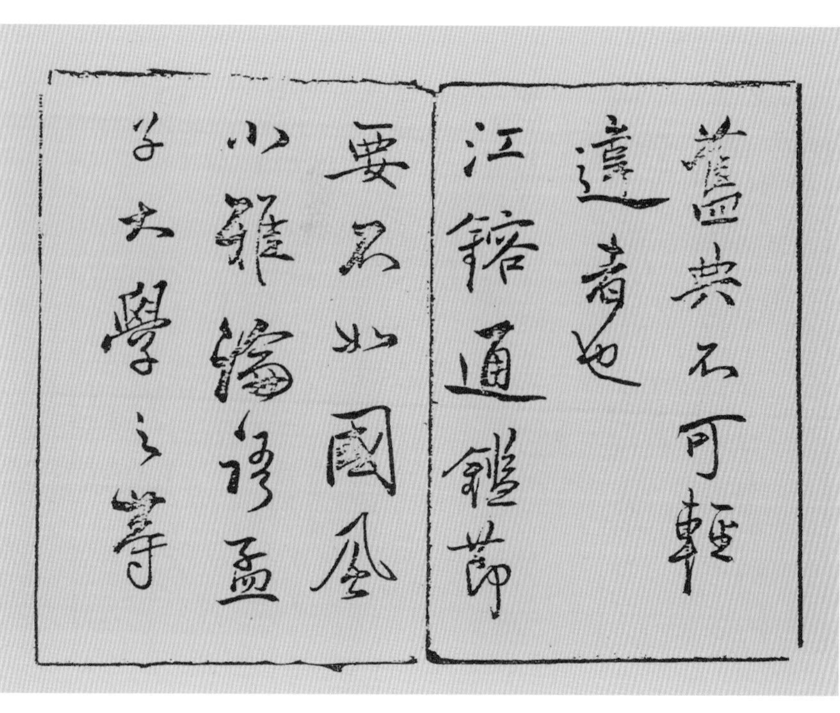
舊典不可輕
遺者也
江鎔通鑑節
要不出國風
小雅論語孟
子大學之等

4

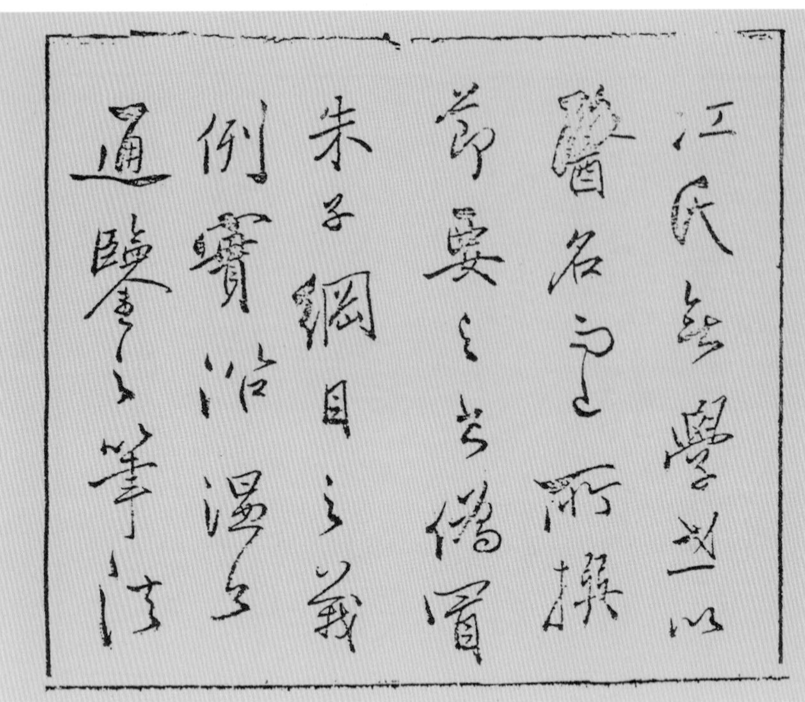

江氏無學以
醫名之所採
節要之書備買
朱子綱目之義
例實治漫之
通鑑之筆法

5

識者識之久
矣且於鑾雖
美尋食來之
不厭豔歌雅
歡屢聽來之
不欠申之卷

6

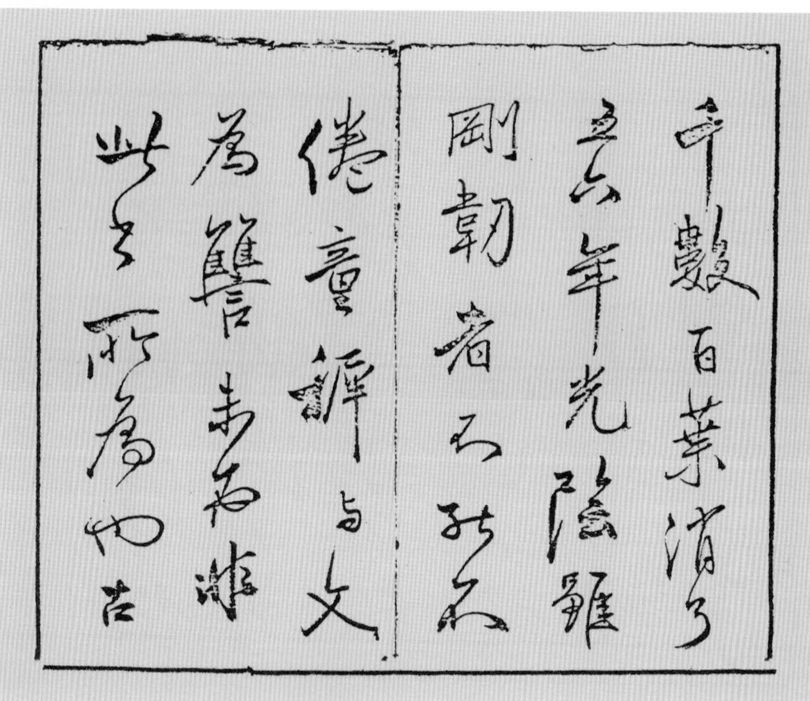

千數百葉消了
三六年光陰雖
剛韌者不能不
佛意評与文
為讐未為誰
此生所為也古

7

人風慧者四萬
歲之讀論語也
詩晃子雖鹵
鈍年過十齡豈
不能讀之讀
數月易以新味

8

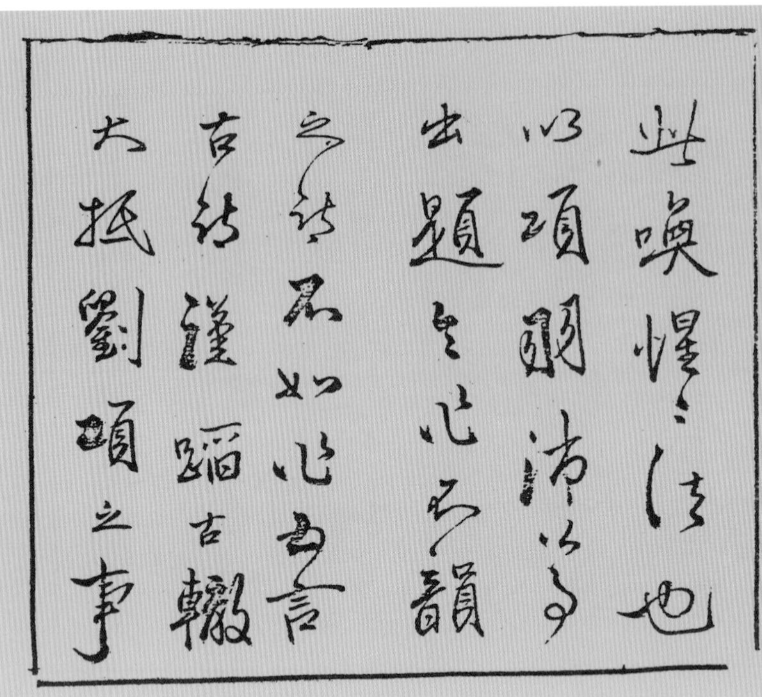
此嘆懷清也
以頌明清以言
出題之外之韻
之詩不如心之言
古詩謹蹈古轍
大抵劉頌之事

9

不開書教童習
白紛撐眉把挽
如狂如醉一生為
此贊遠柳何見
識蘇李陶謝
鮑沈之心安在

10

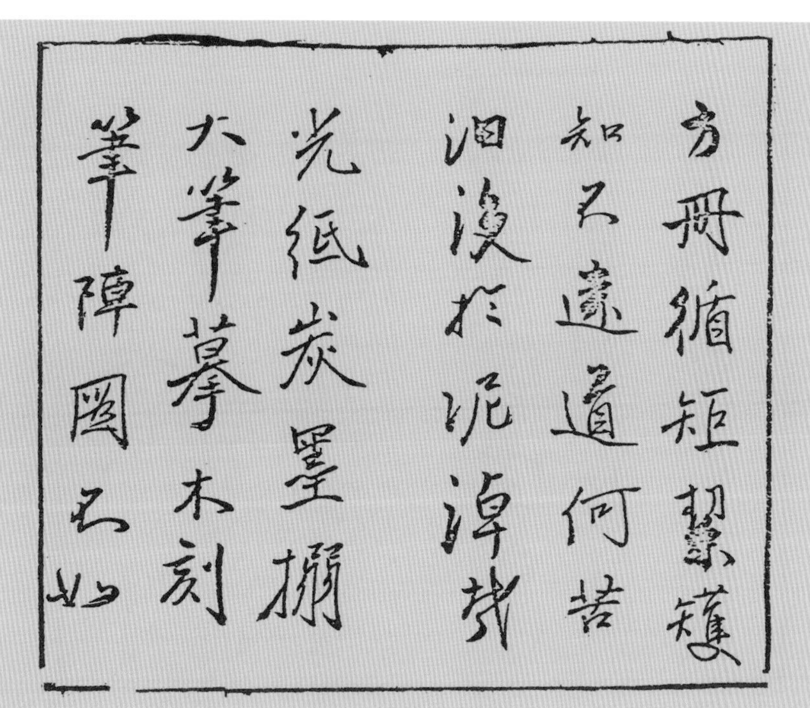
方冊循矩絜矱
知不遠道何苦
洄復於泥淖哉
光紙炭墨搨
大筆摹木刻
筆障圖不必

11

將薄白紙裁
為小冊取唐刻
精揩以影搨
細鈎為縝密
喫緊功夫也
鄉刻法書大

12

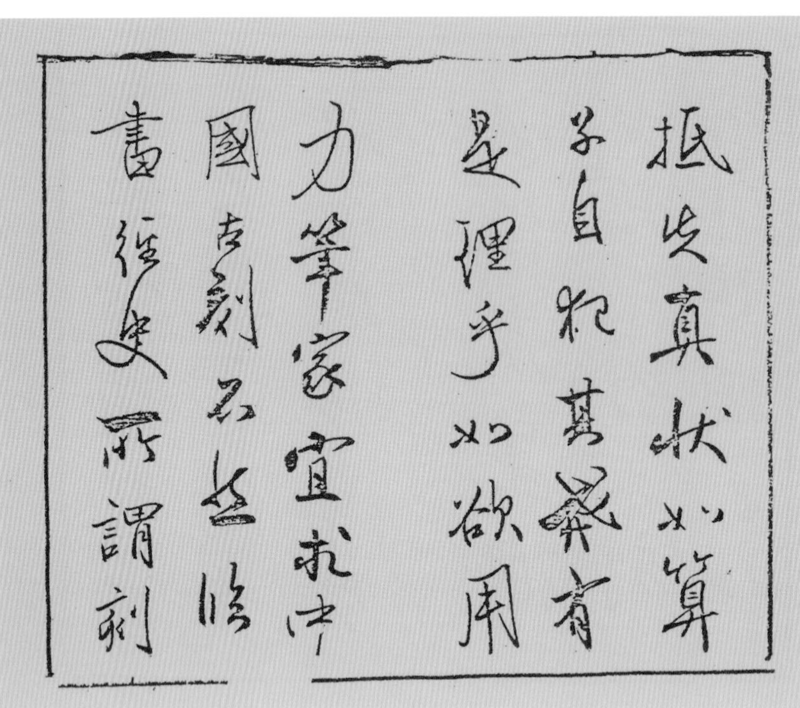
抵此真狀以算
學自然其義有
是理乎如欲用
力筆家宜求中
國古刻不在臨
書經史所謂刻

13

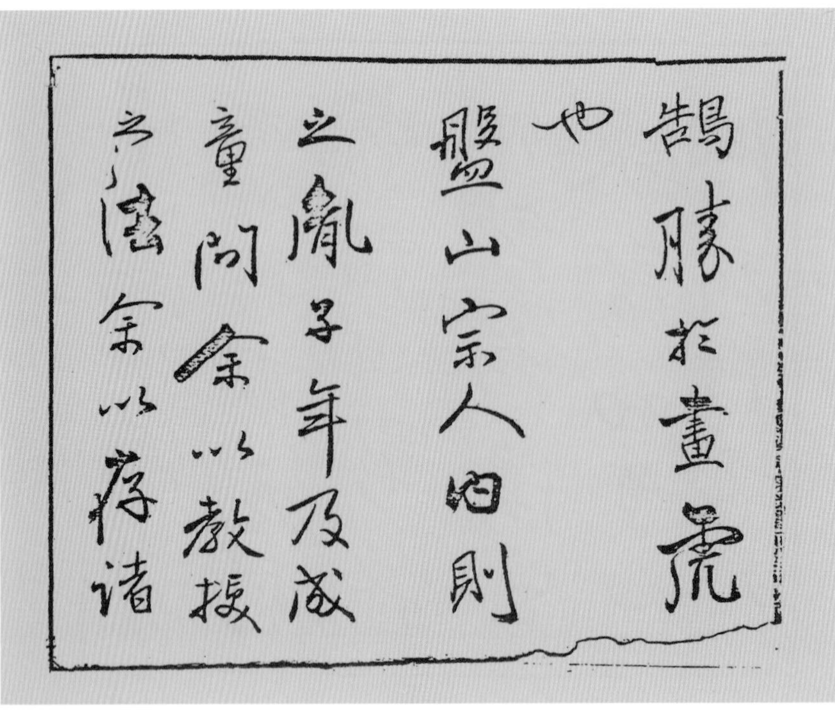
鵠勝於畫虎
也
盤山宗人田則
之胤子年及成
童問余以教授
之法余以存諸

14

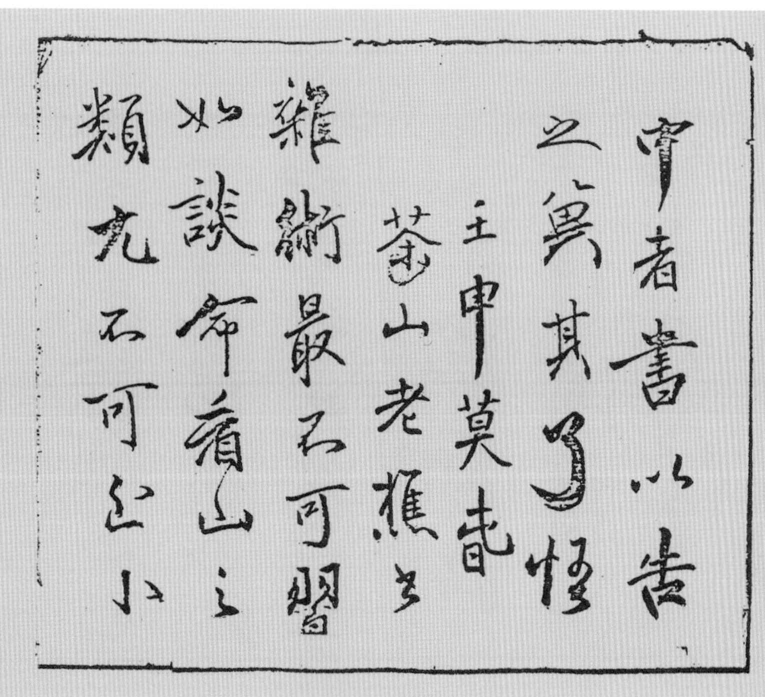

15

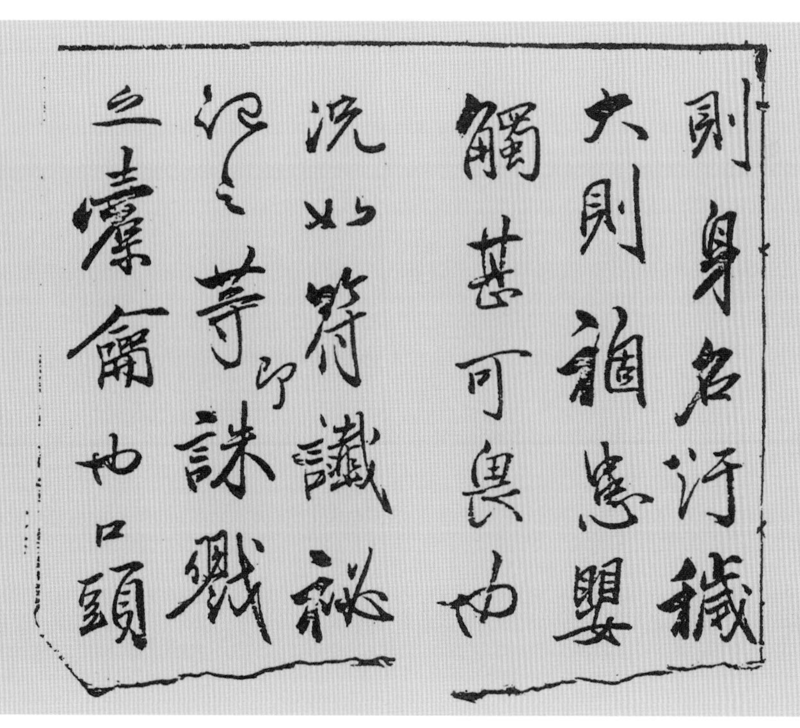

16

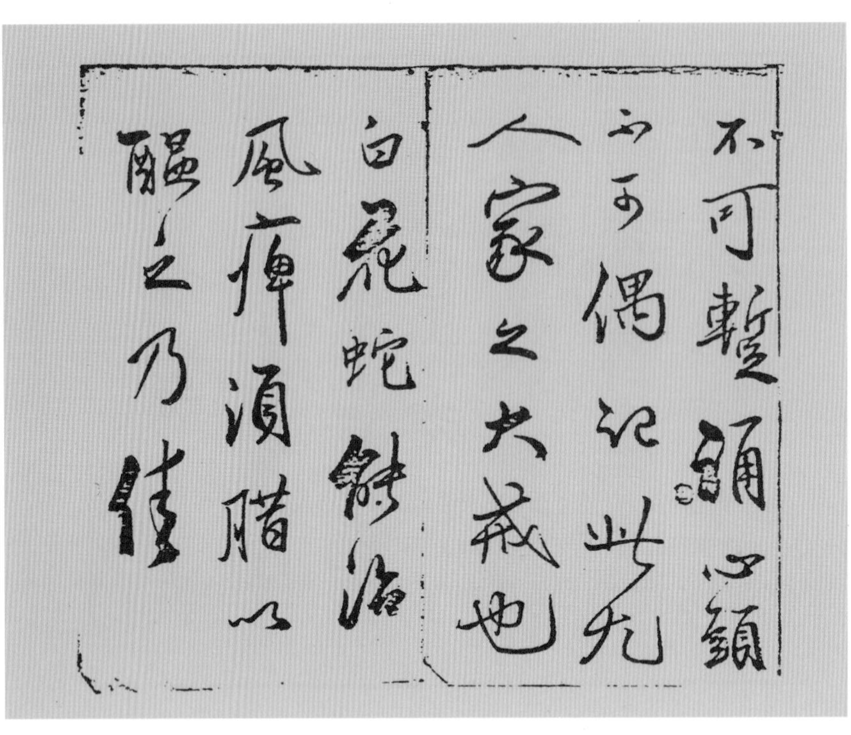
不可暫誦心頭
而今偶記此凡
人家之大戒也
白花蛇餅酒
風痺須腊以
醞之乃佳

# 28. 군자의 길, 소인의 길
## —정수칠에게 준 공부법과 독서법 (1)

다산은 한 집안사람인 정수칠을 위해 〈교치설〉 외에도 두 편의 증언첩을 더 써주었다. 둘 다 다산의 친필 원본은 남아 있지 않고 문집에만 실렸다. 〈반산 정수칠을 위해 써준 증언. 자는 내칙이고 장흥 사람이다(爲盤山丁修七贈言. 字乃則, 長興人)〉 23칙과 〈또 정수칠을 위해 써준 증언(又爲丁修七贈言)〉 1칙이 그것이다.

첫 번째 글은 공부하는 마음가짐과 가정생활의 윤리, 학문의 기초와 단계별 독서 전략, 어린이 교육의 지침 등 다채로운 내용을 담고 있다. 내용을 보면 글에는 드러나지 않았지만 정수칠의 질문이 있고, 그에 대한 답변 형식으로 글을 펼친 것이 많다. 항목마다 차례로 번호를 매겨 속도감 있게 읽어 보겠다.



### 공부를 하지 않으면 금수와 같다

1

학문은 우리가 하지 않을 수 없는 일이다. 옛사람은 1등의 의리(義理)라고 말했지만, 나는 이 말에 문제가 있다고 생각한다. 마땅히 유일무이(唯一

無二)한 의리라고 바로잡아야 한다. 대개 사물에는 법칙이 있게 마련이다. 사람이 되어 배움에 뜻을 두지 않는다면 그 법칙을 따르지 않겠다는 말이다. 그러므로 금수(禽獸)에 가깝다고 말하는 것이다.

學問是吾人所不得不爲之事. 古人謂第一等義理, 余謂此言有病, 當正之曰唯一無二底義理. 蓋有物有則, 人而不志於學, 是不循其則也. 故曰近於禽獸爾.

"선생님! 공부를 왜 해야 합니까? 일러주십시오."

늦깎이 제자 정수칠의 물음에 다산은 잠시 침묵하다가 이렇게 말한다.

"공부란 하고 싶어서 하는 것이 아니라 하지 않을 수 없어서 하는 것일세. 공부를 가장 우선해야 할 일로 꼽은 옛사람의 말에 나는 동의하지 않네. 이렇게 말해서는 약하지. 공부는 우선해야 할 그 무엇이 아니라 달리 선택의 여지가 없는 유일무이한 것이라네. 사람이라면 하지 않을 수 없고 반드시 해야만 하는 것이지. 공부하지 않는다면 짐승의 삶을 살겠다는 것과 같은 말인 걸세. 공부를 왜 해야 하냐고? 묻고 따질 것도 없네, 그냥 하게."

2

세상에는 가장 선을 가로막고 도에 어긋나게 만드는 화두가 있다. 그것은 "가짜 도학이 진짜 사대부만 못하다."는 말이다. 내 생각은 이렇다. 오늘날 이른바 사대부란 옛날의 군자에 해당한다. 지위를 가지고 말하더라도 도학이 아니고는 군자란 이름이나 사대부란 이름을 얻지 못하거늘 어찌 도학과 더불어 적대시하여 말할 수가 있겠는가?

世間有一等沮善敗道底話頭, 曰假道學不如眞士大夫. 余謂今之所謂士大夫, 卽古之所謂君子. 以位言, 非道學不得名君子, 不得名士大夫. 豈可與道學敵對爲說耶.

"하지만 공부했다는 사람을 보면 공부 따로 행실 따로인 경우가 많습니다. 입만으로 하는 공부가 무슨 소용이 있을까요?"

"좋은 질문일세. 가짜 도학자가 진짜 사대부만 못하다는 말이 있지. 가짜 도학은 입만 살아 실천이 따르지 않는 도학자를 비웃는 말일세. 진짜 사대부란 공부가 부족해도 선을 실천하고 도를 향해가는 선비를 두고 하는 말이겠지. 입으로 외는 가짜 공부 말고 행동으로 실천하는 진짜 공부를 하라는 뜻으로 한 말일 걸세. 하지만 내 생각은 다르다네. 이 말에는 어폐가 있어 보이는군. 오늘날의 사대부를 옛날에는 군자라는 이름으로 불렀지. 군자든 사대부든 도학은 기본으로 갖추어야 할 공부였던 셈이지. 도학과 사대부는 따로 떼어 말할 수 있는 개념이 아니라네. 도학에 어찌 진짜 가짜가 있으며, 사대부에 어이 진짜 가짜가 있단 말인가? 도학과 사대부가 따로 놀고, 진짜와 가짜의 수식어가 붙게 되면서 세상에는 바른 도리가 사라지고 선량함이 제 경로를 벗어나게 된 것일세. 이런 구분 자체를 입에 담아서는 안 된다고 보네."



3

위학(僞學)이란 이름을 피하려 들었다면 정자(程子)와 주자도 그 도를 세우지 못했을 것이다. 명예를 구한다는 비방을 두려워했다면 백이(伯夷)와 숙제(叔齊)는 그 절개를 이루지 못했을 터이다. 강직하다는 명성을 얻으려 한다는 혐의를 멀리하려 했다면 급암(汲黯)과 주운(朱雲)도 나아가 바른말로 간언하지 못했을 것이다. 심지어 부모에게 효도하고 관직에 청렴한 것을 두고도 경박한 무리는 모두 명예를 구하려는 것이라고 의심을 한다. 장차 이 같은 무리를 위해 악(惡)을 따르란 말인가?

避僞學之名, 程朱不得立其道. 畏徼名之謗, 夷齊不得成其節. 遠沽直之嫌, 黯雲不得進其諍. 甚至孝於親廉於官, 輕薄之徒, 皆疑其要名, 將爲此輩從惡耶?

“제가 공부를 좀 하려고 하면 가까운 사람들이 자꾸 뭐라고 떠들며 말이 많습니다. 바른 행실을 실천하려 해도 주변에서 지켜보는 눈길이 겁나 자꾸 움츠러듭니다. 어찌해야 할까요?”

“세상의 색안경이 무서우면 아무 일도 못하는 법이지. 튀지 않고 무난한 것만 찾으면 그럭저럭 사는 인생에 그치고 만다네. 정자와 주자가 가짜라는 소리를 두려워해 눈치만 보고 있었더라면 심학(心學)의 새로운 지평은 결코 열리지 않았을 것일세. 백이와 숙제가 무왕(武王)의 말고삐를 잡고 앞을 가로막아 나섰을 때 이름 한번 날려보려고 저러는구나 하는 삐딱한 시선을 염두에 두었더라면 수양산에서 고사리 캐먹다 굶어 죽는 일은 없었을 것이야. 최고의 권력 앞에서도 굽히지 않고 임금에게 바른말로 간쟁하던 한나라 때 급암과 주운 같은 강직한 신하에게 세속의 이러쿵저러쿵하는 뒷소리가 들리기나 했겠는가? 사람들은 말이 너무 많네. 남의 선행을 보고도 색안경부터 쓰고, 진심에서 나온 효행과 청렴도 곧이곧대로 안 보고 속셈이 있는 행동으로 넘겨짚곤 하지. 온 세상이 이렇고 보니 좋은 일 하기도 무서운 것이 사실일세. 옳은 일인 줄 알면서도 눈치 보느라 뒤로 빼곤 하지. 하지만 말일세. 이 경박한 세상에서 저 가벼운 무리의 입길이 무섭다 해서 바른길을 버려 악한 길을 따른다면 그것이 과연 옳은가? 그러고도 마음이 편하겠는가?”



## 집안에 공부하는 사람이 하나도 없다면

4

한집안이 대대로 수십 집 모여 살면 그 고장에서는 선망받는 씨족이 된다. 이 가운데 단 한 사람의 학자도 없다면 크게 수치스럽다. 그런데도 얼굴을 뻔대고 고개를 치켜든 채 마을을 누비고 다니니 몹시 부끄러운 일이다. 젊은 후생들이 본받을 바가 없어 점차 다들 제멋대로 굴며 망령되고 어리석어서 토호(土豪)나 향간(鄕奸)이 되고 만다.

宗族世居數十餘家, 爲望族於一鄕. 其中無一學者, 便是大羞恥. 抗顔擧頭, 橫行里閭, 皆愧甚矣. 少年後生, 無所矜式, 漸皆狂悖妄愚, 爲土豪鄕奸而已.

당시 정수칠의 집안은 장흥 반산에 집성촌을 이뤄 살고 있었다. 이른바 망족(望族), 즉 선망받는 씨족으로 행세깨나 했던 듯하다. 다산이 말한다.

"여보게! 한 고장에서 명망 있는 집안으로 행세하면서 한 사람의 학자조차 없다면 그야말로 부끄러운 노릇이 아니겠는가? 조상의 이름을 파먹고 살면서도 그에 맞갖은 덕행과 학문을 갖추지 못했다면 얼굴을 들 수가 없는 법이지. 그런데도 부끄러운 줄 모르고 고개를 빳빳이 쳐들고 거들먹거려 행세나 하려 들면 젊은이들이 그걸 먼저 배워서 나중엔 못 하는 짓이 없게 되네. 시골에서 토호 노릇이나 하고 살려는가? 향간이란 비방을 듣고 싶은 겐가? 그렇다면 그리 하게. 그렇지 않다면 공부를 해야겠지."

5

선을 가장 가로막는 것이 있다. "부모에게 효도하고 형제간에 우애로우면 그것이 바로 학문이니, 어이 굳이 겉으로 드러내어 기치를 세운 뒤에야 군자라 하겠는가?"라는 말이 그것이다. 이 말이 지극히 온당하고 이치에 맞는 것 같지만 사실은 그렇지가 않다. 이 사람의 마음속에는 선을 즐거워하여 앞으로 나아가려는 뜻이 없으니 어찌 효성과 우애를 할 수 있겠는가? 명분이 바르게 선 뒤에 일이 이루어는 것일 뿐이다. 이는 자하(子夏)가 어진 이를 어질게 여기기를 여색을 좋아하는 것처럼 하라고 한 말과는 담긴 뜻이 같지 않다.

有一等沮善者, 曰: "孝於親友於兄弟. 這便是學, 何必標榜立幟而後, 方爲君子?" 此言似極雍容中理, 其實未然. 此人心中, 無樂善向前之志, 安得爲孝友? 名正而後事成耳. 此與子夏賢賢易色之章, 立意不同.

정수칠에게 준 다산의 증언은 어법이 교묘하다. 검법으로 치면 상승(上乘)의 솜씨다. 말을 교묘히 비틀어 이 말을 하려나 보다 싶으면 저 말을 하고, 저 말인가 싶어 보면 이 말을 한다. 말 속에 미묘한 '밀당'이 있다.

정수칠이 묻는다. "공부가 별것이 있겠습니까? 꼭 공부한다고 이름을 내걸어야 군자가 되는 것은 아니겠지요? 사람만 신실하면 되는 것이 아닐까요?"

다산이 대답한다. "선을 향해가는 마음에 가장 방해가 되는 것은 '효도와 우애야 몸으로 실행하면 되는 것이지, 꼭 경전 공부를 해야만 되는 것은 아니지 않은가?' 하는 식의 말이라네. 물론 틀린 말은 아니지. 아니, 맞는 말 같네. 하지만 그 말 속에는 대충 공부하고 그럭저럭 살면 되지, 뭐가 잘나 공부한다고 떠드는가 하는 삐딱한 심보가 담겨 있다네. 공부는 기뻐서 하고 즐거워서 하지. 하지 않을 수 없어서 하고, 하지 않고는 견딜 수 없어서 하는 그 무엇일세. 《논어》 〈학이(學而)〉 편에서 자하는 '어진 이 존중하기를 여색을 좋아하는 마음으로 하라'고 했네. 어진 이의 모범을 보고 예쁜 여자 보고서 마음이 설레듯 하는 것이 곧 공부의 보람일세. 공부 좀 하려는 사람에게 '유난 떨지 마라. 공부한다고 이마에 써 붙여야 공부더냐' 하면서 찬물이나 끼얹으면 되겠는가? 그러면 못쓰지. 공부는 드러내야 하네. 깃발을 세워야 해. 대충 하고 그저 하면 아무 보람이 없게 되지."

6

제멋대로 노는 것을 즐기고 구속을 싫어하는 사람은 이렇게 말한다. "어찌 반드시 무릎을 꿇어야만 학문을 하겠는가?" 이 말 또한 틀렸다. 무릇 사람이 공경스런 마음이 일어날 때면 절로 무릎을 꿇게 된다. 꿇었던 무릎을 풀면 내면의 공경스러움 또한 해이해지는 것을 알 수 있다. 낯빛을 바로 하고 말씨를 공손하게 하는 것은 무릎을 꿇지 않고는 이룰 수가 없다. 장차

이 한 가지 일에 따라 자신의 뜻과 기운이 드러나므로 무릎을 꿇지 않을 수가 없는 것이다.

有樂放曠厭拘束者, 曰: “何必跪而後爲學?” 此言亦非也. 凡人起敬時, 其膝自跪. 跪解知內敬亦懈. 正顔色恭辭氣, 非跪不成. 且從此一事, 驗自家志氣, 不可不跪.

“공부할 때 꼭 자세를 바로 하고 무릎을 꿇어야만 합니까? 그냥 편한 자세로 공부하면 안 되나요?”

다산이 말한다. “안 되네. 바른 자세로 무릎 꿇고 앉아야 내면에 공경스러움이 깃든다네. 자세가 풀어지면 마음이 덩달아 풀어지지. 자세를 바로 하면 달아났던 정신이 제자리로 돌아온다네. 자세는 정신의 표정일세. 자세를 보면 그 사람이 보이지. 어찌 자세를 갖추지 않겠는가? 공부가 편하자고 하는 것이겠는가? 공부는 불편하자고 하는 것일세. 그 불편이 불편하게 생각되지 않아야 진짜 공부를 할 수가 있네. 똑바로 앉아 무릎을 꿇고 정신을 모아서 집중해야 하지. 그냥은 안 되네.”



## 과거 공부의 집착과 해독

7

어려서부터 진사(進士)가 되려 해도 머리가 다 희도록 얻지 못하는 사람이 있고, 관례(冠禮)를 치르면서 향교의 직임을 갖고자 해도 죽을 때까지 얻지 못하는 사람도 있다. 학문에 있어서는 오늘 뜻을 세우면 몇 달 뒤면 문득 칭찬이 있게 된다. 진실로 힘을 쏟아 그만두지 않으면 마침내는 덕을 이룬 군자가 된다. 어찌 능히 진사나 향교의 직임에 견주겠는가?

髫齓望進士, 白首且有不得者. 甫冠圖校任, 旣纊且有不得者. 至於學, 今日立志, 後數月便已有稱. 苟勉之不已, 終爲成德之君子, 豈進士校任所能比哉.

"과거 공부가 너무 어렵습니다. 반드시 이룬다는 보장도 없고요."

"그건 욕심이 앞서기 때문일 테지. 과거에 급제해 진사가 되거나 향교에서 직임을 맡는 위치에 오르고자 해도 마음먹은 대로 되는 것은 아니네. 하지만 공부에 뜻을 두어 몰입하면 몇 달만 지나도 사람들이 칭찬하지. 계속 공부를 멈추지 않아 덕 높은 군자가 된다면 까짓 진사나 향교의 직임 따위는 안 해도 그만일세. 평생 애를 써도 이루지 못할 허망한 꿈에 인생을 걸지 말고, 실천해서 몇 달 안에 성과를 낼 수 있는 신실하고 도타운 공부에 인생을 걸게나. 과거 급제는 실력만이 아니라 운이 따라도 될까 말까 한 것이지만, 학문에 몰두하는 것은 내 의지와 내 성실로 채워 완성해갈 수가 있네. 가깝고 쉬운 것은 안 하면서 멀고 어려운 것만 찾으려 기웃대니 인생이 늘 쭉정이뿐 거둘 알곡이 없게 되는 것일세."

8

과거 공부는 이단 중에서도 가장 지독한 것이다. 양주(楊朱)와 묵적(墨翟)은 이미 낡았고, 불교와 도교는 너무 아마득하다. 과거 공부에 이르러 가만히 그 해독을 생각해보면 비록 홍수와 맹수에 견주더라도 충분치가 않다. 시부(詩賦)가 수천 수에 이르고 의의(疑義)가 5천 수에 이르는 사람도 있다. 진실로 능히 이 같은 노력을 학문에 옮길 수 있다면 주자가 될 수 있다.

科擧之學, 異端之最酷者也. 楊墨已古, 佛老大迂, 至於科擧之學, 靜思其毒, 雖洪猛不足爲喩也. 詩賦至數千首, 疑義至五千首者有之, 苟能移此功於學問, 朱子而已.

"과거 공부의 폐해가 그토록 큽니까?"

"과거 시험은 이단에 빠지는 것보다 더 의미 없는 공부라네. 양묵(楊墨)과 노불(老佛)은 과거 공부에 견주면 이단이랄 것도 못 되지. 몇천 수의 시를 짓고 과거 시험의 모의답안을 5천 편이나 짓는 노력을 진작 학문에 쏟아부었더라면 앉은자리에서 주자의 반열에 오를 수 있었을 걸세. 그야말로 딱한 노릇이 아닌가?"

9

간척을 위해 제방을 쌓는 자를 못 보았는가? 아무개는 수백 금을 허비하고, 아무개는 수천 금을 낭비했지만 모두 집안을 말아먹고 가산을 탕진해 남의 웃음거리가 되었다. 남들도 그 전철(前轍)을 밟으려 들지 않는다. 하지만 과거를 공부하는 선비는 낭패하여 아무 이룬 것 없는 사람이 헤아릴 수 없이 많은데도 사람들은 오히려 어려서부터 익혀 흰머리가 어지러울 때까지 계속한다. 이 또한 지혜가 부족해서일까?

獨不見防堰者乎? 某甲費數百金, 某乙費數千金, 皆敗家蕩產, 爲人所嗤. 則人亦莫之蹈其轍矣. 科擧之儒, 其狼狽無成者, 且萬萬計, 人猶童習而白紛, 其亦少智者與?

"그래도 과거에 급제해야 집안의 명예를 이어갈 수 있지요. 선비로 어찌 과거를 포기하겠습니까?"

"내 이곳에 와서 보니 해안 지역에서 부를 축적하는 방법으로 간척 사업이 성행하더군. 성공만 하면 없던 땅이 생겨 큰 부자가 될 수 있지만, 성공의 길은 멀고 실패의 확률은 높았네. 남의 노동력을 사서 흙짐을 나르고 돌을 쌓아 땅을 메우니, 들여야 할 비용이 어마어마하지 않겠는가? 도중에 포기하거나 남 좋은 일만 시키고 정작 자신은 패가망신하는 경우를 허다히 보았네. 하지만 나는 되지도 않을 과거에 인생을 거는 것을 이 간척 사업에 뛰어드는 것보다 더 어리석은 일로 생각하네. 안 될 것이 뻔한데도 공부는 안

하면서 과거장에 들락거리느라 인생을 탕진하는 이가 좀 많은가? 공부는 안 늘고 주름살과 흰머리만 느니, 이 아니 안타까운가? 그 시간과 그 노력이라면 제 인생과 가족을 위해 투자하는 것이 맞는다고 보네."

다산의 이 말은 당시 과거제도가 정상적 인재 선발 기능을 잃어버린 지 오래였으므로 안타까워 한 말이었을 게다.

10

시골에 사는 사람의 자제 중에 간혹 총명하고 지혜롭기가 남보다 몇 단계나 뛰어나고 말만 하면 사람을 놀라게 하는 자가 있다면, 과거 공부를 익히게 함이 마땅하다. 그렇지 않은 자는 진작부터 학문을 하거나 농사를 짓는 것이 맞다. 비록 총명하고 지혜로운 사람이라도 나이 서른이 넘도록 아무 성취가 없다면 마땅히 뜻을 모아 학문에 힘을 쏟아 낭패함에 이르지 않아야 한다. 아침에 도를 들으면 저녁에 죽어도 좋다고 하나, 큰 용기가 아니고는 이 가르침을 실천할 수가 없다. 하지만 나이 40, 50이 된 사람은 오히려 여기에 미칠 수가 있다. 혹 고요한 밤중에 잠이 오지 않을 때 마음을 다잡아 도로 향하는 마음이 생기면 마땅히 이 같은 기회로 인해 확충하여 용감하게 곧장 나아가야지, 늙어 쇠했다 하여 이를 막아 그만두어서는 안 된다.

居鄕者其子弟或有聰明敏慧, 超人數等, 發語驚人者, 便當使之習擧業. 不爾者, 早歸學問, 不爾者, 歸農焉可也. 雖聰慧者, 年過三十無成, 卽當專意學問, 庶不至狼狽也. 朝聞道夕死, 非大勇不能踐斯戒. 然年至四五徒十者, 猶可及焉. 或靜夜無寐, 有愀然向道之意, 便當因此機會擴充之, 勇往直前, 不當以衰老而沮止也.

"저는 정말 과거 보기에는 너무 늦은 걸까요?"

"여보게! 과거는 정말 똑똑해서 사람들을 놀라게 하는 이도 될까 말까 한 걸세. 보통의 사람이 그만그만한 노력으로 할 수 있는 것은 아니지. 설령 그렇게 명민하다 해도 나이 서른이 넘도록 급제하지 못했다면 깨끗이 미련을 버려 공부를 즐기며 사는 것이 맞는다고 보네. 공연한 미련과 집착으로 인생을 탕진하진 말게나. 고요한 밤 잠은 오지 않고 물끄러미 지나온 삶을 돌아보면 안타깝고 답답하겠지. 내 인생이 이렇게 흘러가다가 어디서 끝이 날까 생각하면 애가 바짝바짝 타지 않겠는가? 이럴 순 없지 싶어 공부를 해서 내 인생을 수렁에서 건져야겠다 싶다가도 이 나이에 뭘 한단 말인가 하는 생각이 들면 다시 예전 대로 돌아가, 때 되면 과거장에 앉았다가 나오고, 그사이에 가족의 생계는 더 힘들어만 지고, 되는 일은 하나도 없어 낭패스럽게 되고 마네. 설령 과거에 붙은들 무슨 대수가 있겠는가? 집착을 내려놓게. 세상을 건지려 들지 말고 나 자신을 건사해야지. 내 가족을 지켜야지. 안 그런가, 이 사람아!"



## 학문의 길과 공자의 가르침

11

옛날에는 《중용》에서 그랬듯이 '가르침'이라 하고 〈학기(學記)〉에서 말하듯 '배움'이라고만 했다. 이 길밖에 다른 길이 없었으므로 별도로 표제에 더할 필요가 없었기 때문이다. 송나라 이래로는 이학(理學)이라 하여 '이(理)' 한 글자를 덧붙였으나 위엄과 무게가 없다. 하지만 세속에서 이학이라고 지칭하니 마땅히 이를 따라 일컫는 것이다.

古者曰敎(如中庸所云), 曰學(如學記所云), 以斯道之外, 更無他道, 故不必別加標題也. 自宋以來, 名曰理學, 加一理字, 便不威重. 然俗人指爲理學, 且當因以稱之.

"어째서 유학의 가르침을 이학이라 합니까? 학문이 이치를 깊이 파고드는 것은 당연한 게 아닌가요?"

다산이 대답한다. "예전에는 '교(教)'라 하고 '학(學)'이라 하면 으레 유학의 가르침과 공부를 뜻했네. 공부는 그 공부뿐이고, 다른 공부는 없었던 셈이지. 송나라 때 이르러 학문의 갈래가 워낙 많아지고 불학(佛學)이 성행하면서 이것과 저것을 나누고 분별하기 위해 이학이란 말이 등장한 걸세. 난 이 표현이 왠지 가벼워 도무지 무게감이 느껴지질 않네. 하지만 어쩌겠는가? 온 세상이 이학이라 하니 편의상 그를 따르는 것뿐이지. 우리가 따라야 할 공부는 이것저것이 아니라 유일무이한 단 한 가지뿐일세. 배움과 가르침의 길이 명명백백하니 굳이 수식어를 보탤 필요가 없겠지."

12

공자의 도는 효제(孝悌)일 뿐이다. 이것으로 덕을 이루면 이를 인(仁)이라 하고, 헤아려 인을 구하니 이를 일러 서(恕)라고 한다. 공자의 도는 이와 같을 뿐이다. 효(孝)에 바탕을 두면 임금을 섬길 수가 있고, 효에서 미루어 나아가니 어린이에게 자애로울 수 있다. 제(悌)에 바탕을 두면 어른을 섬길 수가 있다. 공자의 도는 천하 사람으로 하여금 한 사람 한 사람이 모두 효성스럽고 공손하게 만드는 데 있다. 때문에 사람마다 친한 이를 친하게 대하고 어른을 어른으로 대접한다면 천하가 태평하게 된다고 말씀하신 것이다.

孔子之道, 孝弟而已. 以此成德, 斯謂之仁, 忖以求仁, 斯謂之恕. 孔子之道, 如斯而已. 資於孝, 可以事君, 推於孝, 可以慈幼. 資於弟, 可以事長. 孔子之道, 使天下之人, 一一皆孝弟. 故曰人人親其親長其長, 而天下平.

"공자의 가르침을 한마디로 요약할 수 있을는지요?"

"효제(孝悌)일세. 여기서 어짊과 용서가 나오지. 효제를 바탕 삼아 인(仁)과 서(恕)로 확장하면 위로는 임금을 섬기고 아래로 그 자애가 어린이에게까지 미칠 수가 있네. 공자의 가르침은 다른 것이 아닐세. 친한 이에게 친하게 대하고 어른을 어른으로 대접하는 것일 뿐이라네. 모두가 제자리를 찾아 그것으로 천하가 태평스럽게 되는 것이 바로 공자의 가르침일세. 먼 데 있지 않고 깊은 데 있지 않다네."

13

공자의 도는 수기치인(修己治人)일 뿐이다. 오늘날 공부한다는 자들이 아침저녁으로 강독하며 힘쓰는 것은 온통 이기사칠(理氣四七)의 논변과 하도낙서(河圖洛書)의 숫자와 태극원회(太極元會)의 학설뿐이다. 나는 잘 모르겠다. 이 몇 가지가 수기(修己)에 해당하는가? 아니면 치인(治人)에 해당하는가? 잠시 한쪽으로 놓아두기로 하자.

孔子之道, 修己治人而已. 今之爲學者, 朝夕講劘, 只是理氣四七之辨, 河圖洛書之數, 太極元會之說而已. 不知此數者, 於修己當乎? 於治人當乎? 且置一邊.

"한 가지 더 말한다면 수기치인(修己治人)이라 할 수 있겠지. 제 몸을 닦고 그 힘으로 남을 바르게 하는 것이라네. 제가 바르지 않고서야 어찌 남에게 뭐라 할 수 있겠나? 공자의 가르침은 자신을 바르게 세우는 공부를 벗어난 적이 없네. 그런데 오늘날 이학을 공부한다는 자들은 입만 열면 사단칠정(四端七情)을 말하고, 이기일원(理氣一元)이니 이기이원(理氣二元)이니로 다투며, 하도낙서(河圖洛書)의 숫자 놀음이나 하고, 태극원회(太極元會)의 운세(運勢)를 따지는 것을 제 학문의 자랑으로 내세우곤 하니, 참으로 딱하고 한심한 일이 아니겠는가? 그것이 제 몸을 닦는 것과 관련이 있는가? 남을 바른 도리로 이끄는 것에 해당하는 일인가? 말이 고상할수록 사람은 얄팍해지니 공부의 보람이 어찌 이럴 수가 있단 말인가? 우리는 그러지 마세. 몸 닦고 마음 닦아 내게서 미루어 남에게 미치는 그런 공부를 하세나."

14

《서경》〈열명(說命)〉 편에서 "오직 배움이야말로 공부의 절반이다."라고 했다. 이 말은 제 몸을 닦는 것이 오도(吾道)의 전체에서 단지 절반의 공(功)이라는 뜻이다. 이제 《서전(書傳)》에서는 "오직 가르치는 것이 공부의 절반이다."라고 했는데, 이는 남을 가르치는 것이 오도(吾道)의 전체에서 실로 절반의 공에 해당한다는 의미다. 이 두 가지 풀이가 서로 어긋나지 않는다. 이 뜻을 안다면 마땅히 경세(經世)의 학문에 뜻을 두어야 한다.

說命曰唯學學半, 謂修己於吾道全體, 只是半功也. 今書傳曰唯斅學半, 謂教人於吾道全體, 實當半功. 兩解不相妨也, 知此意則便當留意於經世之學.

"경세(經世)의 공부란 어떤 것입니까?"

"《서경》에서는 배우는 것이 공부의 절반이라 하고, 다른 글에서는 가르치는 것이 공부의 절반이라고 했네. 한꺼번에 읽으면 공부는 배우는 것 절반과 가르치는 것 절반을 합친 것이라는 말이 되겠지. 교학상장(教學相長)이란 말을 들어보았겠지? 가르치고 배우면서 함께 성장한다는 말일세. 배우는 것만 배우는 것이 아니고, 가르치는 것도 배우는 일이라 할 수가 있지. 내가 부족해서 배우지만, 그렇다고 내가 완전해야 가르치는 것은 아닐세. 배우기 위해 가르치고, 가르치면서 배우게 되는 법이지. 세상을 경영하는 공부도 배우면서 적용해보고, 적용하다가 배우게 된다네. 구분해 따지느라 실천 없는 궁리만 하고 있으면 공부에 발전이 있을 수 없네."

15

공자께서 자로(子路)와 염구(冉求) 등에게는 매번 정사(政事)를 통해 인품을 논했다. 안연이 도를 물었을 때도 반드시 나라 다스리는 것을 가지고 각자 자신의 뜻을 말하게 해서 또한 정사를 통해 대답을 구하곤 했다. 이를 통해 우리는 공자의 도가 그 쓰임이 경세(經世)에 있음을 알 수 있다. 무릇 글귀에만 얽매여 은일(隱逸)로 자칭하며 사공(事功)에 힘을 쏟으려 들지 않는 것은 모두 공자의 도가 아니다.

孔子於子路冉求之等, 每從政事上論品. 顏子問道, 必以爲邦, 令各言志, 亦從政事上求對. 可見孔子之道, 其用經世也. 凡繳繞章句, 自稱隱逸, 不肯於事功上著力者, 皆非孔子之道也.

"한 가지 더 얘기해볼까? 공부의 보람을 어디서 찾을까? 열심히 배워 익힌 것은 세상을 더 낫게 만드는 데 활용할 수 있어야 하는 것이 아닌가? 공자께서 제자와 문답한 내용을 보면 늘 실제 정사(政事)에 적용함에 어찌할지를 제자에게 묻고 그 대답을 들은 뒤 평가하는 태도를 취하곤 했다네. 공부가 실제의 삶과 동떨어질 수 없고, 따로 놀아서도 안 됨을 강조하신 뜻이겠지. 그런데 저 오늘날의 학자라는 자들은 세상일에 늘 냉소적이고, 자칭 은일이라 내세우면서 세상 저편에서 오만하게 세상을 내려다보며 경전 구절 하나하나의 해석에 목숨을 걸고 있네. 실제 일을 맡기면 아무것도 할 줄 몰라 쩔쩔맬 인간들이 우주를 말하고 운명을 말하며 구름 잡는 소리나 일삼고 있는 셈이지. 공자의 가르침은 원래 이런 것과는 아무 상관이 없다네. 자네 《논어》를 꼼꼼히 읽어보게. 너무나 명백하게 알 수 있을 테니."

이렇게 23측의 증언 중에서 15칙을 먼저 읽어보았다. 다산은 공부하지 않는 인생은 금수와 다를 게 없다고 못 박은 뒤, 자신이 말하는 공부는 입신출세를 위한 과거 공부가 아니라 자신의 삶을 바로세우고 남에게 빛이 되는 수기치인의 공부임을 분명히 했다. 그것은 현실과 동떨어진 고담준론이 아닌, 세상을 살아가는 일상의 경영에 뿌리를 두는 것이었다. 향촌의 망족(望族)이 공부하지 않고 제멋대로 살면 토호나 향간이 될 뿐이고, 어른이 공부하는 본보기를 보이지 않으면 젊은이가 게으름을 먼저 배워 집안을 망치게 될 것이라고 경고했다.

# 29. 공부의 과정과 절차
## —정수칠에게 준 공부법과 독서법 (2)

다산이 정수칠에게 준 증언을 마저 읽어보기로 하자. 다산의 한 항목 항목은 그저 떠오르는 대로 쓴 글이 아니다. 정수칠의 질문에 대답하듯 꼬리에 꼬리를 무는 연쇄적 논의로 이어진다.



### 공부를 하는 진짜 이유와 바른 방법

16

경전의 뜻이 환해져야 도체(道體)가 드러나고, 도를 얻은 뒤에야 심술(心術)이 비로소 바르게 되며, 심술이 바르게 되어야만 덕을 이룰 수가 있다. 이 때문에 경학에 힘을 쏟지 않을 수 없는 것이다. 간혹 선유(先儒)의 학설에 근거하여 저와 생각이 같으면 무리 짓고 다르면 공격하여 감히 의논조차 못하게 하는 자들이 있다. 이는 모두 책에 기대 이익을 꾀하려는 무리이지, 진심으로 선을 향해 나아가는 자가 아니다.

經旨明而後道體顯, 得其道而後心術始正, 心術正而後可以成德. 故經學不可不力. 有或據先儒之說, 黨同伐異, 令無敢議者, 是皆凭藉圖利之輩, 非眞心向善者也.

"이제는 우리가 어째서 경전 공부를 해야 하는지 얘기해보세. 경전은 왜 익히고 공부하는가? 도의 본질을 분명하게 깨달아 그 표준에 맞춰 내 마음자리를 바르게 세우기 위해서일세. 덕을 품은 군자가 되려면 마음을 바르게 세워야 하고, 마음을 바르게 세우려면 도체를 명확하게 깨달아야 한다네. 도의 실체는 옛 경전 속에 명확하게 담겨 있지. 그러니 그 글을 열심히 익히지 않고는 마음자리를 바로 세울 방법이 없는 법일세. 하지만 오늘날 공부한다는 자들은 그렇지가 않더군. 제 입맛에 맞는 학설만 끌어다가 그것만 옳다 하면서 다른 것은 무리를 지어 공격하곤 하지. 제 무리의 주장과 조금만 어긋나면 후학을 윽박질러 입도 못 떼게 한다네. 세상에 이런 공부가 어디 있는가? 모리배들이나 하는 짓이 아닌가? 진심으로 자신을 향상시키고 싶다면 허심탄회(虛心坦懷) 네 글자를 잊으면 안 되네. 공부는 내가 바로 서느냐 마느냐를 가름하는 일인 걸세. 패싸움 하자고 하는 공부가 무슨 공부인가?"

17

예학(禮學)에 밝은 뒤라야 인륜에 처해서 분수를 다할 수가 있다. 인간의 여섯 가지 예법 중에서도 상례(喪禮)는 가장 범위가 넓고 가장 다급한 것이다. 모름지기 《의례(儀禮)》의 경전을 가져다가 되풀이해서 살펴보고 따져보아야 한다. 특히 두우(杜佑)의 《통전(通典)》 중에 진(晋)과 송(宋)의 여러 학자가 논한 것은 더더욱 살펴보지 않을 수 없다. 먼저 그 연원을 거슬러 올라간 후 그다음에 차례로 《가례(家禮)》 등의 책을 가져다가 그 말단까지 살펴야 한다.

禮學明而後, 處人倫方得盡分. 六禮之中, 喪禮最浩最急. 須取儀禮經傳, 反覆參訂. 如杜氏通典中, 晉宋諸儒論, 尤不可不觀. 先泝其源, 次取家禮等書,察其委.

"선생님! 그 복잡한 예학 공부를 저 같은 사람도 굳이 해야 합니까?"

"사람이 살다 보면 도처에서 지켜야 할 윤리와 맞닥뜨리게 된다네. 부모님이 돌아가시면 예를 갖춰 장사를 지내야 하고, 자식이 성장하면 인륜에 따라 혼사를 치러야 하는 법일세. 관례(冠禮)에도 절차가 있고 제사를 올리는 데도 법도가 있는 법이지. 예법은 이 같은 절차와 법도를 글로 규정해둔 것이라네. 그저 생겨난 것이 아니어서 매 단계마다 깊은 뜻이 담겨 있는 것이지. 형식을 알아 지키는 것만 중요하지 않고, 그 속속들이 깃든 의미를 되새기는 것이야말로 값진 공부일세. 그러자면 그 까닭을 깊이 공부하지 않으면 안 되지. 그래야 사람이 사람다워지고 세상이 질서를 갖추게 되는 것일세. 단순히 삼년상이니 일년상이니를 따져 사생결단하고 다투는 것이 예학 공부의 목적이 아닐세. 그 안에는 인륜의 잣대와 사회의 질서가 들어 있기에 예법이야말로 그 세상을 판단하는 가늠자가 되는 것일세. 이것이 우리가 예법을 공부하고 익히는 까닭이라 할 수 있겠지."



18

깨끗하고 고요하며 정밀하고 미묘한 것이 《주역》의 가르침이다. 처음 배우는 사람은 모름지기 《주역》의 본문에서 강구하여 본지(本旨)를 얻어야 한다. 그래야만 옛 성인의 글을 읽을 때 한 글자도 허투루 지나칠 수 없음을 알게 된다. 진실로 들어가는 길을 얻지 못하면 그저 하도낙서(河圖洛書)의 이수(理數)만 이해하려 들고, 또 강유재위(剛柔才位) 같은 황당한 주장만 보고 듣는 데 익숙해지니 이 또한 바른 방법이 아니다.

潔靜精微, 易敎也. 初學須於易詞, 講究得本旨, 方知讀古聖人書, 一字不可放過也. 苟不得門路, 只就河洛理數上理會, 又以剛柔才位等鹵莽之說, 習於耳目, 亦不濟事.

"《주역》 공부는 어찌해야 하는지요?"

"《주역》 공부는 괘사(卦辭)의 본문에서 출발해서 본지(本旨)를 벗어나면 안 되네. 후인들의 견강부회와 억탁가설이 경전 중에 《주역》보다 심한 것이 없지. 성인의 말씀은 한 글자도 놓치지 말고 본문 그대로 따라가야 하네. 그러지 않고 하도낙서(河圖洛書)의 구궁팔괘를 논하고, 음양강유(陰陽剛柔)의 자리바꿈이나 따진다면 《주역》은 한갓 점치는 책이 되고 말 것일세. 《주역》 공부는 왜 하며 어찌해야 하는가? 《주역》 공부는 그 핵심이 결정정미(潔靜精微)에 있다네. 깨끗하고 고요하고 정밀하고 미묘한 공부가 바로 《주역》 공부일세. 그것을 익혀 천지자연의 이치가 선연하게 드러나게 하는 공부라야 한다네. 점쟁이의 술법으로 이 책을 본다면 본래의 뜻과는 이미 아득히 멀어진 셈이지."

19

옛날에는 책이 많지 않아 독서는 외우는 것에 힘을 쏟았다. 지금은 사고(四庫)의 책이 건물에 가득해 운반하려면 소가 땀을 흘릴 지경이니 어찌 책마다 읽을 수가 있겠는가? 그래도 《역경》, 《서경》, 《시경》, 《예기》, 《논어》, 《맹자》 같은 책만은 모름지기 강구하고 고찰해서 그 정밀한 뜻을 얻어야 한다. 생각날 때마다 즉시 메모하여 기록해야만 실제로 얻는 바가 있다. 진실로 내처 소리 내서 읽기만 하면 또한 아무 실득이 없다.

古者典籍不多, 以讀書成誦爲務. 今四庫書充棟汗牛, 安得每讀? 唯易書詩禮論孟等當熟讀. 然須講究考索, 得其精義, 隨所思卽行箚錄, 方有實得. 苟一向朗讀, 亦無實得也.

"이번에는 책 읽기의 방법을 여쭙습니다. 책을 통째로 외워야 하나요?"

"그 많은 책을 어찌 다 외우겠는가? 예전에 책이 몇 권 안 되고 귀할 때야 외우는 것 외에 방법이 없었지만, 지금은 그럴 수가 없고 그럴 필요도 없다네. 하지만 사서삼경의 기본 경전만큼은 꼼꼼히 읽어 완전히 자기 것으로 소화하지 않으면 안 될 걸세. 그저 읽어서는 안 되고 따져보고 견줘보고 찾아보며 읽어야 하네. 덮어놓고 목청만 돋워 읽어서는 안 되고, 그때그때 떠오른 생각을 메모하여 정리해가며 읽어야 하네. 그저 소리 높여 읽기만 하고, 읽은 횟수만 뽐내는 것은 아무 소용이 없지. 그건 안 읽은 것과 한가지일세. 통째 외울 생각도 말고, 여러 번 숫자 늘릴 생각도 말고, 제대로 읽고 똑바로 읽고 나름대로 읽어야 하네."

## 어린이 학습법과 독서의 단계

20

어린이를 가르칠 때 서거정의 《유합》 같은 책은 비록 《이아》와 《급취편》의 올바름에는 미치지 못해도 주흥사의 《천자문》보다는 낫다. 현황(玄黃)이란 글자를 읽고 나서 청적흑백(青赤黑白) 등의 같은 부류에 속한 글자를 다 익히지 않는다면 무엇으로 어린이의 지식을 길러주겠는가? 처음 글공부하는 사람에게 《천자문》을 배우게 하는 것은 우리나라의 가장 누추한 습속이다.

敎小兒, 如徐居正類合, 雖不及爾雅急就篇之爲雅正, 猶勝於周興嗣千文矣. 讀玄黃字, 不能於青赤黑白等竭其類, 何以長兒之知識? 初學讀千文, 最是吾東之陋習.

이하 세 단락은 앞서 〈교치설〉에서 익히 보았던 내용이다. 휘분류취(彙分類聚), 즉 갈래별로 모아 비슷한 것끼리 묶어주는 것은 다산이 주장한 어린이 학습법의 가장 핵심 개념이다.

"《천자문》은 천하에 고약한 책일세. 절대로 공부를 시작하는 어린이에게 가르쳐서는 안 될 책이지. 생각해보게나. 색채어를 가르치려면 현황(玄黃) 두 글자에 그치지 말고 여타의 다른 색깔까지 한꺼번에 가르쳐야만 여러 색깔을 표현하는 글자의 얼개가 마음속에 새겨지지 않겠는가? 어째서 조선은 계통도 없는 저《천자문》같은 책을 어린이 기본 학습 교재로 쓰는지 모르겠네. 가장 시급히 고쳐야 할 폐습이 나는 이것이라고 보네."

21

어린이에게는 늘 속이지 않는 것을 보여주어야 한다. 증선지의《사략》은 책을 펴자마자 온통 황당한 이야기뿐이다. 천황씨가 나오는 첫 장부터 이미 허탄해서 믿을 수 없고 괴기하니 결단코 아이들에게 가르쳐서는 안 된다. 《예기》의〈곡례(曲禮)〉,〈소의(少儀)〉,〈옥조(玉藻)〉,〈내칙(內則)〉등의 편을 어려서부터 먼저 가르쳐서 그로 하여금 글공부와 행실 공부가 나란히 나아가게 해야 한다.《시경》의 국풍(國風)도 어린이들이 마땅히 배워야 한다.

幼者常視毋誑. 曾先之史略, 開卷皆謊說也. 天皇氏一章, 已荒誕鬼怪, 決不可授兒. 曲禮少儀玉藻內則等篇, 當於此時先授, 使其文行交進也. 國風亦童子所宜學.

"증선지의《사략》도 교재로는 적합지가 않네. 어린이 교육에서 가장 중요한 것은 거짓말을 해서는 안 된다는 점일세. 가르치는 선생도 믿지 못할 황당한 내용을 역사라며 어린이에게 가르치려 들면 아이들이 제 주견이 들어서기도 전에 허탄한 생각부터 스며들게 되지.《사략》을 버리고《예기》가운데 기본 범절을 논한 몇 편의 글을 가르치면 어린이들은 글을 익히는 한편으로 몸가짐을 바로 하는 태도를 같이 익히게 되니 글공부와 행실 공부가 나란히 가는 셈이 된다네.《시경》의 국풍도 가락에 따라 당시의 풍속을 익히는 사이에 도타운 마음을 길러주어 교육의 효과가 한결 높아진다네.《사략》을 읽혀서는 안 되네."

22

강지의 《통감절요(通鑑節要)》는 사마광(司馬光)의 《자치통감(資治通鑑)》을 저본으로 삼아놓고 도리어 주자의 《통감강목(通鑑綱目)》에서 취해 의례(義例)로 삼는 바람에 글에 조리가 없다. 또 사람의 성품은 새로운 것을 좋아하니, 어린이들은 특히나 심하다. 이제 어린이에게 4~5년간 이 책에 머리를 박게 하면 지루함이 병통이 되어 글과는 아예 원수가 된다. 그래서 내가 이 방법을 반드시 폐해야 마땅하다고 말하는 것이다.

江氏通鑑節要, 以溫公書爲藍本, 却取朱子綱目爲義例, 不成文理. 且人性好新, 童孩尤甚. 今令童子四五年埋頭於此書, 支離爲病, 與文爲讎. 余故曰此法必當廢.

"내친김에 하나 더. 온 나라가 교과서처럼 읽는 《통감절요》는 두 가지 점에서 큰 문제가 있는 책일세. 첫째, 이 책이 문장은 《자치통감》을 줄인 것인데 체재는 《통감강목》을 따르는 바람에 내용과 체재가 서로 맞지 않는 이상한 책이 되고 말았네. 자기 딴에는 좋은 것만 취한다고 그랬겠지만, 오히려 뒤죽박죽 체계 없이 혼란스럽게 되었다. 둘째, 분량이 너무 많아 어린이들이 가장 지혜가 발달할 시기에 4~5년을 이 책에 붙들려 진저리를 치고 나면 이후로는 아예 글과 원수가 되고 말아 공부에 담을 쌓게 만들고 말지. 이런 책에다 머리를 파묻고 세월을 낭비하게 해서는 절대 안 되네."

23

앞서 말한 《예기》의 여러 편을 읽고 나면 마땅히 《시경》의 국풍(國風)과 《논어》를 읽어야 한다. 그다음은 《대학(大學)》과 《중용(中庸)》을 읽어야겠지. 그러고 나서 《맹자》와 《예기》, 그리고 《좌전》을 읽어야 한다. 《시경》의 아송(雅頌)과 《주역》의 괘사는 그다음에 읽는다. 그다음은 《상서(尙書)》이니, 이것을 다 읽고 나면 《사기》와 《한서》를 읽는다. 그다음에야 비로소 사마광의 《자치통감》을 가져다가 두 번 세 번 숙독해야 한다. 혹 주자의 《통감강목》으로 읽어도 괜찮다.

讀禮記諸篇了, 當讀國風論語, 次讀大學中庸, 次讀孟子禮記左傳等. 次讀雅頌易繇, 次讀尙書. 訖, 讀史記漢書, 始可取溫公通鑑, 再三熟覽. 或朱子綱目亦可.

"잘 알았습니다. 선생님! 그러면 마지막으로 여쭙겠습니다. 경전을 읽는 데도 순서가 있습니까?"

"물론 있지. 내가 정리해서 얘기해줄 테니 잘 기억해두게. 앞서 말한 《예기》의 여러 편을 다 마쳤으면 《시경》의 국풍과 《논어》가 그다음 차례일세. 그다음은 《대학》과 《중용》, 이를 이어 《맹자》와 《예기》, 그리고 《좌전》을 읽어야 하네. 《시경》의 아송과 《주역》의 괘사는 그다음 차례가 되겠지. 이렇게 기본 경전을 섭렵하고 나서 비로소 역사책으로 넘어가게 되는데, 먼저 《상서》를 읽고, 시대순으로 《사기》와 《한서》로 내려가, 그제야 《자치통감》을 두세 번 읽으면 된다네. 이 책 대신 《통감강목》으로 대신해도 괜찮지. 그렇지만 이도저도 아닌 《통감절요》는 안 되네."

다산은 선경후사(先經後史)의 공부 차례를 대단히 중시했다. 먼저 경전을 익혀 수기(修己)의 바탕을 기른 뒤, 역사를 가르쳐 치인(治人)의 자취를 살피는 순서다. 추기급물(推己及物), 즉 자기에게서 바깥 사물로 확산되는 공부의 차례를 강조했다.

이렇게 해서 무려 23항목에 달하는 정수칠에게 준 다산의 증언을 차례대로 읽었다. 내용을 보면 정수칠의 질문이 먼저 있고, 그 질문에 대한 답변 형식으로 공부의 목적과 방법, 각각의 경전 공부에 임하는 태도, 독서의 순서와 어린이 교육의 문제 등으로 나눠 하나하나 친절하게 설명했다.

## 사물을 통해 배우는 세상 사는 이치

이제 마지막으로 〈또 정수칠을 위해 써준 증언〉 1칙을 마저 읽어보기로 하자.

산에 살며 일이 없어 사물의 이치를 가만히 살펴보니, 세상 사람들이 부지런히 왔다 갔다 하면서 정신을 쏟아 노심초사하는 것들은 모두 부질없는 일뿐이었다. 누에가 알을 까고 나오면 뽕잎이 먼저 움트고, 제비가 알을 낳으면 나는 벌레가 들판에 가득하다. 갓난아기가 세상에 나와 첫 울음을 울자 어미의 젖이 분비된다. 하늘이 만물을 낳을 때는 그 양식도 함께 내려준다. 어찌 깊은 근심과 과도한 염려로 황급하게 굴면서 오직 잡을 수 있는 기회를 놓치게 될까 염려한단 말인가? 옷이야 몸만 가리면 충분하고, 음식은 배만 채우면 그만일 뿐이다. 봄이면 보리 철까지 견딜 쌀이 있고, 여름에는 벼가 익을 때까지 이을 낟알이 있다. 그만두자, 그만두자. 올해 내년을 위한 계획을 세우지만 어찌 수명이 그때까지 반드시 이어질 줄 안단 말인가? 자식을 어루만지며 손자와 증손을 위한 계획까지 마련하니, 장차의 자손들은 모두 멍청이란 말인가? 설령 우리가 배불리 먹고 따습게 옷을 입으며 몸을 마치도록 근심 없이 살다가 죽는다 해도 죽는 그날에 사람과 뼈가 함께 썩어버려 한 상자의 책도 전하는 것이 없다면 삶이 아예 없었던 것과 한가지다. 이를 두고 삶이라 한다면 저 금수와 아무런 차이가 없을 뿐이다. 세상에는 가장 경박한 남자가 있으니, 그는 마음을 다스리고 성품을 기르는 것을 가리켜 쓸데없는 일이라 하고, 책 읽고 이치를 궁리하는 것을 가리켜 옛날이야기라고 말하는 자이다. 맹자는 마음을 기르는 자는 대인이 되고, 몸을 기르는 자는 소인이 된다고 말했다. 저 사람이 소인 되기를 달게 여기니, 내가 이를 또 어찌하겠는가?

山居無事, 靜觀物理, 顧世之營營逐逐勞神瘁思者, 皆閒漫爾. 蠶之破殼, 桑葉先吐，燕子出卵，飛蟲滿野．嬰兒落地一聲，乳汁泌然．天之生物，竝賜其糧，奚爲深憂過慮，遑遑汲汲，唯恐挈攫之失機哉！衣足掩體斯已矣，食堪塞肚斯已矣．春而有待麥之米，夏而有接禾之粒，已而已而．今年而爲來年之謀，安知壽命必延，撫子而爲孫曾之計，將謂子孫皆愚乎？使吾人得飽喫煖著，終身無憂以死，死之日，人與骨俱朽，一簏之書無所傳，猶之無生，謂之有生則與禽獸無擇焉爾．世有一等輕薄男子，凡屬治心養性邊事，目之爲閑事，卽讀書窮理，指爲古談．孟子曰養其大體者爲大人，養其小體者爲小人，彼甘爲小人，吾且奈何哉．

앞서 읽은 23칙의 증언과는 조금 시일의 차이를 두고 따로 써준 글이다. 사람이 세상에 살다 간 보람은 오직 학문으로 남는다. 그 밖에 아웅다웅 복닥대며 마음 쏟는 일이란 대부분 저절로 이루어져서 그저 두어도 해결될 일들이다. 먹고사는 문제는 어찌해도 뜻대로는 안 되고, 그저 손 놓고 있어도 굶어 죽는 법이 없다. 사람이 이 세상에 나와 살다 가는 보람을 단지 좋은 집에서 배불리 밥 먹고 따뜻하게 비단옷 입고 사는 데서 찾는다면 그보다 슬픈 노릇이 없다. 이런 것은 죽어 땅에 묻히는 순간 흔적도 없이 사라진다. 자손에게 남긴 재물은 자손을 망치는 빌미가 되기 일쑤다. 그 많던 재물은 손가락 사이로 흔적 없이 빠져나가 잠깐 만에 빈털터리가 된다. 그런 것에 어찌 인생을 건단 말인가? 대인과 소인의 차이는 재물의 많고 적음이 아니라 그가 추구하는 가치의 크기로 나뉜다. 그러니 우리는 이 세상을 살아가면서 정신의 가치를 높여 몸과 마음을 닦는 일을 결단코 소홀히 할 수가 없다. 공부하지 않고 살겠다는 말은 한 마리 밥벌레로 살겠다는 것과 같다.

이상 살펴본 다산이 정수칠에게 준 여러 증언은 문체가 쫄깃하고 일반 상식을 뒤집는 역설의 방식을 즐겨 택해 얼핏 읽어서는 문맥을 놓치기 쉽다. 이 글들 또한 앞서 읽은 〈교치설〉과 마찬가지로 1812년 언저리에 정수칠에게 써준 것으로 보인다. 당시 정수칠은 이미 45세의 중년이었다. 그는 장흥 반산 지역에 세거하던 한집안의 인물로, 자세한 행적은 남아 전하는 것이 없다. 뒤늦게 과거를 준비하면서 초당을 들락거리던 그에게 다산은 과거만이 능사가 아니며 인간이 인간답게 살기 위해 하는 공부가 어떤 것인지를 되풀이해서 친절하게 일러주었다. 다산이 정수칠에게 준 이 증언첩은 현재 실물이 전하지 않는다. 아마도 어딘가에 남아 있을 것인데, 장흥 지역에 세거하던 정씨 집안은 접촉을 위해 여러 번 애를 써보았지만 연결이 잘 되지 않아서 여태 뜻을 이루지 못하고 있다. 혹 원본의 소재를 안다면 알려주시기 바란다.

# 30. 스스로에게 함부로 대하지 말라

—서제 정약횡에게 준 윗사람을 모시는 자세

## 밥이나 먹고 살면 된다?

다산은 진주 목사를 지낸 정재원(丁載遠, 1730~1792)의 5남 3녀 중 넷째다. 위로 세 분의 형님이 있고, 밑으로 서모 김씨 소생의 아우 정약횡(丁若鐄, 1785~1829)이 있다. 《다산시문집》 권 17에 정약횡에게 준 증언 두 편이 실려 있다. 〈아우 횡을 위해 써준 증언(爲舍弟鐄贈言)〉 13칙과 〈또 아우 횡을 위해 써준 증언(又爲舍弟鐄贈言)〉 1칙이다. 이번 장과 다음 장에서 나누어 읽어보겠다.

글을 통해 볼 때 정약횡은 서출이어서 의술(醫術)로 감영의 비장(裨將) 노릇을 했던 듯하다. 이 증언은 정약횡에게 감영 비장으로서 윗사람을 모시는 바른 자세를 설명한 내용이다. 뒤에서 읽을 영암 군수 이종영에게 준 증언과 함께 양방향으로 읽으면 상하의 바람직한 몸가짐이 알맞게 정리된다.

먼저 첫 번째 항목을 읽어보자.

옛날에 세경(世卿)의 서성(庶姓)은 신분이 낮아 스스로 클 길이 없었다. 이에 나가서 대부를 섬겨 집사[家宰]나 고을 관리[邑宰]가 되어서 조금이나마 배운 것을 펴볼 수 있었다. 이 때문에 공자 문하의 여러 제자 또한 모두 사조(私朝)에서 벼슬하였던 것이다. 이렇게라도 하지 않으면 벼슬할 길이 없었기 때문이다. 우리나라에서 사람을 쓰는 것은 구애되는 조문이 워낙 많아, 때에 가로막힌 사람은 또한 공조(公朝)에서 자신을 펼 길이 없다. 이 때문에 머리를 굽히고 경대부(卿大夫)를 섬겨 비장이나 서기(書記)가 되는 것은 옛날의 의리이다. 비록 선왕(先王)의 도를 듣고 선성(先聖)의 행실을 배운 자라도 부끄러워하지 않았다. 살펴보매 세속에서는 들은 것이 적다 보니 이를 천한 유사(有司)나 하는 일로 여긴다. 몸담고 이 일을 하는 자마저도 문득 이렇게 말한다. "우리는 소인이다. 밥이나 먹으면 그만이지, 염치나 명검(名檢)에 어찌 뜻이 있겠는가?" 그러면서 대부분 제멋대로 음탕하게 굴며 자신을 더럽히니 참으로 안타깝다. 사조에서 벼슬하거나 공조에서 벼슬하거나 본시 다를 것이 없다. 마땅히 성인의 훈계에 따라 그 몸을 스스로 공경해야지, 낮고 더럽다 하여 스스로를 박하게 대해서는 안 된다.

古者世卿庶姓, 微小無以自達. 於是出而事大夫, 爲家宰邑宰, 得以少展其所學. 故孔門諸弟子, 亦皆仕於私朝, 爲不如是, 無以爲仕宦也. 我邦用人, 拘而多文, 其阨於時者, 亦無以自達於公朝. 故屈首而事卿大夫爲裨將書記, 古之義也. 雖聞先王之道, 學先聖之行者, 在所不恥. 顧流俗寡聞, 以是爲賤有司之事, 其沾體爲是者, 輒曰: "吾儕小人, 志在得食. 何有於廉恥, 何有於名檢?" 率放倒淫蕩以自汚, 甚可嗟也. 仕於私仕於公, 本無二致. 宜恪遵聖戒, 自敬其身, 不可以卑汚自薄也.

서얼은 공적 채널을 통해 입신하는 길이 원천적으로 가로막힌 존재다. 자신의 잘못은 없이 타고나면서부터 손발이 묶인 셈이다. 그러니 제 역량에 관계없이 할 수 있는 일이 없다. 남의 밑에 들어가 비장이나 서기 노릇으로 입에 풀칠하고 사는 것이 고작이다. 그러다 보니 몸에 밴 것이 냉소와 자조다. "에이, 나 같은 놈이 공부해서 뭘 하겠어. 아등바등 애써봤자 남이 알아주는 것도 아니니 염치는 개나 주라 하고, 명예니 검속이니 하는 말은 저들이나 신경 쓰라고 해!" 이렇게 말하며 밥벌레의 삶을 자처한다. 사람이 태어나 한세상을 살아가는 것은 매일반인데 이리 살다 갈 수야 있겠는가? 자중자애해야지, 신분이 낮다 해서 몸을 함부로 굴리면 안 된다.

아침에 뵙는 것을 '조(朝)'라 하고 저녁에 뵙는 것을 '석(夕)'이라 한다. 모두 사조(私朝)에서 하는 말이다. 날이 밝기 전에 촛불을 켜고 바로 일어나 세수하고 머리를 빗는다. 먼동이 트면 옷매무새를 바로 하고 단정히 똑바로 앉아 점검하면서 따져본다. 오늘은 마땅히 어떠어떠한 일을 아뢰고, 마땅히 어떤 임무를 수행할지 모두 또렷이 순서가 있어야 한다. 논리는 어떻게 하고, 뜻을 펴는 것은 어떻게 할 것인지 명백하여 마음에 맞고 공평해서 실정에 합당하게 하고는 모두 묵묵히 혼자 외워 익힌다. 그런 다음에 감히 주인에게 고한다. 《주역》에서 "말이 차례가 있으니 후회가 없다."고 한 것이 바로 이를 두고 한 말이다. 같은 직급의 사람들이 모두 모이기를 기다려서 이들과 함께 나아가야지, 홀로 먼저 사사로이 뵈어 저만 특출하게 굴어서는 안 된다. 비록 의원 신분으로 병세를 진찰하려고 새벽에 찾아뵙는 경우라도 또한 마땅히 자제나 손님 몇 사람이 곁에 있을 때를 기다려서 함께 뵈어야지, 혼자 만나보아서는 안 된다. 처신이 공조(公朝)에서와 다를 게 없다.

朝見曰朝, 夕見曰夕, 皆私朝之名也. 未明然燭, 卽起盥櫛, 昧爽整衣, 端然危坐. 點檢商量, 今日當稟某事, 當擧某職, 皆歷然有序. 論理宜何若, 敍意宜何若, 明白中窾, 公平協情, 皆默自誦習, 然後敢以告於主公. 易曰言有序悔亡, 此之謂也. 俟同列齊集, 與之偕進, 不可獨先私覿以自異也. 雖醫者, 有診候須晨謁, 亦宜俟子弟賓從有數人在側, 方與偕見, 終不可獨謁. 處與公朝同也.

당시 정약횡은 의원 신분의 비장으로 고을에 속해 있었던 모양이다. 국가에서 공식적으로 내린 직함이 아니어서 사조(私朝)란 말을 자꾸 썼다. 아랫사람으로서 갖추어야 할 태도를 적었다. 아침저녁으로 윗사람과 만날 때는 그에 맞갖은 마음가짐이 필요하다. 아침에는 날 밝기 전에 일어나 의관을 정제하고 앉아 그날의 계획을 마음속으로 가늠해본다. 오늘은 이 일을 처리하고, 이 임무를 처리해야지. 하루 일정을 세워 처리할 일의 순서까지 정해둔다. 윗사람이 내게 일에 대해 물으면 대답은 이렇게 하고 논리는 이렇게 펼쳐야지. 가만히 머릿속에 그때그때 정황에 따라 미리 가늠을 해둔다. 이렇게 해야 어떤 상황이 닥쳐도 말에 조리가 있고 일에 순서가 있어 윗사람은 그를 매번 눈여겨보게 된다. 다만 이때 여럿이 함께 일하면서 튀는 행동을 해서는 안 된다. 저만 주목을 받겠다고 남을 배제하려 들면 동류의 질시와 모함을 자초하고 만다. 특히 너는 의원이라 새벽이면 진맥을 위해 먼저 주인을 만나기 쉬운데, 그때도 혼자서는 들어가지 말고 반드시 다른 사람이 입회한 상태에서 진찰을 해야 뒷말이 없게 되는 법이다. 그러지 않고 이것을 무슨 큰 특권으로 여겨 단둘이 소곤대는 것을 자랑으로 알면 엉뚱한 데서 반드시 뒤탈이 나게 되어 있다.

사소한 데까지 미친 다산의 심모원려(深謀遠慮)를 읽을 수 있다. 이제 막 직장 생활을 시작하는 사람들도 한번쯤 음미해볼 만한 내용이다. 늘 준비 없이 있다가 막상 일이 닥치면 허둥대느라 시기를 놓치고 만다. 조직의 규율을 무시하고 혼자 돋보이려다가 망신을 자초하거나 왕따를 당하는 경우도 흔하다. 그러니 여러 경우의 수를 따져 일처리에 차례가 있고 마음에는 가늠이 있어야 한다.

세 번째 단락 또한 이어지는 내용이어서 한 묶음으로 마저 읽겠다.

만약 주공(主公)이 늦게 일어나므로 막료들이 다들 덩달아 늦게 일어나더라도 나만은 새벽에 일어나 용모를 단정히 해서, 불시의 부름이나 아전들이 일을 아뢰는 것에 대비해야지, 무리를 따라 게을러서는 안 된다. 해가 서 발이나 높이 솟았는데도 온 부중(府中)이 코를 골고 잔다면 온갖 법도가 해이해진다. 비록 한 사람만이라도 혼자 깨어 있다면 오히려 정채가 있게 된다.

若主公晚興, 幕僚皆從而晚興, 我則晨興整容, 以待不時之召, 及吏隷稟事. 不可隨衆懈怠. 若日高三竿, 一府齁齁, 則百度解緩, 雖一客獨醒, 猶之有精采也.

다른 사람을 모시는 처지에 있다면 아침 일찍 깨어 미리 만반의 준비가 되어 있어야 한다. 모시는 주인이 늦게 일어난다고 아랫사람이 덩달아 게으르면 못쓴다. 다 코를 골며 잘 때 나 혼자 깨어서 준비하고 있다가 뜻하지 않은 불시의 부름이 있을 때 당황하지 않고 바로 대응하면 윗사람이 너를 주목하게 될 것이다. 사람 사이의 신뢰는 이 같은 일을 통해 조금씩 싹터나는 것임을 잊지 말거라.

## 음란함에 대한 경계

이어지는 네 번째 단락은 비장들의 음란한 습속과 못된 관행에 대한 경계를 담았다.

내가 보니 비장이 된 자들의 천만 가지 문제의 발단이 모두 한 글자에서 일어난다. 칭찬과 비방, 영예와 욕됨도 모두 한 글자에 달려 있다. 이른바 그 한 글자가 무엇일까? 바로 '음(淫)'이란 글자다. 관기(官妓) 중에 요염한 자는 여러 사람이 똑같이 눈독을 들이게 되어 있다. 그중 음사에 능한 자가 반드시 먼저 그와 눈이 맞게 마련이다. 한 번 발 빠른 자가 차지해버리면 뭇 사내가 코밑수염을 배배 꼬면서 승냥이의 이빨을 남몰래 가니 어찌 위태롭지 않겠는가. 하물며 이 여자는 반드시 어려서부터 이미 익숙히 대인(大人)의 손길을 거쳐 그 간사한 구멍이 반드시 일찍 뚫렸을 것이고, 그 욕망의 골짜기가 틀림없이 진작부터 넓혀졌을 것이다. 부탁하고 호소하는 재주는 반드시 교묘하고, 좋은 옷을 사는 데 드는 비용을 구하는 것도 틀림없이 사치스럽고 분수에 넘칠 것이다. 어리석어 못난 사내가 한 차례 빠지기만 하면 향기와 악취도 분간 못 하고 시고 짠 맛도 가리지 못 하게 될 것이니, 마음을 잃고 몸을 망치는 것이 이로부터 비롯된다.

가장 좋기로는 정결하게 스스로를 지켜서 중이니 고자니 하는 조롱을 달게 받는 것이다. 그렇게 할 수 없겠거든 마땅히 말없이 물러나 양보하여 여러 동료가 다 고르기를 기다려야 한다. 또 권세 있는 아전이나 사나운 장교와 같이 사납고 영리한 사람이 고이는 대상인지를 물어보고 아울러 모두 피해야 한다. 매번 먹고 마시며 즐겁게 잔치하는 자리에서는 말수와 웃음이 적고 조신하며 소박한 사람을 살펴서 전부터 인연을 맺은 사람이 누군지 조사하고 묵은 병은 없는지 물어본다. 그녀를 불러서 방에 오게 해 여러 날을 탐문하고 시험해본 뒤에 그가 반드시 조금의 해로움도 없음을 알게 된 뒤라야 가까이 해도 괜찮다. 하지만 끝내 손대지 않아 고상한 것만은 못하다. 무릇 기생을 두려는 사람은 반드시 의복과 음식 때문에 방에서 모시는 기생이 있어야 한다고들 한다. 내가 보기에 기생을 두는 비용은 몹시 많이 든다. 심부름하는 여종 중 양순한 자에게 그 절반만 주어 그로 하여금 공양하게 하되 끝내 범하지 않는다면 지성으로 순수하게 정성을 다해 충심으로 받들 것이니, 방에서 모시는 기생을 두는 것보다 반드시 열 배는 나을 것이다. 잡스런 말을 나는 믿지 않는다.

余見爲裨將者, 千孼萬累, 皆起於一字. 毁譽榮辱, 都係於一字. 所謂一字何也? 淫字是也. 官妓其妖豔者, 衆共流目. 其善淫者, 必先與之目成, 一爲疾足者所得. 卽衆夫捋髭, 已豺牙密礪, 豈不殆哉. 況此尤物, 必自幼時已稔經大人, 其奸竇必早穿, 其慾壑必早恢. 其叮嚀膚愬之術必神巧, 其求索服裝之須必奢濫, 癡憨男子, 一爲所溺, 卽芳臭不分, 酸鹹不辨, 喪心亡身, 自玆始矣.

太上貞潔自守, 甘受禪閹之嘲. 苟不能然, 宜默然退讓, 俟諸僚選畢. 又問權吏豪校桀黠之人所蓄, 竝皆避之. 每於飮食歡宴之場, 默察其寡言笑詳愼拙朴者, 查其宿媾, 詢其宿病, 召之至室, 數日探試, 知其必十分無害, 然後乃可近之. 然終不如不著爲高也. 凡爲此者, 必云衣服飮食, 須有房妓, 以余觀之, 蓄妓之費甚鉅. 用其半以惠汲婢之良者, 使之供養, 終不相犯, 則其至誠純慤, 竭忠承奉, 必十倍愈於房妓. 雜言吾不之信.

고을에 속한 비장들이 빨래와 음식 공양을 핑계로 제 숙소에 방기(房妓)를 들여놓고 음란함을 행하는 폐습을 경계했다. 큰 비용을 들여가며 예쁜 관기를 서로 차지하려고 벌이는 추태나, 능수능란한 그녀들이 이를 기회로 사치를 부려 제가 원하는 것을 얻어내는 모습을 묘사했다. 그 결과는 상심망신(喪心亡身), 즉 마음을 잃고 몸을 망치는 것이다.

가장 좋은 것은 몸가짐을 바로 해서 설령 중이나 고자냐는 비방을 듣는 한이 있어도 여색을 가까이하지 않는 것이다. 정 그럴 수 없다면 말수 적어 과묵하고 몸가짐이 조신한 사람 중에 관계가 복잡하지 않고 질병 없는 사람을 가려 가까이 할 수 있다. 그보다는 계집종에게 적은 비용을 주고 시중만 들게 하고 범하지는 않는 것이 가장 좋다. 오늘의 관점에서 보면 불편하게 들릴 지점도 있는 얘기지만, 당시 비장들의 일반적인 행태에 견주어 경계로 삼을 점을 짚어서 말해주었다.

예전에 내가 장인이신 홍 절도사(洪節度使)를 따라 진주(晉州) 병영(兵營)에 놀러간 적이 있었다. 어떤 비장이 기생과 같이 살았는데, 기생은 혈리(血痢)를 앓아 밤이면 여러 번 뜰로 나가곤 했다. 비장은 그때마다 부축해서 함께 나와, 곁에서 붙들어주며 똥을 누게 했다. 기생은 용을 쓰며 끙끙거렸고, 비장 또한 애를 쓰며 신음하는 통에 동료들에게 비웃음을 당해 온 부중이 그와 상대해주지 않았다. 아! 캄캄한 방 사사로운 거처에서라면 함께 끙끙대며 신음하지 않을 자가 드물 것이다. 경계하지 않을 수 있겠는가?

余昔從外舅洪節度游晉州兵營，有一裨將狎妓，妓患血痢，夜數出庭．裨也每扶與之出，扶而矢之，妓努而呻，裨亦努而呻，爲同列所笑，一府不齒．嗟乎！暗室私處，其不與之努而呻者鮮矣，可不戒哉．

다섯 번째 단락이다. 혈리를 앓는 방기로 인해 동료들에게 외면당해 망신살이 뻗쳤던 어느 비장의 이야기를 소개했다. 그녀는 질병을 앓고 있었으므로 음식이나 의복의 도움을 받기는커녕 많은 비용을 들여 비장이 도리어 기생의 후견 노릇을 하는 꼴이 되었고, 그로 인해 동료들의 손가락질을 받아 체면만 크게 구겼다.

포의(布衣) 윤광우(尹光于)는 고 참판(參判) 윤광안(尹光顔)의 집안사람이다. 판서 조윤대(曺允大)가 황해도 관찰사가 되자 그를 불러 비장의 우두머리로 삼았다. 때마침 영칙사(迎勅使)가 황주(黃州)에 와서 여러 달을 머물렀다. 이에 앞서 윤광우는 황주에 점찍어둔 기생이 있었다. 용모가 몹시 예뻤으므로 일찍이 순영(巡營)에 두고 함께 살았다. 그녀가 말미를 받아 황주로 돌아갔을 때 때마침 병마사가 새로 도임하였는데, 그의 비장이 그녀와 사통하였다. 겨우 며칠뿐이었지만 윤광우가 이 말을 듣고는 마침내 불러서 친압하지 않았다. 매번 수령과 막료들이 잔치하러 모이면 이 기생이 술잔을 따르고 술상을 받들곤 했다. 치마와 허리띠가 스치면 윤광우는 반드시 그 도포 자락을 여며서 살짝이라도 스칠까 염려하며 마치 형수를 대하듯이 하였다.

목사(牧使) 조영경(趙榮慶)이 그를 조롱하여 말했다.

“산송(山訟)과 기송(妓訟)은 나중에 들어간 자가 주인이 된다고 말하네만, 그렇다고 형수의 예를 쓰는 것은 너무 지나치지 않은가?”

그러자 윤광우가 정색을 하고 말했다.

“이러한 일은 감히 멀리하여 꺼리지 않을 수가 없습니다. 두 감영의 비장이 기생 하나에게 쏠리는 것은 소문이 좋지 않습니다.”

내가 당시 곡산 부사로 그 자리에 있다가 이를 보았는데, 이제껏 경탄하여 탄복한다.

尹布衣光于, 故參判光顔之族人也. 曺判書允大, 爲黃海道觀察使, 辟布衣爲首裨. 會迎勅使至黃州留數月. 先是黃州有所眄妓殊豔, 曾蓄之于巡營. 受由歸黃州. 適兵馬使新到, 其裨將與之私通. 纔數日, 布衣聞之, 遂不召狎. 每守令幕僚宴集, 此妓行杯擧案, 裙帶所過, 布衣必攝其袍裙, 恐或微掠, 待之如嫂叔. 趙牧使榮慶嘲之曰: "山訟妓訟, 雖曰後入者爲主. 直用嫂叔之禮, 不亦過乎?" 布衣正色曰: "此等處不敢不遠嫌. 兩營之裨, 聚一妓, 其聲不好." 余時以谷山都護, 在座見之, 至今敬服.

앞서 좋지 않은 사례를 들고 이 여섯 번째 단락에서는 바람직한 사례를 들어서 균형을 맞췄다. 윤광우는 포의로 있다가 조윤대에게 발탁되어 수석 비장이 되어 황해도로 가게 된 인물이다. 그는 황주 기생 중에 자색이 빼어난 이를 순영에 데려다 두고 함께 생활했다. 그런데 그녀가 잠깐 휴가를 받아 황주로 돌아갔을 때 새로 도임한 병마사의 비장이 그녀와 사통하였다. 이 말을 들은 윤광우는 다시는 그녀를 가까이하지 않았다. 그뿐 아니라 형수의 예로 대하기까지 했다. 너무 지나친 것이 아니냐고 곁에서 얘기하자, 그는 두 감영의 비장이 기생 하나를 두고 다툰다고 하면 소문이 좋지 않아서라고 정색을 하고 대답했다. 다산은 곡산 부사 시절에 그 자리에 있다가 직접 이야기를 들었다. 그러고는 윤광우의 이야기를 정약횡에게 들려주며 이 같은 몸가짐이라야 한다고 충고한 것이다.

이상 세 단락은 비장으로 여색과 관련된 경계의 얘기를 모은 것이다. 문란한 행동으로 구설을 부르거나 질병에 걸릴 수도 있고, 비장들 간에 기생 하나를 두고 다툼이 일기라도 하면 관장의 체모에 누가 될 수 있었다. 다산은 설령 고자 소리를 듣더라도 몸을 정결하게 지키는 것이 좋고, 어쩔 수 없이 방기를 두게 되더라도 몸가짐을 신중하게 하지 않으면 안 된다는 점을 구체적인 예시를 들어가며 당부하였다.

정약황에게 준 증언은 모두 14칙인데 나머지는 다음 장에서 마저 읽기로 한다.

# 31. 베푸는 대로 받는다
## —서제 정약횡에게 준 당부

### 비장의 자질과 역량

앞장에 이어 다산이 서제인 정약횡에게 준 증언첩의 뒷부분을 마저 읽겠다. 당시 정약횡은 의원 자격으로 비장 노릇을 하고 있었다. 이제 읽을 세 단락은 비장의 자질과 역량에 대한 내용을 담았다. 전체 13칙 중 일곱 번째 단락에 해당한다.



비장의 재질로 으뜸은 곡식 장부를 헤아리는 것이고, 그다음이 옥사를 조사하여 논의하는 것이다. 그다음은 공문서 작성이요, 그다음이 의술이다. 포의 김동검(金東儉)은 곡식 장부에 밝았다. 판서 정대용(鄭大容)이 전라도 관찰사가 되자 그를 불러 수석 비장으로 삼았다. 당시 나는 강진현에 귀양 살고 있었는데, 고을에 한 서객(書客)이 또한 곡식 장부에 환했다. 무릇 감영의 아전과 군현의 아전들이 농간을 부리는 방법을 환하게 알았다. 내가 그 집에 묵으면서 한번은 조용히 물어보았다.

"전주의 호방과 비장 중에 앞뒤로 수십 년간 누가 신통하다고 일컬어져서 능히 아전에게 속임을 당하지 않았는가?"

서객이 대답했다.

"한 되 한 홉도 끝내 능히 속여 넘기지 못했던 것은 오직 김동검 한 사람뿐입니다. 그 나머지는 들어본 적이 없습니다."

대저 곡식 장부의 어려움은 첫째, 나누어주고 남겨두는 것을 법대로 하지 않기 때문이고, 둘째, 아문(衙門)이 저마다 다르기 때문이다. 셋째, 취하고 쓰는 것이 같지 않아서이고, 넷째, 곡식마다 깎아주기 때문이다. 옮겨 변천하는 것이 마치 구름과 노을이 변하는 것과 같아 달로 다르고 날로 바뀐다. 진실로 정밀한 마음으로 밝게 보지 않으면 살펴 알 수가 없다. 내가 종횡표(縱橫表)를 만들었는데 규식이 대여섯 가지여서 사찰에 간편하다. 《목민심서》〈곡부편(穀簿篇)〉 중에 대략 보인다. 이 일에 마음을 두고 있는 자는 취할 만한 점이 있을 것이다.

裨將之材, 首數穀簿, 其次獄讞, 其次札翰, 其次醫術. 金布衣東儉明於穀簿, 鄭判書大容爲全羅道觀察使, 辟之爲首裨. 時余謫居康津縣, 縣有一書客, 亦明於穀簿. 凡營吏及郡縣吏舞弄之法, 無不洞知. 余館於其家, 嘗從容問之曰: "全州戶房裨將前後數十年, 孰稱神明, 能不受吏瞞也?" 書客答曰: "一升一龠, 終不能瞞過者, 唯金東儉一人, 其餘未之聞也." 大抵穀簿之難, 一由於分留之不法, 一由於衙門之各殊, 一由於取耗之不同, 一由於各穀之準折. 而那移變遷, 如雲霞之幻轉, 月異而日渝. 苟非精心明目, 未可以領會也. 余作縱橫表規式凡五六首, 以便查察, 略見於牧民心書穀簿篇中. 留心此事者, 庶有取焉.

비장의 역할은 곡식 장부의 정리와 옥사의 처리, 공문서 작성, 의술 등으로 대별된다. 가장 어렵고 중요한 것은 곡식 장부의 정리다. 창고에 있는 실제 물량과 서류의 내용은 절대로 맞는 법이 없다. 수십 년 쌓여온 적폐가 하루아침에 바로잡힐 수 없기 때문이다. 실제 곡물의 수납에는 불법이 횡행하고, 처리 창구가 지역별로 제각각인 데다 사용처도 불분명하고, 곡식 종류에 따라 할인율도 다르다. 그러니 이 복잡한 변수들을 고려해서 투명하고 명백하게 장부를 정리하는 것은 애초에 거의 불가능한 일이다.

다산이 강진 유배 시절에 만난 유능한 비장에게 이제껏 수십 년 동안 만나본 비장 중에 가장 뛰어난 사람이 누구였느냐고 묻자 그는 잠시의 망설임도 없이 바로 김동검의 이름을 댔다. 그는 판서 정대용이 사적으로 발탁한 비장이었다. 다산은 정약횡을 위해 비장 노릇의 어려움을 말한 뒤, 혹여 이 같은 일을 맡게 될 경우 자신이《목민심서》〈곡부편〉에 예시해둔 종횡표, 즉 가로세로 도표의 예시를 잘 활용하면 큰 어려움 없이 이 일을 처리할 수 있을 것이라고 조언했다. 한편 강진 유배 시절 운운한 것으로 보아, 정약횡에게 이 글을 써준 것이 1819년 해배 이후였던 것도 알 수가 있다.

내가 강진에 있을 적에 매번 보면 아전들이 곧장 500~600냥의 돈을 가지고 전주(全州)로 달려가서 감영의 아전에게서 곡식을 사서는 고을 창고에서 도로 찾는다. 이를 일러 매잉(買剩), 즉 남는 것을 산다고 한다. 여러 고을이 모두 남는 곡식이 있으므로 감영의 아전이 발매하면 한 섬에 값이 200인 것도 간혹 50~60이면 사는지라 큰 이익으로 여겨 앞다퉈 이를 노린다. 한 고을이 이 같을진대 여러 고을의 형편도 알 만하다. 이로 보면 비장이 곡식 장부에 밝지 않으면 나라의 비용은 탕진되어 없어지고 백성의 고혈은 다 말라버리고 만다. 이 같은 일이 많으니 삼가서 가리지 않을 수 있겠는가?

余在康津, 每見吏屬直持錢五六百兩, 走全州. 貿穀於營吏, 還取於縣倉, 名之曰買剩. 謂諸邑皆有剩穀, 營吏發賣, 其一苫直二百者, 或以五六十買之, 以爲大利, 爭先射之. 一縣如此, 諸邑可知. 以此觀之, 裨將不曉穀簿, 使國用蕩竭, 民膏涸盡. 多此類, 可不愼擇.

이른바 시세차익을 노린 곡식 환매 행위에 대해 쓴 글이다. 공식적으로 매긴 쌀 가격과 실제 시장 가격은 풍년이냐 흉년이냐에 따라 크게는 세 배 이상 차이가 날 때도 있다. 시장 물정에 어두운 감영의 아전은 제 고을에 남아

도는 곡식을 시세보다 훨씬 싼 가격에 멋모르고 판다. 영리한 아전은 싼 값에 사들인 쌀을 가져와 시세에 따라 되팔아 큰 이득을 남긴다. 아전들의 역량은 그 같은 정보를 누가 빨리 빼내 발 빠르게 움직이느냐로 차이가 진다. 비장들이 곡식 장부의 내용을 잘 알지 못하면 제 고을에 큰 폐를 끼치고, 본의 아니게 백성의 고혈을 짜며, 나아가 나라 재정에 큰 짐을 지우고 물가 앙등의 요인이 되기도 한다. 그러니 비장 노릇을 제대로 하려면 곡식 장부에 대한 공부를 꼼꼼히 하지 않으면 안 된다. 이상 두 단락은 비장의 업무 중 가장 중요한 곡부(穀簿), 즉 곡식 장부에 관한 내용이다.

## 틈만 나면 공부해라



다산은 아우 정약횡에게 그저 수동적인 자세로 월급이나 탈 생각은 하지 말고 부지런히 배우고 익혀 자신의 가치를 높여나갈 것을 계속해서 주문했다. 이어 읽을 내용은 아홉 번째 단락이다. 여기서는 비장의 두 번째 직임인 옥얼(獄讞), 즉 옥사의 판결에 대한 내용이다.

살인을 저지른 옥사의 판결문은 가장 자세하게 살펴야 한다. 그저 몇 마디 말로 요약해서는 안 된다. 내가 편집한 《흠흠신서(欽欽新書)》 30권에 상세하게 의례(義例)를 정리해두었으니, 한가한 틈에 익히 살펴서 정밀하게 연구하도록 해라.

殺獄題判, 最宜詳審, 不可以數語提要. 余所輯欽欽新書三十卷, 詳著義例, 宜於閒隙, 熟覽而精研.

비장의 주요 역할 중 하나인 옥사의 처리에서 다산은 자신의 《흠흠신서》

를 숙독해 여러 가지 가능한 경우의 수를 익혀둘 것을 당부했다. 특별히 살인을 저지른 옥사의 경우는 사건 초기에 적절한 대응과 조처를 해두지 않으면 나중에 곤란한 지경을 당하는 수가 적지 않았으므로 특별히 꼼꼼하게 기록해두어야 한다고 강조했다.

이어지는 열 번째 단락에서는 비장의 역할 중 세 번째로 꼽은 찰한(札翰), 즉 공문서 작성에 관한 당부와 그 밖의 업무 파악에 임하는 자세에 대해 논했다.

너는 공문서 작성에 있어서는 역량이 부족해 어쩌지 못한다. 다만 심기를 가만히 가라앉히면 글자의 획이 조금은 정밀해질 것이다. 네가 의술을 가지고 뽑혔지만 이것은 가장 낮은 일이다. 막중의 여러 선배 중에 곡식 장부에 밝은 사람이나 옥사 처리에 환한 사람이 있거든 마땅히 틈을 보아 예물을 갖춰 제자 되기를 청하도록 해라. 말을 낮추고 용모를 공손히 해서 성심으로 배우기를 청해야 한다. 매번 곡식 장부가 관청에 도착하면 마땅히 좌우에서 모시면서, 그 규식을 묻고 조리를 살피며, 서로 베껴 적어 처리 방식을 알아두어야 한다. 이렇게 해야 벼슬과 배움이 아울러 발전할 수가 있다. 한갓 당귀나 천궁 같은 약초 이름을 가지고 자만하거나 뻐겨서는 안 된다. 매번 처리해야 할 옥사가 관청에 이르면 또한 선생을 따라 가르침을 청하기를 곡식 장부를 배우던 방법대로 해서 익숙하게 익혀 확실히 알아두어야 한다. 뒷날 이것으로 대부에게 발탁된다면 한 가지 재주로 쓰이기를 구하는 것보다 한결 나을 것이다. 만약 말씨가 공손치 않은 데다 어지럽고 제멋대로 굴어 남의 눈살이나 찌푸리게 한다면 관직을 침탈해 직분을 넘어선 짓을 한다 하여 동료에게 나무람을 받게 될 것이다.

汝於札翰, 下愚不移. 唯心氣安靜, 則字劃稍精而已. 汝以醫術見取, 然此是下乘. 幕中諸老, 有明於穀簿, 嫺於獄讞者, 汝宜乘間執贄, 願爲弟子. 卑辭婉容, 誠心請學. 每穀簿到廳, 宜左右供奉, 問其規式, 察其條理, 相其鈔錄, 知其歸趣. 此可爲仕學兼進, 毋徒以當歸川芎, 自滿自多也. 每獄案到廳, 亦從先生請教, 如穀簿之法, 習熟通曉. 他日庶以是見取於大夫, 勝以單技要售也. 若修辭不恭, 胡亂劖剿, 使人愁亂, 則徒以侵官越職, 見誚於同列也.

비장의 직분 중 세 번째인 공문서 작성에 대한 문제를 먼저 지적했다. 공문서 수발이나 발송에서 단정한 필체는 꼭 필요하다. 그런데 정약횡은 글씨체가 엉망이었던 듯 다산도 이 점은 어찌해볼 수 없다고 인정했다. 하지만 글씨를 쓸 때 마음을 좀 더 가라앉혀 차분히 또박또박 쓴다면 지금보다는 나아질 것이라고 적었다. 공연히 비장 직분 중 가장 낮은 의술을 조금 안다고 해서 툭하면 약초 이름을 대며 잘난 체해서는 안 된다고 주의를 주었다.

이어 다시 곡부와 옥얼에 대한 공부를 한 번 더 강조했다. 틈날 때마다 그 분야 전문가에게 예물을 갖춰 제자 되기를 청해 하나하나 그때그때 물어 공부해두어야 한다. 단지 의술만 가지고 취직하기보다는 곡부와 옥얼에 대한 식견도 아울러야 자신의 상품 가치가 한층 올라갈 수가 있다. 그러지 않고 불손한 말투로 제멋대로 굴면 동료의 비난을 자초해서 그마저도 밀려나고 말 것이라고 훈계했다.

이상 네 항목에서 다산은 비장이 수행해야 할 역할로 곡부, 옥얼, 찰한, 의술 네 가지를 꼽고, 각각의 일이 왜 중요하고 어떻게 배워야 하는지를 아우 정약횡에게 차례로 하나하나 일러주었다.

## 모범적 행실로 자취를 남긴 비장들

이제껏 총론격의 이야기를 다 펼친 다산은 마무리 세 단락에서 구체적인 성공 사례와 실패 사례를 들어주며 정약횡에게 주는 증언을 마무리했다. 먼저 열한 번째 단락을 보자.

중추공(中樞公)이 번옹(樊翁) 채제공(蔡濟恭)을 수행하여 함흥의 막중에 갔다. 예전 관례로 육진(六鎭)에서는 가는 베[細布]를 거두었는데, 밥사발 안에 베 한 필을 담을 수 있었으므로 발내포(鉢內布)라고 했다. 중추공이 변방 고을에 이르러 발내포를 가지고 온 자를 모두 물리치며 말했다.

"관찰사 영감께서 영을 내려 그다음으로 가는 베를 거두어오게 하셨네."

두 번 세 번 가려서 골라 평범한 물건을 받아서 왔다. 부중의 기생과 아전 및 장교 들이 모두 놀라 믿지 못하며 말했다.

"태어나서 이렇게 질 나쁜 베는 본 적이 없다."

안팎이 떠들썩했다. 번옹은 속으로 훌륭하게 여겼지만 짐짓 이렇게 말했다.

"자네가 나쁜 베를 받아오는 바람에 온 부중에 웃음거리가 되었네그려. 어찌 이리도 오활하단 말인가."

중추공이 말했다.

"제가 비록 오활하지만 발내포를 어이 모르겠습니까? 생각건대 관찰사께서 비장을 보내 이 같은 베를 거두는 것은 마땅치가 않은지라 일부러 덕스런 뜻을 편 것입니다. 진실로 부중이 번갈아가며 떠들어대니 사직하고 떠나렵니다."

번옹이 앞으로 나와 손을 잡고 위로하며 말했다.

"내 비록 맹상군(孟嘗君)에는 못 미쳐도, 그대가 능히 풍환(馮驩)이 되어줄 수는 없겠는가?"

더욱 후하게 그를 대우하니 부중에서 감히 다시는 말하지 못했다.

中樞公隨樊翁赴咸興幕中. 故例六鎭收細布, 能於飯鉢中函一匹, 名曰鉢內布. 中樞公到邊邑, 凡以鉢內布來者悉却之, 曰: "使爺有令, 令收次細布來." 再三差擇, 受常品至. 府中女妓吏校, 咸愕未信曰: "生來不見此惡布." 內外讙然. 樊翁心善之, 謬謂曰: "君受惡布來, 貽笑府中, 何迂疎至此?" 中樞公曰: "我雖迂, 獨不知鉢內布哉. 顧使爺遣裨將, 不宜收此布, 故宣德意耳. 苟府中交謫，請辭去.” 樊翁前執手慰之，曰：“吾雖不及孟嘗君，獨不能爲馮驩耶.” 待之加厚，府中不敢復言.

중추공은 누구인지 분명치 않다. 다산 선대에 서족으로 역시 채제공을 수행해 함경도에서 비장살이를 했던 인물로 보인다. 그래서 다산은 정약횡과 같은 처지였던 중추공의 사례를 들었다.

육진의 특산물인 발내포는 베 한 필을 사발 하나에 담을 수 있을 만큼 극상품의 가는 베다. 누구나 욕심을 내는 물건인데, 어쩐 일인지 비장의 임무를 수행하러 변방 고을을 순시하던 중추공은 극상품의 발내포를 물리치고 한눈에도 평범해 보이는 하품의 베를 받아서 왔다. 오자마자 그는 온 부중의 웃음거리가 되었다. 그 깊은 속뜻을 짐작한 채제공이 짐짓 모르는 체 나무라는 시늉을 하자 그의 대답이 이랬다. “영감께서 이곳에 부임하셔서 그처럼 좋은 물건에 욕심을 내시면 보기가 좋지 않을 것 같아 일부러 그랬습니다. 언짢으시면 그만두고 물러나겠습니다.” 채제공의 대답이 멋지다. “나는 맹상군만 못한 주인이지만, 자네는 나의 풍환 같은 식객이 되어주지 않겠나?”

이 말은 고사가 있다. 전국시대 제(齊)나라 풍환이 맹상군의 식객이 되었다. 맹상군은 그에게 설(薛) 땅에 가서 빚을 받아오게 했다. 풍환은 설 땅에 갔지만 그곳 백성이 너무 가난해 차마 빚을 독촉할 수가 없었다. 그는 가난한 자들의 빚 문서를 모조리 불에 태워버리고 돌아왔다. 맹상군이 화를 내자 그의 대답이 이랬다. “쓸모없는 빚 문서를 태워버려 설 땅의 백성으로 하여금 군(君)을 친하게 여기게 하고, 군의 훌륭한 명성을 드러내기 위해서 그랬습니다.” 맹상군이 화를 풀고 기뻐했다. 《사기》 〈맹상군열전(孟嘗君列傳)〉에 나오는 이야기다. 잠깐은 손해처럼 보여도 맹상군은 이 같은 식객의 도움으로 마침내 패업을 이룰 수가 있었다.

그러니까 훌륭한 식객 또는 비장은 제가 모시는 주공을 위해 눈앞의 이해를 떠나 진심으로 바른길로 이끄는 역할을 할 수 있어야 한다고 말한 것이다.

가경 정사년(1797)에 해주 감영 금고의 돈 4만 냥이 축이 났다. 금고를 관리하는 자가 관례대로 400냥을 호방 비장에게 뇌물로 주면서 반고(反庫), 즉 금고를 검수하는 날 발설치 말아달라고 부탁했다. 관찰사는 이의준(李義駿) 공이었는데, 포의 윤광우가 막중에 있었다. 시중들던 기생이 전례에 따라 뇌물로 주는 수표를 보여주었다. 포의가 이를 물리치며 말했다.

"8월 가을에 순장(巡將)이 검수하는 날 내가 마땅히 고할 테다. 이때까지 물어내어 원래 금액을 채우는 것이 좋을 것이다. 뇌물로 줄 돈을 서둘러 창고에 넣는다면 백분의 일은 채울 수 있을 게 아니냐." 마침내 또한 말하지 않더니, 기일이 되자 과연 이를 고발하였다.

嘉慶丁巳間, 海州營庫之錢四萬兩虧欠. 管庫者例以四百兩賂戶房裨將, 令反庫日勿發. 李公義駿爲觀察使, 尹布衣光于在幕中, 房妓按例以賂票示之. 布衣却之曰: "八月秋巡將發之日, 吾當告之. 趁此賠補, 塡其原額可矣. 賂錢亟宜入庫, 猶可以當百一也." 竟亦不言, 至期果告之.

윤광우는 앞서도 다른 비장이 차지한 기생을 형수 대하듯 하는 엄정한 태도로 다산을 감탄케 했던 바로 그 사람이다. 처음에 조윤대의 천거로 황해도 관찰사 막하의 비장으로 왔던 그는 역량을 인정받아 이의준이 관찰사로 부임하고 나서도 그 자리를 지켰던 모양이다.

감영 금고의 실제 금액과 장부의 수치가 무려 4만 냥이나 차이가 나는 상황이 발생했다. 물론 이는 수십 년간 쌓인 결손에 따른 금액이다. 도저히 해결할 수가 없으니 관리자는 꾀를 내서 해마다 호방 비장에게 400냥의 뇌물을 안겨줌으로써 이 일을 덮기 바빴다. 점점 곪아 언젠가는 터지고 말 악성의 종기와 같았다. 관례대로 윤광우를 모시던 방기를 통해 뇌물이 전달되자, 그가 말했다. "차라리 이 400냥을 즉시 창고에 넣으라고 해라. 그러면 백분의 일이라도 채우는 것이 아니냐? 기일까지 채우지 못하면 나는 보고하지 않을 수가 없다. 하지만 그때까지는 말하지 않겠다." 그는 약속대로 했다. 관찰사는 사태를 파악했고, 관계자는 줄줄이 처벌을 받았다. 잘못된 관행이 이렇게 해서 바로잡혔다.

"아우야! 너도 윤광우처럼 해야 한다. 그냥 눈 딱 감고 400냥을 챙기면 당장에 이익은 되겠지만, 장차 더 큰 후환을 남기는 일이다. 명심해라. 눈앞의 이익을 좇아다녀서는 안 된다. 바르고 옳게 가는 것이 빠른 길이다."

마지막 열세 번째 단락은 반대의 경우다.

원주(原州)의 제학공(提學公)께서 양양 도호부사가 되었을 때, 순영의 친한 비장이 와서 이치에 어긋난 송사의 해결을 부탁한 일이 있었다. 공이 들어주지 않자 비장이 발끈 성을 내며 말했다.

"영감께서 비록 명망이 무겁다 해도 감영 비장 대접을 이리 하시면 안 됩니다."

말이 모두 불손하였다. 공이 즉시 좌우에 명하여 비장의 패를 빼앗게 하고 곤장 20대를 쳐서 쫓아냈다. 그러고는 바로 이 일로 순영에 보고하였다. 관찰사가 사과하고, 부에는 끝내 아무 일도 없었다.

原州提學公爲襄陽都護, 有巡營親裨來囑枉理決訟, 公不聽. 裨艴然怒曰: "令監雖望重, 營裨待接, 不宜如此." 語皆不遜. 公卽命左右拏下, 奪將牌, 決杖二十而黜之. 隨以是申報巡營, 察使謝之, 府卒無事.

제학공도 한집안 어른인 듯하나 누군지 모르겠다. 그가 양양 부사가 되어 임지로 내려갔다. 상급 관청인 강원도 관찰사에 딸린 비장이 찾아와 잘못된 송사에 편을 들어달라고 청탁을 넣었다. 들은 체도 하지 않으니 불손한 태도로 빈정거리며 화를 냈다. 그 자리에서 그는 비장의 패찰을 빼앗고 맵게 곤장을 쳐서 내쫓고는 즉시 관찰사에게 이 일을 보고했다. 그 결과 오히려 관찰사의 제대로 된 사과를 받았다. 다른 뒤탈도 없었다.

"아우야! 나는 네가 앞서 본 중추공이나 윤광우 같은 비장이 되어주길 부탁한다. 강원 감영의 그 비장처럼 부정한 청탁이나 일삼다가 곤장 맞아 쫓겨나고 제 주공으로 하여금 하급자에게 사과하게 만드는 그런 비장이 되어서는 안 된다. 명심하거라."

## 여기서 베풀어 저기서 받는다

다산은 정약횡에게 한 차례 더 증언을 써주었다. 문집 권 17에 실린 〈또 아우 횡을 위해 써준 증언〉이 그것이다.

《예기》에 말했다. "가장 훌륭한 것은 덕에 힘쓰는 것이고, 그다음은 베풀고 보답하는 데 힘쓰는 것이다." 천하의 근심과 기쁨, 즐거움과 슬픔은 모두 베풀고 보답하는 데서 받는다. 하지만 장(張)에게 베풀었는데 이(李)가 보답하고, 화는 집에서 났는데 저자에서 성을 낸다는 것은 이치가 그럴 법하다. 천도(天道)는 넓고 넓어 반드시 보답하는 것이 베푼 곳에 있지는 않다. 이 때문에 보답하지 못할 곳에 은혜를 베푸는 것을 군자는 귀하여 여긴다. 만약 왼손으로 물건을 주면서 오른손으로 값을 요구한다면 이것은 장사치의 일이지 먼 일을 도모하는 것이 아니다. 경전에서는 고아와 어린이를 얕잡아보지 말라고 했다. 뭇 사람이 장차 이를 업신여기더라도, 달자(達者)가 어찌 힘이 부족해서 감히 이를 우습게보지 않는 것이겠는가? 하늘에게 불쌍히 여김을 받지 못할까 봐 걱정해서일 뿐이다. 네가 이미 의술로 직업을 삼았으니 의술을 가지고 비유해보마. 새벽에 종이 울리자 준마를 문 앞에 묶고는 "수상의 분부가 있었습니다." 한다. 큰 나귀가 뒤따라와서는 "대사마의 명이 있었습니다."라고 한다. 또 준마가 잇달아 와서, "훈련대장의 명이 있었소."라고 한다. 뒤미처 한 빈한한 선비가 이르러서는 "나는 탈 것이 없소만, 어머니의 병이 몹시 위태롭구려."라고 하며 구슬피 눈물을 떨군다. 네가 세수를 마쳤거든 먼저 빈한한 선비의 집으로 가서 자세히 살펴보고 찬찬히 병세를 살펴 처방을 일러주거라. 그다음에 여러 귀한 집으로 가는 것이 옳다. 몸가짐이 공손하고 예의가 있으면 아름다운 명예가 일어나고, 아름다운 명예가 일어나면 하늘의 복록이 이르게 되니, 귀한 집안에서 너의 생활을 두텁게 해주지 않을 수가 없게 된다. 이 때문에 베풀기는 동쪽에다 했는데 보답은 서쪽에서 나온다고 하는 것이다. 지혜로운 사람이 인(仁)을 이롭게 여긴다는 것은 바로 이를 두고 하는 말이다.

禮曰太上務德, 其次務施報. 天下之憂愉歡戚, 皆施報之所受也. 然施於張而李報之, 室於怒而色於市, 理有然者. 天道恢恢, 未必所報在所施也. 故垂恩於不報之地, 君子貴之. 若左手授物, 右手索價, 是商賈之事, 非所以規遠圖也. 經曰毋弱孤有幼. 衆人方且侮之, 達者豈力不足而不敢弱之與? 抑恐弗弔于天也. 汝旣業醫, 請以醫喩. 曙鍾鳴, 有駿馬繫乎門曰: "首相有命." 有大驢踵之曰: "大司馬有命." 又駿馬踵之曰: "訓鍊將軍有命." 隨有一寒士至曰: "我則無騎, 而母病阽危." 凄然泣下. 汝旣盥, 其先往寒士家, 審視委曲訂論, 次往諸貴家可也. 其行己也, 恭而有禮, 則令譽作. 令譽作則天祿至, 貴家不能不厚汝之生. 故施在於東, 而報出於西, 故知者利仁, 此之謂也.

다산의 두 번째 증언은 베푸는 삶에 대한 내용을 담았다. 베풀되 보답을 기대하지 못할 곳에 베푸는 것이 가장 훌륭하다. 보답을 바라는 베풂은 그것이 비록 선의에서 나왔다 해도 장사치의 거래와 다를 바 없다. 여기다 베풀어 저기서 보답 받는 것이 하늘의 보답이다. 나약한 고아나 어린이에게 잘해주는 것은 불쌍하기 때문이다. 그 보답은 하늘에게서 받는다.

"아우야! 권세 있는 사람과 빈한한 선비가 동시에 네게 도움을 청하거든 너는 의심 없이 빈한한 선비에게 먼저 가야 한다. 그에게 힘이 되어주면 권세 있는 사람이 몇 배로 네게 그것을 되갚아줄 것이다. 이것은 하늘의 작용이니 의심할 것이 없다. 어떤 선행에도 주판알을 튕겨서는 안 된다. 보답을 바라고 명성을 탐내서는 안 된다. 아름다운 이름은 결과일 뿐 목표일 수가 없다."

이렇게 해서 전후 두 차례에 걸쳐 14칙에 달하는 다산의 당부가 모두 끝났다. 이 글들은 하급자로서 상급자를 모시는 바른 마음가짐에 대해 논한 내용이다. 시대가 달라져서 기생에 대한 언급 같은 대목은 다소 거슬리기도 하지만, 그 근본정신만 따져 오늘에 적용한다면 취해 얻을 교훈이 적지 않다.

# 32. 같은 뿌리이니 거두어주십시오

—청산도 노인과 그의 손자 정원필에게 준 글



## 석함 속의 옛 족보

이 글에서는 강진 유배 시절 청산도(靑山島)에 살던 한집안 사람 정재운(丁載運)과 그의 손자 정원필(丁元弼)에게 준 몇 편의 증언을 소개키로 한다. 현재 청산도에 살며 관련 자료를 갈무리해 정리한 정재운의 5대손 정칠수(丁七秀) 선생 댁에 소장하고 있거나, 과거 이곳에 있다가 유출된 자료들을 한자리에 모아서 읽어본다.

청산도는 강진 바다 가운데 있는데, 뱃길로 1백여 리다. 내가 귀양 와 살면서 진작부터 섬 안에 정씨의 집이 있고, 게다가 고본 족보까지 있다는 말을 들었다. 사람을 통해 보자고 했더니, 과연 한 노인이 왔다. 비록 족보의 계보가 중간중간 뒤엉킨 부분이 있기는 해도, 요컨대 우리 정씨는 모두 압해(押海)의 후예로 두 가지 본은 없으니 몹시 귀하다 할 만하다. 소장한 《월헌집(月軒集)》은 믿을 만한 판본이다.

가경 병인년(1806) 동지 후 10일 동쪽 우물집 나그네가 쓰다.

菁山島在康津海中, 木道百餘里. 余謫居久聞, 島中有丁氏居, 復有古本族譜, 因人求見, 果一叟至, 雖其譜系間有紕繆, 要之吾丁, 皆押海遺裔, 無二本, 甚可貴也. 其所藏月軒集, 信本也.

嘉慶丙寅陽復後十日 東井旅人書.

1806년 동지 후 10일째 되던 날, 청산도 사람 정재운에게 써준 짤막한 증언이다. 청산도 정칠수 가에 보관되어 있다. 특별히 교훈적 내용을 담았다기보다는 일종의 증빙 비슷한 성격의 문건으로 써준 글이다. 청산도는 예전 강진군에 속해 있던 섬이다. 뱃길로 1백여 리쯤 되는 거리다. 다산은 강진에 귀양 온 뒤에 청산도에도 정씨(丁氏)가 살고 있고, 이 집안에 오래된 족보까지 전해진다는 얘기를 들었다. 그래서 사람을 넣어 만나보기를 청했고, 마침내 한 노인이 족보를 들고 다산을 찾아왔다. 족보는 중간중간 오류가 적지 않아 기대에 못 미쳤다. 하지만 이들이 압해 정씨의 후손인 점만큼은 분명하다며 한집안임을 인증한 내용이다.

다음에 읽을 편지는 위 증언과 이어지는 맥락이어서 여기서 함께 살펴보겠다.

바다를 건너온 일은 마음에 잊을 수가 없구려. 마침 온 사람을 통해 편히 잘 지내시는 줄을 알게 되니 마음이 아주 놓입니다. 저는 전처럼 병을 앓고 있어 스스로 불쌍히 여깁니다. 달 전에 다시 들으니, 그대의 집에 천년 된 옛 족보를 석함 속에 간직해두고 남에게 가벼이 보여주지 않는다고 하더군요. 그제야 앞서 가지고 왔던 것 또한 부본인 줄을 알게 되었으니 한탄하지 않을 수가 없구려. 이와 같은 옛 문적(文蹟)은 내게 한 차례 보인 뒤라야 진짜인지 가짜인지를 알아볼 수 있을 것이오. 그런데 깊이 간직해두고 영원히 비밀로 함은 장차 무엇을 위한 것이오? 석함 중의 옛 족보는 반드시 바람이 화창할 때 한 차례 받들고 오시구려. 그렇게 하지 않는다면 서울의 집안사람 중에 속히 내려올 수 있는 한 사람을 시켜서 섬 안으로 들어가게 하겠소. 그때도 역시 꺼내 보이지 않으실 참이오? 상의하여 깊이 생각해보고 다시는 서로 감추지 않는 것이 좋을 것이오. 이만 줄이오.

菁山島在康津海
中水道百餘里余謫
居久聞島中有丁氏
居復有古本族譜因
人求見果一家乘雖

其譜系間有紕繆要
之吾丁皆押海遺裔
然二本甚可貴也其
所藏月軒集信本也
嘉慶丙寅陽復吉
東井纍人書

정재운에게 써준 다산의 증언, 다산 친필, 정칠수 가 소장.

정묘년(1807) 청명일, 누인(累人) 돈수. 제중단 1정, 소합원 4환을 보내오.

越海委過, 於心不能諼. 卽因來人, 聞僉履安勝, 慰意良深. 累人病頓如昨, 自憐自憐. 月前更聞, 君家有千年古譜, 藏之石函, 不輕示人云. 始知向來所持來者, 亦是副件也. 可勝歎恨. 如此古蹟, 使我一見然後, 可以辨其眞假, 而深藏而永秘之, 將何爲哉. 石函中古譜, 必於風和時一番奉來也. 不然則京中族人中, 一位當令從速下來, 委入島中, 其時亦不出示乎? 相議深思, 勿復相隱可也. 不具言.

丁卯淸明日 累人頓. 濟衆丹一錠, 蘇合元四丸, 送之.

1806년 연말에 정재운이 동문 밖 주막집으로 다산을 찾아본 후, 이듬해 청명 즈음에 청산도로 보낸 편지다. 겉봉에 '청호정생원첨안(靑湖丁生員僉案)'이라고 쓰고 발신자는 '동문객중평서(東門客中平書)'로 표기했다. 역시 청산도 정칠수 가에 보관된 편지다.

앞에서 청산도의 정씨가 압해 정씨의 일족임을 증명해주었지만, 다산의 말은 어딘가 어정쩡한 데가 있었다. 소문이 무성하던 고본 족보가 뜻밖에 실망스러웠기 때문이다. 이듬해 봄 다산은 뜻밖의 소식을 들었다. 청산도 정씨 집에 지난번 가져왔던 족보 말고 1천 년이나 된 고본의 족보가 석함 속에 보관되어 있고, 아무한테도 보여주지 않는다는 얘기였다. 그러니까 지난해 연말에 노인이 다산에게 가져온 족보는 원본이 아니라 그것을 이리저리 베껴 쓴 부본이었다. 노인이 자신에게 원본을 보여주지 않고 부본을 가져와서 보여주는 시늉만 했다는 사실을 알게 된 다산은 기분이 언짢아져서 다시 이 편지를 보냈다.

"그것이 참으로 귀중한 물건이라면 내게 보여 진위를 평가받는 것이 마땅한 일이지, 깊이 숨겨두어 비밀로만 한다면 어디다 쓰겠소. 다음번에 날씨가 좋을 때 반드시 원본 족보를 가져와 내게 보여주기 바라오. 만일 내 말을 안 듣는다면 서울의 종중에 연락해서 한 사람을 내려보내 살펴보게 하겠소. 과

정재운에게 보낸 다산의 편지, 정칠수 가 소장.

연 이렇게까지 할 일은 아닌 듯싶으니 잘 생각해보고 감추지 말고 보여주기 바라오."

다산은 편지와 함께 자신이 직접 만든 제중단 한 정과 소합원 네 환을 동봉해 선물했다. 다산은 이렇게 으름장을 놓고 나서 은근한 기대를 품었다.

## 청산도 자죽암의 기특한 꼬마 주인

하지만 다산의 편지를 받고도 청산도의 노인은 오랫동안 별도의 기별이 없었다. 그러다가 1813년 봄에 어린 손자를 이끌고 그가 불쑥 다산초당으로 찾아왔다. 그해 가을 다산은 할아버지의 손에 이끌려왔다가 혼자 남아 초당의 강학에 참여하게 된 손자 정원필을 위해 다음 글을 써주었다. 제목은 〈정원필의 일을 쓰다(書鄭源筆事)〉이다.

정원필은 자가 사희이니, 무오생(1798)이다.

정원필이란 사람은 나주 정씨다. 지금은 유락해서 옮겨 다니다 강진의 청산도 가운데서 살고 있다. 하지만 그 보첩의 연원과 환하게 드러난 계승 관계를 보면 압해 상공의 후예가 됨이 분명하니, 어찌 귀하지 않겠는가? 올봄부터 다산에서 나를 좇아 서사(書史)를 배우고 시사(詩詞)를 지으니, 아아, 능히 선대의 유업을 진작시켜 맑은 명성을 실추시키지 않을 것이다.

가경 계유년(1813) 가을, 다옹(茶翁)은 쓴다.

청산도 안에 사는 기특한 동자거니 　　青山島裏奇童子
자죽암 가운데 꼬마 주인이로다. 　　紫竹菴中小主人

丁源筆, 字士羲, 戊午生.

丁元弼者, 羅州之丁也. 今流落遷徙, 寓居乎康津之青山島中. 然其譜牒淵源, 昭著承續, 其爲押海相公之遺胤審矣, 豈不貴哉. 今年春, 從余于茶山, 學書史作詩詞, 嗟乎! 能復振祖業, 不墜淸聲否乎.

嘉慶癸酉秋, 茶翁書.

青山島裏奇童子, 紫竹菴中小主人.

다산의 다른 여러 증언첩처럼, 빛바랜 조각 비단을 저마다 다른 크기로 오려 크기도 들쭉날쭉 모두 10개의 소폭에 두 줄씩 썼다. 이 증언첩은 현재 강진군에서 소장 중이다.

첫 장에 정원필(丁元弼)을 정원필(丁源筆)로 썼다. 문필의 근원이 마르지 않기를 축원하는 뜻을 담았다. 그는 1798년생으로 당시 열여섯 살이었다. 내용은 특별한 가르침보다는 앞서와 마찬가지로 그가 압해 정씨의 후예가 분명함을 인증하고, 이어 1813년 봄부터 다산초당에서 자신에게 서사를 배우고 시사를 익히고 있음을 기록했다. 선대의 유업을 지켜 해맑은 명성을 실추시키지 않는 후손이 되어달라고 덕담했다. 끝에 두 구절의 시를 적었다. 청산도에 사는 기동자(奇童子)요, 자죽암(紫竹菴)의 젊은 주인이라고 썼다. 정원필의 집 둘레에 자죽(紫竹)이 많아 거처를 자죽암으로 불렀던 사정을 알 수 있다.

다산이 이 글을 써준 것은 정원필이 일족일 뿐 아니라 자신의 제자임을 증명해주고, 그에게 공부의 의욕과 목표를 확고하게 심어주기 위해서였다.

다시 이듬해인 1814년 봄에 다산은 정원필에게 하나의 증언첩을 더 써주었다. 제목은 〈증원필(贈元弼)〉이다. 그 내용은 다음과 같다.

| | |
|---|---|
| 압해의 남은 종족 | 押海遺宗 |
| 탐진 땅에 깃든 선비. | 耽津寓士 |
| 당(唐) 조정서 결옥(玦玉) 차고 | 佩玦唐朝 |
| 고려 때 월(鉞) 받았지. | 受鉞麗代 |

〈정원필의 일을 쓰다〉, 다산 친필, 강진군 소장.

丁源筆 字士義 戊午生

丁元弼者羅州之
丁也今流落遷徙

1

寓居乎康津之青
山島中然其譜牒

溯源昭著承
續乏爲押海

2

桐以之遺胤
審矣豈不然
哉今年春
從余于茶山

3

學書史以
詩詞嘗手
能後振祖業
不墜清芬

4

吾手嘉慶笑
圖於茶由之

青山島裏奇童子
紫竹菴中小主人

본래 한 뿌리거니　　　本是同根
어이 홀로 고단할까.　　　云胡獨瘁

나주 압해도에는 예전 재상의 묘가 있다. 세상에서 전하기를 정 정승(丁政丞)이 묻히신 곳이라 한다. 족보에 정승은 본래 당조(唐朝)의 대신으로 이 섬에 귀양 왔다고 한다. 내 선조 되시는 병조 참의 공께서 승평 도호부사가 되셨을 적에 몸소 압해도로 들어가 그 봉분을 고쳐 다듬었다. 우리 집안 중에는 유락하여 청산도에 사는 사람이 있다. 예전부터 일컫기를 섬 안에는 천년 된 오랜 족보가 석함 중에 보관되어 있다고 하므로, 내가 이를 찾아보니 대개 백년 이내에 간행된 것이었다. 어떤 사람이 족보 책을 가지고 아울러 그 어린 손자를 데리고 와서 말했다. "본래 같은 뿌리니 어찌 서로 버릴 수 있겠습니까? 원컨대 경서 하나만 가르쳐주셔서 선대의 업을 실추하지 않게 해주십시오. 이 아이는 제 손자이니 이름이 원필이라고 합니다." 내가 그를 머물게 하여 이를 가르치고 다시 《월헌집》 한 부를 주었다. 땅이 궁벽지고 책이 귀한지라 오래 전해질 것을 바랐던 것이다. 아아, 사랑스럽도다!

가경 갑술년(1814) 3월 16일, 다산 초부 정약용은 송풍암(松風菴) 가운데서 써서 원필에게 준다.

자줏빛 물결 바람 너머 청산도인데　　　紫瀾風外青山島
붉은 벼 향기 속에 백발옹일세.　　　紅稻香中白髮翁

押海遺宗, 耽津寓士. 佩玦唐朝, 受鉞麗代. 本是同根, 云胡獨瘁.

羅州押海島, 有昔時卿相墓, 相傳是丁政丞所葬. 譜冊謂, 政丞本唐朝大臣, 謫居是島. 我先祖兵曹參議公, 爲昇平都護時, 身入押海, 修其封焉. 吾宗, 有流落而在青山島者, 舊稱島中有千年古譜, 藏之石函, 余爲徵之, 盖百年內所刊也. 或人, 持譜冊, 並率其幼孫而至曰: "本是同根, 豈可相舍? 願授一經,俾毋墜先業. 是唯我孫, 名曰元弼.” 余留而敎之, 復以月軒集一部, 遺之, 庶幾地僻書貴, 得以壽傳也. 嗟乎! 可愛哉.

嘉慶甲戌三月幾望, 茶山樵夫丁鏞書于松風菴中, 賜元弼.

紫瀾風外青山島, 紅稻香中白髮翁

이 증언첩은 애초에 청산도 정씨의 후손 정칠수 가에 보관되어 있던 것을 1948년 완도경찰서장 정병익(丁炳益)이 경비정을 타고 청산도에 와서 빌려가 돌려주지 않고, 이후 몇 손을 거쳐 현재 청관재에 소장되어 있다. 증언첩의 앞뒤로 노란색과 푸른색 천을 잘라서 한 폭에 네 글자씩 여섯 구를 썼다. 편의상 앞쪽에 모아서 읽는다. 정원필에게 주는 4언시 형식의 덕담이다. “너는 압해 정씨의 후손으로 탐진현 청산도에 깃들어 사는 선비다. 시조는 당나라 때 재상을 지낸 분이고, 고려 때 대장군의 부월(斧鉞)을 받은 분도 있는 집안이다. 모두 한 뿌리에서 나왔으니, 어찌 너만 홀로 외롭고 고단하다 하겠는가?” 이런 의미를 담고 있다. 압해 정씨의 시조는 당나라 문종(文宗) 때 대상(大相)을 지낸 정덕성(丁德盛)으로 알려져 있다. 그는 어떤 연유에선지 이곳에 귀양 와 살았고, 뒤에 대양군(大陽君)에 봉해졌다. 그 묘가 압해도에 있다고 전해져왔다. 또 고려 때 대장군은 고려 때 검교대장군(檢校大將軍)을 지낸 정윤종(丁允宗)을 가리킨다. 집안의 내력을 밝히고, 한 뿌리에서 갈려져 나온 후손이니 멀리 떨어져 있어도 한집안으로 정답게 지내자는 뜻을 담았다.

이어지는 산문에서는 역시 앞에서 계속 등장한 고본 족보에 관한 얘기와 정원필이 자신의 제자가 된 경과를 썼다. 앞의 시에서 말한 당에서 대신을 지낸 시조 이야기를 하고 나서, 압해 정씨 18세 정시윤(丁時潤, 1646~1713)이 1692년에 압해도에 들러 무덤을 배알한 일을 적었다. 그러고 나서 청산도 정씨 집안 이야기로 건너뛰었다. 앞의 편지에서 요청했던 천년 된 옛 족보 이야기를 듣고 직접 가져오게 해서 살펴보니, 고작 1백 년 이내의 물건이더라는 내용이 먼저 나온다. 손자를 데리고 온 어떤 사람은 청산도 노인 정

〈증원필〉, 다산 친필, 청관재 소장.

1

2

3

4

唐朝大臣謫居
其島我先祖兵
曹參議々爲昇
平都護時身

5

入押海[illegible][illegible]事
亦吾宗有流
落來靑山島者
蕭梅島中有

6

千年古譜藏
之石函余爲徵

之蓋有年因所
刊也世人指譜

7

冊並其幼穉
而至四本是同

根崖之桐雲頹
授一經俾毋墜

8

9

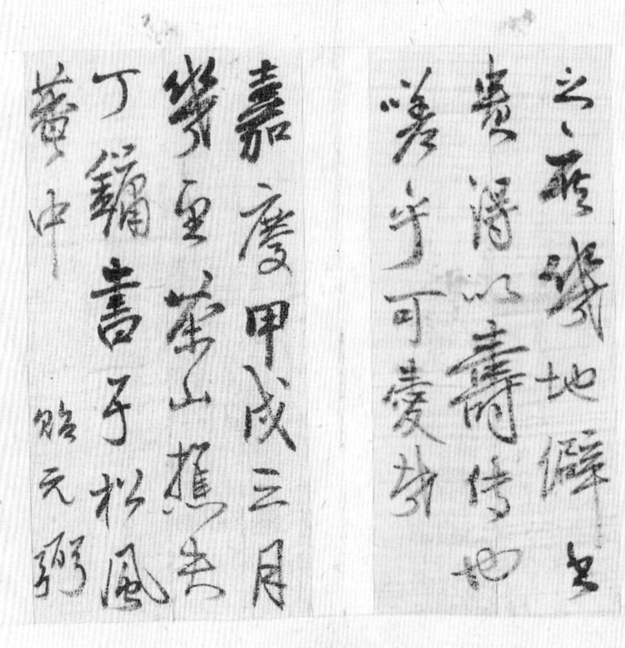

10

紅稻香中
白髮翁

紫瀾風外
青山島

재운이다. 이 글로 보아 정재운이 다산의 요청에 따라 결국 고본 족보를 다산초당으로 가져와 보였고, 그 결과 1백 년 안쪽의 책이라는 판정을 받았다. 이것이 1813년 봄의 일임은 첫 번째 증언첩에서 확인할 수 있다.

이때 정재운은 열여섯 살 된 손자를 데려와 제자로 받아달라고 간청했다. 경서 하나만이라도 익혀 선대의 학업을 실추시키지 않게 해달라는 소망이 간절하게 들린다. 다산은 이를 허락하고, 노인에게 선대 정수강(丁壽崗, 1454~1527)의 문집인《월헌집》을 한 부 선물로 건넸다. 섬에 한 부를 보관하면 후대까지 전해질 수 있을 것을 기대했기 때문이다. 실제《월헌집》을 선물한 것은 1806년 첫 만남 때였을 것으로 보인다. 첫 증언 끝에 "소장한《월헌집》은 믿을 만한 판본이다."라고 쓴 내용이 있어서다.

앞서 준 증언첩에서 정원필을 덕담한 시 두 구절로 맺었던 것처럼, 여기서는 정재운에게 준 소폭 두 구가 실려 있다. 자줏빛 물결 일렁이는 바람 저 너머에 청산도가 있고, 그 섬에는 벼 익는 구수한 향기 속에 흰 머리의 노인이 있다고 적었다. 처음 써준 증언이 너무 소략했으므로 좀 더 자세한 사연을 담아 한 차례 더 써준 것이다.



## 노인이 주르륵 눈물을 흘렸다

다산은 한 차례 더 비슷한 증언을 청산도 노인에게 건네주었다. 이 글이 전후 사정이 가장 자세하게 적힌 완결판이다. 어째서 비슷비슷한 내용을 네댓 번씩이나 친필로 반복해서 적어주었는지는 전후 사정이 분명치 않다. 제목은 〈청산노인에게 써서 주다(書贈青山老人)〉이다.

반산의 여러 종인이 말하기를 청산도에 있는 정씨의 집에 4백 년 전 정씨의 옛 족보가 있는데, 석함에 간직해두어 사람들이 볼 수가 없다고 하였다. 내가 강진에 귀양 온 지 4년째 되던 해에 이 말을 듣고 사람을 보내 이를 찾았다. 한 노인이 가벼운 배를 타고 빠르게 왔다. 급히 석함의 일을 물어보니, 노인이 눈물을 주르륵 흘리며 말했다. "없습니다. 이것은 대개 옛날 일이지요. 중간에 집안이 몰락하여 남은 것이 없습니다." 소매에서 책 한 권을 꺼내는데, 또한 족보였다. 바다로 들어간 연유를 묻자, 대개 전쟁 끝에 떠돌아다니다가 살기 위해서였다고 했다.

남방에 있는 정씨 중에도 현족(顯族)이 또한 많다. 용성(龍城)에 사는 사람은 의정부 사인(舍人)을 지낸 회산학사(檜山學士)의 후예들이다. 관산(冠山)에 사는 사람은 홍문관 제학에 추증된 반곡시랑(盤谷侍郎) 정경달(丁景達)의 후예이다. 영광(靈光)에 있는 사람은 벼슬이 끊이지 않았다. 흥양(興陽)에 있는 사람은 과거 급제가 이어졌다. 하지만 노인의 집안만은 유독 이리저리 떠돌며 어려움을 겪어 이에 이르렀으니, 슬프도다. 그 세계(世系)를 살펴보고 그 혈맥을 조사해보니, 그가 벼슬했던 집안인 것만은 의심의 여지가 없었지만, 천한 백성 사이에 뒤섞여 능히 다시 떨치지 못하였으니 아아, 애석하다. 내 선조이신 월헌공(月軒公) 정수강의 문집은 그 판목이 포정사에 있고, 영조께서 지으신 글과 글씨가 첫머리에 실려 있다. 내가 문집 한 부를 노인에게 주며 석함에 간직하여 영원히 없어지지 않게 되기를 바랐다. 또 노인의 한 지파가 바다 섬의 토족(土族)이 아님을 밝혀주었다.

노인의 이름은 재운(載雲)이고, 아들은 약철(若哲)이라 하며, 손자는 학필(學苾)이라 하였다. 학필이 다산에서 나를 좇아 서사(書史)를 배운 것이 한 해 남짓인데, 갑술년(1814)에 큰 기근을 만나 인사하고 떠나갔다. 하지만 그래도 일 년에 한두 번씩은 다산으로 찾아오니, 그 도탑게 사모하는 정성이 시들지 않은 것이다. 노인의 여러 집안은 물과 뭍에 흩어져 사는데, 혹 업신여김을 당해 부끄러워할 만한 일이 있으면, 노인이 족보를 안고 관에다 하소연하여 눈물을 흘리곤 했다. 그러면 관에서 그 억울함을 풀어주지 않음이 없었으니 그 혜택이 멀다 하겠다. 내 일찍이 부채 한 자루를 노인에게 주면서 부채 면에 이렇게 써주었다. "자줏빛 물결 바람 너머 청산도인데,

붉은 벼 향기 속에 백발옹일세." 생각건대 그 상자 속에 보관되어 있을 것이다.

진주 석갑산에는 이른바 정씨의 묘라는 것이 있다. 그중의 한 빗돌에 내 선조이신 검교대장군의 휘가 새겨져 있고, 또 한 빗돌에는 '정변장(丁枅墪)'이라고 새겨져 있었다. 그 '정(丁)' 자가 고아하였으므로 이 글자에 의거해서 이것이 정씨의 무덤이라고 정하였으나, 사실 이 글자는 정묘나 정축이나 정해 등의 정 자였다. 요사스러운 중 낭혜(朗慧)가 '변(枅)' 자를 고쳐 새겨 사람을 속인 것이었다. 예전 신해년 봄에 돌아가신 아버님께서 진주 목사로 계실 적에 내가 따라가서 모시고 석갑산에 올라 그 속임수를 의논하여 결판내고, 자손들을 경계하여 다시는 의심을 두지 못하게 했다. 이제 이 일을 함께 써서 노인에게 주니, 먼 염려가 있을까 해서다.

가경 병자년(1816) 겨울 10월 4일에 열수 정약용이 다아산(茶兒山)의 송풍암 가운데서 쓰다.



盤山諸宗人言, 靑山丁氏家, 有四百年前丁氏古譜, 藏之石函, 人莫得見. 余謫康津之越四年, 得聞此言, 遣人徵之. 有一老人輕舸疾來, 亟詢石函事. 老人泫然流涕曰: "無有. 是蓋昔年事. 中世家蕩析, 無有存者." 袖一卷書, 亦族譜也. 詢其所以入海之由, 槪兵革之餘, 轉徙以求生也.

丁氏在南方者, 亦多顯族, 其居龍城者, 議政府舍人檜山學士之後也. 其居冠山者, 贈弘文館提學盤谷侍郎之後也. 在靈光者, 仕宦不絶, 在興陽者, 科甲相續. 而老人之家, 獨流離顚連, 以至於斯, 悲夫! 考其世繫, 査其血脈, 其爲冠冕之族無疑, 混於甿隷, 不能復振, 嗟乎惜哉! 余祖月軒公文集, 其板在布政司, 元陵御製御筆, 弁之在首. 余以一部授老人, 庶幾藏于石函, 永世不泯. 又以明老人一枝, 非海中土族也.

老人名載雲, 子曰若哲, 孫曰學苙. 學苙從余于茶山, 學書史有年. 遭甲戌大饑, 辭而去. 然猶歲一再至茶山, 其敦慕不衰也. 老人諸族, 散居水陸, 或有侵侮可恥. 老人抱譜牒, 愬于官, 泫然流涕, 官無不伸其枉者, 其澤遠矣. 余嘗以一扇, 贈老人, 題其便面曰: "紫瀾風外青山島, 紅稻香中白髮翁." 想留箱篋中也.

晋州石岬山有所謂丁氏墓. 其一碑刻余祖撿校大將軍諱, 又一石刻丁枡茔. 其丁字古雅, 議據此字, 定其爲丁氏塚, 其實此字乃丁卯丁丑丁亥等丁字. 妖僧朗慧改刻枡字, 以欺人也. 昔在辛亥春, 先君子牧晉州, 余隨侍登石岬山, 議決其詐僞, 戒子孫勿復存疑. 今並書此事, 以贈老人, 爲有淵慮也.

嘉慶丙子冬十月四日, 洌水叟丁鏞書于茶兒山之松風菴中.

이 증언첩은 역시 비단에 정갈하게 썼는데 한 면에 다섯 행씩 12면에 걸쳐 적혀 있다. 현재 원본의 소재는 알 수가 없고, 복사본으로만 보았다. 이 글을 보면 앞뒤 사정이 소연하게 적혀 있다. 1816년 10월에 쓴 글이다. 먼저 청산도 정씨 집안에 전한다는 고본 족보에 관한 이야기로 말문을 열었다. 다산에게 이 족보의 존재를 알려준 것은 장흥 쪽 반산에 사는 종인이었다. 다산이 증언첩을 건넨바 있는 정수칠일 것으로 짐작된다. 앞서 천년 고보라 하더니 여기서는 4백 년 된 정씨의 옛 족보로 고쳐 말했다. 다산은 처음에 이 족보가 중국에서 건너온 이후 고려 말이나 조선 초에 만들어진 것으로 생각했던 셈이다. 다산은 자신이 엮은 《압해가승(押海家乘)》에서 초기 조상의 사적은 하나도 남아 있지 않다고 탄식한 바 있었으므로, 혹 이 옛 족보에 초기 선조의 자취가 온전하게 남아 있지 않을까 잔뜩 기대를 했던 듯하다.

하지만 다산의 연통을 받고 동문 밖 주막으로 찾아온 노인은 석함 속에 보관되어 있다던 고본 족보의 존재를 부인했고, 대신 품속에서 오류가 적지 않는 부본 족보 한 권을 꺼내 보였다. 이 사정은 1806년에 쓴 다산의 첫 번째 글에 나온다. 이후 다산은 호남 각처에 흩어져 사는 압해 정씨 일문의 근황을 설명한 후, 청산도 정씨 또한 과거에 벼슬했던 집안이 분명하나, 백성 사이에 섞여서 사는 동안 영락해 보잘것없이 되고 만 처지를 동정했다.

이어 다산은 정재운, 정약철, 정학필로 이어지는 3대의 이름을 소개했다. 정원필이 이 글에서는 학필(學苾)로 소개된 점이 특이하다. 다산은 정원필,

즉 정학필이 1813년 봄부터 이듬해 봄까지 일 년 남짓 다산초당에 머물며 공부했는데, 1814년 봄에 큰 기근이 닥치자 집안일을 돕기 위해 청산도로 되돌아가게 되면서 공부가 끊어진 사정을 적었다. 하지만 이후로도 정원필은 일 년에 한두 번씩 다산을 찾아와 인사를 올리는 일을 거르지 않았던 듯하다. 또 업신여김을 당하면 이 족보를 들고 관가로 가서 자신의 집안이 그렇게 형편없는 상민이 아님을 호소하곤 했는데, 그때마다 족보 대접으로 억울함을 해소하곤 했다는 말도 적었다.

다산이 부채에다 써주었다는 글귀는 바로 앞에서 읽은 청관재 소장 필첩 끝에 붙은 시구이기도 하다. 증언첩 끝에 실린 두 구절이 다산이 원래 부채에 써준 글씨를 오려서 장첩한 것인지, 부채에도 써주고 첩에도 다시 써준 것인지는 분명히 말하기가 어렵다.

마지막 단락에서는 진주 석갑산에 있는 정씨 묘에 새겨진 검교대장군 정윤종과 정변(丁檷)의 이름이 새겨진 비석이 사실은 낭혜가 속임수로 조작한 글자임을 변증하여 정씨와는 애초에 무관한 무덤임을 밝혔다. '먼 염려' 운운한 것은 자신의 이 같은 정정 내용이 먼 훗날 다른 기록이 사라졌을 때 청산도에 남겨둔 기록을 통해 확인할 수 있으리라는 바람을 담은 표현이다.

다른 증언첩과는 달리 청산도 정씨 일문에 준 여러 증언첩에는 교훈적 가르침의 내용은 없는 대신, 그 집안에 전해온 고본 족보에 관한 내용과 청산도에 사는 정씨 일가가 모두 압해 정씨의 한 뿌리에서 나온 한집안임을 인증한 내용이 반복적으로 되풀이되는 특징이 있다. 이것은 마지막 글 속에서도 시사되었듯이 혹여 무슨 억울한 일이라도 생기면 다산이 써준 증언을 근거로 집안의 내력을 말해 탄원하라는 먼 배려가 담겼던 것으로 보인다. 다산의 수많은 증언첩 중 청산도 정씨 일문에 전해진 이 증언첩들은 대단히 예외적이고 특별한 경우에 해당한다.

〈청산노인에게 써서 주다〉, 다산 친필, 원본 소재 불명.

書贈青山老人
盤山諸宗人言青山丁
氏家有四百年前丁氏
古譜藏之石函人莫得
見余謫康津之越四年

1

得聞此言坐人徵之有
一老人輕舸疾來函詢
石函事老人流然流涕
曰余有是言曩年事
中世家之湯析余有存

2

者袖一卷書之族譜也
詢其所以入海之由盖其
革之餘轉徙以求生也
丁氏在南方者亦多顯
族其居龍城者議政府

3

舍人檜山學士之後也至
居冠山者贊弘文館提
學盤谷侍郎之後也至
靈光者仕宦不絕在興
陽者科甲相續而老人

4

之家獨流離顛連以至
於斯悲夫考其世繫查
其血脉其爲冠冕之族
無疑混於皂隸不能復
振嗟乎惜哉余祖月軒

5

以文集至板本布政司
元陵御製御筆弁之卷
首余以一部授老人庶
幾藏于石函永之不泯
又以明老人一枝非海中

6

土族也老人名載雲子
曰若指孫曰學恣學恣
從余于茶山學書史有
年遭甲戌大饑辭而去
然猶歲一再至茶山其

7

敦慕不衰也老人諸族
散居水陸或有侵侮可
恥老人携譜牒訴于官
泫然流涕官無不伸其
枉者至遝遠矣余嘗

8

以一扇贈老人題其便
面曰鬅瀾風外青山島
紅稲香中白髮翁想
留箱篋中也晉州石岬
山有所謂丁氏墓至一碑

9

刻余祖摠授大將軍諱
又一石刻丁枏塋其丁
字古雅議據此字定爲
爲丁氏塚其實此字乃丁
卯丁丑丁亥等丁字妖僧

10

朗慧改刻枏字以欺人也
者在辛亥春先君子牧
晉州余隨侍登石岬山
議決其詐僞戒子孫勿
復存疑今並書此事以

11

贈老人爲有淵慮也
嘉慶丙子冬十月四日
冽水丁鏞書于茶兒山
之松風菴中

12

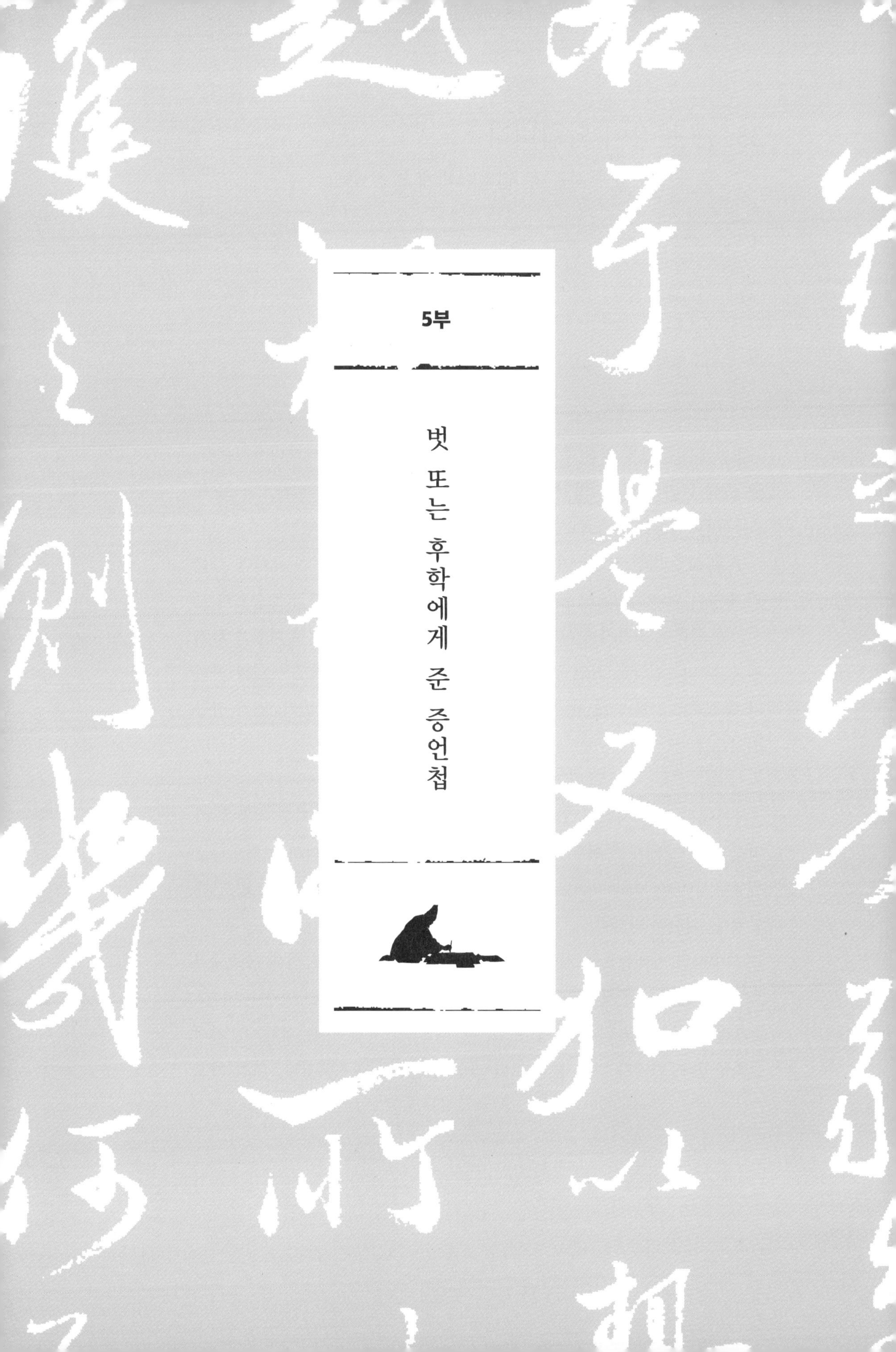

# 5부

## 벗 또는 후학에게 준 증언첩

# 33. 큰 문장이 되렵니다

## —문장 공부를 청하는 두 젊은이에게 건넨 충고

이번에는 문집에 실린 두 편의 글을 함께 엮어 읽어보겠다. 《다산시문집》 권 17에 나란히 실린 〈양덕 사람 변지의를 위해 주는 말(爲陽德人邊知意贈言)〉과 〈이인영을 위해 주는 말(爲李仁榮贈言)〉이다.

두 글 모두 다산 정약용이 해배 후 마재로 돌아와 있을 때 쓴 글이다. 다산의 명망이 워낙 높았으므로 과거에 뜻을 둔 젊은이들이 이따금 스승으로 모시기를 청하며 집까지 찾아왔던 형편을 짐작하게 한다. 실제로 다산은 과거에 관한 안목만큼은 거의 입신의 경지에 올라 있었다. 흥미로운 일화 하나가 홍길주(洪吉周, 1786~1841)의 《수여연필(睡餘演筆)》에 전한다. 먼저 잠깐 읽어본다.



과거에 응시한 사람이 있었다. 그가 자신이 시험장에서 지은 작품을 가지고 와 다산에게 보여주었다. 다산은 그에게 시험을 어디서 보았느냐고 물었다. [나라의 제도에 과거는 두 곳에서 나누어 본다.] 그가 두 번째 장소라고 대답했다. 다산이 말했다.

"그렇다면 자네는 반드시 장원으로 급제할 걸세. 만약 첫 번째 장소에서 보았더라면 반드시 떨어졌을 것이야."

그러더니 대여섯 구절에 비점(批點)을 찍고 한두 단어에는 밑줄을 쳐서 돌려주었다. 합격자 방이 붙고 보니 과연 장원으로 합격하였다. 비점 치고 밑줄 친 것도 하나도 차이가 없었다. 어떤 이가 어찌 알았느냐고 묻자 다산이 말했다.

"내 두 곳의 시험을 주관하는 자가 좋아하는 것을 익히 알았던 것뿐일세."

지금 사람들은 매양 시험을 주관하는 사람이 밝지 않으면 문장 실력을 갖춘 자가 그 역량을 쓸 곳이 없다고 말하곤 한다. 하지만 이는 모두 그 문장이 미진한 곳이 있기 때문일 뿐이다. 다산으로 하여금 오늘날 과거장에 나아가게 한다면 서너 번의 시험으로 한정한다 하더라도 어찌 이름을 이루지 못할 리가 있겠는가.

有應擧人, 以其場屋中所作示丁茶山, 茶山問: "子應試何所?" [國制, 科試分一所二所.] 對曰: "二所." 茶山曰: "然則, 子必占魁. 若一所, 必敗矣." 因點其五六句, 勒其一二語, 以還之. 曁柝榜, 果占魁, 而點勒無一差爽. 或問何以知之. 茶山曰: "吾稔知兩所主試者所尙故耳." 今人每謂主試不明, 有文者, 無所用其能, 是皆其文之有所未盡耳. 使茶山赴今日試場, 則限以三四科試, 寧有不成名之理乎.

이렇듯 채점관만 알고도 합격자의 등수뿐 아니라 비점과 밑줄까지 정확하게 맞춰냈을 정도니 과거에 뜻을 품은 젊은이들이 행여 묘한 수라도 있을까 싶어 그의 주변을 서성거리는 것은 괴이한 일이 아니었다.

## 글공부는 나무 심기와 같다

변지의(邊知意) 군이 천 리 먼 길에 나를 찾아왔다. 그 의중을 물어보니 문장에 뜻을 두고 있었다. 이날 아들 학유(學游)가 나무를 심었으므로 이를 가리켜 비유 삼아 말해주었다.

"사람에게 문장이란 초목에 꽃이 피는 것과 같다네. 나무를 심는 사람은 처음 심을 때 뿌리를 북돋워 주고 줄기를 편안하게 해줄 뿐이라네. 그러고 나서 나무에 진액이 돌아 가지와 잎이 돋아나고 그제야 꽃이 피어나게 되지. 꽃은 갑작스레 얻을 수가 없는 걸세. 뜻을 정성스레 하고 마음을 바르게 해서 뿌리를 북돋우고, 행실을 도타이 하고 몸을 닦아서 줄기를 안정시켜야 하네. 경전을 궁구하고 예법을 연구해서 진액이 돌게 하고, 널리 듣고 예(藝)를 익혀서 가지와 잎이 돋아나게 해야지. 그런 뒤 그사이에 깨달은 것을 갈래를 나눠 축적해두고, 축적해둔 것을 펴서 글로 지어보게나. 그렇게 하면 이를 본 사람이 보자마자 문장이라고 여길 것일세. 이런 것을 일러 문장이라 하는 것이니, 문장이란 갑작스레 얻을 수가 없는 것이야. 자네는 이 말을 가지고 돌아가서 그것을 구해보도록 하게. 스승이 남아돌게 될 걸세."



邊君知意, 千里而訪余. 詢其志, 志在文章. 是日兒子游種樹, 指以喩之, 曰: "人之有文章, 猶草木之有榮華耳. 種樹之人, 方其種之也, 培其根安其幹已矣. 旣而行其津液, 敷其條葉, 而榮華於是乎發焉. 榮華不可以襲取之也. 誠意正心, 以培其根, 篤行修身, 以安其幹, 窮經研禮, 以行其津液, 博聞游藝, 以敷其條葉. 於是類其所覺, 以之爲蓄, 宣其所蓄, 以之爲文, 則人之見之者, 見以爲文章. 斯之謂文章, 文章不可以襲取之也. 子以是歸而求之, 有餘師矣.

먼저 읽을 글은 〈양덕 사람 변지의를 위해 주는 말〉이다. 길지 않은 한 단락의 글이다. 청년 하나가 대문 앞을 서성이더니 쭈뼛쭈뼛 들어와 큰절로 인사를 올린다.

"무슨 일인가?"

"선생님을 모시고 공부를 하고자 왔습니다."

"그 먼 길을?"

"그렇습니다. 문장을 익혀서 큰 포부를 펼쳐보고자 합니다. 거두어주십시오."

그때 둘째 아들 학유가 흙 묻은 손을 털며 부친에게 오늘 심기로 예정했던 나무를 다 심었다고 얘기한다. 다산은 아들의 이야기를 듣고 나서 청년의 앳된 얼굴을 다시 한 번 쳐다보았다. 다산은 좀체 입을 떼려 하지 않았다. 청년은 애가 탔다.

"젊은이! 내 말을 잘 듣게. 마침 나무 심은 이야기를 들었으니 내가 나무 심기에 견줘서 얘기해보겠네. 사람에게 문장이란 나무로 치면 꽃과 같은 것이겠지. 꽃이 활짝 핀 나무는 너무도 아름답네. 문장을 갖춘 사람도 환하고 빛나는 존재라 할 수 있겠지. 나무는 꽃을 어찌 피울까? 뿌리에 거름을 주어 양분을 공급하고 줄기가 엉키지 않고 편안히 뻗게 해주면 된다네. 새로 심은 나무가 땅에 뿌리를 박고, 둥치가 제자리를 얻게 되면 나무에 비로소 진액이 돌게 되어 그제야 가지가 돋고 새잎이 나오게 되지. 그래서 양분을 잘 빨아올려 튼튼해지면 가지 끝에서 화려한 꽃들이 일제히 피어나게 된다네. 나무의 건강 상태가 좋지 않다면 꽃은커녕 가지와 잎도 돋아날 수가 없겠지. 새로 심은 나무가 시들시들 잎 하나 못 올리고 죽는 경우를 보지 못했던가? 그러니까 꽃은 뿌리를 북돋우고 줄기를 편안하게 해주어 마음껏 양분을 빨아들여 가지 끝으로 펴 나른 보람이 밖으로 솟아난 것인 셈이지. 꽃은 결과일 뿐일세. 꽃을 보고 싶은가? 그렇다면 먼저 나무를 잘 가꾸게.

자! 이제 나무 가꾸기를 공부의 과정에 견줘 설명해볼까? 뿌리를 북돋울 때는 성의정심(誠意正心)으로 해야만 하네. 마음이 급해 거름을 한꺼번에 너무 많이 줘도 안 되고, 지나치게 메마르고 척박한 땅에 심어도 안 되지. 나무의 성질도 잘 알아두어야만 하네. 그 나무가 물을 좋아하는지 싫어하는지, 그늘을 좋아하는지 햇볕을 좋아하는지 같은 것 말일세. 나무가 잘 자랄 수 있는 환경을 만들어주고 정성을 다해 가꾸며 지켜보는 단계인 셈이지. 물을 싫어하는 나무에게 정성껏 물만 주면 뿌리가 금세 썩고 말 것이 아닌가? 그 반대도 안 될 테지. 이것이 사람에게는 바탕 공부에 해당할 걸세.

이렇게 해서 뿌리가 겨우 안정되면 그다음은 줄기가 제자리를 잡도록 도와줘야겠지. 의지와 마음가짐도 중요하지만 그때그때 필요한 조처를 알맞게 해주는 것이 더 중요한 법이라네. 독행수신(篤行修身)의 자세가 이때 필요하지. 나무의 상태를 부지런히 살펴 작은 변화에 관심을 주고 예상치 않은 상황에서도 안정감을 잃지 않도록 잘 건사해주어야지. 공부에서 행실을 도탑게 하고 몸가짐을 늘 점검해서 마음이 행여 멀리 달아나는 일이 없도록 붙드는 것과 다를 게 없네.

다음은 더 깊이 공부하고 궁리하는 단계일세. 나무가 뿌리를 내리고 줄기를 뻗어 자세를 갖추게 되면 비로소 진액이 돌면서 생기가 퍼져나가게 되지. 이때 나무의 영양 상태를 잘 점검해야 하네. 자칫 방심하면 줄기가 옆으로 뻗고 가지가 마구 돋아서 볼품이 없게 되지. 나무의 성질에 대해 더 깊이 알기 위해 책도 뒤져보고 전문가에게 묻기도 해야 하네. 이것은 공부로 치면 경전과 예법을 연구해서 이해의 깊이를 더하는 과정[窮經研禮]일세. 그래야 더 깊고 높은 단계로 올라갈 수가 있지. 다른 사람의 주장을 살피고, 모범이 될 만한 좋은 글을 많이 읽고 외워야 하네. 이후로는 운신의 폭이 넓어져서 마음먹은 대로 글을 쓸 수가 있게 되지.

그다음은 가지와 잎을 틔울 차례일세. 묵은 둥치에서 새 가지가 솟고, 가지마다 새잎이 달리면 나무는 비로소 제 모양을 갖추게 된다네. 공부에서는 박문유예(博聞游藝)의 상태라 할 수 있겠네. 공부는 넓어야 깊어질 수가 있는 법. 테두리가 너무 좁으면 결코 깊은 우물을 팔 수가 없지. 기본 경전만 익혀서는 문견이 좁아서 소견이 시원스레 트이질 않는단 말일세. 그러니 폭넓게 섭렵해서 내 식견을 확장해야지. 또 나를 옭죄어 구속만 하면 툭 터진 마음이 열리질 않으니 예술의 안목도 키워야 하네. 그래서 늘 예악(禮樂)은 짝을 지어 가는 것일세. 예는 묶어서 질서를 부여하고, 악은 풀어주어 숨통을 틔워주지. 긴장과 이완의 절묘한 조화가 아닌가?

한 번 더 복습해볼까? 성의정심과 독행수신으로 뿌리와 줄기를 안정시키고, 궁경연례와 박문유예로 양분을 공급해주면 공부의 바탕이 마련된 셈이지. 그렇다고 덮어놓고 벌이기만 해서는 산만해져서 공부라 할 수가 없네. 중간중간 배워 깨달은 것을 점검해서 갈래를 나누어 취할 것은 취하고 버릴 것은 버려 알맹이를 차곡차곡 쌓아두자 어느 날 문득 가지 끝에서 울긋불긋 화려하고 향기로운 정수가 피어나니, 그것이 바로 문장이란 물건일세.

꽃이 활짝 피면 나무는 어제까지 보던 그것과 전혀 다른 물건이 된다네. 자네가 문장 공부를 하고 싶다고 했지? 과거에 급제해서 세상을 놀라게 할 글을 쓰고 싶다고 했던가? 그런 글은 하루아침에 피어날 수가 없어. 앞서 말한 성의정심과 독행수신, 궁경연례와 박문유예의 절차와 단계 없이 꽃만 피우는 나무는 세상 어디에도 없다네. 훌륭한 문장가가 되고 싶은가? 그렇다면 얼른 집으로 돌아가서 기초부터 다시 공부하도록 하게. 조급한 마음, 욕심 사나운 생각을 거두고 기본부터 시작하게나. 그렇게 단계를 밟아 한 걸음 한 걸음 떼다 보면 나무에 꽃이 한가득 피어날 날이 문득 찾아올 것이야. 어이 굳이 천 리 먼 여기까지 와서 스승을 찾는단 말인가? 시간 낭비하지 말고 어서 돌아가게. 꽃 피울 생각 말고 뿌리에 거름부터 주게."

아까부터 청년은 쥐구멍이라도 찾고 싶은 심정으로 얼굴이 잔뜩 붉어 있었다.



## 평생 불우해도 후회가 없습니다

두 번째로 읽을 글은 〈이인영을 위해 주는 말〉이다. 앞서 읽은 글과 취지는 같지만 내용이 훨씬 길고 자세하다. 단락별로 끊어서 읽어보겠다.

내가 열수(洌水) 가에 있는데 하루는 묘령의 소년이 찾아왔다. 등에 짐을 지고 있길래 살펴보니 책상자였다. 누구냐고 묻자 그는 "저는 이인영입니다."라고 했다. [원주: 이하 몇 구절 생략] 나이를 물으니 열아홉이라고 했다.

품은 뜻을 물어보았다. 그는 문장에 뜻을 두고 있는데 비록 공명을 이루지 못해서 평생 불우하더라도 아무 후회가 없다고 말했다. 책상자를 쏟아보니 모두 시인재자(詩人才子)들의 기이하고 청신한 작품들이었다. 섬세한 글은 파리 대가리 같았고, 이따금 자질구레한 말은 모기 속눈썹 같았다. 뱃속에 든 것을 점검해보니 마치 호로병이 물을 토해내듯 콸콸 쏟아져서 책상자보다 수십 배 더 풍부하였다. 그의 눈을 살펴보았다. 형형하게 빛이 흘렀다. 그의 이마를 보니 툭 튀어나온 것이 마치 물소 뿔이 아래위로 통해 밖으로 비치는 것 같았다.

余在洌上, 一日有妙少年至, 背有荷. 視之書笈也. 問之, 曰: “我李仁榮也.” [數句刪] 問其年, 十有九. 問其志, 志在文章, 雖不利於功名, 終身落拓, 無悔也. 瀉其笈, 皆詩人才子奇峭淸新之作. 或細文如蠅頭, 或小言如蚊睫. 傾其腹, 沁沁如葫蘆之吐水, 蓋富於笈數十倍也. 視其目, 炯炯有流光, 視其額, 隆隆若犀通之外映也.

이인영과의 첫 만남을 생생하게 묘사했다. 등에 책상자를 메고 명민해 보이는 젊은이 하나가 찾아왔다.

“누군고?”

“이인영이라고 합니다.”

“몇 살인가?”

“열아홉입니다.”

“그래, 여긴 무슨 일로?”

“선생님께 문장을 배우고자 왔습니다. 부디 거두어주십시오. 열심히 배울 자신이 있습니다.”

“과거를 보려는 겐가?”

“아닙니다. 문장으로 한 세상에 이름을 남길 수만 있다면 아무리 고통스러워도 결코 후회하지 않겠습니다. 소원입니다.”

소년의 표정이 사뭇 간절했다.

"상자 속에 든 것이 무엇인가?"

"평소 제가 익혀온 책입니다."

"꺼내보게."

책상자에서 나온 것은 명청 시대 재주깨나 있어 이름을 얻은 문인들의 시문집이었다. 기이하면서도 산뜻한, 이른바 최신 유행풍의 시문이었다. 내면을 간질이는 표현과 섬세한 묘사가 특별히 뛰어났다. 이리저리 툭툭 찔러보니 청산유수의 대답이 돌아왔다. 그의 독서는 책상자에 든 책의 범위를 몇십 배나 넘어서고 있었다. 소년은 어서 더 물어달라는 듯 눈빛이 반짝반짝 빛났다. 표정 위로 긍지가 묻어나고 있었다.

내가 말했다. "호오! 거기 앉게. 내가 얘기해주겠네. 문장이란 어떤 물건인가? 학식은 내면에 쌓이고, 문장은 밖으로 펴는 것일세. 고량진미를 배불리 먹으면 피부에 광택이 생겨나고, 막걸리를 들이마시면 얼굴에 홍조가 피어나는 것과도 같지. 이를 어찌 끌어다가 취해올 수가 있겠는가? 중화(中和)의 덕으로 마음을 기르고, 효우(孝友)의 행실로 성품을 가다듬어 공경으로 몸가짐을 바로 하고, 성의로 일관하되 중용을 갖춰 변함없이 노력하여 도를 우러러야 하네. 사서(四書)를 내 몸에 깃들게 하고, 육경(六經)으로 내 식견을 넓히며, 여러 사서(史書)로 고금의 변화에 통달하게 해야겠지. 예악형정(禮樂刑政)의 도구와 전장법도(典章法度)의 전고(典故)가 가슴 속에 빼곡하여 사물이나 일과 만나 시비가 맞붙고 이해가 서로 드러나면, 내 마음속에 자옥하게 쌓아둔 것이 큰 바다가 넘치듯 넘실거려 한바탕 세상에 내놓아 천하 만세의 장관이 되게 하고 싶은 생각이 들게 된다네. 그 형세를 능히 가로막을 수 없게 되면 내가 드러내려 했던 것을 한바탕 토해놓지 않을 수가 없게 되지. 이를 본 사람들이 서로 '문장이다'라고들 하니, 이런 것을 일러 문장이라 하는 것일세. 어찌 풀을 뽑고 바람을 우러르며 빠르게 내달려, 이른바 문장이란 것만을 구하여 붙들어 삼킬 수가 있겠는가?"

余曰: "噫嘻! 子坐. 吾語子. 夫文章何物? 學識之積於中, 而文章之發於外也. 猶膏粱之飽於腸, 而光澤發於膚革也. 猶酒醪之灌於肚, 而紅潮發於顔面也. 惡可以襲而取之乎? 養心以和中之德, 繕性以孝友之行, 敬以持之, 誠以貫之, 庸而不變, 勉勉望道, 以四書居吾之身, 以六經廣吾之識, 以諸史達古今之變, 禮樂刑政之具, 典章法度之故, 森羅胸次之中, 而與物相遇, 與事相値, 與是非相觸, 與利害相形, 卽吾之所蓄積壹鬱於中者, 洋溢動盪, 思欲一出於世, 爲天下萬世之觀, 而其勢有弗能以遏之. 則我不得不一吐其所欲出, 而人之見之者相謂曰文章, 斯之謂文章. 安有撥草瞻風, 疾奔急走, 求所謂文章者, 而捉之呑之乎?"

수인사를 끝낸 다산은 그를 우선 앉혔다.

"문장이라……. 뛰어난 문장이 될 수만 있다면 일생 곤궁해도 상관없다고 했는가? 거참 딱한 노릇이로군. 문장은 결과일 뿐 목적이 아닐세. 문장은 얼굴 위로 오른 불콰한 술기운에 불과한 것이야. 뱃속에 든 술기운이 없으면 얼굴이 붉어지는 법은 없네. 술은 한 방울도 안 마시고 얼굴만 붉어지는 법은 없단 말일세. 좋은 음식을 배불리 먹어 영양 상태가 좋아지면 피부는 기름이 자르르 흐르는 법. 아무것도 안 먹고 살결만 고와지는 경우란 없네. 그러니까 바탕 공부는 맛난 음식의 영양분이고, 향기로운 술의 더운 기운인 걸세. 문장은 그것이 얼굴 위로 드러난 윤기요 홍조일 뿐이라네. 공부를 많이 하고, 덕을 기르고 성품을 닦아 바른 몸가짐과 반듯한 생각이 몸에 배게 해야 하네. 평소에 갈고 닦은 행실과 꾸준히 익힌 독서를 바탕으로 현실의 문제에 부딪치면 남들이 못 보는 것도 다 보이고 전에 모르던 일도 모를 것이 없게 되지. 그 생각을 걷잡을 수가 없어서 한바탕 보따리를 풀어놓자 사람들이 저마다 손뼉을 치고 무릎을 치면서 문장이라고들 탄복하게 되는 것일세. 한 번 더 말해주겠네. 문장이란 결과일 뿐, 그 자체로 목적이 될 수는 없는 것이야. 그러니까 더 중요한 것은 과정이라네. 과정 없이 결과만 얻고 싶다고 했나? 그런 건 세상에 없네."

예상과 너무 다른 다산의 이야기에 잔뜩 칭찬을 기대하고 반짝이던 이인영의 눈빛에 실망의 기색이 떠올랐다.

## 귀신의 휘파람과 원한 품은 여인의 흐느낌 같은 글

세상에서 말하는 문장학은 성인의 도를 갉아먹는 벌레와 같아서 반드시 서로 용납할 수가 없네. 그런데도 몸을 더럽혀 자신을 낮춰 이것을 한다 해도 문로(門路)와 기맥(氣脈)이 있는 법일세. 또한 반드시 경전(經傳)에 뿌리를 두고, 제사(諸史)와 제자(諸子)를 날개로 삼아, 두터우면서도 깊게 녹아든 기운을 쌓고, 깊고 도탑고 아득한 취미를 길러야 하네. 위로는 임금의 계책을 빛낼 것을 생각하고, 아래로는 한 세상의 깃발과 북이 될 것을 생각해야만 그제야 그 글이 만만치 않다는 말을 듣게 되는 것일세.

그런데 지금은 그렇지가 않네. 나관중(羅貫中)을 시조로 삼고, 시내암(施耐菴)과 김성탄(金聖歎)을 그 아랫대의 조상으로 삼아, 재잘대는 붉은 앵무새 혀로 이리저리 뒤집어 희롱하며 음탕하고 험벽한 말을 꾸미는 것을 스스로 즐겨 기뻐하는 것 따위야 어찌 족히 문장이라 하겠는가? 몹시 처량하여 흐느껴 목메는 듯한 시의 구절은 공자께서 남기신 온유돈후(溫柔敦厚)의 가르침이 아닐세. 마음을 음탕한 소굴에다 두고 비분강개한 데 눈길을 주면서, 넋을 녹이고 애를 끊는 말을 누에 실처럼 늘어놓고, 뼈를 깎고 골수에 새길 말을 벌레 울음처럼 내뱉곤 하지. 이런 글을 읽으면 푸른 달빛이 서까래 위에서 엿보고, 산귀신이 휘파람을 불며, 음산한 바람이 촛불을 끄고, 원한을 품은 여인이 흐느껴 우는 것만 같다네. 이 같은 것은 문장가에게 해가 될 뿐 아니라 도리어 기상을 처량하게 하고 심지를 각박하게 만들고 말지. 위로는 하늘이 내리는 큰 복을 받을 수 없게 하고, 아래로는 세상의 덫을 피할 수가 없게 만든다네. 천명을 아는 자라면 마땅히 크게 놀라

재빨리 피하기에도 겨를이 없어야 하거늘, 하물며 몸소 이를 따른대서야 될 말인가?

世所謂文章之學, 乃聖道之蟊蠹, 必不可相容. 然汚而下之, 藉使爲之, 亦其中有門有路有氣有脈. 亦必本之以經傳, 翼之以諸史諸子, 積渾厚沖融之氣, 養淵永敦遠之趣. 上之思所以黼黻王猷, 下之思所以旗鼓一世, 然後方得云不錄錄.

今也不然, 以羅貫中爲祧, 以施耐菴金聖歎爲昭穆, 喋喋猩鸚之舌, 左翻右弄, 以自文其淫媟機險之辭, 而竊竊然自娛自樂者, 惡足以爲文章? 若夫淒酸幽咽之詩句, 非溫柔敦厚之遺敎. 栖心於淫蕩之巢, 游目於悲憤之場, 銷魂斷腸之語, 引之如蠶絲, 刻骨鐫髓之詞, 出之如蟲唫. 讀之如靑月窺椽, 而山鬼吹歗, 陰飆滅燭, 而怨女啾泣. 若是者不唯於文章家爲紫鄭, 抑其氣象慘悽, 心地刻薄, 上之不可以受天之胡福, 下之不可以免世之機辟. 知命者當大驚, 疾避之弗暇, 矧躬駕以隨之哉!

"내 이제 그간 자네가 읽었다는 상자 속의 책을 보니 자네가 생각하는 문장학이란 것이 어떤 것인 줄 알겠군. 그런 문장학은 우리가 마땅히 해야 할 성인의 학문과는 길이 전혀 다른 것일세. 이 둘은 결단코 양립할 수가 없네. 진짜 문장학은 공부에서 나와야 하는 것이야. 경전에 뿌리를 두고 역사책과 제자백가서를 날개로 삼아 깊이와 너비를 갖추지 않으면 안 되겠지. 자네가 생각하듯 《삼국지연의》나 《수호지》 같은 책을 지은 작가를 조상으로 알고, 아로새겨 현란한 문체를 스승으로 삼는 것은 내가 생각하는 문장과는 거리가 아주 멀군. 붓만 들면 징징 짜거나 가슴을 후벼 파는 표현만 찾고, 남녀간의 음탕한 애정사나 실의한 문사의 비분강개한 심정만 늘어놓기에 바쁘니 이것을 어찌 문장이라 하겠나? 설마 자네가 깊은 밤 괴괴한 달빛이 비쳐들 때 산귀신의 휘파람 소리에 음산한 바람이 방 안의 촛불을 불어 훅 끄며 어디선가 원한 품은 여인의 호곡 소리가 들려올 것 같은 소설 속의 핍진한 묘사를 문장의 전부라고 생각하는 것은 아니겠지? 그런 문장은 제 복을 깎고 재앙을 부르는 빌미가 될 뿐일세. 누가 등 떠밀어 하라고 해도 모골이 송연해져서 달아나기 바쁠 일인데, 어떤 불행이 닥쳐도 상관 않고 그 길을 가고 싶다니 그게 어찌 젊은 사람의 입에서 나올 말인가?"

이인영의 표정이 한없이 일그러졌다. 바늘방석이 따로 없었다.

우리나라의 과거제도는 쌍기(雙冀)가 처음 시작해서 춘정(春停) 변계량(卞季良)에게서 갖추어졌네. 무릇 이 기예를 익히면 정신을 녹이고 세월을 내던져 사람으로 하여금 어리석고 지리멸렬한 채 나이를 잊게 만드니 진실로 이단 중의 으뜸이요 세상 도리의 큰 근심거리일세. 하지만 나라 법이 변하지 않고서야 그저 따를 수밖에 없으니, 이 길이 아니고는 군신의 의리를 물을 데가 없기 때문이라네. 이 때문에 정암 조광조나 퇴계 이황 선생 같은 분들도 모두 이 기예를 익혀서 자신을 펼 수가 있었지. 이제 자네는 대체 어떤 사람이길래 신발을 벗어던지듯 돌아보지 않겠다는 것인가? 성명(性命)의 학문이 아직 끊어지지 않았건만, 이처럼 음탕한 소설의 곁가지와 시고 찬 짤막한 시 구절의 말단을 위해 경솔하게 신세를 포기하려 든단 말인가? 우러러 부모를 섬기지 않고, 굽어 처자를 기르지도 않으면서, 가까이로는 집안을 드러내어 종족을 지켜줄 수도 없고, 멀리는 조정을 높여 백성을 윤택하게 할 수도 없건만, 나관중과 시내암의 사당에 배향되기만을 추구하려 드니 또한 미치고 어리석은 일이 아닌가?

吾東科擧之法, 始於雙冀, 備於春亭. 凡習此藝者, 銷磨精神, 抛擲光陰, 使人鹵莽蔑裂, 以沒其齒, 誠異端之最, 而世道之鉅憂也. 然國法未變, 有順而已. 非此路則君臣之義無所問焉, 故靜菴退溪諸先生咸治此藝, 以發其身. 今子何人, 乃欲屣脫而弗顧耶? 爲性命之學, 猶且不絶, 矧爲此淫巧小說之支流, 酸寒短句之餘裔, 以輕抛此身世乎? 仰不事父母, 俯不育妻子, 近之不能顯門戶, 以庇宗族, 遠之不能尊朝廷, 而澤黎庶, 思以追配於羅施之廡, 不亦狂且愚哉.

다산은 고삐를 늦추지 않고 한 번 더 세게 다그친다.

"과거시험의 제도와 공부는 이미 실질 공부와 동떨어져서 문제가 많은 것은 인정하겠네. 한번 과거에 빠지면 평생 허황한 꿈을 못 놓고 정작 이렇다 할 공부도 하지 않은 채 인생을 낭비하고 마는 것이 대다수일세. 하지만 나라의 제도가 바뀌지 않는 한 과거를 통하지 않고 세상에 쓰일 길이 없지 않은가? 조광조와 이황과 이이 같은 큰 학자들도 과거를 보지 않을 수 없었던 것은 과거가 올바른 공부의 길이어서가 아니라 어쩔 수 없어서였을 뿐일세. 그런데 자네는 어떤가? 과거도 흥미가 없고, 출세도 흥미가 없고, 오로지 문장가가 되면 다른 모든 것을 희생해도 조금의 후회도 없겠다고 말하는군. 그래서 되고 싶은 목표란 것이 결국은 나관중이나 시내암처럼 《삼국지연의》나 《수호지》 같은 소설을 쓰는 자가 되겠다는 것인가? 그렇게 해서 미묘한 감정의 떨림을 포착해내고, 사람들의 애간장을 녹이는 작가가 되고 싶단 말이지? 그래서, 그다음은?"

이인영은 거의 울상이 되어 있었다.

## 차라리 노름방과 기생집을 가는 것이 낫다

바라건대 자네는 이후로 문장학에 뜻을 끊고, 서둘러 돌아가 늙으신 어머니를 봉양하게나. 안으로 효우의 행실을 도타이 하고, 밖으로는 경전의 공부를 부지런히 하게나. 그래서 성현의 바른 말씀이 언제나 몸에 젖어 나를 떠나지 않도록 하게. 한편으로 과거 공부도 해서 몸을 펴기를 도모하고 임금을 섬기기를 바라야 할 것일세. 그리하여 밝은 시대의 상서로운 인물이 되고, 후세의 위인이 되도록 해야지. 경박한 기호로써 이 천금 같은 몸을 가볍게 버리지 않도록 하게. 진실로 자네가 고치지 않는다면, 차라리 노름질하고 기생집을 드나들며 노는 것이 또한 문장을 배우는 것보다 더 나을 것이야.

가경 경진년(1820) 5월 1일.

願子自玆以往, 絶意文章之學, 亟歸養老母. 內篤孝友之行, 外勤經傳之工, 使聖賢格言, 常常浸灌, 俾之不畔. 旁治功令之業, 以圖發身, 以冀事君. 以備昭代之瑞物, 以作後世之偉人, 勿以沾沾之嗜, 而輕棄此千金之軀也. 苟子之不改, 卽馬弔江牌狹斜之游, 亦無以加於是也. 嘉慶庚辰五月一日.

다산의 서슬은 그러고 나서도 여진이 남았다. 마지막 쐐기를 박기 위해 다산은 말꼬리를 돌렸다.

"여기서 이러지 말고 어서 고향으로 돌아가게. 글공부와 부모 봉양이 따로 놀 수 있겠나? 인간이 안 되고 글만 잘 써서 무엇에 쓸 것인가? 효도와 우애 없이 누구를 감동시킨단 말인가? 경전을 안 익힌 채 글 한 줄 쓸 수 있겠는가? 과거 공부도 꼭 필요한 것일세. 그래야 내가 이 세상에 나온 보람을 찾을 것이 아닌가? 나는 자네가 우리 시대에 꼭 필요한 인물로 성장해주면 좋겠네. 그리하여 훗날 자네를 역사가 큰 인물로 기억해주도록 해주게나. 한때의 경박한 취미를 가지고 천금같이 귀한 몸을 함부로 굴려서는 안 되네. 그리 하기 싫다면 차라리 문장에 힘 쏟는 열정으로 노름방에 들락거리고 기생집을 드나드는 것이 오히려 해가 적을 것일세. 내 말은 여기까지일세. 이제 가보게."

이인영은 거의 핏기를 잃은 채 넋이 반쯤 나간 상태였다. 이게 뭔가? 최소한 내가 읽었던 책을 보여주고 내가 닦은 그간의 공부를 말하면 기특하다는 칭찬을 들을 줄로 알았다. 그런데 선생님은 아주 차갑게 당장 고향집으로 돌아가 하고 싶은 공부 말고 해야 할 공부를 하라고 말씀하시지 않는가?

이렇게 해서 다산과 이인영의 대화는 끝이 났다. 그는 풀이 푹 죽어서 책상자에 도로 책을 담고 인사도 제대로 못 올리고 돌아섰다. 다산은 자신을 찾아온 젊은이에게 참으로 모질고 맵게 충고했다. 충고만으로 모자라 아예 긴 글로 써주었다.

하지만 다산과 이인영의 만남이 이것으로 끝난 것은 아니었다. 《여유당전서》 〈상례외편(喪禮外編)〉 권 3에 수록된 〈예고서정(禮考書頂)〉의 서문에 "내가 다산에 있을 적에 상기(喪紀)의 문제를 공부하면서 서건암(徐健菴)의 《독례통고(讀禮通考)》 4함을 읽다가 의문이 나거나 생각거리가 있으면 책 상단에 써두었는데, 날짜가 뒤섞이긴 했지만 앞뒤를 살펴볼 수는 있었다. 열상으로 돌아와서는 한가한 틈이 없어 더 적바림하지는 못했다. 이인영 군이 이를 기록해서 한 편을 만들었는데, 이를 일러 〈예고서정〉이라 한다."는 내용이 나온다. 1821년 7월에 쓴 글이다. 다산의 야단을 맞고 집으로 돌아갔던 이인영이 이듬해 가을에 다시 찾아와 머물며 예학 공부에 몰두하면서 다산을 거들었음을 알 수 있다.



## 사람과 시가 같아야

글의 시작을 홍길주의 《수여연필》로 열었으니, 같은 책에 실린 다산에 관한 다른 글로 맺겠다. 홍길주는 다산의 처가와 가까운 친척이어서 다른 사람이 알지 못하는 내용을 여럿 기록으로 남겼다.

다산이 일찍이 한 시인에게 이렇게 말했다.

"시의 격조를 내가 잘 알지 못하네만, 성인의 말씀에 시는 볼 수가 있고 원망할 수가 있다 하셨네. 이는 시가 뜻을 말한 것이기 때문일세. 이런 까닭에 그 시를 외워보면 그 사람을 알 수가 있지. 그뿐만 아니라 그 사특하고 바름, 어질고 어리석음을 알 수가 있고, 귀천과 궁달과 우락(憂樂)도 알게 되지. 이런 까닭에 곤궁하고 근심에 겨운 사람이 비록 원망하고 비방하는 말을 시를 읊조리는 사이에서 드러내더라도 군자가 이를 허물로 삼지 않는 것일세. 이것이 변풍(變風)과 이소(離騷)가 시인의 조종(祖宗)이 되는 까닭이라네. 자네는 궁한 선비일세. 평소에 시름겹고 우울하여 일찍이 하루도 얼굴 펼 날이 없는데, 시는 문득 호방하고 씩씩하며 편안한 것이 즐겁고 기뻐하는 소리와 다를 바가 없군. 구절의 격조야 비록 훌륭하다 해도 내가 감히 이것이 시의 길이라고 말할 수는 없겠네."

茶山嘗謂一詞人曰: "詩之調格, 吾未知已, 聖人之言曰, 詩可以觀, 可以怨. 蓋詩言志者也. 是故誦其詩, 可以知其人. 不唯可知其邪正賢愚, 幷與其貴賤窮達憂樂而知之, 是以窮困憂愁之人, 雖以怨誹之辭, 形於詠嘆之際, 君子不罪也. 此變風離騷之所以爲詞賦家宗祖也. 子窮士也. 平居憂鬱, 未嘗一日解顔, 而詩輒豪健自得, 與歡愉之音不異. 句格雖工, 吾未敢謂之詩之道也."

문여기인(文如其人), 글은 그 사람과 똑같다고 했다. 다산의 불만은 이러했다. "자네의 시는 자신의 삶과는 사뭇 다르군. 시는 실로 호방하고 멋진데 그 속에 자네가 없단 말일세. 궁한 삶을 살고 있다면 그 속에서 느끼는 삶의 애환과 진실이 그대로 묻어나야 하지 않겠나? 그런데 그런 것이 없어. 시만 보고 자네를 보지 못한 사람은 자네를 실제의 자네와는 영 딴판의 사람으로 생각할 걸세. 진실이 담기지 않으면 시가 아니지. 내가 없으면 시가 아니지. 허수아비는 내가 아니요, 꼭두각시는 내가 아닌 걸세. 멋지게 보이려 들지 말고 진실하게 보이는 시를 쓰도록 하게. 근사하고 폼이 나는 것만 찾지 말고 안타깝고 절박한 사정을 담아보게. 그래야 자네가 시 속에서 되살아날 걸세. 자네 시는 좋은 시가 아니야. 가짜란 말일세."

다산의 어법과 말투가 똑 부러지게 드러나는 글 세 편을 차례로 읽어보았다. 공부의 바른 태도, 문장에 대한 생각, 과거 공부를 보는 관점, 훌륭한 시를 감별하는 잣대 같은 것들이 담긴 내용이다. 기본을 중시하는 태도가 확고하다.

# 34. 목민관의 바른 자세

—영암 군수 이종영에게 준 목민관이 지녀야 할 마음가짐



## 여섯 자의 비결

이번에 읽을 글은 영암 군수 이종영(李鍾英, 1791~?)을 위해 써준 증언 일곱 칙이다. 이종영은 1809년 증광시 무과에 급제해 1812년 12월에 영암 군수로 부임해왔다. 부친 이재의(李載毅, 1772~1839)가 1813년 여름 큰아들의 임지로 내려왔다가 이듬해 봄인 1814년 3월 4일에 다산이 머물고 있던 다산초당에 유람 차 불쑥 들렀다. 이후 두 사람은 의기가 투합해 해배 후까지 가까운 벗으로 지냈다. 이재의는 노론 벌열의 가문이었고, 다산은 남인이었다. 문로로 보아 어울릴 법하지 않은 두 사람은 때로 경학의 문제로 격렬한 논쟁을 벌이며 한 치의 양보 없이 다투기도 했지만, 수시로 시문창수로 왕래하며 세상을 뜰 때까지 깊은 우정을 지켜나갔다. 나이는 다산이 열 살 위였다.

이재의가 다산에게 영암 군수로 있는 아들을 위해 목민관이 지녀야 할 자세에 대한 경계의 말을 몇 마디 적어달라고 부탁했던 모양이다. 군수라지만 이종영은 당시 고작 24세의 젊은이였다. 무과 출신인 그가 젊은 나이에 영암 군수로 내려올 수 있었던 것은 집안의 든든한 배경 덕분이기도 하지만, 영암 군수가 나주진(羅州鎭)의 병마절제도위(兵馬節制都尉) 직함을 겸한 무관직이었기 때문이다.

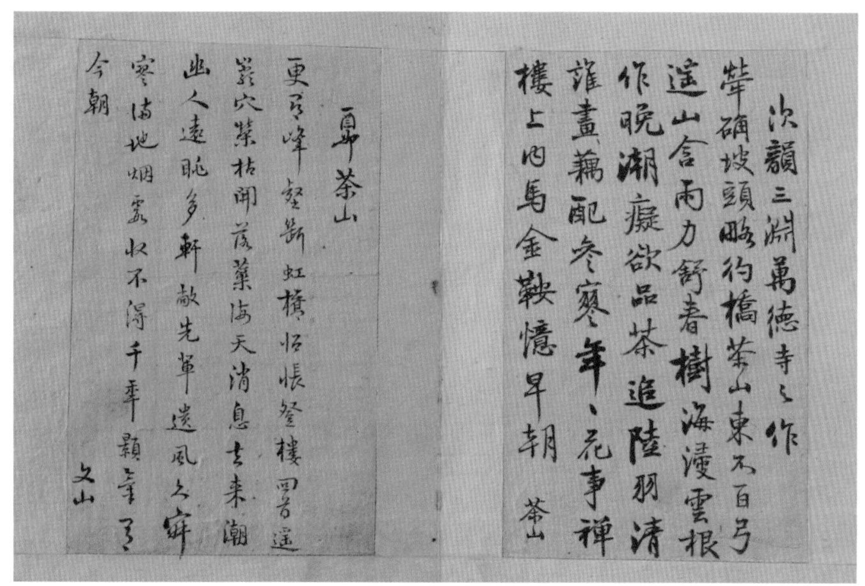

다산과 문산 이재의가 주고받은 시를 담은 〈이산창수첩〉, 개인 소장.



다산은 앞뒤로 이종영을 위해 글 두 편을 남겼다. 하나는 《다산시문집》 권 17에 수록된 〈영암 군수 이종영을 위해 써준 증언(爲靈巖郡守李鍾英贈言)〉 일곱 칙이고, 다른 하나는 권 12에 수록된 〈부령 도호부사로 부임하는 이종영을 전송하는 서문(送富寧都護李鍾英赴任序)〉이다. 차례로 읽어보겠다.

옛날에 소현령(蕭縣令)이 부구옹(浮丘翁)에게 다스림에 대해 물었다. 부구옹이 말했다.

"내게 여섯 글자의 비결이 있네. 그대가 사흘간 재계하면 들을 수 있을 것일세."

소현령이 그 말대로 하고서 청했다. 부구옹이 먼저 한 글자를 주었는데 '염(廉)' 자였다. 소현령이 일어나 두 번 절하고 조금 있다가 다시 청하였다. 옹이 다시 한 글자를 주는데 '염' 자였다. 소현령이 일어나 두 번 절하고 다시 청하였다. 옹이 마침내 한 글자를 주니 역시 '염' 자였다.

소현령이 두 번 절하고 말했다.

"이것이 그렇게 중요합니까?"

부구옹이 말했다.

"자네가 하나는 재물에다 쓰고, 하나는 여색에다 베풀며, 또 하나는 직위에다 사용하게나."

소현령이 말했다.

"여섯 글자를 다 받을 수 있습니까?"

옹이 말했다.

"또 사흘간 목욕재계하면 들을 수 있을 것이네."

소현령이 그 말대로 했다. 부구옹이 말했다.

"자네가 듣고 싶은가? 나머지 세 글자도 모두 '염(廉)'일세."

소현령이 말했다.

"그토록 중요합니까?"

옹이 말했다.

"앉게. 내 자네에게 말해주지. 청렴에서 밝음이 나오는 법일세. 사물이 실정을 숨길 수가 없게 되지. 청렴에서 위엄이 나온다네. 백성이 따르지 않을 도리가 없지. 청렴하면 강직하니 윗사람이 감히 얕잡아볼 수가 없게 된다네. 이런데도 다스리기에 부족하겠는가?"

소현령이 일어나 두 번 절하고 띠에다 이를 써서 떠나갔다.

昔蕭縣令問治於浮丘翁. 翁云: "予有六字閟詮. 子其三日齋沐, 乃可聞也." 令如其言而請之, 翁先授一字曰廉. 令起再拜, 有間復請, 翁復授一字曰廉. 令起再拜而復請, 翁卒授一字曰廉. 令再拜曰: "若是其重乎?" 翁曰: "子以其一施於財, 以其一施於色, 又以其一施於職位." 令曰: "六字可遂受乎?" 翁曰: "又齋沐三日, 乃可聞也." 令如其言. 翁曰: "子欲聞之乎? 曰廉廉廉." 令曰: "若是其重乎?" 曰: "坐. 吾語子. 廉生明, 物無遁情. 廉生威, 民莫不從令, 廉則剛, 上官不敢傷. 是猶不足以爲治乎?" 令起再拜, 書諸紳而去.

이른바 '육자염결(六字廉訣)'이다. 소현령과 부구옹 사이에 오간 문답의 원출전은 분명치 않다. 부구옹은 고대의 신선으로 알려진 인물이나, 다산의 글 속 인물과는 상관이 없어 보인다. 백성을 다스리는 비결을 묻는데 여섯 자의 비전(閟詮), 즉 비밀스런 묘방이 있다고 했다. 잔뜩 기대하고 온 소현령에게 부구옹은 딱 세 글자만 가르쳐준다. 다 듣고 나니 똑같은 염(廉) 자다. 답은 이렇다. 재물에 청렴하고, 여색에 청렴하며, 직위에 청렴해라. 그러면 아무 문제가 없다.

"나머지 세 글자도 마저 알려주십시오."

"다시 사흘을 재계하고 오게."

사흘 후에 잔뜩 기대하고 온 그에게 부구옹의 대답은 이렇다.

"염, 염, 염! 이렇게 세 글자일세."

결국 여섯 글자가 모두 같다.

"선생님! 그게 그렇게 중요한가요?"

"중요하다마다. 이유를 설명해주겠네. 현명한 원님이란 말을 듣고 싶은가? 그 현명함이 바로 청렴에서 나온다네. 청렴 앞에서는 어떤 일도 실정을 감출 수가 없게 되지. 위엄을 지니고 싶나? 그 위엄도 청렴에서 나온다네. 청렴을 앞세운 위엄 앞에서는 백성이 그 명을 따르지 않을 수가 없는 법. 강직한 관리가 되고 싶은가? 청렴하면 되네. 상급자는 청렴한 하급자를 함부로 대하지 못한다네. 혹시 책잡힐까 봐 조심하게 되지. 이 여섯 글자를 가지고도 고을살이를 할 수 없단 말인가?"

벌떡 일어나 허리띠에 염(廉) 자를 여섯 번 되풀이해 써서 두르고는 두 번 절하고 떠나가던 소현령의 다급한 몸짓이 보이는 것 같다. 청렴할 염(廉) 자 여섯 개면 고을살이에 아무런 문제가 없다. 재물에 청렴하고, 여색에 청렴하며, 직위에 청렴하면 문제가 생길 곳이 없다. 청렴으로 밝아지고, 청렴으로 위엄을 세우며, 청렴으로 강직하면 백성이 존경하고 상관이 무겁게 여기며 사물이 실상을 감히 감추지 못한다. 하지 못할 일이 없고, 되지 않을 일이 없다. 이 간단한 비결을 몰라서 비리와 부정이 횡행하고, 아첨과 교만이 넘친다. 그래서 마침내 저도 망하고 남도 망친다.

그런데 이종영의 부친 이재의의《문산집(文山集)》을 찾아서 읽어보니, 권 2에 〈아들의 행차에 염(廉) 자를 당부하며 주다(贈兒行以廉字示警)〉란 시가 실려 있다.

관리로 백성 다스림 청렴함이 으뜸이니 居官御衆莫如廉
위엄과 간중(簡重)함이 청렴에서 생겨난다. 威自生廉簡亦廉
설령 터럭 하나조차 범하는 바 없다 해도 縱使秋毫無所犯
명예 구해 도 어기면 청렴에는 손상되리. 干譽違道恐傷廉

다산의 글을 아들에게 건네며 써준 시인지, 그전에 아들에게 써준 시를 보고 다산이 위 글을 부연해 써준 것인지는 선후가 분명치 않다. 어쨌거나 위 다산의 글과 이재의의 시가 묶여서 나온 것임은 확실하다. 아버지는 어린 나이에 고을살이를 하는 아들이 영 미덥지 못했던 듯하다. 그 아버지의 조바심을 읽은 다산은 이 육자염결을 첫 처방으로 내려주었다.



## 위협과 비방에 대처하는 태도

다시 이어지는 두 번째 단락을 읽어본다. 상관을 대하는 태도와 하급 관리인 아전들을 다루는 방법에 대해 말했다.

상관이 나를 엄한 말로 위협하는 것은 어째서인가? 내가 이 작록과 지위를 지키려 하기 때문이다. 간악한 아전이 비방을 꾸며서 나를 겁주는 것은 무엇 때문인가? 내가 이 작록과 지위를 보전하려 하기 때문이다. 지금의 재상이 청탁으로 나를 더럽히는 것은 어째서인가? 내가 이 작록과 지위를 붙들려 하기 때문이다. 무릇 작록과 지위를 다 떨어진 신발같이도 여기지 않는 사람은 하루도 그 지위에 있어서는 안 된다. 흉년에 백성에게 밝게 은혜 베풀기를 구하다가 들어주지 않으면 떠나간다. 윗사람이 요구하는 것이 있을 때 이를 거부하였으나 듣지 않으면 떠나간다. 예모에 결함이 있으면 떠나간다. 상관이 언제나 나를 휑하니 날아갈 새처럼 여긴다면 말하는 것을 감히 좇지 않을 수가 없고, 베푸는 바가 감히 무례할 수 없을 것이다. 이렇게 되면 내가 정사를 돌봄이 성대하여 마치 강물이 흐르는 것과 같게 된다. 만약 큰 구슬을 품은 자가 강한 사람을 만나 오로지 빼앗길까 봐 두려워하는 것처럼 한다면 또한 그 지위를 보전하기가 어렵다.

上官威我以嚴詞何也, 謂我欲保玆祿位也; 奸吏怵我以造謗何也, 謂我欲保玆祿位也; 時宰浼我以付囑何也, 謂我欲保玆祿位也. 凡不以祿位爲敝蹝者, 不可一日居此位. 凶年求蠲惠而不聽則去, 上司有徵求, 拒之而不聽則去, 禮貌有缺則去. 上官常以我爲馺然將飛之鳥, 則所言不敢不從, 所施不敢無禮. 我之爲政也, 沛然若夫夔夔栗栗, 若懷璧者之遇強人, 唯恐其遭攘焉, 則亦難乎其保位矣.



고을 원님은 아래로 아전들을 통솔하고 위로는 층층의 상관을 모셔야 한다. 상관은 위에서 찍어 누르고 아전은 아래에서 농간을 부린다. 아래위 장단에 놀아나 춤추다 보면 할 수 있는 일이 아무것도 없다. 백성의 삶만 그 서슬에 덩달아 춤을 춘다. 상관의 위협과 하관의 비방을 단숨에 잠재울 방법이 있다. 작록과 지위에 연연치 않으면 된다. 이 월급을 못 받으면 어찌 사나? 이 자리에서 떨려나면 큰일이다. 이런 모양새와 이런 자세로 그 자리를 지키고 있으면 아래위로 업신여김이 뒤따라온다. 나는 언제든지 떠날 준비가 되어 있다. 길이 아니면 가질 않는다. 예가 아니면 행하지 않는다. 이런 자세로 꼿꼿이 원칙을 밀고 나가면 상관이 그 말을 따르고, 함부로 대하지 못한다. 하관이 그 말을 어렵게 알아 고을에 영이 바로 선다. 이러다가 잘리면 어쩌나? 아래에서 대들면 어떻게 하지? 이렇듯 전전긍긍하면 상대는 나를 바로 얕잡아보아 상투를 잡자고 달려들고, 짓이겨 천하게 대한다.

내 대접은 나 하는 대로 받는다. 윗사람이 나를 능멸하고, 아랫것들이 농간을 부리는 것은 내가 그들에게 만만하게 보였기 때문이다. 벌떡 일어나 툴툴 털고 떠나면 그뿐이라는 생각을 지녀라. 범접할 수 없는 기상으로 지위에 연연하지 않음을 보일 때 남이 나를 도발하지 못한다. 무례하게 굴 수 없다. 남이 내게 함부로 굴거든 스스로를 돌아보라.

## 형벌을 쓰는 네 가지 단계



다시 세 번째와 네 번째 단락은 형벌을 쓰는 단계에 관한 지침을 담았다.

관직에 있으면서 형벌을 쓰는 데는 마땅히 세 등급이 있다. 무릇 민사(民事)에는 상형(上刑)을 쓰고, 공사(公事)에는 중형(中刑)을 쓰며, 관사(官事)에는 하형(下刑)을 쓴다. 사사로운 일에는 형벌이 없어야 한다. 민사란 무엇인가? 무릇 고을 아전이 죄과를 범하는 것은 백성을 수탈하고 백성을 해치는 데서 비롯된다. 백성과 관련되어 속여서 사기치고 침탈하여 포학하게 구는 것은 마땅히 무거운 매질을 더해야 한다. 공사란 무엇인가? 공물을 운송하는 기간을 어기거나 조정의 명과 상관의 명령을 받들어 행함에 있어 삼가지 않음이 있으면 마땅히 그다음의 법률로 시행해야 한다. 관사란 무엇일까? 무릇 관속(官屬) 중에 나를 돕거나 시중드는 자가 또한 정해진 직분을 태만히 함이 있을 때 벌이 없을 수 없다. 다만 내가 제사를 지내고 손님을 맞거나 부모와 처자를 봉양하는 따위의 일은 모두 사적인 일이다. 관서(官署)에 이속(吏屬)과 하인을 두는 것은 이런 일을 하라는 것이 아니다. 내가 빌려서 이들을 부리는 것일 뿐이다. 빌려서 부리는 것이기에 설령 삼가지 않음이 있다 해도 그 자리에서 나무랄 수야 있겠는가?

居官用刑, 宜有三等. 凡民事用上刑, 凡公事用中刑, 凡官事用下刑. 私事無刑可也. 何謂民事? 凡吏鄉犯科, 由剝民害民, 欺詐侵虐, 在小民者, 宜施重杖. 何謂公事? 凡貢輸愆期, 奉行朝令, 上司之令, 有不謹者, 宜施次律. 何謂官事? 凡官屬之所以供奉我者, 亦其常職. 其有怠慢, 不宜無罰. 唯我之所以祭祀賓客及父母妻子之養, 皆私事也. 官署設置吏隸, 非爲是也. 我借而使之也, 借而使之, 雖有不謹, 其可輒行督責乎?

고을 관장이 아랫사람에게 형벌을 적용하는 기준을 밝혀 제시한 내용이다. 굳이 제목을 붙인다면 '용형삼등(用刑三等)'이다. 민사상형(民事上刑), 공사중형(公事中刑), 관사하형(官事下刑)이 그것이다. 여기에 다시 사사무형(私事無刑)이 추가된다. 백성을 속여 침탈하는 고을 아전은 가장 무겁게 다스리고, 나랏일에 소홀히 하면 그다음으로 다스리며, 고을 관장을 모시는 직분에 태만하면 가장 가벼운 벌로 다스린다. 하지만 개인적인 일에 소홀하면 언짢아도 벌을 주어서는 안 된다. 그들은 내 소유가 아니라 지위로 인해 잠시 빌려 쓰는 힘이기 때문이다.

하지만 못난 관장들은 꼭 그 반대로 한다. 자신의 사사로운 일 처리에 실수가 있으면 엄혹하게 매질하고, 예우에 조금만 소홀하면 펄펄 뛴다. 막상 복지부동으로 직무에 태만해도 그러려니 하고, 아랫사람이 백성을 괴롭혀 제 이익을 취하면 처벌은커녕 같이 나눠 먹자며 추파를 던진다. 여기에 무슨 위엄이 서며, 말을 한들 어떤 신뢰가 실리겠는가? 앞에서 '예예' 하고는 돌아서서 '도둑놈!' 한다.

어버이가 병이 들어 의원을 불러다 약을 달인다고 하자. 약을 태워 졸아

붙어도 눈자위가 붉어지도록 째려보며 꾸짖어서는 안 된다. 그저 한숨을 쉬며 그 근심을 그와 함께할 뿐이다. 만약 민사(民事)를 다스리는 것과 같이 엄하게 추궁하면 아전은 문을 나서면서 원망을 퍼부을 테니 어버이를 아끼는 자라면 차마 이렇게 하겠는가? 봄가을로 제물(祭物)을 들여올 때 포(脯)가 종잇장처럼 얇고, 밤[栗]은 좋은 것만 고르지 않았어도 지적해서 물리쳐서는 안 된다. 다만 경건하게 깨끗하기만 힘쓸 뿐이다. 이를 굳이 엄하게 꾸짖으면 문을 나서면서 욕을 늘어놓을 테니 조상을 공경하는 자라면 차마 이렇게 하겠는가? 이것으로 미루어본다면 쌀과 소금 같은 자질구레한 일도 더욱 알 수가 있을 것이다. 이 때문에 사사로운 일에는 형벌이 없다고 말하는 것이다.

親癠召醫生煮藥, 焦而涸之, 厥眶紅瞀, 不可呵叱. 唯嗟咄與之同其憂而已. 若嚴誅與民事同, 則吏出門詛之, 愛親者其忍爲是乎? 春秋輸其祭物, 脯薄如紙, 而栗不擇, 不可黜退, 惟務虔潔. 苟嚴訶之, 出門有誖口, 敬祖者其忍爲是乎? 推是以往, 凡米鹽瑣屑, 尤可知矣. 故曰私事無刑.



네 번째 단락에서는 세 번째 단락에 이어 사적인 일로 형벌을 내려서는 안 되는 이치와 이유를 설명했다. 병든 부모를 위해 의원을 불러와 약을 달이게 하거나, 봄가을 제사를 위해 각종 제수(祭需)를 마련하는 일은 모두 사사로운 일에 속한다. 자칫 소홀해 약을 태우기라도 하면 잡아먹을 듯이 야단을 친다. 제수가 시원찮으면 나를 우습게 보는 거냐며 화를 벌컥 낸다. 구실아치는 그 앞에서 마지못해 고개를 숙여 욕을 먹지만, 문밖을 나서면 입에 담지 못할 저주를 퍼붓는다. 그 저주의 마음으로 달인 약이 부모에게 무슨 약효가 있겠으며, 원망을 품고 마련한 음식을 죽은 조상이 흠향한들 무슨 복을 기대할 수 있겠는가? 그럴수록 더욱 자신을 눌러 참지 않으면 안 된다. 어디까지나 내 개인의 영역에 속한 일이기 때문이요, 그들이 내 개인의 몸종이 아닌 까닭이다.

이렇듯 다산은 공사와 사사의 구분을 엄격히 하는 것이야말로 고을 관장이 자신의 위엄을 세우는 출발점이 됨을 되풀이해 강조했다. 공사(公私)의 분간이 무너지면 기강을 세울 수가 없다. 개인의 감정에 치우쳐서는 아랫사람을 다스릴 수가 없다.

## 아전을 통솔하는 방법

고을살이의 성패는 아전 통솔에 달려 있다고 해도 과언이 아니다. 그러자면 이들의 속성을 정확히 파악해 위엄과 정성으로 감복시켜야 한다. 다섯 번째 단락에는 그 구체적 지침을 적었다.

아전은 그 직업을 세습한다. 또 몸을 마칠 때까지 한 가지 직분에다 한결같은 뜻을 오로지 집중해서 쏟으므로, 익힌 것에 길이 들고 익숙한 데서 가로막히곤 한다. 그저 앉아 관장이 거쳐 가는 것 보기를 마치 여관 주인이 길손에 익숙한 듯이 군다. 벼슬하는 자는 어려서부터 글쓰기와 활쏘기를 익히고, 한담(閒談)과 잡희(雜戲)를 일삼다가 하루아침에 부절(符節)을 차고 일산을 편 채 부임하니, 이는 우연히 들른 나그네와 진배없다. 아전들은 몸을 굽실대며 등을 굽혀 종종걸음으로 내달리고 숨을 가쁘게 내쉬면서 공손하게 군다. 사정을 잘 모르는 자는 고개를 쳐들고서 스스로를 높여 그들을 마치 벌레 보듯 굽어본다. 그러면서도 어깨를 맞대고 땅에 엎드린 자들이 낮은 소리로 소곤대는 것이 모두 관장을 기롱하고 비웃는 말인 줄은 알지 못한다. 곡식 장부와 전정(田政)에 대해 그 이치를 잘 모르는 것이 있거든 마땅히 불러 앞에 오게 해서 자세히 묻고 상세하게 배워 그 속임수를 잘 살펴야 한다. 매번 보면 가장 어리석은 자는 아랫사람에게 묻는 것을 부끄럽게 여겨 멀쩡하니 평소부터 알고 있던 것처럼 굴며 근엄하게 서명을 한다. 하지만 노련하고 간악한 아전이 이미 익숙하게 헤아려 허실과 명암을 귀신처럼 살피고 있는 줄은 알지 못하니 그런 허세가 무슨 보탬이 되겠는가? 또 더러는 농락을 당해 엎어지고도 스스로 권도(權道)로 변통한 것이라 여겨 갓 테두리 아래서 키득거리며 비웃는 것을 알지 못한다. 장차 마땅히 지성(至誠)으로 이들을 거느려야만 한다.

吏胥世襲其業, 又終身一職, 專精壹志, 馴習閑熟. 坐閱官長, 如逆旅之貫於行人. 爲官者少習觚墨弧矢, 閒談雜戲以爲業, 一朝佩符, 張蓋而至. 是客之偶過者也. 彼且屈躬曲脊, 趨走脅息以爲恭. 不知者昂然自尊, 俯視如蟲蠕, 不知連肩伏地者, 低聲呫囁, 皆譏笑官家語也. 穀簿田政, 有未詳其理者, 且當招之至前, 審問而詳學之, 以察其奸. 每見一等愚悠, 恥於下問, 凝然爲素知也者, 署之惟謹. 不知老奸揣測已熟, 虛實明闇, 度之如神, 將何益矣. 又或顚倒牢籠, 自以爲權變, 不知帽簷之底, 唖其笑矣. 且當以至誠御之.

아전들을 장악하지 않고는 관장의 위엄을 찾을 수가 없다. 그들은 대를 물려가며 같은 일만 해온 전문가들이다. 고을 관장은 잘 놀다가 임명을 받아 덜렁거리며 절 구경하듯이 온 손님과 다를 바 없다. 상하의 귀천이 다르므로 그 앞에서 굽실거리며 예예 해도 속으로는 관장 알기를 우습게 본다. 모르고도 아는 척 근엄한 태를 내면 면전에서 비위를 맞춰가며 아첨은 해도 속으로는 업신여겨 자기들끼리 낄낄대며 비웃는다. 허실과 명암, 즉 저 사람이 알찬 사람인지 헛방인지, 똑똑한지 멍청한지는 척 보면 한눈에 안다. 그러니 모르면 알 때까지 불러다 놓고 물어보는 것이 맞고, 알게 되면 실정을 파악해 더는 농간을 부리지 못하도록 쐐기를 박아야 한다. 일껏 농락당해놓고 '관행이라 어쩔 수 없으니 내가 이번만은 모르는 척 넘어가 주마.' 하는 식으로 자기 합리화만 늘어놓으면, 고개 숙인 그들의 입가로 번져가는 조소를 알아차릴 수가 없다. 아전은 어떻게 다스려야 하나? 지성과 진심으로 그들을 감화시켜야만 한다. 실정을 제대로 파악해 검속하고 단속해야 한다.

다시 한 단락을 더 이었다.

관과 백성의 사이는 거리가 아마득하다. 슬프다 백성이여! 몸뚱이가 아전에게 부러져도 관장이 불러서 물어보면 이렇게 말한다.

"나무를 하다가 벼랑에서 떨어졌습니다."

재물을 아전에게 빼앗기고도 관장이 불러서 물어보면 이렇게 말한다.

"빚이어서 마땅히 갚아야 하는 것입니다."

일에 밝은 자가 있어 적발해 그 재물을 돌려주되 즉시 면전에서 계산해 직접 비장을 시켜서 서류에 서명해 보내주게 해도, 한번 문을 나서기만 하면 마치 진흙 소가 바다에 가라앉는 것과 같이 되고 만다. 내가 보니 관장이 산에 놀러가 절에 들렀다가 간혹 돈과 양식을 비용으로 계산해서 돌려주면서 혼자 밝음과 은혜 두 가지가 지극하다고 생각하지만, 이제껏 승려가 실제로 이를 수령하게 한 사람은 단 한 사람도 없었다. 내가 이 때문에 관장의 자리에 있기가 어렵다는 것을 알았다.

官民之間, 弱水三千. 哀哉民也, 體爲吏攸折, 官召而問之, 曰樵而墜厓也. 財爲吏攸奪, 官召而問之, 曰有負當報也. 有綜明者討還其財, 直於面前計授之, 令親裨押遣之, 一出門如泥牛之沈海矣. 余見官長游山到僧院, 或計還錢粻, 自以爲明惠兩至. 而終古無一人能令僧實領之者. 余以此知居官之難也.

관장은 임기를 채우면 나그네가 집으로 돌아가듯이 떠나지만, 아전은 평생 백성 곁에서 수탈과 침학을 일삼는다. 관장이 어질어서 아전의 횡포에서 백성을 지켜주려 해도 자칫 더 깊은 수렁으로 백성을 내모는 함정이 되기도 한다. 앞에서는 예예 하면서 돌아서 문밖을 나서면 법은 멀고 주먹은 가깝다. 눈을 부라리며 "똑바로 못 해!" 하고 한마디만 하면 백성은 찔끔해서 없는 말을 만들고 있던 일을 덮는다.

봄가을로 근처에 산행을 갔다가 절에 잔뜩 신세를 지고 온다. 어진 관장은 안쓰러운 마음에 절에서 지출한 비용을 헤아려 보전해주려 한다. 그러고는 '나는 참 괜찮은 사람인 것 같아.' 하며 스스로 흡족해한다. 하지만 그렇게 지출된 비용은 승려의 손에 닿기도 전에 아전의 품에서 흔적도 없이 사라지고 만다. 관장의 선한 뜻은 결국 아전들의 배만 불려주고, 승려들의 원성만 높아지게 만든다. 다산은 이 대목에서 목소리를 특별히 높였다. "이제껏 그렇게 해서 그 비용이 승려 손에 직접 들어가는 꼴을 나는 단 한 번도 못 봤다. 그대가 그 맨 처음 사람이 되어보는 것은 어떤가?"

이 같은 두 단락의 글을 통해 당시 지방 관아에서 아전의 폐해가 어떠한지, 고을 관장의 허세와 무능이 백성의 삶을 어떻게 피폐케 하는지를 잘 보여주었다. 다산이 《목민심서》 편찬에 착수하게 된 계기가 바로 여기에 있었다.



## 잘 다스리는 관리란?

마지막 일곱 번째 단락은 훌륭한 관리의 자질에 대해 한 번 더 말했다.

재물을 남에게 주는 것을 일러 혜(惠)라고 한다. 하지만 제게 있은 뒤라야 남에게 베풀 수가 있는 법, 제게 없는 것을 남에게 줄 수는 없다. 이 때문에 '남에게 주는 것이 빼앗지 않는 것만 못하다.'고 말하는 것이다. 무릇 고을 창고에서 빌린 것으로 조상에게 제사를 지내고 어버이를 봉양하는 것도 감히 쓰지 못하는 법인데, 하물며 그 밖에 일이야 말해 무엇 하겠는가? 수입을 헤아려서 지출하는 것은 성인의 법이다. 무릇 빌려 축낸 것을 갚지 못해 아전에게서 뒷말이 나오는 자는 비록 한나라 때 훌륭한 관리였던 공수(龔遂)와 황패(黃霸)처럼 백성을 사랑한다 해도 오히려 훌륭하다고 할 수가 없다.

以財予人謂之惠, 然有諸己而後施諸人, 無諸己者不可以與人. 故曰與其有予, 不若無奪. 凡有府庫之逋者, 卽祖祭親養, 且不敢供, 矧其餘者. 量入爲出, 聖人之法也. 凡虧逋未酬, 而吏有後言者, 雖字民如龔黃, 猶之未善也.

'베풀 생각 말고 빼앗지나 말아라.' 이것이 다산이 던지는 돌직구다. 제 앞가림도 못해 고을의 공금을 빌려 쓰면서 백성에게 베풀 생각을 하는 것은 훌륭한 것이 아니라 무능한 것이다. 어진 마음을 지녀야 마땅하나 분수에 넘거나 경우를 모르면 혜택을 주자고 벌인 일이 고을 재정을 더욱 악화시켜 결국 그 부담이 백성에게 고스란히 되돌아가고 만다. 저야 베풀었다는 자기 위안이라도 갖겠지만, 중간에 아전의 농간까지 끼어들면 백성의 손에 쥐어지는 것은 결국 아무것도 없고, 부담만 잔뜩 늘어나기 때문이다.

이렇게 다산은 일곱 항목에 걸쳐 이재의의 아들 영암 군수 이종영을 위한 지침의 말을 건넸다. 자신의 생생한 고을살이 경험과 직접 겪고 본 아전들의 행태를 눈에 보듯 그려 보여, 무과 출신의 24세 풋내기 고을 사또의 매뉴얼로 제시한 것이다.

## 관리가 두려워해야 할 네 가지

영암 군수의 임기를 마친 이종영은 이후 부령 도호부사에 임명되어 함경도의 궁벽한 곳으로 가게 되었다. 이때도 다산은 그를 위해 〈부령 도호부사로 부임하는 이종영을 전송하는 서문〉을 써주었다. 서문의 형식으로 썼지만 증언이어서 여기에 함께 소개한다.

백성을 다스리는 사람은 네 가지 두려워할 것이 있다. 아래로 백성을 두려워하고, 위로는 중앙 부서를 두려워한다. 또 위로 올라가면 조정을 두려워워하고, 더 위로는 하늘을 두려워한다. 하지만 목민관이 두려워하는 것은 언제나 중앙 부서와 조정뿐이고, 백성과 하늘은 종종 두려워하지 않는다. 중앙 부서와 조정은 가깝기도 하고 멀기도 하다. 멀 경우 천 리나 되고 더욱 먼 경우는 수천 리가 되기도 해서 귀와 눈으로 살피는 것이 혹 꼼꼼하거나 상세하지가 않다. 다만 백성과 하늘은 살피는 것이 뜨락 사이에 있고, 마음으로 임하고 팔꿈치로 거느리며 이들과 더불어 호흡하고 있으니, 그 주밀하고 가깝기가 이렇듯 잠시도 떨어질 수가 없다. 무릇 도리를 아는 자라면 어찌 두려워하지 않겠는가?

부령부는 마천령에 있으니 북방의 궁벽한 곳이다. 남쪽으로 포정사(布政司)와의 거리는 1천 리라 가까운 편이고, 더 남쪽으로 도성과의 거리는 2천 리나 떨어져 있다. 그 중간에는 겹겹의 산마루와 굽이도는 시내가 거칠고 험하게 가로막는다. 그러다 보니 안찰사가 살펴보려 찾아감에 소루한 점이 많고, 사헌부에서 규탄하여 바로잡는 것 또한 멀리 떨어져서 근거로 삼을 만한 것이 없다. 이 때문에 부령부를 다스리는 사람은 간혹 제멋대로 횡포를 부려 법을 따르지 않곤 한다. 오직 인삼과 담비 가죽, 수달피 가죽, 청서의 가죽, 올이 고운 베만을 토색질해서 이것으로 처자를 돌보고 권력자에게 아첨을 한다. 이 때문에 기댈 데 없는 백성이 온통 하늘에 죄 없음을 호소해도, 오직 목민관만은 눈이 멀어 네 가지 두려워할 것을 전혀 겁내지 않는다. 이에 백성은 더욱 쇠잔해지고 고을은 점점 피폐해지니 어찌 안타깝지 않겠는가?

나의 벗 약암(約菴) 이재의의 아들 이종영 군이 부령 도호부사가 되어 부임하려 한다. 내가 시골에서 지내는지라 전송할 수가 없다. 하지만 백성을 두려워하고 하늘을 두려워하는 이야기를 가지고, 청컨대 그대를 위해 펴도 괜찮겠는가? 세금을 거둘 때 공평하지 않으면 백성이 원망하고, 세금이 공평해도 힘이 자라지 못하면 백성이 원망한다. 창고를 열어 진휼하고 곳집에 곡식을 거둘 적에 남은 것을 훔치면 백성이 원망하고, 기거에 게으르고 술에 빠지거나 음악과 여색에 탐닉하면 백성이 원망한다. 송사(訟事)나 옥사를 돈을 받고 처리하면 백성이 원망하고, 무릇 인삼과 담비 가죽, 수달피 가죽, 청서 가죽, 올이 고운 베 따위를 기회를 엿보아 가져가면 백성이 원망한다. 백성이 원망하는 것은 하늘 또한 원망한다. 무릇 하늘이 원망하는 일에는 먼 복이 내리지 않고 벼슬도 현달하지 못하게 되니 두려워하지 않을 수 있겠는가? 도호부사는 힘쓸지어다. 의(義)로써 겉을 바르게 하여 모든 사람이 두려워하는 것을 나도 두려워한다. 경(敬)으로써 마음을 곧게 하여 모든 사람이 두려워하지 않는 것을 나는 또한 두려워한다. 네 가지 두려움이 갖추어져야 능히 일을 마칠 수가 있으니 내가 달리 무슨 말을 하겠는가?

부령은 본디 북옥저의 땅으로 한 무제(漢武帝) 때에는 현도군(玄菟郡)에 속하였다. 고구려 태무신왕(太武神王)이 취하여 자기 땅으로 삼았다. 발해 때에는 동경(東京) 용원부(龍原府)에 속하였고, 금(金)나라 때에는 문수(門水) 이남을 옮겨 모두 내지(內地)로 삼았는데, 부령은 야라로(耶懶路)에 속하였다. 고려 강종(康宗) 때에 석적환(石適歡)이 갈라전(曷懶甸), 즉 지금의 함흥(咸興)과 알새(斡塞)를 순행(巡行)하고, 삼잔수(三潺水), 곧 지금의 삼수(三水)에 부(府)를 세웠으니, 이 일을 증험할 수가 있다. 이때 고려 윤관(尹瓘)이 여진(女眞)을 몰아내고 그 땅을 점령하였다가 곧 되돌려주었다. 원(元)나라 때에는 합란로(合蘭路)에 속하였다.

조선 초기에는 태조께서 땅을 개척하여 공주(孔州)·경성(鏡城) 등 7군을 두었는데, 부령은 경성군에 속하여 석막(石幕)의 땅으로 일컬어졌다. 태종이 소다로(蘇多老) 땅에 경원부(慶源府)를 두었는데 그 뒤에 한흥부(韓興富)가 전사하고 곽승우(郭承祐)가 패전하였음에도 조정에서는 차마 그 땅을 버리지 못해 부거참(富居站)에 책문(柵門)을 설치하였으니, 간목하(幹木河)를 경계로 삼으려 했기 때문이다. 세종 때 김종서(金宗瑞)가 간목하의 연안을 개척해 처음으로 석막의 옛 땅에 영북진(寧北鎭)을 두었다. 말년에 이르러 도호부(都護府)로 승격하여 부령이라 부르고 육진(六鎭)의 하나로 삼았다. 선조 때에는 야인(野人) 마토(摩吐)가 귀화(歸化)하니, 처음으로 무산부(茂山

府)를 두어 간목하 연안의 육진 가운데 하나로 삼았지만 부령은 여전히 변방 고을로 불리었다.

직분에 능한 자는 올려서 방어사(防禦使)로 삼으니, 이는 전조(銓曹)의 격례(格例)이다. 도호부사는 그곳에 도착해서 지도(地圖)와 지지(地志)를 고증하고 열람해, 만약 소략하거나 잘못된 것이 있거든 이와 같이 바로잡으라. 이 또한 목민관이 마땅히 힘써야 할 일이다.

牧民者有四畏, 下畏民上畏臺省, 又上而畏朝廷, 上而畏天. 然牧之所畏, 恒在乎臺省朝廷, 而民與天, 有時乎勿畏. 然臺省朝廷, 或邇或遠, 遠者千里, 其彌遠者數千里. 其耳目所察, 或不能周詳. 惟民與天, 瞻之在庭, 臨之在心, 領之在肘腋, 與之在呼吸, 其密邇而不能須臾離莫此若. 凡知道者, 曷不畏矣.

富寧府在摩天嶺, 北邦之鄙也. 南距布政司, 千里而近, 又南距王京, 二千里而遠. 其間重嶺回谿, 阻塞荒險. 察使廉訪多疎漏, 憲司糾覈又遼絶而無憑. 以故牧是府者, 或縱恣橫婪不循法. 惟蔘貂獺鼠盎內之布, 是誅是浚, 以庇妻子, 以媚權貴. 於是民之煢煢, 竝告無辜于天, 惟牧瞖焉竝四畏而勿之. 於是民以益衰而府益敝, 豈不嗟哉.

余友約菴之子李君鍾英, 爲富寧都護, 將行. 余伏田廬, 不能送. 然惟畏民畏天之說, 請爲子申之可乎? 賦而有不均, 民則曰吝. 賦之雖均, 其力有不逮, 民則曰吝. 發倉收困, 竊其羨, 民則曰吝. 興居懈怠, 湎于酒, 荒于聲色, 民則曰吝. 屯膏濫刑, 民則曰吝, 賣訟粥獄, 民則曰吝. 凡蔘貂獺鼠盎內之布, 時其機而攘之, 民則曰吝. 凡民所曰吝, 天亦曰吝, 凡天之所吝, 胡福弗降, 官用不達, 可不畏哉. 都護勉之. 義以方外, 則凡衆人之所畏者, 我亦畏之. 敬以直內, 則凡衆人之所弗畏者, 我亦畏之. 四畏具而能事畢矣, 余又何言?

富寧本北沃沮之地, 漢武帝時屬玄菟郡. 高句麗太武神王取爲己地. 渤海之時, 屬東京龍原府, 金時徙門水以南, 總爲內地, 而富寧屬耶懶路. 康宗之時, 石適歡徇地于曷懶甸今咸興斡塞, 立府于三潺水今三水可驗也. 此時高麗尹瓘, 逐女眞略其地, 尋復還之. 元時屬合蘭路.

我國之初, 太祖拓地, 置孔鏡等七郡, 富寧屬鏡城郡, 稱石幕之地. 太宗置慶源於蘇多老地, 其後韓興富戰死, 郭承祐敗績, 朝廷猶不忍棄之, 設柵于富居站, 蓋欲以斡木河爲界也. 英陵之時, 金宗瑞開拓河壖, 始置寧北鎭於石幕故地. 至其末年, 陞都護府, 號曰富寧, 爲六鎭之一. 穆陵之時, 野人摩吐歸化, 始置茂山府, 爲沿河六鎭之一. 然富寧猶稱邊邑.

善於其職者, 陞之爲防禦使, 銓格也, 都護至府. 考圖閱志, 如有疎繆者, 正之如此. 亦牧民者之所宜勉也.

글의 서두는 목민관이 두려워해야 할 네 가지를 꼽았다. 백성과 하늘, 대성(臺省)과 조정이 그것이다. 정말 두려워해야 할 것은 백성과 하늘인데, 실제 목민관들은 백성과 하늘의 뜻은 헤아리지 않고 그저 상급 부서와 조정만을 두려워해서 그들에게 잘 보일 궁리만 한다. 더욱이 부령처럼 함경도의 궁벽한 지역은 중앙 관서의 힘이 미치지 않는 곳이라 관리가 제멋대로 해도 백성만 괴로울 뿐 조정에서 그 실상을 알기가 어렵다.

목민관이 진정으로 두려워해야 할 것은 백성의 원망이다. 백성의 원망은 어디서 생기는가? 세금이다. 공정하게 세금을 거두지 않거나 기준이 비록 공정해도 힘이 미치지 못할 만큼의 지나친 세금을 거둔다면 원망이 생긴다. 진휼에 쓸 곡식을 착복하거나 술과 여색에 빠져 직분을 돌보지 않으면 원망이 생긴다. 송사나 옥사에 사정(私情)이 끼어들거나 고을 특산품을 횡령해도 원망이 돋아난다. 이렇게 백성을 토색질해서 얻은 재물로 뇌물을 바쳐 권력자에게 아첨을 하는 사이에 백성의 삶은 날로 피폐해진다. 마침내 그 원망이 하늘에 닿으면 반드시 좋지 않은 일이 생기게 되어 있다. 그러니 어찌 두려워할 대상을 두려워하지 않고, 엉뚱한 곳에 충성을 바치느라 백성의 삶을 도탄에 빠뜨릴 수가 있겠는가?

이종영 군! 자네는 아직 젊네. 길게 보고 멀리 가야지, 눈앞만 살펴 먼 일을 놓친대서야 될 말인가? 내 이제 자네를 위해 부령부의 역사에 대해 자세히 일러줌세. 그 연혁을 살피고 역사를 읽어 그 고장의 내력을 똑바로 이해

해두게나. 게다가 부령 도호부사의 직분 수행이 훌륭하면 방어사로 승차해 주는 조정의 관례가 있으니, 나는 자네가 방어사로 이곳에서의 직분을 마무리하길 바라네. 또 내가 일러준 그곳의 역사를 잘 기억해두었다가 현지에 가서 기록을 점검해보아 오류나 누락이 있거든 그 즉시 바로잡아, 자네의 공부가 얕지 않음을 똑똑히 보여주게나.

이상 다산이 이종영을 위해 써준 두 편의 증언을 읽어보았다. 다산은 젊은 나이에 목민관으로 나가게 된 친구의 아들을 위해 이 같은 당부를 남겼다. 목민관으로서 지녀야 할 바른 자세를 조목조목 짚어서 얘기해주었다.

# 35. 물러나 이웃으로 같이 사세나

—우후 이중협에게 준 벼슬길의 충고

## 빚쟁이를 만드는 벼슬길

강진 시절 틈만 나면 초당으로 다산을 찾아와 큰 위로가 되었던 인물 중에 성화(聖華) 이중협(李重協)이 있다. 그는 강진 병영(兵營)에 병마우후(兵馬虞侯)로 근무하고 있었다. 우연히 군사훈련 차 강진만을 지나던 그가 불쑥 다산초당을 찾아왔던 모양이다. 첫 만남에서 두 사람은 배포가 맞았던지, 이후 이중협은 적막한 다산초당으로 시도 때도 없이 찾아와서 한 번씩 떠들썩한 자리를 만들어놓고 가곤 했다. 그런 그가 다산도 싫지 않았던 듯하다.

다산은 이중협에게 세 종의 친필 증언첩을 남겼다. 2003년 학고재의 '유희삼매'전 도록에 소개된 《여성화시첩(與聖華詩帖)》 시 10수와 이을호 박사 구장 《정다산선생행서첩》에 실린 〈송이성화장귀서(送李聖華將歸序)〉, 그리고 공화랑에서 기획한 '안목과 안복'전에 출품된 《여성화초천사시사첩(與聖華苕川四時詞帖)》이 그것이다.

이 밖에 강진 쪽에서 나온 다산의 필사본 시집 《항암비급(航菴秘笈)》에도 이중협에게 준 시가 들어 있다. 다산은 그를 위해 〈가을날 고향의 안개 낀 풍경을 생각하며 병마우후 이중협에게 주다(秋日記故園烟景, 贈兵虞李重協)〉 10수를 지어주었고, 시에 능하지 못한 이중협을 대신해서 자신의 시에 대한 답시를 자기가 대신 지어주기까지 했다. 《항암비급》에 실린 〈의병우답(擬兵

虞答)〉 10수가 그것이다. 그 시에는 "이공이 시율을 잘하지 못하므로 마침내 대작으로 답사를 지어서 첩으로 만들었다(李公未工於詩律, 故遂代作答詞, 以爲作帖)"는 내용이 보인다. 이 시첩의 원본이 바로 《여성화시첩》이다.

다산의 시 10수는 고향 근처의 여러 풍경을 불러내어 이중협과 함께 노닐었으면 하는 바람을 담고 있다. 시는 앞선 다른 글에서 한 차례 소개한 바 있으므로 여기서는 따로 적지 않겠다. 다산이 이중협에게 준 시첩의 말미에 따로 적은 증언 〈송이성화장귀서〉 한 편만 떼어 소개한다.

이성화는 젊어서 제생이 되어 공령문(功令文)을 익혔다. 신체가 섬약해서 힘을 쓰는 자와는 비슷하지도 않았는데, 그릇 붓을 내던지고 무인이 되었다. 그래서 실의하여 벼슬이 올라가지 않았다. 게다가 성품이 강직해서 알아줄 만한 사람이 아니면 권력이 대단해도 붙좇으려 들지 않았다. 하지만 진실로 마음이 서로 통하면 비록 가난한 선비나 들 늙은이로 꾀죄죄하여 보잘것없는 사람이라도 버리지 않았다. 이 같은 도리로 이런 세상을 살면서 나이 50을 넘겼으니, 내가 이른바 사정을 알 만하다고 하는 것이 바로 이것이다.

서울은 땔나무가 귀해서 겨울에는 말똥을 태우고 개가죽을 입고 난방을 한다. 그래서 늙으면 반드시 가래 기침이 나서 고질병이 된다. 부인네가 물정을 몰라 서울에 있다 보면 반드시 고리채를 얻어 쓴다. 남자가 몇 년간 벼슬살이를 나가도 그 일 년의 비용을 능히 갚을 수가 없다. 벼슬하는 것이 이익이 안 된 지가 오래다.

서종(西終)이란 곳은 초목이 무성하여 겨울에도 추울 일이 없다. 부인네가 골짝으로 들어오면 능히 돈을 쓸 데가 없는지라 그 이익이 벼슬살이하는 것과 같다. 내가 성화에게 빨리 집을 팔아 향촌으로 내려가기를 권한 것은 다만 만년에 이웃하기 위한 것만은 아니다. 성화는 생각이 있는가? 만약 할 수 없거든 어찌 내 조카를 시켜 집을 빼서 먼저 이사하게 하여 그 이해를 시험해본 뒤에 뒤따라 모이지 않으려는가?

만약 내 말을 들으려 한다면 즉시 3천 전을 들여 배 한 척을 만들고, 배 가운데에 작은 집을 들여 이를 물에 띄워 누각으로 삼고 울긋불긋 단청을 하도록 하게. 뱃머리와 꼬리에 퉁소 불고 금을 타는 곳을 만들고 술상을 차릴 부엌을 만들도록 하게. 내가 성화와 더불어 주인이 되어 문채와 풍류가 있을 것이네. 함께 노닐기를 원하는 자는 기쁘게 맞이하여 물가를 따라 왕래하며 질탕하게 소요하여 미원과 벽계, 소설봉과 문암 사이에서 노닐어 보세나. 혹 월계에서 고기 잡고, 남주에서 잔치하며, 전형하는 관리가 누구인지도 모르고, 장신(將臣)이 뭐하는 벼슬인지도 알지 못한 채 기쁘게 남은 해를 마친다면 또한 즐겁지 않겠는가? 대장부의 벼슬은 능히 절도사를 하지 못한다면 초계 군수나 철원 도호부사 같은 것은 또한 못난 벼슬일 뿐이라네. 또 어찌 능히 종의 낯짝과 계집종의 무릎으로 북쪽에서 수자리 살고 남쪽에서 변방을 지키면서 괴롭게 이 얼마 되지 않는 물건을 구한단 말인가?

성화가 돌아가므로 내가 이 같은 뜻을 펴 보이고, 함께 절구 10수를 지어 주었다. 성화가 말했다. "훌륭합니다. 다만 배 가운데 기생 하나쯤은 없을 수가 없으니, 내 장차 도모해보지요."

계유년(1813) 6월 12일 자하산인이 빗속에 힘껏 쓰다.

李聖華少爲諸生, 習功令. 身肢纖弱, 不類蹶張者, 謬投筆爲武人, 以故蹭蹬官不進. 兼又性耿介, 凡不見知者, 雖權力隆熱, 不肯趨附, 而苟其心事相照, 雖酸儒野老, 龍鍾落魄, 所不棄焉. 以此道而當此世, 齒踰五十, 余所謂事可知者, 此也.

京城薪貴, 冬日燒馬通鷹犬韓, 以取煖. 故到老必發咳嗽錮陰之疾. 婦人不曉事, 在京城必用子貸錢. 男子數年游宦, 不能讎其一年之用. 仕之不利也久矣.

西終之地, 草木茂密, 冬可無寒. 婦人入峽, 不能用錢, 其利與游宦等耳. 余故勸聖華亟粥屋投鄉村, 非直爲暮年隣近也. 聖華其有意否. 如其不能, 盍令吾甥, 拔宅先徙, 以試其利害然後, 從而會之也. 如用吾言, 卽用三千錢, 造一舟, 舟中有小房屋, 泛之爲樓, 朱之綠之. 舟之頭尾, 爲簫琴之所, 爲觴俎之廚. 余與聖華爲主人, 有文采風流. 願與之游者, 欣然相迎, 沿泝泝往來, 消搖跌宕, 以游乎薇源壁溪小雪門巖之間. 或漁乎月溪, 或宴乎藍洲, 不知銓官爲何人, 不知將臣爲何爵, 愉愉然以終其餘年, 不亦樂乎. 丈夫仕宦, 不能做節度使, 卽草溪太守與鐵圓都護, 亦魯衛而已. 又安能奴顔婢膝, 北戍南防, 而苦求此不腆之物哉.

聖華之歸, 余敍此意, 重作十絶句予之. 聖華曰: "善. 但舟中不可無一妓. 吾將圖之." 癸酉六月十二日, 紫霞山人雨中力書.

글을 통해 볼 때, 이중협은 처음에 문과 공부를 하다가 무과로 옮겼다. 나이는 당시 52세로 다산과 동갑이었다. 이중협은 연안 이씨로 짐작건대 다산의 매부 이중식과 가까운 인척이었던 듯하다. 꼬장꼬장한 성품을 지녀 비분강개하였고, 생활은 몹시 궁핍했다. 함께 왕래하는 동안 그는 다산에게 변방 벼슬살이의 신산스러움과, 아내의 씀씀이 때문에 장리 빚만 잔뜩 지게 된 가계에 대해 푸념을 했던 모양이다.

다산은 곧 강진을 떠나게 될 이중협에게 자신의 집이 있는 두릉 근처 서종 쪽에 은거지를 마련해 벼슬을 그만두고 아예 솔가해 이사할 것을 권했다. 알량한 녹봉으로 고리채를 얻어 쓰다 보면 빚밖에 남는 것이 없는 서울 살림의 실상을 적은 대목도 눈길을 끈다. 다산 자신의 평소 소원이기도 했던 수상가옥인 부가범택(浮家汎宅)을 마련해 강물 위에 띄워놓고 미원과 벽계, 소설봉과 문암 사이를 소요하며 남은 해를 함께 지내자고 유혹했다. 자신도 얼마 안 있어 해배되어 돌아가게 될 터이니, 그때 서로 이웃이 되어 만년을 함께 지내자고 말한 것이다.

다산은 초의와 자굉에게도 두릉 근처 소설봉에 있는 태고 보우의 암자 터로 옮겨 와 함께 이웃하며 살자고 청한 일이 있다. 우연한 방문을 계기로 자주 가깝게 왕래하며 유배지의 허전한 마음을 달래주던 이중협이 다산에게 얼마나 큰 위로가 된 존재였는지를 보여주는 글이다.

## 괴로움은 즐거움의 뿌리

두 번째로 읽을 글은 문집에 수록된 〈우후 이중협과 헤어지며 준 시첩 서문(贈別李重協虞候詩帖序)〉이다. 형식은 증서이지만 알맹이는 증언이다.

즐거움은 괴로움에서 나오니 괴로움은 즐거움의 뿌리다. 괴로움은 즐거움에서 생겨나기에 즐거움은 괴로움의 씨앗이다. 괴로움과 즐거움이 생기는 것은 동정(動靜)과 음양(陰陽)이 서로 뿌리가 되는 것과 같다. 통달한 사람은 그 연유를 알아, 기대고 엎드림을 살피고 성하고 쇠함을 헤아려 내 마음이 상황에 반응하는 것을 늘 일반적인 정리와 반대가 되게끔 한다. 그래서 두 가지가 그 방향을 나누고 기세를 줄이게 만든다. 마치 값이 싸면 비싸게 사들이고, 비싸면 싸게 내다 파는 한나라 때 경수창(耿壽昌)의 상평법(常平法)처럼 해서 늘 일정하게 한다. 이것이 고락에 대처하는 방법이다.

내가 처음 성안에 있을 때 늘 갑갑해서 움츠려 있었다. 그러다가 다산에 살고부터 안개와 노을에 잠기고 꽃과 나무를 감상하자 마음이 툭 터져서 귀양살이의 근심을 잊게 되었다. 이는 즐거움이 괴로움에서 나온 것이다. 이윽고 도강병마우후 이중협 군이 황량한 숲과 깊은 골짜기 가운데로 나를 찾아왔다. 돌아가고 나서도 편지를 보내지 않는 날이 없었다. 또 이따금 조수를 따라 조각배를 타고 오거나 필마에 올라앉아 봄날을 즐기곤 했다. 자주 찾아와 오지 않은 달이 없었다. 이렇게 지낸 것이 이제 세 해나 된다.

임기를 채워 교체되게 되었으므로 그를 위해 술자리를 열어서 작별을 고하였다. 이제부터는 내가 비록 종이와 먹이 있더라도 장차 누구와 함께 주고받을 것이며, 다시금 말울음을 힝힝대며 골짜기로 들어올 사람이 있을 것인가? 이 생각을 하면 구슬퍼진다. 이것은 또 괴로움이 즐거움에서 생긴 셈이다. 하지만 괴로움은 즐거움의 뿌리다. 나로 하여금 살아서 열수를 넘어갈 수 있게 한다면 이군은 벼슬길에서 노닐다가 또한 때때로 휴식하면서 다시금 나를 남자주(藍子洲)와 벽계의 사이로 찾아와, 산에서 나는 나물과 물에서 나는 생선회로 기쁘게 술상을 마주할 것이다. 이는 또 즐거움이 괴로움에서 생겨난 것이다. 그러니 나의 벗은 근심하지 말라.

설령 우리 두 사람으로 하여금 말고삐를 나란히 하여 지난날 바라던 것과 같이 지내게 한다면, 으레 그러려니 하며 지내다가 바로 싫증이 나서 귀찮게 될 터이니, 또한 그것이 즐거운 줄도 알지 못하게 될 것이다. 거센 여울과 잔잔한 물결이 섞일 때 물은 무늬를 이룬다. 느린 각성(角聲)과 급촉한 우성(羽聲)이 어우러져야 음악은 가락을 이루게 된다. 나의 벗은 근심하지 말게나. 이군이 작별의 말을 구하는지라 그를 위해 절구시 10수를 지어 그 일에 대해 서술하고, 그 책머리에다 이렇게 쓴다. 계유년(1813) 6월.

樂生於苦, 苦者樂之根也. 苦生於樂, 樂者苦之種也. 苦樂相生, 如動靜陰陽, 互爲其根. 達者知其然, 察倚伏算乘除, 使吾心之所以應於境者, 恒與衆情相反然. 故二者得分其趣而殺其勢, 若耿壽昌常平之法. 賤則貴糴, 貴則賤糶, 得常平然. 此處苦樂之法也.

余始在城中, 常邑邑不伸. 及栖茶山, 挹煙霞, 玩花木, 則浩然忘其遷謫之愁. 此樂生於苦也. 旣而道康兵馬虞候李君重協, 訪我於荒林幽澗之中. 旣歸, 致書牘無虛日. 又或扁舟駕潮, 匹馬嬉春, 數臨顧無虛月. 如是者今且三年.

及瓜而代, 爲之設酒以告別. 自玆以往, 余雖有楮墨, 將誰與贈答, 而復有鳴騶入谷者乎? 念之悵然, 是又苦生於樂也. 然苦者樂之根, 使余得生踰洌水, 而李君宦游. 亦以時休息. 再訪我於藍洲檗溪之間, 山骰水膾, 歡然對餐, 是又樂生於苦也. 吾友其無戚焉.

藉使吾二人者, 騈轡周旋, 如疇昔之所希覬, 則是順然以流, 厭然以怠, 亦不知所以爲樂矣. 悍灘平漪相間, 水以之成文, 慢角急羽相錯, 樂以之成章. 吾友其無慼焉. 李君求別語, 爲作十絶句, 以敍其事, 書其卷耑如此. 癸酉六月.

한 3년을 하루가 멀다 하고 왕래하던 이중협이 하루는 풀 죽은 목소리로 말했다.

"임기가 차서 곧 서울로 올라갑니다."

한동안 말이 없던 다산이 그를 위해 붓을 들었다.

괴로운 시간이 있었기에 즐거움이 배가 된다. 마찬가지로 오늘의 괴로움은 뒷날 즐거움의 바탕이 된다. 사람이 즐겁기만 하거나 괴롭기만 하다면 즐거울 것도 괴로울 것도 없을 터. 사람은 누구나 즐거움과 괴로움의 사이에서 아슬아슬 긴장과 균형을 잡아가며 산다. 이중협은 어쩌다 불쑥 내 다산초당을 찾은 뒤로 나날이 편지를 보내거나 다달이 놀러 와서 지난 3년간 다정한 벗으로 지냈다. 이제 그가 나를 떠난다. 그와의 작별은 생각만 해도 슬프다. 그와의 다정한 시간이 없었다면 오늘의 이 괴로움은 없었을 테니, 지난 즐거움의 값으로 치르는 괴로움인 셈이다. 마찬가지로 그가 훗날 나를 찾아와 두릉에서 만나 술상을 마주한다면 그 기쁨을 어이 말로 다하랴. 이 또한 오늘의 괴로움이 선사한 즐거움이 될 것이다.

길게 말했지만 다산의 말뜻은 이렇다.

"자네 있어 즐거웠고, 떠난다니 서운하네. 늘 이리 지낸다면 각별히 즐거운 줄 모르고 그러려니 했겠지? 당장에 헤어짐이 아쉽기는 해도 훗날 내가 귀양에서 풀린 뒤 자네가 불쑥 나를 찾아와준다면 그 기쁨이 배로 될 걸세. 그러니 그간의 즐거움으로 오늘의 슬픔을 맞가름하세나. 일렁임 없이 내 자네를 보내려네. 잘 가게나."

끝에 보탠 한마디가 인상적이다. "거센 여울과 잔잔한 물결이 섞일 때 물은 무늬를 이룬다. 느린 각성과 급촉한 우성이 어우러져야 음악은 가락을 이루게 된다." 그렇다. 사람은 기쁨과 슬픔, 즐거움과 괴로움의 씨줄과 날줄로 인생이란 피륙을 완성해간다. 어느 하나만 가질 수는 없고, 그래서도 안 된다. 이 같은 말에서 상실의 허전함이 더 크게 다가온다.

## 내가 그를 벗으로 삼는 이유

다산은 이것 말고도 이중협을 위한 글을 더 써주었다. 윤재찬 옹이 생전에 집안에 전해온 여러 문적을 베껴 써둔《낙천총서》가 있다. 여기에도 〈이우후에게 주는 증언(與李虞侯贈言)〉 한 칙이 더 있다. 베껴 쓸 당시에 이미 앞뒤 내용이 떨어져 나갔던 듯 중간 내용만 남았다. 즐거움은 괴로움의 뿌리요, 괴로움은 즐거움의 씨앗이라고 한 위의 글과 연결되는 내용이다.

이군은 그 마음으로 하여금 경계에 처하게 함에 그 방법을 아직 얻지 못하였음을 알 수가 있다. 나라의 풍속이 무(武)를 낮게 보고, 게다가 우후(虞侯)는 낮은 관리이다. 하지만 사람이 품제를 따져서 구분하는 것은 마음에 달려 있다. 마음이 곧고 바른 사람은 그 등급이 높고, 마음이 비루하고 간사한 자는 그 등급이 낮다. 이 때문에 반고는 고금에 우뚝한 사람이었지만 황제가 그를 꼭 높은 지위에 두지는 않았고, 필부가 그 아래 자리에서 엎드리지도 않았다. 이것이 내가 이군을 이끌어 벗으로 삼으면서 그가 비척대며 벼슬길에서 꽉 막혀 있어도 이를 병통으로 여기지 않는 이유이다. 그 만남이 어찌 즐겁지 않고, 그 작별이 어찌 괴롭지 않겠는가?

云云樂也. 而與李君之所以使其心處乎境者, 有未得其道, 又可知也. 國俗抑武, 而虞侯卑官也. 然人之所以甄別品第, 在乎心. 心貞正者, 其級高, 心鄙詐者, 其級庳. 故班固古今人表, 皇帝未必據上層, 匹夫未必伏下位. 此余之所以援之爲友, 而不以其蹭蹬淹滯, 病之者也. 其聚也, 安得不樂, 其別也, 安得不苦乎. 云云.

글 앞쪽에 "운운락야(云云樂也)"라 하고, 글 끝에도 "운운(云云)"이 붙은 것으로 보아, 앞뒤가 잘려나간 가운데 토막을 옮겨 적은 것이다. 이중협이 과도한 슬픔의 감정을 드러내자 다산이 그를 달래며 한 말이다.

〈이우후에게 주는 증언〉, 《낙천총서》 수록.

"여보게! 무관(武官)이 괄시받는 나라에서 자네의 벼슬은 그마저도 낮은 우후일세. 하지만 사람대접은 지위나 문무(文武)에 달린 것이 아니라 품은 마음에 달린 것일세. 곧고 바른 사람이라야지, 비루하고 간사하다면 높은 지위에 있더라도 경멸과 멸시를 한 몸에 받게 되는 법이라네. 내 지위가 낮은 것을 탄식하기보다, 내 마음이 곧고 바르지 못함을 부끄러워해야지. 반고를 보게. 임금이 알아주지 않았고, 아랫사람이 공경하지도 않았지. 하지만 그의 이름은 만고에 우뚝하지 않은가? 나는 자네가 그런 사람이라고 생각하네. 우리의 만남은 즐거웠고, 우리의 작별은 몹시도 슬프군. 하지만 작별의 도리야 그래서는 안 되지. 어서 마음을 추스르게. 훗날 재회의 기쁨이 무색해지지 않도록 말일세."

얼마나 다정스런 말인가? 이 밖에 다산이 친필로 이중협에게 건넨 두 개의 시첩 끝에도 다산의 발문이 따로 적혀 있다. 증언보다는 시첩을 적어준 경위를 적은 내용이어서 이 글에서는 읽지 않는다.



## 서울 셋방살이를 접고 떠나는구나

앞서 읽은 이중협에게 준 증언에서 다산은 서울에서 셋방살이를 전전하며 장리 빚을 얻어 살다가 가계가 파탄에 이르고 마는 경제를 말했다. 이번에 읽을 〈옥호산장으로 돌아가는 홍일인을 전송하는 시와 서문(送洪逸人歸玉壺山莊詩幷序)〉도 비슷한 내용을 담고 있어 한자리에 묶어 읽겠다. 최근 다산의 친필로 공개되었다.

홍성삼(洪聖三)은 우뚝이 높은 뜻이 있었다. 서울에서 셋방살이 4~5년에 아무리 애를 써도 취할 수 없을 줄을 알아, 제멋대로 산수 사이를 노닐었다. 제천에서 한 언덕을 얻어 옥호산장이라 하였다. 장차 몸을 이끌고 가서 잡목을 베고 묵정밭에 불을 놓을 만하였으므로 이곳에 처자도 없이 은거하려 한다. 마침 내게 들러 산수와 바위 골짜기의 빼어난 풍광을 얘기하기에, 내가 말하였다. "먹을 것이 있은 뒤라야 바위 옆 거처와 시냇가 집에서 사는 즐거움이 있는 법이라네. 벼슬 없는 선비 노릇 수십 년에 좀으로 죽고 반딧불이로 말라붙은 것만도 이미 슬퍼할 만한데, 여기에 더해 거북이 배와 매미의 창자를 가지고 장차 무엇에 기대어 살겠는가?" 성삼이 말했다. "젊을 때는 많은 것이 오히려 근심이지요." 내가 불쌍히 여기면서도 그를 장하게 여겨 시 한 수를 지어서 주었다.

| | |
|---|---|
| 의림지 서편 물가 옥호대가 있으니 | 義林西畔玉壺臺 |
| 얘기로는 넓은 물가 신선이 온다 하네. | 說是洪厓羽化來 |
| 푸른 절벽 붉은 샘에 애오라지 배가 불러 | 翠壁紅泉聊自飽 |
| 물로 갈고 불로 김매 재물을 구하잖네. | 水畊火耨不求財 |
| 안개 강물 그림 속에 왕경(王卿)의 뜻 드러나니 | 煙江圖見王卿志 |
| 반곡(盤谷)의 노랫가락 이원(李愿)이 돌아오리. | 盤谷歌令李愿回 |
| 살펴보매 오랜 집안 온통 모두 영락하여 | 眼看故家零落盡 |
| 무수한 준재가 묵정밭에 숨는구나. | 俊才無數隱蒿萊 |

洪聖三卓犖有志, 僦居京輦四五年, 度無以力取, 恣游山水間. 於堤川得一丘, 曰玉壺山莊. 將挈能劚木焚菑, 斯無妻子隱焉. 適余言泉石巖壑之勝, 余曰: "有食而後, 有巖居川觀之樂. 儒酸數十載, 蠹死螢乾, 旣可悲, 兼之以龜腹蟬腸, 將何賴?" 聖三曰: "少也多能憂也." 余憐而壯之, 爲贈一詩.

義林西畔玉壺臺, 說是洪厓羽花來. 翠壁紅泉聊自飽, 水畊火耨不求財. 煙江圖見王卿志, 盤谷歌令李愿回. 眼看故家零落盡, 俊才無數隱蒿萊.

뜻만 컸지 지난 4~5년간의 셋방살이는 아무 소득 없이 끝이 났다. 홍성삼은 전국을 떠돌다가 제천의 의림지 서쪽에 옥호산장이란 은거지를 마련해 홀로 은거의 삶을 시작하러 떠난다. 그는 명망 있는 집안의 후예였던 듯하나 이제 툴툴 털고 충청도의 궁벽한 산골로 떠난다. 무얼 먹고 살려 하느냐는 다산의 염려에 그는 아직 나이가 젊은데 무슨 걱정이냐고 씩씩하게 대답한다. 뜻 높고 재주 있는 젊은이가 현실에 발을 붙이지 못하고 제 발로 은거의 삶을 찾아 떠나는 모습을 그저 바라보는 것은 늘 마음이 짠하다. 시 한 수를 붙여서 그를 위로하고 세상을 안타까워했다. 끝 구절의 "살펴보매 오랜 집안 온통 모두 영락하여, 무수한 준재가 묵정밭에 숨는구나."란 말이 길게 여운으로 끌린다.

〈옥호산장으로 돌아가는 홍일인을 전송하는 시와 서문〉, 다산 친필, 개인 소장.

# 36. 남북 학술의 차이와 폐단

—이인행에게 써준 영남 학계에 대한 통렬한 비판

## 파직을 축하하오

이번에 읽을 글은 다산이 이인행(李仁行, 1758~1833)에게 써준 한 편의 증서(贈序)와 두 편의 증언이다. 이제껏 읽은 증언이 후배나 제자에게 준 훈계가 주된 내용이었다면, 이인행에게 준 증언은 날카로운 학술 토론의 내용을 담고 있는 점이 이색적이다. 증서 한 편은《다산시문집》권 13에 수록되어 있으나 증언 두 편은 문집에는 빠졌다.

장서각본《열수전서》의 증언 항목에 〈위이익위증언(爲李翊衛贈言)〉 두 편이 있는데, 제목만 싣고 그 아래 다음과 같은 내용이 적혀 있다. "위 두 수는 한 편은 남방의 학문이 오로지 이기론(理氣論)만 말하고 실행이나 경세의 학술에 있어서는 전혀 힘 쏟지 않음을 논했고, 다른 한 편은 병산서원(屛山書院)과 호계서원(虎溪書院)의 싸움(학봉 김성일과 서애 유성룡의 위차位次를 두고 벌인 논전)이 마침내 패망의 징조가 되니 서둘러 박멸함이 마땅함을 논한 내용이다. 모두 손 따라 붓을 달린 것이고 초본이 남아 있지 않아서 기록할 수 없다.(右二首, 一論南方之學, 全說理氣, 不于實行及經世之術, 眞切用工也. 一論屛山虎溪之戰, 終爲敗亡之兆, 亟宜撲滅也. 皆隨手走筆, 未有草本, 不能錄.)" 신조선사에서 펴낸《여유당전서》에는 이마저도 누락되었다.

그런데 초본이 없어 기록할 수 없다고 한 〈위이익위증언〉 두 편이 다산 친필의 원본으로 몇 해 전 공개되었다. 증언첩 끝에 이인행의 후기까지 첨부된, 다산이 이인행에게 보낸 원본이다. 문집에서 이 글의 본문을 삭제한 것은 이 글이 워낙 예민한 문제를 정면에서 건드렸고, 자칫 걷잡을 수 없는 후폭풍이 예상되었기 때문일 것으로 짐작한다.

이 글은 영남 학계의 학풍에 대한 다산의 매서운 비판과 이인행의 만만찮은 반론까지 포함되어 있어서 내용 자체로도 흥미롭다. 한편 이인행의 문집 《신야집(新野集)》에는 다산의 증언에 대한 이인행의 반론도 들어 있다. 이 논쟁의 학술적 성격과 성과에 대해서는 별도의 논문으로 검토한 바 있다. 여기서는 다산의 증서와 증언만 소개하는 데 그치기로 한다.

이인행은 본관이 진보(眞寶)이고, 자는 공택(公宅), 호는 만문재(晩聞齋), 일성(日省), 신야(新野), 신야(莘野) 등이다. 퇴계 이황의 형 이해(李瀣)의 10세손이다. 1783년 정약용과 동방(同榜)으로 생원시에 합격하여 성균관에 입학하였다. 다산과의 교유는 생원시 합격 이후 성균관 생활을 같이하며 이루어졌고, 같은 남인이었으므로 지속적인 교류가 있었던 듯하다.

그는 사헌부 감찰(司憲府監察)과 형조 정랑(刑曹正郎)을 지냈고, 세자익위사 익위(世子翊衛司翊衛)에 올랐다. 서연(書筵)에 입시하여 진강하였고, 높은 학행으로 진강관(眞講官)의 칭송이 있었다. 강직한 성품으로 불의를 참지 못해 벼슬길에 굴곡이 많았다. 42세 때인 1799년 사헌부 감찰로 있을 당시, 동료가 사관(祀官)으로 향축(香祝)을 받고 성을 나갔다가 야금(夜禁)에 걸려 구속되자 사직서를 내고 고향으로 돌아갔다. 당시 형조 참의로 있던 다산이 이 소식을 듣고 〈고향으로 돌아가는 영천 이감찰을 전송하는 서문(送榮川李監察還山序)〉을 써주었다. 다산은 술과 안주를 마련하여 그의 관사로 찾아가, 위로 대신 오히려 축하를 건네며 전송하였다. 이 글 또한 친필 원본이 개인 소장으로 전해진다.

나의 벗 사헌부 감찰 이공택(李公宅) 군은 충성스럽고 신실하며 호걸스런 선비다. 죽령(竹嶺) 남쪽에 숨어 살면서 벼슬을 구하지 않았는데, 조정에서 두 차례나 벼슬로 불렀다. 그 후 어떤 일로 인해 파직되어 돌아가게 되었다. 이에 평소에 도의로써 서로 교분을 맺은 사람들이 그를 위해 탄식하고 애석하게 여기지 않음이 없었다. 하지만 나는 홀로 가만히 이공택을 위해 축하하며 술과 안주를 가지고 그의 관사로 찾아가 그를 전송하며 이렇게 말했다.

"공택(公宅)은 갈지어다. 어떤 이는 어깨를 으쓱대고 등골을 꼿꼿이 세우고서 의기가 양양하여 스스로 젠체하나, 그가 내달려 향하는 것은 날로 낮아진다. 또 눈썹을 찌푸리고 목을 움츠린 채 뜻이 답답해 펴지 못해도 그 축적은 날로 깊어만 가는 사람도 있다. 가령 공택이 낭관(郎官)의 반열(班列)에 머물면서 수령의 임무를 띠고서 송사를 판결하고 문서를 바쁘게 처리한다면, 일찍이 그 품은 바를 펴지 못하고, 그저 그만그만한 못난 사내가 창고에 재물을 많이 쌓아두고서 자신만 이롭게 하는 자와 더불어 다름이 없을 것이다. 이제 공택이 이미 벼슬을 그만두었으니, 장차 돌아가 무엇을 하려는가? 농사를 할까? 그 손가락을 보니 부드럽고도 곱다. 장사를 할까? 힘이 수레를 몰고서 먼 데로 가기에 부족하다. 장차 마음을 쏟고 뜻을 한결같이 하여 어지러운 것을 사절하고 쓸데없는 일을 끊고서, 회옹(晦翁) 주부자(朱夫子)의 책을 끼고 우산(愚山) 정종로(鄭宗魯)의 문(門)에 오르며, 소호(蘇湖) 이상정(李象靖)의 냇물을 따라 도산(陶山)의 연원(淵源)을 이어, 천리(天理)와 인사(人事)를 궁구하고 성명(性命)을 즐길지어다. 이륜(彝倫)을 돈독히 하고 효제(孝弟)를 극진히 하며, 물러나서는 고향의 종족과 더불어 문 닫고 휘장을 내려《춘추》의 의리를 강하여 밝히고, 글을 지어 후세의 사람에게 가르침을 남겨, 향교(鄕校)와 가숙(家塾)의 젊은이들로 하여금 우러를 바가 있음을 얻게 하고, 의리를 온축하여 만세에 징험하여 믿게 한다면, 공택이 성취한 바가 어찌 우뚝이 사람들을 환히 비추지 않겠는가? 나는 공택의 뜻이 이와 같은 줄로 안다."

그와 더불어 말하고 나서 마침내 글로 써서 준다.

吾友司憲府監察李君公宅，忠信瓌杰之士也. 隱居竹嶺之南，不求綆汲，朝廷再以職召. 旣而因事罷以歸，於是凡其素相結以道義者，莫不爲之咨嗟惋惜. 而余竊獨爲李公宅賀之，携酒與殽，就其館而送之曰: "公宅行矣. 人有竦肩直膂，意揚揚自逸，而其趨日庳，有摧眉屈頸. 志鬱鬱不信，而其蓄日深. 使公宅翺翔乎郎署之列，容裔乎令長之任，聽受詞訟，奔奏簿書，曾不足以展其懷抱，而適與錄錄鄙夫，厚其廩以自封者，將無同矣. 今公宅旣不官矣，歸將何爲? 芸歟? 見其指柔而澤矣. 賈歟? 力不足以驅車遠邁. 將顓心壹意，謝紛絶宂，挾晦翁之書，而登愚山之門，遵蘇湖之蹊，而接陶山之緖，窮天人而樂性命，篤彝倫而盡孝弟，退而與鄕黨宗族，杜門下帷，講明春秋之義，著書立言，遺詔後世之人，使庠塾少年，得有所宗仰，而義理蘊奧，得以徵信於萬世. 則公宅之所成就，豈不卓犖照耀人哉. 余知公宅之志如此." 與之言，遂書以贈.

다산은 이인행이 파직을 계기로 향리에서 학문에 몰두하여 오히려 큰 성취를 거둘 것을 축원했다. 향교와 가숙에서 그 지역의 젊은이들을 가르침으로써 영남 학계의 장래를 맡아달라는 뜻을 밝혔다. 하지만 이때 이인행은 한 달이 채 못 되어 다시 임금의 부름을 받아 금부도사(禁府都事)로 복직하였고, 1800년에는 형조 좌랑을 거쳐 형조 정랑에 올랐다.

1800년 6월 정조의 갑작스런 승하 이후 다산은 귀양을 떠나고, 이인행도 외직인 고산 현감으로 밀려나는 바람에 두 사람의 만남은 이후 오랫동안 이루어지지 못했다. 두 사람이 다시 해후한 것은 무려 23년 뒤인 1822년의 일이었다. 다산은 자신이 강진 시절인 1813년 8월에 그린 매조도 한 점을 오래 보관하고 있다가 1822년 가을에 이인행에게 선물했고, 이인행은 이 선물을 받고 차운시 두 수를 답례로 보냈다. 그림을 보내게 된 연유는 가늠하기 어렵다. 그리고 두 달 뒤인 1822년 10월에 다시 세자익위사 익위 벼슬을 그만두고 낙향하는 길에 마재에 들러 다산과 감격적으로 해후했다.

〈고향으로 돌아가는 영천 이감찰을 전송하는 서문〉, 다산 친필, 개인 소장.

## 우쭐대며 얕잡아보고, 선배를 우습게 안다

두 사람은 반가운 해후 끝에 기호(畿湖)와 영남의 학술계에 대해 상호 비판적 논쟁을 주고받았고, 다산은 자신의 논점을 글로 길게 써서 전별의 선물로 주었다. 이인행은 고향에 돌아가서 다시 다산에게 보내는 긴 답장을 썼다. 이들 글은 다산의 문집에 모두 누락되어 그간 알려지지 않았다. 다산의 친필 서첩은 펼침 면으로 16장 32면에 달하는 긴 글이다. 앞쪽 7장은 낡은 옷감을 잘라 만든 천에다 썼고, 뒤의 9장은 종이에 썼다. 표제는 따로 없고, 앞뒤로 두 편의 글이 실려 있다. 다산 특유의 날렵한 행서체다.

처음 14면까지가 영남의 학풍을 비판한 첫 번째 글이고, 글 끝에 다산은 칠언율시 두 수를 적어 마무리했다. 첫 글의 끝에는 다산 인장 두 과가 찍혀 있다. 주문인(朱文印)은 '정약용(丁若鏞)'이고, 백문인(白文印)은 다산의 자인 '미용(美庸)'이다. 나머지 18면은 영남의 병산과 호계 두 학맥 사이에 벌어진 싸움에 대해 비판한 내용이다. 임오년(1822) 10월 26일에 썼다. 끝에 백문인으로 '정약용인(丁若鏞印)' 네 글자가 찍혀 있다. 그리고 끝의 두 면은 이인행이 쓴 발문이다. 당시 다산이 61세, 이인행은 그보다 네 살 많은 65세였다.

22년 만에 만난 두 사람은 반가운 인사 끝에 이인행이 북방, 즉 기호 남인의 학문 풍토를 강하게 비판하면서 포문을 열었던 듯하다. 이에 다산은 그의 논의를 맞받아 영남 학술계의 여러 폐단에 대해 입을 열었다. 말로 하지 않고 이처럼 증언 형식의 문장을 써서 자신의 논지를 밝히는 것은 언제나 다산의 특기였다.

첫 번째 글의 전문은 다음과 같다.

이익위(李翊衛) 노형은 나보다 네 살이 많다. 예전 나와 함께 태학에 노닐며 임금께서 즐겨 양육하시는 교화에 목욕하고, 나란히 높은 벼슬의 자리에 올랐었다. 내가 유락(流落)하게 되자 익위 또한 참소를 입고 귀양을 갔다. 이제 22년 뒤에 다시금 눈을 비비며 서로를 마주하고 보니, 비록 흰머리로 꾀죄죄하여 서로 깜짝 놀랐지만, 기쁨이 다하자 눈물이 흘러 마음 둘 데를 알지 못하였다. 마침내 몇 조목의 생각을 써서 작별한 뒤의 볼거리로 삼으려 한다.

익위는 매번 북방의 학문이 넓지만 잡박함에 가깝고, 문채가 있어도 꾸밈에 가까워 능히 폐단이 없을 수 없다고 말했다. 이는 진실로 지당한 논의다. 마땅히 받아서 허물로 여겨, 힘써 스스로 바로잡기를 구해야 할 것이다. 학문의 차이는 털끝만 한 데서 나뉜다. 공자는 큰 성인이신데도 사과(四科) 모두를 성문(聖門)에서 취하셨다. 하지만 고작 몇 차례 전해지자, 그 나누어진 갈래가 혹 연나라와 월나라의 거리만큼이나 멀어졌다. 학문이 어긋나기 쉽기가 이와 같다.

내가 영남의 학문을 보니, 또한 수백 년 사이에 능히 차이가 없을 수 없을 듯하다. 위로는 선현을 받들지 아니하고 스스로를 믿고 스스로를 크게 여기는 것이 분명하다. 예악은 문(文)에 가깝고, 성리는 질(質)에 가깝다. 넓지만 잡박함에 이르고, 문채가 나도 꾸밈에 이르게 된 것은 남방의 학문 또한 폐단이 없을 수 없다. 비록 남방의 선배라 하더라도 혹 그 기미(氣味)나 논설이 자기와 다르면 문득 배척하여 미워하는 생각을 품는다. 이런 것이 오래 쌓이고 점차 무젖어들어 저마다 들은 바만 높이는 까닭에 오늘날에 이르러 바람이 일어나고 물결이 솟구쳐도 능히 구할 수가 없다. 그 병의 뿌리는 바로 여기에 있다. 성리에 대한 논의 또한 폐단이 없지 않다. 배우는 자로 하여금 높게 되기에만 힘을 쏟아 먼 데서 끌어오고, 대단한 언변으로 기세를 부리게 하여, 심한 경우 훈고를 한 글이 근원에 이르지 못하고, 가리키는 뜻의 지취가 요령을 얻지 못하게 된다. 그리하여 여러 장 이어진 글에서 한쪽으로 치우친 견해를 세우기를 구하여, 이리저리 주어모아 억지로 합쳐놓고, 별 다르지도 않은 논의를 힘써 배척하곤 한다. 무릇 창의적인 견해를 담은 주장은 맞받아 쳐부수기에만 힘을 쏟아, 고루한 데서 스스로를 반성할 생각은 하지 않는다. 대저 널리 인용한 증거들은 탐구함에 소략하여, 공변된 이치에서 가르침을 들을 생각을 하지 않는다. 이는 천하 만세의 일이지, 한 사람이나 한 집안의 사사로운 물건이 아니거늘, 어찌 제멋대로 단안하기를 이처럼 할 수 있는가?

《삼례주소(三禮注疏)》와 《좌전(左傳)》, 《국어(國語)》는 경전의 뜻을 펼쳐 보인 것이 몹시 많다. 《통전(通典)》과 《통지(通志)》, 《통고(通考)》와 《속고(續考)》는 예법을 정정(訂定)한 것이 매우 많다. 그런데도 대충 볼 뿐 찬찬히 검토하지 않는다. 북방의 유자들은 혹 옛 전적을 정밀하게 연구함을 마치 주자가 그랬던 것처럼 하니, 문득 이를 박잡하다고 병통으로 여긴다. 비록 다시 참 앎을 실천하여 모범으로 삼기에 족함이 있더라도, 그 낯빛을 살펴보면 우쭐대며 얕잡아보는 뜻이 있다. 또 북방에는 도무지 방향을 아는 인사가 없다고 하면서, 또한 다시금 배운 것에만 안주하여 감히 한마디도 덧붙이지 못하면서 마침내 든 것도 없이 고상한 체하며 선배들을 우습게 본다. 안으로 실다운 행실을 엿보면 어질고 화목함은 앞사람에 미치지 못한다. 밖으로 화려한 문채(文采)를 살펴보아도 문식(文識)이 도리어 속유(俗儒)만도 못하다. 오직 스스로를 믿고 스스로 크게 여겨 더 보태려 들지 않고, 스스로 반성하려 들지 않는 법만은 지극히 굳세고 몹시도 확고하니, 날로 손상되면서도 깨닫지 못함을 내가 알겠다.

이렇게 마구 쓰다 보니 송구스럽기 짝이 없다. 삼가 노형께서는 도량이 깊고 거짓에 너그러우시니, 어리석고 외람된 점을 용서해주기 바란다. 경계하여 일깨우는 말 같은 것은 성인께서도 택하신 바이다. 유(柳)나 조(趙) 등 여러 벗과 서로 만나게 되거든 펼쳐 보여 의논하여, 한목소리로 치우친 말을 거부하여도 괜찮겠다. 어떠한가.

임오년(1822) 국추(菊秋), 열초(洌樵)가 쓴다.

李翊衛老兄, 長余四歲. 昔與余游太學, 咸沐樂育之化, 偕登優仕之籍. 及余流落, 翊衛亦遭讒遷謫, 今於二十有二年之後, 乃復拭眼相對, 雖白首龍鍾, 兩相驚愕, 而喜極而涕, 不知所以爲心也. 遂書懷數條, 以共別後之觀.

翊衛每云, 北方之學, 博而近於雜, 文而近於縟. 不能無流弊. 斯固至當之論. 當受而爲過, 勉自矯救. 然學問之差, 分於毫忽. 孔子大聖也, 四科皆聖門之所取也. 不過數傳, 其枝流所分, 或相燕越, 學問之易於差忒, 如是矣.

余觀嶺南之學, 亦恐不能無差於數百年之間. 不得以上戴先賢, 而自恃自大也明矣. 禮樂近乎文, 性理近乎質. 及其博而至於雜, 文而至於縟, 斯則南方之學, 亦未嘗無弊也. 雖於南方先輩, 或其氣味論說, 與己差殊, 輒生排軋之志, 積久漸漬, 各尊所聞, 故至於今日, 風起水涌, 莫之能救. 其病根在是. 性理之論, 亦未嘗無弊. 使學者, 高騖遠引, 宏辯逞氣. 甚則詁訓章句之未達源委, 旨義歸趣之未定要領. 而連章累牘, 求立其一偏之見, 薈萃牽合, 而力拒其小異之論. 凡創見之說, 銳於迎擊, 而不思自反於孤陋. 凡廣引之證, 略於探究, 而不念聽命於公理. 此是天下萬世之事, 非一人一家之私物, 豈容專斷如是耶.

三禮注疏左傳國語, 其可以發明經旨者甚多. 通典通志通考續考, 其可以訂定禮法者甚多. 而略不津涉. 北方儒者, 有或硏精古籍, 如朱子之爲則, 輒病之爲駁雜, 雖復眞知實踐, 有足模楷, 而觀其顔色, 有凌駕優易之意. 又緣北方, 都無知方之士. 亦復安以受之, 不敢一言枝梧. 遂或空腹高心, 眇視前輩也. 內窺實行, 而仁睦不及於前人. 外觀華采, 而文識反孫於俗儒. 唯其自恃自大, 不求益不自反之法, 至堅至確, 吾見其日損而不之悟也.

輸寫如此, 不勝悚仄之至, 伏惟老兄淵量寬假, 恕其愚濫. 若其箴規之言, 聖人所擇, 柳趙諸友, 如或相逢, 不妨披示以議, 其同聲拒詖也. 如何如何.

壬午菊秋, 洌樵書.

첫 단락에서는 두 사람이 태학 시절부터 교분을 나눈 가까운 사이였던 사실과, 정조 서거 후 22년간 서로 헤어져 만나지 못한 경과를 적었다. 불쑥 찾아온 이인행과 감격적으로 해후한 후, 서로의 생각을 적어 작별의 선물로 주는 뜻을 밝혔다.

두 사람의 대화는 지난 이야기에서 어느덧 북방과 남방의 학술 태도에 대한 토론으로 번져갔다. 이인행은 평소 북방의 학문하는 태도에 대해 불만이 많았던 듯하다. 기호지방 학자들의 공부 방식이 잡박한 것을 숭상하고, 문장도 꾸밈에만 힘써서 내실이 부족한 것이 문제라고 비판했다. 이인행의 비판은 한학(漢學)으로 대변되는 근기(近畿) 학계의 고증적 경향과 다산의 분석적 경학 연구 태도 및 경세학에 대한 경도를 염두에 둔 것이었다. 특히 그는 고증적 학문이 공부를 위한 공부일 뿐 실천궁행에는 아무 도움이 되지 않는 것이란 태도를 지녔다.

이에 다산은 일면 수긍하는 태도를 취하고는, 곧바로 영남의 학문 태도에 대한 비판으로 화제를 옮겼다. 다산의 눈에 비친 영남 학계의 폐단은 이러했다. 잡박하고 꾸밈의 경향이 있는 것은 서울뿐 아니라 영남도 마찬가지다. 영남 학자들은 선현을 우습게 보고, 자신만을 최고로 여기는 경향이 있다. 오만함이 지나쳐서 같은 영남의 선배 학자에 대해서도 자신과 생각이 조금만 다르면 거침없이 배척하며 미워한다. 성리학에 관한 논의만 해도 그렇다. 젠체하며 큰소리치는 것이 버릇이 되었지만, 막상 그 내용을 살펴보면 핵심을 찌르지도 못하고 요령을 얻지 못한 경우가 태반이다. 조금만 창의적인 주장을 펴면 맞받아 쳐부수기에 바쁘다. 억지 견해를 세우느라 이리저리 장황하게 전거를 끌어대나, 막상 상식적인 가르침은 거들떠보지도 않는다. 기염을 토해 제 주장을 내세우느라 상대를 무조건 비방한다. 하지만 막상 둘의 주장을 되짚어보면 크게 다를 것도 없다.

그들은 사서오경 외에 다른 역대의 전적들은 들춰볼 생각도 않는다. 북방 학자들은《삼례주소》나《좌전》,《국어》에서 경전의 뜻을 추론하고,《통전》과《통지》,《통고》와《속고》 등을 통해 예법을 정정하여 경전 연구의 보조 자료로 삼는다. 그런데 이것을 두고 오히려 박잡하다고 나무라면서 힐난하는 태도를 보인다. 자신들은 배운 것에 안주할 뿐 한마디의 제 목소리가 없다. 형편이 이러한데도 고상한 체 선배들을 우습게 보니 한심하다 하지 않을 수 없다. 행실은 앞사람에 못 미치고, 문장의 식견도 속유만 못하다. 그런데도 반성은커녕 허세만 부리고 있으니 어찌 바른 학문을 기대할 수 있겠는가?

실제로 이인행이 지적한 북방 학자들의 연구 태도는 바로 다산 자신의 주요한 치학 방법이었다. 내용으로 보아 이인행은 다산을 포함한 북방 학자들이 성현의 말씀인 경전 자체에 몰입하지 않고, 자꾸 주변 지식을 끌어와 현학적으로 자기 과시에 몰두함으로써 진정한 성현의 뜻에서 멀어지고, 실천궁행의 자세와 동떨어지게 된다는 비판을 건넸던 듯하다. 이 대목에 이르러 다산의 비판 수위는 몹시 신랄하다. 친구 사이에 주고받는 정도를 넘어섰다. 예를 갖추되 한 번 뽑은 칼은 쉽게 거두지 않았다.

다산 자신도 비판의 어조가 다소 과격했다고 여겼는지, 수습하는 말로 글을 맺었다. 그는 자신의 이 글을 남쪽의 류(柳)와 조(趙: 상주에 거주하는 병파 계열 조정趙靖의 후예인 구당舊堂 조목수趙沐洙와 매은梅隱 조승수趙承洙 등을 가리키는 듯) 같은 학자들과 함께 돌려 보며 검토해줄 것을 요청했다. 이 두 사람은 다산과 이인행이 모두 알고 있는 영남 지역의 학자인 듯한데, 류(柳)는 이인행과 가까웠던 류회문(柳晦文: 안동부 임하면 수곡에 거주하는 호파 계열의 대표적인 학자로 정재 유치명의 부친) 또는 류태좌(柳台佐) 외에 문집에 왕복 서간이 많이 남아 있는 류낙수(柳洛洙) 중 한 명일 것이나 현재로서는 누구인지 특정하기 어렵다. 다산은 자신의 이 글을 지역 공론에 부쳐달라고 요구한 셈이다.

이어 다산은 강진 유배 시절에 지은 칠언율시 두 수를 적었다.

시서와 예악을 안고 길이 마치리니 詩書禮樂抱長終
이 세상서 그 누가 이 뜻을 같이할까. 斯世何人此意同
늙어가매 마음은 삼대 위를 노닐어도 老去神游三代上
봄 오자 이 내 몸은 백화 중에 있다네. 春來身在百花中
홀로 가며 이따금 맑은 강심 바라보고 獨行時頫澄心水
살풋 취해 얼굴 스치는 바람과 늘 만난다. 小醉常逢拂面風
이로부터 굽히고 펴 바른 명을 따르리니 自是屈伸隨正命
늙고 쇠해 마침내 늙은이 됨 상관 않네. 未妨衰朽遂成翁

자다 일어 못가를 지팡이 짚고 거니니 睡起池坳曳杖行
대울타리 비가 개어 엷은 안개 걸렸구나. 竹籬雨歇淡煙橫

냇물이 불어나서 흐르는 꽃 힘이 있고 溪肥賸有流花力
고요한 산 달이 뜨자 약 찧는 소리 들려. 山靜明生搗藥聲
백사장 위 퇴락한 마을 저녁볕이 남았는데 沙上破村餘夕照
물가 옛 방죽에선 봄갈이를 서두른다. 水邊古壩殿春耕
그윽한 거처 팟국이면 분수가 족하거니 幽棲自分葱湯足
거친 변방 성명(聖明)을 그림 그 누가 알겠는가? 誰識荒陬戀聖明

위 두 편의 시는 예전에 다산에 귀양 살면서 지은 것이다. 애오라지 다시 써주며 함께 감상코자 한다.

右二詩, 昔在茶山謫中作也. 聊復書呈, 以共一粲.

강진 시절에 지었다는 시 두 수도 문집에 누락된 작품이다. 시서예악의 연구에 잠심하며, 정신은 삼대(三代)를 노닐고, 몸은 백화(百花) 가운데 거니는 삶을 구가했다. 다산식의 경학 연구가 성현의 삶에 다가서기 위함이 아니라, 그저 현학 취미에 그치는 것이 아니냐는 힐난에 대해, 자신의 학문은 생활 속에 녹아들어 구분이 없는 것이라고 대답한 내용이다. 이렇게 해서 첫 번째 증언이 마무리되었다.

## 말은 창보다 날카롭고, 마음은 남가새보다 험하다

다산은 첫 번째 글을 쓴 뒤 논점을 바꿔 바로 제2라운드로 돌입했다. 이 두 번째 글은 편당(偏黨)의 폐해로 시작해서 영남의 두 학파 간에 벌어진 긴 다툼과 분란에 대해 맵게 비판했다. 전문을 읽어본다.

편당이 나뉘면 반드시 기이한 화가 있게 마련이다. 앞선 역사에서 드러난 것은 모두 생략하고, 시험 삼아 우리나라의 일만 논해보겠다. 동인과 서인이 나뉘자 기축년(1589)의 화가 일어났고, 남인과 북인이 갈리자 북인은 마침내 큰 살육의 함정에 빠지고 말았다. 노론과 소론이 나뉘고 청남(淸南)과 탁남(濁南)이 갈라서자 죽이고 치는 계교를 베풀어 써서 밀치고 배척하여 떨치지 못하였다. 비록 근자의 일만 하더라도 갑진년(1784)과 갑인년(1794)의 격렬함은 참담한 화가 만연하였다. 앞선 자취가 이와 같음은 그대도 모두 눈으로 보았고, 혹은 자신이 직접 걸려들기도 하였으니, 멀리 옛일에서 찾을 것도 없이 깨달을 수 있을 것이다.

영남은 신라와 고려 이래로 어진 인재들이 나와 나라에서 정사를 맡았다. 조선에 이르러서는 큰 성씨들이 북쪽으로 옮겨와 대대로 국가의 운명을 지킨 것이 수십여 집안이다. 현철(賢哲)한 인사들이 서로 이어지고 도맥(道脉)이 끊어지지 않아, 들어와 경상(卿相)이 되고 은택이 백성에게까지 미쳤다. 하지만 당파에 얽매인 뒤부터는 떠돌고 소원해져서 조정을 오리나 기러기처럼 들락거리고, 이름과 지위가 현달하지 못해, 침학(侵虐)을 받아도 막아내지 못한 것이 이제 또 1백여 년이나 된다. 그런데도 오히려 다시금 강학하며 경전을 연구하고, 붕우 간에 서로 도와 사양하고 권면하는 풍속이 도탑다. 공고하게 유지된 까닭은 무릇 이 때문이다.

대체 어쩌다가 문호가 갈라지고 각자 독립함을 표방하여, 졸졸 새는 것을 막지 않아 솟구치는 물결이 산꼭대기까지 이르게 되었는지 알지 못하겠다. 말의 날카로움은 창보다 예리하고, 마음자리는 남가새보다 험하다. 뜻을 같이하는 자는 부추겨서 드넓은 길로 보내어 돕고, 뜻을 달리하는 자는 밀쳐서 구렁텅이에 몸을 빠뜨린다. 헛것을 꾸미느라 패금(貝錦)으로 글을 이루고, 기운을 부려서 화살과 돌멩이가 비 오듯 한다. 듣는 이가 하품하고 기지개 켜는 것도 돌아보지 않고, 논하는 자가 꾸짖어 물리치는 것도 생각지 않는다. 선배의 충후한 풍도는 잃어버리고, 시속(時俗)의 경박한 자태만 받아들인다. 추로(鄒魯)의 고장이 갑자기 이렇게 변할 줄은 생각지도 못했다. 다툼이 커질 수 없는데도 재앙은 이미 조짐이 보인다. 귀양과 유배가 서로 잇달아서 기울고 무너짐이 쉼이 없다. 병장기를 각자 마음속에 숨겨 놓고, 덫을 놓아 눈앞에서도 살피지 못한다.

이제 마침 조야(朝野)에 일이 적은 까닭에 그 꾀하고 도모함을 미처 이루지 못하고 있지만, 만약 예전 인동(仁同)과 하동(河東)의 일과 같이 조금만 기댈 구석이 있게 되면 반드시 간사한 자가 있어 남몰래 큰 옥사를 빚어내고야 말 것이다. 이는 서로 아끼는 자가 팔꿈치를 치는 효험을 받들고, 눈알을 뽑아 거는 근심을 금하지 못하는 까닭이다. 그 솟구쳐 부딪치는 연유를 들어보면 모두 젊은이들이 객기를 부려서 마침내 이에 이른 것이다. 만약 나이가 많은 덕 높은 이가 이들을 야단쳐서 금지시켜 감히 제멋대로 난동을 부리지 못하게 했다면 그 흐름이 어찌 마침내 여기까지 이르렀겠는가?

또 무릇 말을 가라앉히는 방법은 반드시 한편이 가만히 엎드리는 것이니, 그래야만 싸움을 해결할 이치가 있게 된다. 번번이 나는 옳고 저는 그르다면서 늘 자기는 펴고 남은 꺾으려 든다면 되겠는가? 내가 비록 백번 옳고 저가 비록 백번 그르다 해도, 서로 끊임없이 공격한다면 벌써 더러운 것과 결백한 것이 같아지고 만다. 진실로 한 사람의 덕 높은 선생이 있어 단 위로 올라가 깃발을 흔들고 꽹과리를 치면서, 좌차(左次), 즉 약한 쪽에게 감히 다시 한 걸음도 더 나아가지 못하게 하고, 이를 어긴다면 건괵(巾幗), 즉 아녀자로 취급하기로 약속한다면 어지럽지 않게 되고, 열흘이나 한 달이 지나지 않아서 반드시 갑옷을 벗고 창을 내던지며 전날의 행동을 부끄러워하게 될 것이다. 이에 양쪽에서 각각 몇 사람이 함께 도산서원을 나란히 배알하고 향을 살라 맹서하여 감히 다시는 편 나누지 않겠다고 다짐하고는 향기로 가득 찬 마음을 가슴 속에 베풀어둔다면 또한 좋지 않겠는가? 양쪽 제현이 스스로를 아끼고 스스로를 근심함이 유독 곁에서 지켜보는 자가 대신해서 이를 위해 마음 쓰는 것만 못하겠는가? 충고하는 말을 오히려 마땅히 살펴야 할 것이다.

임오년(1822) 10월 26일.

익위 노형이 벼슬을 버리고 남쪽으로 돌아가므로, 작별에 임하여 이를 써서 노자로 준다. 열초가 쓴다.

偏黨之分, 必有奇禍. 前史所著, 並略之, 試論吾東. 東西分而己丑之禍作. 南北分而北竟陷大僇. 老少論分, 淸濁南分, 而殺伐用張, 觝排不振, 雖以近事, 甲辰甲寅之激, 而慘禍蔓延. 前轍如此, 賢皆目覩. 或身自橫離, 不必遠觀古事, 乃可悟也.

嶺南自新羅高麗以來, 英賢輩出, 爲政於國. 及至聖朝, 大姓北遷, 世執國命者, 數十餘家. 賢哲相承, 道脉不絶, 入爲卿相, 澤及黎庶. 自黨錮以來, 畸旅疏遠, 鳧雁於朝廷, 名位不達, 凌虐不禦者, 今且百有餘年, 猶復講學硏經, 朋友相麗, 揖讓推獎, 風俗敦厚, 所以維持鞏固者, 凡以是也.

不知何故, 分門割戶, 標榜各立, 涓涓不塞, 以至懷襄, 詞鋒銛於戈戟, 心界險於蒺藜. 同者吹之, 送翼天衢, 異者擠之, 墜身坑坎. 搆虛則貝錦成章, 騁氣則矢石如雨, 不顧聽者之欠伸, 不念論者之詆斥. 喪先輩忠厚之風, 投時俗澆薄之態, 不意鄒魯之鄕, 猝變爲此, 訟不可長, 而禍已兆矣. 謫配相續, 傾頽不休. 弩牙各設于心上, 機擭不察于目前.

今適朝野少事, 故未及遂其計謀, 若有小憑據, 如向來仁同河東之事, 則必有奸人, 竊發醞成大獄, 此相愛者之所以推其打臂之驗, 而不禁抉目之憂也. 聞其所以磯激之由, 咸由少年等, 使其客氣, 遂至于此. 若使高年宿德, 呵止此類, 令毋敢隨意亂動, 其流豈遂至此.

且凡息辭之法, 必一邊雌伏, 乃有解鬪之理. 每云我是而彼非, 常欲伸己而屈人. 其有濟乎. 我雖百是, 彼雖百非, 卽其相攻擊不已, 已地醜潔齊矣. 誠有一大德先生, 登壇麾旗鳴金, 以左次令無敢更進一步, 雖復遺之, 以巾幗投之以約矣, 則不撓焉. 不過旬月, 必解甲投戈, 羞前之爲矣. 於是兩邊各數人, 攜乎共謁于陶山之院, 焚香設誓, 不復敢以畦畛. 芬薌之心, 再設于胸中, 不亦善乎. 兩邊諸賢, 其自愛而自憂也. 獨不及於旁觀者之代爲之用心乎. 忠告之言, 尙宜財察.

壬午十月廿六日.

翊衛老兄棄官南歸, 臨別書此以賚之. 洌樵書.

서두는 당파 싸움이 반드시 기이한 재앙을 불러온다는 말로 열었다. 동인과 서인의 당쟁으로 기축옥사가 일어났고, 남북이 갈리면서 북인이 몰살당했다. 서인은 노론과 소론으로 갈라서고, 남인도 청남과 탁남으로 나뉘어 싸우느라 서로 죽고 죽이는 참극이 끊이지 않았다. 그러면서 다산은 갑진년(1784)과 갑인년(1794)의 참혹한 화를 예로 들었다. 노론이 남인들을 배척하여 화를 입은 사건을 지칭한 듯하나 분명한 것은 알 수 없다. 편당의 폐해는 다산이나 이인행 자신이 직접적인 피해자였고, 주변에서 흔히 목격한 일이니 새삼스러운 일이 아니다.

영남에는 신라와 고려 때부터 중앙 정계에 진출하여 대대로 국가의 원훈으로 큰 업적을 세운 집안이 많았다. 하지만 당파가 생겨나고부터는 배척을 받아 불이익을 당한 것이 1백여 년이나 된다. 그럼에도 영남이 결속력을 공고히 유지할 수 있었던 까닭은 강학의 전통이 살아 있고, 붕우 간에 권면하고 사양하는 미덕이 남아 있었기 때문이다.

오늘날은 어떠한가. 영남이 똘똘 뭉쳐 하나가 되어도 시원찮은 판에, 문호는 저마다 갈라지고, 독립을 표방하면서 서로를 헐뜯고 비난하여 못하는 말이 없고 안 하는 짓이 없다. 당동벌이(黨同伐異)의 패거리 짓기와 싸움질만 일삼아 행실이 경박하기 짝이 없다. 헛것을 꾸미고 기운을 부려 남의 비난도 아랑곳 않는다. 마음속에 칼을 품고 발밑에는 덫을 놓아 걸려들기만 기다리니 재앙의 조짐은 싹튼 지가 이미 오래다. 하는 행실은 이와 같으면서 입으로는 성인의 학문을 말하며, 저만 옳고 남은 그르다고 하니, 여기서 무슨 바른 학문과 올바른 심성이 자라나겠느냐고 다산은 깊이 통탄했다.

다산이 글에서 거론한 인동과 하동의 일이 《열수전서》에서 말한 병산과 호계의 싸움과 어떻게 연관되는지는 별도의 연구가 필요하다. 여기서는 이 문제까지 넘어가지는 않겠다. 결과적으로 같은 퇴계의 뿌리에서 나온 학맥이 사소한 문제로 패거리를 지어 다투다 보니, 서로 치고받고 싸워 죽이기까지 하는 폐단에 이르렀음을 말했다. 이는 모두 젊은이들이 객기를 참지 못해 생긴 일이요, 덕 있는 어른이 나서서 금지시키지 못한 때문이다. 다산은 이러한 폐단을 해결하는 방법으로 저만 옳고 남은 그르다는 편협한 태도를 버리고 서로 물러나 양보하여 양측의 대표 몇 사람이 도산서원으로 가서 퇴계 선생의 위패 앞에서 다시는 다투지 않기로 맹세할 것을 제안했다.

## 절실한 가르침에 패복(佩服)한다

영남 학계의 통폐와 편당의 폐습을 지적한 다산의 글을 받고 영천으로 돌아온 이인행은 다산의 서첩 뒤에 한 편의 글을 써서 자신의 입장을 남겨두었다. 〈정미용의 증언 뒤에 쓰다(書丁美庸贈言後)〉가 그것이다. 이 글은 다산의 서첩 맨 끝에 두 면에 걸쳐 이인행의 친필로 적혀 있고,《신야집》권 6에 위의 제목으로 그대로 실려 있다.

앞의 두 첩은 열상의 늙은 벗이 손수 쓴 글씨다. 경신년(1800)에 정조 임금께서 서거하신 뒤 세상의 재앙에 걸려 수십 년간 떠돌다가, 근래에야 비로소 살아 돌아왔으므로 내가 지나다가 들러서 문안하였다.

인하여 북방의 선배들이 왕왕 배움은 박잡한 데서 잃고, 문장은 신기(新奇)한 데서 병통이 있어, 선진(先秦)을 따르려 해도 마침내 명나라 유자들의 높고 기이한 자취에서 벗어나지 못한다고 말해주었다. 또 당시에 어질다는 무리가 입이나 귀로 세상을 속이는 행위를 낮추 보아, 이들과 나란히 서는 것을 부끄럽게 여겨, 정주(程朱)의 문자를 주소(注疏)의 글이라 여기고 뜻을 두려 하지 않기에 이르렀으니, 이는 말류라 능히 폐단이 없을 수 없다고 했다. 군자는 경전으로 돌아갈 뿐이다. 내가 바닷가에서 얻은 것은 한결같이 바른 데로 돌아감이니, 이것으로 후학들을 권면하여 이끈다면 몹시 다행이겠다. 다만 엮고 묶고 편집하는 작업에만 오로지 힘을 쏟는다면 오히려 제2의로 떨어짐을 면치 못할까 염려한다. 모름지기 원본을 향해 더욱 약(約)으로 돌아가는 공부에 힘써야 할 것이다.

이 서첩의 앞부분은 나무람을 해명하면서 경계로 삼을 바를 깃들인 것이다. 다만 거론한 바 《삼례주소》와 《통전》 및 《통지》 등의 말은 이미 본질을 버리고 말단에 힘쓰는 병통을 가리기가 어렵다. 그리하여 이것으로 주자가 한 것을 본받으려 한다면 주자를 얇이 얕은 것에 가깝지 않겠는가. 그러나 위로 선현을 추대하면서 스스로를 크게 여길 수는 없다고 말한 것은 진실로 절실한 가르침이어서 실로 패복(佩服)하는 바가 있다.

후단은 근일 영남에서 같은 집안끼리 싸우는 것을 상심하여, 따져 가늠하지 말고 자복(雌伏: 움츠려 아무것도 하는 게 없음을 말함)을 따지지 않게 하려 한 것이다. 이는 실로 내가 일찍이 아는 벗들에게 여러 번 되풀이해서 타일렀다. 천 리의 밖에서 약속하지 않았는데도 같이하니, 서로 더불어 더욱 힘쓰지 않을 수 있겠는가?

右二帖, 洌上老友手墨也. 庚申哭弓後, 罹世禍, 流落數十年. 近始生還, 余過而問焉. 因說北方前輩, 往往學而失於博雜, 文而病於新奇, 欲追先秦, 而卒未脫明儒嶢畸之塗轍, 低視時賢輩口耳欺世之爲, 而羞與之比, 至以程朱文字, 爲注疏之文, 而不屑留意, 此末流所以不能無弊也. 君子反經而已. 吾人海上所得, 一反諸正, 以是獎率後學, 幸甚. 但恐專精於纂輯編摩之役, 猶未免落在第二義. 須向原本, 益懋反約之工.

此帖前段, 卽其解嘲而規戒寓焉. 第其所擧三禮注疏通典通志等語, 已難掩舍本騖末之病根. 而以是爲欲效朱子之爲, 則不幾於淺之知朱子乎. 然其言不可以上戴先賢, 而自大, 則誠切至之規箴. 固在所佩服也.

後段則傷近日嶺下同室之鬪, 欲其勿較雌伏, 此實區區所嘗諄複於知友者, 千里之外, 不約而同, 可不相與加勉哉.

이인행은 다산이 20여 년의 고초를 겪고 돌아왔다는 소식을 듣고 그의 집을 방문한 일을 적었다. 이어 그는 북방 선배들의 학문을 비판했는데, 기본 취지는 이렇다. 공부가 너무 박잡하다 보니 핵심을 놓치고 지엽말단으로 흐른다. 또한 글쓰기에서 신기(新奇)를 추구하려는 경향이 너무 강해 선진(先秦) 유학에서 점점 멀어져 명나라 유자들의 기이한 자취에 빠지고 말았다. 사정이 이렇다 보니 심지어 정주(程朱)의 글을 주소문자(注疏文字)로 깎아내리고, 고리타분하다 하여 거들떠보지 않기에 이르렀다. 이것이 어찌 말류의 폐단이 아닌가? 무릇 군자의 공부는 경전 공부에서 시작되어 경전 공부로 끝날 뿐이다. 정학(正學)을 한번 벗어나면 이단사설에 빠진다. 그러니 우리의 공부는 오로지 원본을 향해 박이약지(博而約之)하는 과정이어야지, 지금처럼 떠벌리기만 하고 아무 실속은 없는 공부가 되어서는 안 된다. 당시 한학(漢學)에 바탕을 둔 명청의 고증학적 학문 경향을 염두에 두고 있다.

이인행은 이같이 주장하면서 다산의 두 편 글에 대한 자신의 입장을 밝혔다. 첫 번째 〈논영남학술설(論嶺南學術說)〉은 다산이 자신의 이러한 비판을 해명하면서 영남 학자들이 경계로 삼을 것을 지적한 내용이라고 받아들였다. 다만 자신이 북방 학자들이 《삼례주소》와 《통전》, 《통지》 같은 책을 뒤지느라 정작 경전의 본뜻에서 멀어지는 폐단에 대해 지적한 것만큼은 물러서지 않았다. 이런 책에 정력을 낭비하는 것은 본질을 버려둔 채 말단에 치중하는 병통을 벗어나기 어렵다는 것이다. 주자는 결코 이런 방식의 공부를 한 적이 없으니, 이것으로 주자의 학문 성취에 다가서려 해서는 거둘 소득이 없으리라고 지적했다. 다만 영남 학자들이 선현을 추대한다면서 스스로 교만을 품는 태도에 대한 지적만큼은 절실한 가르침으로 받아들이겠다고 했다.

두 번째 〈논폐영남편당설(論弊嶺南偏黨說)〉은 근래 영남에서 한집안끼리 싸움이 나서 혼탁한 양상을 빚은 일을 비판했는데, 이는 자신 또한 공감하여 여러 번 나무랐던 일이니, 서로 경계하여 힘쓰지 않을 수 없다고 겸허히 받아들였다.

그는 다산이 두 서첩에서 영남의 학술 폐단을 통렬하게 비판한 것을 겸허히 받아들이면서도 다산의 잡박한 병통을 다시 한 번 지적하는 것을 잊지 않았다. 특히 다산이 경전과 정주에 기초하지 않고, 자꾸《삼례주소》니《통전》이니《통지》니 하는 잡다한 서적을 끌어들여 편집하고 정리하는 작업에 치중하는 것을 못마땅하게 여겼던 것으로 보인다. 이는 제2의로 떨어지는 것이며, 군자의 박이약지하는 공부와도 거리가 멀다고 지적하면서 결국 실천궁행과는 거리가 먼, 공부를 위한 공부에 머물고 마는 것을 경계했다.

두 사람의 논쟁과 토론은 이것으로 끝나지 않았다. 이인행은 다산에게 다시 장문의 편지를 보내서 다산의 글에 대해 고마운 뜻을 정중하게 표한 뒤, 영남의 입장에서 반론과 해명을 더했다. 이 글은 다산의 증언을 읽으려는 글이므로, 이인행의 반론과 여기에 이어진 토론에 대해서는 앞서 쓴 필자의 논문에 미루기로 한다.

다산은 영남 학계의 융통성 없는 고식적 태도를 일러 '안동답답(安東沓沓)'이란 말로 표현한 일이 있다. 그는 곡산 부사 시절《퇴계집》의 일부를 얻어 공부한 비망기를 엮어《도산사숙록(陶山私淑錄)》을 펴냈으리만큼 퇴계의 높은 학문을 존경했다. 하지만 퇴계의 후학들이 고식적 태도를 고수하며 작당하여 편을 갈라 선배를 배척하고, 스스로 젠체하는 태도를 보이는 것에 대해서는 격렬하게 비판했다. 더욱이 한집안끼리 분란을 일으켜 싸우는 형국에 이른 것을 깊이 개탄했다.

이 논쟁은 같은 남인 학자 사이에 남북의 학술 태도를 놓고 벌어진 것이었다. 자칫 큰 논난을 불러올 수 있는 예민한 사안이었는데도 22년 만의 해후에서 예봉을 날카롭게 세운 논쟁이 오가고 이것을 글로 남기며, 또 그 비판을 기꺼이 받아들이는 두 사람의 모습은 대단히 인상적이다.

《송이익위논남북학설》, 다산 친필, 개인 소장.

1

표지

2

3

4

偏黨之分必有斉禍
前史所著益驗之說
論其東、西分而已
丑之禍以南北分而
小竟陷大僇老少論
分清濁南分而殺伐
用張熊排不振雖以
正事甲辰甲寅之
激而懷禍蔓延前
撤如此賢者目覩或
身自擯離不為遠觀
古事乃可悟也嶺南
自新羅高麗以來英
賢輩出為政於國及
至聖朝大姓北遷
並執國命者數十餘

5

家賢於相承道脉
不絶入為卿相澤及黎
庶自黨錮以來疇諮
踈遠見擯於朝廷
名位不達凌虐不禦
者今五百有餘年於
後講學研經明交
相麗揖讓推奬
風俗敦厚所以維
持輩固者凡以是也
不知何故分門割户
標榜分立涓、不塞
以至懷襄刀鋒銛於
戈戟心果險於荻藂
同者吹之遂翼天衢
異者擠之墜於坑坎
搆虛則貝錦成章
騁氣則左右如雨不
顧聴者之欠伸不念

6

論者之詆斥先輩
忠厚之風技時俗澆
薄之態不喜鄒魯之
鄉猝變乃此謂不可
長而禍已兆矣譎配
相續傾軋不休媒孽
多設于心上機擭不
察于目前今適朝野
少事故未及遂其計
謀蓋有小憑據如向
來仁同河東之事則
必有奸人竊發醞
成大獄此相變者之
所以推其狃習之驗
而不禁挾目之憂也
中其所以磯激之由
咸由少年等使其客
氣遂至于此蓋使高

7

年宿德何止此類人毋
敢隨喜亂動其流
豈遂至此且凡息亂
之法必一邊雌伏乃
有解鬥之理每云我是
而彼非常欲伸己而屈
人其有違乎我雖百
是彼雖百非即其相
攻擊不已已地醜德齊
矣誠有一大德先生
登壇麾旗鳴金以
左次之無敢更進
一步雖後遺之以巾
幗援之以約失則不
撓焉不色向月必解甲
投戈萬前之為矣於
是兩邊多數人攜手
共謁于陶山之院焚
香設誓不復敢以雌

8

昨承澹之心再三設于胸
中不亦善乎而急迫諸
賢其自憂而自憂也
獨不及於前觀者
之代為之用心乎忠告
之言尚宜財察
壬午十月廿八日
湖衛老兄棄官南鄉
臨行書此以贈之
洌樵書

右二帖洌上老友手墨也庚申哭　子後羅世禍流落數十
年近始生還余造而問焉因說此右前輩法之學而失於博雜
文而病於新奇於追先秦而卒未脫明儒嶢崎之窠纖纸視時
賢第口耳欺世之為而善與之此至以程朱文字為注疏之文而
不屑留意此末流弊以不能無寔此君子反經而已吾人海上
所得一反諸正以足與辛後學事甚但恐專精於纂輯締
摹之後猶未免落在第二義須向本原上盡懋友約之工
此帖前段即其辭啊而規戒寫高蒂君所學三禮注疏
通典通志等書類換舍本體焉未之病根而以是為所效朱子之
為則不免於淺之知朱子乎然甚言不可以上戴先賢而自大
則誠切至之規箴固在所佩服也後段則偽近日嶺下門室
之閑欲其勿校雖伏此寔違之所當諄複於知友者千里
之外不約而同可不相與加勉哉

# 37. 고루함을 벗어나라

—조거남, 조성복과 신영제에게 써준 영남에 대한 생각

## 육예(六藝)는 쓸데없는 기예가 아니다

이 글에서는 다산이 영남의 선비에게 준 증언첩 몇 종을 더 찾아 이를 한 자리에 묶어서 소개하고자 한다. 한양 조씨(趙氏) 집안에 준 3종의 증언과 칠곡의 신영제에게 준 1종의 증언이 그것이다.

먼저 이인행에게 준 증언첩 외에 다산의 영남 학계에 대한 비판적 생각을 담은 증언첩이 한양 조씨 옥천종택(玉川宗宅)에 더 전한다. 《삼상루이첩(參商樓二帖)》 속에 실려 있는 다산 친필 증언과 《열상필첩(洌上筆帖)》이 그것이다. 한국국학진흥원에서 펴낸 《한양조씨옥천종택》(2012)이란 책자에 일부 내용이 실려 있다. 한국국학진흥원 자료부 전임연구원 김주부 선생과 김선영 학예사의 도움으로 조우철 종손께 친필 자료의 사진을 구해 검토하였다. 자료 제공에 감사드린다. 차례로 읽어보겠다.

《삼상루이첩》은 조거남(趙居南, 1789~1848)에게 써준 것으로, 조거남 사후인 1856년 7월에 후손이 고은당(古隱堂)에서 배접을 하였다. 조거남은 자가 명일(明逸) 호는 고은(古隱)이다. 고은은 조거남이 태어나서 자란 영양군의 고호(古號)이다. 그는 조진도(趙進道, 1724~1788)의 4남이다. 종현손 조진용(趙晉容)이 지은 〈조거남 유사〉에 "어려서 신동으로 알려졌고 기위(奇偉)한 문장을 좋아하고 시에 능하여 금대(錦帶) 이가환(李家煥, 1742~1801)과 다산 정약용에게 인정을 받았다."고 하였다. 《삼상루이첩》에는 미산(米山) 권영좌(權永佐, 1782~1820)와 다산의 글이 나란히 실려 있다. 첫 장에 권영좌가 친필로 쓴 〈고은 조명일에게 주는 서문(贈古隱趙明逸序)〉이 실렸고, 다산의 글은 권영좌의 글에 잇대어 장책되었다. 별도의 제목은 없다. 내용에 따라 〈영남의 학술이 고루함에 대하여(嶺學膠固說)〉로 붙인다.

중화(中和)와 지용(祗庸: 떳떳함)으로 덕행을 삼고, 효제(孝悌)와 충신(忠信)으로 행실을 삼으며, 예악(禮樂)과 형정(刑政)으로 예(藝)를 삼으면 이것이 바로 옛사람이 학문을 한 큰 방법이다. 지금 사람이 덕행의 방면에 있어서는 특이하다는 말이 있어도 예(藝)에 이르러서는 몽매할 뿐 아니라 부끄러워하지도 않고, 아울러 능히 고상한 말로 밀쳐내며 이를 가리켜 공리(功利)의 학문이라고 지목한다. 오직 이기론(理氣論)과 사단칠정설, 태극(太極)과 도기(道器)를 변론하는 것만 죽을 때까지 애를 써서 스스로 확고하게 지키고 벽처럼 막아서니, 이는 위진(魏晉)의 청담과 떨어짐이 멀지 않다. 이것은 2백 년 이래로 조정에서 사람을 쓰는 것이 넓지 못하고, 공경과 재상의 직책이 소원한 데까지 미치지 못한 까닭이다. 인생의 본분이 바위틈에 살며 냇물을 관찰하는 것을 넘어서지 못하는 까닭에 모름지기 주평만(朱泙漫)과 더불어 아무짝에 쓸모없는 기예를 배우지 않는다고 말할 뿐이다. 하지만 요순(堯舜)과 주공(周公)과 공자의 본래 법도는 경솔하게 어길 수 없는 것이 이와 같다.

도광(道光) 갑신년(1824) 윤7월 19일에 사암노인(俟菴老人).

中和祗庸以爲德, 孝弟忠信以爲行, 禮樂刑政以爲藝, 此古人爲學之大法. 今人於德行, 旣有異言, 至於藝, 不唯蒙昧而不恥, 並能高談觝排, 指之爲功利之學. 唯理氣·四七·太極·道器之辨, 終身矻矻, 以自居乎確守而壁立. 此與晉魏淸談, 相去未遠. 此由二百年來朝廷用人不廣, 公相之職, 不及於疏遠. 人生本分, 不踰於巖居川觀, 故不須與朱泙漫共學無用之技云耳. 然堯舜周孔, 本來矩矱, 不可輕違之如是也.

道光甲申, 閏七月十九. 俟菴老人.

중화와 지용의 덕을 갖추고, 효제와 충신의 행실을 지니며, 예악과 형정으로 예(藝)를 삼는 것이 위학대법(爲學大法)이라 했다. 이렇게 말하면 덕과 행실 방면만 중시할 뿐, 예는 공리의 실용 학문이라 지목하며 거들떠보지도 않을 뿐 아니라 이에 어두운 것을 부끄러워할 줄도 모른다. 그들의 관심은 오로지 이기론과 사단칠정설, 태극과 도기를 갈라 세워 이리 따지고 저리 살펴서 문로에 따라 주장을 내세워 고집부리는 것만 능사로 안다. 개인의 견해는 없고 정파의 입장만 있다. 조금만 계파의 입장과 어긋나면 일제히 죽일 듯이 달려들어 물어뜯는다.

어째서 학문을 이토록 편협하게 하는가? 지난 2백 년간 공경과 재상의 반열에 오른 이가 없을 만큼 영남의 남인들이 무시와 홀대를 받아온 피해의식 때문이다. 평생 자기가 나고 자란 궁벽한 시골의 거처를 벗어나보지 못한 까닭에 예악형정의 공부를 아무짝에 쓸모없는 기예로 내몰아 오로지 성리학만이 진짜 학문이라 하면서 그 밖의 것은 거들떠보지도 않는다. 거들떠보지 않을 뿐 아니라 다른 사람이 그 근처에 얼씬하는 것조차 나무라며 못하게 한다. 이것은 요순과 주공 이래 공자와 주자를 거쳐 전해진 본래의 법도와도 어긋나는 행동이다. 글 속에 나오는 주평만은《장자》〈열어구(列御寇)〉에 고사가 있다. "주평만이 지리익(支離益)에게서 용 잡는 기술을 배웠는데, 천금의 가산을 다 쏟으면서 삼 년 만에 그 기예를 완전히 익혔지만, 그 기교를 발휘해볼 곳이 없었다."고 한 대목이 그것이다.

글 끝에 조거남의 친필로 "영남의 학술이 고루해서 육예(六藝)에 대해 소루한 까닭에 두릉의 정장(丁丈)께서 이를 써서 내게 보여주었다.(嶺學膠固, 疎於六藝, 故斗陵丁丈, 書此示余.)"는 내용을 추기해놓았다. 실용적 학문을 배척하고 편당을 지어 공소한 계파 논리의 수호에만 몰두하는 영남 학계에 대한 다산의 불만스런 시각이 잘 드러나 있다.

〈영남의 학술이 고루함에 대하여〉, 《삼상루이첩》 수록, 다산 친필, 한양 조씨 옥천종택 소장.

《심상루이첩》 표지

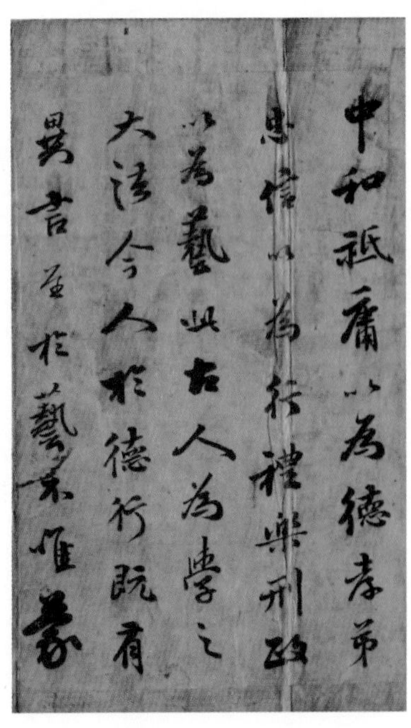

中和祗庸以爲德孝弟
忠信以爲行禮樂刑政
以爲藝此古人爲學之
大法今人於德行旣有
異言至於藝業唯

1

2

3

## 사해(四海)와 구주(九州)의 안목

두 번째로 읽을 증언은 조성복(趙星復, 1772~1830)에게 준《열상필첩》에 수록된 여섯 칙의 짤막한 증언이다. 조성복은 자가 규응(圭應), 호가 학파(鶴坡)로, 조덕린의 현손이고 조거남의 조카이다. 조거선(趙居善, 1738~1807)의 아들로 과거를 보지 않고 경학과 문장에만 힘 쏟은 인물이다. 만년에 일월면 섬촌리에 학파정사(鶴坡精舍)를 세웠는데,《열상필첩》의 증언에 이어 다산이 친필로 써준 〈학파정사기(鶴坡精舍記)〉가 나란히 실려 있다. 두 개의 증언첩과 마찬가지로 이 글 또한《다산시문집》에는 누락되고 없다. 〈학파정사기〉를 1825년 7월에 써준 것으로 보아, 다산의 증언 또한 이때 함께 건네진 것으로 보인다.

증언 여섯 칙을 차례로 읽어보자.

정심(正心)과 성의(誠意)는 혈맥과 같고, 효제(孝悌)와 충신(忠信)은 골육과 한가지다. 이것은 신체에 해당한다. 예악(禮樂)과 형정(刑政)은 문무(文武)의 꾀와 지략이니 이것이야말로 학문의 제목이다. 매 걸음마다 모름지기 쓸 곳을 생각해야 한다.

正心誠意如血脈, 孝弟忠信如骨肉. 此則身體也. 禮樂刑政, 文武謨略, 方是學問之題目. 步步須思用處.

앞서 읽은 〈영남의 학술이 고루함에 대하여〉의 취지와 같은 내용이다. 정심성의의 공부와 효제충신의 실행이 사람의 신체를 구성하는 살과 뼈와 혈맥에 해당한다면, 육예의 학문인 예악형정은 문무의 지혜를 펼치는 양 날개와 같다. 신체를 위하는 공부는 누구나 기본적으로 하지 않을 수 없고, 여기에 육예의 공부가 더해져야만 비로소 현실에 나아가 제 역량을 발휘할 수가 있다. 그야말로 공부하는 사람이 제목으로 들고서 놓지 말아야 할 바탕 공부다. 매번 글을 읽을 때마다 실제의 쓰임을 가늠하면서 배워 익힌다면 큰 힘이 되어줄 것이다. 이 공부를 우습게 알아 치지도외한다면 그야말로 촌구석의 학구(學究)로 늙게 될 뿐이다. 명심하기 바란다. 육예의 학습을 중시한 내용이다.

이어지는 제2칙이다.

열 집 사는 고장에서 우뚝하다 해도 그가 도달한 바를 징험하기에 부족하다. 학문이란 모름지기 사해(四海)와 구주(九州)의 안목을 가지고서 자기에게 돌이켜보아야 한다. 또 천하의 책을 더욱 읽어서 스스로에게 물을 대주어야 한다.

雄於十家之鄕, 未足以驗其所到. 學問須將四海九州之眼目, 以反觀自己. 且益讀天下之書, 以自灌也.

짧은 글이다. 열 집 사는 작은 마을에서 최고의 기림을 받는다 해서 자족해서는 안 된다. 학문은 사해와 구주를 눈 안에 넣고, 자신에게 비추어 반관(反觀)할 수 있어야 한다. 그것만으로도 부족하다. 천하의 책을 더욱 부지런히 읽어서 자신을 살피고 돌아보지 않으면 안 된다. 공부에는 끝이 없다. 시골에서 대장 노릇하는 것이 무에 그리 자랑스럽겠는가? 크고 툭 트인 안목은 서책 속에 광대하게 열려 있다. 현재 내가 있는 위치는 중요하지 않다. 자족과 자만의 마음이 내 속에 들어앉는 순간 모든 것이 끝이다. 끊임없이 자신을 돌아보고 안목을 넓혀야 한다.

다시 제3칙.

남들이 나를 알아주지 않음을 근심치 말고, 알 수 있게 할 것을 구해야 한다. 성인(聖人)이 남에게 선을 권면함은 이와 같다. 지금 사람은 세상을 속이는 데만 오로지 힘을 쏟는다. 세상을 속이는 자는 오직 남이 자기를 알아볼까 봐 염려한다.

不患人之不己知, 求爲可知也. 聖人善勸人如是也. 今人專務欺世. 欺世者, 唯恐人之知己也.

남이 나를 알아주지 않을까 근심할 시간에 남들이 나를 알 수 있게끔 나의 수준을 높이는 노력을 더 기울이는 게 맞다. 옛 성인은 사람을 이렇게 고무시키고 북돋웠다. 지금 사람은 어떤가? 세상의 안목을 속여서 실상과 달리 이름이 높아지고 명예가 커지기만을 추구한다. 이런 사람일수록 남이 나를 알아주는 것을 꺼린다. 금세 들통이 날까 겁이 나기 때문이다. 설령 온 세상을 다 속여서 명성이 더없이 높아진다 한들, 나 자신에게 떳떳하지 않다면 그것이 무슨 소용이겠는가?

이 같은 다산의 말 속에는 영남 학계의 편협한 태도에 대한 부정적 시선이 깔려 있다. 동족 집단을 단위로 한 문호의 폐쇄성으로 말미암아 외부에 대해 배타적이고, 공부 또한 폭이 넓지 않은 데다 독선적이기까지 한 성향을 의식해서 조성복에게 충고를 아끼지 않았다.

선비가 이 세상에 나서 이왕에 경전을 펼치고 책을 붙들어 사흘 낮 동안의 경연(經筵)에서 자신의 마음을 열어 임금의 마음을 적실 수 없고, 또 나라의 전형(銓衡)을 관장하고 나라의 세금을 맡아 나라의 안녕을 넉넉하게 할 수 없다면, 혹 산이 수려하고 물 깊은 곳에다 초가 정자 몇 칸을 엮고서 서가에는 책 수천 권을 꽂아두고, 연못을 파서 돌을 쌓아 꽃을 모종하고 과실나무를 심는다. 집 안에는 좋은 거문고 한 장과 바둑판 하나, 좋은 술 한 병을 놓아두고, 손님이 오면 기쁘게 한 차례 취하는 것도 또한 맑은 복이다.

士生斯世, 旣不能橫經執冊, 啓沃三晝之筵, 又不能掌邦銓, 治邦賦, 以裕國安. 或當於山明水紺之處, 結草亭數架, 揷架書數千卷, 鑿池砌石, 蒔花種果,齋中置名琴一張, 棋一盤, 芳醞一缾, 客至歡然一醉, 亦淨福也.

제4칙은 정복(淨福)에 대해 말했다. 선비가 세상에 나서 과거에 급제하여 벼슬길에 올라 나라를 위해 품은 포부를 한껏 펼칠 수 없다면 어찌해야 할까? 산 높고 물 맑은 곳에 초가집을 짓고 수천 권의 책을 갖추어 꽂아둔다. 연못을 파고 돌을 쌓아 꽃과 과수를 심어 가꾼다. 방 안에는 거문고와 바둑판을 놓아둔다. 손님이 불쑥 찾아오면 거문고를 뜯고 바둑을 두다가 한 병 술로 기쁘게 취하며 고금의 학문을 논한다면 이 또한 맑은 삶이라 할 수 있다.

다산은 다른 글에서 청복(淸福)과 열복(熱福)을 견주면서 은사의 욕심 없는 삶인 청복은 얻기가 어렵고, 벼슬길에서 누리는 열복은 오래가지 못하고 금방 사라지는 허망한 것이라고 말한 적이 있다. 이 글에서 말한 정복은 청복과 한가지 의미로 썼다.

제5칙과 제6칙은 영남의 명승을 그리며 노닐고픈 소망을 털어놓는 내용이다.

내가 예전에 영남에 놀러갈 때 죽령이나 조령을 통하거나 추풍령과 팔량령(八良嶺) 또는 두지진(豆治津)을 통해 가기도 했다. 가로 세로, 종횡으로 족적이 거의 한 고장에 두루 미쳤다. 하지만 유독 도산(陶山)과 하회(河回), 소수(紹修)와 도연(道淵) 등의 여러 명승은 여태도 가는 길을 알지 못하는 것이 유감스럽다. 지금은 근력이 이미 달려 제 힘으로는 갈 수가 없는지라 그림을 그려서 살펴보면서 태산처럼 우러르는 정성만 부치고자 하나 또한 아직까지 하지 못하였다.

余昔游嶺南, 或由竹嶺, 或由鳥嶺, 或由秋風嶺, 或由八良嶺, 或由豆治津. 經緯橫豎, 足跡殆徧一省. 獨恨夫陶山·河回·紹修·道淵諸名勝, 迄未識蹊徑. 今筋力已短, 無以自力, 欲作圖省覽, 以寓山仰之誠, 亦未能焉.

다산은 이 글에서 자신이 영남을 여러 차례 가보았고, 그때마다 다른 길로 갔지만, 정작 도산서원과 소수서원, 도연(송정松亭과 와룡초당臥龍草堂, 숭정처사유허비崇禎處士遺墟碑, 도연폭포) 및 하회마을에는 가보지 못해 유감스럽다는 뜻을 피력했다. 지금은 노쇠해서 가고 싶어도 갈 수 없는지라 멀리서 우러르는 마음뿐임을 안타까워했다. 혹 이 대목은 과거 성호 이익이 표암 강세황에게 〈도산도(陶山圖)〉를 그리게 했던 것처럼 하회마을과 소수서원, 도연폭포 등의 유적을 그림으로 그려 보내달라는 부탁으로 읽을 수도 있다.

태백산에는 국사(國史)가 보관되어 있다. 그 아래에는 각화사(覺華寺)가 있다. 비록 쏟아지는 샘이나 날리는 폭포와 기암절벽의 빼어난 경치는 없지만, 매년 봄에서 여름으로 넘어가는 즈음이면 녹음이 바다 같고 그윽한 새는 화답하며 우짖는다. 맑은 선비 여러 명과 함께 대나무 지팡이에 짚신을 신고 서로 소요하며 산봉우리가 감돌고 길이 돌아나가는 곳에서 시를 읊조린다면 티끌세상의 위장을 세탁할 수가 있다. 이 뜻 또한 마침내 쓸쓸해지고 말았으니 탄식할 만하다.

太白山藏國史, 其下有覺華寺. 雖無急泉飛瀑, 奇嵒怪壁之勝, 每春夏之交, 綠陰如海, 幽鳥和鳴. 與淸士數人, 曳竹穿芒, 相與逍搖, 觴詠於峰回路轉之處, 亦可以洗濯塵胃. 此意竟亦蕭條, 爲可歎也.

다시 태백산 사고(史庫)와 각화사 인근의 아름다운 풍광을 떠올리며, 이곳에서 영남의 맑은 선비들과 종일 소요하며 세속에 찌든 마음을 깨끗이 씻어내고 싶은 소망을 털어놓았다. 하지만 이 또한 이룰 수 없는 꿈임을 알아 안타까움을 더했다.

《열상필첩》, 다산 친필, 한양 조씨 옥천종택 소장.

1

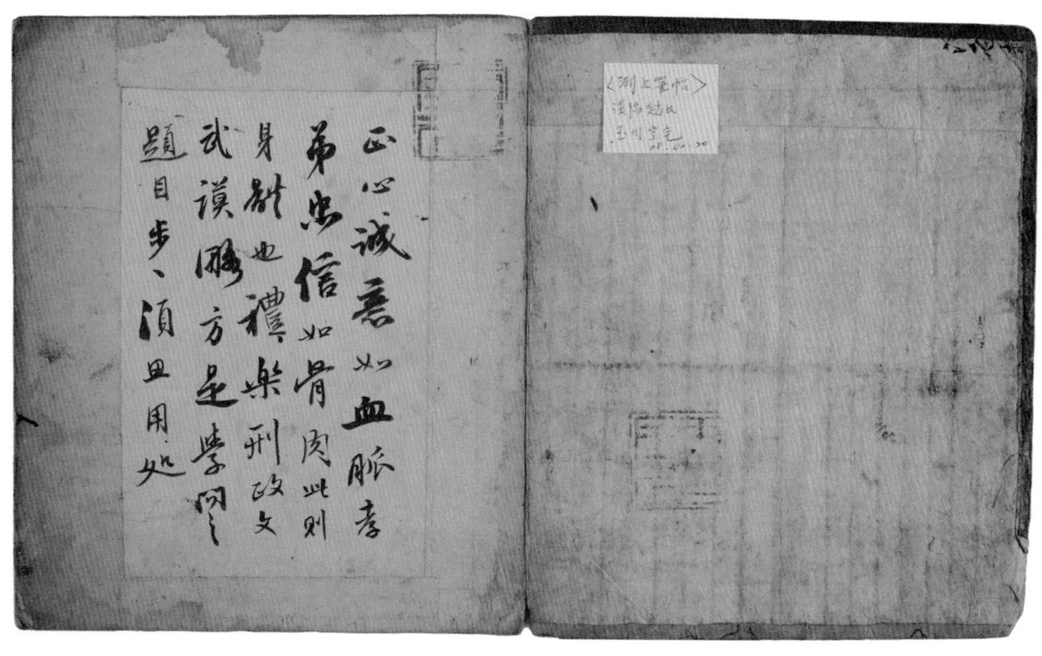

2

雄於十家之鄉未足
以驗其所到學問須
將四海九州之眼目以
及觀自己且盡讀天
下之書以自灌也

不患人之不己知未爲
可知也聖人善勸人
如是也今人專務欺
世然之者唯恐人之
知己也
淵進

3

士生斯世旣不能橫經
執冊啓沃三晝之
筵又不能掌邦銓治
邦賦以裕國安民當於
山明水紺之處結草亭

數架揷架書數千卷鑿
池砌石蒔花種果齋中
置名琴一張棋一盤芳
醞一甁客至歡然一醉
亦淨福也
淵進

4

余嘗游嶺南或由竹嶺
或由鳥嶺或由秋風嶺
或由八良嶺未由臣沾津
經緯橫竪足跡殆遍一
省獨恨夫陶山河回紹修

道淵諸名勝迄未識蹊
逕今以助力之縱無以自力
於此圖冒覽以當山行
之誠亦未能焉
湖樵

5

太白山藏國史其下有
覺華寺雖無急泉飛
瀑奇巖怪壁之勝每
春夏之交綠陰如海幽
鳥和鳴與清士數人曳

竹穿苔相與逍遙觴詠
於峰回路轉之処上下以
洗濯塵胃此意竟亦
蕭條爲可歎也
湖樵

6

## 정사(精舍)란 말에 담긴 뜻

다산은 이 밖에도 조성복에게 친필 편지 일곱 통을 남겼다. 위 증언에 이어 적힌 〈학파정사기〉 또한 그에게 준 덕담을 담고 있다. 이 글은 증언의 형식이 아니지만 문집에도 빠지고 없는 글이어서 이 지면을 빌려서 함께 소개하기로 한다.

'정사(精舍)'라는 명칭은 불가(佛家)에서 처음 나왔다. 부처가 거처한 곳을 죽림정사(竹林精舍)라 했다. 《석가보(釋迦譜)》에는 "마음을 가라앉혀 깃드는 곳인 까닭에 정사라 한다."고 했다. 예전 한(漢)나라 명제(明帝)가 정사를 세워 섭마등(攝摩騰)을 살게 하니 이곳이 바로 백마사(白馬寺)이다. 진(晉)나라 무제(武帝)는 불법(佛法)을 받들어 궁전 안에 정사를 세우고, 여러 승려를 데려와 거처하게 하였다. 또 《위서(魏書)》의 〈풍희전(馮熙傳)〉에는 "풍희가 불법을 믿어 자기 재산을 내어 불도정사(佛圖精舍)를 72개소에 세웠다."고 했다. 《수경주(水經注)》에는 "진(晉)나라 승려인 축담유(竺曇猷)가 산원산(散原山) 남쪽에 정사를 지었다."고 적었다. 이는 모두 불가의 정사이다. 도가(道家)에서도 이로 인해 또한 서로 본떴다. 오(吳)나라 사승(謝承)은 《후한서(後漢書)》에서 "조욱(趙昱)과 주반(周磐), 장환(張奐)이 모두 정사를 세워 도량(道場)으로 삼았다."고 썼고, 〈강표전(江表傳)〉에서는 "천길(千吉)이 정사를 세워서 향을 사르고 도가의 서적을 읽었다."고 했다. 이것은 도가의 정사이다. 그러자 유가(儒家)에서도 이 이름을 그대로 썼다. 《후한서》에는 "포함(包咸)과 유숙(劉淑)이 정사를 세워 오경(五經)을 가르쳤다."고 했고, 위무제(魏武帝)는 초동정사(譙東精舍)를 세워 여름과 가을에 글을 읽고자 했다. 주자도 무이정사(武夷精舍)가 있었다. 이것은 유가의 정사이다.

이렇듯 삼교(三教)가 모두 정사라고 통칭한다. 다만 정사를 시끄럽고 잡스런 땅에 두는 것은 마땅치 않다. 왕세정(王世貞)도 이렇게 말했다. "집이란 내 몸이 사는 곳이므로 오히려 정밀하게 꾸미려 한다. 그래서 초가집에도 담장에 분칠을 하여 말쑥하게 티끌에서 벗어난다. 몸이란 내 마음이 사는 곳이므로 한층 더 정갈하게 하려고 한다. 그래서 세수하고 목욕해서 정결하게 때를 씻어낸다. 마음은 내 정신이 사는 곳이므로 정밀함을 이루려고 티끌을 물리친다. 또 어찌 집과 몸에 그치고 말 것인가?"

요(堯)와 순(舜)과 우(禹) 임금이 서로 전하여준 비결은 "오직 정밀(精密)하라."는 말에 지나지 않는다. 이 때문에 선유(先儒)는 이렇게 말했다. "안자(顔子)가 공자에 미치지 못하는 지점은 단지 마음이 거친 점뿐이다. 성인의 공덕은 궁신지화(窮神知化), 즉 사물의 신묘함을 궁구하고 변화를 이해하는 데서 지극해진다. 하지만 공자께서는 유독 역(易)의 가르침만이 결정(潔精)하다고 일컬었다. 정(精)이란 마음이 깨끗한 상태이다. 하늘이 오곡을 내어 사람으로 하여금 이것을 먹고살게 하였다. 하지만 그 벼를 베고 짚을 추려내서 겨를 제거하여 방아 찧고 정미(精米)하여 희게 만들어 그 정결한 쌀을 드러낸 뒤에야 사람이 이를 먹을 수가 있다. 이것을 두고 정(精)이라 한다. 내 정신은 내 마음에 깃들어 있는지라 보배롭고 귀하다 할 만함이 다만 곡식과 쌀에 견줄 것이 아니다. 먼지 묻고 때가 묻고, 땔감과 가시나무가 뒤섞이며, 땀에 절고 냄새가 나는 것에 대하여 그저 몸을 씻고 집만 꾸며놓고 스스로 정결하다고 여긴다면 되겠는가?

학우 학파 조성복이 새로 정사를 짓고서 내게 편액을 구하였다. 마침내 이를 써서 경계로 삼는다. 큰 은혜는 드러내 보이지 않는 데 있다.

도광 을유년(1825), 열상초부가 쓴다.

精舍之稱, 始起於佛家. 佛之所居曰竹林精舍, 釋迦譜云息心所棲, 故曰精舍. 昔漢明帝立精舍, 以處攝摩騰, 卽白馬寺也. 晉武帝奉佛法, 立精舍於殿內, 引諸沙門處之. 又魏書馮熙傳云: "熙信佛法, 出家財, 建佛圖精舍七十二處." 水經注云: "晉沙門竺曇, 建精舍于散原山南, 此皆佛家之精舍也." 道家因亦相倣. 謝承後漢書云: "趙昱, 周磐, 張奐, 皆立精舍爲道場." 江表傳云: "千吉立精舍, 燒香讀道書." 此道家之精舍也. 卽儒家亦冒此名. 後漢書云:

"包咸劉淑, 立精舍, 講授五經." 魏武帝築譙東精舍, 欲秋夏讀書. 朱子有武夷精舍, 此儒家之精舍也.

三教皆得通稱, 但不宜在嘈雜之地. 王世貞亦云: "舍者吾身之所宅也, 尙欲其精, 故粉墻茆屋, 灑洒以出塵. 身者吾心之所宅也. 彌欲其精, 故頮洗澡浴, 潔靜以去垢. 心者吾神之所宅也. 其欲致其精, 以辟塵垢, 又豈舍與身而止哉."

堯舜禹相傳之訣, 不過曰唯精. 故先儒謂顔子不及孔子處, 只是心麤, 聖人之功, 極於窮神知化, 而孔子獨稱易敎爲潔精, 精也者心之潔也. 天生五穀, 令人食之以生. 然銍其穟秸其稭, 去其糠, 鑿之毇之, 使其皭然, 呈其潔靜之米, 然後人可以食之, 此之謂精也. 吾神之寓於吾心, 其可寶可貴, 非唯穀米已也. 塵焉垢焉, 柴焉棘焉, 汙泥焉臭腐焉, 唯澡其身, 粉其舍, 以自爲精, 可乎?

鶴坡趙友, 新作精舍, 求扁于家督, 遂書此以箴之. 嘉惠在勿宣示.

道光乙酉初秋, 洌上樵夫書.



이 글은 1825년 조성복의 학파정사를 위해 써준 기문이다. 정사의 용례와 3교에서의 쓰임을 정리한 첫 단락은《아언각비(雅言覺非)》〈정사(精舍)〉 조의 내용을 거의 그대로 가져다 썼다. 사람의 몸은 집에 살고, 마음은 몸 안에 깃든다. 집이 지저분한 것이 싫어 담장에 회를 바르고 집안을 깨끗하게 꾸민다. 몸이 지저분한 것을 미워해서 목욕하고 세수해서 깨끗이 간수한다. 하지만 정작 중요한 마음에 대해서는 그다지 신경 쓰지 않는다면 그것이 될 말인가?

가을에 벼를 수확하면 탈곡을 하고 정미를 해서 겨를 벗겨내고 도정을 한 뒤라야 깨끗한 흰쌀을 얻는다. 그래야만 이것으로 맛있는 밥을 지어 먹을 수가 있다. 벼가 밥이 되는 과정과 절차도 이토록 복잡한 단계를 거치는데, 사람이 자신의 마음을 간수하는 것이야 말해 무엇 하겠는가? 나는 그대가 거처에 굳이 정사(精舍)란 이름을 붙인 까닭이 바로 이 '정(精)'이란 한 글자에 있다고 믿는다. 그래서 덕담으로 정사의 의미를 풀이해서 보여준다.

〈학파정사기〉, 다산 친필, 개인 소장.

精舍之稱始起於佛家佛
之所居曰竹林精舍釋迦
譜云息心所栖故曰精舍
者漢明帝立精舍以処攝
摩騰即白馬寺也晉武帝
奉佛法立精舍於殿內引
諸沙門処之又魏書馮熙傳

云熙信佛法出家財建佛圖
精舍七十二処水經注云晉沙
門竺曇建精舍于教原山南
此皆佛家之精舍也道家因
亦相仿謝承後漢書云趙
昱周磐張奐皆立精舍為
道場江表傳云于吉立精
舍燒香讀道書此道家

1

之精舍也即儒家亦冒此名
後漢書云包咸劉淋立精
舍講授五經魏武帝築譙
東精舍於秋夏讀書朱子
有武夷精舍此儒家之精
舍也三教皆得通稱但不
宜在嘈雜之地王世貞亦云

2

舍者吾身之所宅也尚於
其精故粉墻節屋瀟灑
以出塵身者吾心之所宅
也彌致其精故類洗澡浴
潔靜以去垢心者吾神之
所宅也其於致其精以辟

塵垢又豈舍其身而止哉
堯舜禹相傳之訣不過曰
惟精故先儒謂顔子不及
孔子只是心麤聖人之
功極於窮神知化而孔子
獨稱易教為潔精之也者

3

心之潔也天生五穀令人食
之以生然鍾其穖秸至稭
去其糠糳之毀之使其瞬
然呈至潔靜之米然後人
可以食之此之謂精也吾神
之寓於吾心至可寶可貴
非唯穀米已也塵乎垢乎

紫乎糠乎汙泥乎臭腐乎
唯澡其身粉其舍以自為
精可乎静故趙友新心
精舍求扁于家精遂書
此以箴之 嘉直在白宣示
道光丁酉初秋
洲上樵夫書

4

조거남의 《고은집》에는 다산에게 보낸 세 통의 편지와 일문인 〈갈은정기(葛隱亭記)〉가 실려 있고, 조성복의 《학파집》에도 다산에게 보낸 다섯 통과 장남 정학연에게 보낸 세 통의 편지가 실려 있다. 두 사람에게 보낸 다산의 친필 편지도 다섯 통이 전해온다. 별도의 지면을 빌려 이 자료 또한 정리할 기회를 갖겠다.

## 자취를 남겨주게

마지막으로 살필 글은 인동현(仁同縣)의 약목리(若木里)에 살던 영로(穎老) 신영제(申永躋, 1781~1837)가 다산초당으로 다산을 찾아왔을 때 그에게 써준 〈증신영로(贈申穎老)〉이다. 이 글은 다산의 친필 원본은 전하지 않고 칠곡에 있는 광주 이씨 석전종택에서 보관하고 있던 사본이 현재 경기도박물관에 소장되어 있다. 김보름 선생이 알려주어 박물관 측의 도움을 받아 자료를 수록하였다. 이 글은 담원(澹園) 정인보(鄭寅普) 선생이 《신조선》 1935년 8월호에 처음 공개하였고, 최익한(崔益翰)이 1938년 12월 9일자 《동아일보》 기사 가운데 〈여유당전서를 독(讀)함〉 중 〈다산선생의 애걸(哀乞)〉이란 글에서 전문을 다시 소개해서 알려졌다. 정인보는 글에서 "이 일통(一通) 증언은 근자 호남 김동섭(金東爕) 씨로부터 내게 보내준 다산유문(茶山遺文)이니, 그 친필 본초(本草)가 지금까지 약목 신씨(申氏) 집에 전한다 한다."고 썼다. 원문은 경기도박물관 소장본과 정인보, 최익한의 것 사이에 얼마간 차이가 있다.

전문을 읽어보자.

옛날 내 아버님께서 일찍이 예천 군수(1780)가 되시고, 울산 부사(1790)와 진주 목사(1792)가 되셨다. 세 고을은 모두 옛날 진한과 변한의 땅이다. 이 때문에 내 자취 또한 여러 번 영남에 미쳤었다. 부모님을 모시는 여가에 선생과 장자(長者)와 더불어 기쁘게 모시고 가르침을 받들 기회를 얻었고, 경전을 익히는 학생들 또한 더불어 가깝게 지내는 자가 많았다. 그 가운데 간혹 서울에서 벼슬살이하는 사람은 서로 이웃처럼 왕래하곤 했다.

아! 이것은 옛날의 일이다. 가경 신유년(1801) 봄에 내가 장기현(長鬐縣)으로 귀양 갔는데 이곳 또한 영남이었다. 당시에는 친척이나 벗들조차도 감히 서로 아는 체하지 못하던 상황이었다. 하지만 들르는 곳마다 일면식이 있는 사람이라면 길에서 위로하며 문안하지 않는 이가 없었다. 아마도 그 도탑고 순박하고 어질고 두터움은 천성이었기 때문일 것이다. 그해 겨울 내가 강진현으로 옮겨서 귀양 왔는데, 이후로는 영남의 인사들과 더불어 소식이 아득히 멀어지게 되었다.

을축년(1805)에 소호(蘇湖) 이우(李堣, 1739~1810) 어른이 고이섬(皐夷苫: 현재의 고이도皐夷島와 고금도古今島, 신지도新智島를 가리킴)으로 귀양 와서 그 이듬해(1806)에 풀려서 돌아가시다가, 동문의 주막집으로 나를 찾아오셨다. 나는 《주역》의 추이(推移)의 의미를 가지고 질문을 드렸다. 작별할 때 곤지상(困之象)을 써서 그 뜻을 부연하여 내게 주시고 떠났다. 또 "추이란 것은 주자의 괘변도(卦變圖)에 남은 뜻이다."라고 하셨다.

몇 년 뒤 내가 다산에 초당을 얽어, 이제 또 10여 년이 되었다. 머리는 벗겨지고 이는 빠져서 생기라고는 찾아볼 수 없게 되었다. 영남의 예전 알았던 이들도 다시는 볼 수가 없어 언제나 문득 떠올리며 생각하곤 했다. 올(정축년, 1817) 초여름 4월 26일에 약목에 사는 영로 신영제 군이 찾아왔다. 물어보니 바로 예전 좋아하던 개천 군수(价川郡守) 신선응(申善應, 1765~1814) 공의 아들이었다. 손을 잡고 웃으며 수십 년 간의 일을 펴니, 슬픔과 기쁨이 차례로 모여들었다. 나이가 많은 학식 높은 큰 학자에 대해 차례로 물어보니 대부분 세상을 떠났고, 다만 석전(石田, 칠곡 돌밭)의 묵헌(默軒) 이만운(李萬運, 1736~1820) 어른만이 나이가 여든둘인데, 정신이 굳세고 순수하여 남을 가르침에 게으르지 않다고 한다. 그 나머지는 나이가 그다지 많지 않은 이 또한 살아 있는 이가 적다고 하니 아! 슬퍼할 만하다.

영로는 부친이 남기신 말씀에 따라 말 달리고 활 쏘는 무신의 일을 일삼지 아니하고, 즐겁게 옛사람의 학문에 뜻을 두고 있었다. 내가 그를 위해 그 온축한 바를 점검해보니, 진실로 박아(博雅)하고 들은 것이 많아 귀하게 여길 만했다. 내가 속마음을 하소연할 것이 있으니, 영로는 가서 고할진저.

내가 귀양 와 지낸 이후 정신을 한데 모아 등불을 밝혀 낮을 이으면서 엮은 책에 《상례사전(喪禮四箋)》 60권, 《제례고정(祭禮考正)》 2권, 《상의절요(喪儀節要)》 6권, 《악서설(樂書說)》 12권, 《주역사해(周易四解)》 24권, 《고문상서평(古文尙書平)》 9권, 《상서고훈(尙書古訓)》 6권, 《상서지원록(尙書知遠錄)》 7권, 《시경강의(詩經講義)》 15권, 《논어고금설(論語古今說)》 40권, 《맹자설(孟子說)》 9권, 《중용강의보(中庸講義補)》 9권, 《대학설(大學說)》 3권, 《소학·심경설(小學心經說)》 합쳐서 3권, 《춘추고징(春秋考徵)》 10권, 《아방강역고(我邦疆域考)》 10권, 《비어고(備禦考)》 12권, 《전례고·방례고(典禮考邦禮考)》 합쳐서 6권이 있다. 그 나머지 잡찬(雜纂)이 또 수십 종이다. 비록 그 논저가 취할 만한 것이 없다고 해도 엮어둔 옛사람의 말은 부분 부분이 자못 정미(精微)해서 후학들이 혹 취함이 있을 것이다.

내가 이제 죽을 날이 얼마 남지 않았다. 다른 해에 혹 이 몇 종류의 책을 가지고 영남에 이르는 자가 있거든 여러 군자가 두터운 덕으로 널리 헤아려, 사람을 가지고 저술을 폐하지 말고 받아 거두어주기를 바란다. 모래와 자갈은 걸러내고 꼴과 땔감으로 쓸 만한 것만 가려내어 백에 하나만이라도 남겨서 그 자취를 보존해준다면, 허물을 포용하고 더러움을 받아들이는 성대한 덕에 보탬이 있으리라고 기대할 따름이다. 내가 이제 자손이 초췌하니 이 세상이 버린 엄군평(嚴君平)이 된 지가 오래다. 그 슬퍼하면서 불쌍히 여겨주는 사람이 있지 않겠는가? 영로는 이를 기억할진저.

정축년(1817) 4월 27일에 열수 정약용은 다산초암에서 쓰노라.

昔吾先人, 嘗爲醴泉倅, 爲蔚山都護, 爲晉州牧, 三邑皆古辰韓弁辰地也. 是故, 余之跡屢及嶺南. 省定之暇, 得與先生長者, 陪歡奉教, 而經生學子, 亦多與之友善者. 其或宦游京輦者, 相往反如鄰里.

嗟乎, 此昔年事也. 嘉慶辛酉春, 余謫長鬐, 亦嶺南也. 是時親戚故舊, 不敢相知. 然所過, 凡有一面者, 莫不路次慰問, 蓋其敦朴仁厚, 天性然也. 其年冬, 復謫康津, 自玆以來, 與嶺南人士, 聲聞邈然.

乙丑之歲, 蘇湖李丈, 謫皐夷苫. 厥明年解還, 訪余于縣東門之店舍. 余得以周易推移之義, 質問焉. 其別也, 書困之象, 演其義, 以贈余而去. 且曰: "推移者, 朱子卦變圖之遺意也."

後數年, 余結廬于茶山, 今又十有餘年, 頭童齒豁, 生意索然. 而嶺南舊識, 不可復見, 常忽忽思念. 今年首夏之廿有六日, 若木申君穎老特來相見, 詢之即余舊所好价川守申公之胤子也. 握笑敍數十年事, 悲歡交集. 歷問耆年宿德, 今零落殆盡. 惟石田李默軒丈, 年八十有二, 而精剛純粹, 誨人不倦. 其餘年尙未卲者, 亦寡存者. 嗟乎! 其可悲也.

穎老以遺戒, 不事磬控, 囂然有志于古人之學. 余爲之叩其所蘊, 洵博雅多聞, 可貴也. 抑余有愬其衷者, 穎老其往告焉.

余自流落以來, 覃精聚神, 膏以繼晷, 所輯有喪禮四箋六十卷, 祭禮考正二卷, 喪儀節要六卷, 樂書說十二卷, 周易四解二十四卷, 古文尙書平九卷, 尙書古訓六卷, 尙書知遠錄七卷, 詩經講義十五卷, 論語古今說四十卷, 孟子說九卷, 中庸講義補九卷, 大學說三卷, 小學心經說共三卷, 春秋考徵十卷, 我邦疆域考十卷, 備禦考十二卷, 典禮考邦禮考共六卷. 其餘雜纂又數十種, 雖其論著無可取, 其所輯古人之言, 部分頗精, 末學或有取焉.

余今死亡無日. 他年或有以是數種書, 携至嶺南者, 望諸君子, 穹量厚德, 勿以人廢之, 受焉收之, 淘汰砂礫, 採擇蒭蕘, 存其百一, 以留其跡, 庶幾有補於含垢納汚之盛德云耳. 余今子姓憔悴, 而斯世之棄君平久矣. 其有惻然而垂憐者否. 穎老其念之.

丁丑四月廿有七日, 洌水丁鏞, 書于茶山草菴.

다산의 이 글은 지난 2001년 7월 18일자 《동아일보》에도 임기중 교수가 소장한 또 다른 사본으로 소개되었는데, 역시 오자가 적지 않다. 이런저런 경로로 이 글이 꽤 널리 읽혔음을 짐작케 한다. 이름도 경기도박물관본 및 정인보와 최익한은 '영로(永老)'라 했고, 임기중 전사본에는 '영로(潁老)'라 했는데, 금번 약목 신씨 족보를 통해 확인한 결과 '영로(穎老)'임을 알 수 있었다. 글 속에 등장하는 여러 인물의 인적 관계 확인은 안동 한국국학진흥원 김주부 연구원의 도움을 받았다. 특별히 고마운 뜻을 표한다.

첫 번째 단락은 다산 자신이 어려서 세 차례나 영남 지역에 임관한 부친을 따라 여러 번 영남 땅을 밟았던 사연을 적었다. 특별히 예천 군수와 울산 도호부사 시절 영남 좌도 지역을 두 차례 방문했고, 그 과정에서 그곳의 여러 선학을 찾아다니며 가르침을 받든 기억을 술회했다. 당시에 자기 또래의 학생들과도 가깝게 지냈고, 이후 이들이 서울로 벼슬을 살러 왔을 때도 이웃처럼 가깝게 왕래한 사실을 적었다. 다른 기록에서는 찾기 힘든 흥미로운 내용이다. 이제껏 다산이 영남 쪽 선비들과 교유한 흔적은 앞서 본 글 등에서 보듯 적지 않게 남아 있는데 반해 그 시기와 연유는 분명하게 확인되지 않았었다. 이제 연보와 이 글을 통해 다산이 20세 나던 1780년에 예천으로 내려가 부친을 모시고 광주로 돌아왔고, 29세 때인 1789년 6월에 각과문신(閣課文臣)의 자격으로 울산 임소에 부친을 찾아뵈었던 사실이 확인된다.

이후 자신이 경상도 장기 땅에 귀양을 가게 되자 가깝게 지내던 벗들조차 모른 체 외면하던 상황에서, 도중 들르는 곳마다 일면식이라도 있으면 자신을 찾아와 위로해주던 영남 사람들의 도타운 심성에 대한 특별한 기억을 떠올렸다. 하지만 이후 전라도 강진으로 유배지를 옮기게 되면서 영남 쪽과의 연락이 끊긴 것이 여러 해였다.

그러다가 1805년에 소호 이장(李丈)이 고금도로 유배 왔다가 돌아가는 길에 강진 동문 밖 주막집에 살고 있던 다산을 찾아왔다. 다산을 찾은 이장은 확인해본 결과 소산(小山) 이광정(李光靖)의 아들 이우(李瑀)로, 안동 일직현(一直縣) 소호리에 거주하고 있었다. 자가 치춘(稚春), 호가 면암(俛菴)이니 본관이 한산(韓山)이다. 1792년 사도세자의 신원을 청하는 영남유림만인소에 소수(疏首)로 추대되어 대궐로 나아가 의릉 참봉(懿陵參奉)에 제수되었던 인물이다. 하지만 순조가 즉위한 후인 1805년 연말에 대신과 대간의 논계로 1806년 초에 고금도로 유배되었다가 4월에 귀양이 풀려 돌아왔다. 아들 이병탁(李秉鐸)이 당시의 일을 기록한 〈병인일기(丙寅日記)〉가 《면암집》에 실려 있다. 일기 속에는 그가 섬에서 뭍으로 나와 강진에 들른 일이 나오지만, 다산과 만난 기록은 따로 보이지 않는다. 하지만 이를 통해 이우가 다산을 찾은 정확한 시점이 1806년 4월 11일이었음이 확인된다.

당일 섬에서 뭍으로 나온 이우는 숙소가 마땅치 않아 강진 동문 밖 다산이 머물고 있던 동천여사에서 하룻밤을 묵어갔던 것으로 보인다. 이때 다산은 당시 한창 궁리 중이던 《주역》의 추이법(推移法)을 그에게 물었고, 이우는 다산의 질문에 대답하는 한편, '곤지상'의 내용과 그 의미를 부연한 내용을 글로 써주며 다산을 격려한 뒤에 길을 떠났다.

이우가 써준 '곤지상'은 "못에 물이 없는 곳이 곤(困)이다. 군자는 이것으로써 목숨을 바쳐서 뜻을 이룬다.(澤無水, 困. 君子以致命遂志.)"는 《주역》 곤괘의 풀이 구절이다. 군자는 곤궁한 때를 당해 목숨을 바쳐서라도 지조를 지킨다는 의미다. 곤핍한 다산의 처지를 위로하고 격려하는 의미를 더 부연한 내용으로 짐작이 간다.

그 뒤로 11년이 지난 1817년 4월 26일에 경북 인동현 약목리의 신영제가 불쑥 찾아왔다. 그가 강진까지 오게 된 연유는 분명치 않다. 그는 예전 안면이 있던 개천 군수 신선응의 아들이었다. 신영제는 자가 영로, 호는 봉명산인(鳳鳴山人)이었다. 봉명산은 경북 칠곡군 약목면에 있는 산 이름이다.

다산은 11년 만에 신영제를 통해 다시 영남 학계의 소식을 접할 수 있었는데, 슬프게도 대부분 그사이에 세상을 떴고, 석전, 즉 칠곡 돌밭에 사는 묵헌 이만운만이 여든둘의 나이로 여전히 군건하다는 전갈이었다.

이어지는 대목이 이 글에서 가장 의미 있는 내용이다. 신영제의 집안은 대대로 무인 집안이었으나 그는 부친의 당부로 학문에 뜻을 두었다. 점검해보니 공부의 바탕도 갖추어져 있었다. 그에게 다산은 마음에 묻어둔 말을 꺼내며 당부를 한다.

"자네, 내 말을 잘 듣고 고향에 돌아가거든 내 이 속마음을 전해주게나. 내가 이곳에 귀양 와 산 지도 어느새 17년째일세. 그 긴 세월 동안 밤으로 낮을 이어가며 많은 책을 엮었네. 목록을 한번 들어볼 텐가? 권수로 헤아려보니 243권이로군. 부족하긴 해도 책 속에 적힌 내용은 모두 옛사람의 말이라 공부하는 후학들이 혹 참고할 만한 것이 있지 않겠는가? 내 나이 이제 쉰여섯일세. 머리는 벗겨져 대머리가 되었고, 이도 빠져서 합죽이가 되었군. 훗날 누군가 내가 지은 이 책들 중 어떤 것을 지녀 영남 땅으로 가져가거든 사람을 보지 말고 글로 평가해주기 바란다고 전해주게나. 쓸모없는 중에 그래도 건질 만한 것이 있어 백에 하나라도 건사해준다면 참으로 고맙겠네. 나야말로 세상이 버린 엄군평이 아니겠는가? 세상이 비록 나를 버렸어도 나는 내가 이 책들로 인해 세상에 기억되었으면 싶네그려."

끝의 엄군평 운운한 내용은 역시 고사가 있다. 군평은 한(漢)나라 때의 은사(隱士) 엄준(嚴遵)의 자다. 그는 성도(成都)의 저자에서 매일 점(占)을 쳐서 생활했는데, 하루 100전(錢)만 얻으면 점방 문을 닫고 학생들에게 《노자》를 가르쳤다. 이백이 자신의 시에서 "군평이 이미 세상 버리자, 세상 역시 군평을 저버렸다네.(君平旣棄世, 世亦棄君平.)"라고 한 말에서 끌어온 표현이다.

한편 글 속에 보이는 다산의 저작 목록과 책 제목이 〈자찬묘지명〉에 쓴 저술명 및 권수와 적잖게 다른 점이 있다. 해배 이후 자신의 저술을 정리해 묶기 이전 중간 단계의 성과와 진척 상황을 이해하는 데 매우 요긴한 정보다.

다산의 이 글을 읽고 1938년 12월 9일자 《동아일보》에서 최익한은 이렇게 썼다.

이 글을 보면 마치 효자자손(孝子慈孫)이 민멸(泯滅)해가는 자기 부조문자(父祖文字)의 표장(表章) 간행을 세인에게 애걸하는 어조와 같지 않은가. 그

者永老其詳告焉余自流落以來覃精殫神寄以備忘所輯
有喪禮四箋六十卷祭禮考定二卷喪儀節要六卷樂書說十二
卷周易四解十四卷古文尚書平九卷尚書古訓六卷尚書知遠錄
七卷詩經講十五卷論語古今說四十卷孟子說九卷中庸
講義補九卷大學說三卷小學心經說共三卷春秋考徵十卷
我邦疆考十卷備禦考十二卷典禮考邦禮考共六卷其餘雖
纂又數十種雖其論著無可取其所輯古人之言部分頗
精末學或有取焉余今死亡無日他年或有以某數種書携
至嶺南者望諸君子寬量厚德勿以人廢之或焉收之陶
汰砂礫採擇菁莪存其百一以留其跡庶幾有補於今
治納污之盛德云耳余今子姪憔悴而斯無之業君平久矣其
有惻然以垂憐者否永老其念之丁丑四月廿有七日洌水丁鏞
書于茶山草菴

〈증신영로〉, 경기도박물관 소장.

贈申永光

昔吾先人嘗爲醴泉守爲蔚山都護爲晉州牧三邑皆古辰韓弁辰
地也是故余之跡亟及嶺南省定之暇得與先生長者語歡奉教而
經生學子亦多與之友善者其或宦游京輦者相往反如鄰里嗟
乎此昔年事也嘉慶辛酉春余謫長鬐亦嶺南也時親戚故舊不
敢相知然所過凡有一面者莫不路次慰問蓋其敦朴仁厚天性然
也其年冬復謫康津自茲以來與嶺南人士聲聞邈然乙丑之歲蘊湖
李丈謫阜老莒一歟明年解還訪余于縣東門之店舍余得以周
易推移之義質問焉其別也書困之家演其義以贈余而去且曰推
移者朱子卦變圖之遺意也後數年余結廬于茶山今又十有餘年矣
頭童齒豁生意索然而嶺南舊識不可復見常忽忽思念今年首
夏之廿有六日若木申君永光特來相見詢之即余舊所好倫川守申
公之胤子也握手叙數十年事悲歡交集歷問耆年宿德今零落
殆盡惟石田李點軒丈今年八十有二尚精剛純粹誨人不倦其餘年

러나 자기를 깊이 인식하고 자부(自負)에 용감하고 문화와 세도(世道)에 거룩한 자비의 생각을 두시는 선생은 그 유집의 유포를 일종의 포덕적(布德的) 행위로 보려 하였던 것이다. 이 구구한 애걸은 도리어 선생의 진정한 생명과 진리에 충실한 옹호와 전파를 주장하는 정대광명한 태도가 아니고 무엇일까? 선생의 정대(正大)한 애걸은 의연히 불우(不遇)로서 백 년의 적막을 지나오지 않았던가? 이것은 선생 개인과 선생의 유집만의 불우가 아니라, 우리 사회와 우리 문화의 아시아적 침체성에 오랫동안 포로(捕虜)되었던 역사적 불우였던 것이다.

다산의 증언첩을 정리하는 내내 필자도 비슷한 생각에 사로잡혀 있었다. 그토록 간절하고 애틋한 정성으로 그때그때 상황에 맞게 한 사람 한 사람을 위해 써준 그 고맙고 귀한 글들이 2백 년 가까운 세월 동안 묻혀 그 긴 적막의 세월을 견뎌 남았다. 새롭게 빛을 본 다산의 글들이 그간의 불우를 씻고 세상에 널리 퍼져 선생의 높고 깊은 뜻을 옹호하고 전파하는 등불이 되기를 바란다.

# 찾아보기

## 증언, 작품, 도서명

### ㄱ·ㄴ

《가례》• 465
《가장잡록》• 9, 157
《갑진갑계안》• 221
《고사전》• 130, 131
〈고시삼십운증황치원〉• 67
《고은집》• 617
〈고향으로 돌아가는 영천 이감찰을 전송하는 서문〉• 11, 575, 578
〈교치설〉• 10, 426, 427, 437, 439, 440, 449, 468, 473
〈구가〉• 150, 151
〈국영시서〉• 235
《귤림문원》• 9, 125, 127, 137, 138, 140, 148, 192, 198
《금강경》• 314, 318
《금당기주》• 9, 10, 232, 260, 261, 270, 271, 276, 302, 305, 313, 328, 331, 334, 340, 341, 346, 401, 406~408, 410
《급취편》• 427, 428, 468
〈기어 자홍에게 주는 말〉• 9, 211
《기중부서간첩》• 9, 231, 260, 270
〈길기론〉• 42
《낙천총서》• 11, 125, 140, 568, 569
《논어》• 54, 74, 150, 151, 286, 287, 319, 392, 432, 433, 435, 454, 470, 471

### ㄷ

〈다산 12경〉• 300, 301
〈다산사경〉• 85
《다산사경첩》• 8, 85, 88, 91, 93, 96
〈다산선생부환설〉(〈부환설〉) • 9, 140, 141, 146, 148
《다산선생서첩》• 9, 113
《다산시문집》• 8~11, 51, 140, 149, 168, 211, 226, 232, 328, 371, 399, 475, 526, 543, 574, 604
《다산시집초》• 9, 271, 276
《다산여자굉증언》• 9, 214, 216, 362, 364
《다산여황상서간첩》• 8, 32, 34, 36, 39, 41, 43, 48~50
〈다산옹서이황상증언〉• 8, 76
《다산유산양세묵보》• 9, 214, 216
〈다산의 제생을 위한 증언〉• 9, 188
〈다신계절목〉• 125, 140, 149, 168, 210
〈단궁〉• 26, 46
《당사걸집》• 352
《당사문수이보궐시첩》• 10, 231, 292, 293,

306, 307
《대둔지》• 211, 397
《대승기신론》• 314
《대학》• 432, 470, 471
《도덕경》• 391, 392
〈도산도〉• 608
《도산사숙록》• 593
〈독서법증례〉• 8, 89, 91
《동다송》• 349
《동사열전》• 210, 365, 367, 374
《동아일보》• 621, 623
〈또 삼윤을 위해 써준 증언〉• 9, 186
〈또 아우 횡을 위해 써준 증언〉• 10, 475, 495
〈또 윤혜관을 위해서 준 증언〉• 9, 149, 154
〈또 정수칠을 위해 써준 증언〉• 10, 449, 472

ㅁ·ㅂ

《만덕사지》• 211, 397
《모시》• 433
〈모영전〉• 130, 131
《목민심서》• 5, 187, 486, 487, 554
《문산집》• 546
〈미원은사가〉• 317
〈반산 정수칠을 위해 써준 증언. 자는 내칙이고 장흥 사람이다〉• 10, 449
《반야심경》• 283, 318
《백열록》• 10, 349, 365, 367
〈백적산장도〉• 61, 62
《복초재집》• 225
〈부령 도호부사로 부임하는 이종영을 전송하는 서문〉• 11, 555

ㅅ

《사략》• 427, 430~432, 434, 436, 469
〈사략평〉• 427, 431
〈삼근계〉• 8, 22, 29, 32
《삼상루이첩》• 11, 599, 600, 602
《상서》• 470
〈서증기숙금계이군〉• 8, 93, 96
《소산청고첩》• 10, 372, 378
《소학》• 430
〈송이성화장귀서〉• 11, 561, 562
《송이익위논남북학설》• 11, 594
《송치원시첩》• 8, 31
《수능엄경》• 313, 314, 318
〈수룡당게〉• 10, 368, 370
《수여연필》• 526, 540
《수종시유첩》• 263, 264
〈순암호설〉• 8, 84, 85, 87~89, 92
〈승려 근학을 위해 주는 말〉• 10, 371
《시경》• 136, 277, 278, 331, 332, 391, 392, 432, 435, 467, 469~471
〈시의순독서법〉• 286
《시의순첩》• 9, 232, 247, 248
《신야집》• 575, 590
《신조선》• 617

ㅇ

《아고수집》• 151

《아언각비》• 614

〈아우 횡을 위해 써준 증언〉• 10, 475

《아학편》• 430

《안씨가훈》• 177

《야새첩》• 9, 199, 205

〈양덕 사람 변지의를 위해 주는 말〉• 11, 526, 528

《여성화시첩》• 561, 562

《여성화초천사시사첩》• 561

《여유당전서》(신조선사) • 368, 369, 574

《여유당전서보유》(경인문화사) • 10, 97, 427, 440

《여유당집》(규장각본) • 368

《역경》• 467

《열상필첩》• 11, 599, 604, 609

《열수전서》(장서각본) • 10, 368, 376, 574, 589

〈영남의 학술이 고루함에 대하여〉• 11, 600, 602, 604

〈영안시〉• 101

〈영암 군수 이종영을 위해 써준 증언〉• 11, 543

〈예고서정〉• 540

《예기》• 26, 46, 173, 431, 467, 469~471, 495

〈옥호산장으로 돌아가는 홍일인을 전송하는 시와 서문〉• 11, 570, 573

〈우후 이중협과 헤어지며 준 시첩 서문〉• 11, 565

《원각경》• 314

《월헌집》• 505, 516

《유마경》• 297, 299

《유합》• 427, 428, 468

《윤씨삼대충효록》• 125

〈윤윤경을 위해 써준 증언〉• 9, 168

〈윤종문, 윤종직, 윤종민을 위해 준 증언〉• 9, 181

〈윤종심을 위해 써준 글〉• 9, 140, 141

〈윤종익을 위한 증언〉• 9, 192, 198

〈윤혜관을 위해서 준 증언〉• 9, 149

《의례》• 465

〈이소〉• 150, 151

《이아》• 427, 428, 468

〈이우후에게 주는 증언〉• 11, 568

〈이인영을 위해 주는 말〉• 11, 526, 531

〈일속산방도〉• 60, 62

《일지암서책목록》• 231, 260, 271, 281, 292, 313, 340

〈임술기〉• 29

ㅈ

《자치통감》• 434, 435, 470, 471

《잡언송철선환》• 10, 386, 411

《장자》• 391, 392, 601

〈절학가〉• 8, 32, 34, 37

《정감록》• 439

《정다산선생행서첩》• 9, 11, 281, 282, 289, 561
〈정원필의 일을 쓰다〉• 10, 503, 505
〈제철경첩〉• 10, 362
〈제초의선게후〉• 271, 277
〈제황상유인첩〉• 8, 51, 57, 59, 387, 388
《조기관원산첩》• 10, 231, 313, 328
《좌전》• 470, 471, 581, 583
《주례》• 130, 131
《주역》• 51, 52, 100, 150, 151, 211, 243, 244, 260, 267, 284, 285, 334, 335, 339, 391, 466, 467, 470, 471, 477, 618, 622
〈죽란화목기〉• 234
《중용》• 459, 470, 471
〈증산석〉• 8, 22, 24, 31
〈증신영로〉• 11, 617, 625
〈증원례〉• 8, 90, 91
〈증원필〉• 10, 504, 510
〈증혜관겸시회중포숙〉• 9, 181, 195
〈천문평〉• 427, 428
《천자문》• 427~430, 468, 469

ㅊ

〈철경당게〉• 10
〈첩책목록〉• 231
〈청산노인에게 써서 주다〉• 10, 516, 521
《초사》• 135, 136, 391, 392
〈초의 의순에게 주는 말〉• 10, 232, 328
〈초의거사게〉• 271, 273
《초의수초》• 10, 352, 353, 355
〈초의첩〉• 271, 276
《초의호게첩》• 9, 271, 272, 280
《총지금첩》• 9, 231, 281, 282, 288, 289, 296, 306
《치원소고》• 25, 28, 42

ㅌ

《탁옹집》• 10, 362
〈태백호승가〉• 370
《통감강목》• 432, 435, 470, 471
《통감절요》• 427, 432, 434~436, 470, 471
〈통감절요평〉• 427
《퇴계집》• 593

ㅎ

《하피첩》• 63
〈학파정사기〉• 604, 612, 615
《학파집》• 617
《한산자시첩》• 10, 231, 340, 341, 343, 346, 348, 349
《한서》• 324, 470, 471
《항암비급》• 561
〈해남 천경문을 위해 써준 증언〉• 9, 158
《호산록》• 335, 336, 338, 397, 398
《화엄경》• 374
《흠흠신서》• 488

## 인명


### ㄱ

강세황 • 437, 608

공자 • 70, 71, 165, 169, 188, 226, 233, 315, 331, 460~463, 475, 535, 580, 600, 601, 613

김명희 • 385

김영호 • 60, 97, 427

김정희(추사) • 23, 60, 69, 84, 127, 225, 231, 320, 349, 386, 392, 393

김홍도 • 392, 393

### ㄷ·ㅁ·ㅂ

도연명 • 328~330, 333, 334, 433

도훤 • 220, 221, 364

두보 • 54, 101, 102, 303~305, 331, 333, 334

맹자 • 152, 186, 188, 212, 233, 472

박제가(초정) • 392, 393, 434

백거이 • 129, 130

백이 • 451, 452

변지의 • 527

보우(태고) • 223~225, 316, 318, 564

### ㅅ

색성(수룡) • 211, 225, 362, 367~370, 391, 399, 400

서거정 • 305, 306, 427, 428, 468

선기 • 271

소동파 • 190, 222, 283, 305, 328, 330, 433

소식 • 54, 129, 130, 331, 392

송백운 • 352

숙제 • 451

신영제 • 599, 617, 618, 622

신위 • 392, 393

신헌 • 232, 260, 261, 271, 340, 349, 401

### ㅇ

안연 • 111, 112, 169, 462

옹방강 • 225, 241, 325~327, 393

왕헌지 • 68, 409

왕희지 • 68, 132, 429

운격 • 241, 326

유득공 • 392, 393

육유 • 54, 129, 130, 162, 245, 331

윤단 • 84, 168

윤대현 • 9, 138, 148, 198

윤서유 • 201

윤시유 • 201

윤영상 • 8, 9, 31, 34, 36, 39, 41, 43, 48~50, 85, 88, 91, 93, 96, 232, 248

윤재찬 • 9, 125~127, 132, 137, 138, 140, 146, 148, 199, 568

윤종문 • 126, 149, 151, 155, 181

윤종민 • 125, 126, 129, 136, 137, 181

윤종삼 • 93

윤종심 • 140, 141, 145, 146

윤종억(윤경) • 168, 180, 170
윤종익 • 181, 192~194
윤종직 • 181
윤종진(순암) • 84~87, 89, 90, 92, 93, 95, 232, 349
응언(철경) • 211, 349, 362, 365~368
이노영 • 271, 279, 280
이을호 • 10, 270, 281, 282, 289, 307, 561
이이 • 538
이익(성호) • 178~180, 608
이인영 • 531, 532, 537~540
이인행 • 574, 575, 577, 579, 582~584, 589, 590, 592, 593, 599
이재의 • 542, 543, 546, 555, 556
이종영 • 475, 542, 543, 546, 555, 556, 559, 560
이중협 • 561, 562, 564~568, 570
이황(퇴계) • 188, 537, 538, 575, 589, 590, 593


**ㅈ**


자로 • 462
자홍(기어) • 210~214, 221, 223, 225~228, 317, 364, 367
정수칠(연암) • 426, 438, 439, 449, 450, 453, 464, 471, 473, 474, 519
정약철 • 519
정약횡 • 475, 477, 483, 485, 487, 488, 490, 492, 495
정원필(정학필) • 498, 503, 504, 509, 516, 519, 520
정인보 • 617, 621
정자 • 451, 452
정재운 • 498, 499, 501, 516, 519
정재원 • 475
정칠수 • 10, 498~502, 509
정학연(유산) • 9, 26, 30, 31, 214, 216, 221, 263, 279, 280, 386, 401, 402, 617
정학유 • 67, 401
조광조 • 188, 537, 538
조국원 • 97
조남학 • 9, 97, 113
조성복 • 604, 606, 612~614, 617
조조 • 95
주자 • 90, 233, 236, 431, 432, 435, 451, 452, 456, 457, 470, 471, 581, 591, 592, 601, 612, 618
진정국사 • 335, 396~398


**ㅊ · ㅎ**


초의 • 70, 201, 221, 227, 230~232, 239~241, 244, 247, 260~263, 265, 267, 268, 270~273, 276~281, 283~286, 288, 292, 294, 296~298, 300, 301, 303, 306, 313, 314, 316~322, 326~328, 331, 334, 337~342, 344~350, 352, 353, 361, 362, 373, 375, 386, 388, 397, 399~403, 407~410, 564

최익한 • 617, 621, 623
한유 • 54, 129, 130, 305
허련 • 60~62
허유 • 101, 103, 169
혜장(아암) • 201, 210, 211, 222, 223, 226, 227, 230, 244, 260, 267, 349, 362, 365, 367~370, 373, 391, 400
혜즙(철선) • 386, 391, 399
홍길주 • 526, 540
황경 • 23, 67
황상(치원, 산석) • 22~28, 30, 32, 35, 37, 38, 40, 42, 44~47, 51, 53, 57, 59, 60~71, 73~75, 159, 162, 199
황인담 • 22, 44

## 용어, 지명

### ㄱ

강진 • 5, 22, 23, 26, 38, 53, 61, 67, 90, 93, 125, 137, 151, 175, 210, 213, 214, 223, 225, 260, 335, 336, 400, 426, 485, 487, 498, 499, 503, 517, 561, 564, 577, 584, 585, 618, 621, 622
강진군 • 9, 10, 28, 181, 195, 199, 205, 229, 353, 505
강학 • 6, 7, 22, 84, 92, 231, 244, 389, 503, 586, 589
게어 • 225, 367
격률 • 303, 305
경학 • 397, 464, 542, 583, 585, 604
계율 • 58, 59, 277, 318, 363, 388, 389, 394, 398
곡부 • 488, 490
과거 • 98, 155, 156, 163, 182~184, 186, 188~191, 222, 306, 456~459, 463, 474, 517, 519, 526, 527, 531, 532, 537~539, 541, 604, 607
과수원 • 64, 155, 174, 203
과일 • 64, 154, 172, 177, 178, 203, 204, 211
관주 • 42
국화 • 55, 56, 159, 233~236, 399, 400
귤동 • 70, 75, 84, 95, 125, 126, 136, 137, 230, 232
기생 • 354, 358, 395, 480~483, 491, 493, 497, 538, 539, 563

### ㄴ·ㄷ

남인 • 542, 575, 579, 586, 589, 593, 601
노론 • 542, 586, 589
노름 • 72, 73, 144, 146, 285, 539
농사 • 58, 59, 134~136, 151, 154, 155, 171, 172, 174, 189, 203, 242, 458, 576
누에 • 58, 59, 145, 150, 154, 155, 174~176, 202, 203, 472, 535
다산동암 • 95
다산초당 • 56, 57, 70, 84, 85, 94, 95, 97,

101, 104, 112, 125, 136, 158, 168, 181, 192, 213, 238, 267, 360, 388, 391, 426, 503, 504, 520, 561, 617
다신계 • 94, 210
당파 • 324, 586, 589
대둔사 • 126, 225, 265, 283, 319, 341, 386, 399, 400
도교 • 456
도박 • 112, 143, 171
도심 • 106~108, 266
독서 • 7, 29, 89, 151~154, 156, 204, 222, 233, 265, 266, 272, 373, 374, 434, 449, 467, 471, 533, 534
동인 • 586, 589

### ㅁ·ㅂ

마재 • 75, 92, 222, 526, 577
목축 • 172, 174
백련사 • 94, 201, 279, 335
법열 • 299
법희 • 299
북인 • 586, 589
불경 • 226, 263, 288, 289, 314, 319, 323, 347, 374, 389, 390, 398, 408
불교 • 140, 141, 212, 215, 262, 267, 271, 272, 276, 279, 288, 297, 299, 300, 317, 327, 337, 341, 349, 352, 363, 365, 373~375, 405, 456
비장 • 475~477, 479, 481~483, 485~495, 553
비점 • 42, 526, 527
뽕나무 • 135, 154, 155, 175, 176, 184, 186, 202, 203

### ㅅ

사서삼경 • 468
사의재 • 22, 23
서기 • 476
서리 • 65
서인 • 586, 589
선문답 • 341, 346, 348~351, 364, 407
성리학 • 583
소론 • 586, 589
송광사 • 348, 365
송광사 성보박물관 • 10, 349
시율 • 372, 373, 375, 562

### ㅇ

아전 • 7, 22, 23, 59, 65~69, 71, 73, 74, 191, 478, 480, 485, 487, 488, 546~555
연꽃 • 55, 56, 73, 200, 262, 344, 387, 388
열복 • 52, 53, 607
열수 • 93, 140, 185, 221, 531, 565
예악 • 165, 530, 580, 584, 600, 601, 604
예학 • 465, 466, 540
옥얼 • 488, 490
옥호산장 • 570, 571
우복동 • 189, 190

운자 • 201, 275, 303, 304, 401, 402, 433
울림벽 • 55, 56
원포 • 7, 51, 64, 74, 149~151, 154~156, 158, 168, 172~175, 202, 204
육예 • 601, 604, 605
은거 • 23, 61, 66, 202, 335, 564, 571, 572
은자 • 51, 66, 131, 164, 200, 204, 405, 406
의술 • 475, 485, 486, 489, 490, 494
이기론 • 574, 600, 601
인심 • 106~108, 266
일민미술관 • 10, 386, 411
일속산방 • 23, 60, 62

**ㅈ · ㅊ**

자급자족 • 64, 178, 190
작약 • 104~106, 141, 142
전등계 • 210, 368
전사 • 9, 10, 148, 151, 198, 232, 271, 305, 313, 621
제사 • 45, 356, 466, 548, 550, 554
제수 • 550
차운 • 40, 362, 401, 410, 577
찰한 • 489, 490
채마밭 • 58, 59, 64, 66, 155, 158, 159, 174, 175, 227, 228
채소 • 52, 56, 64, 66, 67, 135, 149, 154, 155, 158, 159, 172, 174, 177, 178
청관재 • 10, 509, 510, 520
청복 • 52, 53, 59, 66, 225, 607
청산도 • 498, 499, 501, 503, 504, 508, 509, 516~520
초서 • 37, 125, 132, 157, 352, 429
축지 • 387

**ㅌ · ㅍ**

택지 • 54, 387
평어 • 26, 42
풍수 • 192, 193, 439
필사 • 8, 9, 126, 127, 138, 140, 151, 181, 232, 271, 346, 353, 362, 427, 561

**ㅎ**

학시 • 162, 332, 339
한국고전번역원 • 159
한국국학진흥원 • 599, 621
한국불교유산아카이브 • 10
한양 조씨 옥천종택 • 11, 599, 602, 609
해남 • 126, 127, 149, 151, 157, 181~184, 271, 349, 362, 374, 401
해배 • 68, 75, 84, 92, 93, 147, 368, 487, 526, 542, 564, 623
행서 • 199, 579
향교 • 455, 456, 576, 577
형벌 • 186~188, 548~550
호게 • 271, 280, 365, 367, 368
효도 • 68, 188, 189, 451, 453, 454, 539

# 다산 증언첩

지은이 | 정민

1판 1쇄 발행일 2017년 9월 4일
1판 2쇄 발행일 2017년 10월 2일

발행인 | 김학원
편집주간 | 김민기 황서현
기획 | 문성환 박상경 임은선 김보희 최윤영 조은화 전두현 최인영 이보람 김진주 정민애 이효온
디자인 | 김태형 유주현 구현석 박인규 한예슬
마케팅 | 이한주 김창규 김한밀 윤민영 김규빈
저자·독자서비스 | 조다영 윤경희 이현주(humanist@humanistbooks.com)
조판 | 홍영사
스캔·출력 | 이희수 com.
용지 | 화인페이퍼
인쇄 | 삼조인쇄
제본 | 경일제책

발행처 | (주)휴머니스트 출판그룹
출판등록 | 제313-2007-000007호(2007년 1월 5일)
주소 | (03991) 서울시 마포구 동교로23길 76(연남동)
전화 | 02-335-4422 팩스 | 02-334-3427
홈페이지 | www.humanistbooks.com


ISBN 979-11-6080-049-4 93800

• 이 도서의 국립중앙도서관 출판예정도서목록(CIP)은 서지정보유통지원시스템 홈페이지(http://seoji.nl.go.kr)와 국가자료공동목록시스템(http://www.nl.go.kr/kolisnet)에서 이용하실 수 있습니다.(CIP제어번호: CIP2017017615)

만든 사람들

편집주간 | 황서현
기획 | 전두현(jdh2001@humanistbooks.com) 박상경 이효온
편집 | 김선경
디자인 | 김태형 유주현